二見文庫

その愛に守られたい

シャノン・マッケナ／幡　美紀子＝訳

One Wrong Move
by
Shannon McKenna

Published by arrangement with Kensington Books,
an imprint of Kensington Publishing Corp., New York
through Tuttle-Mori Agency, Inc., Tokyo

その愛に守られたい

登場人物紹介

ニーナ・クリスティ	ソーシャルワーカー
アレックス・アーロ	セキュリティ・コンサルタント
ヘルガ・カシャノフ	科学者
ララ・カーク	ヘルガの娘
ハロルド・ラッド	知事候補の実業家
ロイ・レスター	ハロルドの手下
アナベル・マーシャル	ハロルドの手下
オレグ・アルバトフ	アーロの父親
リタ・アルバトフ	オレグの再婚相手
オクサナ・アルバトフ	アーロの母親。オレグの最初の妻
サーシャ・アルバトフ	オレグの息子
ジュリー・アルバトフ	アーロの妹
トーニャ・アルバトフ	アーロのおば。オレグの妹
ディミトリ・アルバトフ	アーロのいとこ。オレグのおい
ブルーノ・ラニエリ	アーロの友人
リリー・パー	ニーナの親友。ブルーノの婚約者
サディアス・グリーヴズ	実業家
マイルズ・ダヴェンポート	私立探偵
ベンジャミン・スティルマン	上院議員
ジョセフ・カーク	ヘルガの元夫
デイビー・マクラウド	アーロの陸軍での同僚

1

ニューヨーク市ブルックリン地区、シープスヘッド・ベイ
木曜日の朝、午前五時四十一分

ニーナは振り返った。心臓が喉もとへとせりあがる。

彼女はその車にあとをつけられていた。神経過敏になっているわけでも、被害妄想を抱いているわけでもない。それを確かめるため、先ほど、二十四時間営業のスーパーマーケットに逃げこんでみたのだ。そして数分間、デリカウンターの薄いコーヒーをすすりながら、気のせいだと自分に言い聞かせ、胸にじわじわと広がっていく、追われているという感覚を打ち消そうとした。そんなことが自分の身に起きるなんてあるわけがない。盗む価値のあるようなものを自分が持っていないというのは、一目瞭然《りょうぜん》なのだから。ニーナはそう考えて自分を納得させた。自分の格好はとても地味だ。その姿が街の背景に埋もれてしまうくらい。実際、自分をめだたせないことにかけては、たくみと言ってもいいくらいなのだ。

ところが、スーパーマーケットで時間をつぶしているあいだも、その車はどこかに停車し

て待っていたようだ。そして今、ふたたび、一定の距離を保ちながら追ってきている。ごく普通のベージュのリンカーン・タウンカーだ。車のナンバーを頭に入れながらも、ニーナはしだいに足を速めて小走りになった。あんなまずいコーヒーなんて飲まなければよかったと後悔する。冷えた胃のなかでコーヒーがかきまわされ、まるで酸でもかけられているみたいだ。彼女は携帯電話を取りだした。911の番号を押しているあいだ、頭のなかではやかましく自分を責める声が聞こえていた。自らの直感を信じてスーパーにとどまるべきだった、そしてそこから警察に電話するべきだった、と。今さらそう考えたところで無駄だ。もうスーパーに戻ることもできない。車は自分とスーパーのあいだにいるのだから。通り沿いのほかの商店も、まだ朝早いため軒並み閉まっていた。通りの反対側にはアパートメントが立ち並んでいるが、あちこちにある薄暗い芝地や茂みを走り抜けなくてはならない。そのあいだに死角に入りこんでしまうだろう。こんな時間に歩くには最悪と言える場所にわざわざ逃げこむわけにはいかない。まったく、なんてばかだったの。迂闊《うかつ》にもほどがある。こんな時間に職場まで歩いていっても大丈夫だと考えるなんて。こんな早朝に仕事を引き受けるなんて。仕事に間に合うように車を修理しておかなかったなんて。タクシーを呼ばなかったなんて。

エンジンがうなりをあげた。車がだんだん迫ってくる。生々しい恐怖がこみあげ、ニーナはさらに足を速めた。ゴム底のサンダルの音が響く。そのとき、耳もとで911のオペレーターの声が聞こえてきた。

「ベージュのリンカーン・タウンカーにあとをつけられているの」ニーナは息を切らしながら、しどろもどろにナンバープレートの番号を告げた。「わたしはラムソンにいるわ。アヴェニューYを曲がったところで――」

ブレーキの甲高い音が響き、車が彼女のすぐ後ろでとまった。ドアがぱっと開く。

「ニーナ？　ニーナ！」

いったいどういうこと？　女性の声だ。その声はか細く、震えている。ニーナは足をもつれさせながら、首をひねって振り返った。息が切れ、肺がぜいぜいいっている。彼女は念のために、携帯電話のスピーカーフォンのボタンを押した。

車の後部座席から、ひとりの女が生霊のように姿を現し、歩道におりたった。骸骨のようにがりがりに痩せた、年老いた女だ。充血した目は落ちくぼみ、肌は土気色をしている。切れた唇と鼻からは血がしたたり、服はずり落ち、白髪まじりの髪はもつれてぼさぼさだった。

女はよろよろとニーナに近づいてきた。「ニーナ？」その声には懇願するような響きがあった。

ニーナはさっと後ろに飛びのいた。うなじが総毛だつ。ふと彼女のなかに、ある感覚がわきあがった。何かを思い出すときの感覚に似ているが、はっきりしない。むしろ不安に近いかもしれない。

「失礼ですが、どこかでお会いしましたか？」ニーナは慎重に尋ねた。

女の生気のない、こけた頰に涙が伝い落ちた。女は何やら勢いよくしゃべりだしたが、それはニーナの知らない言語だった。女はしゃべりながらも、ニーナのほうへどんどん近づいてくる。

ニーナはあとずさりした。「なぜわたしの名前をご存じなの？」

するとふたたび女が興奮した様子でまくしたてた。だが、ニーナは何ひとつ理解できない。

「ねえ、ちょっと。あなたが誰だか知らないし、何が望みかも知らないけど、そんなふうにわたしに近づかないで」さらにあとずさりしながら言う。「とにかく、少し離れてちょうだい」

ゴン。ニーナの背中がニューススタンドにぶつかった。その瞬間、女は驚くほどすばやくニーナにつめ寄ってきた。女の言葉はちんぷんかんぷんなものの、その口調からせっぱつまっているのがわかる。女はニーナの携帯電話をつかみとると、どこかのボタンを押し、そのままわけのわからない言葉を話し続けた。

「ちょっと！　返してよ！」ニーナは携帯電話を取り返そうと女につかみかかった。携帯電話が地面に落ち、くるくる回転する。すると、女が蛇のようにすばしこくニーナの腕をつかんだ。ニーナは身をよじり、女の手から逃れようともがいた。だが、女の冷たい手は恐ろしいほど力強かった。女のもう一方の手がさっと動く。ニーナは悲鳴をあげた。腕に注射針を突き刺されたのだ。スズメバチに刺されたような鋭い痛みが腕に走った。

女がニーナの腕を放した。注射器が地面に落ち、排水溝へと転がっていく。背中がふたたびニューススタンドにぶつかった。ニーナは女のやつれた顔をじっと見つめた。空気を求めてあえぐも、うまく息が吸えない。まるで肺が冷たくこわばっているようだった。

全身に不快な震えが広がっていく。そのとき、ようやくニーナは思い出した。「ヘルガね」声をしぼりだして言う。「ああ、なんてこと。ヘルガなのね?」

女は両手を持ちあげると、無言で許しを請うように手を合わせた。そしてかがみこんで、ニーナの携帯電話を拾いあげた。

「な……なぜこんなことを?」その甲高い小さな声は、自分の口から出たものとは思えなかった。まるで肉体からぷかりと浮きあがり、漂っているかのようだ。「な、何を注射したの?」ニーナはなんとか声をしぼりだそうとした。だが、ニューススタンドの壁にもたせかけた背中がずり落ち、尻が地面につこうとしていては、それも難しかった。

血がしたたるヘルガのグロテスクな顔がニーナをのぞきこむ。ヘルガはなおも必死に何かを訴えていた。そこに、男の顔が加わった。たばことビールのにおいがする、無精ひげを生やした太った男が、不安そうにこちらを見おろしていた。車の運転手だ。ニーナには見覚えのない男だった。男がヘルガに怒鳴っている。ヘルガの言葉と同じで、ニーナの知らない外国語だ。男のしゃがれ声は震えていた。どうやら怯《おび》えているようだ。ヘルガも泣きながら男に怒鳴り返している。その顔は血と涙でぐちゃぐちゃだった。

ふたりはニーナの頬をたたき、彼女の名を呼んでいた。だがニーナには、それが自分の顔なのかも、自分の名前なのかも、もうわからなくなっていた。

ふたりがニーナの体をひねり、向きを変えた。彼女を抱えあげ、引きずっていく。そして車へと運ぶと、つるつると滑る革の座席に押しこんだ。車内はたばこのにおいがした。ヘルガが何かを言いながらニーナの隣に座った。まだ彼女の携帯電話を握ったままだ。

ヘルガはニーナに覆いかぶさるようにして、何かを懇願していた。しかし、その声はニーナの耳には届いていなかった。

彼女はすでに意識を失っていた。


アレックス・アーロは大勢の人でこみあうジョン・F・ケネディ空港のコンコースを足早に歩いていた。行き交う人々はアーロの顔をちらりと見るや、彼にさっと道を譲る。結果として、アーロの前には出エジプト記の紅海のくだりのように道が開けていった。

「いや、おれにはそんな時間はない。だめだ、都合が悪いんだ」アーロは携帯電話に向かってうなり声をあげた。「あんたの頼みにこたえることはできない。おれは忙しいんだ」

「たいした手間にはならない」最初は下手に出ていたブルーノだったが、その口調はだんだん険しくなっていった。「あんたはニューヨークにいるんだ。飛行機は着陸して、もうそっちにいるんだ。少しばかり予定を遅らせるのが、そんなに難しいことなのか？　ニーナの携帯電話に録音された音声をぱぱっと翻訳してくれるだけでいいんだ。おそらくはウクライナ語だと思われるんだが、それを翻訳できる人間がそっちには誰もいない。だからあんたに頼んでるんだ。あんたしかいないんだよ」

アーロは歯嚙《はが》みして言った。「今は対応できない」

「今、グーグル・マップで確認しているんだが、そこからなら二十五分で病院に到着できる。あんたは注射針を手に襲いかかってきたばあさんが話した内容を訳して、リリーの親友と一時間かそこら一緒にいてくれればいいんだ。彼女を護衛するために信頼できるボディガードを送りこんだから、そいつが到着するまで付き添ってやってくれ。ボディガードと交代したら、どこへ行こうとかまわない。簡単な仕事だ」

簡単だと？　マクラウド家とその関係者の厄介ごとに少しでもかかわれば、とんでもない災難に巻きこまれることになる。これはもう、お約束のようなものだ。実際、これまでに何度も経験してきた。数年前、かつて所属していた陸軍レンジャー部隊の仲間だったデイビー・マクラウドに頼まれ、手を貸してやったが、そのときは残忍な臓器窃盗組織とかかわるはめになった。

その事件以降、坂を転がり落ちるようにトラブルに巻きこまれどおしだ。家と車を爆弾で吹き飛ばされたこともある。だが、なかでも最悪なことが起きたのは六カ月前だった。ブルーノが無理を言ってくるのも、彼にはそうする権利があるからだ。すべてはおれがとんでもないへまをやらかしたせいだった。そのせいでブルーノとリリーの命は危険にさらされてしまった。ブルーノは今、おれの罪悪感につけこもうとしているのだ。ぴしゃりと鞭《むち》を打つように。

その作戦はうまくいき、アーロははらわたがよじれるような感覚に襲われていた。それでも今回ばかりは引き受けるわけにはいかない。

「おれは忙しいんだ」アーロはもごもごと言った。

「忙しいって、何がだ？　まさか仕事じゃないだろうな？　サイバー攻撃対抗サービスとやらでさんざん稼いでいてもまだ足りないってのか？　マイルズに聞いたが、あんたらはそれでがっぽり儲《もう》けているっていうじゃないか。お得意さんとのランチミーティングなんて、一、二時間くらい遅らせろよ！　あんたなら病院に立ち寄って、ニーナを助けてやれるんだ！　あんたはもうお偉いさんなんだから、それくらいの融通はきくはずだ」

「ランチの約束があるわけじゃないんだ。おれは――」

「ランチかどうかなんてどうでもいいんだ、アーロ。まじめな話、ニーナは震えあがってる。

薬を打たれて気を失ったんだぞ。加害者のほうのいかれたばあさんは今、昏睡《こんすい》状態だ。だから、打たれた薬がなんなのかは誰にもわからない。ニーナは怯えている。彼女には支えが必要なんだ。できることなら銃を持った人間の支えが。そうすればおれたちも安心できる」

「誰かが彼女を襲うかもしれないと考えているのか？」

「そんなのわかるわけがないだろう？　その女がなんと言ったのか、おれたちにはわからないんだから！　この状況にはあんたが必要なんだ、アレックス・アーロ。友人としても、専門家としても！　頼むよ、リリーは心配でどうにかなっちまいそうなんだ。こんなときに彼女を興奮させたくない」

「やめてくれ」アーロはぶっきらぼうに言った。「リリーを妊娠させたのはおれじゃない。彼女のデリケートな状態なんて、おれには関係ないんだ」

「おい、そんなに嚙みつくことはないだろう」

「言いたいことは黙っていられない性分なんでね。あんたも知ってるだろ？　その女に必要なのは心的外傷《トラウマ》専門のセラピストかソーシャルワーカーだ。もしくは――」

「ニーナがそのソーシャルワーカーだ、このまぬけ！」

アーロは顔をしかめた。状況はどんどん悪くなる一方だ。まったく、ソーシャルワーカーとは。

「こう考えてみろ」ブルーノが銃弾のように次から次へと言葉を打ちこんでくる。「この仕事は子守りみたいなもんだ。気を使う必要も、べたべたつきあう必要もない。礼儀正しくふるまわなくたっていいんだ。あんたはいつものくそ野郎のままでいい。ぶーたれても、屁《へ》をこいても、タマをかいてもかまわない。ただ録音された音声を訳して、ニーナと同じ部屋にいてくれさえすればいいんだ。デイビーがフィラデルフィアから昔の軍隊仲間を向かわせた。だから一時間二十分もしたら、あんたはお役御免になる。おれがあんたに頼みごとをするのはこれが最後だ。神に誓うよ」

アーロはためらった。おれは〈マーサー・ストリート・ホスピス〉へ急いで向かっているところなんだよ。トーニャおばさんが死んじまう前にお別れを言いたいんだ。

だめだ。そんなことを打ち明けるわけにはいかない。たとえそれが本当のことであっても。あわれみを請うようなまねはしたくない。「だめだ」アーロは言った。「無理なんだ」

「くそ野郎、そんなに大事な用って、いったい……」

アーロはブルーノのやかましい声が意味のない雑音に聞こえるようになるまで意識をそらし、良心の呵責《かしやく》を抑えこんだ。深く息を吸って腹に力をこめる。少しはましになった。手荷物受取所に近づくと、さらに足を速めた。荷物を受けとるまでは、気分が落ち着かない。彼は武器をあずけるのが嫌いだった。銃と離れていると、なぜか息苦しさを覚えるのだ。そしておばが死の扉の前に立っていると考えると、気分が滅入《めい》った。さらに、とうの昔に縁を切った家族と対峙《たいじ》することを考えると、ストレスはどうしようもないほど高まった。

　ブルーノとリリーのろくでもない頼みごとが、最後のだめ押しだった。

「アーロ、これはたいした仕事じゃないんだ」ブルーノの声がアーロの意識に割って入った。ブルーノはがなりたてるのをやめ、ふたたびおだてるような口調に戻っている。この男はピットブルみたいにしつこいのだ。

「ニューヨークには彼女のために音声を訳せる人間がごまんといるはずだ。ほかの人間をあたってくれ」アーロは言った。

「猛烈に気が立ったがらがら蛇より容赦ない、身長百九十五センチの完全武装した男はほかにいやしない。ああ、リリー、そうなんだ。こいつは忙しいんだと」ブルーノの声が遠ざかった。まもなく妻となるリリーと話しているようだ。どうやらリリーもブルーノと一緒にいるらしい。電話の向こうで甲高い声が響いた。「リリーがあんたと話したいと言っている」ブルーノが意地悪そうな口調になった。「ニーナとの電話を切ったらすぐにこっちの電話に出るそうだ。覚悟するんだな」

「リリーにこの電話を渡すな」アーロは嚙みついた。

「いいや、渡すね」ブルーノが脅すように言う。「ニーナには誰かが必要なんだ。彼女には家族も夫も恋人もいないんだ」

「彼女をおれとくっつけようとしているのか？」アーロは神経がずきずきとうずくのを感じた。「考えるだけ無駄だぞ」

「まさか」ブルーノがあわてて言った。「あんたを敵にまわすつもりはない。録音した音声を訳してくれるだけでいいんだ。そのあとは交代が来るまでニーナのそばにいて、まわりをビビらせてくれればいい。あんたの得意なことだ」

アーロはターンテーブルから自分のダッフルバッグを引っ張りあげた。この依頼には気に入らない点が数えきれないほどある。ブルックリンの街角にいた怯えた女、ウクライナ語、破れたブラウス、顔からしたたる血、薬物がたっぷり入った注射器。わかりきったことじゃないか。どこにでもある不運な話だ。暴力、レイプ、裏切り。それが女をドラッグへと走らせ、やがて正気を失い、ついには昏睡状態に陥ったのだ。そしてブルーノたちは、その悲惨な物語の一部始終をおれに訳せという。まったく、すばらしい。

アーロはふたたび紅海のごとく人波を分かちながら、レンタカーのカウンターへ向かった。その売春婦のあわれな物語など訳したくなかった。気が滅入るような話を聞かされることになるだけだし、自分にできることは何もない。ニーナのような女性からはできるだけ離れていたほうがいい。虐待された女性たちのシェルターで彼女たちを救おうと奮闘した結果がこれだとは。まったく、目もあてられない。

だめだ。リリーの友人とその厄介ごとから逃れるためなら、何百キロ運転したっていいくらいだ。その役目は誰かほかの人間に担ってもらおう。

「リリーはニーナにあんたの携帯電話の番号を伝えているところだ」ブルーノがアーロに伝

えた。「これからあんたに音声ファイルを送るから、待っていてくれ」

アーロは歯のあいだから息を吐いた。「待て、ブルーノ――」

「あとでニーナから電話がいく。断るなら直接彼女に言ってくれ。あんたは手を貸せないってことを。ああ、言ってやるがいい。トラウマを負ったばかりの、心底怯えて泣いている女性にさ。おれもその光景をこの目で見たいくらいだ」

アーロは電話を切り、レンタカーの列に並んだ。ずきずき痛む額を親指でさする。

自分が銃を持って病室に突っ立ってみたところで、場所と空気を無駄に使うだけで、ニーナにとってなんの役にも立たないだろう。いまいましい巨岩みたいに、まぬけ面をさらすはめになるだけだ。彼女にとっても、いいことなんて何もない。居心地の悪い気分にさせて、さらなる負担をかけるだけだ。

まったく、飛行機は嫌いだ。まるで胃に指先でも突っこまれたみたいな気分だ。それにトーニャのことを聞いてから、ろくに睡眠をとっていない。

こんなふうになるなんて自分でも意外だった。トーニャにはもう何十年も会っていないのだから。家族と縁を切って以来、おばとは話していなかった。トーニャと連絡を取りつつ、ほかの家族と完全に切れる方法などなかった。だからトーニャとのつながりをも断ち切ったのだ。パチン、パチンと。まさに冷酷なろくでなしだった。実際、トーニャのことは、もう何年も思い出していない。今の自分と過去のあいだを隔てる壁を心のなかに築いたのだ。今では過去にわずらわされるのは、アルバトフ一族を監視させている私立探偵から、半年ごとに受けとる報告書に目を通すときだけだ。アーロはその探偵に少なからぬ報酬を払っていた。アルバトフ一族を監視するのは危険な仕事だからだ。

三日前に受けとった最新の報告で、トーニャがホスピスにいることがわかった。そこで、さらに詳しい情報を得るために、ホスピスのコンピューターをハッキングした。経管栄養。人工呼吸器。透析治療。モルヒネ投与。

トーニャは死にかけているのだ。そう気づいたとたん、心に築いた壁の向こうから記憶がどっと押し寄せてきた。

ああ、トーニャおばさん。

トーニャはアーロの父、オレグ・アルバトフのいちばん下の妹だ。アーロ自身と同じように、トーニャもアルバトフ一族のはぐれ者だった。夢見がちで、心はいつもどこかをさまよい、決して英語を覚えようとはしなかった。若いころから美しく、あまたの求婚者がいたにもかかわらず、一度も結婚しなかった。アーロが五歳で妹のジュリーが二歳のときに、母が癌《がん》で亡くなり、子供たちの世話をするためにトーニャはアーロたち一家と一緒に住むようになった。オレグが毒婦リタと再婚するまで、その暮らしは五年続いた。リタはアーロよりたった九歳年上なだけだった。

リタはトーニャを家から追いだした。アーロと妹の暮らしが地獄へと一転したのはこのときからだ。

トーニャは……とにかく変わった女性だった。彼女は大人になってからの人生の半分以上を精神科の病院で過ごした。ほかの人間には見えないものが見えたし、誰にも見えない相手と会話した。トーニャと一緒にいると、誰もが落ち着かない気分になったものだ。だからみな、彼女のことをどうかしていると決めつけたのだろう。だがアーロには、トーニャがいかれているようには見えなかった。彼女の空想や、物語、彼女の目に映る世界について話してもらうのが大好きだった。トーニャはアーロのてのひらと顔と目を見て運勢を読み、彼は大きなことを成し遂げる宿命だと語った。旅に出て、富と名声、そして真実の愛をつかむことになるだろうと。トーニャの予知能力についてはさておき、アーロはおばがそう考えてくれているということがうれしかった。ジュリーもトーニャのことが大好きだった。

アーロが十三歳のとき、オレグがいつものように息子に暴力を振るって鬱憤《うっぷん》を晴らした。アーロは腕と肋骨《ろっこつ》の骨折、打撲傷に軟骨剥離《はくり》という大けがを負った。そのときのトーニャの行動に、一族は驚かされた。なんとトーニャはリタの宝石を盗んで質に入れ、アーロとジュリーを連れて逃げたのだ。それがどれだけ勇気のいる行動だったか、当時のアーロはわかっていなかった。

三人はジャージーショア行きのバスに乗った。そして連れ戻されるまで、一カ月近くそこで過ごした。アーロの腕と肋骨の骨折が癒《い》え、むずがゆくなるころまで。その一カ月のあいだ、トーニャと兄妹《きょうだい》は震えながら浜辺を何時間も散歩し、人気のない砂浜でピクニックをした。波に打ちあげられたごみの上でやかましく鳴いている鷗《かもめ》たちを眺めながら、まるで真夏のピクニックであるかのように楽しんだものだ。モーテルの部屋に備えつけられた古いテレビで、くだらない番組を見ては笑い転げた。ダイナーで脂っこい料理を食べたり、映画を見に行ったり、トランプで遊んだりもした。トーニャはアーロとジュリーにウクライナの寓《ぐう》話《わ》をいくつも話してくれた。

そんな幸せを味わったのは、三人とも初めてだった。

だが、そんな日々がいつまでも続くわけがなかった。終わりが来ることは三人ともわかっていた。質入れした宝石から足がつき、トーニャは病院に送り返された。そしてアーロとジュリーは……。まあ、それについては思い出しても意味がない。

それ以降、束《つか》の間の自由の味がアーロの心に刻みこまれた。それは輝く星のように、ずっと手の届かない存在だった。

アーロは物思いを振り払った。自分の手から何かがすり抜けていくという、常に自分につきまとって消えないこの感覚にいらだちを覚える。おばとは二十一年会っていないのだから、そもそもおばを失うも何もない。今さら何を失うというんだ？

それに、なぜ罪悪感に襲われるのだろう？　自分におばを助けることができたとでもいうように。

なぜなら、トーニャはおれを助けてくれたからだ。おれのためにそばにいてくれたから。そのせいで彼女が大きな代償を払うことになったからだ。

アーロは顔をしかめ、その考えを頭から追い払った。自分にはトーニャを助けることなんてできなかった。ジュリーを助けることもできなかったのだから。おれは逃げだしたのだ。自分だけ助かろうとして。

残っている一族のメンバーに居所を知られたら、自分の人生はなんの価値もなくなってしまう。全力で葬り去った過去の罪悪感にとらわれているつもりはなかった。まったく、いつになったら完全に過去を断ち切れるんだ？　心臓はこの数日間、二倍の速さで鼓動している。息を吸うことさえままならなかった。

そこにブルーノとリリーが、泣きじゃくるソーシャルワーカーとともに、古い罪悪感の上に新たな罪悪感を注《つ》ぎ足したのだ。サンデーの上にさらにファッジソースを垂らすように。

ようやくアーロの順番が来た。明るくて元気のいい受付係が軽薄な笑みを浮かべながら、彼の血走った目を見つめる。その瞬間、彼女の笑みは凍りつき、一瞬ゆがんで消えた。蛇ににらまれた兎《うさぎ》のように。この娘は見かけより賢いようだ。

すばやく手続きがすんだことに満足しながら、アーロは駐車場へと向かった。頭がひどく痛んだ。心臓が打つたびに、ずきんずきんとリズミカルに痛みが響く。アーロは頭痛そのものを懲らしめてやりたかった。蹴《け》り飛ばしてやりたいくらいだ。だが残念なことに、頭痛は自分の脳のなかで起きている。ああ、誰かを懲らしめてやりたくてたまらない。やはりおれはオレグ・アルバトフの息子だ。血は争えない。オレグにとっては、懲らしめることがすべてだった。そのとき、携帯電話が鳴り、一通のメッセージが届いた。件名は〝911〟。おれを楽しませようと、胸の悪くなる悲運の物語が届いたようだ。

アーロは二〇一一年式のリンカーン・ナビゲーターに乗りこむと、ダッフルバッグのなかを探った。まずはナイフだ。ジャケットの左のポケットにはカーショウ・ナイフを、右のポケットにはガーバー・ナイフを、そして汎用ナイフをベルトの鞘《さや》に差す。衣類のあいだからホルスターと銃ケースを見つけると、ウエストバンドのホルスターにFNP-45をおさめたあと、S&W357スナビーをブーツに押しこんだ。よし。これで少しは息苦しさもおさまった。彼はショットガンケースを取りだすと、座席の上に置いた。そして運転席に座ったまま、まだまだ吸い足りない酸素を求めて大きくあえいだ。

ニーナという女性から電話がかかってきたら断ろう。連中には好きなだけおれを憎ませてやるのだ。そして、トーニャのホスピスへ向かう。さらなる罪悪感をのみ干すために。そのあとで、まだ自分がしゃんとしていたなら、ニーナに電話をかけて、まだ助けが必要かどうか尋ねてみよう。それがおれにできる最大限だ。いや、おれにできるのはそれだけだ。運がよければ、彼女に失《う》せろとののしられて、おれはお役御免になる。

ブルーノは腹を立てるだろう。リリーもだ。だが昔はもっと強烈でとぎれることのない怒りに耐えてきた。

考えてみれば、アーロは自分に向けられる怒りに耐えられるよう、自然に鍛えられたようなものだった。

2

「それで、ベン。わたしの選挙運動を応援してくれると期待してもいいのかね？」ハロルド・ラッドはベンジャミン・スティルマンの意識に、慎重かつ正確に圧力をかけながらコーヒーを飲んだ。

ラッドはこの思考の操作をさほど楽しんでいるわけではなかった。いささか乱暴とも言えるいつものやり方のほうがずっといい。超能力で、ばかな連中の意識を打ちすえてやるほうが。彼らが四つん這《ば》いになって、こびへつらい、慈悲を求めるところを眺めるのがラッドは好きだった。何時間も続く興奮を与えてくれるからだ。ときにはｐｓｉ‐ｍａｘの効果が長続きすることさえある。

だが今、スティルマン上院議員に高級ダイニングクラブの床に這いつくばらせ、おべっかを言わせたところで、自分の計画のためにはならない。短期的にはその光景がどれだけ楽しめようと。ラッドはこの男を強力な支持者にする必要があった。この男の政治的な力のすべてを、これから始まる知事選の選挙運動に捧《ささ》げてもらうつもりだ。どこかの個人診療所に連れていき、薬漬けにさせるのではなく。

冷静になれ。この能なしに笑いかけるんだ。

「どうかな、ハロルド」スティルマンはブランチメニューのオムレツをひとすくいして口に運んだあと、三角にカットされたトーストにかじりついた。口を動かすたびに、たるんだ頬がふくれあがる。「ぼくが思うに、きみには経験がほとんどないだろう。知事に必要な……必要な……」スティルマンの言葉がとぎれた。喉をつまらせ、咳《せ》きこみ始める。

スティルマンの顔はみるみる赤くなった。ぎょろりと見開いた目には困惑が浮かんでいる。彼は先ほどまで考えていたことを忘れてしまったのだ。ラッドの周囲にいる人間は、ラッド自身の目標の妨げになるような思考を失うことがよくある。このトリックを使うのはこのうえなく楽しかった。ラッドは圧力を加えた。スティルマンを困惑させるほど強く。そしてまたさらに強く、今度は痛みを感じるほどに。

そして、スティルマンを解放した。彼はナプキンを口にあてて咳きこんでいる。

ラッドはスティルマンの背中をたたいた。「ベン、大丈夫か？　誰かを呼んでこようか？　医者が必要かい？」

スティルマンがラッドの手を振り払った。「いや」あえぎながら言う。「医者なんて呼ぶ必要はない。ただ……ちょっと……一瞬、変な感じがしただけだ」

「よくあることだ」ラッドはグラスに水を注いでスティルマンに渡した。そうとも、よくあることだ。特に、ハロルド・ラッドとブランチをともにする相手には。だがスティルマンがそれをラッドと結びつけることはないだろう。ラッドのひそかな能力にスティルマンが疑念を抱くことはまずないはずだ。

水をがぶ飲みしているスティルマンに、ラッドはふたたび慎重に圧力を加えた。鼻柱をくじいてやったことでスティルマンの意志の力はわずかに弱まっていたものの、そこにはまだ壁があった。若いころにやった馬糞《ばふん》すくいのほうが、これよりよっぽど簡単だ。ラッドは上院議員の妻に同情した。この男は、家では家族を支配するろくでなしに違いない。もしかしたら彼にも潜在的な超能力がわずかばかりあるのかもしれない。

あるいは自分自身に問題があるのだろうか？　ラッドは貴重なｐｓｉ‐ｍａｘをもう一錠のむつもりだった。人を思いどおりに操る能力を最大にまで高めるために。のみすぎないように自分を抑えるのは大変だった。ｐｓｉ‐ｍａｘの供給源があるとはいえ、無尽蔵に手に入るわけではない。それに、カシャノフに逃げられたのは大きな痛手だった。あの女にもっと薬を生産させ、完璧《かんぺき》な配合を開発させる必要があった。大勝負のときが近づいているのだ。うまくやれば、大きな権力を手にすることができる。そのためには、全員に最高の仕事をしてもらわなければならない。

あの女をとらえたら、自分に逆らった報いを受けさせるつもりだ。もちろん、廃人にするわけにはいかない。ｐｓｉ‐ｍａｘを調合できるのはカシャノフだけなのだから。ラッドは研究所に大金を投じていた。大勢の役立たずの科学者が一年半ものあいだ、カシャノフの調合法を複製しようと試行錯誤したものの、その努力は無駄に終わった。そう。カシャノフは調合法を彼らに明かさなかったのだ。あの嘘《うそ》つきばばあめ。

ラッドはふたたびスティルマンの思考を操ろうと試みた。今度はもっと強く。ベン・スティルマンは卵とスモークサーモンを口に入れると、咀嚼《そしゃく》しながら眉をひそめ、壁の羽目板や白いテーブルクロス、真っ白な磁器へと視線を移した。さあ、降伏するんだ。ラッドはさらに力を強めた。もっと強く……あと少しだ……。

「すみません」

ラッドはさっと顔をあげた。スティルマンとのつながりが絶たれる。スティルマンはうなり声をあげ、犬が水滴を振り払うようにぶるぶる頭を振っていた。絶好のチャンスが失われてしまったのだ。くそっ。ラッドは、申し訳なさそうに目をしばたたかせながら隣に立っている男に鋭い視線を送った。このまぬけが。最悪のタイミングでわたしの邪魔をするとは。だが、ラッドは男に向かって鷹揚《おうよう》にほほえんだ。「なんだね、ジョン？」

「ロイがあなたにお会いしたいと、ここに来ております」ジョンがドアのほうに目をやりながら小声で言う。「緊急だと申しております。その……一応、お耳に入れたほうがいいと思いまして」

「わかった」ロイがジョンを脅しつけたに違いない。

ラッドはドアに目をやった。そこには問題の多い彼の部下、ロイ・レスターが立っていた。そんなところにいたら人目につくじゃないか。あのばかめ。

ロイは待たしておけばいい。ラッドはスティルマンの思考を操作しようと、ふたたび彼に意識を向けた。今度は簡単だった。手ごたえを感じた瞬間、近くのテーブルで炭酸水を飲んでいたアナベルに目を向ける。そして、たった今彼女に気づいたというように笑みを浮かべ、こっちに来るよう合図した。

振り返ったスティルマンが驚愕《きょうがく》に目を見開いた。口もとをナプキンでぬぐう。主役の登場だ。ここからはアナベルの独壇場だ。彼女はテロリストが爆弾を使うように女の色香を武器に使う。それも情け容赦なく。

アナベルは顔を輝かせ、手をひらひらさせた。「あら、まあ！　なんて偶然なの！」彼女は飛びあがるように席を立つと、優雅にテーブルのあいだを縫って彼らの席にやってきた。きらめく笑顔を振りまきながら。まったく、みだらな雌犬め。アナベルはpsi‐maxをのんだようだ。それもラッドが待機しろと指示したあとに。ラッドは歯嚙みした。psi‐maxで強化されたアナベルの性的魅力が威力を発揮していた。彼はダイニングクラブじゅうの顔がこちらを向いているのに気づいて顔をしかめた。やりすぎるな、このめだちたがりのばか女が。相手にするのはスティルマンだけでいいんだ。店じゅうの男をたらしこむ必要はない。

だが、遅かった。スリムで美しい体にブロンドの髪を持つアナベルは、psi‐maxによる後押しがなくても、まわりを振り向かせる魅力があった。彼女にとって、まばゆいばかりの自分の魅力を振りまくことほど好きなことはない。そして、妻と腕を組んでいるのも忘れて自分の足にけつまずく男どもを眺めて満足感に浸るのだ。psi‐maxをのんで輝いているときのアナベルは自動車事故を引き起こしかねない。そしてそれは彼女の第一能力であるテレパシーとは別の力なのだ。

アナベルがテーブルの前で足をとめ、ラッドの頰に軽くキスをした。「こんにちは、ハロルドおじさま！」

ラッドは尻軽で自分勝手なこの女に笑顔を向けた。「アナベル、こちらはベン・スティルマン上院議員だ。こちらはアナベル・マーシャル。家族ぐるみのつきあいをしている友人の娘だよ」ほうけたままのスティルマンに向かって言う。「彼女はわたしの選挙運動を手伝ってくれている、かけがえのないスタッフなんだ。だから彼女を引き抜こうなんて考えないでくれよ！」

ラッドとスティルマンはにやりと笑い、アナベルは頰を赤く染めた。スティルマンの目は彼女の胸に釘《くぎ》づけだった。ぴったりとした黒いリブのタートルネックのセーターに包まれた美しいふたつのふくらみに。アナベルは服を撫《な》でつけ、気どったポーズを取った。すると彼女の輝きが増し、えもいわれぬ美しさが際立つ。この無防備な瞬間を逃さず、ラッドはスティルマンの意識に最後に軽く圧力をかけた。

すると、スティルマンの意思はねらいどおりの場所におさまった。アナベルのくすくす笑いと楽しげなおしゃべりの声に惑わされて。ラッドはスティルマンの支持を得た。これでよし。

ラッドはアナベルにほほえんだ。「アナベル、すまないが、わたしがロイの用事を確かめてくるあいだ、スティルマン議員のお相手をしてくれるかい？　十分ほどで戻るから」

自分のすべきことを心得ているアナベルは甘い声で答えた。「もちろんよ」

ラッドはドアに向かった。ロイに充分に近づいたとたん、反応の鈍い彼の思考に激しい痛みを送って罰を与える。「邪魔が入らない場所に行くぞ」ラッドは怒りをこめた声で言った。

ロイはラッドに言われるまま、まもなくアナベルがスティルマンを連れこむことになっているスイートルームへ向かった。議員はすでにラッドの手中にある。それは確かだが、アナベルとの情事をカメラにおさめて、それを保存しておくのも悪くない。彼女のがんばりのおかげで、ラッドには豊富なビデオコレクションがあった。政治家に、判事に、会社社長。老若男女、アナベルの相手は見境なしだ。彼女は選《え》り好みしないのだ。薬のためならなんだってする。

ラッドはロイのあとに続いてスイートルームに入ると、ドアをばたんと閉めた。「おまえはここで何をしてるんだ？　ここには来るなと言っておいただろうが！」

罰としてラッドがロイの意識を打ちすえると、ロイは部屋を占拠するように置かれている建築模型のほうへとよろめいた。その高価な模型は、ラッドの部下が苦労の末に、今朝ようやく完成させたばかりのものだった。

「このまぬけが！」ラッドは怒鳴った。「模型にさわるな！　その模型にどれだけ金がかかってるか、わかっているのか？」

あわてて飛びのいたロイは、壁にぶつかって跳ね返され、キングサイズのベッドにドスンと倒れこんだ。「やめてくれ」体を丸めて懇願する。「頼む」

ラッドは大股で未来の〈グリーヴズ・インスティテュート〉の模型に近づくと、どこも壊れていないかどうかを確かめた。「おまえのせいで、木が四本倒れてしまったじゃないか、うすのろめ。今日届いたばかりなんだぞ！　この模型は土曜日までに、スプルース・リッジにあるコンベンションセンターへ届けなければならないんだ。だからこいつをばらばらに破壊しないでもらえたらありがたいんだがな！」

「ええと……わかったよ」ロイは首全体から顎の下へとまだらに広がっている紫色のやけどの跡をさすった。不安なときに出るそのロイの癖を見て、ラッドは無性にいらだった。

「いったい、おまえはここで何をしているんだ？」ラッドは声を荒らげた。「人の目がある場所でわたしに近づくんじゃないと前にも言ってあるだろう！　わたしは世間の目にさらされているんだぞ！　わたしに近づくなというのは提案なんかじゃない、このまぬけめ！　命令だ」

「おれの頭のなかを攻撃しないでくれ！　そうされると何も考えられなくなる！」

「最高の状態でも、おまえはまともに考えられないだろうが」ラッドは言い放ったが、攻撃の手はゆるめた。ロイは息を切らしながら、がっくりと肩を落としている。「それと、言葉に気をつけろ」思いついたようにラッドは言った。「家族の価値観《ファミリー・バリュー》を忘れるな」

「この偽善者め」ロイが吐き捨てるように言う。

ラッドは意に介さなかった。psi‐maxで能力を強化している部下から自分の本性を隠すのは不可能だ。それに、ロイとアナベルがラッドの秘密を知っているように、ラッドもふたりの意識に巣くう醜い秘密を知っている。ラッドが部下たちの手綱をしっかり握っている限り、この不安定なパワーバランスも保たれるというわけだ。ロイのぽんこつ頭とアナベルの尻軽さを考えると、自分の輝ける未来にとって、ふたりの存在が負担になる日も近いかもしれないが。

だがそれについては、そのときになったら考えればいい。「それで、緊急の用とはなんだ？」

「カシャノフのことだ、ボス」ロイは目をそらした。「あの女を見失っちまった」

その言葉の意味することに気づいて、ラッドは胃が冷たくなるのを感じた。「見失っただと？」おうむ返しに言う。「なぜ見失うことができるんだ？　おまえはターゲットが数キロ先にいたって追跡できるはずだぞ！　見失おうったって女を見失えるわけがないって豪語したのはおまえじゃないか！」

ロイの禿《は》げあがった頭が汗で光っている。ふとラッドは、ロイの側頭部に紫色のこぶができているのに気づいた。

「あの女はブルックリン郊外の家にいた。あの女が今日、ジョン・F・ケネディ空港からラガーディア空港に行こうとしているってアナベルから聞いたんだ。だからおれは、あの女が家から出てきてタクシーに乗りこむ前につかまえてやるつもりだった。だけどあの女に、その……やられたんだ」

「やられた？」ラッドは繰り返した。その声は石のよう冷たかった。「〝やられた〟とはどういう意味だ？」

ラッドに意識を攻撃されてロイは身もだえた。猛獣使いが鞭を使って調教するように、ラッドはpsiでロイを痛めつけるのだ。「薬だよ」ロイは顎を震わせ、むせるようにして言った。「新しい薬の、psi-max48だ。おれに説明してほしいなら、それをやめてくれ、ボス。このままじゃ吐いちまいそうだ。このベッドの上に」

アナベルとスティルマンのためにも、悪臭を放つ汚物を残すわけにはいかない。ラッドはしぶしぶ力を引っこめた。ロイはぐったりして息を切らしている。

「くそ野郎」ロイはあえいだ。「おれの頭のなかに手を出すな！」

「いいからさっさと話せ」ラッドは冷ややかな声で言った。

「だから、さっきから説明しようとしているだろう！　あんたが先週、ラボであの女の腕に打ちこんだ薬だよ！　あんたが癇癪《かんしゃく》を爆発させたときのことを忘れたのか、ミスター・ファミリー・バリューさんよ。頭に血をのぼらせたあんたは、ちょっとした人体実験をしようって思いついただろう？」

頭のなかでバシンと鞭を打たれたように痛みが走り、ロイはうめき声をあげて身をよじった。

「わたしに向かって生意気な口をたたくな」ラッドは言った。「いいから、何があったかだけを説明しろ」

「おれはあの女の居所を見つけた。ブルックリンだ。だが……」ロイは言葉をとぎれさせた。「きっと薬のせいだ。あの女はおれに見せたんだ……」そう言うと、頭を振った。その目には恐怖が浮かんでいる。

ラッドは胸の前で腕を組んだ。「何を見せられたんだ？　さっさと言え。わたしにテレパシーがないことはわかっているだろう？」

ロイの充血した目がさっと泳いだ。

ラッドは笑い声をあげた。「ああ、個人的なものだったんだな？　意地悪なママが夜ごとベッドにやってきて、おまえのペニスを洗濯ばさみで挟むとか、針をタマに突き刺すといった、サディスティックで近親相姦《そうかん》的な幻覚だったんだな？」

「ほっといてくれ」ロイがつぶやいた。

「興味深い」ラッドは楽しそうに言った。「新薬はカシャノフに新たな能力を与えたわけだ。ロイ、それはどういった能力に分類できると思う？　幻影《イリュージョン》か？　それともアナベルが持っているようなテレパシーか？」

「もっと悪い」ロイはまくしたてるようにしゃべりだした。「それにもっと強力だ。イリュージョンとテレパシーを合わせたようなものかもしれない。あの女は人の頭のなかから盗みだしたものをその相手に見せつけるんだ。まったく、いかれた女だよ」

「独創性があるんだろう」ラッドはつぶやいた。「だがあの女がどうやって逃げたのかが、わたしにはわからない。カシャノフにどう攻撃されようが、一〇ｃｃ分のｐｓｉ‐ｍａｘをのんでいたおまえなら、あとからでもあの女の気配を察知して位置をしぼりこめたはずだろう！　数キロ離れていたとしても。なぜ見失ったんだ？」

ロイが目を伏せた。「昏倒してたんだ。気がついたら、あの女は探知可能域にはいなくなっていた。痕跡も残さず、ただ消えちまったんだ」

「おまえは気を失っていたのか？」ラッドは笑いだした。「痩せっぽちのヘルガ・カシャノフに、気を失うほどビビらされたってことか？　ロイ、おまえには幻滅させられたよ」

「倒れたときに頭をぶつけたんだ」ロイが抗議するように言って、頭のこぶをそっと指差した。「気がついたときには——」

「ロイ、もういい。おまえのへまのことなんて、これ以上詳しく聞きたくない。で、なんの手がかりもないのか？」

「なくはない。ニューヨーク市警にいる協力者が911通報をチェックしてくれた。そいつによると、ブルックリンの四番通りの角にある食料品店の男から、歩道に女が倒れていると救急車の要請があったそうだ。カシャノフを見失った家から十五ブロックしか離れていない。救急車が到着したときには、女は消えていたそうだ。タクシーがとまって、ウクライナ語を話す運転手がその女を車に乗せて走り去ったらしい」

「それで？」

「おれはタクシー会社の電話番号を手に入れた」ロイが満足そうに言った。「配車係に電話して、運転手の特徴を伝えたんだ。車内にブリーフケースを忘れたと言って。配車係の女は運転手の名前と携帯電話の番号を教えてくれたよ。簡単にね。優しくて気のきく、いい娘だった」

「まぬけな人間ばかりだからな」ラッドは邪悪な笑みを浮かべて言った。

「そのとおりだ。運転手の名前はユーリ・マルチューク。十五年前にウクライナのオデッサから移住してきた。離婚した娘と就学前の孫息子がいる。住まいはアヴェニューBにあるアパートメント」

ラッドは顎をさすりながらしばらく考えていた。

「なあ、ボス？　このユーリって男については、どこまでやればいい？」

「必要なだけ。言わなくてもわかるな？」

「この件で、ほかの人間の手を借りてもいいか？」

「なんだと、ロイ？　おじけづいたのか？」ラッドは叱責《しっせき》するように言った。

ロイはラッドの挑発を無視して続けた。「ブライトン・ビーチにいる知りあいなら、その運転手の母国語がわかる。ディミトリ・アルバトフは使える男だ」

ラッドは考えをめぐらした。「いいだろう。だがそいつがどこの言葉を話すにしても、おまえがどんな説得方法を取るにしても、その男と話すときはアナベルも連れていけ。おまえのテレパシーは充分じゃない。おまえが得意なのは遠距離からの追跡だけだからな。おまえは追跡者だ、ロイ。それ以上ではない」

ロイは傷ついたようだ。「おれの能力はこれまで何度もあんたの役に立ってきたじゃないか」

「今日は違う」ラッドは指摘した。

ロイが後ろめたそうに肩をすくめる。「じゃあ、アナベルを連れてくよ」

「彼女は午前中、議員とファックするのに忙しい。この予定はあとまわしにできない」

「こっちだってそうだろ、ボス？　それに、もうひとつ知っておいてもらいたいことがあるんだ」

ラッドは身がまえるように目を閉じた。「なんだ？」

「ディミトリは超能力者《テレパス》だ」ロイは慎重に切りだした。「やつには力がある。アナベルと同じくらい」

ラッドの胸に怒りがこみあげた。「おまえはｐｓｉ‐ｍａｘを友達にまわしているのか？」

ラッドの怒りの攻撃がロイを打ちのめした。ロイはベッドから起きあがることもできず、身もだえている。だがこの勢いで攻撃を続けていたら、このベッドをきれいに整え直さなければならなくなる。まもなくアナベルがスティルマンを誘いこむことになっているというのに。ラッドはロイを解放した。

ロイはなんとか起きあがった。「すまない、ボス」はなをすすりながら言う。「本当は、やつを消すつもりだったんだよ。ほかの連中みたいになるだろうって思ったんだ。カーストウの施設で治験のテストをした連中みたいに。あいつらと同じように、やつもおかしくなって、脳がバンってはじけると思ったのさ！　やつには一度、仕事を頼んだことがあったんだ。そのあと、おれはやつを片づけることにした。テストした連中と同じやり方でやつを始末すればいいって思ったんだ。そうすれば、やつのおじのオレグが仕返しに来ることはないと思って。だけど……やつは死ななかった。やつは、その……テレパスになったんだ」

「そしておまえはｐｓｉ‐ｍａｘを渡し続けたってわけか？　わたしに隠れて？」

ロイはきまり悪そうにうなずいた。「薬をやるか、やつを殺すかしかなかったんだ」

「殺してしまえばよかったんだ。どうりでおまえはいつも薬が足りていないはずだ」ラッドはテーブルを指でこつこつとたたいた。「いいだろう、ロイ。おまえがアルバトフとかいう友達の能力を保証するというなら、この件については認めよう。だが今日だけだ。そいつを本当にコントロールできるんだな？」

「ｐｓｉ‐ｍａｘでつれば大丈夫だ」ロイが言った。「そのためなら、やつはなんだってする」

ラッドは目をぐるりとまわした。「わかった。では、倉庫へ行って、ドラッグなりなんなり、必要なものをそろえろ。その運転手から情報を手に入れたら、そのマフィアの友達にひと暴れさせてやるといい。ドラッグの取り引きが思わぬ事態に転がるのはよくあることだ。ところで……」ラッドの声がこわばった。「わたしがこの件と結びつけられでもしたら、わたしが推し進めている薬物取り締まり強化政策への障害になる。それなのに、この件を暗号化通信のできる専用電話で報告できなかったのはなぜなのか説明してくれ」

ロイが口ごもる。ラッドは両手をポケットに突っこんで、答えを待った。

「もう残りが少ないんだ」ロイが認めた。「カシャノフを追うとき、能力をあげるために、ふたつ使っちまった。これでディミトリにも渡したら、おれには充分な量が――」

「このまぬけ」ラッドはぴしゃりと言った。「キャンディみたいにばくばく食うな！　正しく調合できるのはカシャノフだけなのに、おまえは彼女を見失ったんだぞ！　psi‐max48の最後の二回分と一緒に！　それが本当に存在するかどうかすらも探りだせなかったんだろう？　新薬は超能力を持続させるのか？　それとも、これもまたカシャノフの嘘なのか？」

「カシャノフはしゃべらなかったんだ。アナベルがいなかったから、心も読めなかった」

カシャノフは改良版の薬について、超能力が永久に持続するだけでなく、より強化されると確実に請けあった。カシャノフの心は厳重に守られているため、その考えを読むのは難しい。それでもアナベルは、半分が嘘である可能性をかぎとった。そこでラッドは、賢明にもpsi‐max48をカシャノフ自身に打つことに決めたのだ。これが罠《わな》だった場合に備えて。彼女に薬がどう作用するかをこの目で確かめようと考えたのだ。

驚いたことに、新薬はカシャノフに、逃亡を可能にするほどの力を与えた。研究所に火を放ち、カシャノフの死を偽装して以来、三年間監禁していたラボから、彼女はまんまと逃げおおせたのだ。そして、ロイのような獰猛《どうもう》な悪党を打ち倒すほどの力さえも与えた。どうやらpsi‐max48は強力な薬のようだ。ラッドはなんとしてもそれを手に入れたかった。

「迅速に行動するんだ」ラッドはぶっきらぼうに言った。「カシャノフに逃げられでもしたら、psi‐max48を永遠に失うことになる」

「おれにカシャノフの居所を捜してほしいなら、もっと薬が必要だ」ロイは言った。「少なくとも二十錠はほしい。三十錠ならありがたい」

ラッドは蓋のついた容器を取りだすと、小さな赤い錠剤を出した。「十錠やろう」そう言ってロイに薬を渡す。

「ディミトリにも十錠必要だ」ロイが言った。

「八錠だ」ラッドは厳しい口調で言うと、さらに薬を出した。「魔法の薬がほしいなら、自分の仕事をちゃんとやれ。そしてディミトリの手綱を引きしめておけ。もしこの件でへまをしたら、この薬は二度とやらんぞ。そうなったら、おまえはただの役立たずの能なしに逆戻りだ。昔のようにな。あの暮らしに戻りたいのか?」

錠剤を目にしてロイがごくりと唾《つば》をのみこんだ。喉を覆うやけどの跡の下で喉仏が上下に動く。薄汚い薬物中毒者《ジャンキー》め。

「待て、ロイ」ラッドは警告するように言った。「必要になるまでのむんじゃないぞ」

ロイは、首にぶらさげたチェーンにつながれている小瓶のなかに薬を入れた。「知ってるか、ボス?」

ラッドはドアに向かった。「なんだ、ロイ?」

「あんたはたいしたくそ野郎だ。知事としてうまくやってけるだろうよ」ロイが言った。「もしあんたがpsi‐max48を手に入れて、あの女と同じくらい強くなったら、大統領にだってなれるさ」

薬をもらって気分がよくなったロイがごまをすっているだけだということはわかっていたが、ラッドは満足げな笑みが浮かぶのを抑えられなかった。

「意外に賢いじゃないか、ロイ」ラッドは言った。「おまえに見抜かれてしまうとはな」

3

「いいえ！　そんなはずないわ」ニーナは医師に向かって言った。「ヘルガ・カシャノフはわたしにとって、おばみたいな人なの。彼女はわたしの母の親友だったのよ。ふたりはコロンビア大学で一緒に研究をしていたの。ヘルガはたしか精神薬理学の研究者だったと思う。わたしは高校時代、彼女の娘のララのベビーシッターをやってたのよ。今朝、ヘルガに会ったとき、最初は彼女だとわからなかったわ。何年も会っていなかったせいよ。それにヘルガはずいぶん痩せたみたいだし、顔にけがもしていたから。でも、ヘルガがわたしに敵意なんて持つわけがない。わたしに危害を加える理由なんて彼女にはないのよ。彼女はわたしの友人なんだもの！」

ドクター・タリーという名札をつけた、背が高く上品な黒人の医師は咳払《せきばら》いをした。明らかにニーナの言い分を信じていないようだ。「いずれにしても、万全を期して検査を行うつもりです。ただしＨＩＶ検査については、最終的な結果が出るまで数週間かかるでしょう」

ニーナはぶんぶんと首を横に振った。「そんなんじゃない。うまく説明できないけど、お金や何かを要求するためにヘルガがわたしに針を突き刺そうとしたとは思えないわ。彼女がそんなことするわけないもの」

「ミズ・クリスティ、なぜそんなことがわかるんですか？　彼女の言葉がまったく理解できなかったとあなたもおっしゃったじゃありませんか？」

ニーナは答えることができなかった。だが首を横に振らずにはいられなかった。街角で怪しげな液体を注射するなんて、あまりにも卑劣でおぞましい行為だ。自分が覚えているヘルガ・カシャノフがそんなことをするとは思えない。ヘルガはエレガントで聡明《そうめい》で、自信に満ちた人だった。母は当時、ヘルガをずいぶん頼りにしていたものだ。とはいえ、母は依存心が強かった。夫、スタンとの生活のせいで、自分の足ではまっすぐ立てなくなってしまったのだ。

やっぱり違う。何か理由があるはずだ。それがなんなのかは見当もつかないけれど。「わたしが知っていた当時のヘルガは流暢《りゅうちょう》に英語が話せたわ」ニーナは頑固に繰り返した。「それも完璧に。訛《なま》りなんてなかった。それにあと七つか八つは外国語を話せたはずよ。ひょっとして脳の言語中枢に損傷を受けたのかしら？」

ドクター・タリーはふたたび咳払いをした。「ミズ・クリスティ、まずはご自分の問題に集中しましょう。どうかあの女性のことは心配なさらず――」

「今の状況からすると、彼女の問題はわたしの問題でもあるわ」ニーナはぴしゃりと言ったあと、はっとした。「ごめんなさい。神経が高ぶってるの。それに、彼女が自分の話している内容を録音したということは、少なくとも、わたしとコミュニケーションを取ろうとしたということだと思うの。あの音声を翻訳してもらわなくちゃ。検査結果が出て、わたしが打たれた薬がどんなものか見当がつくまで、どれくらいかかるかしら？」

「長くはかからないと思います」医師が顔をしかめた。「今の時点ではなんの症状も出ていませんし、意識を失ったのはショックのせいだったのかもしれません。ですが、しばらく経過を観察したいので、わたしが退院の許可を出すまではここにいてもらいます」

ニーナは不安げに息を吐いた。「ヘルガはどんな様子かしら？　目を覚ました？　何か言ってた？」

ドクター・タリーは首を振った。「まだ意識がありません」

「それなら運転手だわ。たぶん、彼なら――」

「タクシーの運転手なら、あなたたちふたりを救急センターに届けたあと、立ち去りました」医師が冷静な声で言った。「運転手があなたの役に立つことはないでしょう」

「タクシーのナンバーはわかってるの。元ＦＢＩの知りあいがいる友人に頼んで、ナンバーを調べてもらったから、運転手の名前と住所はつかめたわ！」ニーナは得意げに言った。

「運転手の名前はユーリ・マルチューク。住所はイーストヴィレッジのアヴェニューＢよ。わたしはヘルガの娘のララを捜しているところなの。彼女なら音声を翻訳できるわ。もし運転手を見つけだせたら――」

「あなたは興奮しすぎです」ドクター・タリーが眉をつりあげた。「なるべく気を静めるようにしてください。あとでまた何か情報があれば話しましょう」

「情報こそ、まさにわたしが手に入れようとしているものよ」ニーナは歯嚙みしながら言った。「いい？　もしヘルガが目を覚まして何か話し始めたら、わたしに教えてちょうだい。お願いよ」

「もちろんです」医師の声は冷ややかだった。「それではのちほど」

検査室のドアが閉まると、ニーナは落ち着きなく息を吐きだした。じっと座ってなどいられなかった。じっとしていられないどころか、体はどこもかしこもがたがた震えている。彼女は検査台から滑りおりた。震える手で持つ携帯電話が台にあたって音を立てる。画面には親友のリリーの番号が表示されたままだ。

リリーが友達でよかった、とあらためて思った。リリーとブルーノと、そしてとんでもなくタフでマッチョなマクラウド兄弟は、わたしのためにすぐさま動いてくれた。マクラウド兄弟とは一度も会ったことがないにもかかわらず。なんていい人たちなんだろう。ニーナはすでに彼らのことが大好きになっていた。タクシー運転手の住所を調べてくれたのも彼らだ。リリーもポートランドから、もう三度も電話をくれていた。それどころか、ニューヨークに来ると言ってニーナを心配させたほどだ。もっともリリーの婚約者のブルーノとニーナとで、すぐさまその考えには反対したけれど。リリーは今、妊娠八カ月なのだ。経過は順調とは言いがたく、最近〈オレゴン健康科学大学病院〉に経過観察のため入院したばかりだった。飛行機に乗るなんてとんでもない。それでも今すぐ駆けつけると言ってくれる友達がいるというのはうれしいものだ。

ニーナはリリーが恋しかった。リリーのいない寂しさに胸がうずく。以前のふたりは、アッパーウェストサイドにあるニーナのアパートメントで、夜更けにテイクアウトの料理を一緒に食べては、おしゃべりに花を咲かせ、くすくす笑いあったものだった。リリーが近くにいた日々は楽しかった。大学時代のルームメイトは、今や実の姉妹も同然になっていた。ふたりは家族の穴を埋めるように、長年助けあってきたのだ。

リリーがポートランドに移り住んだのを契機に、ニーナはついにアッパーウェストサイドのアパートメントを解約し、継父から相続したミルベイシンの一軒家に戻ってきた。その家は貸家にしていたのだが、住んでいた家族が最近退去したということと、そこからだとニーナの勤める虐待された女性のためのシェルター、〈新しい夜明け《ニュー・ドーン》〉への通勤時間がかなり短縮されるというのが理由だった。

ニーナはその家に対し、複雑な感情を抱いていた。いやな記憶はたくさんあるものの、何年も前のことだ。過去はもう消えた。スタンもだ。自分はもう傷ついてはいない。それに、家はただの家だ。一軒家を所有できるなんて幸運なことなのだ。

二時間の通勤時間から解放され、職場に歩いて通勤できるようになれば、もっと生活の質が向上するだろうと考えたことを思い出して、ニーナはため息をついた。

リリーがいなくなると、ニーナにはマンハッタンにとどまる理由がなくなった。リリーはポートランドにいる。タイムゾーンが三つも離れた場所に。身を焦がすほどの恋におちて。ニーナもリリーが幸せになってうれしかった。それは本当だ。リリーはまさに愛されるにふさわしい女性だ。長年、身を粉にして働いて、ついに幸せをつかんだのだ。ブルーノは頭がよく、セクシーでタフな男性だ。すばらしい父親でもある。彼は父親としての能力を、最近養子にした双子の幼児の育児で証明してみせた。リリーは今や大家族の一員になったのだ。本当によかった。

ところがそう考えるそばから、リリーの人生に比べて自分の人生がいかに無味乾燥かを思い知らされ、むなしさと悲しみで胸がふさがれそうになるのだ。恵まれているとは言いがたい自分の運勢を考えずにはいられなかった。

まったくもう。そんな考えが自分の頭をかすめることすらいやなのに。誰かと比較して自分は不幸だなんて感じたくなかった。とりわけ大好きな友達と比べてだなんて。自分が小さく思えて自己嫌悪に陥るし、みじめでしかたがない。ニーナは自分に腹が立った。ああ、リリーに会いたくてたまらない。

もう、やめなさいってば。孤独やねたみなんかより、今ははるかに深刻な問題を抱えているでしょう？　謎《なぞ》の毒によって命が危険にさらされているのよ。

ニーナはリリーのメールにあった電話番号を見おろした。アレックス・アーロという男の携帯電話の番号だ。アーロは、ブルーノの新たにできた義兄の軍隊仲間ということだった。彼はウクライナ語のほか、さまざまなスラブ系言語を話せるらしい。携帯電話は手のなかで、まるで生き物のように小刻みに揺れていた。リリーたちと最後に連絡を取りあってから二十分が経過している。ニーナがリリーと話しているあいだ、ブルーノはアーロに状況を説明していた。ブルーノはアーロにもう音声ファイルを送っただろう。つまり、ニーナがこの情報をすぐにでも必要としていることを、アーロは知っているはずだ。今ごろは彼も音声を聞き終えているに違いない。今、この瞬間も、彼はドクター・タリーが必要としている重要な事実を把握しているかもしれない。ニーナの命を――もしくは彼女の正気か肝臓を救えるかもしれない事実を。

それなのに、なぜ彼は何も言ってこないの？　いったいなぜ電話をくれないのだろう？

「まったく」ニーナはそうつぶやくと、発信ボタンを押した。もしアーロに死ぬほど怯えた女だと思われたとしても、それがなんだというの？　実際、そのとおりだ。

呼び出し音が四回鳴ったあと、カチリと音がして電話がつながった。ニーナは酸素が足りないというように、大きく息を吸いこんだ。そして口を開きかけ……。

「なんだ？」電話の向こうで深い声の持ち主がわずらわしいとばかりに怒鳴った。

ニーナの心臓が跳ねあがった。口がうまく動かない。きちんと話せるようになるまで数秒かかった。「あ……あの……ミスター・アレックス・アーロですか?」

「きみは?」

「ニーナ・クリスティです。わたしは――」

「きみが誰かは知っている」男が嚙みつくように言う。

彼のぶっきらぼうな物言いに高ぶっていた神経を逆撫でされ、ニーナは思わず言い返した。「知っているなら、なぜきくの?」

アーロは黙ったままだ。答えられないってこと? いいわ。それならわたしが答えてあげる。「いつもの癖ってわけ?」彼女は辛辣《しんらつ》に尋ねた。「自然に口をついて出ちゃうのかしら? 相手が誰であれ、話しかけられると、そんなふうに攻撃的な態度になっちゃうの? すばらしいわ、アーロ。きっと友達やファンをたくさん獲得できるでしょうね」

あっけに取られているかのような間があったあと、彼が咳払いをした。「友達は募集していない。それにファンも必要ない」

「それはよかった。そんな調子では誰も近づかないでしょうからね」ニーナは鋭い口調で言った。

アーロがまた咳払いする。「どうやらさんざんな朝だったようだな、お嬢さん」

彼女は猫のように背中の毛が逆立つのを感じた。いやみな男だ。「そうとも言えるわね」

そう言ったあと、慎重に切りだした。「わたしのさんざんな朝について、ブルーノから聞いているんでしょう？」

「ああ」彼が用心深く答えた。「とんでもない話だな」

「よかった。だったら、わたしには無駄話をしている暇なんてないと知っているのね？　もう音声ファイルは聞いてくれたかしら？」

「いや」

淡々としたアーロの口調にニーナは戸惑った。「急いで聞いてもらいたいのよ。あなたが聞き終わったころに、電話をかけ直しましょうか？」

「いや」彼がふたたび言った。

ニーナは言葉を失った。「もしかして……音声ファイルが添付されたメールは受けとってないの？　もう一度送りましょうか？　今すぐわたしは話の内容を知る必要が——」

「今はきみのために音声を訳している余裕はないんだ。おれは今、ベルト・パークウェイを走っているところだ。ブライトン・ビーチへ向かっている。きみに手を貸してやる前に、やらなきゃならないことがあるんだ。急を要することがね」

急を要する？「でも……この薬は……わたしの担当医師は情報を必要として——」

「ウクライナ大使館に連絡して、助けてもらうといい。電話番号はウェブサイトに載っている。そうだ、病院にもウクライナ人の入院患者はいるんじゃないか？　そこできいてまわったら、誰かしら見つけられるだろう。おれにはやらなきゃならないことがある。一刻を争うことなんだ」

「わたしの今の状況よりも一刻を争うって言うの？」ニーナは声を震わせた。

「そうだ」その声は淡々としていた。

そうだ？　アーロの言葉を拒むように、彼女は無言のまま首を横に振った。よくもそんなことが言えるわね？　いったいどうして？　たしかに、リリーとブルーノがアーロならきっと手を貸してくれると請けあったからといって、彼が必ず自分を助けてくれる保証はない。相反する感情が心のなかでぶつかる。音声ファイルを聞いてくれと彼に懇願したかった。説得し、助けを請いたかった。

それと同時に、アーロに向かって、〝この役立たず、あんたの助けなんていらないわ〟とののしってやりたくもある。

ニーナはもう一度説得を試みた。「でも……でもリリーとブルーノはあなたが――」

「リリーとブルーノがきみに何を言ったかは知らない」

「あなたが音声を訳してくれるって言ったわ」彼女は怒りをぶちまけるように言った。「ふたりが言わなかったのは、あなたがろくでなしだってことよ！」

「すまない」アーロはそう言ったが、申し訳ないとはまったく思っていないのはその口調から明らかだった。「こっちの用がすんだら電話する。そのときまだおれの助けが必要だったたら――」

「わざわざそんなことをしていただかなくてもけっこうよ。本当に。でもこれは言わせて。あんたなんてくそくらえよ。いい一日を」ニーナは電話を切った。とたんに目から涙がどっとあふれだした。

ああ、なんてこと。泣くのは大嫌いなのに。こんなふうにめそめそするはめになったのもアーロのせいだ。ニーナは彼のことがさらに嫌いになった。しばらくしてようやく涙がとまると、彼女は携帯電話をつかみ、手あたりしだいにタップして、アーロの電話番号を着信拒否にする方法を探した。この機能を使ったことは今まで一度もなかったが、自分が思いつく彼への仕返しといったらこれくらいだ。ざまあみろ、だわ。

「ミズ・クリスティ？」

ニーナは飛びあがった。「なんでしょう？」

白衣を着た、背が高く頭が禿げあがった赤ら顔の男が検査室をのぞいていた。「すみません。驚かせるつもりはなかったんですが」

「この部屋を使うのかしら？ ごめんなさい」彼女は震える声で言った。「わたし……その、考えごとをしていたものだから。すぐに出ていくわ」

「ご心配なく。ミズ・クリスティ、わたしはあなたを捜していたんです。見つけられてよかった。わたしはドクター・グランジャーです。こちらはドクター・ウッドロー。わたしの助手です」

ドクター・グランジャーは背が高く、肩幅も広かった。ほほえむと歯茎がむきだしになり、首には醜いやけどの跡が広がっている。そのドクター・グランジャーの後ろから、ブロンド美人が入ってきて、ニーナに向かってこぼれんばかりの笑みを見せた。その明るすぎる笑顔を、ニーナは薄気味悪く感じた。

ニーナはなぜか笑みを返すことができなかった。「ええと……何かしら？」弱々しい声で尋ねる。

「一緒に階上《うえ》にある研究室に来ていただきたいんです」ドクター・ウッドローが白い歯を輝かせて言った。まるで口の内側から光でもあてているかのようだ。「いくつか検査をしたいので」

「本当に？」ニーナは胃がひくひくと引きつるのを感じた。「ドクター・タリーとは話しあった？　必要な検査はすべて終えたって彼女から説明されたように思うんだけど」

ふたりの医師は何か言いたげに目を見交わした。「そのことなんですけど」女医が言った。「あなたの症状についていろいろ話しあったのですが、意見が割れまして」

「ドクター・ウッドローとわたしには、ドクター・タリーが行った検査は、薬の特定に必要な項目がいくつか抜けているように思えるのです」ドクター・グランジャーが言った。「時間を無駄にできません」

「ああ、なるほど」胃の不快感はますます強くなっていく。「わたしは誰かに隠れてこそこそ何かをするのは好きじゃないの」ニーナはなんとか言葉をしぼりだした。「ドクター・タリーがわたしの担当医なのだから、彼女と話しあってちょうだい。できればわたしも同席したいわ」

ドクター・グランジャーの視線が同僚のほうへと泳いだ。「もちろんです」彼はなめらかな口調で続けた。「これが通常のやり方と異なることは認めます。ですが、その……。遠まわしに言うのはやめますね。わたしはドクター・タリーと何年も一緒に働いています。彼女は優秀な医師ですが、杓子定規《しゃくし》なところがある。通り一遍なやり方しかできないと言ってもいいでしょう。同僚を批判するわけではありませんが。あなたのように命が危ぶまれる場合には、常識にとらわれない考え方が必要となるんです。あなたはドクター・タリーに遠慮してご自分の健康を危険にさらすつもりですか？　命にかかわるかもしれないんですよ？」

体をぎゅっとしぼられたかのように胃の不快感がさらに強まり、ニーナはあえいだ。「わたし……わたしは……」

「もしわれわれが行う検査が役に立てば、ドクター・タリーはおそらく自分で検査を指示したと考えるでしょう」ドクター・グランジャーが言った。「もし役に立たなかった場合、医師として不適切な行動をしたことについて、すべての責めはわたしが負います。あなたの未来と命は、わたしにとってそれだけの価値があります。ミズ・クリスティ、あなたにとってはどうですか？」

ニーナの額を冷や汗が伝い落ちた。問いかけるような医師たちの顔が視界のなかで揺らめく。「気分が……悪くなってきたわ」ニーナはかすれた声で言った。

「無理もありません」ドクター・ウッドローがニーナの手を取った。「さあ、ミズ・クリスティ、わたしたちと一緒に階上へ行きましょう。それと、注射器であなたを襲った女性が言ったこともすべて教えてください。ひと言ももらさずに。わたしたちはあなたを助けたいんです。わたしたちに協力していただくことが、あなたの助けになるんですよ」

ドクター・ウッドローの手はとてもひんやりしていた。力強くつかんでいるにもかかわらず。

まるで死体みたいだ。

ニーナの脳裏に死体のイメージが浮かびあがった。とたんに頭がくらくらし、部屋がぐるぐるとまわりだす。血圧が急激にさがり、胃がずしりと重くなるのを感じた。

「ちょっと失礼」ニーナは続き部屋のトイレに駆けこんだ。ぎりぎり間に合った。とはいえ、吐けるようなものはほとんど胃に入っていなかった。コーヒーくらいのものだ。それでも吐き気はとまらなかった。ドクター・ウッドローが心配そうな声をあげながら、トイレに滑りこんできた。女医はニーナの汗ばんだ額から髪を払うと、背中をさすった。

ドクター・ウッドローの手は、だぼだぼのジャンパースカート越しにも冷たく感じられた。

まるでニーナの体温を吸いあげているかのようだ。

「新たな症状も出てきたことですし、急いだほうがいいでしょう」

女医は洗面台でペーパータオルを湿らせると、ニーナに手渡した。

ニーナは体を起こし、顔をふいた。胃はまだ重かったが、吐けるものはもう何も残っていない。彼女は熱を帯びた両目にペーパータオルを押しあてた。胃が沈んでいく感覚に抗《あらが》おうと、おなかに力を入れてみる。

これはパニック発作なの？　それともヘルガに注射された薬による症状だろうか？　ああ、どうしよう。ニーナは心底怯えていた。死にたくない。いいわ、その研究室とやらへ行って、追加の検査を受けよう。ええ、そうよ。なんだってやる。今は得られる助けならどんなものでも必要だ。

ニーナはペーパータオルを捨て、鏡に映る自分の青白い顔をのぞきこんだ。その充血した目をしばたたくと……。

背後に死体が立っていた。頭蓋骨からは皮膚がはがれ、腐った肉があらわになっている。

ニーナの肩に置かれているのは、骨だけになった手だった。

ニーナは悲鳴をあげ、トイレの隅に縮こまった。

だが顔をあげたときに目にしたのは、ドクター・ウッドローの正常な姿だった。みずみずしい肌はピンク色に上気し、まばゆいほど美しい。ブルーの瞳は気づかうように優しくニーナを見つめていた。

「ミズ・クリスティ？」女医が尋ねた。「大丈夫ですか？」

「わたし……でもあなたが……」鏡のほうを振り返る。ニーナはあえぐように言った。「きっと……幻を見たんだわ。まるであなたが……」鏡のなかのドクター・ウッドローも今は普通の姿に戻っていた。ニーナの心臓は早鐘を打ち始めた。

「なんです？」女医の声が鋭くなった。「何が見えたんですか？　わたしに教えてください！」

「わたし……その……」ニーナは言いよどんだ。

ドクター・ウッドローがニーナににじり寄り、鋭いまなざしで見つめてくる。「リラックスしてください」女医は優しくささやいた。「さあ、息をして。何が見えたんですか？　頭にそれを思い浮かべてみて。わたしに説明してください」

ニーナはあとずさりした。誰も自分に触れていない。それなのに彼女は……まさぐられているように感じていた。まるでごつごつした手につままれたり、つつかれたりしているようだ。だが、さわられているのは体ではない。頭のなかだった。

ニーナは歯を嚙みしめ、意志の力を総動員して、その不快でいやらしい手を頭のなかでぴしゃりとたたいた。

まさぐられている感覚が弱まった。ドクター・ウッドローが目をしばたたき、眉根を寄せている。

「ロイ！」女医が声を張りあげた。「入ってきて！　彼女がショック状態に陥りそうだわ」

ふたりの医師はニーナをトイレから引きずりだすと、彼女の腕をそれぞれつかんで、検査室の外へと無理やり連れだした。

いったいどうしたというの？　わたしが打たれたのは幻覚剤だったのかしら？　死体の幻覚を見ただけでも最悪な気分だったが、頭のなかをまさぐられた感覚のせいで、ニーナは自分が汚されたような気分になっていた。シャワーを浴びたくてたまらない。

床に反射した照明のまばゆい光が目に突き刺さる。ニーナは咳きこんだ。「研究室は上の階にあるんじゃなかった？」

「ええ、そうです」ドクター・グランジャーが答えた。

ふたりの医師に両側からがっしりと抱えられていたニーナは首をのばして振り返った。

「でもエレベーターは逆方向よ」

「あら」ドクター・ウッドローの笑い声が調子はずれの鈴の音のように響いた。「エレベーターは故障中なので階段から行くんです。すぐですよ」

ニーナはめがねをベッドの脇の机に置いてきていた。だが視界がぼんやりしているとはいえ、エレベーターを乗りおりしている人々の姿は見える。この医師たちは嘘をついている。

ニーナは自分の腕をつかんでいるふたりの手を振り払った。「待って。さっきの部屋にちょっとだけ戻らせて。めがねがないと裸みたいな気分になるのよ。それに携帯電話とバッグも取ってこなきゃ。大事な電話を待っているところなの。出ないわけにはいかないわ」

「わたしが取ってきましょう」ドクター・グランジャーの低い声を聞いたとたん、ニーナの背筋に震えが走った。色素の薄い、レーザーのように鋭い目が、抜け目なくこちらを見つめている。「ここで待っていてください」

ニーナは走りだした。「自分で行くからいいわ！」

ニーナは検査室に駆け戻った。ドアの側柱のところでターンすると、靴底がきゅっと音を立てた。彼女はベッドの脇に突進し、めがねと携帯電話とバッグを引っつかんだ。がたがたと震える手でめがねをかける。検査室から飛びだしたところで、ふたりの医師が近づいてくるのが見えた。ああ、なんてこと。今度はふたりともが死体の姿だった。しみひとつない真っ白な白衣が、その腐りかけた顔をグロテスクなほどに際立たせている。名札をぶらさげているオレンジ色のストラップをかけた首は、皮膚がはがれ、筋肉は腐り、腱《けん》があらわになっていた。背が低いほうは、赤いしみのついた頭蓋骨に藁《わら》のようなブロンドの房がところどころくっついている。

「ミズ・クリスティ？　大丈夫ですか？」

頭蓋骨の口から発せられた鈴のような女性の声が決定打だった。ニーナは全速力で駆けだした。パニックがじわりと広がり、心臓は早鐘を打っている。彼女はどたどたと足音を響かせながら走った。運よくニーナに気づいて道をあける人もいたが、ほとんどの人はそうではなかった。彼女は人にぶつかったり、移動中のストレッチャーをよけたりしながらも夢中で走った。杖《つえ》をつき、よろよろと歩いている老人と危うく衝突しそうになったりもした。死体姿の医師たちがニーナの名前を叫びながら追いかけてくる。エレベーターは目の前だ。ニーナは一瞬、後ろを振り返り、医師たちがどれだけ近くまで迫ってきているかを確かめた。ふたりは三メートル半ほど離れたところにいた。ふたたび人間の姿に戻っている。だがその目に浮かぶ残忍な光は、腐乱死体の姿と同じくらい恐ろしかった。

この人たちは何者なの？　これはいったい何？

ニーナはエレベーターに乗りこむタイミングをはかった。エレベーターから人々が続々とおりてくる。そして今度は人々が乗りこんでいく。ポーンと音が鳴ったあと、扉が閉まり始め……今だ！

ニーナは腹に力をこめ、体を横向きにしてエレベーターに滑りこんだ。閉まる扉の向こうに、大声でわめきながら足音も荒くニーナに迫ってくる医師たちの姿が見えた。医師たちがエレベーターの外側から扉をたたく。

ニーナは息を切らしながらエレベーターの扉にもたれた。汗が背中を伝う。彼女のぜいぜいという荒い息が、静かなエレベーターのなかに響き渡った。人々の目はすべてニーナに向けられていた。

できることなら助けを求めたかった。だが、歩く死体《ゾンビ》を見ているのは自分だけなのだ。これは自分だけが見ている幻覚なのだ。もしゾンビのことをしゃべったりしたら、ここにいる医療関係者はわたしの腕に注射針を刺し、ストレッチャーの上に拘束しようとするだろう。だからといって彼らを責めることはできない。

ニーナはふたつ下の階のボタンを押した。ぴかぴかの壁に自分の姿が映っている。まるで頭のおかしな人間のようだった。青白い顔に汗をかき、目を見開いて髪を振り乱しながら、はあはあと息苦しそうにあえいでいる。そう、わたしは頭がおかしくなったに違いない。ゾンビを見たのだから。あれはいったいなんだったの？

なんだっていいわ。あとでゆっくり考えればいい。とにかく逃げなくては。何が自分をこんなにせきたてているのかはわからないが、とまってもいいと思えるようになるまでは逃げ続けるのだ。彼女はエレベーターから飛びだすと、病院の廊下を駆け抜けた。何人もの人が振り向き、ニーナを見つめる。

「大丈夫？」

「助けが必要なの？」

次から次へと声をかけられる。ニーナはいつものトリックを使うことにした。それは昔、スタンの虫の居所が悪いときに使っていた技だった。存在を気づかれなければ、ののしられることも、殴られることも、蹴られることもない。それ以上にひどいことをされることも。

そこでニーナは気配を消すことを学んだのだ。そして、かなりうまくできるようになった。そのトリックには当時、ずいぶん助けられたものだが、大人になってからずっと、彼女はその技を忘れようと努めてきた。ところが、何年もセラピーを受けてきたというのに、ニーナの気配を消す力はまるで衰えていなかった。それまでの努力はすべて無駄だったということだ。慣れ親しんだ手順は体にしみついていた。

ここには誰もいない。ここには誰もいない。ニーナはいつものように自分自身の意識をかき集めた。ひらひらとはためく意識も、きらきらと輝く意識も、すべてもれなく心の内側へとたくしこんでいく。そして意識のすべてをきっちりしまいこんだあと、それをやわらかで厚みのある、グレーの靄《もや》——無心という、うつろな思考の靄のなかに隠した。**ここには何もない。ここには誰もいない。**

ニーナは意識していつもどおりに歩いた。声をかけられることはなくなった。自分のほうに顔を向ける人はいない。こちらへ向けられる視線も消えた。行き交う人々の意識は、それぞれの関心事へと戻った。**目を引くものは何もない。ここには誰もいない。目を引くものは何もない。**

ニーナはジグザグに進みながら、建物の反対側にある階段へと向かった。三階上までのぼって、ふたたびエレベーターに乗り、四階分さがる。でたらめに移動することが自分の有利に働くことを祈った。階段を見つけると、一階へとおりた。**ここには誰もいない。**ここには誰もいない。彼女はオーシャン・パークウェイ側の出口からこっそりと病院を出た。外に出たとたん、ひどく人目にさらされているような気分になった。ここには誰もいない。ここには誰もいない。歩道は熱くなっていた。膝ががくがくし、ニーナはよろめいた。そのとたん、車のクラクションが鳴り響く。だがその音は、ぼんやりした靄の向こう側で小さく聞こえた。ニーナは人の波をよけなければならなかった。人々の目には彼女の姿が映っていないのだ。ニーナは車をよけながらオーシャン・パークウェイを走って渡った。何度か車に轢《ひ》かれそうになったものの、なんとか道路を渡り終える。彼女は最初に目に入った住宅街の路地に逃げこんだ。頭をフルに働かせて自分の位置を確認しながら進む。ここはブルックリンのなかでもよく知らない地区だった。だが、地下鉄のFラインの駅がアヴェニューX沿いにあるはずだ。ここから十五分ほどのところだ。走れば十分で着くかもしれない。ここには誰もいない。ここには誰もいない。

こんなふうに心臓が激しく打っているときに切符を買う列に並びたくなかったので、ニーナは金欠だった十代のころに覚えたトリックを使うことにした。大きなスーツケースをふたつも抱えながら改札を抜けようとしている男に目をとめる。彼女は気配を消すトリックを使いながら、その男にくっついて改札を通り抜けた。ここには誰もいない。ここには誰もいない。彼女に気づく人はいなかった。地下鉄の駅員だけでなく、スーツケースを持った男でさえも気づいていなかった。スーツケースを引きずり、ニーナと顔を突きあわせるように後ろ向きに進んでいたにもかかわらず。男は顔を赤くして毒づきながら、上の階にあるホームへと階段をのぼっていく。ホームに着くなり、スーツケースのひとつが転げ落ちた。

ドスン。

〝……豚みたいに汗をかいちまった。この調子じゃ、飛行機に乗せられた犬の死体みたいなにおいになるぞ。タクシーを拾えばよかった……アトランティック・アヴェニューでの乗り換えなんて、どうなることやら……五十ドルぽっちをけちったばかりに……。ああ、親父《おやじ》が一生に一度だけでもおれを援助してくれていれば……いや、そんなことはありえない。あの親父がおれを助けてくれるわけがない……〟

頭のなかでののしり声が聞こえ、ニーナは思わずよろめいた。

だが、男は何もしゃべっていない。男の口はしっかりと引き結ばれている。男がスーツケースをホームの端へと引きずっていく。距離が広がるにつれ、毒々しい怒りの声は徐々に小さくなっていった。

どういうこと？　ニーナは息をのみ、前かがみになって立っている男の背中をじっと見つめた。口のなかは砂漠のようにからからに乾いている。今聞こえていたのは……いいえ、そんなわけはない。幻聴だ。そうに違いない。それだけのことだ。

そう自分を納得させながらも、ニーナはできるだけほかの人たちに近づかないようにしながら電車に乗りこんだ。

4

「ニーナ・クリスティを見失っただと？」携帯電話の向こうから聞こえるラッドの声は氷のように冷ややかだった。「この女のことも見失ったというのか？」

「何が起きたのかわからないんだ！　おれたちはあの女を階段に連れていこうとしていたんだ。ところが突然怯えだして、逃げだしやがった」

「それで、むざむざ取り逃がしたってわけか？」

「おれたちがいたのは混雑した病院の廊下だったんだ！　女に飛びかかるわけにはいかなかった！　もう少しでつかまえられそうってときに、あの女がエレベーターに逃げこみやがったのさ！」

「おまえの追跡能力はどうしたんだ？　貴重なpsi‐maxのなかから、おまえに十八錠もやったのはなんのためだと思ってるんだ？」

ロイは振り返り、とらえどころのないニーナの気配を拾おうと、オーシャン・パークウェイに沿って左右に目を走らせた。「何が起きたのか、おれにはわからない！　あの女は気配を消したんだ！　たしかに病院にいたのに！　気配を感じとれるはずだったんだ！　今だってそうだ。ブルックリンにいるならどこにいても感じとれるはずなんだ！　なのに気配を消しやがった！」

「おまえの力は衰え始めたんだ、ロイ」

その穏やかな言葉は、ロイがこれまで聞いたなかでもいちばん恐ろしいものだった。ラッドに仕えて六年たつので、その意味は充分わかっている。「そうじゃない、ボス。カシャノフがpsi‐max48を打ったせいだ。あの薬のせいで、クリスティは力を得たんだ。それでおれをブロックした。そうに違いない。おれの力は衰えてなんかいない！」

「最初に打たれてから二時間だぞ？」ラッドはせせら笑った。「現実的になれ。クリスティは自分に何が起こっているのかもわからないはずだ。今の時点で、彼女が超能力をコントロールするのは無理だ。今ごろはジェットコースターに乗っているような気分になっているはずだ。覚えているだろう？　気分が上昇する感覚と幻覚を？　わたしが覚えている限りでは、おまえも最初のときは正気を失って暴れた。体を拘束しなければならなかったほどだ。おまえは拘束着を十二時間も着ていたんだぞ」

「それは通常のpsi‐maxの場合だ！　これは新しいほうのpsi‐maxだ。だから――」

「もっと強力だと言うんだろう？　そのとおりだ。つまり、気分の上昇もさらに急激だということだ。体調が落ち着くまで、ありとあらゆる現象を体験することになる。われわれより、その女のほうがコントロールはずっと難しいはずだ。制御のしかたを覚えるまで、どれだけ時間が必要かは、おまえも知っているはずだ。何年もかかるんだぞ。クリスティは自分に何が起きているかさえもわかっていないんだ。通常のpsi‐maxでも、たいていの人間はおかしくなる。そして死に至るんだ」

ロイは自分の拳を口に入れて、叫びだしそうになるのをこらえながら、追跡能力を遠くへ遠くへと広げていった。これまで試したことがないほど遠くまで。だが、まるで何も感じない。「あの女が何かしたんだ」ロイは声を荒らげた。「おれの力は衰えてなんかいない。あの女がおれをブロックしてるんだ」

「よせよ、ロイ。もう認めろ」その穏やかな声に、ロイの体から力が抜けた。「この薬はある時点で能力の減退が起きる。おまえの引退について考え始める必要があるな。これまでよく働いてくれた」

ラッドがテレパシーで送りつけてきたかのように、ロイの頭にイメージが浮かんだ。眉間《みけん》に銃弾を打ちこまれた自分自身のイメージが。

「冗談じゃない。おれはまだまだ働ける」ロイはあせって言った。「おれは必ず女を見つける。そして、つかまえてみせる。おれのせいじゃない。カシャノフがあの女に新しい薬を打ったとしたら、どんな力が芽生えるかは誰にもわかりっこないんだ。どんなことでも起こりうる！」

「ロイ、問題は、もしおまえが女をとらえられなかったら、女の能力を知ることになるのは、誰かほかの人間になるってことだ。おまえの言い訳を聞いている時間はない。女と話したとき、アナベルは一緒にいたのか？　彼女は何を読みとった？」

「何も読みとっていない！」ロイは勢いこんで言った。「あの女はアナベルのこともブロックしたんだ！　アナベルは、顔をぶん殴られたみたいだと言っていた！　アナベルは激怒してたよ」

「目に浮かぶようだ。で、アナベルは今どこにいる？」

「彼女はカシャノフから何か読みとれないか試してみると言って集中治療室へ向かった」

「ニーナ・クリスティの職場や自宅は探したのか？　ロイ、彼女は今ごろ、ブルックリンの通りのどこかをうろつきまわっているんだぞ。自分に何が起きているかもわからずに。そのうち精神科の病院に運びこまれるのがおちだ。ひとたび施設に入れられてしまったら、必要な手を打つのも、今よりもっと難しくなる」

ロイは頭のなかで鞭を打たれたような痛みを感じた。それがただの条件反射だということはわかっていた。ラッドの力は電話越しにはきかないからだ。あの攻撃ができるのは対面しているときのみだ。「おれにあの女を消してほしいのか？」

ラッドはため息をついた。「おまえにはいつだって噛み砕いて説明してやらなきゃならないようだな。『タイム』や『ニューズウィーク』でpsi‐maxのすばらしい効能についての記事を読みたいのか？　そうなったら、われわれの優位性はどうなると思う？　おまえの手に余るなら、友人のディミトリとその配下の荒くれどもに手伝ってもらえ。クリスティが知っていることをすべて吐かせることができたら、なおのこといい。カシャノフが話したことをすべて。ほかに薬について知る者はいないか、新薬がもっと残っていないか、もしあるなら、それはどこにあるのか。だがすべてききだせたら、女は始末するんだ。わたしの言いたいことはわかったか？」

「任せてくれ」

ロイはかすれた声で言うと、電話を切った。頭がずきずきと痛んだ。このところ、頭痛が頻繁に起きる。psi‐maxを使えば使うほど、頭痛はひどくなった。しかし、それだけの価値はある。彼はシャツに手をのばし、小瓶をつかんだ。十八錠の薬のうち、一錠を自分でのみ、六錠をディミトリ・アルバトフにやった。自分を補佐してもらい、手下を借りることと引き換えに。残りは十一錠だけだ。ああ、まったく。

ニーナ・クリスティにブロックされたことを思い出し、ロイは頭をかきむしりたくなった。おれの力は衰えてなどいない！　おれは優秀だ！　最高の追跡者《ハウンド》だ。猟犬《ハウンド》のように忠実でもある。だが、その忠誠心の見返りに得られたのは侮辱と暴言だけだった。

超能力が持続可能になるというカシャノフの話が本当だとしたら、新薬は夢のような薬だということだ。薬を求めて奔走する必要なく、自分の力を発揮できるようになる。懇願する必要も、駆け引きする必要もなくなるということだ。頭痛とも副作用ともおさらばできる。

それにラッドとも。

薬が必要なくなれば、ラッドとつきあう必要もなくなるということだ。実際、もし自由になったらラッドをどうするか、ロイは慎重に計画を立て始めるつもりだった。その計画には大量のＣ４（軍用プラスチック爆薬）や導爆線が必要になるだろう。ああ、そうとも。ドカン。おさらばだ、ボス。とはいえ、ｐｓｉ‐ｍａｘ48の話はできすぎていてとても信用できない。自分は子供のころだって、サンタクロースの存在も、歯の妖精のことも信じていなかった。だがニーナ・クリスティがしたことを思い出してみろ。自分とアナベルの両方をブロックしてみせたではないか。それも初めて薬を打たれてたった二時間のうちに。それに今朝カシャノフにやられたことを考えてみろ。

今朝のことを思い出しただけで、いまだに体には震えが走り、胆汁がこみあげてきた。ロイは首の古傷をこすった。

新薬の話は眉唾だ。しかし、自分のような男でも夢は見るのだ。

ヘルガは焦燥感に駆りたてられた。目を覚ましなさい。

彼女はその感覚に抗った。待っているのは、苦しみと恐怖だけだ。そんな感覚は無視して、両手を広げ、後ろ向きに落ちていきたかった。ずっと昔、子供だった自分が湖へ身を投げだしたときのように。冷ややかな闇が自分の体を受けとめ、包みこんだときのように。ヘルガは深い湖の夢を見ていた。その水はどこまでも冷たく、どこまでも清らかだ。

ララ。ニーナ。まだよ。今はまだだめ！

ヘルガはもがきながらもゆっくりと浮上した。自分を包みこんでいた漆黒が、どくどくと脈打つ怒りの赤に変わっていく。体じゅうのどこもかしこもが痛んだ。だが一方で、感覚は研ぎ澄まされていた。隣のベッドで寝ている女性の息づかいや、周囲の部屋から聞こえる話し声が聞こえる。九十メートル先にあるストレッチャーの車輪の音や、モニターから聞こえてくるピーピーという警告音やブーンという振動音まで。ここは病院だ。だからといって意味はない。ヘルガは死にかけていた。今日は五日目だ。もう症状をとめることはできない。手遅れだ。まだ息をしているものの、屍《しかばね》も同然だった。あとは時間の問題だ。自分に残された時間は長くない。

ヘルガはもう死んでいるはずだった。望んでしたわけではないとはいえ、自分がしてきたことを考えれば、それも当然の報いだろう。実際、自分は、治験者たちの誰よりも長く生きながらえていることになる。その事実がつらかった。研究の過程で、あの気の毒な人々を識別し、データベースにしたのは自分だ。ラッドがどんな男なのか、そして治験者たちに対して自分がラッドに何をさせられることになるのかに気づく前にしたことだった。自分がもともと持っていた超能力は、薬物強化に耐えられる人間を見分ける力だけだ。

そして自分がしたことは、治験者たちに死をもたらしただけだった。

ヘルガは治験者たちの目を忘れることができなかった。ストレッチャーにしばりつけられ、機械につながれたままこちらを見あげていた目を。いずれ死の扉をくぐったら、あの治験者たちの全員が自分を待ちかまえているのだろうか？　永遠に自分を非難する彼らのあの目に迎えられることになるの？　だが、今はそんなことを心配している場合ではない。

ララはまだ生きている。とらわれたまま。それに、ラッドには死んでもらわなければならない。

過去を悔やんでいる時間などないのだ。それでもヘルガは罪悪感にさいなまれずにはいられなかった。まるで体の内側から刃をあてられているかのようだ。できることならニーナを巻きこみたくはなかった。とはいえ、薬の作用にうまく対処しながら、超能力をコントロールできるだけの力が本質的に備わっている人間は、ニーナしか思い浮かばなかったのだ。その能力について、ニーナ自身が認識したことはないだろうけれど。ああ、ニーナに説明できたらよかったのだが。しかしpsi‐max48のA剤を打ってからすでに四日たっていたせいで、脳の言語中枢が崩壊していた。頭のなかはぐちゃぐちゃだ。ニーナ自身に突きとめてもらうしかない。ああ、神よ、ニーナをお助けください。そして、ララをお助けください。

どうかお願いです。

ニーナのことは彼女が子供のころから見守ってきた。ニーナは愛らしい娘だ。才能にあふれた、優しい子だ。ヘルガに外出の予定がある夜、ニーナにベビーシッターに来てもらうと、ララはいつもご機嫌だった。

ニーナにはもっと幸せな生活がふさわしかった。あんな地獄のような生活ではなく。だがニーナの母親のヘレンにニーナの継父と別れるよう説き伏せることはとうとうできなかった。スタンというろくでなしの変態男は、ヘレンをぼろぼろにした。しかし、ニーナは耐え抜いたようだ。抑圧されてはいたが、無傷だった。そして日々のストレスのせいで、子供だったニーナの自己防衛能力は必然的に発達していった。その結果、ニーナはｐｓｉ‐ｍａｘ48に耐えられる体質になった。ヘルガはそうであることを強く願った。そして、手遅れになる前にニーナがB剤を手に入れて……。ああ、神さま、どうかお願いです。命がまたひとつ、この手によって奪われることにはなりませんように。

ヘルガは罪悪感を追いやった。自分がくぐり抜けてきたようなことを経験すれば、どんな女だって捨て鉢の行動に出るはずだ。連中はヘルガの死を偽装し、彼女を監禁したあげく、とても口にはできないような残酷なことを彼女に強制したのだ。ヘルガ自身、反吐《へど》が出るほどのことを。連中はそれをいとも簡単にやってのけた。もししたがわなければララがどうなるかということを、たびたびヘルガに思い出させて。

最初から気づくべきだったのだ。ヘルガのそれまでの実績の中心であり、彼女をｐｓｉmaxに導くことになった研究は、恐怖と残忍さに汚染されていたのだから。ヘルガ自身はいかれたオスターマン博士と、彼のゆがんだ薬物応用法とは何年も前から距離を取っていた。彼女は世のためになるものをつくろうとしたのだ。かつて悪だったものから、純粋な善なる何かを。

そんなことは不可能だと気づくべきだった。

ヘルガは四カ月前に逃亡をくわだてた。だが彼女の意識の防御壁は強度が足りず、アナベルに計画を見抜かれてしまった。そして連中にばれたのだ。アメリカのスラングが脳内のごみの山から浮かびあがった。注射する前のヘルガは八カ国語を流暢に操ったものだが、今は脳のなかがごちゃまぜになり、言語のデータベースが壊れてしまった。残されたのは幼児期にしゃべっていたウクライナ語の方言だけだ。それすらも失いつつある。psi‐max48のA剤は脳内の障壁という障壁をとかしてしまうのだ。最終的には血管もとかしてしまう。手遅れになる前にB剤を注射しない限り。

連中はララを誘拐し、ヘルガを懲らしめた。ララの独房にはビデオカメラが設置されており、ヘルガは娘の監禁生活を分刻みで見させられた。娘のビデオを見せられ、ヘルガはどうかなってしまいそうだった。粉々になるまで自分を揺さぶりたくなった。ララが眠り、宙を見つめ、むせび泣いている。運動し、瞑想《めいそう》する。連中に与えられた、わずかばかりの粗末な食事を口にする。それを吐きだしてしまうこともしょっちゅうだ。毎日少しずつ痩せ細り、顔色が悪くなっていく。たったひとりで監禁生活に耐えているのだ。監禁されている理由すら知らされないまま。ララは三年前の研究所の火事で母親が死んだと思っているのだ。

そのとき、ヘルガはある気配をとらえた。アナベルの毒々しく鮮やかな意識のきらめきだ。ヘルガは自分の限界である六メートル近くまで探知の触手をのばした。アナベルは薬によって最大限まで能力を強化されている。彼女をはぐらかすことはできないということだ。そして、自分は体を動かすこともできないでいる。足音が聞こえてきた。アナベルの香水のにおいと体温を感じる。ヘルガはなんとか目を開けた。まぶたがまるで鉛のように重い。

アナベルは医療関係者のような格好だった。白衣を着て、名札をつけている。髪をきっちりと結いあげ、満足げにほほえんでいた。

「ヘルガ」アナベルがささやいた。「やっと見つけた。会いたかったわ」

「地獄に落ちろ」ヘルガはウクライナ語で返した。だがテレパスにとって、言葉など関係ない。

ヘルガは思考と感覚のすべてをかき集めた。そしてそれを心の内側にある、空気すら動かない、すべてが静止した穏やかな闇のなかにしまいこんだ。

「ヘルガ、あなたは五日前に薬を打ったわ」アナベルが楽しそうに続けた。「具合はよくないようね。つまり、psi・max48の作用についてあなたがわたしたちに語ったことは、すべてが真実ではなかったということだわ。わたしたちをだまして、毒を注射させるつもりだったの？　ああ、ヘルガ」傷ついたというような表情を浮かべる。「どうしてそんなことを？　これだけ長く一緒にやってきたというのに」

意識のなかを探る針のようなものが入ってくるのを感じ、ヘルガはあえぎ、体をこわばらせた。まるで巨大な鉤爪《かぎづめ》が体内にくいこんでくるかのようだ。アナベルは優しく探る気づかいすら見せなかった。ヘルガの意識を無理やりこじ開け、侵入し、あちこちのぞきこみ、つつき、引っくり返していく。

「ロイに使ったようなトリックで、わたしにイリュージョンを見せようなんて思わないことね」アナベルがささやいた。「あなたの手のうちはわかっているんだから。わたしはロイみたいなただの犬とは違うのよ」

アナベルに意識のなかをかきまわされているあいだ、ヘルガは冷静でいるように努めた。自分の秘密のまわりを静けさが囲んでいる。アナベルが荒らしまわっている場所から離れたところに、その秘密はふわりと浮いていた。

「ロイとディミトリの手下どもがユーリを殺したわよ」アナベルが言った。「でもその前に、ユーリの鈍い頭につまっていた情報は、ひとつ残らずきだしたわ。たとえば……そうね、ジョセフだったかしら？　あなたの元夫？　それとB剤？」

ヘルガがぱっと警戒するのを感じとり、アナベルがくすくす笑った。「わたしをブロックすることはできないわ。あなたはｐｓｉ‐ｍａｘ48にＡ剤とＢ剤をつくったのね？　ひどいわ！　A剤をわたしたちに打ってしまえば、B剤を盾にしてわたしたちを支配できると考えたんでしょう？　そうすればわたしたちと取り引きできると考えたってわけ？」

　秘密を見つけられてはいけない。ヘルガはうめき声をあげながら身をよじった。鼻血が喉へと流れ落ち、咳が出る。

「ニーナ！」ヘルガの意識から掘りだしたものに気をよくして、アナベルは誇らしげにささやいた。「ニーナ・クリスティ。〈ニュー・ドーン〉。彼女なら、もうつかまえたわ。ユーリから教えてもらったの。まぬけな娘よね。ジョセフのこともつかまえてみせるわ。彼らがすべて教えてくれるでしょう。人は秘密をもらさずにいられないもの」

　ヘルガは意識の闇のなかからこぼれ落ちそうになっている思考をつかまえようとした。だがアナベルは見逃さなかった。すばやく反応し、それをたどってヘルガの意識の中心へと近づいていく。「あら！」アナベルがささやいた。「あなたったら、ララのことをまだ思い悩んでいるの？　今さら彼女を心配しても遅いわよ。あなたは自分の娘の死刑宣告にサインしてしまったんだから。まったく、ご立派な母親だこと。あなたのしくじりについては、ララに全部話して聞かせてあげるわ……彼女を殺す前に」

　ヘルガはベッドの上で体をそらし、うめき声をあげた。アナベルがヘルガを見おろした。そのブルーの瞳は燃えるように輝いている。顔が残忍にゆがんだ。

「教えてちょうだい、ヘルガ」アナベルがささやいた。「B剤のありかを教えてくれたら、ララを苦しませずに、あっという間に殺してあげるわ。さあ、教えて！」

ヘルガはびくりとした。ヘルガが隠れている暗闇に、意識を探る針がだんだんと近づいてくる。あと数秒で、意識の奥につくった聖域はアナベルに侵入され、すべてが奪われてしまう。考えるのよ。ぐずぐずしないで、何か考えなさい。

ふと横を見ると、すぐそばのテーブルの上に置かれた医療機器のつややかなパネルに、アナベルの顔が映っていた。ヘルガは罠を仕掛けた。**鏡、鏡**……。

鱒《ます》が疑似餌にくいつくように、アナベルがパネルに目をやった。その一瞬、パネルに映る自分の耳につけたイヤリングの涙形のダイヤモンドのきらめきに気を取られた。そのイヤリングはアナベルの美しい顎のラインをいっそう際立たせている。今だ！

ヘルガは無防備になっていたアナベルの意識に襲いかかった。そして、パネルに映るアナベルの顔を変形させた。顔にはしわが寄り、恐怖に怯えたブルーの目は、暗く落ちくぼんだ眼窩《がんか》から飛びだす。唇はしなび、痩せた歯茎から歯がのびた。肌は乾燥して、古い革のようにひび割れている。そのとき、顔から蛆《うじ》がわきでた。

アナベルは口を開き、金切り声をあげた。すると、その口からも蛆が次々に這いでてくる。彼女は床に倒れ、喉をごぼごぼといわせながら、のたうちまわった。

ヘルガは倒れたアナベルを見ていた。だが、アナベルが立てている音は耳に届いていなかった。とても遠くの出来事を見ているようだ。すぐに看護師たちが部屋に駆けこんできた。

一方、ヘルガは両手を広げ、暗い湖へと後ろ向きに落ちていった。そのあいだも、ある思いだけは消えなかった。それはヘルガの最後の希望であり、一縷《いちる》の望みだった。

ニーナ、どうかがんばって。

暗い水がヘルガの体を包みこむ。やがて彼女の顔も沈んでいった。

5

ここには誰もいない。ここには誰もいない。

ニーナは指が白くなるほどきつく両手を握りしめながら、地下鉄の座席に体を縮こませるようにして座っていた。死ぬほど怯えているが、人目は引いていない。それどころか、誰も彼女に気づいていなかった。

今ニーナは、意識を囲っていた壁がすべて消えてしまったかのような状態だった。まわりの人々の思考が、頭のなかにどかどかと踏みこんできては出ていく。ニーナの意識も彼らのものだと言わんばかりに。この状態を説明できる言葉があるとすれば、読心術《マインドリーディング》だろうか？　その定義を考えると完全には一致しない。〝読む〟というのは能動的な行為であり、こちらから相手の心を探るということだ。だが、これは能動的ではない。むしろ、大挙して押し寄せる野生動物の群れに踏みつぶされているのに近い。

おそらくどうかしてしまったのだろう。もしくは、ヘルガの謎の薬のせいで、よっぽどハイになっているかだ。ニーナにしてみれば後者のほうがよかった。答えとして、そっちのほうがわかりやすいし、問題も小さい。それに安心できる。一時的な現象と考えればいいのだから。

ああ、うるさくてたまらない。ニーナは目を閉じると、意識のまわりにグレーの靄を張りめぐらせた。声がやむ。ところがまぶたを開けて誰かの姿を目にしたとたん、その人物の思考が頭のなかにどっと流れこんできた。地下鉄がカーブで徐行し、ブレーキの金属音が響いた。駅の名前を確かめようと、そっと目を開けたとたん……。

〝……別れ話なんかしたら、彼女は自殺してしまうかもしれない。でも別れなかったら、おれがこの手で彼女を殺してしまいそうだ……〟

それは、ニーナの向かい側に座っている男の心の声だった。駅名を確かめようとした彼女の視線が男をさっとかすめたのだ。男はまだ若かった。黒いひげがうっすらと顎を覆っている。ジョン・レノン風のめがねをかけ、着古したジーンズをはいていた。マリファナのやりすぎで目は充血し、腫れぼったくなっている。

絶望のあまり半狂乱になっている男のつぶやきに、ニーナの思考は搦《から》めとられた。

いくつものイメージが頭のなかに流れこんでくる。男の名前はピーターで、ギタリストだ。躁鬱病《そううつびょう》を患っている恋人のジョディーは今、鬱状態になっている。ピーターの胃は槍《やり》で突かれたかのように痛んでいた。ステージを終えて家に帰ったら、バスルームで死んでいるジョディーを発見することになるのではないかと死ぬほど恐れているのだ。すべては彼のせいだと責めるうつろな目をしたジョディーが待っているのではないかと。

ニーナはさっと視線をそらし、目をきつく閉じた。すべてわたしの想像よ。ヘルガの薬でハイになっているだけ。ありもしないものを脳がつくりあげているのよ。彼の名前だって、きっとブラッドかジェイムズかトムだわ。ピーターではない。

しかし、他人のひとり言が聞こえてしまうことは、この際重要ではなかった。問題は、目をきつく閉じたままいつまでも地下鉄に乗っているわけにはいかないということだ。もし強烈な幻覚に襲われてしまったら最悪だが、幻覚を見ながらも普通にふるまう方法を見つけなくては。薬物中毒者《ジャンキー》たちがいつもそうしているように。

まずは普段の自分を思い出すのだ。わたしはしっかり者。岩のようにどっしりしていて、頼りになる。

ニーナは呼吸に意識を集中させ、わきあがる恐怖を抑えた。それから目を開き、ピーターから顔をそらす。彼女の視線が、複雑に髪を編みこんだ小柄な黒人の若い女性をかすめた。女性は爪先のあいた赤いサンダルをじっと見おろしていた。恥、恐れ、不安……。その女性の顔に浮かんだ表情を見ているうちに、ニーナは彼女の感情の激流に引きずりこまれた。

〝……このまま赤ん坊を産む？　でもどうやって赤ん坊を食べさせていけばいいの？　タイロンは子供を望んでいないのに。ママはわたしを家から追いだすわ。今だってわたしを厄介払いしたがってるくらいだもの……〟

ニーナはたじろいだ。岩のようにどっしりと心を落ち着けるのよ。彼女は自分に言い聞かせた。目を合わせてはだめ。人の顔を見てはだめ。顔を見ると声が聞こえてきちゃうんだから。

そのとき、薄くなった髪を横に撫でつけた、スーツ姿の太った男が隣に座った。大きな体がニーナの体に押しつけられる。体が接触したとたん、彼女の頭に男の思考が大音量で流れてきた。

〝……高慢ちきのくそ野郎め。おれを見くだしやがって、あの嘘つき野郎。パムとミリアムがいる前で、おれを首にしやがった。くそったれ……あいつの家に火をつけて、あいつの家族ごと燃やしてやる――〟

ニーナはぎょっとして立ちあがった。でっぷりとした男は目を閉じて復讐《ふくしゅう》の妄想に浸っている。ベッドで寝ている元上司を焼き殺すところを想像して楽しんでいるのだ。元上司が炎のなかで悲鳴をあげ……。

彼女の頭はずきずき痛んだ。割れそうなほど。まばゆい照明の光が目に突き刺さり、吐き気がこみあげる。できることなら暗闇でひとりになり、胎児のように体を丸めたかった。ニーナは誰にも触れないように、誰のことも見ないように気をつけながら、おぼつかない足取りで車内を歩いた。蜘蛛《くも》の巣のように複雑に絡みあう、思考と感情の網のなかをかき分けるようにして前へ進む。そのとき、ぼんやりとした紐《ひも》のような思考がニーナに絡みついてきた。なかでも太い紐が、蜘蛛の糸のようにまつわりついてくる。

〝……これ以上の抗癌剤治療には耐えられない……〟

〝……ああ、彼が電話をくれたらいいのに。なぜ電話をくれないのかしら……？〟

〝……アンジーの薬を買う金を、次はどうやってつくればいいんだ……？〟

〝……あの泥棒猫。きっと今この瞬間にも、わたしから寝取った彼とよろしくやってるんだわ。本当に汚い女……〟

ニーナは車両の端にあるドアを開けた。空気を求めてあえぐ。そして車両と車両の連結部分のデッキに立った。列車の音はうるさかったが、他人の頭のなかにある、ゆがんだ感情の世界よりずっとましだ。

ニーナはこれまで自分のことを、他人の気持ちに共感しやすいタイプだと思っていた。どうやら、これっぽっちもわかっていなかったらしい。

隣の車両も先ほどの車両と同じくらい混雑していた。またあの苦しみに直面する気にはなれない。そこでニーナは車両の外側にあるドアの取っ手にしがみついた。地下鉄がトンネルから飛びだし、駅へと入っていく。彼女は歯を嚙みしめ、体じゅうの骨ががたがた揺すられるのに耐えた。しっかりするのよ。真っ暗な地下鉄の車両と車両のあいだで、行き先もわからずに、いつまでもただ身を縮こまらせているわけにはいかない。気を強く持つのよ。

病院にいたふたりは、明らかにわたしを追ってきていた。ヘルガ・カシャノフと何か関係があるに違いない。ニーナは、自分を追いかけてきた医師たちが本物のゾンビだったとは思っていなかった。しかし、彼らを死の象徴ととらえたのは、連中が自分を傷つけようとしているという直感が働いたから。実際、あのふたりの目を見たが、そこには悪意があった。それは確かだ。それで？　これからどうすればいい？

Fラインの地下鉄がスピードを落とし始めた。次は二番街の駅だ。そのとき、ニーナは何かを思い出しかけた。頭のなかを探ると、何かがぴかっと光った。あの運転手！　ユーリ・マルチュークの住まいはアルファベット・シティだった。彼ならヘルガがなんと言ったのか知っているはずだ。それに、ヘルガの音声ファイルを翻訳しなければならない。不愉快きわまりないアーロとかいう男に断られてしまったのだから。たしかにアーロが親切にも指摘してくれたとおり、いくつか電話をかけたり探しまわったりすれば、音声を翻訳してくれる人が見つかっただろう。だが思いつきで乗った地下鉄で、危うくどうかなりそうになりながらも、ちゃんとユーリの近くへとたどりついたのだ。これは運命だ。なぜほかの誰かを探す必要がある？　もちろん運転手が英語を話せると仮定してのことだが、とにかく試してみることはできる。

アーロの用事がすむまでおとなしく待つつもりなどなかった。まったく、腹立たしい男。用がすんだら電話するともったいぶって申し出たアーロのことを思い出し、ふたたび頭に血がのぼった。あんな目にあったばかりのわたしに、よくもあそこまでひどい態度がとれたものだわ。ニーナはリリーに文句を言うつもりだった。礼儀知らずで、思いやりのかけらもない、挑発的な物言いをする、あんなろくでなしを紹介するなんてどういうつもり、と。

地下鉄ががたがたと揺れながら停車すると、ニーナは車内へのドアを開き、人々が降車し終わるのを待った。心のなかで身を縮こまらせ、意識のまわりにグレーの靄を張りめぐらせる。

今度は蜘蛛の巣はくっついてこなかった。意識をくすぐるのは感じたが、絡みついてはこない。彼女はにやりと意地の悪い笑みを浮かべた。ろくでなしのアーロの無礼に腹を立てたことで、ちゃんと自分を守れる程度まで神経が落ち着いたようだ。

そう考えると、なんだかおかしかった。

どこまでも続く階段を重い足取りでのぼりながら、ブルーノの友人が入手してくれた住所をポケットから取りだす。階段をのぼり終えると、二番街の通りに出た。強い日差しに目をしばたたいたあと、ニーナは東へ向かって歩きだした。三ブロック歩いて、アヴェニューBで左に曲がる。そして何本か交差する道を通りすぎ……ちょっと待って。あれはいったい……。

ニーナは首がちくちくするのを感じた。ユーリの家の区画の入口を何台もの車がふさいでいる。歩道も車道も人であふれていた。彼女はさらに近づき、住所を確認した。地図と通りの住所表示を見比べる。ここで間違いない。あたりには低く細長い建物がぎっしり並んでいた。フラッシュの光。何台もの警察車両。忙しく動きまわる制服警官。犯罪現場を示す黄色の規制テープ。救急車。緊迫した空気を感じとって首が粟立《あわだ》った。

ニーナは誰かに事情を聞こうとあたりを見まわし、顔にいくつものピアスをし、ゴシック・ファッションに身をかためた少女に目をとめた。ニーナは意識のまわりのグレーの靄をさらに厚くすると、少女に尋ねた。

「ここで何があったの？」

「ユーリ・マルチュークが殺されたの」少女が答えた。不謹慎にも、彼女の目は興奮できらめいている。「拷問されて、殺されたんだって！　ユーリはうちの下の階に住んでるんだよ！　信じられない。あたしが被害にあってもおかしくなかったってことよね！」

その瞬間、恐怖のあまりすべての感覚がなくなった。少女の声が遠ざかっていく。だが、すぐにすべてが戻ってきた。

「……めちゃくちゃに切り刻まれたらしいよ！　仕事から戻ったマリアが血だらけのユーリを発見したの！　ほら、マリアが出てくるわ！」

髪をブロンドに染めた、がっしりとした体つきの三十代くらいの女性が、ふたりの警官に挟まれるようにして建物から出てきた。見開かれた目は宙を見つめ、脚は感覚がないというようにふらついている。

付き添いの警官はマリアを待機していた救急車へと誘導した。彼女の両手とシャツは血に染まっている。

日差しはさんさんと降り注いでいたが、ニーナは寒気を感じて体を震わせ、歯をカチカチと鳴らしていた。少女のおしゃべりが耳に入らない。マリアの凍りついた顔から目が離せなかった。その表情に意識が吸い寄せられていく……。

ああ、いやよ。お願い、やめて。彼女はだめ。今度ばかりは知りたくない。

まるで磁石に吸い寄せられるように、ニーナはマリアにまっすぐに引きこまれていった。思考も心も体も。彼女はハンマーで殴られたかのような衝撃を受けた。

〝パパ〟マリアのショックと驚愕がニーナに襲いかかってきた。同時に、いくつもの映像が頭に浮かびあがる。血。ユーリの顔。ユーリの手。ユーリの耳。ユーリの目。〝ああ、パパ。キッチンの床に倒れている真っ赤な物体がパパのはずがない。わたしを抱きしめてくれたパパ。大声で話し、笑い、ウオツカくさい息を吐いたパパ。息子と遊んでくれたパパ。優しいおじいちゃんだったパパ。そのパパの手が、パパの耳が、パパの目が……ああ、なんてこと、パパの目が……〟

いくつもの映像がニーナを襲った。身の毛もよだつ、猟奇的なその映像は、いやになるくらい色鮮やかだった。特に胸の悪くなるような赤い色が。ニーナはマリアが受けたショックと自分を切り離すことができなかった。それはあまりに強烈で、衝撃的だった。

少女の声が針で刺すようにニーナの意識をつついた。少女の手がニーナの袖を引っ張っている。「……ねえ、あんた大丈夫？　ねえってば！　ドラッグかなんかやってるの？」

ニーナは目をしばたたいた。いつしか頬が濡《ぬ》れていた。マリアを乗せた救急車が人込みを押し分けて動きだす。

犯罪現場を区切る黄色いテープが突風にあおられ、はためいた。救急車が遠ざかるにつれ、頭のなかの映像も消えていった。

ニーナはまだ誰かにのっとられているような感覚がぬぐえなかった。まるで一年が過ぎ去ったかのようだ。もしくは一生が。涙が鼻へと伝い落ちる。彼女はひび割れた汚い歩道に座りこんでいた。路上に倒れこんだのは、今日はこれで二度目だ。お尻は痛むし、足に力が入らない。

「大丈夫よ」ニーナはなんとか起きあがった。「胃が弱いの。本当にひどい事件ね」

彼女はあとずさりした。走ってはだめよ。落ち着いて。ニーナはあたりを見まわした。いったい何を探すつもりなの？　目をぎょろつかせたゾンビが停車した車から見ているとでも？

気の毒に、運転手は拷問を受けていた。ニーナは歩き続けた。ゆっくりと一定の速度で足を前に出し続ける。ここには誰もいない。ここには誰もいない。彼女は意識を集中させた。自分の衣服はすべて、人目を引かないよう選んだものだ。

そのとき、携帯電話が鳴った。ニーナはバッグから携帯電話を出した。〈ニュー・ドーン〉

の同僚、シーラだ。「もしもし？」

「ニーナ？　気分はよくなった？　ところで、音声ファイルを訳してくれる人は見つかったかしら？　もしまだなら心あたりがあるかも」

「いいえ、まだよ」気づくとニーナは口走っていた。「彼は死んでいたわ、シーラ」

「なんですって？」シーラの声が鋭くなる。「誰が死んだの？」

「ユーリ・マルチュークよ。タクシー運転手の。わたしとヘルガを病院に運んだ人。誰かが彼を拷問して殺したんですって。ここは警官だらけよ」ニーナは歩道の割れ目に足を取られ、危うく転びそうになった。

「なんてこと！　ニーナ、あなた、どこにいるの？　どこかの通りをぶらぶら歩いているってこと？　病院を離れたの？　いったい何を考えていたの？」

考えてなんかいなかったわ。ゾンビに追われて、命からがら逃げだしたのよ。ニーナはそう言いそうになったが、すんでのところで言葉をのみこんだ。そんなことを言ってもシーラを混乱させ、怖がらせるだけだ。今は、自分の恐怖と混乱に対処するだけでせいいっぱいだった。ニーナは何か事情を知る者がいないかと通りを見渡した。

「長い話なのよ」ニーナは言った。「あとで話すわ。今、マンハッタンにいるの」

シーラが残念そうな声をもらした。「そうなの。じゃあ、連絡するのが遅すぎたわね。わたしは今、あなたの家にいるのよ。先週、デレクにスペアキーをあずけたでしょう？　それを使って入ったの。あなたの荷物を取りに来たのよ。ほら、歯ブラシとか、本とか、下着とかが必要になるかと思って。でももう病院にいないのなら、無駄足だったわね」

ニーナは胸があたたかくなるのを感じた。「まあ、シーラ、うれしいわ。ありがとう」

「ああ、それと今日、男の人が職場にあなたを訪ねてきたわよ。今朝わたしがあなたのお見舞いに病院へ行って、職場に戻ったあとすぐに」

「男の人？」ニーナは背筋がぞくりとした。「誰だったの？　どんな人？」

「ヘルガ・カシャノフの弟だって言ってたわ」シーラが答えた。「セルゲイって人よ。でもぜんぜんそれっぽく見えなかったのよね。その人の話だと、ヘルガは統合失調症なんだけど、家族に毒を盛られていると思いこんで、薬を捨ててしまったんですって。ヘルガがどうやって自分の抗精神病薬以外の薬を入手したのかは想像もつかないって言ってたわ。あなたにとっては悪い知らせだけど、有毒な薬だそうよ。命にかかわるようなものではないらしいけど」

「なんですって？　あなた、その人に全部話しちゃったの？」ニーナは声を荒らげた。「わたしのことも？　ヘルガに何をされたかってことも？　注射器のことも全部？」

「あー……ええと、その……」シーラが口ごもった。

「シーラ、その男は嘘をついたのよ！」ニーナの声は震えていた。「ヘルガに弟なんていないの！　彼女は何年も前に結婚したわ。両親と移住してきたのは十四のときで、娘はひとりいるけど、弟なんていないのよ！」

「まあ……そうなの。でもわたしが音声ファイルのことを話したら——」ニーナは顔をしかめた。「ああ、まったくもう。言わなくていいわ。わたしがあててみるから。その男が翻訳を申し出たんでしょう？　心あたりがあるって言ったのはその男のことなのね？」

「ねえ、そんなふうにとげのある言い方はやめて」

「その男に何を話したの？」ニーナは問いつめるように言った。「わたしとヘルガがどこの病院にいるか、話してしまった？」

「というか……その……」シーラは戸惑っているような声で言った。「わたしが教えたわけじゃないのよ。その男が……あててみせたの。実際、彼はほとんどのことを言いあてたわ。気持ちが悪いくらいに。わたしがいつのまにかしゃべっちゃったみたいに。もちろん話した覚えはないわ」

「どんな男だったの？」ニーナの心臓はいつもの二倍の速さで打っていた。

「ねえ……ニーナ、ちょっと大げさに騒ぎすぎじゃない？　なんでそんなに——」

「いいから言って！　どんな男だったの？」

「わかった、わかったわよ！　背が高くて、黒髪で、けっこうハンサムだったわ。にきびの跡がいくつかあったけど。たぶん四十代くらいね。すてきな服を着ていたわ。高そうな服を。

それから口がうまかった。これでいい？」

「黒髪だったの？　禿げ頭じゃなくて？」

「禿げてないわ。ふさふさの黒髪よ。つややかな髪を短めのポニーテールにしていたわ。プレイボーイ風に」

「女性はいなかった？　ブロンドの美女が一緒じゃなかったかしら？」

「いいえ、ひとりだったわ。そんなにまくしたてないでよ。自分でも、どうしてあんなにぺらぺらしゃべっちゃったのかわからないのよ。でもわたしだって、あなたに起きたことに動揺してたの！　それに、あの注射器の中身の手がかりをつかむほうが重要だと思ったのよ。あのときはそう判断したの。でもばかだった。ごめんなさい」

「いいのよ」ニーナは肩越しに振り返り、車の流れにさっと目を走らせた。「わたしの名前は教えたの？」

「もちろん教えてないわ」シーラがぴしゃりと言った。「あなたの名前はすでに知ってたもの」

では、どうやって男はわたしのことを知ったのだろう？　そもそもなぜわたしを訪ねてきたの？　鮮明な映像が頭に浮かび、ニーナは足を取られた。その瞬間、吐き気をもよおす恐ろしい事実に思いいたった。

〝拷問されて、殺されたんだって！　めちゃくちゃに切り刻まれたらしいよ！〟

〝パパの手が、パパの耳が、パパの目が……ああ、なんてこと、パパの目が……〟

ユーリだ。連中はユーリからわたしの情報をつかんだのだ。ああ、気の毒なユーリ。

ニーナはむかむかする胃のあたりに手を押しあてた。シーラはまだしゃべり続けていたが、ニーナは携帯電話を持つ手をぶらりと下におろした。電話から聞こえてくるかすかな声が徐々に意味をなさなくなっていく。ニーナは電話を切った。頭がめまぐるしく動き、何かをつかもうともがいていた。計画が必要だ。この迷路のような状況を切り抜けるための計画が。

自分を追ってゾンビたちが病院にやってきたのなら、自宅も見つかってしまったに違いない。でも、なぜそこまでするのだろう？　ヘルガが話した内容を知るためだろうか？　わたしもまだ理解していないというのに。

そのとき、電話が鳴った。シーラからメッセージが届いていた。謎の男、セルゲイが残したという電話番号だ。この男に電話してみようか。そうすれば、この男がすべてを説明してくれるかもしれない。もしくは、こちらが断れないような申し出をしてくる可能性もある。怪物どもを追い払ってくれと頼んでみてもいい。この厄介な状況をすべて片づけてくれるなら、なんだってする。ニーナはくすくす笑いながら涙を流し始めた。結末が今から目に浮かぶようだ。ゾンビと駆け引きしたあげく、拷問され、殺害される自分の姿が。自分が持っていることさえ知らなかった情報のために。そう。きっとそうなるのがおちだ。

危険であろうがなかろうが、ニーナは家に戻る必要があった。警察は頼れない。知っていることを話したら、精神科の病院に閉じこめられてしまうだろう。これほど恐ろしい状況で助けてくれるような親しい友人も近くにはいない。だが、とりあえずは着替えとパスポートとノートパソコンが必要だ。

地下鉄での移動は大変だった。生存本能は周囲を観察しろと命じていたが、誰かに目をやるたびに、その人物の人生の重さに押しつぶされそうになるのだ。しかたなくニーナは人々の足もとを見つめた。足は顔ほど多くを語らない。それに、もうだいぶこつもつかめてきた。〝ここには誰もいない〟と唱え続け、意識のまわりにグレーの靄をしっかり張りめぐらしていれば、人々の思考のほとんどをブロックできた。ただし、そうするには全神経を集中させておかなければならなかったが。

地下鉄の駅から自宅までは、けっこうな距離を歩く必要があった。初めのうちこそ、びくびくとぎこちなく早足で歩いていたが、すぐにスカートをはためかせ、猛スピードで走りだしていた。一方の手に携帯電話を、もう一方の手にめがねを握りしめて。

ニーナはようやく自分が育った、れんがづくりの細長いテラスハウスにたどりついた。ほっとできる場所はないけれど、鍵のかかるドアはある。

彼女はシャワーを浴びたくてたまらなかった。だが恐怖にぞくぞくするような感覚は一秒ごとに大きくなり、動き続けなければという焦燥に駆られていた。ニーナは無我夢中で荷物をかき集めた。引き出しをあさってパスポートを見つけると、着替えのために廊下の奥にある小さな寝室に駆けこむ。スタンが死んで何年もたつが、彼女はまだ主寝室を使うことができずにいた。継父が寝ていた部屋ではどうしても眠る気になれなかったのだ。

ばかね。服を脱ぎ捨て、髪からシュシュをはずしながら、ニーナはひとりつぶやいた。この家を売って、もっと小さな家を買うべきなのだ。自分がいつか家族を持つようになるとは思えないのだから。

そのとき、床がきしむような音が聞こえた。

ニーナはぴたりと動きをとめた。階段の五段目の板はたわんでいて、足をのせると音がするのだ。体が凍りつく。彼女は一心に耳を澄ませた。どういうこと？　きっと警報装置がオフになっていたんだわ！

間違いない。衣擦《きぬず》れの音がするし、靴底が木の床にあたってきしむような音もかすかだが聞こえる。誰かが階段をのぼってきているのだ。ゆっくりと忍び足で。

追いかけてくるゾンビや、ニーナの腕に針を突き刺すヘルガの充血した必死な目、切り刻まれたユーリの遺体が頭に浮かぶ。ニーナは素っ裸のまま部屋を見まわした。肺が引きつっているように感じられる。まるでこの閉ざされた部屋のなかで、空気が沸騰しているかのようだ。

窓以外に逃げ道はないが、そこはかたく閉ざされている。きしむ階段と同じようにたわんでいるのだ。この家は古く、あちこちがたがきていたものの、きちんと手入れする気になるほど、ニーナはこの家を気に入っていなかった。自分の手ではこの窓を開けられないだろう。野球のバットでもあれば別だが。

彼女は携帯電話とバッグをつかむと、クローゼットのなかに逃げこんだ。

この家に引っ越してきたとき、ニーナは大工にけっこうな金額を払ってクローゼットをつくってもらった。この家で手を加えたのはこの一箇所だけだ。この家に住み続けられると確信できるまでは、改装するのを控えていた。だが、クローゼットは必要だ。ニーナが使っている寝室の本来クローゼットがあるべきスペースには、もともとスタンによってこの部屋専用のバスルームが増設されていた。そのため、あいているスペースに設置したクローゼットは一般的なものより奥行きのあるつくりになっている。だからクローゼットの背後に偽の壁を取りつけてもらい、隠し部屋を確保したのだ。ニーナはクローゼットの奥の壁のパネルをスライドさせた。カチリと音がし、小柄な人間がようやく滑りこめるだけの隙間があいた。クローゼットの壁の奥には、一メートル足らずの奥行きのスペースがあり、母の古い本が入った箱が保管されていた。ニーナは箱をどかすことも覚悟していたが、積みあげた箱の後ろにまだスペースが残っていた。パネルには目の高さに小さな穴があり、外をのぞくことができる。

ニーナは外側のクローゼットの扉を閉めると、狭い隙間に滑りこんだ。パタンと音を立ててパネルが閉まる。

ニーナは暗闇のなかで身を震わせていた。次の課題は、歯がカチカチ鳴らないようにすることだ。彼女はパネルの内側に取りつけた留め金をかけた。これで誰かが奥のパネルをさわったとしても、うっかりパネルが開いてしまうことはない。このクローゼットをつくってくれた大工はニーナにパニックルーム（侵入者から身を守るための緊急避難用の密室）をつくったらどうかと提案してきたが、彼女にはそのアイディアがしっくりこなかった。パニックルームにいることを悪者に知られたら、その悪者は出口に居座るかもしれない。そうなれば、兵糧攻めにされたり、脅されて出ていかされたり、焼きだされたりする可能性がある。ニーナは、襲撃者がドアをバンバンたたいたり怒鳴ったりしているところで隠れているなんていやだった。彼女は自分の存在自体を襲撃者に気づかれたくなかった。襲撃者から自分の姿を隠したかったのだ。

キーという甲高い音とともに、ニーナの寝室のドアが開いた。

ここには誰もいない。ここには誰もいない。目を引くものは何もない。目を引くものは何もない。

ニーナは恐怖をぐっと抑えこみ、縮こまった。携帯電話を握る手が濡れていた。額にたまった汗が伝い落ちていく。気を失ってしまいそうだった。

とても狭い空間。ここには誰もいない。とても静か。

侵入者が指示を送る声がとても遠くに聞こえた。耳鳴りと鼓動がうるさすぎて、外の音がほとんど聞こえない。部屋を歩きまわる足音が聞こえてきたかと思うと、クローゼットの扉が勢いよく開き、穴から針のような細い光が暗闇に差しこんだ。

ニーナは思いきって、穴にできるだけ近づいた。男の影が見える。男が大きな銃を使って、クローゼットにかかっていた彼女の服を片側に寄せると、その顔があらわになった。長身で黒髪の四十代くらいの男だ。目の下にくまができている。口は残忍そうにゆがみ、にきび跡があばたになっていた。シーラが言ったとおり、髪はポニーテールに結っている。男がロシア語のような言葉で何やら怒鳴り、仲間に指示を出した。ドスドスと重い足音が部屋を出ていくのが聞こえる。隣のバスルームで物音がした。

ガチャン。

シャワー室のガラスが割られたようだ。部屋の反対側にある主寝室からも、こもった音が聞こえてくる。少なくとも三人はいるということだ。

ピー。

そのとき、手に握りしめていた携帯電話からメールの着信を知らせる音が鳴った。しまった！　ニーナは震える指で音を消した。暗闇のなかで携帯電話がやわらかな光を放っている。リリーからだ。音はあばた男にも聞こえたようだ。男が振り向き、目を細めて音が聞こえてきたあたりを調べ始めた。

あなたは何も聞いていない。ニーナは無言で男に向かって唱えた。意味のない音。ピーピー、カチカチ、ギシギシ。時計、電話、電子機器。家は音であふれている。

ニーナはいっそう体を縮こまらせて、リリーからのメールを開いた。

アーロの件はごめんなさい。強引な手を使ってでも彼を説得するわ。

ニーナはあせりながら返信のメッセージを打ちこんだ。

家に侵入者。わたしはクローゼットのなか。三人以上？　ロシア語？　警察を呼んで！

送信する。心臓が二十回ほど鼓動したとき、次のメールが届いた。ありがたいことに今回は無音だった。

助けが向かってる。あきらめないで。

ニーナはほっとする気持ちを心の奥底にしまって、気を引きしめた。この狭い空間には誰も入ってこられない。この小部屋には誰も気づかない。彼女はのぞき穴から外をうかがった。男は寝室の中央に立ち、目を閉じて鼻をふくらませている。ニーナの気配を感じとろうとしているのだ。

それも意識で。ああ、どうしよう。この男は意識でわたしの気配を察知しようとしている。彼女はパニックを抑えこんだ。ここには誰もいない。目を引くものは何もない。くだらないがらくたばかり。小石、枯れ葉、ガムの包み紙、瓶の蓋……。

だが、あばた男は執拗《しつよう》だった。男の意識がニーナをつつく。いやらしい乱暴な手で脚のあいだをまさぐられたような気がした。

6

「なあ、ぼくが言いたいのは、そんなにたいした頼みじゃないだろうってことだ。ホスピスまでの運転中に音声を聞けばいいじゃないか！　そうしたからって、一秒たりとも到着が遅れるわけじゃないんだから！」マイルズがおだてるように言った。

「放っておいてくれ」アーロはうなった。「厄介ごとはもう充分抱えてるんだ。ブルーノを黙らせてくれ」

「まあ、そう言わずに。きみだって心配してないわけじゃないってことを教えてやれよ。ちょっと手を貸してやるだけでいいんだ」

「ブルーノがちょっとだけで満足すると思うか？　あいつはおれが血をバケツ何杯分も吐くはめになるまで満足したりはしない」

「ブルーノにおばさんの事情を話せばよかったんだ」マイルズが説教じみた口調で言った。「それではまるで、ブルーノたちに冷酷なろくでなしだと思われたがっているみたいだぞ」

アーロは何も言わず電話を切った。そもそもマイルズにだって、トーニャのことを知られたくなんかなかったのだ。だがアーロが電話を受けたとき、マイルズは同じ部屋にいた。しかもマイルズは敏感ときている。何かを察知すると、うるさくまつわりついた。精根つき果てたアーロが洗いざらい白状するまで。

これが仲間を得た代償だ。以前、ひとりきりで仕事をしていたころは、物事はもっと単純だった。アーロは孤独が懐かしかった。車三台を巻きこんだ交通事故のせいで、彼はかれこれ一時間以上もベルト・パークウェイに足止めされていた。まるで天罰だ。アーロは涙に暮れるソーシャルワーカーを助けなかったことを責められているように感じていた。もっとも電話で話したとき、ニーナは泣いていたわけではなかったが。むしろ彼女は怒っていた。革のブーツのようにタフな女だ。

事故渋滞を抜けたあとは、フラットブッシュの出口渋滞につかまった。そのあいだもアーロは自分の罪について、くよくよと考えていた。携帯電話の画面には、ニーナ・クリスティからのメッセージが彼をとがめるように光っている。アーロは完全に退屈していた。音声ファイルを聞けば気がまぎれるかもしれない。そのあとでニーナに電話をかけ、もう一度彼女ののしり声を聞くのも悪くない。彼女の声を聞くと、興奮をかきたてられた。倒錯的で自虐的とも言える興奮を。ニーナはかわいらしい声をしていた。低く、ハスキーで、女らしい声だった。

何時間も渋滞につかまっているうちに、アーロは例の音声ファイルが気になってしかたがなくなってきた。何か別なことを考えようとした。ほかのことだったら、なんだっていい。この際、ろくでもないことでもかまわなかった。

アーロは履歴からニーナの電話番号を探しだすと、衝動的に発信ボタンを押した。自分の行動に驚いていた。何をするつもりだ？　謝罪でもするつもりか？　ばかな、危険すぎる。謝罪のしかたなんて知りもしないくせに。

だが、心配はいらなかった。ニーナはアーロの番号を着信拒否にしていた。彼女はおれの下手くそな謝罪など聞きたくないのだ。ニーナはインターネットを介しておれに中指を突きたててみせたわけだ。ざまあみろ、と。

また新たに敵をつくってしまったようだ。まったく、おれの得意技だ。

にやにやしている自分に気づいて、アーロは驚いた。顔の筋肉が笑みをつくったことなど久しくなかった。表情筋はだいぶ錆《さ》びついていたはずだ。

アーロは降伏した。いいだろう。その音声ファイルを聞いてやろう。そして、ブルーノに電話して要点を伝えてやるのだ。ブルーノがニーナに電話してやればいい。そのほうが安全だ。ブルーノが緩衝材となって、怒り狂った彼女から守ってくれるだろう。

アーロがブルーノに電話をかけようと思ったちょうどそのとき、ブルーノが電話してきた。

アーロは通話ボタンを押した。

「おれの負けだ。音声ファイルを聞いてやるよ。これでいいか？　だから音声を聞くあいだ、おれを放っておいてくれ」

「ファイルのことなんかどうでもいい！」ブルーノが怒鳴った。「ニーナの家に行ってくれ！　今すぐ！」

アーロは困惑した。「家だと？　彼女は病院にいるんじゃないのか？」

「もう病院は出た！　自宅に戻ったら、何者かが彼女の家に侵入してきたんだ！　リリーが警察を呼んだが、おまえのほうが近い。今すぐフラットブッシュの出口から出ろ！　猛スピードで向かってくれ！」

アーロはぽかんと口を開けた。「おれの居場所がなぜわかったんだ？　さてはおれの携帯を追跡したな？」

「文句はデイビーに言ってくれ。あいつが教えてくれたんだ。けど、そんなことはどうだっていい！　急げ、アーロ！　ニーナは二階の寝室のクローゼットに隠れている！」

「まったく、ふざけるな」アーロはうめいた。クラクションが鳴り響くなか、強引に出口側の車線に突っこんでいく。電話番号を着信拒否にされ、ニーナからお払い箱になったからといって、おしまいではなかったのだ。あれはきたるべき苦痛と災難の前兆にすぎなかった。

銃撃戦の可能性については言うまでもない。

「銃は持ってるのか？」ブルーノが尋ねた。

「ああ」アーロはうなるように言った。銃を持っているなんてもんじゃない。目的地がどこであれ、アルバトフ一族から八百キロ圏内に近づくと思うと、神経質になるのだ。

「侵入者は三人か、もしかしたらそれ以上いるかもしれないとニーナはメールしてきた。そして、ロシア語を話しているようだと。フラットブッシュ通りをまっすぐに進んで、アヴェニューUで左折し、次にラムジーで右折だ。クエンティン通りまで行ったら行きすぎだぞ。注意しろ。三ブロック行ったところの右側の三軒目の家だ。五百五十四番地。急げ！」

アーロはアクセルを踏んだ。これを引き受ければ、半年前の大失態を取り返すことができる。

寝室のクローゼットに隠れているだと？　なぜおれはこんなひどい目にあっているのだろう。〝くそをぶつけてくれ〟とでも書かれたメモが知らないうちにシャツに貼られていたのだろうか。これまでできるだけ他人のことには首を突っこまないようにして過ごしてきた。大金を積まれた場合を別として。ずっと冷酷無比な一匹狼《いっぴきおおかみ》のはずだった。それなのに、自分は今、こんな厄介ごとに巻きこまれている。アーロは高速道路の出口でスピードを落とした。

ふたたびアクセルを踏む。クラクションが鳴り響いた。助手席に置いた携帯電話からブルーノが怒鳴っている声が聞こえていたが、無視した。これはおれのやり方でやる。それがどんなやり方になるか、まだ見当もつかないが、そのうちわかるはずだ。おそらく。

五分もしないうちに、アーロはニーナの家の前を勢いよく通りすぎた。これといって特徴のない、れんがづくりのテラスハウスが、同じく特徴のないテラスハウスのあいだに挟まれて立っていた。家の前の道路沿いにはとぎれることなく車がとめられている。彼は角を曲がったところで急停車すると、折りたたみ式のショットガンをしまっているケースを開いた。サイガのショットガンまで持ち歩くなんて、自分でもどうかしていると思っていた。一発目には鍵を破壊するためのブリーチング弾を、二発目以降はバックショット弾とスラッグ弾を交互に入れた特別仕様の弾倉を用意していることについては言うまでもなく。

アーロは弾倉を装塡《そうてん》し、遊底《ボルト》を引くと、ニーナの家に駆け寄った。

近づくのにいいやり方とは言えない。だが、区画をぐるりとまわり、裏手からこっそりと、徐々に近づいていくような時間はなかった。なかではすでにまずい状況になっているかもしれないのだ。ならば正面から行くしかない。愚かで無謀な突入法だが。

彼は玄関ポーチを駆けあがり、袖口でドアノブをまわした。この状況を生きたまま無事のりきれると期待しているわけではないものの、指紋を残して身元が割れる危険を冒す必要はない。ドアには案の定、鍵がかかっていた。

トーニャおばさん……。後悔の念がアーロの胸にこみあげた。だが今ここで死ぬことになったとしても、おばとはすぐにあの世で会えるだろう。彼女もおれのあとからやってくるはずだ。あの世というものがあればの話だが。死後どうなるかなんて、誰にもわからない。でも、そんなことはどうでもいい。今はそんなことを考えているときではない。

通りに人の気配はなかった。目撃者はいないということだ。アーロは大きく息をつくと、ショットガンをかまえ、ドアの鍵にねらいをつけた。

どうせ永遠に生きたいわけじゃない。


「ニーナ」あばた男が猫撫で声で言った。「ニーナ、どこにいるんだ?」

男はわたしの名前を知っている。その事実にニーナは震えあがった。手で口を押さえる。強く押さえつけていないと、心臓が飛びだしてしまいそうだった。小さい。灰色。小石。**れんが。なんの変哲もない壁。ここには誰もいない。目を引くものは何もない。**

「出てきてくれたら、あんたを傷つけたりしない」男がしわがれた低い声でなだめるように言う。「ヘルガ・カシャノフがあんたに何を話したのかを教えてくれるだけでいいんだ。おれたちが知りたいのはそれだけだ。それさえ教えてくれたら、おれたちは出ていく。二度とあんたをわずらわせたりしないよ」

だったらなぜユーリを切り刻んだの? 嘘つき。

頭に浮かんだとたん、ニーナはその考えをしまいこんだ。あの頭のなかをつつきまわす何かに悟られないように。**灰色。小さい。相手からは見えない。つまらないもの。何もない。枯れ葉。れんがの壁。ここには誰もいない。この家には誰もいない。**

「教えてくれれば、あんたを追いまわすのをやめてやる」あばた男がねっとりと絡みつくような声で言った。「あんたのかわいい友達を困らせることもしない。あの女はなんて名前だったかな？　シャイラ、シャロン、シェリル……シーラ！　そう、シーラだ！　ブロンドのかわいいシーラ。六番通りにあるワンルームのアパートメントでひとり暮らしをしているシーラ」満足げにうなり声をあげる。「きれいな脚にかわいらしい胸をしたシーラを困らせるようなまねはしないよ。あんたのシェルターにいる気の毒な女どももそっとしておいてやろう。すべて今までどおりだ。だから出てこい。おれたちに話してくれ。ニーナ、怯えなくていい」

れんがの壁。相手からは見えない。波形の金属板。ここには誰もいない。この家には誰もいない。ニーナは縮こまったまま、気力をかき集めて、気配を消すことに意識を集中させた。

「きっと楽しいだろうな。夜シーラを訪ねてみるのは」男がひとり言のようにつぶやいた。「おれたち四人、全員で。バイアグラとコカインを持っていくことにしよう。それにダクトテープも。きっと楽しめるぞ。あんたとも楽しんでみてもいいな。どうだ？」にやにやしながら、ニーナの気配を探して部屋を歩きまわる。「あんたもきっとかわいいんだろうな。けど、口にダクトテープを巻いてやれば、どんな女だってかわいくなるんだよ。おれは物静かな女が好きなんだ。うるさいのは嫌いだ」男は口をつぐむと、鼻をふくらませた。「あんたはえらく物静かだな、ニーナ」男はささやいた。「これまで会ったことがないほど物静かな女だ。気に入ったよ。なあ、ニーナ。あんたとは特別な友達になれるんじゃないかって思ってるんだ。おれがあんたを引きずりだしたあとに」

ニーナの心は男の言葉をブロックしていた。あとで思い出せるよう、意識の端で記憶していたものの、心のなかには決して侵入させなかった。その言葉に傷つけられないように。これもスタンに苦しめられていた年月から学んだサバイバル術のひとつだ。

強化された鋼鉄の装甲板《アーマープレート》。チタンの板。ガラスのようになめらかな板。

「何か聞こえるか?」別の声が聞こえてきた。聞き覚えのある声だ。ニーナはのぞき穴ににじり寄った。ゾンビ医師のひとり、グランジャーだ。ありがたいことに今は生きた人間の姿だった。

「まだだ」あばた男がぶっきらぼうに答えた。「邪魔しないでくれ」

「おれが言ったとおり、ひと筋縄じゃいかない女だろう?」禿げ頭のグランジャーがほっとしたように言った。「この距離なら、おれたちふたりとも女の気配を感じとれるはずなんだ。おれのせいじゃない。これはサイマックスのせいだ。あの女はおれたちをブロックしてやがるのさ」

「おまえが黙ってくれさえすれば、おれがそのブロックを破ってやるさ」あばた男が嚙みつくように言った。「だからそのうるさい口を閉じてろ。おれが女を見つけてやる」

「時間を無駄にできない」禿げ頭が言った。「フィルからメールが届いたんだ。この家に侵入者がいると誰かが通報したらしい。すぐに警察が到着する。あの女は窓から出ていったんだろう。それで警察を呼んだんだよ。今すぐここを出よう」

「窓から出ていく暇なんてなかった」あばた男が言った。「いいから静かにしろ」

グランジャーが足音も荒く部屋を出ていく前に、その姿がのぞき穴からちらりと見えた。かぎ鼻に、残忍な目。淡いブルーの瞳を神経質にぎょろつかせている。赤みがかった額は汗で光っていた。

あばた男がふたたび部屋のなかをうろつき始めた。そして顔をクローゼットに向けると、その歩みをゆるめる。男が一歩近づいた。ニーナの鼓動は激しくなったが、集中力はとぎれさせなかった。ここには何もない。何ひとつない。男が彼女の衣服を脇によける。すっぱいにおいを放つ男の熱い息すら感じとれる距離だ。男がクローゼットの奥の壁をこつこつとたたいた。

れんがの壁。れんがの壁。れんがの壁。ここには何もない。この家には誰もいない。

あばた男はクローゼットから出ていったが、ニーナの緊張は解けなかった。次の瞬間、それがなぜなのか彼女にもわかった。男は隣接するバスルームへ行くと、壁の奥行きの食い違いを確認し始めたのだ。そしていきなり笑いだすと、ちょんちょんと嘲《あざけ》るようにニーナの意識を軽くつついた。おまえがそこにいるのは知っているぞと言うように。

あばた男が今までの倍の勢いで彼女を探り始める。ニーナは身もだえした。絶望が胸に広がっていく。男に引きずりだされ、この体を切り刻まれることになるのだ。ユーリのように。

ゆっくりと残忍に。

落ち着いて。パニックに陥ってはだめ。ニーナは自分に言い聞かせた。このまま壁の後ろに隠れているのだ。彼女は相手をブロックすることにさらに意識を集中させた。そうすることで神経が落ち着くように感じていた。

あばた男がにやにや笑いながら、自信たっぷりな様子でニーナの視界に戻ってきた。「無口なニーナ」声高に笑いながら言う。「そこがあんたの隠れ家か。けど、おれには聞こえるぞ。何が聞こえると思う?」彼がクローゼットの扉を大きく開いた。にやにや笑う口からは、たばこのやにがしみついた歯が見える。「静けさだよ! ここまで音ひとつしない静けさは経験したことがない! まるでおれの耳が聞こえなくなったみたいだ! おかしいだろう? あんたはこの穴からおれを見ているんだな、ニーナ? そこから見ているのは楽しいか? だが、あんたはまだ何も見ちゃいない。たとえばこいつのことも」

男に銃を向けられて、ニーナは本の入った箱の陰に飛びすさった。男はニーナの膝の高さに三度発砲した。

バン、バン、バン。

アーロが引き金を引こうとしたその瞬間、二階から銃声が三発聞こえてきた。くそっ、遅かったか!

バン。

ブリーチング弾が鍵を撃ち抜く。彼はドアを蹴破ってチェーンを断ち切ると、室内に向かって撃った。

なかをのぞきこむ。玄関口に倒れている男は顔を撃たれていた。体にもバックショット弾をたっぷりくらったようだ。血だらけで動かなくなっている。アーロは、男の手のそばに落ちていた銃を蹴飛ばした。そしてぱっと体の向きを変えると、階段に銃口を向けた。その動きは、彼の意識が物音をとらえるよりもすばやかった。

バン。

ショットガンが男の心臓を撃ち抜き、男の背中が階段の壁にたたきつけられた。太った大柄のその男は、けたたましい音を立てながら階段を転げ落ちていく。男の体は階段の途中で引っかかり、壁と手すりをふさぐようにして横向きに倒れてとまった。

バン。

木や漆喰《しっくい》の破片が飛んだ。アーロはダイニングルームの入口へと身を投げた。そして部屋の隅から顔をのぞかせると、二階に向かってサイガを数発ぶっぱなした。

バン、バン。

「くそったれ」誰かが階上で怒鳴っている。「いったい何者だ……?」

ドアを勢いよくたたきつける音に続き、発砲音があった方向から憤った声が聞こえてきた。

声の主は右方向へ移動していった。

ニーナは息をのんだ。わたしは撃たれたの？　それなら痛みを感じるはずよね？　熱さや突き刺すような痛みを。血圧がかなりさがっているのを感じる。まるで大量出血しているかのように。気を失ってはだめ。吐いちゃだめ。こらえるのよ。気をしっかり持って。彼女はかろうじて意識を保っていた。

階下からさらに銃声が聞こえてきた。誰が撃っているのだろう？　警察がもう到着したの？

「おい、そこのまぬけ！」禿げ頭の怒鳴り声が聞こえた。「階下《した》にいたおまえの手下どもはふたりとも死んじまったぞ！　薬のことを誰かにしゃべったのか？　誰にしゃべったんだ？　階下でショットガンをぶっぱなしてる男はいったい誰なんだ？」

「おれが知るわけないだろう！　おれは誰にもしゃべっちゃいない！」

「いずれにしろ今は誰かが知ってるってことだ。さあ、サツが来る前に、とっととずらかるぞ！　その窓から出よう！」

「だが女はどうするんだ？　クローゼットにいるんだぞ！　すぐ目の前に！」

「窓から出ろ！」禿げ頭が命じた。「おまえが先だ！　おれはドアを見張っておく！　さあ、行け！」

「けど、女が――」

「女のことは忘れろ！」禿げ頭が怒鳴った。「こいつはおれに任せろ！」

たわんだ窓を強引に引きあげる音がした。木枠がきしむ甲高い音が響く。すると、禿げ頭がのぞき穴をのぞきこんだ。男の唇が嘲笑《あざわら》うように孤を描く。「じゃあな、ずる賢いビッチめ」男は言った。「あんたと楽しめなくて残念だったよ」

男の意図を察知したニーナは、箱の後ろで身を縮めた。

バン、バン、バン、バン、バン、バン、バン、バン。

銃弾が箱に撃ちこまれるたびに、彼女は拳で殴られたような衝撃を受け、壁に体をたたきつけられた。箱より上に撃ちこまれた弾丸が壁に穴を開ける。クローゼットに差しこむ細い光のなかで、埃《ほこり》と煙がゆったりと舞っていた。ニーナはショックで悲鳴をあげることもできないまま、じっとその様子を見あげていた。

ダイニングルームの入口にいたアーロは銃声を聞いて飛びだした。死体をのり越えて階段を駆けあがる。心臓が喉もとまでせりあがった。

八発だ。ニーナ・クリスティが死んでしまったのは間違いない。どうやら自分は判断を誤ったらしい。頭に血をのぼらせた大ばか者みたいに考えなしにこの家にのりこんだせいで、侵入者たちはパニックを起こして彼女を殺してしまったのだ。もっと慎重に、こっそりとことを運ぶべきだった。ああ、まったく。おれがこんな立場に追いこまれたのも、仲間だのなんだのとうるさいブルーノたちのせいだ。この人生の一日一日がくそみたいだってことを、誰かがおれに思い知らせようとしているのだろうか？

アーロは寝室のドアを勢いよく開いた。窓が大きく開き、カーテンがはためいている。火薬のにおいが鼻をついた。彼は窓に駆け寄った。禿げ頭の大男がこちらを見あげているのがちらりと見えた。蛇のような薄いブルーの目で。もうひとりの長身で黒髪の男は、ごみ箱の上によじのぼっているところだった。

アーロは四五口径の銃を引き抜くと、二発撃った。禿げ頭をねらってもう二発撃つ。禿げ頭が通りにとめられていた車に身を隠した。弾丸がごみ箱にあたったとたん、車の警報音が鳴りだす。黒髪の男は体勢を崩したものの、そのままごみ箱によじのぼり、路地裏へと消えた。

かすっただけ。追跡するのは不可能だ。今やアーロはもっと大きな問題に直面していた。

彼は窓から頭を引っこめると、銃をホルスターにしまい、クローゼットに顔を向けた。クローゼットの扉は大きく開いていた。衣服が床に散らばっている。奥の壁は穴だらけだ。ここからがつらい仕事だ。自分の誤った決断のせいで命を失おうとしている女性のために救急車を呼ばなければならない。警察にも説明を求められるだろう。そのあとにはブルーノとリリーからも。まあ、走ってくるバスに身を投げだして、その部分は省略してしまうという手もあるが。

「ニーナ？　そこにいるのか？」

答えはない。アーロも期待はしていなかった。八発も撃ちこまれているのだから当然だ。

彼は奥のパネルの弾痕に手を置いた。脚が震える。

「ニーナ？　いるのか？　おれはきみを襲った一味じゃない。おれはアーロだ。電話できみを怒らせた男だ。覚えてるだろう？　ブルーノからきみがトラブルに巻きこまれているって聞いたんだ。撃たれたのか？」

アーロは顎をこわばらせた。沈黙がやるせなかった。どうしようもないほどに。

「アーロ？」それはかろうじて聞きとれるくらいのかすかな声だった。「アーロなの？」

「ニーナ？」アーロの胸に希望がどっと押し寄せてきた。目頭が熱くなり、視界がぼやける。

彼は目をしばたたいた。「ニーナ？　撃たれたのか？　けがをしてるのか？」

「わたしは……ええと、大丈夫みたい」

アーロはパネルをがたがたと動かした。「これはどうやって開けるんだ？」

「ちょっと待って」彼女が口ごもった。「留め金、入ったときに無理に閉じたから、その……ちょっと待って……」

なかで何かを引っかき、動かしているような音が聞こえた。続いてパネルががたがた揺れ、カチリと音がした。

パネルが開いた。ニーナ・クリスティがうずくまってこちらを見あげていた。真っ裸で。グリーンとゴールドがまじりあう大きな瞳は恐怖で見開かれている。長いまつげには黒髪が絡まり、開いた唇は青ざめていた。

「ニーナ・クリスティか？」アーロは確認のために尋ねる自分がまぬけに思えた。それ以外の誰だというのだ？　だが、危うく死を免れたばかりの全裸の女性に言うべきことなど、何ひとつ思いつかなかったのだ。もっとましな状況だとしても、気のきいた言葉をひねりだせるわけではないが。彼はただ、池に浮かぶ藻《も》のように脳に浮かんだ言葉を拾いあげただけだった。何も考えずに、思いつくままを口にしたのだ。

アーロは腰を落とした。ふたりの目が同じ高さになる。それから、クローゼットの奥にある暗い隠し部屋をのぞきこんだ。箱がいくつも積みあげられている。なかに入っているのは本だろうか？　ニーナは箱の後ろに身を隠していたらしい。だから命が助かったのだ。おれのおかげではない。

ニーナがまばたきした拍子に、目にたまっていた涙がこぼれ落ちた。涙が頬を伝い、きらりと光る。「ア……ア、アーロ？」

ああ、まったく。自分を見つめるニーナのまなざしに、アーロの胸を不安がかすめた。その大きな瞳は、彼が神であるかのように見つめている。彼女の救い主、ヒーローだとでもいうように。真実が明らかになったとき、ニーナは憮然《ぶぜん》とするだろう。そうなるのも先のことではない。ニーナを助けたのは自分ではないのだから。

「ああ、そうだ」気まずさから、アーロはぶっきらぼうに答えた。威圧的にならないよう気をつけたつもりだが、うまくいったとは思えない。「ブルーノに送りこまれたんだ」

「ブ……ブルーノ？」この女性は恐怖で頭が麻痺《まひ》しているようだ。

アーロは辛抱強く言った。「ブルーノだ。きみの親友の未来の夫だよ」ぞんざいな口調にならないよう気をつける。

ニーナは相変わらずその場にしゃがみこみ、ショックで見開いた大きな目でこちらを見あげていた。青ざめた唇は震えている。まずは彼女に服を着せて、どこか安全な場所へ連れだす必要があった。もしニーナが気を失ったらどうすればいい？〈コニーアイランド病院〉にでも運びこめばいいのか？ そうなれば、たくさんの書類に記入したり医師に説明したりしなければならなくなる。警察沙汰《ざた》にもなるだろう。それはまずい。

アーロはなんとか口調をやわらげて言った。「ニーナ、クローゼットから出ておいで。ここを離れよう。やつらがいつ戻ってくるかわからない。連中が何人いるのかも、何ひとつわかっていないんだ。だから急がないと」

反応はなかった。ニーナの唇がさらに震え、まばたきもいっそう激しくなる。どうやら彼女を引きずりださなければならないようだ。ニーナは金切り声をあげ、暴れるだろうが。

アーロは手をのばし、彼女の両手を取った。ニーナの手は氷のように冷たかった。彼女の手をさすったあと、その手を引く。ニーナは出てきた。なんの抵抗もせずに。ニーナが彼の腕のなかにおさまった。鍵が錠にはまるように。磁石が引き寄せあうように。気づくとふたりの体はくっつき、アーロは裸の女性を抱いていた。腕が震えている。内臓はよじれ、心臓は飛び跳ねていた。彼は思わずニーナをぎゅっと抱きしめた。今すぐ腕をゆるめなければ、すでに怯えている彼女をさらに怖がらせてしまうだろう。

だが、アーロは腕の力を抜くことができなかった。目が潤む。いったいどうしたというんだ？　彼はニーナの髪に顔をうずめると、彼女の髪で涙をぬぐった。

まったく、どうかしている。弾痕からは煙が立ちのぼり、警察が今にも到着しようというときに、抱きあってうっとりしている時間などない。とはいえ、どうすればいい？　ニーナを振り払うのか？　彼女の顔はシャツに押しつけられ、まつげがはためくたびにアーロの鎖骨がくすぐられる。ニーナの吐息が胸にかかるたびに、体じゅうを興奮が駆け抜けた。

ああ、なんてこった。興奮を感じている場合じゃない。今はだめだ。

そのとき、アーロはニーナの香りを吸いこんだ。ああ、嘘だろう？

アーロは森に住んでいた。家のまわりには、唐檜《とうひ》やヒマラヤ杉や樅《もみ》の木々がそびえ立つ、鬱蒼《うっそう》とした森が広がっていた。雨が降ると、樹皮や土や苔《こけ》の甘い香りと雨のにおいがまじりあったものだ。ニーナ・クリスティの髪の香りはまさにあの場所を思い出させた。

彼がその土地を購入したのは、この香りが好きだったからだ。不動産業者に案内されたときも雨が降っていて、手に入れずにいられなくなったのだ。

たしかにニーナのシャンプーはいい香りだ。だからなんだっていうんだ？　ばかげた妄想を絶ち切る方法なら知っている。体のある部分を少しばかり強めに殴ればいいのだ。

だが、そうしたところでもとには戻れない。アーロはニーナを意識せずにはいられなかった。クローゼットの扉に取りつけられていた鏡が目に入る。そこには、裸の美しい女性を抱きしめている自分の姿が映っていた。今にも彼女を床に押し倒し、セックスを始めようとしている自分の姿が。

ああ、なんて白い肌なんだ。ニーナの髪が自分の手首にふんわりとかかっている。彼女の白く、なめらかな肌と比べると、自分の指がとても色濃く見えた。

アーロの指に力が入った。ニーナの肌はシルクのようだった。体も、自分がいつもつきあっている女たちに比べるとずっとやわらかい。かたくなったむきだしの先端が胸板をこする。ニーナのもつれた黒髪は、ふっくらとしたヒップまで届いていた。彼はその桃のようなヒップを手で撫でたかった。こんな愚かな衝動を抱いてしまうのも、体じゅうをアドレナリンが駆けめぐっているせいだ。無意識のうちに両手が彼女の体を下へとのびていく。そしてニーナの腰のくびれを感じとり、豊かなヒップを包みこもうとした。

いい加減にしろ、頭を冷やせ。この女性はさんざんな目にあったんだぞ。彼女はそんなつもりはないんだ。今にも飛びかかろうとしている獣の関心なんて必要としていない。だからその手を引っこめろ。今すぐに。

アーロは強く歯をくいしばり、下腹部に広がる熱いうずきから気をそらした。だが、理性も自制心も高潔さも彼は持ちあわせていなかった。

アーロは、銃撃戦のあとで、胸を揺らした裸の女性がクローゼットから飛びだしてくるなんて、いつものことだというふりをした。こんなことは日常茶飯事なのだと。ニーナ・クリスティはそそりたつ彼の分身など必要としていない。彼女に必要なのは、熱い紅茶に鎮痛剤が一錠、それにトラウマ専門のセラピスト、付き添いの警察官だ。

しかしニーナにとって残念なことに、そばにいるのはアーロだけだった。

7

ニーナは動けなかった。まるで神経が遮断されてしまったようだ。彼女は子兎のように震えながら、アーロのシャツに顔をうずめていた。ずっとこのままでいたかった。もし彼が離れたらひとりぼっちになってしまう。この束の間の安全でさえも奪われてしまうのだ。

もちろん、この感覚も一瞬にして消え、すぐに現実が重くのしかかってくるだろう。アーロにしがみつきながらも、彼女はよくわかっていた。気が弱くなっている今、この心地よい感覚にしがみついていたいだけだと。束の間でもいいから、守られているという、この甘い感覚に浸っていたいだけだと。

アーロはそんなニーナをぎこちなく抱きしめながら、優しく撫でてくれていた。おそらく彼女がパニックに陥るのではないかと戦々恐々としているのだろう。ニーナは彼のシャツに顔を押しつけた。浅い息を繰り返しながらも、アーロが汗をかいていることは感じていた。そして彼がたばこを吸うことも。

この人のにおいをかいでどうしようというの？　恐ろしい人間から守り、命を助けてくれた人のにおいをくんくんかいでなんかいないで、感謝を伝えるべきよ。

そう、アーロに感謝することこそ、まさに自分がしなければならないことだ。

ニーナは顔をあげた。だが声が出てこない。歯がカチカチと鳴るばかりだ。彼女は何を言おうとしていたのかも忘れ、アーロに目が釘づけになった。そのとがった顎、無精ひげ、引き結ばれた唇、そして険しいグリーンの目に。

「いいかな、お嬢さん」彼が口を開いた。「きみに無理をさせたくはないんだが、やつらが何人いたのか教えてくれ。おれが見たのは四人だ。ふたりは階下で倒したが、ふたりは窓から逃げられた。きみが聞いた声は四人以上だったか？」

ニーナはなんとかうなずいた。〝わたしも声を聞いたのは四人よ、実際に見たのはふたりだけだけど〟とアーロに伝えたかった。彼女は気を落ち着かせ、自分を取り戻そうとしたが、うまくいかなかった。「よ、よ、よ……あ、あの……よ、よ、よにんだけ」ニーナは口から声をしぼりだした。

アーロが眉をひそめた。目にぼんやりした表情を浮かべたまま、耳を澄ませ、においをかぐように顔を傾けている。そのグリーンの目は、すべての明かりをかき集めようとしている夜行性動物のようにきらめいていた。

「ここから出よう」彼が言った。

ええ、そうね。それはニーナにもわかっていた。自分はばかではないのだ。しゃべれないだけで。

「この家にはもう誰もいないと思うが、念のために確認してくる。そしたらここから出よう」アーロはさらにはっきりとした口調で繰り返した。

ええ、もちろん。目から涙があふれ、鼻がつまる。ああ、なんてこと。泣くのは嫌いなのに。ニーナは自分が情けなく思えた。

「手を離してくれ、ニーナ。でないと確認しに行けない。わかるな?」

アーロの手が彼女の手を包んだ。彼の手は大きくてあたたかく、磨かれた木のような肌ざわりだ。ニーナはアーロのぬくもりを味わうのに夢中で、彼の言葉を理解するまでしばらくかかった。

次の瞬間、自分がぎゅっとアーロのシャツを握りしめているせいで、彼は動けないのだと気づいた。ああ、恥ずかしくてたまらない。

「さあ、これからきみの指を開くぞ」アーロが言った。「ここが安全かどうか確かめに行けるように。きみは服を着たらどうかな?」

服を? まあ、嘘でしょう!

ニーナはあわてて彼から飛びのき、床に尻餅《しりもち》をついた。熱と冷たさの波が体を駆け抜ける。まるで陳腐でばかげた夢のようだった。スーパーマーケットやバス停、地下鉄で気づくと裸になっていて、周囲の人々がいやらしい目で見たり眉をひそめたりしているなか、身を縮こまらせ、隠れようとしている夢そのものだ。

まったく、ばかばかしい。状況を考えれば、裸でいることなんて、たいしたことではないはずだ。

アーロの指は大きく開いていた。まるで彼女の体を放す準備ができていなかったというように。彼の目に吸い寄せられ、ニーナは息苦しさを覚えた。そのまなざしを見つめるうちに、部屋の空気がしだいに熱を帯び、重くなっていく。

そのとき、ニーナの頭にあるイメージが浮かんだ。どうやってそんな途方もないことを考えだしたのかわからないが、突然、勝手に頭に浮かんだのだ。細かいところまで鮮明に。それは、自分がアーロに手をのばし、彼を自分の上へと引き寄せる光景だった。まさにこの床の上で。そしてアーロの体に脚を巻きつけ、大きくてかたいその体にしがみつき、彼を自分のなかに受け入れる。もう二度と放さない、これはわたしのものとでもいうように。

頭に浮かんだ衝撃的なイメージによりパニックに陥ったニーナは、いつものように意識のまわりにグレーの靄を張りめぐらした。**ここには誰もいない、目を引くものは何もない、たいしたことではない。**

だが、アーロには通じなかった。彼は相変わらず熱い目でニーナを見つめていた。みだらなまなざしではない。まるで……彼女を必要としているかのように、ただ見ているだけだ。

彼女はこんな視線に慣れていなかった。もちろん、地味な格好をしていても男性にじろじろと見られることはあった。どんなにさえない女でも見ずにはいられない男というのはいるのだ。そんな視線を浴びると、シャワーを浴びたくてたまらなくなった。だが、アーロの視線は違う。自分が小さく感じたり、汚れて無価値になったように感じたりもしなかった。彼に見つめられていると、まるで自分が非凡でめだつ存在になったような気がした。ディスコのストロボ照明で照らされているかのように。壁の向こうからも宇宙からも見える特別な存在になった気がした。

アーロのまなざしにふたたび吸い寄せられてしまう前に、ニーナは部屋のあちこちに夢中で目をやった。部屋は火薬のにおいがたちこめている。弾倉が空になるまで誰かに銃を撃ちこまれたばかりだというのに、自分を救ってくれた人と愛を交わす幻想に浸っている場合ではない。

これはストレス反応よ。気持ちを切り替えて、きびきび動かなくては。床にはくしゃくしゃになった服が落ちていた。あばた男が銃身を使って服をよけたときに落ちたのだろう。

ニーナは手をのばすと、レーヨンのシンプルな長袖のブラウスをつかんで身につけた。色はグレーでハイネックのものだ。そして、麻でできた、紺色のゆったりとしたジャンパースカートを手探りで見つけると、頭からかぶった。ブラウスとジャンパースカートをきちんと着るのはひと苦労だった。冷や汗で体がべたべたする。しかも、アーロはまだじっと見つめていた。頬を赤く染めたまま。

「おれは見まわりをしてくる」われに返った彼がぶっきらぼうに言った。「靴もはいておけよ」肩越しにそう指示すると、部屋を出ていった。

ニーナは立ちあがり、鏡に映った自分の姿を見た。部屋はめちゃくちゃに散らかっていた。鏡のなかには、青ざめた自分がぼんやりと映っている。髪はぼさぼさで、顔にも張りついていた。

集中するのよ。靴とめがねを探さないと。めがねはドレッサーのところにあるはずだ。ドレッサーの上にあったはずのランプやステンドグラスの小箱、目覚まし時計、母の写真、リリーとふたりで撮った写真、薔薇《ばら》のポプリを入れた皿は、すべてなぎ払われて床に散らばっていた。

彼女はガラスのかけらとポプリのあいだからめがねを拾いあげると、震える手でかけた。次は靴だ。何キロも歩いてもまめができない、はき慣れたものがいいだろう。

場合によっては、命からがら全力疾走するはめになるかもしれないのだから。

ニーナは無理やり櫛《くし》で髪をとかそうとしたが、すぐにあきらめた。もつれてぼさぼさになった髪を三つ編みにする。いつもなら三つ編みにしたあとに、アップにしてひとつにまとめるのだが、震える腕はあがらないし、割れたガラスのなかからヘアピンを探すのも大変だ。今日はアップにするのはやめておこう。

バッグはクローゼットのなかだった。膝をついて探しているうちに、携帯電話も見つかった。それをポケットに入れたとき、背後から声がした。

「準備はいいか？」

彼女はさっと手をあげ、顔を守るようにして振り向いた。

「すまない」ドアのところでアーロがぶっきらぼうに言う。

ニーナは彼が銃を持っているのに気づき、怯えた兎のように凍りついた。「準備できたわ」

そう言いながら、足をよろめかせて立ちあがる。

「よし。じゃあ行こう」アーロが部屋に足を踏み入れ、彼女の腕を取った。「驚かないでほしいんだが、この部屋の外には死体がある。階段と玄関のところに。それに、そこらじゅう血だらけだ」

「し、し、し、死体？」もちろん死体があるに決まっている。アーロのおかげで自分もそのうちの一体にならずにすんだのだ。それを忘れないで。しっかりしなさい。

「到着したときに銃声が聞こえたんだ」彼が言った。「遅かれ早かれ、きみは殺されてしまうと思った。だから突入して、連中を排除したのさ」

〝排除〟。アーロの口調はとても……淡々としていた。

血まみれの死体を見おろしたニーナは、階段の上でよろめき、支柱にしがみついた。アーロに体を引っ張られたものの、彼女の指は支柱を放そうとしなかった。神経がまたしても遮断されてしまったのだ。

この男たちはわたしを殺そうとしたのだ。アーロが少なくともそのうちのふたりを殺してくれたことに感謝しなくては。わたしは弱い人間じゃない。これまでも暴力は振るわれてきた。暴力がもたらした結果だって毎日のように目にしている。だから、しっかりしなさい。

「ニーナ」アーロの鋭い声に、ニーナはわれに返り、手をゆるめた。「行くぞ」

彼女は階段の途中で力なくのびる死体をよけ、階段の下へとしたたり落ちる血を踏まないよう注意しながらおりていった。冷たい波が体の内側からこみあげる。視界は徐々に暗くなり、周囲の音がゆがんでいった……。

「大丈夫か?」アーロの厳しい口調に、ニーナは意識を引き戻された。またこの人の前でわれを失ってしまうのだけはいやだった。大丈夫。彼女はそう嘘をつこうとしたが、口からもれるのはかすかな吐息だけで、声にはならなかった。

しばらくして、アーロの声でふたたび意識を引き戻された。彼は悪態をついているのだ。吐き捨てるような口調からそれがわかったが、言葉は意味不明だった。アーロの指が腕にくいこみ、体を引っ張りあげようとしている。わたしは失神してしまったのだろうか? どうもそうらしい。

ニーナを壁にもたれさせると、アーロは階段に戻り、死体にかがみこんで何かを探り始めた。しばらくして彼は銃と弾倉を手に戻ってきた。そして銃をジーンズの後ろにたくしこみ、弾倉をポケットに入れると、今度は玄関の前の死体に近づいてかがみこみ、同じことを繰り返した。

「でもそれ……警察に見せないと……」ニーナは唇をなめた。「ほら、弾道検査っていうの？　そのために残しておくべきじゃない？」

「あとで役に立つかもしれない。銃はいくつか持ってきているが、多ければ多いほどいいんだ。今は調達してまわる時間がないから、ここにある銃を持っていく」

「でも……」ニーナは口ごもった。アーロが死体に手を這わせ、片方の脚をぐいっと持ちあげる。そして足首につけられていたホルスターをはずし、銃を引き抜いた。「いるか？　これはマイクロ・グロック。きみにちょうどいいサイズだ。小さくて、使いやすい」

ニーナはたじろいだ。「まさか。けっこうよ」

「好きにすればいいさ」アーロはグロックをジャケットのポケットに入れると、ふたたびニーナの手を取って、よろめく彼女を引っ張りながらダイニングルームとキッチンを通り抜けた。裏口のドアを開き、外の様子をうかがう。彼はニーナについてくるようにと裏通りを指差しながら合図した。「行こう」

ドアの向こうから午後の日差しがどっと流れこんでくる。彼女はまばたきしながらあえいだ。「でも、その……待たなくていいの？」

「何を？　連中が仲間を引き連れて戻ってくるのをか？」

「ばかにするのはやめて」ニーナはぴしゃりと言った。「わたしが言いたいのは、警察のことよ。ここで起きたことについて警察に被害届を出したり、犯罪者の顔写真のリストを確認したりする必要があるんじゃない？」

「おれはそんなことをするつもりはない」

「でも……」彼女は背後を指差した。

「ああ、たしかにきみの家には死体が転がっている。警察を待つかどうかはきみが決めてくれ。おれはブルーノに借りがある。きみがおれと一緒に来るなら、できる限りのことをするよ。ブルーノがよこしたボディガードと連絡がつくまで、きみを守る。もちろん、きみはここで警察を待つこともできる。どちらにしても、おれはここから出ていく。きみがおれと一緒に来ようが来まいが、十秒後にはここを出ていくつもりだ」

「でも、どうして――」

「アーロはおれの本名じゃない。この名前をおれは二十年間使ってきたが、ニューヨークでは、おれの本名を知る人間にでくわす確率は高い。もし本名がばれたら、今の名前はもう使えなくなる。そうなったら、アーロとして築いてきた貯金も、生活も、土地も、みんな失うことになるんだ。またゼロからスタートしなきゃならない。そうするには、おれは年を取りすぎている。ブルーノに対する借りは大きいとはいえ、そこまでリスクを冒すことはできない。だからきみが決めてくれ」

「ええと、でも――」

「今すぐにだ」アーロはドアの外をもう一度うかがった。「このドアを出ていくか、ここに残って警察に頼り、運を天に任せるか。どっちが危険かは言えない。おれにもそれはわからない」

ニーナは愕然とした。生きるか死ぬかの決断を今すぐしろと迫られているのだ。

「黙って消えたりしたら、警察に申し訳ない気がするの」彼女はためらった。「警察にはわたしたちが必要になるんじゃないかしら？　何が起きたかを知るために」

アーロが肩をすくめた。「警察は必要な情報をいつも得られるとは限らない。そういうときは〝お気の毒さま〟って言うんだよ。よく聞く言葉だろう？　実際、きみの生活はその手のことであふれてるはずだ」

ニーナの胸に怒りがこみあげた。「ばかにしないで」

「だったらここに残って警察にすべて話すといい。うまくいくといいな」アーロは振り返りもせずにステップを駆けおりていく。

なんて腹の立つ男なの。ニーナは怒りのあまり拳を握りしめた。それでも、すぐに心は決まった。

彼と離れるわけにはいかない。そんなの恐ろしすぎる。

「置いていかないで！」ニーナはかすれ声で叫んだ。

アーロは振り向かなかった。「だったら、さっさと来い」

ニーナは小走りで彼を追いかけた。アーロは彼女の腕をつかむと、ぎこちなくそばに引き寄せて走りだした。

「〈ニュー・ドーン〉まで車で乗せてってくれる？」ニーナは尋ねた。「ここから十五分しか離れていないわ。そこに着いたら、警察に電話をかけて何が起きたかを説明する。それから――」

「しいっ」アーロが周囲に目を光らせた。「静かに」

「何？」彼女もあたりを見まわした。だが何も聞こえないし、何も見えない。

「連中はおれたちを見ている。あとをつけてくるつもりなんだ」

ニーナは一心不乱にあたりを見まわした。「でもどこから？　わたしには見えないわ」

「おれもだ」彼が言った。「でも感じる。タマがむずむずするんだ」

「あら」彼女はあきれたように言った。「体に警報装置がついているというのは、きっとすごく便利なんでしょうね。でも、ただの感染症じゃないって言いきれる？」

アーロは車のドアをぱっと開いた。「きみの命を守ろうとしているときに、おれのタマをばかにするのはやめてくれ。集中力がとぎれちまう。頭を伏せろ」

彼はとてつもなく不機嫌な顔をしていたが、どうやらこれがいつもの表情のようだ。裸のニーナを腕に抱いているときも、武器をあさるために死体にべたべたさわっているときも、こんなふうに顔をしかめていた。アーロは運転席に滑りこみながらも、しゃがれ声でぶつぶつ言っていた。何やらひどく不埒《ふらち》な言葉のようだ。

「なんて言ったの？」ニーナは問いつめた。

「くそみたいな状況だって言ったんだ」アーロが答えた。「伏せてろ。職場まできみを無事に送り届けられるよう努力するが、きみも自分の頭を吹き飛ばされないよう、できることはしてくれ」

ニーナは頭を伏せた姿勢で、彼のしかめっ面を観察した。「安心させてはくれないのね」

「安心させるのは、おれの仕事じゃない」

彼女が職場の住所を告げると、アーロは猛スピードで車を走らせた。彼がアクセルを踏み、ブレーキを踏み、タイヤをきしませてハンドルを切る。一方通行の道を逆走することもあれば、クラクションや、ときには怒号が聞こえることもあった。アーロがどういうルートをたどっているのかもわからないまま、ニーナは神経を集中させている彼の張りつめた顔をひたすら見あげていた。目をそらすことができなかった。アーロがいなければ世界が崩壊し、混沌《こんとん》と化してしまうと思えてしかたがなかった。彼の猛烈な集中力がこの世界をつなぎとめているのだと。

こんなふうにべったりと相手に依存していては、あとで厄介なことになることはニーナにもわかっていた。そんな責任をアーロに押しつけるべきではない。

今経験しているような心理状態には、おそらく名前があるはずだ。臨床病理学か何かで学んだはず。しかし今すべきなのは、それを分析することではなく、やりすごすことだ。助けてもらったことに感謝しながらも、同時に怒りを覚えるというのは簡単なことではない。感謝と怒りがまじりあって、胸焼けしそうな何かに変わってしまうのだ。

アーロが車を急停車させた。「待っていろ」命令口調で言うと、運転席のドアを開けた。数秒後、助手席側のドアが開いた。「おれのそばから離れるな。建物のなかまで送っていくが、警官がかかわるなら、おれはとどまるわけにはいかない」

ニーナはうなずきながらも、アーロが何気なく持っているショットガンに目を丸くした。そんなものを持って〈ニュー・ドーン〉のオフィスに入っていったら、同僚たちを死ぬほど怯えさせてしまうだろう。それはまずい。

彼が車をとめたのは、建物の通用口に面した狭い道路の反対車線にある駐車スペースだった。空がやけに広く感じられ、なぜか恐ろしくなる。彼女は目をきょろきょろさせて、追っ手の気配を探った。

「なかに入ったら、すぐに警察に電話するんだ。警察かブルーノのボディガードの付き添いがなければ、絶対に建物から出てはだめだ」アーロが言った。

「わ、わかったわ」ニーナは彼に行かないでと懇願したくなるのをなんとか抑えた。アーロがとどまれないと言うなら、とどまれないのだ。彼は充分なことをしてくれた。それに、建物のなかに入りさえすれば安全だ。

「気に入らない」アーロが通りをにらんだ。「いやな予感がする」

「あそこがむずむずするの？」

彼の顎が引きしまった。「火がついたみたいにな」

「わたしもよ」

「へえ、本当か？」彼の顔に一瞬、笑みが浮かんだ。「準備はいいか？」

ちょうどそのとき、窓がスモークガラスになっている黒いアウディが角から姿を現した。

その瞬間、殺意が薄気味悪い霊気のようにニーナの体を駆け抜けた。

〝……いたぞ……死ね、くそ女……片をつけてやる……〟

「危ない！」ニーナが金切り声をあげたとき、車のウィンドウがさがり始めた。

アーロが彼女をつかみ、ぐいっと前に押しやった。歩道が目の前に迫ったかと思うと、その上にニーナは倒れていた。

バン、バン、バン。

あたりに銃声が響く。

ガラスが砕け、きらめきながら雨のように降り注いだ。車のクラクションがあちこちで鳴り響く。弾丸が風を切るなか、アーロはぱっと立ちあがり、ショットガンを振りあげた。

バン、バン、バン。

ガラスが砕け散る。ガシャンという大きな衝突音が聞こえ、怒鳴り声が響き渡った。

アーロは身をかがめると、前に這って進み、タイヤの隙間からあたりをうかがった。外国語の悪態がふたたび彼の口から飛びだす。今度は訳してもらわなくてもニーナにも理解できた。

自分たちがくそみたいな状況にいるのは明らかだ。

まいったか、くそ野郎どもが！

アーロは息をのんだままのニーナを抱えあげ、窓ガラスの割れた助手席にふたたび押しこむと、ドアを勢いよく閉めた。

「伏せたままでいるんだ」彼女に告げる。「ドアの取っ手にしっかりつかまっていろ。この先は安全運転というわけにはいかないからな」

彼は運転席に飛び乗ると、頭を低くしたままエンジンをかけた。道路はがらがらだった。アーロは乱暴にギアを入れたあと、今も前方に車がいないことを願いながらアクセルを踏んだ。

バン、バン。

サイドウィンドウを弾丸がかすめる。ガラスが割れ、彼の頬に破片が突き刺さった。熱い血が頬を伝い落ちる。

一秒経過。ダッシュボードから顔をあげたアーロは、ぎりぎりのところで路上駐車の車と衝突するのを回避した。バックミラーに目をやる。壊れたアウディから男たちがよろよろと出てくるのが見えた。禿げ頭の男と黒髪の男だ。黒髪の男が武器をかまえ、こちらにねらいをつける……。

アーロはアクセルを踏みながらハンドルを切った。銃弾はあたらなかった。

ニーナがほっと息をつく。「いったいどうやったの?」

「ショットガンであいつらの車のフロントガラスを吹き飛ばした」彼は説明した。「それとタイヤも。だから車がスピンして路上駐車の車に突っこんだんだ」

今ごろ連中は困ったことになっているはずだ。やつらは賭けに出て、大きく負けたのだ。残念だったな、負け犬ども。今回の勝負はおれの勝ちだ。連中が今夜、ボスに報告するときの会話を立ち聞きできたらいいのに、とアーロは思った。報告のあと、やつらを叱責するボスの怒号を聞けたら、かなり楽しめるだろう。

ガラスのなくなった窓から風が入りこみ、彼の顔を伝う血を吹き飛ばす。ふたりを乗せた車は幸い赤信号につかまることなく、通りを猛スピードで突っ走った。心配する友人や同僚に囲まれる職場にニーナを連れていくという選択肢はこれで消えた。

それがアーロには残念でしかたがなかった。女性のためのシェルターなら、女性を守るためのシステムが整っているし、ブルーノが送りこんだという新しいボディガードともそこで落ちあえる。そうすれば、ニーナを無傷のまま守るという責任は自分の手から離れるはずだったのだ。だが、今さら悔やんでもしかたがない。すんだことは忘れるしかない。

アーロは次の曲がり角で脇道へと入ると、車を急停止させた。後部座席にあったダッフルバッグとノートパソコンを引っつかむと、銃弾があたってへこんだ助手席のドアを開ける。

「さあ、行くぞ」彼はニーナを引っ張った。しかし、彼女はぴくりとも動かない。ニーナは怯えて口もきけなくなっていた。

ちょうどいい。言いあいにならなければ、礼儀正しい人間のふりをしているのがばれずにすむ確率が高くなるというものだ。

「ニーナ」アーロは咳払いして言った。「頼む、おりてくれ」

ニーナはぶるりと体を震わせると、よろよろと車からおりた。彼は片手で銃を持ったまま、もう一方の腕でニーナの肩を抱き、フラットブッシュ通りへと彼女を引きずっていった。

ニーナがアーロの足取りに合わせて小走りになりながら尋ねた。「大通りに出て大丈夫かしら？　あの人たちが——」

「おれたちにはタクシーが必要だ。きみが手をあげてタクシーをとめるほうがいいだろう。おれだととまってくれないんだ」

「わたしだってそうよ。いつも運に恵まれないの——」

「いいから黙って、手をあげてタクシーをつかまえてくれ」アーロは彼女の手をつかむと、その手を高く掲げた。

「わたしが手をあげてもタクシーはとまってくれないと言ったでしょう？」ニーナは声を荒

らげた。

アーロがけげんそうな目を彼女に向けた。「なんでだ？　きみは女だ。若くて美人で、みだらでもなく、汚くもなく、おどおどしているわけでもない。全身革の服を着ているわけでも、髪がグリーンなわけでもない。なぜタクシーがとまらないんだ？」

「今にわかるわ」ニーナが苦々しげに言った。

ニーナは不機嫌そうに口を閉じると、手をあげて通りをにらみつけた。たぶん、彼女が発散させている怒りのオーラがいけないのだろう、空車のタクシーが何台もふたりの前を通りすぎていく。アーロは当惑しながら、運転手たちの様子を観察した。運転手は歩道にちらりと目をやることもなくニーナの前を素通りしていく。運転手には彼女がまったく見えていないようだった。

ああ、まったく。アーロは赤信号で車の流れがゆるやかになったタイミングを見計らうと、アイドリングしているタクシーを適当に選び、運転手の了承も得ずにドアを開けた。ニーナを押しこんだあと、ダッフルバッグを放りこんで自分も乗りこむ。

「おい！　待て！　おれは営業中じゃないんだ！」ターバンを巻いたシーク教徒の運転手が怯えた目で振り返った。「おれは休憩しているところだったんだ。勝手に乗られちゃ困る！」

「ライトは点灯していたぞ」アーロは穏やかな声で言った。

「でも――」

「ウィルバーンにあるレンタカーの店でおろしてくれ」アーロは運転手の抗議をさえぎった。そのときふと、こめかみから流れ落ちる血に気がついた。彼はまさに死闘を終えたばかりという風体だった。

アーロは運転手に笑みを向けた。むごたらしい死を連想させるような笑みを。

運転手はぱっと前を向くと、アクセルを踏みこんだ。

アーロは窓の外をうかがいながらも、この混乱と騒ぎのせいで、まだ形になっていなかった考えを頭のなかでまとめようとした。

「あのアウディが近づいてくる直前に、おれはきみの顔を見た」彼は言った。「車が角を曲がって姿を現したとき、きみも車に気づいた。だがきみの表情はウィンドウがおりる前から変わっていた。ニーナ、きみはあの車のことを知っていたのか?」

問いつめるような口調にならないよう気をつけたつもりだったが、うまくいかなかった。ニーナはまだ怒ったような表情をしていた。「いいえ! あんな車は見たことないわ!」

「じゃあ、どうしてあんな顔をしたんだ?」アーロはなおも尋ねた。「どうして連中の車だとわかった? ニーナ、話してくれ。おれに助けてもらいたいなら、全部話すんだ。不快だろうが秘密だろうが、すべて詳しく話してくれ。いいことも悪いことも含めて」

ニーナの喉がごくりと動いた。「わたしは退屈で平凡な毎日を送っているの。不快だろうが、秘密だろうが、個人的だろうが、あなたを喜ばせるような話は何もないわ。いいことも悪いことも含めて」彼女はアーロに怒りをぶつけた。「それに、わたしはあなたにすべて話そうとしたのよ。今朝、あの音声ファイルを送ったときに。忘れたの？　あなたがもっと早くわたしを助ける気になっていたら、わたしたちふたりとも、今ごろもっとたくさんのことがわかっていたはずだわ！」

「がみがみ言うのはよしてくれ」彼は責めるような口調で言った。「あの車に乗っているのがあいつらだって、どうしてわかったのかを説明するんだ」

「ええと……」ニーナが目をそらした。「それは単に……あれよ。シーラがあの男のことを話してくれたの。セルゲイっていう男のことを。その男はシェルターに来て、ヘルガ・カシャノフとわたしのことを尋ねたらしいわ。そのときに、その、シーラが黒のアウディを見ていたのよ」

ニーナは嘘をついている。そのことがアーロはひどく気にさわった。「シーラとセルゲイっていうのは誰だ？」

「怒鳴る必要はないでしょう。シーラは〈ニュー・ドーン〉でわたしと一緒に働いている同僚よ。セルゲイは、わたしの家にいた黒髪のポニーテールの男。シェルターの前でわたしたちを撃ってきた男よ」

アーロはぽかんと口を開けた。「なんだと？　つまり、きみはあの男を知っていたのか？」

「いいえ！」ニーナはうめいた。「もちろん、あの男のことなんて知らないわよ！　わたしはただシーラから聞かされただけ！　わたしが注射をされたあと、あのセルゲイって男はわたしを捜しに来たって。あの男はヘルガの弟だと言ったそうよ！　わたしが病院を出たあと、シーラから電話があって――」

「ああ、そうだ。それがもうひとつの疑問だ」アーロは彼女の話をさえぎった。「なぜ病院を離れた？　いったい何を考えていたんだ？」

ニーナの目がふたたび泳ぐ。長すぎる間があったあと、ようやく口を開いた。「ドクターはわたしを入院させるだけの理由を見つけられなかったの」彼女は言った。「それに体調もどうやら問題なさそうだったから病院を出たのよ」

またしても嘘だ。アーロはニーナをにらみつけながらも、彼女の嘘がどこへ向かうのか、とりあえず様子を見ることに決めた。ニーナの話に穴を見つけたら、すぐにでも指摘して、すべてを暴いてやるつもりだった。「いいだろう。ドクターは帰ってもいいと言ったんだな。それでどこへ行ったんだ？」

「アルファベット・シティにあるユーリの家よ。彼に――」

「ユーリとは誰だ？」

「邪魔しないで最後まで話を聞いてちょうだい！　ユーリ・マルチュークは今朝、ヘルガを乗せていたタクシーの運転手よ。わたしとヘルガを病院に運んだあと、彼は姿を消したの。でもコナー・マクラウドがユーリのナンバープレートを誰かに調べさせてくれたから、ユーリの名前と住所はわかったわ。で、今朝、あなたからとても丁重に断られたあと、わたしは病院を出て、地下鉄でイーストヴィレッジへ向かったの」

アーロはニーナを見つめたまま続きを待った。

彼女が鋭く息を吐いた。バッグに手を突っこんでごそごそと探り、携帯用のウエットティッシュを取りだす。そして一枚抜きとり、アーロに渡した。「これで顔をふいて」こめかみから伝っている血を不愉快そうに指す。「その血を全部ぬぐってちょうだい。気が散ってしようがないわ」

気が散るだと？　アーロはウエットティッシュを見おろした。ベビーパウダーのような香りがする。こんなもので顔をふいたら、赤ん坊のケツのようなにおいになること間違いなしだ。

まったく、どうにでもなれ。アーロはウエットティッシュでできる限り顔の血をぬぐった。傷口がひりひりする。

それにしても、たいした女だ。たった二十分のあいだに、二度も命をねらわれるという状況で、バッグのなかにウエットティッシュを用意しているとは。彼は血のついたウエットティッシュを手のなかでくしゃっと丸めた。「それで？　きみはユーリを追った。そのあとは？」

「わたしはユーリの住所に行ってみたわ。でも着いたら……」ニーナが唇を噛んだ。「犯罪現場を示す黄色いテープが張ってあったの。救急車がとまっていた。そして警官がそこらじゅうにいて……」

アーロの胸に不安が広がった。「何があったんだ?」

「ユーリは殺されていた」消え入りそうな声で彼女が言った。「拷問されて殺されたらしいと近所の女の子が教えてくれたわ。そのとき、娘さんがアパートメントから出てくるのが見えた。マリアよ。彼女は血だらけだった」

アーロは驚いて目を閉じた。想像していた以上にひどい状況だ。

ニーナがゆっくりと続けた。「わたしは家に向かったわ。そのときシーラが電話をくれたの。彼女はヘルガの弟だという男が訪ねてきたと教えてくれたわ。わたしはヘルガを個人的に知っているから彼女に弟はいないことも知っていたけど、シーラは知らなかった。シーラが言った男の特徴は、わたしのクローゼットを撃った男と一致するわ。背が高くて、黒髪をポニーテールに結っていて、にきびの跡があって。それと、あの……黒のアウディ。あの車のウィンドウがさがったとき、わたしのなかでシーラが言った男と家にいた男がつながったのよ」

アーロは彼女の話に驚いていた。「偽の弟に、殺されたタクシー運転手だと? まったく、ニーナ! さっき殺し屋に蜂の巣にされる前に、そういうことをおれに話しておこうとは思わなかったのか?」

「いったいいつ言えばよかったの？　おしゃべりする時間なんてあった？　銃撃戦とカーチェイスの合間？　アーロ、わたしは自分にできるせいいっぱいのことをやってるわ！　お説教はやめてちょうだい！」

アーロは言葉をのみこんだ。ニーナを逆上させてもしかたがない。これぞまさしくマクラウドの呪いだ。そしてその災いに自分は首までどっぷりつかっている。

「車が目に入るまで関係があるなんて思わなかったの。でもシーラの話を思い出して……。ああ、どうしよう！　シーラ！」彼女は目を見開いた。「わたしったら、なんてまぬけで自分勝手なの！」バッグとスカートのポケットを夢中で探る。「ああ、もう！」アーロをじろりとにらんだ。「携帯電話をなくしちゃったわ！　あなたのを貸してちょうだい！」

彼はたちまち警戒した。「なんのために？」

「シーラに電話するのよ！　クローゼットを撃ったあの男は、シーラの名前も住所も知っているわ！　あの男はそう言ってわたしを脅したの！　さあ、さっさと電話をよこして！」

アーロは声に出さずに悪態をついた。この携帯電話と自分を結びつけるような記録は残したくはない。だが、もし渡さなければニーナは逆上するだろう。彼はしぶしぶ携帯電話を手渡した。この電話は別の名前で登録されているとはいえ、その身分をつくりあげるのにもそれなりの金がかかっているのだ。

ニーナが番号を押して耳にあて、応答を待った。「シーラ？」彼女の声は震えていた。「わわたしよ……ええ、知っている。シーラ、あなたはどこかに隠れる必要があるわ。危険なの。わたしは……ええ、知ってるわ。ねらわれたのはわたしだったのよ……もちろんわたしは大丈夫よ！　大丈夫じゃなかったら電話なんてできないでしょう？　あいつらはあなたの住所を知っているのよ、シーラ。あなたはどこかに隠れる必要があるわ……いえ、わたしじゃなくて！　わたしは大丈夫だってば！　ある人が助けてくれたの。シーラ、あなたは……」携帯電話から怒鳴り声が聞こえた。ニーナが不安げな目でアーロを見る。「彼は……その、会ったばかりの人よ。いろいろあったの。彼は友達の友達なの」

ふたたび甲高い声が聞こえた。彼は拳を握り、ニーナの反応を待った。

「わたしはタクシーに乗っているところよ」彼女が言った。「わたしたち、あそこから逃げて……いえ、どこだかわからない。いろいろと複雑なのよ……今は彼の名前を教えるわけにはいかないわ。でもわたしは大丈夫。彼が助けてくれたのよ、シーラ。本当なの。連れ去られたとか、そういうことじゃないの。信じて、わたしは無事よ」

ああ、勘弁してくれ。アーロは彼女から携帯電話を奪いとった。「シーラか？」

「あんた、いったい誰よ？」女性の甲高い声がわめいた。

「おれは今、ニーナが身を隠す手伝いをしているところだ。きみもどこかに隠れたほうがいい。連中はきみの名前も、どこに住んでいるかも知っている。街を出るんだ。どこか、自分とかかわりのない場所へ行け」

「いいから今すぐあんたの名前をわたしに教えなさい」シーラは命じた。「あんたの電話番号はわかっているわ。この番号を警察に伝えるわよ！」

「友達が大事ならそんなことはしないほうがいい」アーロは電話を切ると、携帯電話の電源を切った。そして裏蓋を開けると、財布から新しいSIMカードを出して、古いカードと交換した。アーロはこのせいで、金をいくら失うことになるのかを頭のなかで計算した。この件から解放されるまでに、あとどれくらい損することになるのだろう。やれやれ。

「それだけでまた別人になれるの？」ニーナが尋ねた。「そんなに簡単に？」

彼は腕を組んだ。「まあね」

ニーナが咳払いする。「ええと、ところで、お礼を言わせてもらうわ。ありがとう。またあなたにがみがみ言い始めちゃう前に言っておくわ」

アーロは面くらった。「なんだって？」

「今のうちに言っておきたかっただけよ」彼女はもう一度言った。「あなたはわたしの最悪な部分を引きだしちゃうみたいだから。でも、命を助けてくれたことには感謝しているのよ。だから、その……ありがとう」

また頬がゆるみそうになり、アーロは顔を引きしめた。ニーナに感謝される資格など自分にはない。誤解させるわけにはいかなかった。「感謝なんて必要ない」彼はそっけなく言った。「おれはブルーノのためにやっているだけだ。あいつには借りが――」

「ええ、聞いたわ。大きな借りがあるんでしょう。それはよくわかってる」

「だからおれに感謝する必要はない。これはきみには関係ないことなんだ。きみをボディガードに引き渡したらおれは消える。そのあとはおれのことは忘れてくれてかまわない」

ニーナが〝本気で言っているの？〟と言いたげな目で彼を見た。「あなたって本当に失礼な人ね、アーロ。こんなひどい態度、普通の人はとろうと思ったってなかなかとれないわよ」

「どうやらおれは普通じゃないようだな」アーロは言った。「おれは汗ひとつかかずに無作法になれる」

「もう少しその態度を抑えてくれないかしら？　せめてわたしがあなたに礼儀正しく接しようと努力しているときだけでも」

「そんな努力は必要ない」アーロは言った。「エネルギーの無駄だ」

「すばらしいアドバイスだわ」ニーナが唇を噛みしめた。

「今日はほかにもいろいろ気のきいたアドバイスをしてやっただろう？　〝吹き飛ばされないように頭を伏せておけ〟とか、〝服を着ろ〟とか」

「最低ね」ニーナが頰を染めてぶつぶつ言った。

やっぱりこっちのほうがずっといい。アーロは少しリラックスした。礼儀正しくふるまわれるより、ののしられているほうが気が休まる。

ニーナはしばらく黙ったまま腹を立てていたが、ふたたび彼に顔を向けた。「ところで、定期的にわたしを怒らせる以外に何か計画はあるの？」

「ないわけじゃない。計画というより、やることだが。新しい車の手配。ブルーノに電話して落ちあう場所を決める。音声ファイルを聞くためにホテルの部屋を借りる」アーロは彼女に目をやった。「それと、きみの外見を変える」

最後の言葉にニーナがふたたび嚙みついた。「わたしの外見の何が問題だっていうの？」

「きみは連中に姿を見られた」アーロは説明した。「それもじっくりと。テントみたいな服、不格好なめがね、長い髪」ニーナがにらみつけると、彼は両手をあげた。「気を悪くしないでくれ。これはきみの命を守るためだ。個人的な意見じゃない」

「もう黙って」彼女はぴしゃりと言い放った。「それともあなたは、その失礼な態度が銃弾をも跳ね返す魔法の盾になるとでも思っているわけ？」

アーロは考えをめぐらせた。「そこまではできないな」

「銃でねらわれることは多いの？」

「残念ながら、しょっちゅうだ」彼は認めた。

「その問題を解決するために、態度を改めようと考えてみたことはないわけ？」ニーナが大げさに優しい口調で尋ねる。

アーロは肩をすくめた。「撃ち返すほうがずっと時間の節約になる」

8

ニーナは赤くなった顔をそむけた。アーロは挑発しているのだ。まんまとのせられてしまう自分が恥ずかしかった。まるで体をのっとられているみたいだ。どこからこんな自分が現れたのか、さっぱりわからない。怒ったり、怒鳴り散らしたり、いったいどうしてしまったのだろう？　礼儀知らずという、伝染性がとびきり高いウイルスに感染してしまったのだろうか？

自分は本来、できるだけ対立を避ける人間だ。身体的なものであれ、言葉によるものであれ、暴力に直面すると、息が苦しくなり、胃が引っかきまわされたような気分になる。テレビや映画を見ていても、暴力的なシーンになるとテレビを消したり映画館から立ち去ったりすることもあるほどだった。これももちろん、スタンに暴力を振るわれたトラウマによるものだ。克服できるはずなのに、これがなかなか簡単ではなかった。ひとつのり越えると、またひとつのり越えなければならない山が現れることに、ニーナは疲れ果てていた。

残念ながら、人生において努力するだけの価値があることにはすべて、最低限の勇気が求められる。抵抗を抑えこむための勇気が。特に暴力や虐待の被害者たちを助けるには勇気が必要だった。それがどんな取り組みであれ、その行動に腹を立てたり、やり方が間違っていると考えたりする人間が必ず現れる。つまり、勇気が必要になるということだ。相手をやりこめる勇気が。ニーナは努力してきた。変わるのは簡単ではなかった。それでも、努力し続ければ変化は起こるもの。

今の自分がそうだ。見知らぬ男たちに銃でねらわれ、口やかましい女に変身し、銃を四丁……いや、今は五丁も持っている大柄でタフな男に説教をしているではないか。

これもヘルガの薬の影響だろうか？　そう考えると、ニーナは寒気を覚えた。

ふと、ニューヨークの地下鉄でのことを思い出した。ほかの乗客の思考や感情が頭にどっと入りこんできたことを。あのときはとても恐ろしかったが、恐怖というものは、自分がこれまで考えていたよりも、はるかに相対的なもののようだ。ギャングに銃で撃たれたことで、ほかの恐ろしかった体験はあっという間にたいしたことではなくなった。

アーロと行動をともにしたせいでもあるかもしれない。彼と一緒にいると、まるで感電したようになるのだ。実際、髪も逆立っているし。ニーナはアーロに嘘をついているのが心苦しかった。もっとも、正確に言えば嘘ではない。いくつか詳細を伏せているだけだ。ゾンビやマインドリーディングといったことを。とはいえ、真実を話せば、アーロに冷ややかでよそよそしい態度をとられ、こんな頭のおかしな女の面倒は見きれないと放りだされるに違いない。そして、自分は医師に引き渡されることになる。そんなのは興ざめもいいところだ。

つまり、わたしはアーロを興奮させたいと思っているということ？

そう考えたとたん、クローゼットの外で抱いた熱い幻想がどっとよみがえってきた。

アーロも自分を求めていたのだろうか？　あのときに彼の気持ちを感じとれていてもおかしくなかった。なぜアーロの思考はほかの人の思考のように、頭のなかへ侵入してこないのだろう？

ニーナは無意識のうちに張りめぐらしていたグレーの靄を取りはずしてみることにした。取りはずすのは難しかった。それがないと裸になったような気分になるのだ。

彼女は待った――アーロの思考が流れこんでくるのを。

だが、何も起きない。まったく変化はなかった。

「どうした？」アーロが言った。うっとりするほど魅力的な声だ。「その顔はなんだ？」

ニーナはすぐに嘘を思いつけず、思わず本当のことを口にしていた。「あなたの考えを読もうとしていたの」

アーロがなかば閉じた目で彼女を一瞥《いちべつ》する。ニーナは彼のまつげがとても長いことに気がついた。

「何が読めた？」

「ぜんぜん読めなかったわ」彼女は答えた。

「おれが考えていることを知るには、心を読む必要なんてない。心なんか読まなくたって、ほかにもヒントはある」アーロはそこで一瞬、間を置いた。「でかいやつが」

ニーナは窓を流れていく景色に目を移した。アパートメント、商店、学校……。なんて腹の立つ男だろう。わたしの頭を引っかきまわして楽しんでいるんだわ。彼女は体が熱くなり、汗がにじむのを感じた。顔はトマトのように真っ赤になっているに違いない。ふたりを乗せたタクシーはラッシュアワーの渋滞に巻きこまれていた。渋滞の先頭はまったく見えない。

「これじゃあ、何時間たっても進まないわ」ニーナはつぶやいた。

「身を低くしていろ」アーロが彼女の膝の下をつかんで引っ張る。滑りやすい革のシートの上でニーナのヒップが前にずり落ちた。彼に触れられたところから、生地越しにうずくような刺激が肌に広がっていく。

「やめて」ニーナはアーロの手を払いのけた。

アーロも身を低くするために腰を前にずらした。彼の膝がそっとニーナに押しつけられる。ふたたびアーロと接触し、彼女の体にさらなるうずきと震えが走った。

「やめてって言ったでしょう?」ニーナはぴしゃりと言った。

「しかたないだろう」アーロがつぶやいた。「おれのは……すごく大きいからね」

「そんなみだらなことばかり、よく平気で口にできるわね?」彼女は吐き捨てるように言った。

「きみが勝手に連想しているだけだ」アーロはそっぽを向いたが、目尻のしわを見れば、彼がにやついているのは明らかだ。

ゆっくりと広がっていくアーロの笑みに、ニーナはいらだった。「なんなの？」ほとんど叫ぶように言う。「どうしてにやにやしてるのよ？」

「怖がることはない」彼が言った。「きみが感じているのは普通のことだ」

「わたしが何を感じているのかわかるというの？」

アーロは何気なく肩をすくめた。「おれも同じだからね。よくあることさ。戦闘のあとのストレス反応だよ。気に病むことはない」

ああ、嘘でしょう？　彼はまさか……。頭に浮かんだ疑念を確かめるため、ニーナはちらりと目線をさげ、アーロの股間を盗み見た。

思ったとおりだった。そして、そんな状態になっているところを見せつけようとした彼の罠にまんまとはまってしまったのだ。アーロは忍び笑いをしていた。まったく、ろくでなしのうぬぼれ屋だわ。

「最低の気分か？　恥ずかしがることはない。そんなふうに感じているのはきみだけじゃないってことさ」

ニーナは目をぎゅっと閉じてみたものの、アーロを無視するのは不可能だった。彼はこの狭い車内で圧倒的な存在感を放っていた。さまざまな感覚が彼女の体じゅうを駆け抜ける。

うまく息ができなくて、胸が苦しかった。ニーナは、アーロのほうへと引き寄せられる引力のようなものを感じた。熱い渇望がわきあがる。いったいこれはなんなの？

「夢でも見てなさい」彼女はささやいて、ごくりと喉を鳴らした。

「ああ、そうさせてもらう」アーロがうなずく。「まだきみの髪のにおいが感じられるし、おれの手はすべてを覚えている。きみの体の曲線を。きみの肌の感触を。おれの腕にかかるきみの髪を。きみのヒップにはえくぼのようなくぼみがあるって知ってたか？」

「何も知りたくないわ」

アーロはニーナを無視して続けた。「そのくぼみをなめてみたい」夢見るようにささやく。「そのなめらかなくぼみの形を記憶したいんだ。この舌で」

彼がしゃべるたびに感覚が次々に呼び覚まされ、そこから熱が這いのぼっていく。彼女の胸の先端はかたくなり、足の指先に力が入った。「そんなことを言うなんて信じられない」

「おれもだ」アーロが認めた。「いつもはこんなにしゃべらないんだ。おしゃべりはトラブルのもとだからな」

「たしかにそれはそうね」ニーナは強く同意した。

彼の引きしまった顔に愉快そうな笑みが浮かぶ。「だが、このトラブルは違う」彼が言った。「これは特別だ」

「どう特別なの？」ニーナは我慢できずに尋ねた。アーロをけしかけるなんて、どうかしている。まったく、なんてばかなの？

「特別にどうかしてるのさ」彼が答えた。「きみみたいな女性に言い寄るなんて」

プライドを傷つけられ、ニーナはぱっと身を起こした。「わたしみたいな女？　それってどういう意味？」

アーロの手が彼女の膝をつかんだ。「頭を低くしていろ」彼が言った。「意味はわかるだろう？　きみみたいに、心に深い傷を負っていて、幸せになりたいと強く望んでいる女ってことさ」

「何を言っているのか、さっぱりわからないわ」

「だったら、きみは鈍感なふりをしてるってことだ」アーロが続けた。「おれが言いたいのは、朝、ベッドで目が覚める前におれが消えていて、そのあと電話もなかったら、いらいらするような女のことさ」

ニーナは鼻を鳴らした。「驚く気にもなれないわ」

「おれは気軽な関係がいいんだ。愛情は求めてない。それについては、いつも前もってはっきりさせておくんだ。必ずね」

自分が重たくて要求の多い女だとアーロに決めつけられたことに、彼女はいらいらした。魅力よりも面倒のほうが大きいと彼に思われているのだ。「なぜあなたは、わたしが愛情に飢えてると思ったの？」

「女はみんな愛情をほしがる。傷を負った女以外は」

「男だってそうよ」自分たちが何について議論しているのかもニーナはよくわかっていなかったが、黙っていられなかった。「傷を負った男以外は」

「たしかに」アーロが言った。「まあ、そういうわけだ」

「つまり、あなたは自分が傷ものだと言っているの？」

「そうさ」

アーロがぶっきらぼうにそう言ったあと、重苦しい沈黙が続いた。怒りといらだちと狼狽《ろうばい》を抱えながら、ニーナは外を眺めていた。「まったく、あなたは人をその気にさせるのが本当に上手ね」

彼が肩をすくめた。「正直に話しているだけだ」

「オーケイ」彼女は怒りに震えていた。「あなたの言いたいことははっきりと伝わったわ。警告には感謝するけど、必要ないわ。わたしはあなたに何も期待していない。それに、一応言っておくと、わたしも傷ものよ。だから、お互いあとで悔やむようなことを言ってしまう前に、今すぐこの話はやめましょう」

「きみが傷を負っているってことはわかってた。その外見を見れば明らかだからね。きみは人の目にとまらないような服装をしている。とても上手にその体を隠してる。すばらしい体をしているというのに。そんなことが可能だなんて思いもしなかったよ。まったく、たいしたもんだ」

ニーナは身がまえた。この会話を終わらせようとしたはずが、どんどん手に負えなくなっていく。「そんな意味で言ったんじゃないわ。それに、わたしのファッションに対する批評なんて聞きたくない」

「なんでも自分の思いどおりになると思ったら大間違いだ。それはともかく」アーロが彼女を熱い目でじっと見つめた。「おれはまだセメントみたいにカチカチだ」

ニーナはドアのほうにぱっと体を引いた。「そういうことは言わないで」

彼女は自分の口調にいらだった。ぴりぴりした、神経質な声だった。心に傷を抱えて幸せを夢見ている、面倒で愚かな女のような声だ。

「いつもはここまであけすけじゃないんだ」彼が言った。「たいていは口を閉じている。けど、男をふたり殺して、真っ裸の女を弾痕で穴だらけになったクローゼットから引っ張りだし、その女と一緒に通りがかりの車から銃弾を浴びせられた日には、あたりさわりのないおしゃべりなんてすっ飛ばしても許されるような気にもなるってもんだろう?」

ニーナは息苦しさを覚えた。座席に投げだされたアーロの大きな体は、一見、リラックスしているように見えるが、実はちっともリラックスなんてしていない。その体は緊張がみなぎり、すぐさま行動できるように身がまえているのだ。豹《ひょう》がいつでも跳びかかれるよう体勢を整えているように。そのせいで彼女は落ち着かなかった。空気が重く感じられる。

「きみを見て、わかるやつがいると思うか?」アーロがほとんどささやくように言った。

「何を?」ニーナはささやき返した。

「きみの肌がどんなにやわらかいかってことを」

ニーナの顔はかっと熱くなった。息を吸おうとしても、うまくいかない。

「きみの髪がゆったりと流れ落ち、その毛先がヒップをかすめるってことを。ここにあるくぼみのことを」

アーロは彼女のブラウスの下に隠れている鎖骨に触れた。アーロの指が真っ赤に熱せられた焼きごてでもあるかのようにニーナが飛びのく。

「それに、唇を嚙むきみの癖」彼が続けた。「口の内側を吸いこんで、そのピンク色の、ふっくらした唇をぎゅっと嚙む。そんなふうにされると、きみとひとつになりたくてたまらなくなる」

「やめて」ニーナは警告した。お願い。気を失ってしまいそう。

「それにその胸」アーロが感嘆するように頭を振った。「そういう胸になるために大金をなげうつ女はいくらでもいるだろうな。豊かなふくらみ、つんと立ったピンクの乳首……。だが、きみはそれをテントのなかに隠してる。秘密にしているんだ。そうだろう? テントのなかにそんなものが隠されているなんて誰も知る由もない。知られたら大変なことになるからな」

アーロに名指しされた乳首が、自ら注目を求めるように、ジャンパースカートとブラウスの生地を突きあげる。ブラジャーをつけていないせいだ。

ニーナは自分でも何をしているか自覚しつつも唇を噛んだ。アーロが見ていることもわかっていた。自意識過剰だとわかっていたが、彼女は裸でいるより恥ずかしかった。「わたしは別に——」

「でも、おれは知ってる。きみの胸を見たからな」アーロの声に、ニーナはうっとりした。実際に体に触れられているような、シルクのスカーフで素肌を撫でられているような気がする。「その服の下に隠れているものを知っているのはおれだけなのか？ そのお宝を見たのはおれだけか？ そんなことってありうるのか？」

ニーナはアーロにくだらないおしゃべりはやめてと言うつもりで息を吸いこんだ。だが、彼がスカートを持ちあげ、膝をあらわにすると、言葉は胸につかえて出てこなくなった。スカートの生地が脚をくすぐる。ニーナは声を出そうと咳払いした。「アーロ、あなたはわたしを混乱させてるわ」

「おれだって混乱している。きみが下着をつけていないことに」アーロが誘惑するように言った。「きみに言い寄るのは愚かだとわかっているのにやめられない。自分の喉をかっ切るくらい愚かなことだとわかっているのに」

ニーナは言い返すことができなかった。喉がこんなふうに震えているときには無理だ。

アーロは彼女から視線をそらして通りに目をやると、携帯電話で時間を確認した。「この調子なら、レンタカーの店に十五分以内に着けるだろう」

「つまり……」

「つまり、きみがもう少し腰を下に滑らせてくれたら、そのテントみたいな服を有効に使えるってことだ。おれはそのなかに手をもぐりこませてきみの腿に触れ……」アーロがニーナの膝に触れると、彼女の脚がびくりと震えた。「上へと手を這わせながら、きみの肌の感触を楽しむ。ゆっくりと時間をかけて。おれの指がきみの秘所を覆う茂みに触れるまで。でも、なめることについてはまだ考えないほうがいいな。なめるのはあとのお楽しみだ」

やめて。ニーナは口を動かしたが、声にはならなかった。それにアーロは彼女の顔を見ていなかった。彼はニーナの脚を見ていた。アーロの大きな手は彼女の膝を包みこんでいる。

ニーナは膝がかっと熱くなるのを感じた。

「おれの手がその熱い場所にたどりついたら、おれは指先で上下に撫でる」アーロはやっと聞こえるか聞こえないかくらいのかすかな声で言った。「きみが音を立て始めるまで。おれの指に合わせてきみの腰が動き始めるまで。そうなったら、おれは秘所をもてあそぶ。きみが濡れるまで。それからきみのなかに指を滑りこませ、ゆっくりと愛撫《あいぶ》し、指を出し入れする。きみの息づかいに耳を澄ませながら。どうさわればきみが無我夢中になるかわかるまで。おれは指をゆっくりと動かしてみたり、そっと押してみたり、深く差し入れてみたり、強くこすってみたりして、きみが気に入るやり方を探っていく。きみは何度も何度も達するだろう。レンタカーの店に到着するまで何度も」

「どうかしているわ」ニーナは声をしぼりだすようにして言った。

「ああ。おれの頭のなかはきみでいっぱいだ。口には唾液がわいてくるし」アーロは手を持ちあげると、指を曲げたりのばしたりした。「きみのなかに入れることを想像しただけで、指がうずうずする」

ニーナはぼろぼろになった威厳をかき集めた。「まったく、あなたのその身勝手さには感心するわ」

アーロが皮肉っぽい視線を彼女に投げた。「なぜそう思うんだ？　身勝手だと責められたことはこれまで一度もないぞ」

「今あなたが話したエロティックなシナリオは、全部わたしを悦《よろこ》ばせることばかりだわ。自分自身のことはまるで考えていない。なんて高潔なの。悦びをすべてわたしに譲ってくれるなんて。何をたくらんでいるのかしらと思わずにいられないわ」

「鋭いな」彼の声にはおもしろがるような響きがあった。「たしかに目的がある。すべては時間を節約するためだ」

その答えにはニーナも驚いた。「なんですって？」

「今のうちから始めておけば、おれがきみをホテルの部屋に連れていくころには、きみは準備が整っているだろう」アーロが言った。「必要なのは鍵のついたドアと、たっぷりの潤滑剤。それに防音の壁があれば完璧だ。もっとも、中級のホテルにそれは望みすぎかもしれないな。おれが頭のなかで考えていることを何時間かかけて実行したあとには、きみもおれが身勝手だとは思わなくなっているだろう」

ニーナはおじけづいて目をしばたたいた。「なんだか怖いわ」

「きっとすばらしいひとときになるさ。お互いにとってね。おれは計算高くて自分勝手な愚か者だが、いくつか得意なことがある。ひとつは、悪いやつらを蹴散らすこと。もうひとつは、今きみに実演してやれる。さあ、イエスと言ってくれ」

アーロが約束するように彼女の膝に手を置く。その手からエネルギーの波がニーナの腿へとまっすぐ送られ、両脚のあいだが怯えと期待で熱くうずいた。

そのとき、彼女の口から興ざめするような言葉が飛びだした。「そのあとは？　そのあとはどうなるの？」

空気が張りつめる。一瞬、沈黙が流れた。

「さっき言ったように」アーロが口を開いた。「おれの仕事は、ブルーノがよこしたボディガードと合流するまできみを生かしておくことだ。そのあと、きみがおれに会うことは二度とないだろうな。おれにはおれなりの理由があって、ニューヨークからはできるだけ離れていなけりゃならないんだ」

「つまりあなたは、ボディガードと合流するのを少し遅らせようと言ってるの?」ニーナは尋ねた。

アーロの顔に笑みが浮かんだ。「いや、かなり遅れることになるだろうな」彼は言った。

「少しではなくて」

「それをブルーノとボディガードにどう説明するの?」

「ブルーノはこの番号を知らない。あいつはあいつで勝手にやるさ。ことがすんだら電話を入れればいい」

ことがすんだら……。なんて冷淡で身もふたもない言葉なのだろう。アーロの指を見おろすと、腿の上に置かれた彼の指と自分の肌の色の違いがくっきりと際立って見えた。ニーナはぴりぴりしていると思われないような言葉を探した。愚かでも、重くもない言葉を。

こういう男性の前では、感情的にならず、平然としていなければならないのだ。彼女は自分のウィットを総動員させた。「つまりこれはあなたにとって、何かの片手間にするようなことなの? 渋滞にはまっているあいだの時間つぶし? 前戯は暇な時間をまぎらす退屈な雑用みたいなものなの?」

「まあ、おれに任せてくれないか? 退屈かどうか、雑用みたいに感じたかどうかは、終わったあとに聞かせてくれ。おれは女をいかせる方法を知っている。少なくともセックスに関しては、おれは満足とはどういうものか理解しているんだ。単に経験を積んだからだとも言えるけど。セックス以外に関しては、脳は未発達なままだ。鰐《わに》や鮫《さめ》と同じようなものさ。おれが知っているのは、金の稼ぎ方、食料の調達のしかた、そして敵への攻撃のしかたと危険を回避する方法だけだ」

「嘘ばっかり」

アーロはふたたび笑みを浮かべると、その目をきらめかせた。「ばれたか」

そのときタクシーが急ブレーキをかけ、ニーナの体は前のめりになったあと、背中からどさりと座席に倒れた。衝撃ではずむ彼女の胸に、アーロの目が向けられる。

ニーナは顔を赤らめた。「命が危険にさらされていることや、犯罪者にねらわれていることを考えれば、わたしたち、もっと警戒したほうがいいんじゃないかしら?」

「いや、おれは充分警戒している。嘘じゃない。これ以上警戒したら心臓発作を起こしちまうほどだ」

彼女は思わず笑いそうになった。「つまりこれは、人生をせいいっぱい生きるためってこと? 死を前にして今を楽しもうってこと?」

「そこまで考えたことはなかったな」アーロは言った。「正直に言って、おれはそこまで深く考えているわけじゃない。けど、それがどうした? 今を楽しんだっていいじゃないか」

ニーナは首を横に振った。「あんなことがあったあとで、こんな会話をしていることが信じられないわ」

「おれもだ」アーロが言った。「だが、おれはきみがそのテントみたいな服を着る前に、きみの体を見ちまった。その光景はもうおれの目に焼きついている。おれの下半身はほしいものをほしがっているだけだ」

「テントみたいな服だなんて、ひどいわ《マイ・アス》」

「きみの尻《アス》について話すのはよしておこう。少なくともきみが答えを出すまでは。答えを出したあとなら、それについて話しあえる……じっくりと」

ニーナは彼の引きしまった大きな体をじろじろと見つめた。どうだと言わんばかりに自分の体を見せつけている。まったく、思いあがりもはなはだしい。とはいえ、彼女はアーロから目を離せなかった。高い頬骨、力強い鼻、影のある鋭い目。無精ひげに覆われていても彼はまぎれもなくハンサムだ。束ねたダークブラウンの髪がゆるんで、後れ毛が顎のあたりにまつわりついている。これまで長髪の男性をすてきだと思ったことはなかった。きざで女々しいと思っていたのだ。

だけどアーロは違う。彼は魅力的だった。官能的なエネルギーがみなぎっている。

ニーナは彼の提案について、実際に考え始めていた。裸のアーロの姿と、彼が約束してみせた熱い行為を頭のなかで思い描く。身を震わせるような魅惑的なひとときを楽しんでいる自分自身を。胸が高鳴り、腿がわななく。

これは今まで思いついたなかでも、ずば抜けてひどい考えだ。すでにぼろぼろだというのに、この身が粉々になるようなことに手を出す必要はない。アーロとセックスするというのはそういうことだ。現に、彼は自分がこれまで避けてきた男性の特徴をすべて備えている。礼儀知らずで、好戦的。とてつもなく大きな体。彼自身も認めているとおり、傷ついてもいる。そして、愛情を抱いたり親密になったりすることを避けている。アーロはただセックスしたいだけ。そしてボディガードにわたしを引き渡したあとは、夕日に向かって歩み去っていくのだ。アーロはわたしに会いに戻ってこようとはしない。それは彼も言ったとおりだ。態度は悪いし、心には抑圧された激しさが渦巻いている。良心の呵責を感じることなく人を殺せるよう訓練されている。もっとも、そのおかげで命を助けられたのだから、彼を批判する資格はないけれど。

それにアーロはたばこを吸う。

無理よ。うまくいくわけがない。胸のなかで恐怖と興奮が葛藤している。愚かな自分がみじめで腹が立った。理性は何度も警告していたにもかかわらず、自分をこんなふうに追いこむなんて。それもこれも、この愚かなうずきのせいだ。

やはりありえない。この件で思い悩むのはもうおしまい。ニーナはきっぱりと心を決めた。首を振って言う。「答えはノーよ」

アーロは何も言わず、彼女の膝から手を離した。タクシー内に重苦しい沈黙が垂れこめる。まるで空気が鉛に変わったようだ。

ニーナは喪失感を覚えた。まるで必要としていた何かを彼に奪われてしまったかのようだ。あのパチパチとはじけるエネルギーを。そのエネルギーをただの誘惑と切り捨てることはできなかった。誘惑というにはあまりにぶっきらぼうで、率直で、生々しくて衝撃的だった。そこには軽薄さはみじんもなかった。それどころか……楽しかった。

なのに、わたしは命を救ってくれた男性にノーと言ってしまったのだ。この身を守ってくれとアーロを説得しようにも、差しだせるものはほかに何もないというのに。

彼女は無理やり動揺を抑えこんだ。セックスと引き換えに何かを頼むつもりなんてない。たとえそれが自分の命であろうと。今もこの先も、決してそんなことをするつもりはない。すでに充分すぎるほど問題を抱えているのだから。

そのとき、ふとニーナは思った。あれほどの恐怖を味わったというのに、この十五分間、わたしは追っ手のことを一度も思い出さなかった。

アーロの不埒な提案がわたしの頭から恐怖をすっかり追いだしてくれたのだ。

ディミトリ・アルバトフはスクーターからおりた。このスクーターは怯える少年から奪ったものだ。ディミトリは銃痕で見るも無残な姿になったリンカーン・ナビゲーターのまわりをぐるりと一周した。ニーナ・クリスティとそのボディガードが乗りこんだ車だ。この車は彼女の手がかりをとらえようと必死で捜索しているときに偶然見つけた。自分はロイのような追跡者ではなく、テレパスなのだ。

だが、そのロイも今ごろは困ったことになっているはずだ。アウディが壊れたせいで自分とロイが足止めをくらっているあいだに、ニーナたちは探知範囲をはずれてしまった。彼らの痕跡をたどるのは不可能だった。

銃弾がかすめた腿がずきずきと痛んだ。血がズボンの裾をぐっしょりと濡らし、靴のなかにたまっていく。ミハイルとイワンの死体はニーナ・クリスティの家に残したままだ。今ごろは警官たちがしらみつぶしに家を調べあげているだろう。そして、自分は今この瞬間もオレグの命令に逆らっている。本当ならトーニャの入院しているホスピスの外に身をひそめ、サーシャが現れるのを待っていなければならないにもかかわらず。

大目玉をくらうことになるぞ。

このあとに待ち受ける、おじとの会話のことを考えただけで、ディミトリは吐き気がしてきた。だがおじにどやされるより、八週間もpsi-maxなしの生活を送るほうがよっぽどつらい。ロイはこの八週間、ずっと薬を出ししぶってきた。だからロイに電話をもらったとき、その話に飛びついたのだ。前渡しとして一〇ccの錠剤を六錠、女をつかまえたらさらに十錠という約束だった。もちろん、ディミトリに文句はなかった。

だが女を取り逃がし、この仕事のためにのんだ薬の効果が弱まってきた今、ディミトリは視力を失ったようにぼんやりとした感覚に襲われていた。まるで自分が紙のように薄っぺらになったような気がする。自分が縮んでいくみたいなその感覚が彼は大嫌いだった。まさに最悪のタイミングでペニスがしぼんでしまったみたいな気分だ。

ディミトリは自分の内なる目と耳がふいに開くときの、あのほとばしるような感覚が恋しかった。その感覚に包まれているときは、他人の頭のなかを、まるでガラスか何かでできているみたいに踏みつけ、引っかきまわせるようになるのだ。そうすれば何が相手を動かすのか、相手が何を恐れ、何を求めているのかが手に取るようにわかった。つまり、相手の弱点がつかめるというわけだ。自分が相手にどう思われているかもわかったが、そんなことはどうでもよかった。嫌われることには慣れている。

いずれにせよ、薬を安定的に入手する必要がある。こんなふうにロイに振りまわされるのは、もうたくさんだ。一年前のソーホーでのあの夜以来、ロイは銃だの、偽の身分証だの、オレグの天才ハッカーたちの協力だのを要求する一方だった。あの夜、酔っ払って気が大きくなっていたロイは、小さな赤い錠剤をディミトリに手渡してこう言った。〝これをのんでみろよ。どうなるか試してみろ。大丈夫、おれを信じろ〟と。

もちろんディミトリはロイのことなど信じていなかった。これっぽっちも。だが好奇心に負け、その薬を試してみた。そしてその夜はひと晩じゅう、駐車場で通りかかる人間の思考を読んで過ごしたのだった。ついに自分の能力を発見したと思った。自分はとんでもなくすごい力を手に入れたと。この薬を使っている限り、もう誰かにこけにされたり、こっそり忍び寄られたりすることはないと。

そのときニーナ・クリスティのことを思い出し、ディミトリの胸に怒りがわきあがった。あの小賢《こざか》しい雌犬め。どんな手を使ったのか知らないが、彼女は自分のすぐそばにいながら身を隠し通した。あんなにも長いあいだ、彼女にブロックされてしまったことが信じられない。これまでそんなことができた人間はひとりもいなかった。

銃撃戦になる前、ディミトリは実際に自分の目でニーナの姿をちらりととらえた。たいした女ではなかった。青白い顔をした、背が低い女だった。大きなめがねに、だぶだぶの服、ぼさぼさの髪。とはいえ、自分は女に美を求めていない。ニーナにも言ったとおり、ダクトテープを口に巻いてやれば、どんな女も魅力的になる。その目に浮かぶ必死さや、こもったうめき声やすすり泣きに興奮を覚えるのだ。

ディミトリはぼろぼろになったユーリの記憶のベールを通して、今朝、通りでニーナとカシャノフのあいだに何があったのかを知っていた。ユーリの頭のなかをのぞくのは簡単だった。厳密に言えば、拷問だって必要なかったくらいだが、彼の死体をそれらしく見せる必要があったのだ。ドラッグの売人兼こそ泥という役回りのユーリが元締めに隠れて商売を始めたという設定だった。そうした輩《やから》に情けは無用というわけだ。

ユーリの記憶から、ヘルガがｐｓｉ‐ｍａｘ48が二回分残っていると話していたことを知った。そして、ニーナ・クリスティにそのうちの一回分を注射したということも。残りの一回分については触れられていなかった。ディミトリたちはニーナの家を探したが、何も見つからなかった。ロイが殺してしまう前にニーナを見つけなければ。なぜなら、残りの一回分は自分のものだからだ。

一〇ccの錠剤をちまちまのむだけではもう満足できない。本物の超能力を手に入れたいのだ。新しいpsi‐max48の力を。永久に超能力が手に入る——カシャノフはそう約束したという。生まれ変わるのだ——本来の自分に、そして最高の自分に。

ディミトリは傷だらけのリンカーンのまわりをうろついたあと、ドアを開いた。今夜のオレグとの会合に備えて、psi‐maxを一錠のんでおく必要があった。悪魔のようなあの老いぼれは、人の心を読むのがとんでもなくうまいのだ。psi‐maxの力を借りる必要さえない。とはいえ、ディミトリにもオレグの頭のなかを何が占めているのかはわかっていた。サーシャだ。遠い昔に行方不明になった息子。サーシャは賢明にも、二十年前に姿を消したのだった。

トーニャが死にかけている今、サーシャは戻ってくるとオレグは言っていた。だが、なんのために？　頭のいかれた老婆に会いたいと思う理由がディミトリには想像できなかった。いとこのサーシャは、自分よりずっと賢く、強く、タフだった。子供のころからサーシャの腹をかっさばき、その内臓を引きずりだして、まじまじと観察してやりたいと思ったものだ。グローブボックスを開けながらも、ディミトリは頭のなかでその空想に浸っていた。

もしpsi‐max48を手に入れたら、サーシャも意のままにできるのだ。身をすくめて命乞《いのちご》いしながら、恐怖に目を見開いているいとこの姿を想像する。サーシャの秘密は自分に筒抜けになるのだ。すばらしい。

ディミトリは床に散らばる割れたガラスをよけていった。その労力が報われ、使い古したサムスンのスマートフォンが座席の下に落ちているのを見つけた。ディミトリがそれを開いて親指で画面をタッチすると、テキストメッセージが表示された。

助けが向かってる。あきらめないで。

画面はロックされていなかった。このプレゼントはpsi‐maxの力を使ってもいないのに転がりこんできた。サーシャも同じだ。じきにおれのもとに転がりこんでくることになるだろう。

9

ありがたいと思うべきなのだとアーロは思った。ニーナのおかげで愚かなまねをしないですんだのだから。これでよかったのだ。どのみちセックスにふける時間などなかった。トーニャに会いに行くところだったのだから。ホスピスへ見舞いに行けば、この興奮もたちまち消えるに決まっている。彼は自分自身にそう言い聞かせたものの、高まった分身にはそんな理屈は通じなかった。

ニーナの前にひざまずいて、その足にキスし、彼女の意志の強さに感謝すべきなのだろう。だが、その感謝のキスは、ニーナの足の甲から足首、ふくらはぎ、なめらかな腿へとのぼっていくだろう。そして自分はニューヨークのタクシーのなかで、彼女の秘所に顔を突っこんでいることになるのだ。

アーロの分身がわなないた。そんな場面を頭のなかで思い描いたせいで、すっかりかたくなっている。ニーナの秘所の香りを想像して、奥歯を噛みしめた。この高まりを自分の右手で解き放つ暇を見つけるまで、まだまだ長くてつらい時間を過ごさなくてはならないようだ。

最後にセックスをしてから、もう何カ月もたっている。相手の女は、自分のもとに送りこまれた工作員だった。その因果な逢引《あいびき》は、六カ月前のブルーノとリリーの事件のときに起きた。ナオミというのがそのロボット女の書類上の名前だった。本名ではない。ニール・キングが操るロボットたちはもう死んでしまったので、本名を尋ねることもできない。おそらくあの女は本当の名前すら持っていなかったのだろう。

そのナオミと呼ばれる工作員の女は、アーロとセックスをした翌朝、ポートランド警察本部で、自分の目の前で自滅した。洗脳によって、背骨が折れるほどの痙攣《けいれん》発作を起こしたのだ。あまりにもむごたらしい死を目にして以来、セックスから遠ざかっている。最近では、自分が性欲という面倒な衝動から解放されたのではと思い始めていたくらいだ。ロボット女の死を目にしたトラウマのおかげで、人生が単純になったのかもしれないと。自分は心休まる、完全な孤独を手に入れたのだと。

それなのに、ニーナ・クリスティの裸をひと目見ただけで、性欲は目を覚まし、今やあふれんばかりだ。

そして彼女にしてみれば、そんなこちらの事情など知ったことではないというわけだ。どうとでもなれ。自分はただ歯をくいしばって、ニーナを守り抜くだけだ。ブルーノが手配したボディガードに引き渡すまで。だが、トーニャはボディガードの到着まで待っていてはくれない。アーロは車の時計に目をやった。面会時間はとっくに終わってしまった。ニーナをボディガードと落ちあう場所まで送り届けていたら、さらに遅くなってしまうだろう。ボディガードがこっちに到着するのを待っていても同じことだ。

だめだ。今すぐトーニャに会いに行かなくては。ニーナはおれにぴったりくっついていればいい。

そう決意したアーロは、ニーナを引きずってでも死の床にいるおばに会いに行くのだ。

ぶだぶの服に隠れた彼女の体が気になってならない。ニーナのぬくもりとやわらかさ、そして隠された秘密が。彼女が必死で隠そうとすればするほど、アーロの体は高ぶり、それがすべて自分のために存在するかのように思えてきた。

まったく、ばかばかしい。ニーナは自分が手を出していい女ではない。彼女はノーと言ったのだ。忘れたのか？　この分身は孤独に我慢するしかないのだ。もう忘れろ。

タクシーの運転手がレンタカーの店の前で車をとめた。料金を受けとると、明らかにほっとした様子で車を猛スピードで発進させる。アーロにとって車を借りるのはこの日二度目だが、今回は順番待ちの列も短かった。助かった。彼はニーナをしっかり抱きかかえていた。重ね着された服越しに彼女のぬくもりが感じられる。雨の日の森のようなあの香りも。彼女は無言のまま、体をこわばらせ、奇妙な振動音のようなものを発していた。絶え間なく続く、その甲高いブーンという音は、アーロ以外の人間の耳には聞こえていないようだった。犬笛のように。

そして、アーロはまさに犬だった。

ようやく地味なトヨタ・ヤリスが手に入った。どこでも見かける、めだたない車だ。ふたりが車に乗りこみ、通りに出るころには、アーロのうずきはだいぶおさまっていた。性的な欲求はまだあったが、今はただ、そんな衝動を引き起こすニーナにいらだちを感じているだけだ。それを感じている自分自身にではなく。フェアではないのはわかっていたものの、どうしようもなかった。今日の自分は、利用できるものはなんでも利用して生きのびてきたようなものなのだ。

アーロは今にもどうかなってしまいそうだった。気をそらすものが必要だ。ニーナにとっては迷惑な話だが。「じゃあ、聞かせてもらおうか」彼が言った。

「何を？　今日はいろいろあったわ。もっと具体的に言ってちょうだい」

「皮肉を言うのはやめて、連中の目的はなんなのかを話してくれ」

彼女が仰天して言った。「もうすべて話したじゃない！」

「いいや、あれはつじつまを合わせたつくり話だ。おれは本当の話が聞きたいんだ」

ニーナがかっとなって言う。「あれは本当の話よ！」

「気になることが三つある。ひとつ、きみの部屋には奇妙なクローゼットがあった。あのクローゼットには何か秘密があるはずだ。ふたつ、ウィンドウがさがる前から、きみはあの車のことに気づいていた。三つ、きみはタクシーのなかでおれに嘘をついた」

「なぜ嘘をついたって思うの？」

「おれは嘘を見分けられるんだ。それに人は何か隠さなきゃならないものがない限り、わざわざ寝室に特注で秘密の隠し部屋をつくったりしない。きみはあそこに何を隠してるんだ？」

「何も隠してなんかいないわ！　あそこには本を入れた箱をしまっているだけ！　薬理学の学術書よ！　すべて母の本だわ！」

アーロはうなり声をあげた。「きみは母親の本をしまうために、隠し扉のあるクローゼットをつくったのか？　よせよ、ニーナ。きみは大学を出たんだろう？　もっとましな言い訳をしてくれ。あれは何を隠すためのスペースなんだ？　ドラッグか？　偽造紙幣か？」

「違うわ！」ニーナが叫んだ。「あのクローゼットはわたしのためにつくったのよ！」

話がどんどんおかしな方向に向かっている。アーロはすでにいらだっていた。「きみのためとはどういう意味だ？　なぜきみのためなんだ？」

「今日あんな目にあったわたしに、さらにそれを尋ねるっていうの？　アーロ、わたしがあそこで何をしていると思うわけ？　ひとりで遊んでいるとでも？　わたしには隠れる場所が必要だったの！」

ニーナが金切り声をあげる。つまり、われを失うほど彼女を追いつめたということだ。

「それでは説明がつかない」アーロは言った。「誰かが家に押し入るのを病的に恐れている人でも、普通はクローゼットに隠し部屋はつくらない。高性能の鍵やセンサーをつけたり、警報装置を備えたりするのが普通だ」

ニーナが怒ったように肩をすくめた。「それなら、わたしは普通とは違うのね。驚きだわ」

アーロは歯嚙みした。「いいか、おれはきみを生かしておくために、自分の命を危険にさらしているんだ。おれにそんなふざけた態度をとるのはやめろ」

彼女がまっすぐ前を見つめた。「ごめんなさい。あなたがわたしのためにしてくれたことには感謝しているわ」

その落ち着き払った口調が、アーロは気に入らなかった。怒鳴ってくれたほうがよっぽどいい。「謝罪も感謝も必要ない。ただおれに隠しごとをしないでほしいだけだ。あのクローゼットはなんのためだ？」

ニーナが指を組みあわせた。「あれは、その……説明するのは難しいわ」

アーロは歯嚙みしながら待った。「どっちにしても説明してもらう」

「隠したいものがあるのよ」彼女がか細い声で言う。

「そうか」彼は続きを促した。「それはなんなんだ？」

「わたしよ」ニーナは答えた。

アーロは彼女に目をやり、もっと詳しい説明を求めた。

「わたしには隠れる場所が必要なの」ニーナがついに認めた。「自分の寝室に」

赤信号で車がとまった。アーロはその隙に、彼女のこわばった顔をじっくり観察した。ニーナは自分を恥じているかのように膝に目を落としている。

ニーナの悩みに首を突っこむのは自分の仕事ではない。だが、自分はそもそも、彼女のプライバシーに首を突っこむつもりなんてなかったのだ。

認めてしまえ。おまえはニーナの悩みを知りたいんだ。「なぜだ？」

沈黙の重さに耐えきれず、彼女が口を開いた。「継父のせいよ」

なんてこった。話は最悪の方向に向かっている。アーロは身がまえた。

「そうか」容赦なく続きを促す。「で、継父が何をしたんだ？」

「継父はろくでもない男だったわ」ニーナが答えた。「わたしには、隠れられる場所があるということが重要なの。常にそういう場所がないと眠れないのよ。だから自分の寝室にあのクローゼットをつくったの。誰にもわからないようなスペースを。つまりあのクローゼットは、不安症と不眠症に対処するための非薬物療法というわけ。これで満足？」

「まだだ」アーロは彼女のきつく編まれた髪、かたく閉じられた唇、だぼだぼの服に目をやった。だめだ、満足などできない。まだ無理だ。おそらくずっと無理だろう。そのトラウマにニーナが苦しめられているうちは。「そいつはきみにひどいことをしたのか？」

ニーナがさっと彼に目をやった。「なんですって？」

「そいつに虐待されたのか？　つまり性的に」

いわ」

「いいえ」ニーナはあわてて言った。「ええと……つまり、そこまでひどかったわけではな

アーロは彼女の言葉についてじっくり考えながら、無言のまま数分間車を走らせた。「それでわかった」彼はついに口を開いた。

「何がわかったの？」ニーナの声は不安で震えている。

「きみが着ている、そのテントだよ」アーロは言った。「そういう目にあった女性はたいてい、どちらかの道を選ぶ。とんでもなくふしだらになって、誰かれかまわず寝るようになるか、セックスに関することはすべて避け、体を隠すようになるかだ」品定めするような目でさっと彼女を見る。「きみは後者だ」

「それはどうも。でもわたしの欠陥に対して、あなたの陳腐な精神分析を聞かせてもらう必要はないわ」ニーナが怒りを爆発させた。

「どういたしまして。きみの継父の話に戻ろう。〝そこまでひどかったわけではない〟っていうのは具体的にはどういう意味だ？」

「いい加減にしてよ、アーロ！」彼女の頬がピンクに染まった。「そのことについては誰とも話したくないわ！　特に今日、あなたとは！　話しあわなきゃならない、もっと重要な問題があるでしょう！」

「わかった」アーロは言った。その優しげな口調に自分でも驚いた。

彼はニーナが気持ちを落ち着けるまで待ってから、ふたたび彼女に尋ねた。

「それじゃあ、もっと重要な問題に移ろう」

ニーナが怒ったように鼻を鳴らした。「いいわ」

「連中について話してくれ。まずは、きみがさっきおれについた嘘から始めよう」

彼女は罠にはめられたというようにアーロをにらみつけると、こわばった声で言った。

「いいわ。でもきっとあなたは、わたしの頭がいかれたと思うでしょうね」

アーロは肩をすくめた。「いかれた話でもけっこう。正直に話してくれさえすれば」

「わかったわ。ヘルガの注射器なんだけど、なんだかすごく……普通じゃない薬が入っていたんじゃないかと思うの」

「どうしてそう思うんだ？」

ニーナの口からため息がもれた。「なぜなら、今朝からわたし……変なのよ。妙なものが見えたり、聞こえたりするの」

「もっと具体的に言ってくれ」

「どこから始めたらいいかしら」彼女が戸惑いながらも話し始めた。「病院の検査室にいたらふたりの医師が来て、もっと検査したほうがいいって言ったの。まばたきしたら、突然、彼らが……ゾンビになったのよ」

これにはアーロも不意を突かれた。「ゾンビか」おうむ返しに言う。

ニーナは彼をにらみつけた。「そう、ゾンビよ！　気味の悪い、腐った歩く死体。ホラー映画によく出てくるでしょう？　うなりながらよろよろ歩いたり、生きた人間を食べたりするあれよ」

「ああ……」アーロは言葉を失った。こんなことを言われて、どう反応したらいいんだ？

「なるほど。それで、その病院のゾンビたちはきみに何をしたんだ？」慎重に尋ねる。

「やめて」彼女の声は震えていた。「ひどいわ！」

「何がひどいんだ？　おれはまだほとんど何も言ってないじゃないか！」

「その思いきり気を使ってるような口調よ。まるでわたしが口から泡を吹きだすんじゃないかと思っているみたいに！　あのゾンビたちが本物だなんて思ってないわ。幻覚を見たんだってことはわかってる！　でも彼らはわたしを追いかけてきたの。だからあんなに急いで病院から逃げだしたのよ。そして地下鉄に駆けこんで、Fラインに乗ったの」

「イーストヴィレッジまで」アーロは続きを引きとった。「ユーリのアパートメントをめざして」

彼が動揺したそぶりを見せずにふたたび質問を開始したことで、ニーナはほっとしたようだ。だが、アーロは単に奇妙な話に慣れているだけだった。子供のころはトーニャと一緒に生活していたし、今はマクラウド家の面々とつきあっている。奇妙な話は日常茶飯事なのだ。

それでもニーナの話はとても信じられなかった。

「でも奇妙なことが起きたのは地下鉄に乗ってからなの」彼女はそこで口ごもった。

「ゾンビよりも奇妙なのか？」

「地下鉄に乗っていたら、他人の頭のなかの声が聞こえたのよ」ニーナが打ち明けた。「そのあと、ユーリの娘であるマリアの頭のなかの声も聞こえたわ。彼女が建物から出てきたときに。わたしには見えたの……やつらがユーリにしたことが。マリアの頭のなかに焼きついていたのよ。本当にひどい光景だったわ」

「ニーナ」アーロは口を開いた。

「だから車のことがわかったの」ニーナは急いで続けた。最後までしゃべらせてもらえなくなるのを恐れるように。「わたしたちに向かって銃を撃ってきたやつらよ。わたしが気づいたのは車じゃないの。あの男たちの思考なのよ。連中がわたしたちを殺すつもりだってことがわかったの。やつらの頭のなかの声がはっきり聞こえたのよ。やつらがわたしに向かって叫んでいるみたいに」

アーロは彼女に目をやった。頭のなかでニーナの話をひとつひとつ小さく嚙み砕き、理解しようとする。ゾンビだって？　頭のなかの声が聞こえただって？

だが、うまくいかなかった。

「何よ？」彼女が鋭い声で言う。「そのうつろな目はなんなの？」

アーロはかぶりを振った。「すまない」力なく言う。「ただその、とんでもなく奇妙な話だから」

「まだあるのよ」ニーナが絶望的とも言える表情で言葉をしぼりだした。「わたしを追いかけてきた医師なんだけど……そのうちのひとりがわたしの家にいたのよ」

「きみの家にゾンビがいたようには見えなかったが」

「ゾンビの姿じゃなかったわ」彼女はぴしゃりと言った。「わたしが言ってるのは、首に赤いやけどの跡がある、背の高い大柄な男のことよ。病院ではグランジャーと名乗っていたわ。彼がセルゲイと話しているのが聞こえたの。わたしを信じてくれる?」

彼は両手をあげた。「ニーナ、いったいどこから考え始めればいいのかさえも、おれにはわからないよ」

ニーナがそっぽを向いた。「そうなると思ってたわ」冷ややかな声で言う。「やっぱり話すべきじゃなかった。問題をややこしくしただけだったわ」

アーロは感心していた。彼女は地獄のような体験をし、さらに自分のような口の悪いろくでなしとやりあうはめになったというのに、まだ凛《りん》としている。「今も幻覚が見えるのか?」

ニーナが鼻を鳴らした。「わたしの知る限りでは見えていないわ。あなたは幻覚なの、アーロ?」

「おれみたいに癪にさわる男をきみの頭が無意識につくりあげられるわけがない。それに、幻覚や幻聴が現れる副作用のある薬はいくらでもある。快楽目的のドラッグのほとんどがそうだ。ＬＳＤとか、サイロシビンとか」

「でもマリアは？　ユーリの娘のことはどうなの？　わたしはユーリが何をされたのかを見たのよ。彼女の目を通して！　本当にむごたらしかった。あれは本物よ！　誓ってもいいわ」

「きみが頭のなかでつくりあげたんだよ」彼は言った。「今、おれの頭にもその光景が思い浮かんだ。望んでもいないのに」

「でもアウディのことは？　わたしたちに向かって撃ってきた男たちのことは？　どうやって連中の声を想像できたっていうの？」ニーナは言い募った。「アーロ、これは本当に起きたことなのよ！」

アーロはかぶりを振った。「今結論を出すのはやめておこう」

彼女が震える手を口に押しあてる。「あなたはわたしが嘘をついていると思っているんだわ」

アーロは少し考えてから言った。「いや。幻覚で頭が混乱しているのだろうとは思っているが、嘘をついているとは思っていない」

ニーナはくすくす笑いだした。「その言葉にこんなに心が休まるとは思ってもみなかったわ、アーロ。だけど不思議なほど慰められた」

アーロは不意を突かれた。「それは貴重な瞬間だから、よく覚えておくといい。おれは誰かを慰めるなんてことはめったにしないんだ。まばたきしてると見逃すぞ」

彼の言葉に、ニーナがまたくすくす笑った。彼女を笑わせるつもりはなかったが、その笑い声は心地よかった。だがアーロは、そんなふうに思った自分を今すぐ蹴り飛ばしたくなった。こんな異常な状況を楽しむわけにはいかない。厄介なことになるだけだ。そのときふと、不安を覚えた。

「今この瞬間も、きみはおれの思考を読んでいるのか？」

「読んでいないわ」ニーナが不安げな声で言った。「あなたの思考は、その……読めないみたい。もしかしたら、読めたり読めなかったりするのかもしれないわ。あるいは相手によるのかも」

「なるほど」アーロはゆっくりと言った。「そうなのか。おれの思考だけは読めないと」

ニーナの顔に緊張が走る。「お願い、もうこの話はやめて」

彼は首を振った。「もう一度順に話してくれ。今度は奇妙な出来事についてもはしょらずに」

これほど神経のすり減るような状況にしては感心なことに、ニーナはわかりやすく詳細に、今朝ヘルガに注射を打たれたことに始まる一連の出来事を説明し始めた。アーロによってクローゼットから引っ張りだされたところまで彼女が話し終えるまで、彼は口を挟まずに耳を傾けた。話し終えると、ニーナは口を閉じ、アーロの反応を待った。

「それで？　何かひらめくことはあった、アーロ？」

アーロはその皮肉を無視した。自分のまわりにケージが張りめぐらされていくような感覚に対処するのに忙しかったからだ。まるで何トンもの冷たい鉛に押しつぶされているように、彼はすっかりうろたえていた。これはひと筋縄ではいかない。あの連中を簡単に追い払えるとは思えなかった。

「きみはゾンビ男が、警察がすぐに到着すると言っているのを耳にした」アーロはゆっくりとニーナの言葉を繰り返した。「それはおれがドアの錠を撃ち抜く前のことだ。警察を待たなかったのは賢明だった。リリーが911に電話したことを、連中はどこからか知らされていたということだからな。つまり、きちんと組織化されている強大な何かが動いているということだ。警察の情報も入手できるということは、情報源も持ちあわせている。そのゾンビ男は正確にはなんと言ったんだ？　この距離ならきみを感じとれるはずだとか、そんな言葉だったか？」

「ええ。彼はたしか……」ニーナは目をぎゅっと閉じた。「サイマックスがどうとかって言っていたわ。それから、〝あの女はおれたちをブロックしてやがる〟って」

「そいつがなんのことを言っているのかわかるか？」アーロは尋ねた。「無線周波数のブロックのことかもしれないな。誰かがきみに追跡装置を埋めこんだとか？」

「あの注射器に入っていたんじゃなければ、その可能性はないわね」彼女が言った。「ほかには誰もわたしにさわっていないもの。病院の医師たちは別として。本物の医師のほうよ」

「サイマックス」彼はひとり言のように繰り返した。

ニーナはかぶりを振った。「サイマックスがなんなのか、わたしには見当もつかない。もちろん、それをクローゼットに隠し持ったりもしていないわよ」

「きみを信じるよ」驚くことに、アーロは本当に彼女の言葉を信じていた。ろくでなしの継父の話も、クローゼットの隠し部屋の話も真実みがあった。

アーロは赤信号で急ブレーキをかけた。すぐ近くにガソリンスタンドの入口が見える。彼はガソリンスタンドに乗り入れると、車をとめた。これらの情報のすべてを頭のなかで処理しながら運転することなどできない。

「ちくしょう」アーロはつぶやいた。

「同感よ」ニーナが両手の拳を目にあてる。「わたしはどうしたらいいの？」

彼は首を横に振った。「わからない」

そのとたん、ニーナの顔がみるみるゆがんでいく。ああ、おれはなんてまぬけなんだ。

「きみがこれからどうしたらいいか、今からおれが計画を説明する」無意識のうちに、アーロの口から言葉が飛びだしていた。「とりあえず、どこか安全な場所を探す。そして音声ファイルを聞く。そのあとブルーノに連絡を入れる。それがおれの計画だ。きみはどう思う？」

ニーナがはなをすすってうなずいた。「いいと思うわ」弱々しいながらも、ほほえんでみせる。

その笑みを目にしたせいだろう。そんなことをしたらまずいとわかっていながら、気づくとアーロは腕のなかにニーナをすっぽりおさめていた。クローゼットから彼女を引っ張りだしたときのように。ただし、今回は裸ではなかったが。

裸だったらもっとよかったのに。ニーナの裸を思い出して、彼の体はうずいた。あの美しく、かぐわしい、やわらかな体を思い出して。

ニーナが体をこわばらせ、背中をそらすようにして離れた。いったいおれは何をしているんだ？　すでに断られた相手に手を出そうとするなんて。アーロは恥じ入りながら、運転席に座り直し、車を出した。

彼女は唇を引き結んでいる。「ごめんなさい」しばらくして口を開いた。「でもわかってほしいの。わたしたちは会ってまだ一時間ちょっとしかたっていないのよ」

「その一時間のあいだに、おれはふたりを殺して、二度もきみの命を救った」アーロはそう指摘せずにはいられなかった。だが言ったとたん後悔した。だからニーナにはおれとセックスして借りを返す必要があるとでも言いたいのか？　そこまでおれはせっぱつまっているのか？

気づまりな沈黙が流れた。

「わかってるわ」彼女が穏やかな声で言った。「わたしたち、あたりさわりのない会話でお互いのことを知っていく段階はすっ飛ばしているものね。ところで、わたしたちはどこへ向かっているの？」

ニーナは見事に話をすり替えた。思っていたよりも如才ないタイプのようだ。「ブライトン・ビーチだ」アーロは答えた。

彼女が驚いて目を見開く。「なんですって？」

「リリーからおれの出自は聞いていないのか？」

「あなたの家庭環境が……その……波乱に富んでいるというようなことは聞いたかも」ニーナが言葉を濁した。

アーロは笑い声をあげた。「なかなかうまい表現だな」

「あなたの家族のことを悪く言うつもりはないけど――」

「気を使うことはない。おれの家族がこの会話に加わっていたら、手加減なんてしないぞ」

「黙ってわたしの話を聞いてちょうだい」ニーナはぴしゃりと言った。「わたしの家にいた連中なんだけど、何人かはロシア語を話していたわ。会話が聞こえたのよ」

「きみはそう言うけど、断言できないだろう。おれは聞いていないし」

「ブライトン・ビーチとシープスヘッド・ベイのすべてがロシア系移民の街ってわけでもないわよね？」

「いや、そうだ」

「だったらブライトン・ビーチは……そうね、ピークスキルやブリッジポートに比べて、わたしの頭を体から引きちぎることに興味を示すかもしれない連中とでくわす確率が高くなるんじゃない？」

「そうだな」アーロは認めた。「理論的には」

「だったら、どうしてそんなところへ向かっているの？」ニーナはまたしてもわめいていた。

彼はすぐさま幾通りもの答えを思いついた。ところが、実際に口にした答えには自分でも驚いた。

それは真実だった。おもしろくもなんともない、悲しい真実だ。「おれのおばが危篤状態なんだ」

ニーナは驚いて黙りこんだ。だが、沈黙も長くは続かないだろう。

アーロの予想どおり、彼女は慎重に咳払いをしたあとで尋ねた。「お気の毒に。それでおばさまというのは？」

「トーニャ・アルバトフ。ホスピスに入院している。末期の卵巣癌だ。いつ息を引きとってもおかしくない。いや、今ごろはもう亡くなっているかもしれないな」

「まあ」ニーナが口ごもった。「おばさまとは親しかったの？」

親しい？　一瞬、アーロは吐き気がこみあげ、車をとめなければならないのではないかと不安になった。トーニャは百万キロも離れた場所にいたのだ。ジャージーショアでおばと一緒に見た星のように、決して手の届かない場所に。トーニャとジュリーとともにさびれたモーテルで過ごした、あの数週間の記憶がよみがえる。トランプ遊び、映画、小石だらけの砂浜にいた鷗の群れ……。親しい、だって？　自分はこの地球上の誰とも親しくなんてしていない。すべての絆《きずな》を断ち切り、ひとりで勝手気ままに生きてきたのだ。

「この二十一年会っていなかった」

「まあ。それでもあなたは――」

「おれはホスピスへ向かう。今すぐに。きみの電話を受けたとき、空港からそこに向かっているところだったんだ。きみの頼みを断ったのはそのせいだ。おばが死にかけているんだ。

お別れを言うチャンスを逃したくなかった」

「ああ、アーロ」ニーナがつらそうな声で言った。「言ってくれたらよかったのに。知っていたら、わたしだって――」

「くそくらえとは言わなかった？　気にしてないよ。それに、なぜ話す必要があるんだ？

これはきみには関係ないことだ」

「そんなふうに攻撃的になるのはやめてくれない？」彼女が嚙みつくように言った。

「いやだね」

ニーナが不満げにうめいた。「それで今、あなたはホスピスへ向かっているのね？」

「おれたちふたりともだ」アーロは訂正した。「ブルーノのボディガードに引き渡すまで、きみはおれと常に一緒に行動する。おばを見舞ったあとは、音声ファイルを聞いて、ブルーノに連絡し、ボディガードと待ちあわせる。きみの望みどおりに。でも、まずはホスピスへ向かう。理解できたか？」

「完璧に」ニーナは車の時計に目をやった。「でもわたしたちが到着するころには、面会時間は終わっていると思うわ。遅すぎるもの」

「なかに入れてくれるさ」彼は言った。「病院側に選択の余地はない。おれは銃を持っているんだから」

ニーナが目を丸くしてアーロを見つめた。「恐ろしいことを言わないで」

「だったら、ふたりとも口を閉じるってのはどうだ？」彼は提案した。

だが、彼女は黙っていなかった。「おばさま以外にも、あなたの家族の全員と会うことになるのかしら？」

「それはどうかな」

「違うの？　でもおばさまが死にかけているのなら――」

「おばが精神科の病院に閉じこめられていないときでも、おれの家族はずっとおばを無視し、ほったらかしにしてきた。あのころでもおばのことを気にかけていなかったんだ。今はもっと気にかけていないだろう。おばには遺《のこ》す金もないし、譲り渡す権力も地位もない。おばはひとりきりだ。これまでずっとそうだったように」

ニーナが目を落としてささやいた。「悲しいわね」

アーロは鼻を鳴らした。悲しい？　そんな言葉は、すべてをのみこむブラックホールのようなアルバトフ一族の感情を表現するには、まるでふさわしくない。運がよければ、誰にも気づかれることなくホスピスに忍びこみ、トーニャにお別れを言えるだろう。一族の誰かに見つかるのだけは避けたかった。

成功の見込みがまったくないというわけではない。用心さえしておけば、嵐に巻きこまれても致命的な事態にはならないはずだ。

アーロはホスピスの前を通りすぎ、その一画をぐるりとまわった。アルバトフ一族の配下や予期せぬ危険が待ち受けていないかどうか確認する。異状はないように見えた。

ニーナは咳払いをした。「おばさまとそんなに長いあいだ会っていなかったのなら、なぜあなたはそこまで――」

「それについては話したくない」

突き放すように言われ、彼女がひるんだ。

アーロは駐車場に車を入れた。「会いたくなくて二十一年間もおばと会っていなかったわけじゃないんだ」荒々しい声で言う。「そして今、おばは死にかけている。そのことを考えると、最悪の気分だ」

ニーナがうなずく。アーロは、この遠まわしで中途半端な謝罪を彼女が受け入れてくれたと理解した。これが自分にできるせいいっぱいだった。

「さあ、行こう」彼は言った。

10

アーロがホスピスに入れてもらうのにトラブルを起こすだろうことは、心理学の学位などなくてもわかりきったことだった。ニーナは、彼がぶっきらぼうな口調と威圧的な態度で受付係を怒らせる様子を見ていた。アーロは受付係の上司に説明するときも同じことを繰り返した。こんな調子では、アーロはホスピスに入れてもらえないだろう。彼がしゃべればしゃべるほど、状況は悪くなっていく。エスカレートしていく口論を聞いているうちに、ニーナはアーロが銃を持っていることを思い出して不安を覚えた。

もし怒りを爆発させたとしても、彼がホスピスの職員たちに危害を加えることはないとニーナは確信しているが、職員たちにはそんなことはわかりっこないのだ。

「あんたたちはわかってない」アーロが繰り返した。「おれがその近親者なんだ。姉は違うが、おれは彼女にとって息子みたいなものなんだよ。さあ、つべこべ言わずに、サーシャが来たって伝えてくれ。そうすれば、おばがあんたたちに説明してくれる！」

上司の腕は胸の前できつく組まれていた。「申し訳ございません。面会時間は何時間も前に終わりました。それにご家族から、面会は事前に承認したリストに載っている方のみにしてほしいと要請されております」

「もちろんそうだろうとも」アーロがうなった。「けど、トーニャの希望はどうなるんだ？彼女はおれに会いたがるはずだ。それは保証する。だから……とにかくトーニャにきいてきてくれ」

「彼女はお休みになっています。どうかお引きとりください。さもなければ警察を呼びますよ」

「今すぐおばに会う必要があるんだ」アーロの声はどんどん大きくなっていった。「おばは死にかけているんだぞ！　今夜死んでしまうかもしれない！　あんただってそれはわかってるはずだ！」

「残念ですが、あなたの名前はミスター・アルバトフから渡されたリストには入っていません。ですから――」

「いいからよく聞け」アーロが受付のデスクに身をのりだすと、女性は目を見開いてあとずさりした。「おれと争おうなんて思わないことだ」

「アーロ！」ニーナは彼の腕をつかんだ。

アーロが鋭い視線を彼女に投げつけながら怒鳴る。「なんだ？」

「しいっ。落ち着いて」ニーナはささやいた。「こんなことをしても無駄よ」

「だけどおばは……死にかけているんだぞ！」アーロは叫んだ。「おれはそのくそいまいましいリストなんかに邪魔されるつもりは――」

「しいっ」ニーナは彼の腕にまわした自分の手に力をこめた。その太い腕はかたく引きしまっている。彼女はアーロの腕に爪をくいこませて引っ張った。

アーロはニーナに引きずられるようにして、しかめっ面をした職員から離れた。

「いったん外に出るわよ。ふたりだけで話せる場所に行きましょう」

ニーナは先に彼をホスピスの外に出すと、鍵がかからないようドアに折りたたんだ紙を滑りこませながら自分も外に出た。

外は寒かった。彼女は身を震わせた。

「それで？」アーロが吐き捨てるように言う。「時間を無駄にして、おれたちは外で何をしてるんだ？　あの石頭の女どもは――」

「しいっ」ニーナはふたたびアーロを黙らせると、ぎこちない手つきで彼の肩を撫でた。

「あなたは状況を悪くさせているだけよ」

「どうしてだ？　おれはおばに会いたいんだ！　おれは自分の立場を説明して許可をもらおうとしたのに、あいつらは協力的な態度を見せようとしない！　おばは明日にも死んじまうかもしれないんだぞ！　おれはなかに入る。あいつらがどう思おうと――」

「静かにして！」ニーナはふたたびアーロの腕に爪をくいこませた。「警備員や警官を呼ばれたら困るでしょう?」

「もちろんだ」彼がもごもごと言う。「でもおれは——」

「黙って聞きなさいよ、このわからず屋」ニーナはひそひそ声で言った。「壁に頭を打ちつけるのもやめて! その頭にはもっとましな使い道があるでしょ!」

アーロは口をきゅっと引き結ぶとそっぽを向いた。そして携帯電話をポケットから出し、画面をタップする。ニーナは画面をのぞきこんだ。

そこに映っているのは建物の図面だった。彼女は笑いがこみあげてむせそうになった。なんてアーロらしいのだろう。死の床にいるおばを見舞うのに、建物の図面を用意しているなんて。まるで秘密任務にでも赴くかのようだ。彼はニーナにも見えるように携帯電話を傾けて指差した。「今朝以降に病室を移されていないとすれば、おばの部屋は二階の二四二五号室。二階の廊下の突き当たり、右側の部屋だ」

「予習をすませておいたのね」

「してなかったら、ただのまぬけだ」アーロは彼女の視線をとらえると、目を細め、身がまえるように言った。「いいから言えよ」

「言うって何を?」

「どのみちおれはまぬけだって言いたいんだろう? きみの顔に書いてある」

「そんなにその称号がほしいなら、好きに名乗ればいいでしょう」ニーナは冷ややかに言った。「けんかを売りたいんでしょうけど、そんな挑発にのるつもりはありませんからね」

アーロはいらだたしげに手を振って、その話題を引っこめた。「反対側にも入口があるんだ」そう言って図面を指差す。「非常口がここにある。このドアなら、出てくる人に見られる可能性は低いだろう。この鍵はピッキングできるかもしれないし、きみの家の玄関ドアと同じように打ち破ってもいい」

「打ち破るって……気は確かなの？」

「もちろん」彼が答えた。「ブリーチング弾は大きな音を立ててしまうが――」

「ばかなことを言わないで！　そんな突拍子もない方法を採る必要なんてないのよ。わたしがあなたのために、なかからドアを開けてあげる」

アーロが当惑したように眉根を寄せた。「何を言ってるんだ？　どうやってなかに入るつもりだ？　たった今、ふたりで頼んだばかりじゃないか」

ニーナは首を振った。「いいえ、頼んだのはあなたよ」

「おれが面会するのを許可してくれなかったんだから、きみだって許可してもらえるわけがないさ」

「いいえ、大丈夫よ。職員がわたしに気づくことはないから」

アーロが彼女を見つめた。「なぜそう思うんだ？　ドアを開けてもらうにはブザーを押さなきゃならない。それでも連中がきみに気づかないと言うのか？」

ニーナはドアのほうに顎をしゃくった。「ドアはロックされていないわ。紙切れを挟んでおいたから」

彼が振り返ってドアを見ようとする。ニーナはアーロの顔を両手で押さえると、ぐいと引っ張って彼の体の向きをもとに戻した。アーロの無精ひげがてのひらにちくちくする。

「ばかね、職員たちの注意を引いちゃだめでしょう！　計画が台無しになるわ」

彼が目を細めた。「きみのことがわからなくなってきたよ、ニーナ」

「そろそろ慣れてもいいころでしょうに。誰にも気づかれないっていうわたしの特徴は、才能みたいなものなのよ。わたしが誰にも気づかれたくないと思っているときは、誰もわたしに気づかないのよ」

アーロが彼女をまじまじと見つめる。その視線の強さにニーナはそわそわと落ち着かない気分になった。

「きみは自分の姿を消せるのか？」彼が尋ねる。

疑わしげなアーロの口調に、ニーナはむっとした。「ばかなことを言わないで。もちろんそんなことはできないわよ。わたしはただ、なんの印象も残さずに、こっそり通り抜けられるだけ。とても便利な能力よ。でもときには、ものすごく不便なこともあるわ。タクシーを拾おうとしたときのことを覚えているでしょう？　あと、デートに誘われたいときにも役には立たないし」

「なるほど」彼が言った。「ろくでなしの継父のおかげで身につけた便利な能力ってわけだ。そいつには苦しめられたけど、そこまでひどかったわけではないと言ったのはそれが理由なんだな？　きみは姿を消すトリックを覚えた。継父にもそれが通用したんだな？」

ニーナは落ち着かない気分になった。「姿を消すなんて言ってないわ」不機嫌な口調で言い返す。「気づかれなくなるって言ったの。人はわたしの姿を見ているのよ。気づいていないだけで。もしくは記憶に残らないだけ」

「もちろんそうだろう。そんなテントみたいな服を着ているようでは」

彼女はアーロをぴしゃりとたたいた。「いいわよ」きつい口調で言う。「わたしの助けが必要ないなら、わたしが言ったことは忘れてちょうだい」

「そうは言ってない」彼の大きな手がニーナの両肘をぎゅっと握った。アーロのぬくもりを感じたところから甘美な震えが広がっていく。その震えは胸へと駆けのぼり、鼓動を速めた。

「ただ、おれの目の届かないところにきみを行かせたくないだけだ」

ニーナは自分自身に思い出させた。アーロがわたしのことを思ってくれているわけではない。本人もはっきりそう言っていた。アーロはブルーノに借りがあって、それを返しているだけ。だから感傷的にとらえたりしてはだめよ。「なかにはほとんど人はいないわ」彼女はアーロに言って聞かせた。「患者と夜勤の職員だけ。彼らは誰もわたしに銃を突きつけたりしない。わたしなら大丈夫よ」

アーロがかぶりを振った。「うまくいきっこない。職員はおれと一緒にいるきみを見たはずだ」

「そんなことないわ」ニーナは訂正した。「彼女たちが見たのはあなたよ、アーロ。あなたのことしか覚えていないはず。あなたはとても記憶に残るタイプだもの。あなたのことを記憶するだけで、彼女たちの脳のメモリは大忙しだったはずよ。どうかわたしに任せてちょうだい。最悪の場合でも、職員に制止されてさんざんしぼられたあとに、外に放りだされるくらいよ。たいしたことじゃないわ」

「この計画は気に入らない」アーロがなおも言った。

ニーナが彼の顔を見あげたとき、ふいにそれが見えた。ちらりと、まるでカーテンがめくれたかのように、アーロの心のなかが見えたのだ。いやむしろ、感じとったと言ったほうがいいかもしれない。

彼の強い切望と苦痛を知って、ニーナは喉がよじれそうになった。まるでねじできりきりと締めあげられているようだ。彼女はアーロの喪失感と悲しみを感じていた。その闇と冷たさを。そして誰かに助けを求めることを、彼が死ぬほど嫌っていることも。

涙がこみあげて目がかすむ。ニーナは体に力をこめ、わざときびきびした口調で言った。

「非常口に行ってちょうだい。わたしがドアを開けるまで、そこで待機していて」

「もし五分でドアを開けなければ、おれはここに戻って、きみを捜しに行く」

「あせってはだめよ。わたしのやり方でことを運ぶ必要があるわ」

アーロが顔をしかめた。「五分でやるか、やらないかのどちらかだ」

「だめよ」ニーナは譲らなかった。「わたしがドアを開けるまで動かないで。辛抱強く待たなきゃならないのよ。計画をちゃんと理解しているの？」

「無理だ」彼が不機嫌そうに言った。「おれは辛抱強くない」

「まったくもう。わたしに五分以上の時間をちょうだい。おばさまに会いたいんでしょう？」

アーロがうめき声のような、うなり声のような音を出した。「十分だ。それ以上は待てない」

ニーナは銃を撃つようなしぐさをした。「そんなふうに騒がしい音を立てているあなたと一緒にいたら、姿を消すなんて不可能ね。さあ、行って」

彼は背を向けると、暗闇へと歩いていった。

ニーナは息を吐いた。アーロに会って以来とまっていた息を初めて吐きだしたみたいな気分だった。彼がいなくなったとたん、闇が自分へと迫りくるように思えた。気を引きしめるのよ、と自分に言い聞かせる。これはアーロの役に立てるチャンスだ。命を助けてくれた彼にお返しができるかもしれないのだ。絶対に失敗したくない。

誰にも見られることなく受付の様子を観察するために、茂みの陰に身をひそめる。心と神経を落ち着かせながら、彼女は待った。ここにはいない。ここにはいない。空気だけ。

受付係が立ちあがり、ドア枠にもたれて、なかにいる誰かとおしゃべりしている。ここにはいない。重要なものは何もない。空気だけ。たいしたものはない。ニーナはゆっくりと近づくと、ドアを開けながら、折りたたんだ紙を手のなかに隠した。受付係がおしゃべりしているあいだにぶらぶらと受付デスクの前を横切る。そこを無事に通過すると、受付係の視界からはずれた。

エレベーターに乗る？　それとも階段をあがったほうがいい？　ニーナはエレベーターを選び、ボタンを押した。エレベーターの到着を待つ。ここには誰もいない。空気しかない。問題ない。

エレベーターの扉が開いた。なかには清掃作業員が乗っていた。ごみのカートがエレベーターの半分近くをふさいでいる。清掃作業員は五十代くらいの黒人男性だった。長時間勤務を終えようとしているのか、ぼんやりとした目をしている。その目には何も映っていないようだった。足と背中が痛すぎて、何かに関心を示す気力など残っていないのだろう。ニーナはエレベーターに乗りこんだ。清掃作業員が番号が示されたボタンへと無意識に手をのばす。

「何階ですか？」彼がだるそうに尋ねる。

「二階をお願いします」ニーナはつぶやいた。清掃作業員がボタンを押す。

エレベーターが低い音を立てながら上昇するあいだ、ふたりは並んで何もない空間を見つめていた。扉が開き、彼女は会釈しながらエレベーターをおりた。だが、清掃作業員の目は閉じられていた。

ニーナは廊下を進んでいった。ここには誰もいない、なんの問題もない。そう唱えながら、アーロの指示どおりに進んでいく。角を曲がるとナースステーションがあり、職員たちが何人かいたが、誰もニーナに気づかなかった。途中で、ある部屋から看護師が出てきた。忙しそうに早足で歩く看護師は、まっすぐ前を向いたままニーナの横を通りすぎていく。おそらく彼女も勤務を終えるころなのだろう。誰でも疲れているときは、その日の夕食や、くだらないテレビ番組のことしか考えられないものだ。ニーナはトーニャの病室の外で立ちどまった。ノックもせずにドアを開けるのは無作法に思えたが、音を立てて誰かの注意を引くのはばかげている。彼女はドアノブをまわし、ドアを押し開けた。

ごく普通の寝室だった。ベッドサイドのランプがやわらかなオレンジの薄明かりを放っている。白い殺風景な部屋ではなかった。両サイドの柵と、点滴のラックが備えつけられた電動ベッドだけが、そこが病室であることを示していた。

ベッドにやつれた女性が横たわっていた。目は閉じている。ニーナはドアのところで立ちどまった。アーロと同じように高く突きでた頬に酸素チューブがテープでとめられている。肌は黄色く、落ちくぼんだ目の下にはくまができていた。そのとき女性の顔が動き、目が開いた。

女性の視線を受けとめたニーナは、衝撃のあまり息をのんだ。まるで冷水をかけられたかのようだった。さっきまでは誰にも目を向けられなかったのに、今の彼女は強烈な視線を浴びていた。

ニーナは話しかけようとしたが、女性の探るような強い視線にさらされているせいで口が動かない。ニーナがパニックを起こしかけたとき、ふいに緊張がやわらいだ。

女性は何かを話そうとしたものの、声にならなかった。

「なんておっしゃったんですか?」ニーナは無力感を覚えながら尋ねた。

女性が指を曲げた。ほとんど気がつかないほどかすかな動きだったが、間違えようはなかった。「こっちへ」

ニーナは抵抗できなかった。人をしたがえる力とカリスマ性は、アーロの一族の遺伝的特徴に違いない。

ベッドに近づくと、黄ばんだ羊皮紙のような肌をしたトーニャ・アルバトフの顔がよく見えた。トーニャの痩せた指が、ニーナにもっと近寄れと命じている。だが、これ以上近づけないところまで近づいていたので、ニーナは唯一思いつくことをした。トーニャの手を取ったのだ。

トーニャの指はひんやりしていたが、そこからパチパチとはじけるような感覚が伝わってくる。ニーナはぞくぞくするものが体じゅうに広がっていくのを感じた。

トーニャが話し始めると、ニーナは身をかがめ、彼女の口に耳を近づけた。

「本当にごめんなさい」ニーナはささやいた。「もう一度お願いします」

トーニャは息を吸いこむと、ゆっくりと空気を吐きだしながら言葉を紡ぎだした。「わたしのサーシャを連れてきてくれたのね？」

ニーナはトーニャを見おろした。あのぞくぞくする感覚がふたたび体のなかを駆け抜ける。トーニャの目がうれし涙できらめいた。

「どうしてそれが……」ニーナは最後まで言わなかった。こんな状況ではそんなことを尋ねても意味がない。それに、トーニャにはその疑問に答える気力なんてないだろう。最後に会ってから二十一年たっており、なんの連絡もしていないのに、なぜかトーニャは愛する甥《おい》が近くにいることがわかったのだ。

ニーナの目に涙があふれた。ふたりの再会をなんとしてでも実現させなければ。外でパニックに陥ったアーロがすべてを台無しにしてしまう前に。「急いで彼を連れてきますね」

ニーナはささやいた。「わたしたち、本当はここに入っちゃいけないんです」

トーニャ・アルバトフがぜいぜいと苦しげな音を立てる。彼女が笑っているのだということにニーナは気がついた。

「さあ、行って」トーニャは口を動かしたが、声は聞こえなかった。「わたしのサーシャを連れてきてちょうだい」

ニーナはドアをさっと開けると、廊下の先まで早足で向かった。あまりにあわてていたので、**ここには誰もいない、なんの問題もない**と頭のなかで唱えるのも忘れていた。どうか誰にも気づかれませんように。彼女はひどく気が高ぶっていた。

四角に折りたたんだパンフレットを階段の入口のドアに挟んで、階段を駆けおりる。非常口のドアの小さなガラス窓の向こう側でアーロがにらんでいるのが見えた。ニーナは全速力で駆け寄ると、さっとドアを開けた。勢いよく入ってきたアーロが彼女の腕をつかむ。

「なんでこんなに時間がかかったんだ？　もう十六分もたってるぞ！」

言い争っている暇はない。彼のおばが喜びで目に涙を浮かべながら待っているのだから。

「黙って！」ニーナはアーロを階段へと引っ張った。「さっさと来てちょうだい！」

「見つけたのか？」

「ええ。あなたが来るのを知ってらしたわ。彼女はあなたを待っているの。急いで！」

しかし、アーロは階段のところでぐずぐずしている。「おばは……どんな様子だ？」

ニーナは、鎧《よろい》をまとった彼の心がふいにあらわになったのを感じた。アーロは自分が目にしようとしていることをひどく恐れている。だがそれについて、自分が彼にしてあげられることは何もない。「おばさまは死にかけているわ」彼女は言った。「ひどく痩せているし、黄疸《おうだん》も出ていて、髪も抜け落ちている。でも意識ははっきりしているわ。そしてひとりきりなのよ。今がチャンスなの。さあ、行くわよ！」

ふたりは階段を駆けのぼった。廊下には誰もいなかった。アーロはふたたび病室の前でためらったが、ニーナはなかに押しこんだ。また言いあいをして、夜勤の看護師に追いだされるようなはめになってはならない。

アーロがベッドの上の女性を見つめた。トーニャの目から涙がこぼれ落ちる。がりがりに痩せた顔は愛情で光り輝いていた。その顔は美しいとしか言いようがなかった。

ニーナはふたりきりにしてあげようと、ドアのところで待っていた。彼はかがみこむようにしておばとしゃべっていたが、しばらくして顔をあげると、ニーナを呼び寄せた。「おばがきみの顔を見たいと言ってる」

ベッドに近づいたニーナに向かってトーニャが指をひらめかせる。もっと近寄れという合図だ。そこでニーナはふたたびトーニャの手を握った。

トーニャの視線がニーナからアーロに移り、そしてふたたびニーナへと戻る。トーニャの目のなかの優しいきらめきを見つめているうちに、ニーナは驚くべき事実に思いいたった。なんてこと。トーニャはアーロとわたしが恋人同士だと思っているんだわ。

ニーナは愕然とした。もちろんトーニャはそう思ってしまうだろう。男性が死の床にいるおばに女性を会わせたがっていれば、その相手は婚約者ではないにしても、真剣なつきあいをしている女性だと考えて当然だ。普通の男性ならともかく、アーロのような男性が連れてきたのだから。

ああ、これはまずい。死を目前にしたトーニャは、自分が死ぬ前に愛する甥がついに身をかためてくれたと、目を潤ませて喜んでいるのだ。それが意図的であろうとなかろうと、こんな大事なことでトーニャをだますのは気が引けた。ニーナは手を引っこめようとしたが、トーニャの指は彼女の手にきつく巻きついている。

「この娘《こ》は完璧ね。それに美人だし。でも自分ではそれに気づいていないみたい。あなたは彼女がどれだけ美しいかってことを伝えてあげなきゃ。サーシャ、彼女はあなたにぴったりよ」

アーロが不満げな声で言った。「美人なのは確かだ。でも完璧だとは思えないな。彼女がおれに向かってがみがみ言うところを聞かせたいよ」

トーニャが胸をぜいぜい鳴らしながら笑い声をあげた。「それでいいのよ」そう言うと、苦しそうにあえぐ。「あなたは頑固だわ。生まれた瞬間からそうだった。この娘ががみがみ言うのも当然ね。賢い娘だわ。気の弱い娘が相手では、あなたはブーツで踏みつけにしてしまうだろうから」そう言うと、涙できらめく瞳でニーナを見あげる。「その調子でがみがみ言ってやりなさい。この子は悪い子だから。しっかり手綱を引きしめておくのよ」

ニーナは口を開いて説明しようとした。自分はただの……。彼女はそこで考えこんだ。友達？　自分はアーロの友達と言っていいのだろうか？　むしろアーロはわたしの庇護者《ひごしゃ》だ。ともに危険をくぐり抜けたら友達になるのだろうか？　そんなふうにしか友達がつくれなかったら大変だ。命がいくつあっても足りないだろう。

アーロがまた何かしゃべっていたが、ニーナにはトーニャの言葉しか頭に入ってこなかった。「そうね。それに、彼女には特別な力もある。サーシャ、あなたと同じようにね」

彼がかぶりを振った。「いや、おばさん。おばさんはいつもそう言ってたけど、それは間違ってる。おれには特別な力なんてないよ。おばさんと違って」

「いいえ、あなたも特別な力を持っている。ただそれを檻《おり》のなかにしまいこんでいるだけ。あなたがそうするのも理解できるわ。あなたは賢いから、わたしみたいな目にあいたくなかったのよね」

アーロは苦しげな顔で言った。「おばさん、おれは――」

「しいっ」トーニャが彼の手を優しくたたいた。「いつかあなたはその檻を開く。そしてこの娘……」ニーナの手を指でとんとんとたたく。「この娘にも特別な力があるわ。でもあなたのとは違う。この娘なら、あなたの足りないところをうまく補ってあなたを完璧にしてくれるわ」トーニャはほほえんでアーロの目を見つめながら、ニーナの手を撫でた。「わたしは本当に幸せよ」

アーロはベッドの傍《かたわ》らに膝をつくと、顔をシーツにうずめた。トーニャが彼のもつれた髪を撫でる。〝違うんです、わたしたちはただの友達なんです〟とふたりの関係を説明しようとしていたニーナは言葉を失った。こみあげた涙があふれだす。ああ、今さらトーニャをがっかりさせることなどできない。この状況はもうどうにもできないのだ。アーロと話しあう必要がある。でも今ではない。こんなふうに、彼を見ているだけで涙が出てきてしまうあいだは無理だ。

トーニャのまぶたが震え始めた。短いながらも強く感情を揺さぶられる会話に、体が疲れてしまったようだ。「明日も来てくれる?」トーニャがしゃがれ声で尋ねた。

アーロが顔をあげた。「ここの職員がおれをなかに入れてくれるなら。あいつらはおれのことがあまり好きじゃないみたいなんだ」

トーニャの唇がぴくりと動いた。「わたしのサーシャに会わせてほしいと伝えておくわ。もしかしたら職員も耳を傾けてくれるかもしれない。でもあなたの賢い恋人がなかに入れてくれるはずよ。彼女の力は強い。途方もなく強いわ。この力があなたたちふたりをさらに強くしてくれるはず。本当によかったわ」

「長いあいだ、会いに来なくてごめん、おばさん」アーロは喉をつまらせながら、ほとんど聞きとれないようなかすれた声で言った。

「いいのよ、サーシャ」トーニャがほほえみながら首を横に振った。「わたしの心に平穏をもたらしたのは、あなたがどこかで自由に暮らしているってことなの。わたしがずっと夢見てきたように。覚えてる、サーシャ? 一緒に眺めた星のことを」

アーロがこくりとうなずく。「覚えているよ」

「わたしには今、あの星が見える。わたしはあの星になれるのよ。外に出て、空を見あげたら、わたしに声をかけてちょうだい。いいわね？」トーニャが彼の頬に手を添えた。「わたしに会いに来れば、オレグに見つかるかもしれない。そんなリスクを冒してほしくなかった。でも今は……」ニーナに目を移し、にっこりほほえむ。「この娘と一緒にいれば、あなたはオレグに太刀打ちできるほど強くなれる」トーニャはアーロの髪を撫でた。「わたしは本当にうれしいわ」

トーニャは何度かまばたきしたあと目を閉じた。その手からも力が抜ける。

数分間、苦しそうなトーニャの息づかいに耳を澄ませているうちに、ニーナはふたつのことに気づいた。トーニャが眠ってしまったこと、そしてアーロは自分からは一ミリたりとも動こうとはしないということだ。彼は肩を震わせている。

「アーロ」ニーナは声をかけた。だが、反応はない。アーロはぴくりとも動かなかった。この先は自分にかかっているということだ。彼女がアーロの腕を引っ張って立ちあがらせると、彼はなかば眠っているかのように足をふらつかせた。ニーナは廊下の様子をうかがってから、アーロの腰に手をまわし、彼をせきたてるようにして病室を出た。アーロを引きずって階段をおり、外へと急ぐ。すべてを自分で仕切りたがる、いつもの彼が戻ってくる気配はまるでなかった。しかたなく彼女は、アーロの腕に自分の腕を絡ませ、彼を引きずるようにして、車をとめた方角へと進んでいった。

「おばをひとり残して家を出たりするべきじゃなかったんだ」彼が厳しい口調で言った。

「家を出たのはいくつのときだったの？」ニーナは尋ねた。

アーロが眉をひそめる。「十六だった」ようやく彼は答えた。「もうすぐ十七になるころだったよ」

「まあ」彼女はつぶやいた。「十六歳はまだ子供よ。大人になっていないどころか、自分で自分の面倒を見るのも早すぎるくらいだわ」

「おばのために戻るべきだったんだ」アーロはなおも言った。

ニーナは人気のない通りを見まわした。歩道にバス停とベンチがある。彼女はアーロを引っ張ってバス停のところへ行くと、ベンチの前に彼を立たせ、肩を押して座らせた。アーロは通りすぎる車にぼんやり目をやっている。

こんなアーロを見ているのはつらかった。心臓をぎゅっとわしづかみにされているような気がする。ニーナは彼を小さな子供のように抱きあげ、優しく腕のなかで揺すってあげたくなった。そんなことができるわけもないけれど。だがその衝動はあまりに強烈で、とても抑えきれなかった。そこで彼女は代わりにできることをした。アーロの膝の上に座り、彼の首に腕をまわしたのだ。

アーロの腕がニーナの体に巻きつき、きつく彼女を抱き寄せる。ニーナはくらくらするような興奮を感じていたが、それを無理やり抑えこんだ。これは慰めの抱擁なのだ。アーロは数時間前、彼なりの不器用なやり方でわたしを慰めてくれた。だから今度はわたしが彼を慰める番だ。

アーロの体は小刻みに震えていた。まるで彼の体に大量の電流が流れているかのように。アーロは熱くなった顔をニーナの肩に押しつけ、彼女の体にすがりついていた。

二十分はそうしていただろうか？　だがそのあいだに、タイムスリップでもしたかのごとく、まわりの状況が一変していた。ニーナは全身でアーロを感じていた。その感覚は強烈だった。体が触れているすべての場所が彼と共鳴しているかのようだ。体じゅうに響き渡るアーロの鼓動。鎖骨に規則正しく吹きかけられる彼の吐息。そよ風ではためくたびに肌をくすぐるスカート。ヒップの下に感じるアーロのかたく引きしまった腿。彼の髪の土のようなあたたかな香り。

そのとき、カーステレオを大音量で鳴り響かせた車が通りかかった。窓から身をのりだしていた男が怒鳴り声をあげる。「ホテルに行け、ばーか！」

アーロがニーナから視線をそらしたまま顔をあげた。「そのとおりだな」ぶっきらぼうな口調で言う。「きみには休息が必要だ。それにあの音声ファイルを聞かないとな」

ふたりは見つめあった。アーロは気まずそうだった。それに顔も赤い。

ニーナは自分が彼の体を撫でまわしていたことに気づいた。アーロの髪を撫でたあと、彼の高く突きでた頬に触れようと、まさにその手をおろしたところだった。

彼女はぎょっとして体を引くと、急いでアーロの膝からおり、スカートを撫でつけた。これでは彼に愛をささやいているようなものだ。こんなことをするのは完全に間違っているし、危険すぎる。

「その……すまなかった」アーロがもごもごと言った。

「謝る必要なんてないわ」ニーナはぴしゃりと言った。

彼の口が引きつる。「ああ、そうだな。それと、ありがとう。きみのおかげでおばの病室に入れた」

「お礼もいらないわ」ニーナは冷ややかに言った。「わたしはあなたに借りがあったから、その借りを返しただけよ」

アーロは目をぱちぱちさせたあと、一瞬、にやりと笑みを浮かべた。「ああ、なるほど。言いたいことはわかったよ」

「あなたを見習うことにしたの」ニーナは言った。「物覚えはいいのよ」

「おばはきみのことを強い娘だと言っていた」

「ええ、知ってるわ。わたしもあなたの隣にいたもの。気づいていなかったかもしれないけど」

アーロが奇妙な表情を浮かべる。「え？　なんだって？」

「あなたのおばさまがおっしゃったことは、わたしも聞いていたって言ったのよ。もしわたしが強くなければ、あなたに踏みつぶされてしまうっておっしゃってた。それにしても、わたしのことをがみがみ口うるさい女みたいに言うなんてひどいわ。今日どんな目にあってきたかを考えれば、そんなふうに言われる筋合いはないはずよ。だいたい、何を考えてたの？　わたしたちが恋人同士だとおばさまに思わせるなんて」

彼がぽかんと口を開けた。「でも……おばとおれは……おれは一度も——」

「あなたはおばさまの思いこみを否定することは何も言わなかったわ」ニーナとしても、こんなにすぐアーロを問いつめるつもりはなかったのだが、彼を撫でまわして恥ずかしい思いをすることも予想していなかったのだ。彼女はもうどうにでもなれという心境だった。「あんなふうにおばさまをだますなんて、よくないわ。どんな状況だって許されないわよ」

「ニーナ」アーロがゆっくりと言った。「説明してくれ」

「説明してほしいのはわたしのほうよ。力がどうのこうのって話は、いったいなんのことだったの？」彼との不思議な抱擁からわれに返ったニーナは、気まずさをまぎらわせようと、冷ややかな口調で言った。

「ニーナ、きみはウクライナ語が話せるのか？」

「もちろん話せないわよ」ニーナはぴしゃりと言った。「もし話せたら、あなたに訳してほしいなんて頼むわけがないでしょう？　いったいなんの話をしているの？」

アーロは彼女の肩に手を置くと、ぎゅっと握った。「おばはウクライナ語をしゃべっていニーナは彼をじっと見つめた。「まさか。そんなことあるわけないじゃない。ウクライナ語なんて、わたしはひと言も話せないわ。ロシア語だってそうよ。だけどおばさまがおっしゃったことは全部理解できた。スペイン語ならなんとか理解できるし、フランス語は大学で習ったわ。でもスラブ系の言語についてはまるでわからない。おばさまは英語で話していたのよ、アーロ。あなたが気づかなかっただけで」

アーロは首を振り続けた。「おばは英語を覚えようとしなかった。そもそもこの国にだって来たくなかったんだ。おばには祖国に恋人がいたからね。なのにおれの父に無理やりこの国に連れてこられた。おばがとらわれの身であるかのように感じてきたのは、英語を話せないということも理由のひとつなんだ。おばは今夜、英語を話していなかった。おれはおばが言ったことも、どんなふうに話したかも覚えてる。でもそれは英語じゃなかった。それに、おれが話していたのも英語じゃない」

「でもわたしは……おばさまは……」ニーナの言葉はとぎれた。「どうやって……」

「マインドリーディングかもしれない」アーロが言った。

ニーナはかぶりを振った。「そんな感じはしなかったわ。あれは……言葉だった。ちゃんとこの耳で聞いたの。本当よ」

ふたりは見つめあった。アーロが彼女の肩に腕をまわし、早足で歩き始める。「まあ、いいさ。奇妙なことがまたひとつ加わっただけだ。しかも、これがいちばん奇妙なことってわけでもない。これについては、あとでじっくり考えることにして、とりあえず今は忘れよう」

そんなのはただのごまかしにすぎないと思ったものの、ニーナはアーロの腰に手をまわし、彼に身をゆだねた。

肩に感じるアーロの腕は、なんとも心地よかった。

11

フェイ・シーブリングは電話の受話器を持ちあげると、ふたたびそれをおろした。

さっさと終わらせてしまうのよ。トーニャ・アルバトフがホスピスに入院したとき、フェイはオレグ・アルバトフに面会を求められた。オレグは背が高く、がっしりした男性だった。かつてはハンサムだったであろう顔には病の影が見えたものだ。オレグは癌から生還したという噂《うわさ》だったが、病は彼の性格にはなんの影も落としていないようだった。肌は荒れて黄ばみ、目も落ちくぼんでいるものの、その目の奥には炎が燃えさかっていた。オレグのしゃがれたうなり声を耳にして、体が総毛だったのを覚えている。オレグにはとてつもないカリスマ性があった。

オレグは、正確だが訛りのきつい英語で要求した。トーニャ・アルバトフには近親者以外、誰とも会わせないでほしい、と。もし誰かが彼女への面会を求めてきたら、受付で追い返して、すぐに自分に知らせてほしい、と。とはいえ、誰かが訪ねてくることはないだろうとオレグは請けあった。トーニャは人生の大半を精神病に苦しめられており、とても傷つきやすい。彼女には残された最期の日々を心穏やかに、安全に過ごしてほしいと思っている、とも言っていた。

それに対してフェイはこう答えた。〝妹さんを心配するご家族の考えについては承りますが、何事も患者第一というこのホスピスの方針では、面会者に関しては患者本人の希望が何よりも尊重され――〟

〝それはきみの息子さんとお嬢さんかね?〟オレグはフェイの言葉をさえぎると、彼女の机の上にあった、キャスとウィルの写真を指差した。オレグの黄色くて長い爪は、まるで悪魔の角のようだった。その瞬間、彼に見られないよう写真を伏せたいと思ったものだ。

〝これは……その……〟

〝カサンドラ〟オレグがつぶやいた。〝かわいいお嬢さんだ。それとウィリアム。ハンサムな青年だね。それにとても背が高い。バスケットボールをやっているんだったかな? それなら納得だ〟

フェイは凍りついた。いったいなぜオレグが子供たちの名前を知っているのかわからなかった。

〝カサンドラは奨学金を申請しているそうだね。ノースイースタン大学の学費支援を受けるために。ところで、合格おめでとう。立派なお嬢さんだ。あそこはいい大学だよ。病院の管理課で働いているシングルマザーにとっては金がかかりすぎるがね〟

〝なぜそれを……〟彼女の声はとぎれた。

オレグがにっこり笑った。その歯はとがって見えた。〝わたしならカサンドラが確実に奨学金を受けられるよう手配することができる。知りあいにひと声かけるだけですむんだ〟

母親としてのプライドから、フェイは背筋をぴんとのばした。〝お気づかいには感謝しますが、カサンドラは今のところいちばん有力な候補者です。ですから、なんの助けも必要としておりません〟

〝ミズ・シーブリング、それは違う。誰でも助けは必要だ。きみも、ウィリアムも、カサンドラも、そしてこのわたしも。もし奨学金の選定委員に、あの不愉快な件を……ディスカウントストアでの万引き事件のことを知られたら、困るんじゃないかね？〟

フェイは呆然《ぼうぜん》とした。〝なんのことをおっしゃっているのか、わたしにはわかりません〟

〝六十五ドル分の化粧品を盗んだ件だよ〟オレグがかぶりを振った。〝それにウィリアムは賭け金の高いポーカーにはまっていると聞いたぞ。まだ二十四歳だというのに〟そう言うと、チッチッと舌を鳴らした。〝まだ失業中だということも。ウィリアムの借金を返すために、きみは住宅ローンの借り換えをしたそうじゃないか。そうやって家計が破綻《はたん》していくことはきみも知っているだろう？〟

〝でもわたしは……〟

〝きみを助けることができたら、わたしとしても光栄だ〟オレグが言った。〝将来有望な若者の未来が、若気の至りなんかで台無しになるのは忍びない〟彼がほほえむと、くぼんだ両目のまわりにしわが寄った。〝彼の借金はわたしが用立てておこう。三万ドルだったかな？わたしにとってははした金だ〟

フェイは言葉を発することもできなかった。オレグが彼女の手を優しくたたく。その手はかたくてひんやりとしていた。まるでベルベットの手袋をはめた鉄の手みたい。ふとそんな考えが頭に浮かんだが、オレグは手袋をはめているわけではなかった。

〝ミズ・シーブリング、わたしはちょっとした頼みごとをしているだけだ〟彼が言った。〝フェイと呼んでもかまわないかね？　きみのことは友人のように思ってるんだ〟

〝ええ……もちろん〟フェイの喉はからからに渇いていた。〝お気づかいは大変ありがたいんですが、キャスとウィルについてご心配いただく必要はありません〟フェイは、子供たちの愛称を明かしてしまった自分を蹴飛ばしたくなった。

オレグが満足げにほほえんだ。〝キャスとウィルか。チャーミングな愛称だ。ではフェイ、誰に電話すればいいかはわかったね〟そう言うと、小切手帳と金のペンを取りだした。

〝まあ、やめてください。受けとるわけにはまいりません。もし渡されても、破り捨てますわ〟

オレグが顔をあげ、傷ついたように眉根を寄せた。〝わたしを困らせるようなことを言わないでくれ、フェイ〟

フェイが受けとろうとしないので、オレグは小切手を彼女の机の上に置いた。一万五千ドルの小切手だった。〝換金するといい。卒業のお祝いだ。わたしがお嬢さんを高く評価しているという証《あかし》だ。服でも本でも、女子寮の寮費でも好きに使ってくれ。彼女にまた万引きなんてしてほしくないからな〟オレグは自分の言った皮肉にくっくっと笑った。〝奨学金をもらえることになったとしても、その金は使ってかまわないんだ。もちろん……〟彼がウインクして言った。〝彼女は奨学金をもらえるだろうが〟

フェイが机の端をつかんでいると、オレグが小切手の隣に名刺を置いた。

〝わたしの携帯電話の番号だ。もし渡したリストに載っていない人物がトーニャの面会に来たら、わたしに知らせてくれ。われわれは合意に達したと考えていいかね？〟

フェイは無言でうなずいた。

オレグはゆっくりと立ちあがった。〝よろしい。では、お子さんたちの幸運と健康を祈っている。いいね？〟

フェイは電話を見つめながら、あのときのやりとりのすべてを頭のなかで思い返していた。あれ以来、オレグは何も言ってこなかった。トーニャの面会に訪れる人間もいなかった。何事も起こらないままトーニャが亡くなるのではと思い始めていたほどだ。もし自分が小切手を換金しなければ……何もなかったのと同じだ。何年もたったあと、ディナーパーティーか何かで恐ろしい話として友達に披露できたらと願っていた。とはいえ、フェイは毎晩、遅くまでぐずぐず職場に残っていた。面会者を見逃すことを恐れて。もっと最悪なのは、職場の誰かに自分がどれだけ怯えているかを知られることだった。

〝いいね?〟オレグに最後に言われた言葉が頭にこだまする。

ええ、ミスター・アルバトフ。もちろんです。どうかわたしの子供たちに危害を加えないでください。

フェイは胃を引きつらせながら電話をかけた。

「なんだ?」オレグのしゃがれ声が聞こえてきた。夢のなかで何度も聞いた声だ。

「ミスター・アルバトフ。あの、フェイ・シーブリングです。ホスピスの職員の」

オレグがいらだたしげにうなった。「何かあったのか?」

妹の容体を心配する言葉はなかった。トーニャはフェイがこれまで見てきたなかで、もっとも孤独な患者だった。「あなたの妹さんに……面会に来られた方がいました」

「誰だ?」オレグの声が鋭くなった。

「男性です。三十代後半の、背が高くて、がっしりした人です。髪はダークブラウンで、彼女の甥だと言っていました。名前はサーシャだと」

「誰にも会わせるなと言っておいたはずだ!」

「もちろんなかには通していません! その方には、面会者リストがあって、そこにあなたの名前は載っていないと伝えました。ご指示されたとおりに! そうしたら、その人は出ていきました！」

「トーニャの部屋へ行くんだ」オレグが怒鳴った。「サーシャに気づかれるなよ」

「ミスター・アルバトフ、彼はここにいません！　出ていくように伝えたら、彼は――」

「黙れ。サーシャはなかに入りたいと思ったら、なかに入る。どれくらい前のことだ？」

「ええと……三十分ほど前でしょうか」

「三十分ほど前だと？　なぜすぐに電話しなかったんだ、このばか者が！」

フェイは口ごもった。「それは……手があかなかったからで。それにわたしは――」

「携帯電話を持って、トーニャの病室にサーシャがいるかどうか見てくるんだ！　もしいたら、あいつが出てくるまで隣の部屋に隠れていろ。そしてあとをつけるんだ。サーシャに気づかれるな！　サーシャを確認できたら、わたしに電話しろ。わかったか？」

「え……あの……」

「急げ、うすのろ！」

フェイはあわてて立ちあがった。机の上からファイルの山が崩れ落ちる。彼女は足早にオフィスを出ると、受付係のジョリーンの問いかけも無視して、彼女の前を急ぎ足で通りすぎた。エレベーターへ向かって廊下を駆け抜ける。

サーシャに気づかれるなというオレグの言葉を思い出す。どうやったらそんなことができるのだろう？　フェイはエレベーターから二階の廊下の様子をうかがったあと、息を切らしながら廊下の先へと急いだ。トーニャ・アルバトフの病室の前に到着すると、汗ばんだ手でドアノブをそっとまわした。隙間に耳を寄せる。話し声が聞こえた。男性の低い声だ。フェイの心臓が早鐘を打ち始めた。トーニャの声は小さすぎて聞きとれないが、男性の返事ははっきり聞こえた。ロシア語を話しているようだ。フェイはドアを閉めると、隣の病室に滑りこんだ。幸い、この部屋の患者は鎮痛剤で熟睡している。彼女はリダイヤルのボタンを押した。

「どうだった?」オレグが怒鳴った。

「彼はトーニャの部屋にいます」フェイはささやいた。

「よし。そのまま待て」彼がうなるように言う。

フェイは言われたとおりにした。一秒が永遠に思えた。そわそわと身じろぎする。オレグは無言のままでもまったく気にならないようだった。彼は蜘蛛のように、獲物が網にかかるのを今か今かと待ちかまえているのだ。フェイは薄暗い病室のなかで、隣の部屋の物音に耳を澄ませつつ、眠っている患者の点滴の袋からぽたぽたと落ちていくしずくにじっと目を凝らしていた。

ついにドアが閉まるカチリという音が聞こえた。「帰るようです」彼女はささやいた。

「そうか。で、きみは何をしてるんだ? さっさとあとを追え! このまぬけ!」

フェイはドアの外をうかがった。サーシャという男性は女性と一緒だった。背後からだと、その女性はまるでほかの時代からやってきたように見えた。だぼっとした、さえないジャンパースカートに、きっちり編みこまれた長い髪。彼女はアーミッシュなのかもしれない。女性の腕はサーシャの腰にまわされていた。彼を誘導して廊下を歩かせているようだ。フェイは、受付でサーシャと話したときにこの女性がいたかどうか思い出せなかった。彼女もいたのかしら？ フェイの胸に新たな恐怖がこみあげた。

オレグはこんなふうにこそこそ行動するのがわたしにとって簡単だとでも思っているのだろうか？ 自分は五十代で、標準体重よりも二十キロ近く太っているうえに、股関節炎も患っている。しかも、ハイヒールをはいているのだ。

非常階段に続くドアが音を立てて閉まるまで、フェイはその場で待った。ドアが閉まったとたん、廊下の端までどたどたと走り、ドアを開けて階段の様子をうかがう。女性がサーシャを連れて非常口から無事に出ていくまで、フェイは緊張しながら待った。ふたりがドアから出ると、あわてて追いかける。非常口から飛びだしたところで、彼女はパニックに陥った。ふたりの姿がどこにも見えないのだ。フェイは通りに走りでると、ぐるりと周囲を見まわし……ああ、助かった。ふたりは半ブロック先にいた。

女性がバス停のベンチにサーシャを座らせるのが見える。そしてサーシャの膝の上に腰をおろすと、彼に抱きついた。フェイはニューススタンドの陰に身をひそめた。サーシャがホスピスの受付で怒鳴り散らしていたとき、あの女性は一緒にいなかったと今ではほとんど確信していた。フェイは携帯電話に向かってささやいた。「彼らはマーサー通りのバス停のベンチに座っています。スプレイグ通りの角のところです」

「彼らだと？　サーシャはひとりじゃないのか？」

「女性と一緒です」フェイはささやいた。「若い女性と」

「ああ、女か。今、バス停と言ったな？」オレグが疑うような口調で言う。「サーシャがバスを待っているだと？」

「わたしが思うに、彼らは……その……おしゃべりをしているようです」フェイは間の抜けた口調で言った。「女性はサーシャの膝の上に座っています。わたしはどうしたらいいんでしょうか？」

「待機だ」彼が言った。「ふたりを監視していろ。わたしの部下がそっちに向かっている。そいつらが到着するまで、ふたりから目を離すな」

フェイは腹部が痙攣するのを感じた。「彼らに何をするおつもりですか？」

「きみには関係ない。黙っていろ、いいな？　サーシャは耳がいい。この電話は切る。ふたりに動きがあったら知らせろ」

フェイは言われたとおりにした。オレグの部下が到着したらどうなるのだろうと怯えながら。彼女はサーシャと若い女性が危害を加えられないことを祈った。そんな場面は見たくなかった。

ところがオレグの部下が到着する前に、ふたりは立ちあがり、ふたたび歩きだした。今度はサーシャの足もふらついていない。彼は女性の腰に腕をまわして足早に歩き始めた。女性はサーシャについていくために小走りになっている。フェイも小走りで追いかけた。ふたりが車に乗りこんだ。ライトが点灯し、ナンバープレートが照らされる。フェイは携帯電話を出して、カメラアプリをたちあげようとしたが、車はすでに動きだしていた。写真を撮るのは間に合わない。

フェイはナンバープレートを凝視し、何度も番号を読みあげて頭にたたきこんだ。車種を特定しようとしたけれど、この距離からわかるのは、それが黒のトヨタらしき車だということだけだ。

車が走り去り、テールランプが徐々に小さくなっていく。フェイは両手を膝の上に置いて、体をふたつに折った。荒い息づかいはすすり泣きに変わっていた。だが車のナンバーを忘れてしまう前に電話をかけなければならない。母親が役立たずのまぬけだったせいで、オレグがキャスとウィルを懲らしめようと決意する前に。

フェイはリダイヤルを押した。カチリと音がして電話がつながる。「それで?」

「黒のトヨタでした」フェイはオレグが返事をする間を与えずに、一気に車のナンバーを伝えた。「リーディング通りを西に向かっています」

「きみは車であとを追っているのか？」

まさか。フェイはもう少しで吹きだしそうになった。だが、そんなことをしたら子供たちの命が危うくなる。「いいえ」彼女はかすれた声で言った。「徒歩です。もう車は見えなくなりました」

「まったく、素人が」オレグがうなり声をあげた。「二十一年ぶりに舞い戻ったわたしのサーシャが、トヨタを運転しているだと？　冗談はよせ。本当にトヨタだったのか？」

フェイは困ったように口ごもった。「ええと、はい、たぶん……4ドアの黒いトヨタだったと思います。たしかにそう見えたんです――」

「もういい。黙ってくれ。フェイ、家に帰りたまえ」オレグの声は穏やかになっていた。「またきみが必要になったら、こちらから連絡する」

フェイは脚ががくがくして立っていられず、震えながら歩道に座りこんだ。錯乱状態のジャンキーのように。通行人から目をそらし、がたがた震える体を落ち着かせようとしていると、通行人はじろじろ見ながら彼女を避けるようにして通りすぎていった。フェイは、モルヒネを点滴されているトーニャ・アルバトフのことを考えた。ダイヤルをひとつまみまわせば投与量が増え、やがてトーニャの臓器は機能障害に陥るだろう。そうなれば問題はすべて消えてなくなる。

医師の介助による自殺や安楽死に反対のフェイは、緩和ケアや終末ケアに力を注いできた。

そんな自分が今や、大事にしてきた主義主張をかなぐり捨てたい誘惑に駆られているとは。今すぐトーニャ・アルバトフの病室へ行って、すべてを終わらせてしまいたかった。そうすればオレグとも縁が切れるだろう。キャスやウィルのことでオレグに脅されることもなくなるはずだ。

ただし、もし実行に移せば、自分はマフィアの犬でなくなる代わりに、殺人犯になってしまう。それに、もしオレグにばれたら……。

そこまで考えた瞬間、フェイは気分が悪くなり、気を失った。

「ディミトリ、なぜわたしの指示にしたがわなかった?」

オレグの声は穏やかだったが、ディミトリはその声音にだまされはしなかった。オレグの正面に立って非難の言葉を浴びせられていると、実際に痛みさえも感じた。

「ホスピスを見張れとわたしはおまえに指示したはずだ。真剣に聞いていなかったのか?老いぼれのオレグおじさんは、ほうけた年寄りにすぎないとでも思っていたのか? どうせ気づくわけがないと? おまえはわたしのことをそんなふうに思っていたのか?」

そんなふうに思っていたわけじゃない。だが、ディミトリは声に出して答えることもできなかった。

「違うというのか? だとしたらこの愚かで疲れ果てた年寄りはますます混乱してしまうん

だがな」オレグの瞳がきらりと光る。

ディミトリはオレグと目を合わせることができなかった。さっき薬をのまなければよかった。薬がきいていると、オレグの思考が読みとれてしまい、その嘲りの言葉から自分を守ることができなくなるのだ。ディミトリはおじの考えをすべて感じとっていた。〝……ジャンキーのくずめ、ハイになりやがって……気の毒な兄さん、もう死んでいるのがせめてもの慰めだ……役立たずのばか息子の成長を目にしないですんだ……〟ディミトリの目はずきずき痛み、鼻水は垂れ、神経はうずいた。

「サーシャがホスピスに姿を現したのに、おまえはあそこにいなかった。だからわたしは役立たずのフェイ・シーブリングにサーシャのあとを追わせるしかなかったんだぞ。あの女は追跡に成功した。きっかり二百メートルだけはな。ディミトリ、おまえはどこにいたんだ？　酒を飲んでたのか？　ギャンブルをしてたのか？　ヤクを打って娼婦《しょうふ》とよろしくやってたのか？」

「違う」ディミトリは答えた。

「じゃあ、何をしていたんだ？　ディミトリ、言ってみろ！」オレグの命令する声がディミトリの体じゅうに響く。

本当のことを話す以外にディミトリに選択肢はなかった。「おれは……その、ほかの仕事を受けてたんだ」

オレグの太い眉がつりあがった。「なるほど！　わたしに前もって話しておくべきだったな。おまえがもうわたしのためには働いていないということを。それがプロとしての礼儀ってものだ。それで、おまえには今や新しいボスがいるんだな？　そいつのことを話してくれ。よっぽど金払いがいいんだろうな。そのベルサーチのスーツや、フェラガモの靴を見ればわかる。その新しいボスとやらは億万長者なのか？　新しい仕事はおまえのいとこを待ち伏せする任務よりも重要だったってわけだ」

ディミトリは洗いざらいしゃべってしまいたいという衝動を抑えられなかった。「ボスじゃない。ビジネスパートナーだ。おれが、その……自分で見つけたんだ。ものすごく大きなチャンスなんだ。おれが知っている男が特別な合成麻薬をつくっていて――」

「ドラッグか」オレグは重々しい口調で言った。「ドラッグというのはどれも特別なものさ」

「その男に今日、緊急の問題が持ちあがったんだ。それで個人的に手伝いが必要になって、おれに電話してきたのさ」

「ああ、なるほど。イワンとミハイルを送りこむのがおまえの言う〝個人的な手伝い〟というわけだな？　ふたりとも死んだと聞いているぞ。刑事がエフゲニーとステファンのところに話を聞きに来た。ふたりの死体が女の家で発見されたと。なんという名前だったかな？　だがニーナ・クリスティだったたか？　刑事はおまえと話したいと熱心に言っていたそうだ。だがもちろん……」オレグは両手を横に広げた。「おまえがどこにいるかなんて、われわれには見当もつかなかった。ディミトリ、おまえはまるで風のようにつかみどころがない」

「助かったよ、おじさん。おれは――」

「礼なんていい」オレグが吐き捨てるように言った。「おまえは今そのドラッグを使ってるんだな？　ハイになった状態でよくもわたしの前に顔を出せるな。わたしが気づかないとでも思ったのか？」

「おれは――」

「おまえはヤク中なのか？　本当のことを言え！」

「そんなんじゃないんだ！　これは普通のドラッグとは違って――」

「なるほどな。おまえはわたしのために働いているわけでも、ほかの男のために働いているわけでもない。おまえは売女《ばいた》だ、ディミトリ。ドラッグほしさに体を売る、ただの商売女だ」

ディミトリはかぶりを振った。「違う。もしこの薬を安定して手に入れられるようになったら、おじさんにもっと金を稼がせてやれるんだ。想像もつかないような大金を」

オレグが鼻を鳴らした。「おまえに金勘定してもらう必要はない、ディミトリ。ドラッグは金だ。それを自分で使って、金をドブに捨ててどうする？　ドラッグを使うってことは、ズボンを脱いで、四つん這いになってケツを差しだすってことだ。まあ、ジャンキーには何を言っても無駄だな。聞く耳など持っていないんだから」

〝……こいつはくずだ……わたしの後継者にはとてもなれん……〟

「この薬は違うんだ」ディミトリはなおも言い張った。「これをのむと、マインドリーディングといって、他人の頭のなかを読む力が手に入るんだ」

オレグが笑いだした。「なぜ他人の頭のなかをのぞきたいなんて思うんだ？　人間の頭のなかなんて、ごみでいっぱいだ！　それを知ったところで、なんの足しになる？　そんなものはのぞきたくもないね。のぞかずにすむなら金を払ったっていいくらいだ！」

「手に入る力はテレパシーとは限らない！」ディミトリは言い募った。「のむ人間によって現れる力は変わるんだ！　おれに現れたのはテレパシーだった。この薬は生まれ持った力を増強させて――」

「もういい。ドラッグはドラッグだ。それに生まれ持った力なんて、おまえには何ひとつないだろう」オレグはディミトリに近づくと、彼のスーツのズボンの下を探った。そして、銃弾がかすめた腿の傷を太い指でつまむ。

「おじさん、おれが悪かったよ」ディミトリは泣きそうな声で言った。「おれが……ああ……」

オレグが指に力をこめた。包帯から血がにじみでて、ズボンが赤く染まる。ディミトリの視界がぐらりと揺れ、苦悶《くもん》のうめきが口からもれた。

次の瞬間、オレグが力をゆるめ、ディミトリは床に膝をついた。オレグは自分の手についいた血をしげしげと見おろすと、ディミトリのシャツでその手をぬぐった。「そのドラッグを追い求めるのは危険な行為だ」

「おじさんはわかってない」ディミトリは無駄だと知りながらも、泣き言を言わずにはいられなかった。「この薬をのむと、まるで……まるでスーパーマンのようになれるんだ」

〝このまぬけが……どうしようもないくずだ……ドラッグほしさに手下の命をくれてやるとは……〟

ディミトリが怯えていると、オレグがふたたび近づき、彼のジャケットの襟をぐいっと開いて、ニーナ・クリスティの携帯電話を内ポケットから抜きとった。なぜおじはここに携帯電話が入っているとわかったんだ？

「これはおまえが使うような携帯電話じゃないな、ディミトリ。二年以上は古いタイプだ」

ディミトリはかぶりを振った。「それはおれのだよ。携帯電話はいくつも持っているんだ」

「だったらこの電話をわたしの足で踏みつぶしたってかまわないわけだ」オレグが携帯電話を床に落とし、踵《かかと》をその上に置いた。

「やめてくれ！」ディミトリは叫んだ。

「なるほど」オレグは携帯電話を拾いあげると、コートのポケットにしまった。「心配するな。これはわたしが安全に保管しておこう。エフゲニーが今夜、この電話から秘密を探りだしてくれるだろう。ディミトリ、スーパーマンになろうなんて考えは捨てるんだ。さあ、ほかの部下たちと同じように、おまえもサーシャを捜しに行け。サーシャは二〇一二年式の黒のトヨタに乗っている。このナンバーを頭にたたきこめ」そしてディミトリに小さな紙切れを渡した。

ディミトリはそれをポケットに入れながらも、おじの頭のなかでさまざまな方法で殺されていく自分の姿を見ていた。〝……絞殺するか、溺死させるか。ドラッグの過剰摂取による自殺をでっちあげるのもいいな……説得力がある……もう潮時だ……〟

「マインドリーディングとやらだが」オレグがふたたび嘲るように言った。「どうやるのか見せてくれ。今すぐわたしの頭のなかを読んでみろ。わたしは今、何を考えている?」

ディミトリは脚から熱い血がしたたり落ち、肌をくすぐるのを感じた。「おれがくずだってこと」彼は答えた。「おれに死んでほしいと思っていること。そして、おれとサーシャをすげ替えたいってこと」

「マインドリーディングなんて力がなくても、それくらいは推測できる。さあ、わたしの前から消えろ。そしておまえのいとこを見つけてこい」

〝それもできないなら、せめて湖にでも飛びこんで、わたしの手間を省いてくれ〟

12

不可解な状況にアーロは歯嚙みした。おなじみの感情が襲いかかってくる。ひどくむかついてしかたなかった。

たしかにトーニャの身辺では奇妙なことがよく起こった。だからこそ彼女は長いあいだ、あちこちの病院に閉じこめられて過ごすはめになったのだ。みんなを怖がらせたから……不安にさせ、いらいらさせ、動揺させたからだ。ちょうど今おれが感じているみたいに。

おれとニーナは今日一日、ショックと恐怖をさんざん味わってきたのに、まだ足りないというのか？　ようやく自分を納得させたところだったのに――ニーナはドラッグか何かを打たれて幻覚を見ただけで、効果がなくなれば、〝ああ、怖かった〟ですむ話だと。だが、そうではなかった。

アーロは、自分は奇妙な現象にうまく対処できると思っていたが、今はどうしても納得できる答えを見つけることができなかった。そこで彼はいつもの方法を試した。ニーナの不思議な言動について、さしあたって見て見ぬふりをすることにしたのだ。

「ひとつ質問があるの。いいかしら」

ニーナの取り澄ました話し方に、アーロはいらだった。ぐっとこらえて、落ち着いた声を保つ。「言ってみろ」

「前にもきいたことよ。でも、わたしたちはそのあとほら、あの、外国語のことに気を取られてしまったから」彼女が続けた。「思うんだけど、あなたの記憶違いで、やっぱりおばさまは英語で――」

「それはもういい。それより質問とやらを聞かせてくれ」

ニーナは少し黙ってから、気を取り直して尋ねた。「いったいどうしておばさまに、わたしたちが恋人同士だって思わせたりしたの？」

チェーンのホテルがあるのに気づき、アーロは車線を変更して敷地へ入っていった。「なぜそんなことを気にする？　きみはおれのおばに会ったことがなかった。二度と会うこともない。おばは数日後には地上からいなくなり、おれもきみの人生から去っていく。おれのおばにどう思われようと、きみにはどうでもいいことだろう？」

ニーナが首を振った。「正しいこととは思えないわ。死を前にした人に嘘をつくなんて。死にゆく人に正直になれないなら、いったい誰に正直になれるの？」

「正直かどうかなんて、たいした問題じゃない」アーロはぼそっと言った。

「さっきは〝たいした問題〟だったじゃない。わたしに正直になるよう強要したでしょう？

忘れたの？　どんな目にあったか言わせたじゃない」

「あれは話が別だ」アーロはうなった。

「つまり、嘘をつかれるのがあなたでない限り、正直であることは重要ではないってわけよね？　矛盾してるわ、アーロ！」

「きみは死にかけていたわけじゃない」彼は指摘した。

「それにかなり近かったわ。思い出してみてよ！」

「ああ、ちゃんと覚えてる」アーロはロビーの前の一時駐車場に車をとめ、エンジンを切った。「とんでもない一日だったから、死ぬほど疲れてるんだ。きみのくそ高い道徳基準をクリアすることを、今夜のおれに求めないでくれ、ニーナ。いいから黙ってろ」

ニーナがこれみよがしに顔をそむけた。無言の非難。ニーナ・クリスティの得意技だ。ふたりは車のなかでただ黙って座っていた。アーロは罪悪感を押しつぶしながら、ニーナがホスピスでしてくれたことを思い出していた。まるで魔法のように自分をこっそりなかに招き入れ、トーニャに会わせてくれたことを。

そのあと取り乱した自分を、抱きしめてくれたことも。今もまだ、あのときの興奮がおさまっていない。下腹部は依然としてうずいていた。

ニーナは優しくしてくれている。おれにはもったいないくらいに。そう思うと、自分が最低の男になった気がした。

こういう状況には慣れていなかった。できればこんなことにかかわりあいたくない。「すまない」アーロはつっけんどんに言った。そのひと言を言うのに、ものすごい力を要した。

ニーナが彼をちらりと見る。「何が？」

アーロは肩をすくめた。「あんなことを言って」

ニーナが彼の様子を観察する。「どうやら、そのひと言を言うだけで相当こたえたみたいね」

「言うんじゃなかったよ」アーロは嚙みしめた歯のあいだから言った。

「ストップ！」ニーナが片手をあげた。「台無しにしないで。せっかくの努力が水の泡になってもいいの？」

アーロは体をよじった。ふと、自分が無意識のうちに声をあげているのに気づく。それが笑い声だとわかるのにしばらくかかった。

とめようとしてもとまらなかった。そのうちにニーナも笑いだした。

ふたりはゆうに五分ほど、一緒に笑いこけていた。笑いの発作がおさまると、ぴんと張りつめた沈黙がふたたび戻ってきた。

だが、それは前とは違っていた。笑ったおかげでアーロのなかの何かがほぐれている。

ニーナは今も待っているようだった。彼の説明を。言い訳を。

アーロは言いにくそうにしながらも、ついに口を開いた。「たいしたことだとは思わなかったんだ、あのときは。おれに恋人ができたと知っておばが喜んでくれるなら、それでいいと思った。もちろん、きみがばか正直なのはわかっていたから、ロシア語を使った。きみにはわかりっこないと思ってね」

「へえ」ニーナが唇を噛み、声音をやわらげた。「そういうこと」

決して認めたくはないが、アーロはおばに話しながら、そのつくり話をどこか楽しんでいた。あの状況で楽しむことが可能だと仮定して、だが。恋人を連れておばに会いに行き、〝おれに我慢してくれる女性が見つかったよ。おれとずっと一緒にいたいってさ。奇跡だろ〟と、心あたたまるつくり話を聞かせるのを。〝楽しい人生を送っているよ。明るい未来が待っているんだ〟と。

その先を考えて、アーロはやるせなくなった。

「チェックインしてくる」ぶっきらぼうに言う。「おれひとりで行ってくるよ。ふたり一緒にいるところは、できるだけ見られないほうがいいからな」マイクロ・グロックをニーナに差しだす。「これを持ってろ。安全装置はついてない。ただねらって撃つだけだ」

彼女が銃を払いのけた。「いらないわ。そんなものを持ってると落ち着かないから」

アーロは銃をポケットに戻した。「ドアをロックしろ」きつく命じる。「例の気配を消すトリックを使うんだ。いいな？」

ニーナがうなずいた。

幸い、チェックインの手続きはすぐ終わった。ニーナを駐車場にひとり残したまま、列に並んで待たされていたら、歯噛みしすぎて歯がすり減っていただろう。幸い数分後には、ふたりはホテルの部屋に入っていた。アーロはベッドにダッフルバッグを置き、ジャケットを放り投げた。

ニーナは入室許可がおりるのを待っているみたいに、ドアを入ったところで立ちつくしている。その顔は青白く、目は大きく見開かれていた。ものすごく緊張した様子で、バッグを持ちあげて胸を隠している。揺れ動くところをアーロに見られまいとするように。

手遅れだ。揺れる胸ならもう見せてもらった。夢のなかで、何度も。

さあ、力を抜くんだ。こんなにリラックスしたことはないってくらいに。

いい加減にしろ。ニーナに〝ノー〟と言われ、あきらめたはずだろう。だが、事態を複雑にしたのはニーナだ。彼女はおれの膝に座り、高まりにヒップを押しつけてきたのだ。

とはいえ、ニーナははっきりと拒絶した。こんなときに無理強いするわけにはいかない。

ああ、でも、つらくてたまらない。分身は岩みたいにカチカチになっている。視線をそらすと地元レストランのメニューの束が目に入り、アーロは朝食以来何も食べていないことを思い出した。その朝食だって充分ではなかった。食べれば落ち着くかもしれない。彼はメニューの束を引っかきまわし、電話をつかんだ。

「ピザでいいか？」

ニーナが怒った顔になる。「よく食べ物のことなんか考えられるわね」

「すべてが正常に戻るまで断食するつもりか?」

彼女が断固として首を振った。「わたしはいらないわ」

アーロは宅配ピザ店に電話をかけ、ニーナの気が変わった場合に備えてチーズピザのLサイズを注文した。冷たいビールで流しこみたいところだが、自制心を失う可能性があるものを飲むわけにはいかない。ああ、彼女もきっとそれを気に入るはずなのに。タクシーのなかでその気になっていたくらいだ。ニーナは目に欲望を浮かべていた。パチパチと音を立てるほど強い欲望を。明らかに興味をかきたてられ、そそられていた。怯えて混乱していたのは確かだが、ものすごく好奇心を感じてもいた。そして、おれに抱かれたがっていた……その気持ちを必死に隠そうとしていたが。

目を閉じるたび、アーロにはその光景が見えた。手脚をしどけなく広げたニーナの体に自分の体が重なる。おれは彼女に覆いかぶさって、激しく動き……。

下腹部がかっと熱くなるのを、アーロはあわてて抑えつけた。携帯電話を取りだし、ニーナから送られた音声ファイルを開く。頭を働かせなければならない。理性を失ってしまう前に。

〝……ちょっと! 返してよ!〟録音されたニーナの声は鋭く、せっぱつまっていた。

「もしかして今ここで訳すつもりなの?」

ニーナの言葉にそのあとの言いあいをかき消され、アーロは音声をとめた。「そうだ。だから黙ってろ」そっけなく言う。「集中しなければならないんだ。あっちへ行って、何かほかのことをしててくれ。静かにな。邪魔するなよ」

ニーナはバッグを放ってベッドの反対側に座ると、くってかかるように彼を見据えた。

「ここから一歩も動かないわ」

アーロはため息をついた。気が散ってしかたがない。「勝手にしろ。でも口は閉じてろよ。これから、最初から最後まで通して聞く。訳し終えるまで質問はなしだ。いや、もしかしてきみもウクライナ語がわかるようになってたりしてな」

「それはないわ」

彼は音声を最初に戻し、もう一度再生ボタンをタップした。〝……ちょっと！　返してよ！〟

金切り声と荒い息づかい、もみあう音がしてから、注射針を刺されたニーナの鋭い悲鳴が響く。アーロは心の準備をしていたが、顔をしかめずにいられなかった。

一瞬静まり返ってから、ドスンという音と荒い息づかいが聞こえ、ふたたびニーナの声がした。〝ヘルガね〟かすれた声で言う。〝ああ、なんてこと。ヘルガなのね？　な……なぜこんなことを？　な、何を注射したの？〟

〝ああ、よかった。思い出したのね、ニーナ！〟ヘルガ・カシャノフがウクライナ語で言う。

その声は甲高く、震えていた。〝これからわたしの言うとおりにするのよ！　わたしは今日のうちに死ぬわ。だから、もう二度とアドバイスできないの。B剤を手に入れても、わたしはもう手遅れよ。だけど、あなたはまだ間に合う。どうしてもあなたの手助けが必要なの、ニーナ。あなたには力があるから。子供のころからわたしにはわかっていたわ。あなたなら自分の特殊な能力をちゃんとコントロールして能力増強に対処できる。だからあなたを増強しなければならなかったの。ラッドをとめて、娘のララを助けてもらわなくてはならないから。許して、ニーナ。どうか許してちょうだい〟

アーロは狼狽しながら停止ボタンをタップした。目をあげてニーナを見る。

「この女性の言うことが少しはわかるか？」彼は尋ねた。

ニーナが首を振った。続きを促すような表情をしているところを見ると、本当に何も理解できないらしい。少しでも理解できていたら縮みあがっているはずだ。アーロは小さく静かに息を吐き、再生ボタンをタップした。

〝注射したのは濃縮サイマックスよ〟ヘルガの声が続ける。〝ほとんどの人は死んでしまうけれど、あなたは死なないわ。なじむまでに、奇妙で恐ろしい効果を体験することにはなるでしょうけど。どんなききめが現れるかは予測がつかないの。ひとりひとり違うから。ただし、時間内にB剤を手に入れる必要があるわ。三日……場合によっては四日以内に。わたしのように頭がまいってしまう前にね。ラッドをとめようとしたけれど、うまくいかなかった。わたしこんな役割を押しつけることをどうか許して。ほかにどうしようもなかったの。あなたをこんな目にあわせるのは本当に心苦しいけれど。ララがラッドに連れ去られたわ。あなたが助けてくれなければ、あの子は殺されてしまうでしょう。ラッドに強要されて、わたしがこの薬をつくりだしたの。サイマックスという薬よ。超能力を安定化させる薬をつくれと命じられてしぶしぶ完成させたけれど、成分を二段階の処方にしたの。わざと二剤に分けたのよ。わかる？　ラッドにはA剤だけを渡し、B剤は隠しておいた。B剤と引き換えにララを解放させるつもりでね。なのにやつらはララを解放せず、わたしにA剤を注射した！　逃げるときにA剤の最後のふたつを持って出たけど、B剤を隠したあとで――〟

〝彼女に何をしたんだ、ばあさん？〟男性の声で、オデッサ州の訛りのあるウクライナ語だった。しゃがれ声に激しい怒りがこもっている。〝彼女を殺すとは言ってなかったじゃないか！〟

〝……墓に。ジョセフに手紙を出しておいたわ〟ヘルガが必死でしゃべり続ける。〝そこで彼に会いなさい。〈ウィクリフ図書館〉よ。わかる？　そのなかよ！　墓に気をつけてね！とんでもなく危険だから！　行かなくちゃだめよ――〟

〝彼女から離れろ！　こんなことで刑務所に入ってたまるか！〟ふたたび男性の声が言った。

〝この子を傷つけようとしているわけじゃないわ、ばかね！　よく聞きなさい、ニーナ。もうひとつのA剤をあなたのバッグに入れておく。わたしにはもうなんの役にも立たないから。

わたしはもうじき死ぬわ。でもあなたなら、これを交渉の切り札として使えるかもしれない〟

〝あんたの言うことを彼女は理解できないんだぞ、いかれたばあさんめ!〟運転手が怒鳴った。

〝携帯電話で録音してるのよ。あとで訳してくれる人を見つけられるわ。いいから黙ってて。ああ、この子は気を失いかけてる。車に乗せてやってちょうだい〟

〝ああ、なんてこった〟男がうめく。おそらくニーナの体を抱きあげて車に乗せたのだろう、男の息があがった。〝これで刑務所行きだ〟

ヘルガの言葉に、やかましく叫ぶユーリの声が重なる。アーロは言葉を聞きとろうと意識を集中させて耳を傾けた。

〝墓《グレーヴズ》〟カシャノフはどういうわけか英語でそう繰り返した。〝B剤を手に入れるのよ、ニーナ。〈ウィクリフ図書館〉で。あなたには三日ある。四日かもしれない。わたしはすでに五日目に入ったわ……ニーナ、聞こえる? ニーナ、起きて! お願い、ああ、お願いだから……〟

息がつまるような音がし、そこから先は意味のある言葉は何も聞きとれなかった。運転手がパニックを起こしたように叫びだす。一分かそこらの混乱のあと、音声は突然とぎれた。

アーロは少しのあいだ目をあげられなかった。必死に言葉を探す。どう話せばニーナを怖がらせずにすむだろう？　だが、そんな言葉は見つからなかった。

「悪い知らせなんでしょう？」ニーナが努めて落ち着いた声できいた。

彼はうなずき、ごくりと唾をのんだ。

「わたしに注射した薬……それと同じものでヘルガは死ぬことになるの？」

「そう聞こえる」彼はしぶしぶ言った。「だが、支離滅裂なでたらめのようにも聞こえる。戯言《たわごと》として片づけたいくらいだよ。今日きみにあれだけおかしなことが起きていなければ」

「なんの薬なの？」

アーロは首を振った。「はっきりとはわからない。この音声だけではね。彼女が自ら開発した薬らしい。あのゾンビどもが言ってたのは、このサイマックスという薬のことだったんだろう。彼女は、成分を二段階の処方にしたと言ってた」

ニーナが目をしばたたいた。「どういう意味？」

「A剤を服用したあとでB剤を服用することで薬が作用する、という意味だ」アーロは説明した。「ヘルガは無理やりA剤を注射されたらしい。けれど時間内にB剤を手に入れることができなかった。彼女が言うには、その……」ためらってから続ける。「きみには三日以内にB剤が必要だそうだ」

「なるほど。それで、時間内にB剤を手に入れられなければ、わたしもヘルガと同じ運命をたどるってわけね？　頭がおかしくなり、ひきつけを起こし、昏睡状態に陥るの？　今からとっても楽しみだわ」

「B剤を手に入れられなければ、の話だ。それも、彼女の言うことが本当だったと仮定してだ」

「本当に決まってるわ。嘘をついたってなんの得にもならないもの」

アーロはうなずいた。彼にも本当のことに思われた。それを否定してもしかたがない。

「もうひとつおかしなことを言ってたな。A剤をきみのバッグに入れておく、きみがそれを交渉の切り札として使えるかもしれない、と」

「わたしのバッグに？」

ニーナが目を丸くした。ベッドに置いてあったバッグをさっと引き寄せ、中身をつかみだしては上掛けの上に広げていく。バッグのなかを引っかきまわす手がふいにとまった。緩衝材に包まれた円筒状の容器をゆっくり引きだし、じっとのぞきこむ。

「あったわ」彼女がうつろな声で言った。「でも、わたしが見つけて摂取しないといけない薬はこれではないのよね？」

アーロはニーナから取った容器をしげしげと見た。なんの変哲もない無色の液体が五cc入っている。「これじゃない。これはA剤だ。彼女は逃げるときにA剤を持ちだしたと言っていた。B剤がどこにあるかはよくわからない。きみに教えようとし始めたところで邪魔が入ったからな。音声を聞きとるのは難しい」

「なぜヘルガはわたしを襲ったの？」ニーナの声は感情が抑制され、まるでロボットの声のようだった。「その説明はあった？」

彼は顎がうずくのを感じた。痛みが容赦なく耳のなかを突き刺す。「文書にするよ。そうすれば——」

「いいから言ってよ、アーロ！」

アーロは目を閉じた。「悪い話だぞ。どうやらきみは、とんでもない冒険の旅に送りだされたようだ。ヘルガはラッドという男に薬の開発を強制された。やつらがきみの家で話していたのはそのことだろう。薬はサイマックスという名前らしい。それで、きみを……増強する。彼女はそう言っていた。増強というのがどういう意味か、おれにはよくわからないが」

「わかるような気がするわ」ニーナが言った。「今日起きたことを考えるとね」

彼は肩をすくめた。「とにかく、ヘルガの娘が人質に取られてる。彼女はきみに娘を救いだし、ラッドという男……娘をとらえた男をとめてほしかったんだ。思うに、きみに注射したのは……やる気を起こさせるためかな」

「やる気」ニーナが眉をひそめ、しきりにまばたきした。「なるほど。十七歳のときから会っていないララを救いだして、そのラッドとかいう黒幕をとめるなんて、やる気さえ出せば簡単なことですもんね？　それも脳がだめになる前に？　三日以内に？　彼女が言っていたのはそういうことでしょう？」

「ああ」アーロは咳払いをした。「そんなところだ。ぜんぜんたいしたことじゃない」

彼女が両手を口にあてた。「笑わせようとなんてしないで。そんなことをしたら、めそめそ泣きだすわよ」手で口を覆ったまま警告する。「泣いてあなたを困らせてやるから。だって笑える状況じゃもの」

「もちろん笑えないさ」アーロはあわてて同意した。「深刻すぎて……」そこで言葉をのみこむ。

ニーナがうろたえた。「死にそう?」震える声で言う。「続けて。はっきり言ってよ。弱虫ね」

彼女はなんとか興奮を静めようと肩を震わせている。アーロはそれ以上ショックを与えないよう、口を閉じていた。ようやく、ニーナが落ち着きを取り戻した。その顔はアイロンをあてられたかのように無表情だ。胸の前で腕を組み、唇を引き結んでいたが、それでも体は震えていた。

アーロはノートパソコンを引っ張りだした。「音声を文字に起こすよ」脚を組んでノートパソコンを膝にのせ、音声ファイルをもう一度再生する。

ニーナがベッドで彼の後ろに座り、肩越しに身をのりだした。髪がアーロの首をくすぐる。気が散ってしかたがなかったが、アーロはそのことで彼女を責めるつもりはなかった。ただ、いきなり動いたりしないよう自分を抑えていた。ニーナをつかんだり抱きしめたりしないように。たとえ慰めるためだとしても。

どんどん文字が増えていくモニターを、ニーナは黙って見つめている。数分後、アーロは手をとめ、指の関節を鳴らした。

「タイピングがすごく速いのね」彼女が感心したように言った。

「コンピュータの前で長時間過ごしているからな」

ニーナが彼に目を向ける。「そうは見えないけど」

アーロは肩をすくめた。自分だって好きでそうしているわけではない。

「ていうか、どんな仕事？」ニーナのわざとらしく砕けた調子にいらだちを覚えたが、彼女が今巻きこまれたことを考えれば責めるわけにはいかない。アーロは調子を合わせた。

「企業向けにサイバー・セキュリティの仕事をしてる」彼は答えた。「コンピューターに攻撃を仕掛けて、その結果を分析し、提案を行うのさ」

「つまり、ハッキングで食べてるわけね」

「ニーナ、これを仕上げてほしいのか、おれの金儲けを批判したいのか、どっちだ？」

ニーナはとがめるような顔をした。「がみがみ言わないで。わたしは死ぬかもしれないのよ」

「フェアじゃないぞ」アーロはうなった。「同情を買おうとするなんて」

「人生がフェアだったためしはないわ。わたしだって不公平な目にあってる。俗に言う〝お気の毒さま〟っていう状況よ。経験したことないの、アーロ?」

さんざんな目にあわされたにもかかわらず、アーロは思わず口もとをゆるめた。ニーナは強いし、冷静だ。泣くこともなければ、泣き言も言わない。議論をふっかけてストレスを発散させているだけだ。強い女性がこれほどセクシーだとは知らなかった。これまで自分は女性と深い仲になるのを避けてきた。それにモーテルの部屋でいくら熱い密会を繰り返しても、女性の勇気や不屈の精神が見えてくることはない。

実を言えば、女性の内面には興味を持ったことすらなかった。そこまで深く考えたことがなかったのだ。おっぱいと尻にしか用はなかった。だが、女性のよさを理解するには、どうやら熱い夜をともに過ごすだけでは足りないらしい。まったく、とんでもないぬかるみにはまりこんだものだ。

そのぬかるみから抜けだすために、アーロは今夜、アクセルをめいっぱい踏みこんだ。

13

どんどん増えていくモニター上の文字を目で追ってはいくものの、ニーナは内容についていくことができなかった。まるで見知らぬ人の物語を読んでいるみたいだ。現実に自分の身に降りかかったこととはとても思えなかった。それに、いろいろなことに気を取られていたせいでもある。アーロの耳たぶの形。のびて額にかかる髪。とどろく声。部屋は斜めに傾き、揺れている。

アーロのタイピングは、ほかのことをするときと同様、激しかった。指がキーボードをたたくたび、雹《ひょう》が降ってきたような音がする。ふいにニーナの目に熱いものがこみあげた。この背中にそっと寄りかかれたらどんなにいいだろう。あたたかそうで、とても広い背中に、ほんの少しだけでいいから体をあずけられたら。少しだけ香りを吸いこめたら。

ニーナはそんな気持ちを振り払って背筋をのばした。だめよ。そんなことできるわけがない。

ふいにキーボードをたたく音がやんだので、ニーナはモニターにちらりと目をやった。

アーロがメールソフトを開き、メールにファイルを添付して送信している。宛先にはアドレスがずらりと並んでいるが、本文は〝ブルーノと話せ〟だけだ。

「誰にメールしているの？」ニーナは尋ねた。

「ブルーノとマイルズだ。マイルズはおれの仕事を手伝ってくれている、すご腕のハッカーさ。軽く調べてほしいと頼んでおく。あとはマクラウド兄弟、ニック・ワード、セス・マッケイ、ヴァル・ヤノシュ、タム・スティールへも送るつもりだ。彼らのことは知ってるか？」

「リリーから話は聞いてるわ」彼女は言った。「リリーはその人たちが大好きなの。わたしも彼女の結婚式で全員に会えるそうよ」

アーロが低くうなった。「それより前に会えるかもな」携帯電話を取りだして、電話をかける。「よう、マイルズ？　ああ、大丈夫だ……やつらは今ごろかっかきてるだろうよ。あの音声ファイルを書き起こしたものを送っておいた……そうだ。二、三頼みたいことがある。できるだけ情報を集めてほしい。ヘルガ・カシャノフと娘のララ、その母娘《おやこ》と関係がありそうなジョセフという名の人物について。それから、その音声ファイルにフィルタリング処理を行ってくれ。女性の声が男の声にかき消されている箇所がいくつかあるんだ。男の声を取り除いてほしい。そう……ああ、そうだ。頼んだぞ。じゃ、またあとで」電話を切って肩をまわす。「マイルズは了解してくれた」

そのとき、部屋の電話がけたたましく鳴った。呼び出し音が四回鳴ったところでニーナは手をのばした。アーロがその手を押さえて受話器をつかむ。

「誰だ？」そう尋ねると、少しのあいだ黙って耳を傾けた。「そうだ」彼が答える。「わかった。つないでくれ」電話を切り、顔をしかめた。「ブルーノがおれの電話からここを突きとめた」ニーナの問いかけるような視線にこたえて言う。「ホテルに電話をかけてきて、午後十時四十八分にチェックインした黒っぽい髪の大男につなぐよう言ったそうだ。まったく、なんてやつだ」

彼女はぎょっとした。「あなたの電話に探知器を仕掛けてたってこと？」

「ああ。二度とそんなまねはさせない」アーロがとげとげしく言った。

電話が鳴り、彼が出る。

「もしもし？」いきなり怒鳴り声が聞こえ、アーロが受話器を耳から離した。「手が離せなかったんだ」ぼそぼそと言う。「すまない。もう大丈夫だ」相手のあまりの剣幕に、アーロはたじたじだった。「ニーナは無事だ」ニーナの顔に目を向ける。「ニーナが……おれとしては……わかったよ」受話器を突きだす。「ブルーノはかんかんだ。ふたりを落ち着かせてくれ。リリーがきみと話したいって」

ニーナは受話器をつかんで耳にあてた。「もしもし？」

「ああ、よかった」リリーがかすれた声で言った。「心配したのよ。大丈夫？」

大丈夫？　大丈夫だと言えるの？　薬のせいで頭が混乱しているし、殺し屋たちに追われているのに？　昏睡状態に陥った女性の不可解な指示にしたがうしか、破滅から逃れる方法がないのに？　アーロにいらいらさせられているのに？　本当に大丈夫だと言える？

ニーナは大丈夫だと判断した。大丈夫というのが〝ばらばらに切り刻まれてはいない〟という意味だとすれば。わたしは無事だ。ひどい状況だけれど、ちゃんと生きている。

「なんとかね」ニーナは答えた。「リリー、お願いよ。あなたが泣いたら、わたしも泣いてしまうわ。今、泣き崩れるわけにはいかないのよ。気持ちを強く持っていなきゃならないの。お願い、協力してちょうだい」

「わかったわ」リリーが震える声で言った。「ごめんなさい」

「リリー、アーロがあの音声ファイルを訳してくれて――」

「あら、本当に？　さんざんじらして、やっとやってくれたの？　彼ときたら、今朝、できないと断ったのよ！　今度会ったら、八つ裂きにしてやる――」

「やめて」ニーナはリリーの言葉をさえぎった。「彼にも事情があったのよ」それに、アーロには五体満足でいてもらわないと。

「そう。で、いったいなんなの？　その事情っていうのは？」

ニーナはその質問を受け流した。「とにかく彼を八つ裂きにはしないでね」注意深くアーロのほうを見ないようにする。「彼はわたしの命を救ってくれたの。二度も。彼がいなかったら、とっくに死んでいたわ」

「まあ、そうなの」リリーの怒りは静まったようだ。「よかったわ。でも、〈マーサー・ストリート・ホスピス〉で四十二分間もいったい何をしていたの？」

「アーロのおばさまを見舞ってたのよ」ニーナは答えた。

「なんですって？　恐ろしい殺し屋から命からがら逃げているときに、わざわざ病院へお見舞いに行ったっていうの？　ニーナ？　もしもし？」

「おばさまはもう長くないの」ニーナは言った。「最後のチャンスだったのよ」

ニーナは友人がほくそえんでいるのを感じ、落ち着かなくなった。

「へえ」リリーがつぶやく。「アーロをかばっているのね？」

「違うわ」ニーナは言い返した。「そんなんじゃないの。彼はかばってもらう必要なんてないし」

「おい、いい加減にしろ」アーロが受話器を取り返した。「ブルーノに代わるんだ、リリー」きつい口調で言う。「こんなことをしてる暇はない」彼はしばらく聞いていた。「わかった。デルタ航空二四八便、明日午後一時三十分のシアトル行きだな。了解。ああ、今すぐ携帯電話で写真を撮るよ。彼のメールをこっちへ転送してくれ。でも今夜は送りこむなよ。彼女に必要なのは……わかった。きいてみる」受話器を差しだす。「ブルーノが、今すぐ迎えのボディガードをよこしてほしいか、それとも今夜はここに泊まって明日の朝そいつと合流したいか尋ねてる。きみの口から直接返事を聞きたいそうだ。おれはろくでなしで信用がおけないから」彼は数秒待ってから、せっついた。「ニーナ、決めてくれ」

決めるも何もなかった。アーロに去ってほしくなんかない。彼といると安心できるのだ。ずっと一緒にいたかった……許される限り。

ニーナはブルーノに聞こえるよう声を張りあげた。「ここに泊まるわ」そして顔を赤くした。

アーロが受話器を耳に戻した。「そいつをあまり早くよこすなよ。ここから空港までは四十分だ。アーロに夢中になっているのを、リリーとブルーノに見透かされたかのように。

　　　　　　　　　　　　　　　　　　　　　　　　　　　　　　こっち方面からなら午前中の渋滞はひどくないから、十時過ぎでいい。いくらか現金を持ってこさせてくれ。彼女は金を持ってないから。ああ、それともうひとつ。この追跡用チップはごみ箱行きだ。二度とおれの電話に探知器なんかつけるんじゃないぞ」

アーロが受話器をたたきつけるようにして電話を切った。指でベッドの上掛けをたたいている。驚いたことに、彼も緊張しているらしい。

沈黙が続き、ニーナは心配になった。あの決断を意思表示と取られただろうか？　そもそも意思表示だったの？　この手の経験が豊富ではないので、自分でもよくわからない。

〝今を楽しんだっていいじゃないか〟アーロの言葉が頭でこだまする。たしかに今を楽しむべきだ。あと三日しか残されていないのなら、なおさら。

だがニーナはその考えを押しやり、口を開いて彼に言おうとした……だけど、何を言えばいいの？

彼女は泣きだしたかった。まったく、なんて意気地なしなの？　何も言えないなんて。

「わたし……その、シャワーを浴びてくるわ」もごもごと言ってバスルームに逃げこんだ。

シャワーの音が聞こえてくると、アーロはいても立ってもいられなくなった。壁ひとつ隔てたところで、ニーナが裸でシャワーを浴びていることを必死に考えまいとする。泡にまみれた胸の頂が誘惑するように光っているところも、シャワーの湯が胸の谷間から下へと流れ、下腹部の茂みからしたたり落ちているところも想像すまいとした。

困ったことに、体にはいつになく力がみなぎっていた。あれだけの修羅場をくぐり抜けたあとなのに、男性ホルモンがとめどなくわきでてくる。これだけ厄介な問題を抱えていれば、そんな気持ちになれなくても不思議はないはずなのに。分身は縮こまっていてもいいはずだ。ボディガードを今すぐよこせと言うべきだった。そして、〝さようなら、がんばって〟と。

なのに、いったい全体どうしたんだ？

ニーナに手を貸すくらいはすべきだ。今夜彼女を放りだすつもりでないのなら。アーロは片手に顔をうずめた。

無理だ。今夜は正気を失っているし、理性のあるふりはできない。それにブルーノとその仲間が今ごろ、脳みそを酷使してニーナの問題解決にあたっているし、この件で自分が担当する部分は、ボディガードが現れた時点で終わることになる。自分の出番は終わったのだ。

　ほっとしてもいいはずだった。それなのに気分が重く沈んだ。手脚が鉛でできているようだ。

　そのとき、ドアにノックの音がした。アーロはとっさに四五口径の銃をつかんだ。「誰だ？」

「ピザのお届けです」若者のうんざりしたような声だった。

　ああ、なんだ。アーロは銃をすぐ使える状態にしたまま、ドアを細めに開けた。にきび面の十七歳くらいの少年がビニール製のピザバッグを持って立っている。どこから見ても本物だ。アーロは廊下の左右を確認し、目にもとまらぬ速さでピザを受けとった。そして少年に金を押しつけ、おつりを渡す暇も与えずにドアをぴしゃりと閉める。少年に通常の十倍以上のチップをはずんだことになるが、ピザを取るのに自分が冒した危険を思えば、それくらいなんでもない。

　アーロはピザを脇に置き、マクラウド家おすすめの携帯用警報装置をドアに取りつけた。これを荷物に入れたときには心配性の自分を笑っていたのに、今は死ぬほど怯えている。クローゼットに隠し部屋をつくったニーナをとやかく言う資格はない。

　それにしても、彼女が出てきたら、どうやって気をまぎらわせばいいのだろう？　体はしっとりと潤い、いい香りがするだろう。おそらく下着はつけていないはずだ。大嫌いなテレビをつければいいかもしれない。どんなにやかましかろうが、気にさわろうが。ニーナはなかなか出てこなかった。相変わらずシャワーの音が聞こえてくる。警報装置は取りつけたし、銃を何度も確認し、銃弾の残りも調べた。アーロはバス停のベンチで彼女を膝にのせたときのことを考えた。ニーナの体が触れた瞬間、下腹部は痛いほどカチカチになった。気づかれた様子はなかったが。

だが気づかれていたとしたら？　彼女も期待していたら？

ない。絶対にない。そんなことを考えるな。考えてどうする？

しかし、もう手遅れだ。妄想はどんどんふくらみ、もはや手に負えなくなっていた。服を脱ぎ捨ててバスルームに入っていき、シャワーカーテンをさっと引き開ける。そして屹立《きつりつ》したものをじっくり見せつけてからバスタブに入り、彼女を奪う……。

心臓がばくばくと音を立てて、髪の生え際から汗が吹きだす。

ニーナはバスルームのドアに鍵をかけただろうか？　取っ手をそっと押せば答えがわかる。よせ、だめだ。アーロはバスルームからいちばん離れたベッドの端に座り、ひたすら欲望を抑えつけていた。リスクを冒す価値はない。こんな大事なことが誤解だったら、自分で自分の頭を撃ち抜かなければならなくなる。

永遠とも思える時間が過ぎたころ、バスルームのドアがカチッと音を立てて開いた。いい香りのする湯気が部屋に流れこんでくる。ニーナが裸足《はだし》でそっと歩く足音が聞こえた。

アーロは振り向かなかった。ベッドがきしみ、彼女が腰をおろしたのがわかる。

彼は震える手でライターとたばこを取りだした。ニーナを見ないように気をつけながら火をつける。さあ、おしかりの言葉がくるぞ。五秒前、四、三、二……。

「ねえ」彼女が咳払いする。「この部屋は禁煙だと思うけど」

まるではかったようなタイミングだ。アーロは思わずほくそえみながらたばこの煙を深く吸いこみ、ゆっくりと吐きだした。「今は喫煙オーケイだ」

「でも机の上に貼り紙が――」

「悪いな」

ニーナがいらだたしげに鼻を鳴らした。「わざとこういうことするんでしょう？ 部屋でたばこを吸うってわかっているのに、なぜわざわざ禁煙の部屋を取るの？ 規則を破るのがそんなに楽しい？ そこまでして悪い男にならなければいけないの？」

アーロの笑みが大きくなる。彼はニーナに見られないよう顔をそむけた。「禁煙の部屋にするか、喫煙オーケイの部屋にするか、フロント係とやりとりした覚えはない。おれがいないあいだに駐車場できみが首を絞められてやしないかと気が気じゃなかったもんでね」

心地よい沈黙のなかでたばこを吹かす。次の小言が始まるのに、さほど時間はかからなかった。

「そんなの嘘よ。あなたは誰かれかまわず敵にまわさないと気がすまないだけ。そうやって自分の存在意義を確かめているんだわ。常に誰かをいらつかせて、自分がいる意味を確認しているのよ。そうでしょう?」

アーロはその可能性を否定しなかった。「誰にでも得意なことはあるものだ」

ニーナが鼻で笑った。「そんなことしていていやにならないの? 疲れない?」

「汗をかくほどじゃないね」少なくとも彼女が思っているような理由では。アーロはニーナの薔薇色のヒップを思い浮かべた。またしても彼女を自分のものにしたい衝動がこみあげる。そしてまたしても抑えられなかった。

「きみの言うとおりだ」彼は言った。「おれは悪い男だ。それはわかってる。それ以外の人間になる方法を知らないし、今さら変われない」

「まあ、アーロ。そんなに自分を卑下することはないわ」

「いや、正直に言っただけだ」アーロはニーナにかからないよう、煙を吹きだした。「たばこが嫌いなのか?」

彼女がためらうことなく答える。「あたりまえでしょう。わたしは吸わないんだから。たばこの煙は有害よ。くさいし」

アーロはもう一度煙を、今度はニーナに向けて吹きだした。「吸うのをやめたら見返りがあるのかな」

彼女が目を見開く。アーロはニーナを見つめたまま、その言葉の意味を彼女が理解するのを待った。

「おれは悪い男だ」彼は続けた。「でも、前にも言ったとおり、女を悦ばせる技なら持ちあわせてるつもりだ。数少ない特技だ。もしかしたら、おれの欠点も気にならなくなるかもしれないぞ」肩をすくめる。「試してみる気はないか？」

「ほら、また悪ぶってる。わたしにショックを与えようとしてるんでしょう？」

「違う。きみが正しいと言ってるだけだ。きみは正しいのが好きなんだろう？」

「もてあそばれるのは好きじゃないわ」ニーナが声を震わせた。

アーロはゆっくりほほえんだ。「おれはそんなことはしていない」

「アーロ」彼女が唾をのんだ。「こんなのフェアじゃないわ」

彼は肩をすくめた。「人生がフェアだったためしはない」

「あんなにいろいろなことがあったのに、今はとてもそんなこと――」

「おれたちにあるのは今だけだ」

アーロの言葉の真実みがゴングのように大きく鳴り響く。

そして重苦しい沈黙が広がった。ふたりのあいだの空気が熱を帯び、砂漠の蜃気楼《しんきろう》のように揺らめく。彼はニーナの欲望を感じとった。彼女もおれがほしいのだ。どれだけ怖がっていようとも。

ニーナは今にもパニックを起こしそうになっている。なんとか緊張をやわらげてやらないと。それには、怒らせるのがいちばんだ。アーロはたばこの火をもみ消した。

「きみの問題はなんだと思う?」そう言って、次のたばこに火をつける。「きみは誘惑に慣れていない。おれみたいなろくでなしをあしらう方法も知らない。知る必要はなかったからな……そのテントみたいな服を着ていれば」

「でたらめを言わないで」ニーナがぴしゃりと言った。「もうたくさんよ」

アーロはたばこを持った手を振った。「でも、そんなごまかしはおれには通用しない。三つ編みをほどいて、そのテントみたいな服を脱いだきみを見たことがあるからな。それに、きみがわざと下唇を隠していることも知っている」

「そんなことしてないわ!」

「いや、きみは下唇を隠している。魅力的な体を服の下に隠しているように。きみの下唇はピンクのサテンのクッションみたいにふっくらしてる」アーロは魅入られたように彼女の唇をじっと見つめた。「なのに、わざと嚙んでそれを押しつぶしてる。おそらく、熱くてやわらかそうなその唇に男が見とれるのがいやなんだろう。きみの唇に自分のものが包みこまれるところを男たちが想像しているのがわかるから」

ベッドを飛びおりるニーナの表情を見て、アーロは言いすぎたと悟った。まったく、おれは何をしているんだ。

考えるより先に体が動き、彼女がドアに着く前に立ちふさがった。ドアには鍵をかけ、警報装置を仕掛けてある。ニーナが彼の腕をたたいた。

アーロはとっさに彼女を抱きしめた。「すまない。つい口が滑った」

「あなたとは一緒にいられないわ」ニーナが叫んだ。「我慢できない」

「今出ていかせるわけにはいかない」彼は言った。「きみは行くあてもなければ、現金も持ってない。そうだろう？」

彼女が目をそらす。「銀行に行って――」

「だめだ。キャッシュカードもクレジットカードも使っちゃいけない。警察へ行くのもだめだ。警察はリリーの通報をやつらにもらした。友達のところへ行くのもだめだ。シーラみたいに危険な目にあわせることになる」

「あなたのことも危険にさらしてるじゃない！」

「おれはいいんだ。危険な目にあうために生まれてきたんだから。それしか取り柄がないんだ」

ニーナはアーロをじっと見て、荒い息をついた。

「おれは厄介者でがさつで下劣でたばこくさいが、今のきみにはおれしかいない。だからおれを利用するんだ」

「あら、そう？」彼女が怒りに燃える目を向ける。「その結果、逆にわたしが利用されることになるんじゃない？」

「そんなふうにはならない。おれはきみを利用しようなんて思っていない」

「だけど、明日ボディガードに引き渡されるまでに、あなたにお礼をするのがわたしの務めなんでしょう?」

言い返そうとしたとき、ニーナの目に浮かぶ感情がなんだったのか、アーロにはようやくわかった。

ニーナはおれを怖がっている。当然だ。何も驚くべきことじゃない。彼女みたいな女性が、おれみたいな男を怖がるのは。

アーロはあとずさりして両手をあげた。「きみに命じられない限り、きみには指一本触れないよ」きっぱりと言う。「それに、決してきみを傷つけたりしない」

ニーナは一歩も動かず、信じられないというように目を大きく見開いて唇を引き結んでいる。

「すまない」彼はやっとの思いで言った。「きみを怖がらせるつもりはなかったんだ。こいつがあんまりかたくなっているから、ついよけいなことまで口走った。でもおれはこいつの言いなりにはならない」

「怖かったわけじゃないわ」そう言うと、彼女が顎をあげた。「あなたが、その……そういう状態だってこと、わかってよかったわ」目のやり場に困っているらしく、周囲をそわそわと見まわす。「ところで、こんなに大変なことを引き受けるなんて、あなたはブルーノにどんな借りがあるの？　ずっと不思議に思っていたんだけど」

アーロはその質問を完全に無視したい衝動に駆られた。二度と同じことをきかれないように。だがそんなことをすれば、ここまで辛抱してきた努力が無駄になる。

「必ずしも借りがあるわけじゃない。へまをやらかしたんで、その償いをしなければならないだけだ」彼はなんとか言葉を紡ぎだした。

「へまってどんな？」ニーナが尋ねた。「何があったの？」

　アーロは荒々しくため息をついた。「リリーの身に起きたことを知ってるだろう？　ロザリン・クリークの病院で、キングのごろつきどもに拉致されたときのこと」

「その話ならリリーから聞いたわ」

「事件が起きたのは、おれが見張っているときだったんだ」ニーナの表情が変わらないので、彼はもう一度説明した。「拉致されたときにリリーを護衛していたまぬけがおれだったってことだ。これでわかったか？」

「ええ」彼女が優しく言った。「わかったわ」

あっさり返されて、アーロはなぜか腹が立った。「つまり、そういうこと。それがおれのしでかしたへまだ」

「それだけ？」

「それだけで悪かったな。もっと言わせたいのか？　リリーがさらわれるのをおれは許してしまった！　彼女はもう少しで死ぬところだったし、ブルーノも死ぬところだったんだ！　全部おれのせいだよ！　おれの仕事はひどいもんだ。最低だよ」

「でも今回は、わたしをしっかり守ってくれているわ」

アーロは怒りをこめて手を振った。

ニーナが彼をじっと見つめる。「彼らがどんな手を使ったか、リリーが話してくれたわ。わたしもだまされていたと思う。たぶん誰だってだまされたでしょうね」

「ああ、そうかもしれない、だが、おれは自分が許せない」

「だから名誉を挽回《ばんかい》する必要があるわけ？　護衛を完璧にやり遂げられなかったから？　だからこんな大変なことをしているの？　その埋めあわせをするために？」

アーロはばかなことを口走らないよう、たばこを口に突っこんだ。

ニーナが彼の口からたばこを奪いとる。「消して」

アーロは口をぽかんと開けて彼女を見つめた。「なんだって？」

ニーナはテーブルからカップをつかむと、そのなかでたばこをもみ消した。それからおもむろに振り向いて、笑みを向ける。そのとたん、彼の心臓はとまりそうになった。

「消しても損はさせないわ」

14

ニーナは、アーロの顔に浮かんだ表情から気持ちを読みとることができなかった。知りあって数時間になるのに、彼は心にまとった鎧《よろい》をはずそうとせず、無作法な態度をとり続けている。だから今アーロの顔に浮かんでいるのが恐れだと気づいたとき、彼女はしばらく信じられなかった。

この人は怖がっている……このわたしを。わたしを恐れた人など、過去にひとりもいないのに。よりによってこの人が――銃で武装し、野性的な魅力を発散させているこの荒くれ男が、わたしを怖がっているなんて。

そのことに気づくと笑いがこみあげたが、ぐっとこらえた。笑ったりしたらこの場が台無しだ。このひとときを大切に心に刻みたかった。流れにのり、どこまでも流されていきたい。

無関心でひねくれたふりをしていても、それははったり。本当は心から心配しているのだ。死に瀕《ひん》したおばを気にかけているように。あのときのことを思い出しただけで、視界が涙で曇った。あのとき、アーロは隠していた自分をさらけだした。自分の取扱説明書をわたしにくれたのだ。

ニーナはもうアーロを恐れていなかった。頭の奥ではやめなさいという理性の声が鳴り響いているし、実際、これほどとんでもない考えもないだろう。彼のことはまったく知らないし、恋人にするには不向きだだし、態度もひどい。セックスがうまくいく保証もどこにもない。たとえ彼に対してどんなに欲望を感じているとしても。

それどころか、これまでの経験からいって、さんざんな結果に終わることは目に見えている。セックスといえば、天井をにらみながら不快さと恥ずかしさに耐えた思い出しかなかった。そして、やっと終わったところで、相手を安心させるために言い訳をするのだ。〝あなたのせいではないわ、わたしの問題なの〟とかなんとか。

ニーナは、もしかしたら自分は普通ではないのかもしれないと思い始めていた。異性だけを愛する人もいれば、同性愛者やバイセクシャルの人もいる。それと同じで、セックスに興味のない人もいるのではないか。そう考えたら、気持ちが楽になった。セックスに興味がなくてもかまわないのだと思えるようになって、どれだけ救われたか。以来、無理するのをやめていた。

そんなときに心の扉を押し開けられ、防御壁を崩されてしまった。グレーの靄の奥に隠れることもできなければ、いつものように〝**ここには何もない。ここには誰もいない**〟と唱えてもまったく効果がなかった。自分が生きていると感じたのは初めてだった。

完全にどうかしている。でも、魔法にかかってしまったのだ。

ニーナはアーロの胸に片方の手を置いた。触れただけで神経がぞくぞくと粟立ち、警告のベルが鳴りだす。彼は熱く、たばこと汗のにおいがした。Tシャツの上からでも、心臓が脈打っているのが感じられる。彼女は鋼のような筋肉に手を走らせた。

「こんなにがんばったんだから、人間らしいことをして埋めあわせましょう」

アーロが目を細めた。「へまをしたことを慰めようとしてるなら、やめてくれ。おれは誰かに手を握ってもらう必要はない」

「あなたを慰めるのはわたしの仕事じゃないわ」ニーナは言った。「それに、わたしが握ろうと思っていたのは手じゃないし」

アーロはふっと笑ったが、すぐにその笑みを強固な自制心の下に押し隠した。「それならこれはなんのまねだ？」

「お手並みを拝見したいと思って。だって、自信満々に言っていたじゃない。ものすごいテクニックを持っているって。それともわたしの勘違いかしら？　わたしの頭がどうかしていたの？」

「勘違いなんかじゃない」彼の顎の筋肉がぴくりと動いた。「それに、どうかしてるのはおれの頭のほうだ。一日じゅうどうかしっぱなしだった」

「よかった。勘違いだったら、恥ずかしくていたたまれなかったわ」

「でも、驚いたよ。きみはてっきり怖がってるとばかり思ってた。おれのことも、セックスすることもね」

ニーナはほほえんで爪を立てた。アーロの胸の先端がTシャツ越しにてのひらをくすぐる。

「それで、あなたは安全なの？」

アーロが顔を引きつらせた。「そうせかすな」

「どうして？　あなただってわたしをせかしたじゃない。でも実は……」ニーナは爪でそっと彼の胸をこすりおろした。「今、あれを透かして見てるの」

アーロが身をこわばらせた。「いったいなんの話だ？」

「身にまとっているテントのこと」ニーナは優しく言った。「あなただって着ているのよ。人のことは言えないわ。だからわたしはあなたの心が読めなかった。あなた以外は誰の心でも読めるのに」

彼が咳払いした。「いいだろう。きみはどうかしてると思うけど、今はそういう能力があるってことにしておくよ。で、そのテントのなかに何が見えるんだ？」

ニーナはアーロの無精ひげに指を走らせた。彼の悲しみと孤独を見たことは言わないほうがいいだろう。そんなことを言ったら、アーロは恥ずかしくなり、怒りだすはずだ。これからしようと思っていることの足しにはならない。

彼女は慎重に答えた。「言わないほうがいいと思うわ」

アーロが鼻を鳴らす。「安直な答えだな」

「言わないほうがあなたのためなの。本当よ」

沈黙が濃くなる。ニーナが彼の頬に指をあてると、アーロが猫のように顔をすり寄せてきた。ニーナは痛いほど彼を意識した。

「じゃあ、本当にいいんだな？」彼はほとんどけんか腰だった。「今夜、きみはおれに抱かれたいと思っている。まったく、最高だ。さっそく始めようぜ」

ニーナは笑いを嚙み殺した。「ほら、また。わからないの、アーロ？　下品で醜いテントで自分を隠しても意味がないわ。わたしはもうなかを見ちゃったんだから。ばかばかしいからあきらめて、いい子になさい」

「女性をものにするために、少しのあいだ態度を改めるくらいなら、どんなろくでなしにでもできる。ことがすめば、何事もなかったようにもとのろくでなしに戻るけどな」

彼女はほほえみを押し殺した。「それは警告？」

アーロが首を振った。「注意だ」

「あなたはろくでなしなんかじゃない。どうしてみんなにそう思わせたいのか知らないけど、わたしに対してはやめたほうがいいわ」

「きみはおれに幻想を抱いてるんだ」彼がにこりともせずに言った。

ニーナは彼を軽くたたいた。「考えすぎよ、アーロ。よけいなことを考えて自分を傷つけちゃだめ」

アーロが耳ざわりな笑い声をあげた。「考えすぎだと言っておれを責めたのはきみが初めてだ」そう言ってダッフルバッグをつかむ。「シャワーを浴びてくる。汗まみれだからな。何しろ何時間も移動したあと、命がけで戦ったんだから。すぐ戻る」

彼がバスルームに消えると、ニーナはベッドにへなへなと座りこんだ。

まさかの展開だった。こんなことになるなんて信じられない。アーロがそこに立ち、荒々しいエネルギーを発散させているあいだは、夢のようではあっても現実だと信じられた。けれども彼がバスルームに入ったとたん、不安が一気に押し寄せてきた。彼はいつもの習慣でくどいただけかもしれない。女性に対して、くどく以外の接し方を知らない男性もいるのだ。それに、大きな口をたたいた手前、男としての体面を保つために実行するしかなくなっている可能性もある。

だが、あの高まりは嘘偽りのないものだ。

シャワーの音がした。もう逃げられない。男性を前にしてこれほど激しい態度をとったのは初めてだった。人とかかわるときは、激しい感情をできるだけ覚えなくてすむようにしてきた。子供のころにいやというほど激情に振りまわされたからだろう。シェルターで働くようになってからさらに、激情に駆られた人間が何をしでかすかを目にしてきたからかも。

そして実際、かなり上手に避けてきた。最後に男性とベッドをともにしてから一年以上がたつが、物足りなさを感じたことはなかった。アーロと出会うまでは。

そう、この狂おしい欲望は、アーロだからわき起こったものだ。

シャワーの音がやんだとき、ニーナはまだ、めがねをかけ、アーロにばかにされたテントのような服を身につけていた。裸でしどけなく横たわり、男性を魅惑するみだらな女になるチャンスだったにもかかわらず。服を脱ぐどころか、ほとんど息もできない状態だった。

バスルームのドアが開き、湯気を体にまつわりつかせながらアーロが出てきた。スモークをたいたステージでスポットライトのなかに足を踏み入れるロックスターみたいに。上半身は裸で、コットンの黒いズボンがたくましい腰にかろうじて引っかかっている。彼女は息をするのも忘れて見とれていた。あちこちに傷があるが、胸も肩も腹部もかたく引きしまっている。まさに完璧だった。体の隅々まで。

ふたりの視線が合った。彼に一歩近づくたびにエネルギーが熱くほとばしり、空気がパチパチとはぜるように感じられる。ゆっくり進みながら、ニーナは息を深く吸いこんだ。ああ、なんていい香りなの。歯磨き粉やシャンプー、アフターシェーブローションの入りまじったにおいがする。アーロは髪を洗い、ひげをそっていた。長い髪は額から後ろへ撫でつけられている。

ニーナは唇を噛んで笑みをこらえた。「まあ、アーロ。すてき。見違えたわ」

彼の大きく盛りあがった肩がぴくりと動いた。「これくらいはしないと」

「すごくすてきよ。いいにおいがするし。感動したわ」

「感動するのはまだ早い」アーロがこたえた。「これからだ」

ニーナは口を開いた。気のきいた言葉が喉もとまで出かかっていたが、彼の熱いまなざしを受けて消えてしまった。

「きみはまだテントを身につけている」

彼女は顔を赤くした。「これは、その……簡単には脱げないのよ」

「話してごらん」アーロが静かに言った。ニーナの言うとおりだと受け入れるように。自分が悪ぶっていることも、仮面をかぶっていることも認めるように。

「やめるんだ」アーロがふいに言った。

ニーナは飛びあがった。「やめるって何を?」

「その癖だよ。下唇を噛むのをやめるんだ」

彼女はいらだたしげに言った。「この癖が気にくわないのはわかってるわ、アーロ。でも我慢してもらわないと。だって、知らず知らずのうちに――」

「じゃあ、これから自覚すればいい」アーロは彼女の肩をつかんで体の向きを変えさせ、ふたりで鏡に向かった。「きみの口を見てごらん。上唇はふっくらしてピンク色なのに、下唇はほとんど見えない。無意識のうちにきみは下唇を噛んでいるんだよ」

「人のことが言えるの?」ニーナはぶっきらぼうに尋ねた。

「ほら」アーロが勝ち誇ったように言う。「しゃべっているときは噛むことができないから、ふっくらしてる……おっと、まただ！　また見えなくなった。怖がってるみたいに」

「気になってしかたがないじゃない」彼女はきつい口調で言った。「逆効果よ。ますます緊張してきたわ。困ったことに」

「いいから鏡を見るんだ」彼が肩越しに腕をまわし、ニーナの下唇に触れる。

いきなり親しげにさわられて、彼女は飛びあがった。唇が震えだす。

「力を抜いて」アーロが促した。

ニーナは彼を見て笑った。「あなたの隣で？　今？　無理よ！」

アーロはうれしそうだ。「ほら！　見えたかい？　笑うとひょこっと出てくるんだ。ほらね。ふっくらしていてやわらかい。それに、まんなかに色っぽいしわがある」

ふたりでニーナの唇にじっと見入った。かすかに開き、荒い息がもれている。口のなかで噛まれていたため、下唇は濡れて光っていた。アーロがその唇を撫で始めた。触れるか触れないかというくらいにそっと。

その微妙な愛撫が体に火をつけた。ニーナは目を閉じて身震いした。体じゅうでもっとも敏感で秘めやかな部分へと興奮が駆け抜けていく。アーロが喉もとに口づけた。首を下へとたどりながら優しく歯を立て、舌でじっくりとなめていく。ニーナはあえぎ、彼の指先を口に含んだ。唇と舌を絡ませてきつく吸う。

アーロが苦しげに驚きの声をあげた。「ああ、なんてことだ」

ニーナは震える手でめがねをはずし、電話ののったテーブルに置いた。世界がぼやけ、焦点が合うのは自分のまわりのほんの狭い範囲だけになる。小さな泡のなかにいるみたいだが、それでよかった。アーロもそのなかにいてくれるのなら。

彼がむさぼるようにニーナの首にキスを浴びせながら、太い三つ編みの先を探りあてた。そして、ゴムをそっとはずしてほどいていく。髪がほぐれ、アーロの長い指に絡みついた。まるで髪にも神経が通っているみたいだった。アーロの手で撫でられるたびに敏感に反応する。喉に吸いつく彼の唇はあまりにもやわらかかった。歯が軽く立てられた感触に、彼の欲望を感じる。そして、強靭《きょうじん》な自制心も。

〝きみに命じられない限り、きみには指一本触れないよ〟きっぱりと言う。〝それに、決してきみを傷つけたりしない〟

ニーナはアーロを信じた。彼は嘘をつかない。嘘のつき方を知らない。醜い部分に光沢をつけてごまかしたりしない。ごまかす必要のある醜いところなどどこにもないけれど。

彼女は閉じていた心の目が開き、アーロから放たれる光が見えたように思った。その光が、降り注ぐ太陽のように緊張を解いてくれる。張りつめた体をほぐし、奔放にしてくれる、このあたたかなぬくもりは……。

信頼？　この人を信頼しているというの？　まさか。目を覚ましなさい！

ニーナは理性の声を遠くに押しやった。今はこの幻想の世界に浸っていたかった。男性の腕のなかでとろけてしまいそうになったことなど一度もない。これまで男性とは、いつも慎重に段階を踏んで関係を結んできたが、胸がときめくことはなかった。

でもアーロにそっと歯を立てて喉もとに口づけられると、甘い戦慄《せんりつ》が全身を走り、顔や脚のあいだがかっと熱くなる。胸の頂が張りつめ、膝ががくがくした。

彼ならどこかへ連れていってくれる……どこまでも。

そのときアーロの腕に力がこめられ、背中からきつく抱きしめられた。高まりがヒップに押しあてられる。ニーナはぎゅっと目を閉じた。息苦しくて、頭がくらくらする。目を開くとそこには、自分とは思えない女がいた。肌はピンク色に上気し、目はなまめかしく光っている。

背後にそびえ立つアーロが両手で彼女の胸を包みこんだ。服を二枚重ねて着ていても、そっと撫でるように触れられただけで、全身をじりじりと炎であぶられるように感じる。ニーナはもっととせがむように、彼に背中を押しつけた。

そこでふいに、アーロが手をおろした。

ニーナは支えを失ってよろめいた。いったいどうしたの？　気が変わったのかしら？　腰にかろうじて引っかかっているズボンを見れば、彼の体が今も熱く燃えあがっているのは一目瞭然だった。

「ねえ……どうしたの？」彼女は尋ねた。

アーロが首を振った。両手を握り、開いて、また握る。「ルールを知る必要がある。それだけだ」

ニーナはまごついた。「ルール？　そんなものがあるとは思わなかったわ」

「普通はない。おれは自分の本能にしたがう。それですべてうまくいく。これまではずっとそうだった。文句を言われたことは一度もない。でもきみは……きみは違うから」

違う？　その言葉に、ニーナは体のほてりがすっと冷めるのを感じた。「つまり、わたしみたいな女は面倒だと言ってるの？　男性に責任を取ってもらうことを期待しているんじゃないかと心配なわけ？」

「いや」アーロが否定し、大きなため息をついた。「そうじゃない」

「あなたに責任を取ってもらおうなんて思ってないわ」彼女は言った。「本当よ。お願いだから、うぬぼれるのもいい加減にして。わたしをばかにするのもやめてちょうだい。わたしはそんなにばかじゃないわ」

「きみの継父のせいだ」アーロが口走った。

それで、ニーナの興奮は完全に冷めた。胃が締めつけられる。「あら、そう。それで、その……興ざめしたの？」

「違う！　興ざめなんかしていない！　身も心も爆発寸前だ。見ろ。きみに興ざめしたように見えるか？」

ニーナは彼の下腹部に目をやり、口もとを引きつらせた。「たしかに、そうではないみたいね」

「それが問題なんだ」アーロがまた手を開いたり握ったりし始めた。「こんなに興奮したことはない。まるで……崖っ淵に立たされてるみたいだ」

「そう。わかったわ」ニーナはよくわからないままそう言った。「まあでも、そんなに心配することはないわよ。さっきしてくれたので充分よかったもの……いいえ、ものすごくよかった、と言うべきね。たとえ崖から落ちても、わたしたちはきっと、その……お互いをちゃんとつかまえられるわよ」

「きみを怖がらせてしまいそうで不安なんだ」彼がかすれた声で言った。「きみには……ほら……」

「問題があるから？」ニーナはあとを引きとった。

アーロが手をいらだたしげに振る。「台無しにしてしまいそうで怖いんだ。すごいテクニックがあるなんて自慢したおれがばかだった。ニーナ、きみにこれほどそそられると思わなかった！　きみに指を吸われただけで、ズボンのなかでいきそうだった。きみに見つめられるだけで、いっちまいそうなんだ」

ニーナの心臓がどくんと音を立てた。「よかった」彼女は言った。「そのほうがいいわ。自信満々じゃないほうがいい。今のあなたのほうが好きよ」

「本当に？　こんなおれが好きだと言えるのか？　百キロの体重をかけてきみに覆いかぶさっても？」

ニーナは腿に力を入れた。心臓がいつもの四倍の速さで打っている。「え……ええ、それでもまったく問題ないと思う」アーロの裸の胸に触れる。「わたしをこんなに求めてくれたのはあなたが初めてよ」

「求められることをきみが望まなかったから」彼が言った。「きみを求めることを誰にも許さなかったからだ」

彼女はうなずいた。

「それなのに、おれには許すのか」アーロが続けた。「なぜだ？」

ニーナは指を広げて、彼の欲望と熱、力強い鼓動をてのひらで感じた。「わたしにもわからない」彼女は答えた。「不思議よね。あなたは自分を見せてくれた。だから今度はわたしが見せてあげる」

髪を後ろに振り払うと、リネンのジャンパースカートの肩紐をずり落とした。ジャンパースカートが床に落ちる。

アーロの息づかいが荒くなった。「ああ、ニーナ」

ニーナは自分の体を見おろした。ブラウスを脱ぐのはひと苦労だった。震える指でボタンをはずした経験などなかったから。それでも、ひとつ、またひとつとぎこちない手つきではずしていき、胸いっぱいに空気を吸いこむと、ブラウスを肩から落とした。胸のふくらみがあらわになる。アーロの視線を感じて、彼女は目を閉じた。こんな熱いまなざしで見られたことはなかった。

「目を開けてごらん、ニーナ」

ニーナがそっと目を開くと、アーロがズボンをおろした。

高まりは予想以上に大きかった。長くて、太くて、つややかな先端は紫色に染まっている。彼女はそれを手に取り、握りたかった。どくどく脈打っている、アーロのエネルギーをこの手に感じたかった。ああ、この人はなんて美しいの。脚はたくましく、腰は贅肉《ぜいにく》もなく引きしまっている。

ニーナは前によろめいて彼につかまった。顔をその胸板に押しあてる。そこは熱く、なめらかで、とてもいいにおいがした。胸の先端を思わず口に含む。その味もすばらしかった。彼女が舌でなめ、軽くはじくたびに、アーロが喉をつまらせたような声を出す。ニーナのヒップに彼の指がくいこんだ。

彼女は高まりを手で包みこみ、そっと握ってみた。思ったとおり、熱いエネルギーが脈打っている。なめらかな皮膚が、鋼のようにかたく脈打つものを覆っていた。

「なんてこった」アーロがかすれた声を出した。「ニーナ、おれが言ったことが聞こえなかったのか？　必死に我慢してるって言っただろう？　ズボンのなかでいきそうになったことも」

「ちゃんと聞いたわ。だからこうしてるの。それに、もうズボンははいてないじゃない。いつでもいっていいのよ」

ニーナは膝立ちになって、高まりを口に含んだ。

彼女の半分は激しくショックを受けていた。そして残り半分は喝采《かっさい》を送っている。膝の下には、絡みあったふたりの服があった。ニーナは高まりを愛撫した。そして濃厚な彼のにおいを吸いこみ、しみだしてきたものをなめとる。アーロの張りつめた顔を見た瞬間、彼を飛びたたせたいと思った。

そこで、さらに深く吸った。アーロがうめき声をあげ、彼女の髪をつかむ。

音が増幅したように感じられた。エアコンの作動音、バスルームの換気扇のうなり。両隣の客室のテレビの音、廊下から聞こえてくる人の声。アーロの息づかい、そして自分の口が立てる、やわらかく湿った音。彼の拳に髪が絡みつく。

ニーナには自慢するほどのテクニックなどなかったが、アーロは楽しんでくれているようだった。それに、ああ、彼の味も感触も香りもすばらしい。屹立したものを両手で愛撫しながら、彼女はその先端をていねいになめ、舌を絡めてもてあそんだ。興奮のあまり、頭がくらくらした。

「ああ、まったく……ああっ」アーロが頭をぐっとのけぞらせ、喉の奥からくぐもった音を出す。そしてニーナの口のさらに奥まで突き入れて、すべてを解き放った。

ニーナはアーロの腿につかまって、彼から放出されたものをなんとか受けとめた。そしてニーナが息苦しさを覚えたころ、アーロが髪から手を離し、分身を彼女の口から引き抜いた。

そのとたん、ニーナの心に恐怖と不安がこみあげてきた。アーロとは心の奥深くでつながっていると感じていたのに、突然、また彼が危険な他人に思えた。彼を見あげることさえできない。アーロがうぬぼれて勝ち誇った顔をしているかと思うと、あるいは自分をさげすむ顔をしているのではないかと思うと怖かった。

裸でひざまずいているのは変な感じだった。さっきまでは、服従しているとも恥ずかしいとも感じなかった。逆に女神になった気分だった。今は違う。そんな気分はすべて吹き飛び、自分が臆病でちっぽけな人間になったみたいだった。立ちあがろうとしたが、足がふらついて立ちあがれない。

ニーナは口もとをぬぐった。顔が熱くほてり、喉は小刻みに震えている。

そしてばかみたいに怯え、膝ががくがくしていた。「手を貸してもらえる？　洗ってこないと――」

「いや」アーロが隣に沈みこんだ。「まだだめだ」

ぐいと引き寄せられ、ニーナはきゃっと驚きの声をあげた。アーロが手で彼女の顔を包みこみ、唇を寄せてくる。

ニーナはキスの経験もたいしてなかった。だがたとえキスの達人だったとしても、何も違いはなかっただろう。アーロに完全に主導権を握られていたのだから。ニーナはただ、彼の飽くことを知らない欲求にこたえた。

やがてアーロが唇を開き、舌を差し入れてきた。そして彼女を味わいつくした。

彼が顔をあげて言う。「きみが口でしてくれたことのお礼だよ」

「まあ」ニーナがやっとのことでそう言うと、アーロはキスを再開した。

ニーナは体のどこか奥のほうで、いくつもの明かりがともるのを感じた。その色ときらめきと熱を感じとることができた。アーロが差しだすものを受けとり、お礼に自分自身を差しだす。そして、あたかもこの世でいちばん大切でいとしいものであるかのように、彼の顔を手で包んだ。

アーロは彼女をどこまでも舞いあがらせてくれた。

それはつまり、落ちたときにそれだけ痛いということだ。

ニーナはその恐ろしい考えをはねのけ、ふたたびキスに没頭した。今このひとときを楽しむのよ。わたしの人生はもう長くはないかもしれないのだから。

果てしなく長いキスを何度も繰り返したあとで、アーロが息をあえがせて背中をそらした。その表情を見たとたん、ニーナの目に涙がこみあげた。そこに見えたのは……優しさだった。

涙が頬を伝い落ちる。

アーロが指で涙をぬぐい、それをなめた。

「あなたがキスが好きだとは思わなかったわ」彼女は言った。

「思わなくて正解さ」アーロが言った。「実際、今まで好きだと感じたことはなかった」

「そうなの。だけどすごく上手だわ……キスが好きでない人にしては」

「気に入ってもらえてうれしいよ。ビギナーズラックだな」

こんな会話は陳腐でばかげているように思えたが、ニーナはその場の空気を重くするわけにはいかなかった。約束したのだから……何も期待しないと。アーロを怖がらせて追い払うようなことはしたくない。まだだめ……今はまだ。

彼女はほほえもうとした。「なんていうか……すごく激しかったわ」

「たしかに。脳細胞の最後のひとつまでぶっとんだ気がするよ」

ニーナは唇をなめた。「順序を間違えたみたい」

ニーナは恥ずかしそうに言う。「先にあんなことしたら、このあと、その……」

アーロが彼女の手を取り、ふたたびかたく張りつめたものに指を巻きつけさせた。「まったく問題ない」

ニーナはいとおしげにそれを握った。「もっと時間がかかるかと思ったのに」

「今夜はかからない」アーロが彼女の髪に指を差し入れる。「今度はおれが、先にいかせてもらったお礼をする番だ。さっきのを埋めあわせるには、きみに少なくとも十回はいってもらわないと」

ニーナはくすくす笑った。「多すぎるわ。でも待ちきれない」

「本当に？　どれどれ」アーロが手をのばし、彼女の脚のあいだに差し入れる。しっとりと濡れて震えていた。ひそやかな場所をくすぐられると、あえいで身もだえした。ニーナは
アーロが指先を彼女のなかに入れ、円を描く。ニーナも手をのばして、彼の高まりを握った。

ふたりのあえぎ声が重なる。

「ああ、なんてこった」アーロがうなった。「ニーナ、やめるんだ」

「楽しすぎてやめられないわ」ニーナは言い返した。

「振りだしに戻ってしまったじゃないか。また崖っ淵だ」彼がとがめた。

「あなたのせいよ。あんなにキスがうまいから」

アーロはふたたび彼女の唇を奪うと、さらに大胆に手を動かし始めた。

ニーナはのけぞって身をくねらせた。「こんなに濡れたのは生まれて初めてよ」呼吸のために唇を離したときに言う。

「こんなのまだ序の口だ」アーロが彼女の喉に口をあて、軽く嚙んでは舌でなめた。「きみの体は指一本を受け入れるのがやっとだ。もっとほぐして体を開かせ、膝までぐっしょり濡れるようにならないと。あと十回は絶頂に導いてあげよう。本番はそれからだ」

「ばかなことを言わないで」ニーナは苦笑いした。「ひと晩じゅう続けるつもり?」

彼が笑顔になった。「悪い知らせみたいに言うなよ」

ニーナもたまらず笑いだした。アーロがその隙に上掛けと枕をつかみ、床に積みあげる。彼に抱きあげられた姿が鏡に映ると、ニーナは真顔になった。新しい自分がそこにいた。セクシーな男性の腕に抱かれる、みだらで奔放な女が。そんな自分に直面する準備はまだできていなかった。まばゆすぎて、まっすぐ見つめられない。

ニーナは体を丸めて秘所を隠そうとしたが、アーロがそれを許さなかった。彼女を枕の上に座らせて、片脚ずつ動かしていく。そして脚を大きく広げさせ、膝を曲げさせて、足の裏を鏡の両脇の壁にぴったりつけた。とんでもなくみだらな姿だった。

ニーナは真っ赤になった。「どうしてこんなこと?」

「おれがきみの大切な場所に触れるとどうなるか、きみにも見てほしいんだ。さあ、見てごらん。すごくセクシーだ」

そう言われても、ニーナはなかなか目を向けられなかった。自分のひそやかな場所をじっくり見ることなどほとんどないし、魅力的な裸の男性にその一部始終を見られているのだ。顔は薔薇色にほてり、唇はそれよりいっそう濃いピンクに染まっている。

アーロが片手で腿を撫であげた。「なんてやわらかいんだ」耳もとでささやく。

〝やわらかすぎるのよ〟と言って苦笑いしたい自分がいたが、引きしまった腿に憧れていることを指摘して、このひとときを台無しにしたくなかった。それに、アーロは文句を言っているわけではないのだ。さあ、彼に身を任せるのよ。アーロが腿に置いた両手を上に滑らせていく。彼のてのひらは熱くてすべすべしていた。彼がニーナのうなじに鼻を押しあてながら、秘所を優しく撫でる。そこはしっとりと濡れて光り、ピンク色に染まっていた。興奮のあまり頭がぼんやりし、彼女は息をするのもやっとだった。下腹部が激しくうずいている。軽く触れられただけでも、ばらばらに壊れてしまいそうだった。

アーロが首もとに歯を立ててそっと噛んだりついばんだりしながら、彼女のなかに指を滑りこませる。そして勝利の雄叫《おたけ》びをあげながら、貫いた。ニーナはあえぎ、腰を浮かせた。もっと、とせがむように。

アーロがこたえ、指を二本にした。入れては出し、入れては出してから、じっくりと時間をかけてその指をなめる。「ああ、きみはなんて甘いんだ。一滴残らずなめてしまいたい。ほら、目を開けてごらん」

ニーナは目を開いた。彼が二本の指をすっぽり埋めている。彼女はたまらなくなって腰を浮かし、アーロの指をぎゅっと締めつけた。彼が片手でニーナを抱きあげ、自分の胸に引き寄せる。そうしながらもう一方の手をなかに入れ、まさぐり続けた。ニーナは思わず甲高い声をあげた。うずきがさらにふくれあがり……。

そして、とうとう決壊した。快感がうねる大波となって、彼女の全身を駆け抜けていく。

アーロの舌が喉で、そして耳で、ゆっくりとみだらな音を立てているのが聞こえてきた。汗をなめとっているのだ。ニーナはけだるげに目をしばたたいた。

アーロの片方の手が自分の体にまわされている。もう一方の手は濡れた茂みをそっと愛撫していた。優しく撫でられるたびに、彼女の体を快感が走った。

まるで時間がとまったようだった。まぶたを半分伏せたアーロの目を、ニーナはじっとのぞきこんだ。そしてそこに見えたものから、目が離せなくなった。彼は言いたいことがたくさんあるのに、どうしても言えずにいるのだ。アーロの内面をのぞき見るたびに、キスにこめられた深い絶望が感じられた。

彼女は深く息を吸いこんだ。「今入ってきて」思いきって言う。

アーロは賛成しなかった。「先に口でしたい」

「それはあと」ニーナは言った。「今すぐあなたがほしい。あなたとひとつになりながらキスしたいの」

アーロのまぶたがひくつく。彼がいつもの警戒した声で言った。「キス？」

「忘れたの？　唇と唇が触れるやつよ。口と口を合わせて、ときどき舌を動かすやつ。同時にふたつのことをするのが怖いの？　それとも難しすぎるのかしら？」

アーロが笑顔を見せたが、すぐ消えた。「今は何もかもが怖いよ」すんなり認める。

「あなたみたいな人が怖いと認めるとは驚きね」

「そうかな？」アーロが眉根を寄せ、目を光らせる。「まるでおれのことがわかったみたいな口ぶりだな？」

ニーナはまっすぐ彼を見た。「そうよ、アーロ。わかった気がするわ」

無言の時間が流れるなかで彼女は考えをめぐらせた。言いすぎただろうか？　でしゃばりすぎた？　そのとき、またしてもアーロが笑みを浮かべた。

「そうかもな」そう言うと、自分のダッフルバッグをたぐり寄せた。なかから避妊具を引っ張りだし、手際よくそれをつける。そして横になると、分身をしごいて屹立させた。

「さあ、好きにしてくれ」

ニーナは落胆した。アーロのテクニックと経験に身をゆだねたかったのに。「百キロの体重をかけてわたしに覆いかぶさるんじゃなかったの？」不満をぶつける。

「きみには何も無理強いしたくないんだ。ひとつになるには、きみに主導権を握ってもらうしかない。少なくとも最初の一回は」

彼女は唇をなめた。「何回しようと思っているわけ？」

「きみが楽しめる限り何度でも」

まあ……。ニーナはアーロの全身を眺めた。引きしまった体に、抑えつけられた力がふつふつと煮えたぎっている。彼にとって、受け身になるのは難しいことに違いない。アーロは自分が主導権を握らずにはいられないタイプのはずだ。どうやら、ずいぶん気を使ってくれているらしい。そのことに彼女は心を動かされた。アーロがニーナをじっと見つめ、頬を紅潮させてにっこりほほえむ。リラックスしているように見えるけれど、それはうわべだけだとわかっていた。

「いいからさわってくれ」彼が言う。

ニーナはアーロににじり寄って膝立ちになり、彼の高まりを握った。その手をアーロの手が包みこむ。

「おれがほしいと証明してくれ」彼の低くかすれた声に、ニーナの体の奥がぎゅっと締まった。欲望がうずくような痛みに変わったが、その痛みから解放されることはないだろう。自分からほしいものをつかみにいかない限りは。両手でしっかりとつかまない限りは。

だからニーナは証明することにした。片脚をあげて彼にまたがる。アーロがヒップをつかんで位置を調節し、正しい場所に正しい角度でおさまるよう手を貸してくれた。そして次の瞬間、彼はゆっくりと入ってきた。

ふたりの視線が絡みあう。アーロはとても大きくて太くて、きつかった。だがあまりにも興奮しているせいで、なかを押し広げられるときの刺すような痛みさえ忘れてしまうほどだ。

ヒップを愛撫されるうちに、ニーナは高まりの大きさに慣れていった。アーロの鼓動を子宮の奥深くで感じる。

「すごくきついよ」彼がささやいた。「でも根元まですっぽり入った。きみは完璧だ」

ニーナは次にどうすればいいのかわからなかった。自分のなかで大きなものが脈打っていて動くこともままならなかったので、とりあえず口を動かす。

「これでいいのかよくわからないけど、悦んでもらえてよかったわ。でも、キスはどうなったの？　キスしてくれる約束だったでしょう？」

「どうぞご自由に。キスするなり、セックスするなり、おれに乗るなり、好きにしてくれ」

「そうじゃなくて」彼女は言い張った。「さっきみたいなキスをしてほしいの」

「あれがいい、これがいい」アーロがいきなり上半身を起こす。そして彼女とひとつになったまま、脚を組んだ。「とてつもなく面倒な女性だな」文句を言って、ふたたびニーナに口づける。

そのキスは前回よりも激しかった。もしかしたら、彼とひとつになっているから、そう感じるのかもしれない。ニーナはアーロの首に腕を絡みつけ、むさぼるようなキスを返した。ああ、彼はなんて熱くて強いのだろう。歯磨き粉とアフターシェーブローションの香りが鼻をくすぐる。

やがてふたり一緒に愛のリズムを刻み始めた。お互いそうせずにいられなかったのだ。永遠に思えるほど長いあいだ、舌を絡ませあいながら、腰を浮かしたり落としたりを繰り返す。アーロの腕が震え、指がニーナの腰にくいこんだ。

ニーナは数えきれないほど絶頂を迎えた。全身がとろけるまで何度も。

いくら促しても達しないよう我慢していたアーロが、ついに彼女をあおむけにした。唇を離してニーナの目をじっとのぞきこむ。「本当におれが上でも大丈夫かい？」

彼女はうなずき、空気を求めてあえいだ。

「もっと激しくしてほしい？」

「ええ、お願い」ニーナは喉がつまり、息苦しそうな声で答えた。

アーロがうなり声をあげ、彼女の脚を高く跳ねあげた。そして膝立ちになり、激しいリズムを刻み始める。荒々しくたたきつけるように貫かれるたびに、ニーナはあえぎ声をあげ、彼の顔をじっと見つめた。その目は激しく燃えていた。

ニーナはまたしても絶頂に達し、この世のものとは思えないほどの快感に酔いしれた。アーロもようやく自らを解き放った。

しばらくしてニーナが目を開けると、アーロはベッドに座って背中を向けていた。前かがみになってうなだれている。

その姿を見た瞬間、つむじ風が吹きこんできたように、冷たい現実に気がついた。わたしはこの人に夢中になっている。彼に抱かれたせいで、問題はさらに複雑に、深刻になってしまった。

静けさに包まれて、ニーナはようやく自分が崖っ淵に立っていることを痛感した。

15

アーロは立ちあがり、よろめきながらバスルームに入ると、避妊具をはずした。

セックスのこの部分だけはどうしても好きになれなかった。前戯は楽しく、期待と興奮に満ちていた。潤った女性とひとつになるのはなんとも気持ちがよかったし、絶頂を迎える瞬間もすばらしい。

問題はそのあとだ。いつも気づまりな空気が流れ、何を言えばいいのかわからなくなる。相手を侮辱するような言葉しか出てきそうにないからだ。嘘をつけばいいのだろうが、嘘は大嫌いだった。

いつまでたっても学習しない。理性そっちのけで本能に屈し、同じ間違いを何度も繰り返した。

だが、今回ほど判断を誤ったのは初めてだ。

女性はいつもセックスのあとで抱きしめてほしがるが、それもまた嘘に思え、強制されているように感じた。だからセックスの相手はかなり慎重に選んだ。欲望が満たされたら、いつもさっさと立ち去りたくなった。

だが今回は違った。放したら命がないかのようにニーナにしがみつくなんて、どうしてしまったんだ？　今でも胸がずきずき痛み、不安のあまりどうかなってしまいそうだ。しかも、キスをするとは。キスはしない主義だっただろう？　口で悦ばせるのは好きだが、女性の目を長く見つめることは注意深く避けてきた。だからたっぷり時間をかけて絶頂に導いたあと、後ろから激しく突いて仕上げるのがいつものコースだった。アイコンタクトはできるだけしないようにし、キスは絶対にしなかった。

ところがニーナには、キスをやめることができなかった。

こんなはずではなかった。知りあって数時間にしかならないのに、ニーナにはすでにめちゃくちゃに混乱させられている。

〝いいえ、あなたも特別な力を持っている。ただそれを檻のなかにしまいこんでいるだけ。あなたがそうするのも理解できるわ。あなたは賢いから、わたしみたいな目にあいたくなかったのよね〟

トーニャの言葉を思い出すと、罪の意識で胸が締めつけられた。でも、それは本当のことだった。トーニャのような目にはあいたくなかった。他人の頭のなかに入りこむと、恐ろしいことになる。人々は怯え、怒り狂う。そして、自分たちを守るために行動を起こすのだ。傷つくまいとして。

セックスの経験なら何度もあるが、いくら体を重ねても、自分の殻を割って、中身を誰かとまぜたような気持ちになったことは一度もなかった。女性を自分のものだと主張したくなったことも一度もない。ほかの男たちは自分の女だと言いたがったが、そんなのは欲望に目がくらんだ者の戯言だとアーロは思っていた。男たちはだまされ、不本意ながら避妊具をはずさせられて、種の存続に貢献させられている。ろくでもないことばかりしている人類がいまだに滅亡しないのはそのためだと。マクラウド家の連中が女とくっつくと、すぐにその種の存続が実行されるところも見てきた。

だが今夜、もう少しでニーナにそうさせられるところだった。彼女は大きな目をきらめかせて、本当のあなたが見える、本当のあなたを知っているというようにおれを見あげていた。髪でおれの肩をくすぐりながら、豊かな胸を揺すって身もだえし、吐息をもらし、熱く締めつけてきた。彼女のことが隅々まで記憶に刻みこまれてしまった。突くたびに揺れていた豊かな胸も、心のいちばん奥まで見透かすような視線も。

自分は生まれてこの方、ずっと孤独を追い求めてきた。そのほうが安全で簡単だったからだ。それなのにニーナには、するするとなかに入りこまれてしまった。そして何がおかしいかって、そうされても自分がむしろ……うれしく思っていることだ。あんなにいやで避けてきたことなのに。

本能に突き動かされたせいで、こんなふうになったのだ。やすやすと懐に入られてしまった。ニーナには、おれを内側からめちゃくちゃに壊す力がある。こんなふうに心を崩されそうになったのは子供のころ以来……早く大人になりたいと思っていたあのころ以来だ。

アーロは顔に水をかけて、外に出る勇気をかき集めた。バスルームから出ると、ニーナがベッドを直したようだった。シーツにくるまれて丸くなり、髪を波打たせている。薄明かりのなかの彼女は輝いていた。その姿がスフィンクスのように謎めいている。

〝いったいどうしたの？　何が問題なの？〟

しごくもっともな質問が、空気を切って飛んできた。アーロは本能的にそれをよけた。

「きみは、その、大丈夫かい？」

ニーナはうなずき、何も言わなかった。

アーロはもう一度きいた。「おれがききたいのは、きみが……その――」

「すごくよかったわ。それがあなたのききたいことなら」彼女が言った。「わざわざ言葉にしなくても、わかっていたはずよ」

彼は空気が一気に肺に流れこんだように感じた。「ああ、よかった」

「まさか、心配していたの？」ニーナはおもしろがっているようだ。

「台無しにしたくなかったんだ。それに、スタンのことを考えてほしくなかった」

ニーナが目を見開いた。「その名前、どうしてわかったの？」

アーロは肩をすくめた。「きみが車のなかで話してくれただろう。忘れたのか？」

「でも名前は言わなかったわ」彼女が静かに反論した。

「うっかり口にしたのを、覚えていないだけさ」

「いいえ、そんなことはないわ」ニーナが頑固に言い張った。

「あの人の名前は言わないことにしているの。なんというか、願かけみたいなものね。なのに、どうしてわかったの？リリーから聞いていた？」

彼は首を振った。

ふいに、ふたりのあいだにだだっ広い空間が広がった。アーロは気に入らなかった。答えの出ない質問をかわし、危険をくぐり抜け、もといた場所に戻りたかった。ニーナのなかに戻る方法を見つけたかった。戻りたくてしかたがなかった。

「絶対に変よ、アーロ」彼女がささやいた。

「ひとまず全部脇に置いて、もう一度しないか」アーロは提案した。「変なことは忘れて」

ニーナは黙ったあと、震えながら笑いだした。「気を悪くしないでほしいんだけど、セックスも変なことに含まれるわ」

アーロは体をこわばらせた。「ベッドのなかでのおれが変だってことか？」

「すごくよかったって言ったでしょう。あれではほめ足りないの？」

「じゃあ、いったいどういう意味なんだ？」彼は思わず声を荒らげた。ニーナの顔から笑みが消える。楽しい気分を台無しにしてしまった。

彼女が目を伏せた。「気にしないで。なんでもないの」

「なんでもないわけがないだろう」アーロはばかみたいにそこに突っ立っていた。なんでもないって、どういうことだ？　そっとしておくべきなのか？　別々のベッドで眠るのか？　銃を抱いて？

ああ、まったく。やっとの思いでここまで来たのは、こんな言いあいをするためか？　そうじゃないだろう？　さんざん考えた末に、アーロはニーナと同じベッドに横たわることにした。ほかの男たちは毎回そうするのだ。抱いたあと隣に寝たからといって、命まで奪われるわけじゃない。彼は上掛けを引っ張ってめくった。「そっちへ寄れよ」

ニーナがゆっくりと体をずらし、緊張した面持ちで目を見開く。

アーロはただ彼女を抱きしめたかった。何を話せばいいかわかるなら、話をしてもよかった。だが、ふたりで話すことといえば悪夢ばかりだから、話すのは避けたほうが賢明だ。だから、黙ってニーナを腕に抱いた。すると、ふたたび例の感覚に襲われた。今日の午後、彼女がクローゼットの隠れ場所から裸で転がりでてきて、自分の腕におさまったときのように。ただし今回は、アーロも裸だった。

まるで鍵穴に鍵がはまるみたいに、ぴったり合う手袋に手が入るように、ニーナの体が自分にぴたっとおさまる。ああ、なんて甘い香りなんだ。どんどん欲望が募っていく。だがアーロはなんとか欲望を抑えようとした。今はことを終えたあとの余韻に浸っているだけだろう？　くつろいで、満ち足りて。

しかし、そうではなかった。どうしてそうなったのかわからないまま、気づけばアーロは ニーナの上にのり、両肘を彼女の両脇について体を支えていた。ちょうど口の高さに豊かなふくらみがある。

ニーナは息苦しそうで、少しくらくらしているように見えた。アーロは頭をさげて片方の胸の先端にしゃぶりついた。さっき唇にキスしたときのように。砂漠で喉がからからになり、そこから命の水がわきでているかのように。片手で胸のふくらみを包みこみ、高まりを秘所にこすりつける。愛撫を続けるうちにニーナが震えて身をよじり、すすり泣くような声をもらし始めた。

愚かなことをしでかす前に避妊具を装着するべきだったが、アーロは腰を前に突きだし、先端を彼女のなかへと突き入れた。ニーナがつかまるように彼を抱きしめ、なかへ引きこもうとする。

「ねえ」彼女が震える声で言った。「アーロ？」

「わかってる」アーロはぼそぼそと言った。「避妊具を取ってこないと。すまない」

「ううん、違うの……病気は持っていないわよね？」

その質問の意味をはかりかね、彼は動きをとめた。「ああ、そうだけど？　何カ月もセックスしていないし、前回のあと血液検査も受けたが、問題はなかった」

「わたしもよ」ニーナが言った。「それに今は排卵期じゃないの。生理が終わったばかりだから、大丈夫なのよ……その、いずれにしても。もしそうしたいなら、だけど——」

「このまま入れてもいいってことか？」アーロは啞然《あぜん》として言った。

ニーナがまごついたようにまばたきする。「もしそうしたいなら」小声で繰り返した。

「もしそうしたいなら？」アーロはそう言って笑った。「おれを信用するな。嘘をついているかもしれないぞ。気持ちのいい思いをするためなら、男はしらじらしい嘘をつく。けなげな犬みたいにいいやつでも嘘をつくんだ。しかも、おれはいいやつじゃない」

ニーナが官能的な唇をなめ、両腕を彼の体に巻きつけて背中を撫でた。「あなたが自分を悪い人だと思わせたいのは知ってる。でも、あなたは悪い人なんかじゃない。それに、嘘もつかないわ」

「なぜそんなことがわかる？」アーロは無意識のうちに大声を出していた。自分が心から求めているものを差しだそうとしてくれている女性になぜ怒鳴っているのか、自分でもわからない。

「ただわかるの」ニーナが言った。「ウクライナ語がわかったのと同じかもね。あなたにスタンの名前がわかったのとも。どう思う？」

彼女の上で動きをとめたまま、アーロは思った。これで萎えないとしたら、何があっても萎えることはないだろう。

そして、萎えたりはしなかった。まったく。彼はベッドサイドテーブルに手をのばして避妊具をつかんだ。シーツの下でいらだたしげにいじくりまわしてから、なんとかそれを装着する。

「そのままでいいって言ったから怒ってるの？」ニーナが小さな声で尋ねた。

「違う」アーロは転がって彼女の上にのり、ふたたび高まりの先端を押しあてた。「でも、男にそのままさせたりするな。今回も、そしてこれからも。そんなにおれを信じるな。信じてはだめだ」

ニーナが目をじっとのぞきこみながら、片手を彼の頬にのばす。たった今アーロが言ったことなどまったく無視して。彼女の顔には信頼が浮かんでいた。ああ、なんてこった。だが、そこでとめることはできなかった。奥までひと突きしただけで、アーロはまたしてもわれを失った。そして、ふたりはすべてを忘れて没頭した。


まったくくだらない仕事だ。オレグの威圧するような視線から逃れると、ディミトリの怒りはこのままゆだりそうなほど煮えたぎった。サーシャの車を探して走りまわるのは屈辱だった。おじはおれを始末するための口実がほしいだけなのだ。

フェイ・シーブリングが遠ざかるサーシャの車を見送ってから二時間がたっている。ニュージャージー・ターンパイクに乗ったとすれば、今ごろはニューヨーク州北部にいるかもしれないし、ペンシルベニアやコネティカットにいる可能性もある。コインを投げて適当な方向に進むとするか。何度投げたって見つかるわけがない。遠距離のテレパシーがあったらと、今ほど痛切に願ったことはなかった。薬のききめがピークの状態だったら、とも。薬の効果はすでにほとんど切れかかっていた。ただの男に戻りつつある。

やってられるか。ディミトリはいきなり車をUターンさせた。タイヤが中央分離帯に乗りあげた拍子に、腿がずきりと痛む。もと来た方向へ戻りながら、薬を手探りした。あいにく近距離の能力しかないが、サーシャの波長なら誰よりもよく知っている。子供のころからずっとあいつに神経を逆撫でされてきたのだから。

あの傲慢《ごうまん》なろくでなしの居所をかぎあてられるとしたら、自分しかいないのだ。

ホスピスに戻るころには、さっきのんだ薬がきき始めていた。ディミトリはまた自分に戻っていた。本当の自分――激しくて、貪欲で、頭の切れる自分に。ディミトリは、サーシャがあの女を膝にのせているところを見たとフェイ・シーブリングが証言したバス停の横に車をとめ、いとこのことを考えた。

サーシャは一族を毛嫌いしていた。一族からできるだけ遠くへ離れようとしたはずだ。ぐずぐず長居するつもりもなかったはず。ここからすぐにでも立ち去りたかったに違いない。おそらく、どこか遠いところから一日じゅう旅してきたはずだ。それに、あの女もいる。女連れで移動しているとしたら、女はそのうち疲れ、どこかで休みたいとせがむだろう。女が膝にのるのは男のあそこをかたくするためと決まっている。女どもはいつだって、サーシャに夢中だった。

女が膝にのったということは、サーシャは当然、女とやるためのベッドを探すはずだ。つまり、彼が向かったのはターンパイクでも、ニューヨーク州北部でもペンシルベニアでもない。サーシャはどこか近くにいる。このあたりのホテルのベッドに。

ディミトリは大通り沿いにある八軒のホテルの駐車場を見てまわり、サーシャの黒いトヨタ・ヤリスをカナーシー地区にあるホテルの駐車場で見つけた。

すぐ向かいに自分の車をとめると、たっぷり十分もただそこに座って、サーシャが自分の動きを先読みしなかったことに驚き、あっけに取られていた。あのいとこが簡単に予測できるばかなことをした。頭脳明晰《めいせき》で抜け目のない切れ者だと思っていたいとこが。しょせん、あいつもただのまぬけだったというわけだ。

今ならサーシャをつかまえられる。もう昔とは違う。

ディミトリはすぐにオレグに電話をかけて、自分の手柄をべらべらしゃべりたい衝動に駆られた。そしてオレグの番号を呼びだしてみたものの、〝発信〟ボタンをタップすることはできなかった。

自分の手柄などオレグには取るに足りないことであり、これで長年の失敗が帳消しになるわけではないだろう。おじはこの先もおれを侮辱するに決まっている。そして今、サーシャはすぐそこに、自分の目の前にいて手招きしているのだ。

このチャンスをものにしなければ。ディミトリはロビーを大股で横切ると、エレベーターで最上階へあがり、psi‐maxの効果を実感しながら廊下を歩きまわった。ひどく興奮しているせいで、探知範囲は二メートルほどのびていた。普段はだいたい四、五メートルの距離までしか探知できないのに、今夜はバスルームを通り越してその向こうのベッドまで探知できる。彼は触手をのばして宿泊客の思考に触れていった。この時間はほとんどの客が眠っていた。なかにはテレビを見ている者もいたが。

足取りをゆるめるまでもなく、サーシャではないことがわかった。ディミトリの触手は長くのばした舌だった。それを相手の思考に浸して味見する。彼は人々の夢のなかの意味をなさない戯言をすすっては吐きだし、前に進み続けた。

金を掘りあてたのは二階の階段脇の部屋だった。舌をちろちろと出し、誰かの夢のなかに触れると……。

なんとトーニャが見えた。

トーニャはほほえんでいた。ディミトリが最後に会ったのはオレグの家で開かれた一族の集まりか何かだったが、あのときの悲しい目をした骸骨のような老女ではない。もっと若くて、髪も黒々としていた。背が高く、黒っぽい瞳は謎めいている。トーニャが星を指差した。その空はディミトリが見たことのない色をしている。その明るいコバルトブルーを目にして、彼はなぜか痛みを覚えた。

〝あれがわたしたちの星よ〟トーニャが優しい声で言う。〝見える？〟

星ならいくらだって見たことがある。なのになぜその星を見ただけで、自分の心臓が鳥かごから出たがるように跳ねまわるのか、ディミトリにはわからなかった。

そのとき、ふいにトーニャの顔が変わった。焦点を定め直した目が冷たく光る。彼女がすばやく身がまえた。〝なぜあんたがここにいるの！　あんたは呼んでないわ！　出ていきなさい！　失せるのよ！〟

ディミトリは夢から放りだされた。ドアから蹴りだされた猫のように、思いきり後ろによろめいて反対側の壁にあたり、どさっと鈍い音を立てた。

サーシャに突き飛ばされたのだ。トーニャが警告したのだろう。まったく、あのばばあめ。トーニャのことは前から好きではなかった。

だがとにかく、サーシャを見つけることはできた。ディミトリは好奇心から、女のほうもついでに味見することにした。いとこをその気にさせた女はどんなタイプなのか？　自分もそそられるだろうか？　女の夢を舌でなめてみる。その瞬間、彼はぎょっとしてひるんだ。

その夢は暗く、陰鬱だった。女は箱のなかで小さく体を丸めていた。箱の外では、ひとりの男が怒り狂っている。部屋のガラスが割れ、鈍い音が響き、物が倒れた。別の女が悲鳴をあげる。殴る音と、痛がる泣き声が聞こえた。

箱の側面が女に迫っていく。廃車を押しつぶす機械のように。ここには誰もいない。ここには誰もいない。あるのは空気だけ。あたりは静まり返り、まるで息がつまるようだ……。

バリッ。箱の蓋がはぎとられ、ディミトリが目をしばたたかせて見あげた先には、赤紫色の顔をした小鬼がいた。〝あんたはえらく物静かだな〟その小鬼が言った。〝あんたもきっとかわいいんだろうな。けど、口にダクトテープを巻いてやれば、どんな女だってかわいくなるんだよ〟

ディミトリはあとずさって壁に背中をつけた。そのまま五分ほど荒い呼吸を繰り返し、ようやくその意味を悟った。

その小鬼は自分だった。自分より醜いが、自分自身だ。小鬼が言ったのは自分の言葉だった。

あそこにいたあの女! あの物静かな娘が裸でサーシャの隣に眠っている!

ディミトリは頭がくらくらした。いとこがニーナ・クリスティと寝ているとは! サーシャはpsi-maxのことを知っているに違いない。たぶん使ってもいるのだろう。ディミトリは薬がもっとほしかった。新しい調合法が知りたかった。今日あの女を救ったのはサーシャだった。サーシャがミハイルとイワンを殺し、おれを撃ち、おれの車をめちゃくちゃにしたのだ。いかにもサーシャのやりそうなことだ。みんなを出し抜けそうないいものを見つけたとたん、やつはいつでも横取りしようとするのだ。

だが、今回はそうはさせない。ｐｓｉ‐ｍａｘはおれのものだ。ディミトリは興奮したまま階段をおりて外に出た。銃口がうなじに押しあてられるまで、何も目に入らなかった。

「なかに入りなさい、いい子だから」からかうような女の声だった。「話があるわ」

大きなＳＵＶのドアがスライドし、ディミトリはなかに押しこまれた。

アナベルはディミトリ・アルバトフを銃でつつき、ＳＵＶの後部に入らせた。「さあ、両手を出して」

「いったいなんのまねだ？　頼まれたことならちゃんとやったじゃないか！　それ以上だ！」

「そうみたいね」アナベルはディミトリを銃でこづきながら、自分もなかに入った。「ずいぶんとたくさん」

ここへ来る途中でのんだｐｓｉ‐ｍａｘの錠剤がようやくきき始め、アナベルはほっとした。今夜はあまり好調とは言えなかった。カシャノフの術中にはまって腐った死体を見せられ、すっかり調子を狂わされてしまった。蛆がわいてでてきたり、体が腐敗したりしたことを思い出し、激しく身震いする。震えをとめることができず、手で触れて自分の肌を確認した。

カシャノフが死んだ今、懲らしめる者は誰も残っていなかった。忠実な古株ロイは頭を何度か蹴るにはちょうどよかったが、その反応ときたら、コンクリートブロックを蹴るのとなんら変わらない。ハロルド・ラッドと数年前からつきあっているロイは、痛みに完全に慣れっこになっていた。

でも、このディミトリ・アルバトフという男なら、違う反応を見せてくれるかもしれない。大きくて強く、見てくれも悪くない。アナベルは男を驚かせるのが好きだった。男に悲鳴をあげさせるのが。

彼女は革のジャケットの前を開いて胸を見せつけた。ディミトリの目がすぐに引きつけられる。アナベルは銃を彼に向けて振った。

「あなたたち、今日はあんまりじゃない？　わたし抜きでユーリの家に行くなんて。そのうえニーナ・クリスティの家まで」

「あんたは必要なかった」ロイが繰り返した。彼は一時間以上もぐだぐだと説教をくらって、死ぬほどうんざりしていた。「テレパスは一度にひとりで充分だ」

「あらあら！」アナベルはふたたび銃を振った。「わたしが仲間はずれにされるのが嫌いなのは知ってるでしょう。あなたたちがあの女を殺すことができなくてよかったわ。カシャノフは今日死んでしまったから、あの女が最後の頼みの綱よ」

「どっちみち上院議員とやるのに忙しかったじゃないか。あんたが脚を閉じるまで待ってられなかったんだ」ロイがディミトリを身振りで示す。「それに、ユーリの身元を調べあげたのはこいつだ。こいつが来るのが筋ってもんだ」

「そうね」アナベルは優しく言った。「それでどんな結果になったか見てごらんなさい。ボスにあんたを始末しろと言われてないのが不思議なくらいよ」

ロイの顔が赤く染まる。「ボスにはおれが必要だ」必死に言い張る。

アナベルはあきれたような顔をした。「そう自分に言い聞かせてるといいわ、おばかさん」

「やるって、どの上院議員と？」ディミトリがきいた。

アナベルは銃をまっすぐディミトリに向けた。「しゃべっていいって誰が言った？」

アナベルが思考を探ると、ディミトリのいやらしい目つきが消え……ブロックで遮断されたことがわかった。なかなかいいブロックだ。継ぎ目がなくて頑丈で。この男は一年少し前に初回の投与を受けたとロイが言っていた。ほとんどの者はそのくらいで相手の探知をブロックするテクニックを身につける。ただしもちろんアナベルは通り抜けることができた。誰も彼女を長時間、締めだしておくことはできないのだ。それにしても、ロイがわたしをのけ者にし、このロシアマフィアとチームを組むほうを選ぶとは。彼女は男のブロックをもう一度調べた。男の上腕を触診するかのように。

「何か隠してるわね、ディミトリ？」

ディミトリが銃を見てから、アナベルの胸もとに目を移した。黒いベルベットの体にぴったりフィットしたミニのワンピースで、胸もとが大きくくれている。「何も隠してなどいない」

「じゃあ、このそりたつ壁は何?」彼女はささやいた。「まるで鋼鉄みたいよ、ディミトリ。すごく……かちかち……なんだもの」

ディミトリが唇をなめた。「通常の防犯用の壁だ。ズボンのファスナーをあげておくのと同じさ」

なんとまあ。さっさと墓穴を掘った男に、アナベルは同情を覚えそうになった。「なるほどね、ディミトリ。でもファスナーは閉めておくべきときと、開けておくべきときがあるの。今はどっちだと思う?」

アナベルはひざまずき、片脚を振りあげてディミトリの脚にのせた。ディミトリの口が開く。彼女はガーターでとめた黒いレースのストッキングを見せた。ちなみに下着はつけていなかった。ああ、もう我慢できない。男たちのこの顔を見るのが好きでたまらないのだ。欲望丸出しで、犬のように尻尾を振る男たちを。額に玉の汗を浮かべ、股間をふくらませている男たちを。

ロイがうなった。「アナベル、いい加減にしろ――」

「しいっ!」アナベルはロイに銃口を向けると、ベルベットのワンピースをたくしあげ、ダークブロンドの茂みを見せながら、ディミトリの股間の上で身をくねらせた。

「銃をあっちへ向けてくれ」ロイが怒鳴る。

それもそうね。アナベルは銃を持った手をディミトリの肩にのせ、彼の頭に銃口を向けたが、向けられた本人は気づいていなかった。息を荒らげながら、股間で忙しく手を動かしている。ようやく目的のものを取りだすと、彼女に差しだした。アナベルは甘い声で謝意を示すと、それを握りしめ、銃をディミトリの肩にもたせかけた。

彼が銃に目をやって言う。「できたらその銃をどけてもらえるかな?」

アナベルはにっこりほほえんだ。「いやよ」

ディミトリはあわれな声をもらしただけで、それ以上抗議しなかった。見あげたことに、大事なところはかたいままだ。彼は口もきけない状態だったが、アナベルがほしいのは言葉ではなかった。暗い車内にディミトリのせわしない息づかいが響き渡る。座席のクッションの上で体をずらすたびに革がきしむ音がした。アナベルは高まりの上で体をくねらせ、秘所をその先端に押しつけた。筆でさっと撫でるように潤いをこすりつける。油絵のキャンバスに絵の具を塗るように。ロイが自分の銃でハンドルをこつこつたたく。どうやら退屈でたまらないようだ。かわいそうに。

ディミトリが腰を持ちあげると、アナベルは銃を彼の顎の下に押しこんだ。「だめだめ、いい子にして」

「おお、神よ」ディミトリが小声で言う。

〝いいえ、女神よ〟アナベルはそう言おうと口を開きかけたが、言うまでもないと思い直した。神々しさなら男の目に充分映っている。妖《あや》しくきらめきながら、彼女は男たちに見られるのと同時に自分で自分を見ていた。どこまでも完璧な女性だ。妖艶な美しさに、われながらうっとりする。アナベルは腰をうねらせた。高まりの先端に触れながら、同じリズムでディミトリの頑丈な防御壁にも触れていく。そっと撫でたり、軽くはじいたり。体をくねらせ、のけぞって髪を揺らしたりするうち、ディミトリの額に青筋が浮かんだ。

それから、彼を自分のなかへ導く。ディミトリの防御壁が揺らぎ、ひびが入って……。そこでアナベルは爪を立てた。不意打ちをくらったディミトリが大声をあげる。手遅れよ。いったんなかに入ったら、こっちのもの。わたしを追いだすことができた者はひとりもいないのだ。

ニーナ・クリスティとヘルガ・カシャノフを除いては。

アナベルはその考えを押しやると、ディミトリの思考をくまなく探った。迅速にその情報を処理する。この男の考えることには、うんざりさせられた。

ほしいものを手に入れてしまうと、自分のなかに入っている彼の分身が邪魔でたまらなくなった。豚のように喉を鳴らして息をあえがせるディミトリにもむかつきを覚える。彼女はさっさと体を離し、彼の顎の下に銃を押しこんだ。

「ディミトリは隠しごとをしていたわね」アナベルは勝ち誇った視線をロイに振り向けた。

「あの女の携帯を見つけたのに、報告しなかったのよ！　信じられる？」

ディミトリが手をのばし、彼女を引き戻そうとした。「頼むよ」

「やめて！」アナベルは彼の手を払いのけた。「自分でしたら！」

「この車ではさせない」ロイがディミトリを冷ややかに見た。

「そして、ふたりはここにいる」アナベルは言った。「このホテルに。ほほえましいと思わない、ロイ？　あのふたりがひとつのベッドで身を寄せあっているなんて。ディミトリはいつ教えてくれるつもりだったのかしらね？」

「まったく、この野郎」ロイがののしった。

「おもしろいのはこれからよ」アナベルはしゃべり続けた。「ディミトリはカシャノフのスーパーpsi‐maxの最後の一錠を自分のものにするつもりだった……自分で服用して、わたしたち全員を裏切ろうとしていたのよ！」銃を振る。「でもね、驚くのはまだ早いわ。あなたたちを雑草みたいに刈りとった男……そいつはディミトリのいとこだったのよ！　どういうことだと思う、ロイ？　共謀のにおいがしない？」

ロイがディミトリをシートの背もたれに押しつけ、銃を喉もとにくいこませた。「いとこだと？　全部おまえが仕組んだことだったんだな？　あいつに薬のことをしゃべったんだろう？　まったく、陰でこそこそ立ちまわりやがって」

「違う！　あいつには二十年以上会ってない！　あいつはずっと姿を隠してたんだ！　今に

なって現れたのは……」銃身を喉に押しつけられ、ディミトリが言葉をつまらせた。「おばのトーニャに会うためだ」苦しげに咳きこむ。「おばはホスピスで死にかけてるんだ」

ロイがちらっと視線を投げると、アナベルはうなずいた。「本当よ」そして続けた。「驚きが感じられたもの。これは新鮮な情報よ。ディミトリもわたしたちがここに来る直前に発見したの。そのおばさんのことも本当だわ。癌よ。胸が痛むわね？」

アナベルはディミトリのほうにかがみこんだ。「サーシャ、だったかしら？」嘲るように言う。「あなたが毛嫌いしているいとこは。彼はすらっと背が高くて、すごくハンサムで、おまけに頭もいいそうね、オレグのお気に入りだとか。あなたにのるなんて時間の無駄だわ。階上へ行ってその大きくてセクシーないとこにまたがるほうがずっといい。あそこもあなたのより大きいんでしょうね、ディミトリ？」

ディミトリが彼女をにらんだ。「黙れ、あばずれ」

ロイが銃を突きたてた。「このいけすかない野郎をどう始末する？」

アナベルは肩をすくめた。「手っとり早く。それよりサーシャに会いたいわ。ブツを持ってるのは彼よ。電話を渡して、ディミトリ」少し待ってから、銃口を耳の下に押しあてる。

「早く」

「おじに取られた」ディミトリがむっつりと答えた。

アナベルはロイとうんざりした視線を交わした。「ちょっと、いい加減にして。psimaxはどこよ？　あなたの死体をあさったりしたくないわ。無駄にするのはもったいないし。ロイ、取りあげて」

彼女が銃をディミトリの顎の下にあてているあいだに、ロイが胸をざっと探った。ピルケースを見つけ、ディミトリのシャツを破いてそれを引っ張りだす。

「よかった」アナベルは満足げに言った。自分のバッグをかきまわして、毒を仕込んだ注射器を取りだし、透明な液体を先端まで押しだす。全員の視線が、針の先で震える一滴のしずくに集まった。ホテルの階段の吹き抜けからもれる光を受けて、宝石のように輝いている。

「おやすみ、ディミトリ」彼女は優しく言った。「楽しかったわ」

「やめろ！　待ってくれ！」ディミトリが叫んだ。「あんたはサーシャを知らない！　助《すけ》っ人《と》なしであいつをとらえることはできない！　ニーナの家であいつがしたことを見たよな？　忘れたのか？」ロイにきく。「あいつが来たら、おれが手を貸す！」

「あなたの助けは必要ないわ、ディミトリ」アナベルは言った。

「あいつのことはおれに任せてくれ！　あのふたりが出てきたら、おれがサーシャを引き離す。そうなれば、若い女がひとりだけだから、なんとでもなる。おれがサーシャを連れていくから、死体を始末する必要さえない。ちょちょいのちょいだ！」

アナベルは信じられないというようにロイと視線を交わした。

「それに、カシャノフが残した音声ファイルを聞いたが、あれは全部ウクライナ語だった。

何を言ってたか知りたければ、おれが必要だ。カシャノフはジョセフのことを話していた。うちのハッカーに調べさせたが、ジョセフというのは彼女の元夫のカークだ！　薬のことはやつが知っているに違いない。やつの名前を二度も口にしたってことは、カシャノフはやつに送ったに決まって――」

「カークのことはこっちでなんとかするわ」アナベルは言った。「どうぞおかまいなく」

「うちの連中がポートランドにいる！　ポートランドからカークのところへは車で一時間だ！　一時間で連中を送りこめる！」

ロイが肩をすくめた。こうした仕事を請け負う要員が不足しているのは事実だった。しかも、誰もそのことをラッドに指摘しようとしない。

「それで、引き換えに何がほしいの？」アナベルは尋ねた。

ディミトリが唾をのむ。「百錠」

アナベルとロイは吹きだした。「命はいらないわけ？」彼女は言った。「すべてうまくいったら、これを返してあげる」ディミトリから奪ったピルケースをカタカタいわせる。

「それじゃ足りない。明日も一錠必要だ。やつらが出てきたときに」

「必要ないわ。テレパスが多すぎると失敗するだけよ。でも、どうしてもって言うんなら」アナベルが一錠取りだし、車の床に放った。ディミトリがズボンをおろしたまま、それをつかもうと飛びかかる。

「部屋はどこ?」彼女はきいた。「車は?」

「二十六号室」ディミトリが答えた。「この駐車場を見おろす部屋だ。そしてそれがサーシャの車だ。すぐ隣にとまってるのが。忘れるな。サーシャはおれに任せてくれ」

アナベルはディミトリのピルケースを振った。「欲を出すんじゃないの。優雅に、静かにことを運ぶ必要があるわ。騒ぎも警察も何もいらない。面倒はごめんよ」

「これから計画を立てればいい」ディミトリが熱心に言った。「今ここで」

アナベルはファスナーがおりたままのズボンと、萎えていないディミトリの高まりを見た。

「自分の車に行って待ってなさい。わたしたちが計画を立てるわ、ディミトリ。あなたは命令にしたがうの。さあ、さっさと出ていって。血のにおいがして吐き気がするわ」

ディミトリはぶつぶつ文句を言いながら車をおりた。アナベルはディミトリが足を引きずりながら自分の車に戻るのを見届けた。そのときふと、ロイの視線に気づいた。「なんなの?」きつく問いただす。

彼が股間を身振りで示した。「服をおろせよ」

アナベルは笑いながら腰をくねらせ、ワンピースをヒップの下におろした。「何よ、ロイ? やいてるの?」甘い声で言う。「あなたもご褒美がほしい?」

「いつでもどこでも誰とでも」ロイがかすれ声で応じた。「まったく、たいしたあばずれだ。おれには絶対やらせないくせに。それとも、やらせてくれるのか?」

「それは無理ね」彼女はそう言って、ストッキングを引きあげた。「あなたは猟犬よ、ロイ。獣姦はわたしの趣味じゃないの」

「よく言うよ。手あたりしだいやっているくせに」

男たちの恍惚《こうこつ》となった崇拝の表情を思い浮かべながら、アナベルはロイに投げキスをした。

「いいえ、ロイ」彼女は言った。「犬はわたしがほしいものを持っていないもの」

16

またあの暗い洞窟だ。じっとりと肌にまつわりつく冷たい空気が重くよどんでいる。洞窟は暗闇のなかへのびていた。あちこちにできた暗がりに何がひそんでいても不思議はない。

部屋の中央に少女がひとり横たわっていた。濡れて汚れたナイトガウンを着ている。ジュリーだ。でこぼこの岩だらけの地面に横向きに倒れている。まるでそこに打ち捨てられたかのように。

彼はひざまずいた。ジュリーはもちろん死んでいた。顔色はグレーで、長い黒髪に海藻が絡まっている。光を失ったうつろな目に静かな非難をたたえ、同じ質問を永遠に繰り返した。

〝どうして助けてくれなかったの？〟

アーロがぎくりとして目覚めると、ニーナと手脚を絡ませあっていた。彼女の髪が胸にかかり、顎をくすぐる。銃を持つ利き腕はニーナに押さえられていた。

彼は下腹部がかたくなり、胃がよじれるのを感じた。まるで高速道路に落ちてきた石が一台の車のフロントガラスにあたり、車二十台を巻きこんだ大事故を引き起こしたかのように。

今の状況はそれに負けないほどひどく、愚かに思えた。いったい何を考えていたのだろう？
警報が脳内で鳴り響く。彼はゆっくり動こうとしたが、豊かな巻き毛が絡まっていて、ニーナを起こしてしまうのではないかと怖かった。危ない。危険に取り囲まれている。危険が迫るのを感じ、危ないにおいも味もした。アーロには危険を察知する本能が生まれながらに備わっていたとはいえ、これまで安全を脅かしてきたのは決まって外部からの攻撃だった。銃、ナイフ、手榴弾、爆弾。抱いた女に夢中になって胃がよじれるという危険を感じるのはこれが初めてだ。だから区別がつかない。ただ、怖いのだ。この警報が何に対するものなのか、わからなかった。誰にも見つかっていないはずだ。このホテルと自分たちを結びつけることは誰にもできない。ホスピスからつけてくる以外には。もしつけられていたら、必ず気づいただろう。

本当にそうだろうか？ ホスピスを立ち去ったとき、自分がひどいショック状態にあったことを思い出す。ニーナに抱えられてやっと歩いたくらいだった。

アーロの緊張を感じとったのか、彼女が腕のなかで目を覚ました。彼は体を傾け、ニーナを自分の上からおろした。

彼女は眠そうに目をこすると、体を起こした。戸惑ったようにぼんやりしていた目が、焦点を結ぶにつれて不安に陰った。

無理もない。ふたりはじっと見つめあった。

「いやだ」ニーナがつぶやいた。「八時半よ。もうこんな時間なの」

「ぐっすり眠りこけてたよ」アーロは自分もそうだったことは棚にあげて言った。起きているべきだったが、できなかった。三時間も抱きあったため、危険も忘れて心地よい疲れに眠りこんでしまった。

まったく、愚かで身勝手な行為だった。おれは自分のことしか考えない能なしの大ばか者だ。爆弾でこっぱみじんにされても文句は言えないほどだらしがない。自分で自分の尻を蹴飛ばしてやりたいくらいだ。

「そうみたいね」ニーナが慎重に言った。それから、彼が緊張しているのを感じて尋ねる。「ねえ、アーロ。あの、どうかした?」

「眠れないって言ってたくせに」責めるような口調になってしまった。「眠れるのは身を隠せる場所があるときだけだって」

しばらくして、ようやくニーナが答えた。「ゆうべはあなたがわたしの隠れ場所だったみたい」

「そんなものをおれに背負わせないでくれ」彼は言い返した。「おれはきみの隠れ場所にはなれない」

ニーナが押し黙る。アーロは彼女を傷つけてしまったのを感じた。

「あなたに背負わせようとなんてしてないわ」彼女が口を開いた。「ただ思ったことを言っただけよ」

アーロは首を振った。返事をすることも、ニーナを見ることもできなかった。

「つまり」彼女が少ししてから言った。「そういうことなのね？」

そう、まさにそういうことだ。残念ながら、現実は甘くない。ちゃんと最初に警告したはずだ。ニーナだってわかっていたはず。できないことまでしてやれると約束した覚えはない。おれがしてやれることなど何ひとつないのだから。

アーロはコーヒーメーカーをセットするふりをして、その質問をやりすごした。ニーナが昨夜のことをひとときの情事と割りきってくれることと、ふたりがこれ以上争うことなく朝を過ごせることを願いながら。

ニーナがバスルームに入った。シャワーの音が聞こえてきたが、すぐにやんだ。タオルを巻いて出てきたニーナの表情から、彼女がいらだちを募らせているのがわかる。

ニーナが服を探しながら言った。「服を持ってとっとと出ていけって言われた気がするから」

「早死にしたいなら、どうぞ」

ニーナは体を隠したつもりだったのだろうが、タオルが小さすぎた。高級ホテルの大判のバスタオルでなければ包み隠せない豊かな胸が、今にもこぼれそうになっている。ニーナが彼の股間に視線をさまよわせ、すぐにきまり悪げに目をそらす。

かたく屹立したものに目をやり、アーロは耳ざわりな笑い声をあげた。「まるで見せものだな。かわいそうだと思わないか?」

ニーナがつんと顎をあげた。「そうとも限らないわ」

「というと?」彼は高まりを握った。「きみがもう一度してくれるのか? いいね。こっちに来てタオルをゆるめ、前にかがんでくれよ」

「どうしてわざとそんな態度をとるの?」ニーナが声を震わせた。「めずらしい病気か何か? どうしてそんなにひねくれなければならないわけ?」

「こういう性分なんだよ」アーロは答えた。「生まれつきそうなんだ。そのことはゆうべ何度も警告したはずだ」

「もうやめて!」ニーナが言い放った。「あなたの戯言《ざれごと》にはうんざりよ」

「うんざりして当然だ」アーロは言った。「思ったより早かったけどな」

「何が?」ニーナが叫んだ。「何が早かったっていうの? あなたがわけのわからないことばかり言って、わがままな子供みたいにふるまうからでしょう?」

アーロはふたりのあいだにあいた距離を指し示した。「きみはおれを心の底から嫌ってる。昨日だって何度か、大嫌いになりかけた。心底嫌いになれなかったただひとつの理由は、おれに抱かれたかったからだ」

ニーナは怒りのあまり、タオルから胸がこぼれていても気づかないほどだった。「うぬぼれやのろくでなし」吐きだすように言う。

「ああ、そうだ。だからきみは混乱しまくってるんだ。きみの筋書きどおりに、おれが動かないから」

彼女が唇を震わせる。「なんですって？　筋書きなんてないわ！」

「いいや、あるさ。きみはおれに負けないくらいひねくれ者だ。でも、おれは仲よしごっこをするつもりはない。わかったか」

ニーナがすっくと立ちあがり、きっぱりと言った。「よくわかったわ。これ以上たたきこんでくれなくてけっこうよ」

アーロは大きく息をついた。「うれしいよ。わかってもらえて」

ふたりは一瞬にらみあったが、彼のなかで猛《たけ》り狂う欲望が静まることはなかった。

「で、それでもほしいのか？」

ニーナが眉をひそめる。「ほしいって何が？」

アーロは依然として屹立している股間を示した。「これだ」

ニーナがあきれた様子で彼をじっと見る。「引き返すってことを知らないの？」驚いたように尋ねた。「そんなに突進ばかりしていたら、ふたりで崖から落ちてしまうわ」

「岩にぶちあたる前に、またきみをいかせてやるよ」アーロは申し出た。

「わたしたちはもうとっくに岩にあたったの」ニーナが告げた。「粉々に砕けて崖の下に散らばってるわ」

「いや、違う」彼はくいさがった。「きみはちっともわかってない。もっとずっと、はるか下まで落ちていけるんだぜ」

ニーナが口に両手をあてる。アーロは一瞬、彼女が泣きだすのではないかと心配した。

そして泣いているのではないと気づいたときには、ひどく悔しくなった。ニーナは笑っていた……彼のことを。アーロは彼女をじっと見つめた。状況が悪くなったのか、ましになったのかわからない。

「笑いたいだけ笑えばいいさ」アーロはくいしばった歯のあいだから言った。「おれは相当おもしろいからな」

「またそうやって悪ぶっても、わたしはだまされないわよ」

「きみは、おれが言ったことにいろいろつけ足して想像をふくらませてるだけだ。きみには率直になろうとしてるんだ。きみのためにおれができることはそれだけだからな」

ニーナがわずかにうなずき、唇を噛んだ。

「きみには率直になる」彼は続けた。「きみの命を守れるよう努力する。きみをきちんと抱く。きみがそうしてほしければ。それだけだ」

「待って」ニーナが片方の眉をあげた。「三つになったわ」

アーロは一瞬、意味がわからなかった。血液が脳を離れ、股間に流れこんでいるせいかもしれない。「は?」

「初めはあなたにできることはただひとつ、率直になることだけだって言ったのよ。なのにすぐに三つに増えた。気をつけて、アーロ。気づいたら、わたしのためにドアを開けているかも。お花や、チョコレート、シャンパンだって――」

「おれをからかうな」彼はうなった。「いい加減にしろ、ニーナ」

「動揺してるわよ。落ち着いて、アーロ」

ニーナの唇は今もひくついていた。どうやら彼女はおれのことがおかしくてたまらないらしい。それほどおれは必死であわれなのだ。

アーロは何か意地悪なことを言って、とどめを刺すべきだった。だが、できなかった。何も思いつかない。ニーナにあの熱く燃える瞳で見つめられているあいだは無理だ。心臓が打つたびに、高まりが脈打った。じっと見つめあっていると緊張が高まっていく。あの激しいセックスがまた始まろうとしていた。心をそそられる、すばらしいセックスが。

やめるなら今だ。今ならやめられる。でも……ああ、やめたくない。アーロは口を開いた。しわがれた声が出たので咳払いする。「おれは何も約束できない」

ニーナが鼻にしわを寄せた。「社交辞令もなしなの?」

「なしだ」彼は黙っていられず、さらに続けた。「でもヒントならある。きみがどうすべきかの」

「すごく興味をそそられるわ。教えて」

アーロはニーナの茂みに視線を落とした。「おれを黙らせるのさ。おれの口に仕事を与えてやれば、そのあいだは暴言を吐くことはない」

「あの……」彼女が口ごもった。「それって、つまり……」

「恥ずかしそうなふりをするのはやめるんだ」アーロの口から言葉がほとばしりでる。

「こっちに来て、おれの顔の上に座れ」

「やめて」ニーナの甲高い声が響き渡った。「醜くて下品な言葉は……人を傷つけるような言葉は言わないで。お願いだから……黙って」

アーロは胸を上下させ、苦しげな声を出した。「黙らせてみろ」


〝黙らせてみろ〟

その言葉は挑戦状のようにたたきつけられた。人を嘲り挑発しているようにしか聞こえなかったが、昨日を境に、ニーナには物事の本質が見えるようになっていた。それまで聞こえなかったことが聞こえ、見えなかったものが見え、真実がわかるようになったのだ。だからアーロのその言葉が本当は嘲りではないことがはっきりとわかった。

それは、懇願だった。

罠や地雷が仕掛けられ、有刺鉄線が張りめぐらされた囲いのなかにアーロがひとり閉じこめられ、絶望していた。もし自分に少しでも理性があるならアーロをひとりそこに残し、彼のことは忘れてしまうだろう。実際、アーロのほうもそうされることを期待している。自尊心のあるまともな女性なら、アーロが口にした下品な言葉には耐えられないはずだ。そこにこそ、彼の意図があるのだ。アーロはそうやって他人を遠ざけてきた。そのしくみはねらいどおりきちんと機能している。

ところがニーナには、それが透けて見えた。

自分には真実が見えるという感覚はすばらしかった。体がエネルギーにあふれ、光を放ち、熱を発する。全身がぞくぞくし、ほてっていた。もう怖いものはない。彼女は何かに駆りたてられるように、自分のなかからわきでる声にしたがってタオルを床に落とし、背筋をしゃんとのばした。そして挑発するように胸をつんと上に向け、官能的なしぐさで髪を背中に払った。

アーロが口を開いた。「そんなことをしたって――」

「黙って」

ニーナの強い口調に、彼がたじろいだ。ただごくりと唾をのみ、近づいてくる彼女をむさぼるように見つめている。

アーロに一歩近づくごとに、ニーナは自分が熱く強くなっていくのを感じた。そばまで来ると、彼の魅力に打たれて体に電気が走ったようになる。胸の先端がかたくなり、髪が逆立ち、胸が苦しくなった。

彼女はアーロに触れず、たくましい体を見まわしてその魅力を存分に目に焼きつけた。それから手をのばし、体の隅々まで大胆に撫でまわす。贅肉のかけらも見あたらず、筋肉質で引きしまっていて、やわらかい部分などまったくない。ニーナは彼の胸板に爪を立てた。胸の先端は小石のようにかたくなっている。ああ、この盛りあがった肩にかぶりつきたい。ああ、このヒップにも。みだらな目でヒップを眺めたことなど一度もなかったし、そんなことをする日が来るとも思わなかった。そしてこの立派な下腹部といったら。彼女はアーロをあえがせ、吐息をつかせたかった。顔からその冷ややかな表情をはぎとりたい。リラックスして、信頼してほしかった。

そんな夢のようなことは起きるとは思えなかったけれど。

だけど今は彼が支えを、何かつかまるものを必要としている。わたしが支えにならなければ……落ち着いてやり遂げるのよ。

「ねえ、思うんだけど」彼女はかすれた低い声で言った。「ブルーノのボディガードがこっちに向かっていて、さぞかし残念でしょうね。わたしがいなくなったら、寂しくなるわよ」アーロの高まりを握る。「この子がきっと寂しがるわ」

「ニーナ」アーロが警告するような口調で言う。「おれは――」

「黙って」ニーナは彼の唇に指をあてた。「これで三度目よ。聞こえなかったの?」

彼女の指の下でアーロの唇が小刻みに動く。とてもやわらかくてあたたかい唇だった。ニーナはこの場を支配する必要があった。威厳を示すために女王や女帝のようにふるまうことにする。

「話す許可は与えていないわ」

アーロがにやりとした。「きみはこういうのに興奮するのか」優しく言う。「どれ、見てみよう」

「黙って」彼女はぴしゃりと言った。「ルール違反よ」

「ルールなんていつできたんだ?」

あなたがわたしに懇願してからよ、ばかね。「しいっ」ニーナは彼の胸をたたき、両手をたくましい肩にのせた。そして下へ押す。

驚きに目を丸くしながらも、アーロが魅了されたようにひざまずいた。

ニーナはアーロの髪をつかんで顔を上向かせると、片脚をベッドにのせ、彼の顔から数センチのところで茂みをうねらせた。「さあ、これから、あなたの下品で汚らわしい発言の償いをしてもらうわ。あなたを許せるかしら」

アーロが目を輝かせた。大きな手でヒップをつかむと、一瞬の躊躇《ちゅうちょ》もなく彼女に口づける。

大変な……とんでもなく大変なことになったとニーナが気づくのに、三秒とかからなかった。それほどすばらしかった。信じられないほどだ。彼女はアーロの頭をつかんで髪をかきむしり、片方の脚を高くあげてベッドに置き、彼が巻き起こす快感に体の芯からとろけていった。アーロが秘所を舌でなめ、二本の指を突っこみ、なかをかきまわす。

ニーナはふらつきながらも、彼の指に吸いついて放さなかった。脚が震えて、きっと倒れてしまうと思った。前夜羽目をはずしすぎたせいで少しひりつくものの、押し寄せる快感の波にのまれて高みにのぼっていく。今にも倒れそうだったが、やめてと懇願したりすれば、すぐに立場が逆転してしまう。アーロではなく、自分が主導権を握らなければならない。

けれどすぐに、そんなことを考える余裕すらなくなった。思いつきからしたことだったのに、アーロのおかげでとろけていき、うずきが我慢できないほどになって……。

ニーナはわれを忘れた。

倒れるか、アーロの上にくずおれるか、少しのあいだ気を失うかしたのかもしれない。われに返ったときには、ふたりで膝立ちになって向きあい、彼に支えられていた。そうでなければ床にのびていただろう。

ニーナはぱちぱちとまばたきをして目を開いた。アーロが顔から、汗でへばりついた髪をかきあげてくれる。彼の目に焦点が合った。にっこり笑うと頬に深い溝が刻まれ、目尻にしわが寄る。その顔があまりにすてきで、彼女は思わず息をのんだ。

「また口でしてもいいかな？」アーロが尋ねる。

恥ずかしさのあまりしばらく口ごもったあと、ニーナはなんとか答えた。「キスするだけなら」

アーロのキスに、彼女は胸が張り裂けそうになった。どこまでも激しく求められ、どうかなってしまいそうになる。もう彼を支配できなかった。絶対に無理だ。アーロはニーナをベッドにのせると、避妊具をつけた。彼女にまたがり、むさぼるようなキスを一瞬たりともやめようとしない。先端をニーナの潤った場所に押しあてて、じっと目をのぞきこむ。ゆっくりと少しずつ貫かれながら、ニーナはアーロの本当の気持ちを感じとった。口汚い言葉を使うことで、アーロはなんとかしてニーナを自分から遠ざけようとしていたのだ。

けれど、そうすることはできなかった。ふたりとも。

ニーナはアーロにひれ伏した。アーロに降伏するのがたまらなく幸せだった。甘えた声を出しながら、またしてもクライマックスへ駆りたてられていく。しなやかに動く大きな体に組み敷かれて屈服する。背を弓なりにそらしてすすり泣いた。アーロが叫び声を押し殺す。

ふたりは互いをきつくつかみあった。

アーロが彼女をしっかり抱き寄せたまま、ようやく転がってあおむけになった。上になったニーナは腿を彼の腿に絡ませた。アーロとひとつになったまま。

アーロが彼女の髪に指を差し入れ、顔をそっと持ちあげる。「今回は、おれから誘ったわけじゃなかった」そう言って顔をゆがめる。

ニーナは満ち足りたほほえみを向けた。「本当ね。わたしが女帝として指図するはずだったのに、結局はあなたのペースになったけど」

彼は力を抜かなかった。「それでもよかった？」くいさがる。「気に入ったかい？」

彼女はアーロの胸の上で腕を交差させて顎をのせた。「またほめてほしいわけ？　それより、もっと情熱的な会話をしましょう」

アーロが意外そうな顔をした。「というと？」

「しっかり快楽にふけってすっきりしたかしら？」ニーナは彼に尋ねた。「少しは気分が落ち着いた？　冷静に話ができる？」

アーロが口もとを引きしめた。「おれを落ち着かせるためだけにこんなことしたのか？」

彼女は体を起こした。「やめて、アーロ。お行儀よくするの。でないと……」

「でないとなんだい？」彼が用心深くほほえんだ。「でないと、おれの顔にもう一度またがるとか？」

「しなければならないことならなんでもするわ」ニーナは毅然《きぜん》として言った。

「抑止力としては、あまり効果的とは言えないな。そのことを考えただけでよだれが出てきたよ。蹴っ飛ばしてラジエーターに手錠でつなぐぐらいしないと、おれをとめられやしない」

その言葉とともに、アーロの分身が彼女のなかでふくれあがった。筋肉をわななかせて、ニーナはぎゅっと締めつけた。

「おれを蹴飛ばしてくれないか、ニーナ？」彼が小声で言った。

彼女はアーロの上で身をよじり、息をあえがせた。またできるの？　こんなにすぐに？

ニーナはすでにたっぷり潤っていたので、彼の分身が滑るようになめらかに動く。

「寝起きはいつもあんなに機嫌が悪いの？」彼女はきいた。

「だいたいそうだ」アーロが答えた。「今はもう直ったが。普段は朝の不機嫌を他人にぶつけたりしない。ひとりでいることにしているから」

「恋人を泊めることは？」

彼が首を振った。

ニーナは体を起こしたが、かえって自分のなかにあるアーロの分身を強く感じることになった。波乱を呼びそうな会話をしたにもかかわらず、彼は完全に高まっていた。ふたりの視線が絡みあう。アーロが彼女のウエストをつかんで持ちあげ、分身を半分引きだしてから、ニーナの腰をゆっくりと沈めさせ、すっぽり根元までおさめていった。

「あなたは疲れないの？」息を切らして彼女は尋ねた。

「きみとなら疲れない」

ニーナは咳払いした。「話をそらそうとしているのなら、うまくいきっこないわ」

「きみだってさっき同じことをした」アーロが指摘した。「しかもうまくいった。これは無限に繰り返せる最高の解決法だ」

「同じじゃないわ」ニーナはきっぱり言った。「わたしはあなたがあれ以上ひどい態度をとらないようにしただけ。わたしたち、話をするべきだと思うわ」

「おれの態度の悪さについて？　冗談じゃない。やめておこう。話したってことにして……」アーロが親指で彼女の秘所に円を描いた。「こうするほうがずっといい」

ニーナは笑った。「セックスで気をまぎらわせれば、気まずい会話を永遠に避けられると本気で思ってるの？」

「やってみる価値はあるだろう？　どれだけ長くもたせられるか、やってみなきゃわからない」

一生でも？　ニーナはその考えを振り払った。不適切だし不可能だ。彼女はアーロの胸を押した。「ちょっとひりひりするの」小声でささやく。

彼がさっと引き抜いて体を離した。「すまない。やりすぎた」

「大丈夫よ」ニーナはこたえ、ベッドの上で脚を引き寄せて体を丸めた。「あなたったら怯えているみたい」うっかり口走った。

アーロが目をそらした。「死ぬほどな」少ししてから認めた。

「どうして？　わたしのどこがそんなに怖いの？　まったく無害なのに！」

「無害？」彼の声は皮肉っぽく、重く沈んでいた。「どこが無害なんだ？」ニーナの視線を避けたまま言う。「おれはきみを傷つけたくないんだ」アーロがようやく声をしぼりだして言った。

「じゃあ、傷つけないで」

彼が寝返りを打って顔をそむける。ニーナが自分のほうを向かせようとしても、びくとも動かなかった。少ししてから、彼女はアーロが正しいと気がついた。

人を傷つけないことは言うほど簡単ではない。わたしはアーロをむやみに苦しめてしまった。そんな必要はなかったのに。

ああ、でもそれがなんだというの？　ニーナは彼に覆いかぶさった。その大きな体の隅々までを記憶に刻みこもうとするように。

アーロがもぞもぞ動きだしたので、ニーナは脇にどいた。「今度は何？」彼女はきいた。

彼が横向きになった。「おれたち、いったい何をしてるんだ？」ニーナに言う。「おれはきみを生かしておこうとする。きみはおれを苦しめようとする」

「あなたを苦しめられるとしても、たかが知れてるわ」

彼の顔はむっつりしている。「そうだな」

「あんなふうに怒りをぶつけてはいけないってわかってるでしょう？」彼女は強調した。「今回は切り抜けたけど、また今度もわたしが耐えられるとは限らないわ」

アーロがうなずいた。

「じゃあ、いい子にする？」彼女はたたみかけた。

「約束はできない」

あきれた。どうしてそこまでして、悪い男でいたいわけ？　ニーナはため息をついた。なぜか、このささいなことを納得させるのが重要に思われた。「約束してほしいと言ってるわけじゃないの」とげのある口調で言う。「ただあなたに行儀よくする努力をしてほしいだけ。わたしはもうすぐここを離れるんだから、たいしたことじゃないでしょう。いい子でいるよう努力してくれる？」

アーロはいかにもしぶしぶといった様子で口にした。「やってみよう」

彼から引きだせたのはそれだけ――最低の男にならないよう努力してみるという気のりのしない返答だけだった。ニーナはバスルームに入っていった。鏡にはほとんど見覚えのない女性が映っていた。腫れて赤く染まった唇、瞳孔が開いた目、くしゃくしゃに乱れた髪。アーロはすごくすてきだし、ベッドでも最高だった。命を救ってくれて、ひと晩じゅう思いきり抱いてくれた。この人に夢中にならなかったら、わたしはどこかおかしいに決まっている。

もちろん、自分におかしなところがあるのはちゃんと自覚している。でも、恋人にするにはまったく不向きなアーロみたいな人に愛されることを望むほどおかしいとは思ってもみなかった。

目に涙がこみあげる。まったく、ばかばかしい。アーロのためにこんなに感情的になるなんて。向こうは自分を隠しているというのに。ニーナは彼に抱かれたしるしを洗い流し、厳しい言葉で自分を奮いたたせた。しっかりしなさい。アーロはこれから一時間、意地悪で最悪なことはしないように努力すると約束してくれた。親切な人じゃない。金メダルをあげてもいいくらいよ。

17

〝いい子にして〟どういう意味だ？　いろいろな解釈ができるじゃないか。ニーナがバスルームから出てくると、アーロは携帯電話をつかみ、ついさっきした約束から気をまぎらわしてくれるものを必死に探した。約束を守れるかどうかわからない。守れるという根拠はひとつもなく、守れないと示唆する証拠ならたんまりあった。そのことで取り乱した。どうかなってしまいそうだった。

「誰に電話してるの？」彼女がきいた。

「マイルズだ」アーロは答えた。

ニーナが眉をつりあげる。「向こうはまだ六時にもなっていないわよ」

「午前三時に電話しても文句を言えないくらい彼には金を払ってる」呼び出し音が鳴り始めた。「それに彼は寝ちゃいない。コンピューターの世界に入ると、彼は眠らないんだ」

「やあ」マイルズが電話に出た。「見つけたよ。おもしろいことを」

「そんなことじゃないかと思った」アーロは言った。

「あの音声ファイルの男の声を、取り除けるだけ取り除いた。そっちの電話に今すぐ、きれ
いにしたファイルを送る」
「よし」アーロは言った。「それから？」
「スピーカーフォンにしてくれる？」ニーナの声にはとげがあった。アーロはそれが嫌いで
はなかった。スピーカーをオンにする。
「まず、ヘルガ・カシャノフは死んだことになっていた」マイルズが断言する。「三年前に
起きた、スポーケン郊外の〈モーゲンセン・メモリアル研究所〉の火災でね。八〇年代に、
彼女はジョセフ・カークという男と結婚した。どこかのシンクタンクで出会ったらしい。夫
妻には一九八六年に娘が生まれた。〝遺族は娘のララ・カーク〟と報道されてる。その娘は
サンフランシスコ美術学校を出た新進気鋭の彫刻家だ。ギャラリーの注目を集め、収集家た
ちが初期の作品を買いあさっていた……姿を消すまでは」
「あてみせようか。四カ月前。だろ？」
「ああ、そうだ。今は行方不明者扱いになってる。彼女の事件を担当している刑事の番号を
手に入れたが、まだ電話してない。朝早すぎるからな」
「その番号をこっちに送ってくれ」アーロは指示した。「ジョセフ・カークはどこにいるん
だ？」
「ウェントワース大学という小さな大学で理学部長をしている。ポートランドから一時間く

らいのところだ」

「そいつともまだ話してないのか？」

「朝六時だぞ。夜には眠る人だって世の中にはいるんだ」

「ほかに何かわかったら電話してくれ」電話を切ったアーロは、ニーナにじっと見られていることに気づいた。彼女は当惑した顔をしている。「なんだ？」

「どうして電話してくれなんて言ったの？」ニーナが尋ねた。「ボディガードがもうすぐここに来るわ。その人がブルーノに電話して最新情報を伝えるはずでしょう。でなければわたしが」

どうしてかなんて知るものか。彼女の質問はもっともだったが、〝もうあなたは必要ない〟と言われた気がして、アーロは無性に腹が立った。

「あなたの問題だというふりは、もうしなくていいのよ」ニーナが優しく言った。「あなたはお役御免。あなたは自分の仕事をまっとうした。それも完璧に」

お役御免だと？「おれはなんのふりもしてない」彼は言った。

ニーナが組みあわせた両手をじっと見る。「それはそうと、ヘルガは三年前の火災で亡くなったことになっていたのね？ ヘルガが言っていたこととつじつまが合うわ。男がヘルガを監禁して、この薬をつくることを強要したっていう話。ああ、気の毒なヘルガ」

「彼女に同情するのか？ あんなことをされたのに？」

ニーナがうなずき、部屋の電話の受話器を取った。

「いったい誰に電話する気だ？」アーロは問いただした。

「病院よ」彼女が答える。「ヘルガが目を覚ましたかもしれないでしょう。英語を話せないままでも、あなたとなら会話が通じるかもしれない」

彼が座って見守る前で、ニーナは病院の交換台を通して電話をつないでもらおうとした。何度も待たされたにもかかわらず、感じのよい声で言う。「はい、入院患者の容体を知りたいんです。名前はヘルガ・カシャノフ。おばなんです。おばは……」彼女の顔が青ざめて引きつる。「わかりました」ニーナが感情のない声で言った。「どうもありがとう」受話器をそっと電話に戻す。「亡くなったそうよ」声が震える。「昨日」

ああ、なってこった。アーロは息を吐きだした。いずれにしろあの音声ファイルを聞いたあとでは、ヘルガの手助けはさほど期待できないと覚悟していたが。

ニーナが顔をこすった。「ヘルガは五日前に注射されたって言ってたのよね？　わたしには三日って言ってたけど、ヘルガは五日もったんだわ」

「もしも彼女が言ったことが本当なら」

「本当に決まっているわ。ヘルガは死にかけていて、自分でそのことを知っていた。嘘をつく理由がないもの」

アーロはかっとした。自分の手で問題を解決できなかったことが腹立たしかった。ニーナの力になり、答えを出してやりたかった。けれど何もできなかった。かっとなること以外には。

ニーナが床に落ちた上掛けの下から服を拾った。

「それをわざわざ着る必要はない」アーロは言った。

彼女がまさかというような顔を向ける。「アーロ、冗談抜きに——」

「また抱きたいと言ってるわけじゃない」彼はきっぱりと言った。「ただ、それをまた着るのはだめだ。危険すぎる」

ドアにノックの音がした。アーロは銃に飛びつき、ニーナにバスルームに隠れるよう合図した。彼女は驚き、小走りで入っていった。

彼はドアに近づいた。「誰だ?」

「ロクサーヌです」たばこ焼けした女性の声で、強いブルックリン訛りがあった。「フロントの。ゆうべのこと、覚えていらっしゃいませんか? ご所望のものを〈ファウスタズ〉で手に入れてきました」

アーロは胸をきつく締めつけていたものが少しゆるむのを感じた。去年、病院で大失態を演じて以来、何に対しても用心深くなっていた。かわいいおばあさんやプードル、シュークリームだって、いくら無害に見えても油断できない。どこかに爆弾が隠れていて、こちらが気を抜いた瞬間に襲いかかってくるかもしれないのだ。

「すぐ行く」

アーロはジーンズをぐいと引きあげて財布を探り、昨夜チェックインしたときに取り決めておいたとおり、百ドル札を二枚引き抜いた。頼んだ用事にしてはかなり高い報酬だが、昨夜ここに来たときと同じ服装でニーナをこのホテルから出ていかせたくなかった。

彼は銃をジーンズに突っこみ、ドアを細めに開けた。ロクサーヌだった。ぽっちゃりしていて、脱色した髪に下手なパーマをかけている。この用事を頼むのに最適な要員とは言えないが、彼女が事情をきかれるとしたら、しばらくあとになるだろう。

彼はドアをもう少し開いた。「何を買ってきた？」

ロクサーヌはいくつもの紙袋を持ちあげた。「頼まれたものを」見せながら答える。「お金を使い果たしましたよ。言われたとおりに。セクシーなものっておっしゃいましたから。できるだけそういうのを選びました」ピンクとグリーンのストライプの小さめの袋を持ちあげる。「これは下着です。ブラジャーのサイズは34D、でしたよね？」そう言って、視線をアーロの全身に走らせる。「服のサイズは8？　お客さまが着るのでないといいんですけど。だってもしそうなら、小さすぎますからね」

アーロはあきれたように笑って、フロント係が差しだした紙袋を受けとった。「おれのじゃない」と請けあう。

ロクサーヌは少しのあいだ彼の裸の上半身を観察してから、部屋のなかをのぞきこんだ。

彼は体をずらして視界をさえぎった。

「着てみるまで待ってましょうか？」ロクサーヌが期待をこめて尋ねる。「もしサイズが合わなければ、返品してきますよ」

追加料金を二百ドルふんだくろうってわけか。「その必要はない」アーロは言った。「化粧品とはさみも買ってきたか？」

ロクサーヌが別の袋を手渡した。「レシートはなかに入ってます。おつりも」

アーロは袋のなかをのぞいた。たしかに入っていた。衣類を確かめる。下着の袋には色とりどりのレースやシルクが見える。服のほうもだいたい似たようなものだ。スパンコールつきのデニムと、どぎついピンクのフリルに目がとまる。派手な服、と指定したのだ。ぴかぴかしていて、ひらひらしていて、けばけばしい色の服を。ニーナに普段とは正反対の格好をさせたかった。鮮やかな色の、体にぴったりした服、赤い口紅、濃いアイライン。マスカラを塗りたくり、髪をふくらませる。胸の谷間を強調し、仕上げにラメの粉をはたく。できあがりが楽しみだ。

彼は金を渡した。「ありがとう。助かったよ」

ロクサーヌが紙幣を受けとり、彼の胸板をじろじろ見る。「どういたしまして。また何かあればお電話ください」

アーロはドアを閉めた。

さあ、お楽しみはこれからだ。

ニーナはドアが閉まるまで待った。撃ちあいはなかった。口論もなかった。バスルームから出て様子を見る。どうしてブティックのピンク色の紙袋があるのだろう？

「なあにそれは？」彼女は尋ねた。

「きみの最新ファッションだ」アーロが満足げに答える。

そして、ベッドの上に服をぶちまけた。ひらひらしていてぴかぴか光る、タイトな服ばかりだ。ニーナは唖然としてそれらを見つめた。

「あの、アーロ？」ベッドの上でひとかたまりになった、けばけばしい布の山を指す。「こんなの着られないわ」両膝にダメージ加工を施し、スパンコールをちりばめたスキニージーンズをつまみあげた。「サイズ8よ！　8なんて着られない！　息ができなくなるわ！」

「できるさ。ローライズだし。とても肺には届かない」アーロが説明した。「それをはいたきみを見るのが待ちきれないよ」

「でも……でも……」ニーナはしばらく口ごもってから、ようやく言葉をしぼりだした。

「わたしの趣味じゃないわ！」

「だからいいんだろ」アーロがドラッグストアの袋の中身をぶちまけると、散髪用のはさみがプラスチックのケースから飛びだした。続いて聞こえた言葉が彼女を恐怖に陥れた。「まずは髪からだ」

ニーナはあとずさった。「近寄らないで」

彼が近づく。「バスルームに入って。そのほうが散らからない」

「いやよ！」彼女は叫んだ。「いやだと言っているでしょう。なぜわからないの？」

アーロは、武装した殺し屋たちを威圧するときに使う表情をニーナに向けた。「なぜかといえば、きみを殺そうとしている人間がいるからだ。やつらはきみをじっくり見ていたんだぞ！　あのだぶだぶの服を着て髪をケツまで垂らしたきみに、外を歩かせるわけにいかない！」

「わたしのことなんか覚えていないわ！　誰の記憶にも残らないのよ！　あなたも見たでしょう！　ホスピスでのこと、忘れたの？　タクシーを通りでとめるときだって」

「そうだな。だとしても、それを百八十度変えるんだ。相手はきみを殺そうとしてるんだぞ？　そんなやつらがきみを見たんだ、ニーナ。きみのイメージはやつらの記憶に刻みこまれてる。きみのトリックに引っかかろうと引っかかるまいと関係ない。おれが請けあう」

ニーナはただ首を振り続けていた。「あなたは美容師じゃない！　ほかの才能がどれほど豊かだったとしても、とんでもない髪形になるわ！」

「こんなこと言いたくなかったけど、言うしかないな。もう一度きみに口でしてあげないといけないのかい？」

ニーナはたまらず吹きだした。アーロが彼女の濡れた髪を手で支え、重みをはかるように持ちあげる。

「こういう状況の場合、いつもなら地味に人目を引かないようにする」優しい声だった。「今回は例外だ。やつらは今、人目を引かない人物を探してる。その反対をいくほうが安全だ。少なくとも今日のところは。おかしな髪形にはしないよ。きれいになってほしいからね」

「つまり、わたしの見た目はそんなにひどいってこと?」ニーナは不機嫌に問い返した。

「そういう話をしてるわけじゃない」アーロが彼女のヒップをつかんだ。「おれがきみの外見を気に入っているのは、きみだってわかってるだろう? 今だってこんなになってる」いつのまにかかたくなった股間にニーナを押しつける。「きみへの思いの深さをもう一度証明してみせる必要があるのかな?」そっとささやく。「いつでも用意はできてるよ」

「いいえ」ニーナは赤面しながら言った。「今はやめておくわ」

「じゃあ、バスルームに入って」

アーロが彼女を鏡の前に立たせた。ニーナは自分をじっと見た。髪を切るなんてひどい。髪は手入れの楽なロングがいちばんだ。三つ編みにしたり、シニヨンにしたり、ポニーテールにしたりできるのだから。下手に切られたら、のびるまで何年もうっとうしいかもしれない。平凡でめだたない髪形にしておきたいのに。

でも、見た目をどうこう言っている場合ではない。生きのびられるかどうかの瀬戸際なのだ。考えただけで気持ちが沈んだ。夢のような恋が終わりを告げようとしている。そのあとに待ち受けているのは、つらい現実だけだなんて。

自分は命の危険にさらされているのだ。体内に入った得体の知れない薬。ヘルガが残した謎の言葉。恐怖や不安、無力感が胸に渦巻く。

バスルームにあったアメニティのかごからアーロが櫛を見つけ、辛抱強く髪のもつれをほどいていった。

「前にもやったことがあるの？」ニーナは尋ねた。

「妹がいたから、大昔に手伝ったことならある」

妹？　彼女は興味を引かれたが、アーロの声にはそれ以上質問を受けつけない響きがあった。目を閉じて、彼に任せることにする。もつれがほどけるころには、髪はなかば乾き、カールしていた。アーロが髪に手をのばした拍子にあたたかな指先が肩に触れると、その部分がじんとしびれた。

アーロが髪を切り始めた。ニーナは目をぎゅっと閉じ、シャキンという音がするたびに顔をしかめた。彼はゆっくりと慎重に様子を見ながら切っていく。そして最後に、指で髪をふんわりさせた。「目を開けてごらん」

目を開いた瞬間、彼女はあっけに取られた。すごく似合っていた。トップはレイヤーが入って、ふわっとしている。後ろは短すぎず、肩甲骨にかかるくらいの長さがあった。ニーナは頭を左右に振って、巻き毛がふんわり揺れるさまを眺めた。とてもおしゃれでかわいくて……印象的だ。

アーロは無表情だったが、まんざらでもなさそうだった。

「職業を間違えたようね、アーロ」ニーナは言った。「あなたは美容師になるべきだったのよ。ピアスをつけて、舌足らずな話し方をして」

「偽の身元が必要になったら、次回は美容師だと名乗ることにするよ」アーロが言い返した。「さあ、服を着るんだ」

ニーナにとっては、とてもではないが着られない服ばかりだった。そのなかからアーロが選んだのは、肌に張りつくようなピンクのタンクトップ、スパンコールのついたジーンズ、そして思いきり丈の短いすけすけのブラウスだ。ブラウスは胸の谷間を惜しげもなく見せるデザインで、裾はピンクとゴールドのフリルで縁取られている。派手な色の蝶《ちょう》柄で、後ろには尻尾のようにお尻まで届く長いフリルがついていた。ぴちぴちのジーンズは意外にもはくことができた。腰にかろうじて引っかかるローライズで、日にあたったことのない真っ白な腰があらわになっている。

そして下着は、ショッキングピンクのレースのプッシュアップブラと、おそろいのTバックだ。アーロはメイクにも注文をつけた。いつもの十倍塗りたくれ、と。自分でできないならおれがやってやる、などと恐ろしいことも言った。三回もやり直し、顔じゅうべとべとに塗りたくってようやくオーケイが出た。

そのあと彼はラメのスプレーを手に取った。それをニーナの髪、顔、肩、胸に、それから一瞬迷ったあとおなかにも吹きつける。まるで彼女が何か、注目を引く必要のある仕事をしてでもいるかのように。

アーロがニーナを鏡の前へ引っ張っていき、日焼けした手で彼女の白いウエストをつかんだ。「うーん」

ニーナは自分の真っ赤な唇と、マスカラがべっとりついたまつげをじっと見た。「気味が悪いわ」むっつりと言う。「女装したゲイの人みたい」

アーロは首を振ると、両手を上にずらして胸を包みこみ、レースのプッシュアップブラのなかで先端がつんととがるまでもみしだいた。

「いいや」彼が言った。「女装なら、おれがこんなふうになったりしない」

「唇にきらきらがつくわよ。それに、いつでもどこでもかたくなるものがかたくなったからって、出来栄えがいい証拠にはならないでしょう。あなたは性欲の塊なんだから」

「性欲の塊?」顔をすり寄せていたアーロが不満げに目をあげた。「おれが?」

「そう、あなたのことよ」ニーナは鏡のなかの自分を見つめた。こんな格好をしているせいで気分は最悪だった。普通の女性なら、楽しめるのかもしれない。普段なら着ない服を着て、別人になりきる経験を。何がそんなにいやなの？

彼女は体がこわばり、息をするのもやっとだった。

「耐えられないわ。男の人にじろじろ見られるもの」ニーナはうっかり口にした。

アーロが顔を離した。「だろうな」目をあげて言う。「それはわかる。でも、きみは忘れてる」

「何を？」

「おれを」

ニーナはそれでもぴんとこなかった。「あなたになんの関係があるの？」

「大ありだ。男たちがきみを視界にとらえる。そのとたん汗が吹きだしてきて、今度はじろじろ見る」アーロの射すくめるような視線に、彼女はぞくっとした。「そこでおれが目に入る」彼がニーナの肩を軽く噛む。「それで、しかたなく視線をそらす」

ニーナはうなじにあてられたアーロの口の、あまりにみだらな動きに圧倒された。さざ波のような甘い快感が押し寄せ、体の奥がかっと熱くなる。まるで強い酒をあおったときのように。

彼は気まぐれにでたらめを言っているだけ。ニーナは膝を合わせた。「男たちがいやらしい目つきでわたしを見るとき、あなたはそこにいないくせに」

アーロが手を離して後ろにさがった。「じゃあ、好きにしろ。おれがいなくなったら、またあのテントを着ればいいさ」

ニーナはなんとか大人のふるまいをしようとした。「ねえ、あなたには感謝してるわ。これまで充分すぎるほどのことをしてくれた。だからそろそろ、おばさんのことを心配してあげて。ありがとう、本当に」

「前にも言ったように」彼が割って入った。「礼はいらない」

「やめて。感謝されるのが嫌いなのはわかってるし、ブルーノとのことも知ってるけど、そんなのどうでもいいの！　わたしはあなたに感謝せずにいられないのよ！　あなたに……あなたによ、アーロ！　仲介してくれたリリーたちじゃなくて。この部屋にいるのはわたしとあなただけ！　わたしが、命を救ってくれたあなたにお礼を言ってるの！　それを素直に受けとれないの？」

「なんだよ、いきなり？」アーロが悲しげにきいた。「またおれに腹を立ててるのか？」

ニーナはため息をついて天をあおぎ、どうか辛抱強くなれますようにと祈った。

アーロは最初、ひどく物騒で愚かなことを口にしたくてしかたがなかった。だがその衝動がおさまると、ほかにどうしていいかわからなくなった。ばかみたいにしどろもどろになりそうだったからだ。

だから、あたりさわりのない無難な言葉を選んだ。「どういたしまして」

ニーナは少し待ってから口を開いた。「それだけ？」

「おれに何を言わせたいんだ？　おれからもありがとうと言ってほしいのか？」

彼女が顔をしかめた。「いやだ、違うわ。だって何に？　あなたとセックスしたからって、感謝されるいわれはないわ。自分のためにしたんだし、してよかったと思ってる。ずっと忘れないわ。生きている限りずっと」ためらってから続ける。「たとえそれがあと三日だとしても」

「そんなことを言うな」アーロは鋭い口調でたしなめた。「考えてもだめだ」

ふたりはじっと見つめあった。彼の息づかいが荒くなり、心臓が早鐘を打ち始める。

ニーナがテーブルの上のめがねを探すと、アーロはさっと手をのばして彼女を制した。

「だめだめ。ありえない」彼は言った。「めがねはかけるな」

彼女が驚いた顔をした。「でもめがねがないと、わたしは何も見えないのよ！」

「何も見えないかもしれないが、命が助かる可能性が高くなる」

ニーナはもごもごと抗議したが、アーロにしたがい、めがねをバッグに突っこんだ。「そろそろ、その、階下におりる？」

「電話が来るまで待つ」彼はぶっきらぼうに言った。「ここのほうが安全だ」

「わかったわ」彼女が小声で同意した。「どっちにしても、さよならはふたりきりのときに言いたいし」

アーロはうなずいた。さよならなんてちっとも言いたくないけれど。出かかった言葉が喉でつまり、沈黙がぴんと張りつめる。口から飛びだそうとしている言葉を無理にのみこんでいるような気さえした。ニーナが唇を嚙んだが、口紅の味がしたらしくすぐにやめた。

彼は咳払いをした。「最後にひとつ」

「なあに？」ニーナが顎をあげた。

アーロは大きく一歩踏みだして彼女のそばに立った。両手をニーナの肩に走らせる。ブラウスの薄い生地が、指のささくれに引っかかって引きつれた。髪を片手でふわりと持ちあげ、くるんとした巻き毛を揺らす。ああ、これがニーナの本来の姿だ。あのずっしり重い三つ編みから解き放たれた髪が軽やかに跳ねている。大胆に、生意気に、そして奔放に。

「アーロ」彼女がおずおずと言った。「もしかして――」

「しいっ」アーロはひざまずいた。「ここにはまだキスしてなかった」

ニーナがさっと身を引く前に、彼はヒップをつかんで引き寄せた。

彼女がアーロの頭をたたく。「ちょっと、何してるの？」

「こうするだけだ」アーロはニーナのおなかに顔を押しあて、いい香りのする白い肌に頰ずりした。

ニーナが震える指をアーロの髪にうずめ、彼はやわらかなおなかを堪能《たんのう》した。その瞬間、ふたりともあえて口にせず、感じてもいないふりをしていた互いへの激しい思いが、封印を解こうと暴れだした。ああ、彼女のジーンズをはぎとり、Tバックをさっさと脱がしたくてたまらない。ニーナとひとつになり、果てるまで貫きたかった。彼女にあの声を、せがむような、むせぶようなあえぎ声を出させたい。甘く狂おしいキスを交わしながら、しなやかに締めつけられたい。ニーナをいくら抱いても抱き足りなかった。

「アーロ、やめて。やめてったら」

「わかってる」アーロはふらつきながら立ちあがり、口もとをぬぐった。

ニーナは険しい顔をしていたが、彼を見て唇をひくつかせた。「あらあら、顔じゅうきらきらの粉まみれよ」

「キスして取ってくれ」アーロはせがんだ。

ニーナが目を見開く。「でも……そうしたら今度は口紅がつくし、それに――」

「かまってられるか」アーロは彼女を引き寄せた。

そのキスの魅力に彼は抗えなかった。キスに溺れてすべてを忘れた。どうしてそうなったのかわからないが、気づけばふたりで乱れたベッドに横たわり、お互いの髪に指を絡ませていた。アーロは高まりをニーナの脚のあいだにそっと押しあてた。体がうずいてどうかなってしまいそうだった。

そのとき、彼の携帯電話が鳴った。

ふたりは凍りついた。電話がまた鳴る。アーロは体を起こし、背中からどさっと倒れこんで天井をにらんだ。ああ、なんてこった。体が重くて動けない。

ニーナがベッドを滑りおりた。床に膝をついて彼の革のジャケットのポケットを探る。携帯電話はまだ鳴り続けていた。

彼女が携帯電話を取りだしてアーロに渡した。さらに二回呼び出し音が鳴ってから、彼は電話に出た。「もしもし?」だるそうに言う。

「ワイルダーだ、ボディガードの」男が言った。「ブルーノ・ラニエリから言われて来た。ロビー正面にいる。百八十八センチで、ブラウンの短髪、ブルーのジャケットを着ている。車はグレーのシボレー・タホだ。彼女を出すのは正面からか? それとも横から?」

アーロはぼんやりした頭を現実に引き戻すと、すばやく決断をくだした。見通しのきくロビー正面の車寄せのほうが、人気のない建物横手の駐車場よりましだ。植えこみは気に入らないが、駐車場はもっと悪い。「正面だ」彼は答えた。「すぐ行く」

アーロは電話を切り、険しい顔でそれをにらんだ。警報装置を取りはずし、さまざまな銃を紐で束ね、余った一丁をジーンズの後ろに突っこむ。ニーナが去ったあとで部屋に戻り、所持品の残りを回収するつもりだった。

「アーロ?」

彼は振り向いた。「なんだ?」

「顔を洗わないと」

アーロはずかずかとバスルームに入り、きらきらした粉と深紅の口紅を洗い落とした。ニーナがあとから入り、タオルを手に取る。

ふたりは並んで汚れをふきとった。アーロは彼女をあえて見ようとしなかった。神経がささくれだったような感覚は強くなる一方だった。これは何かしくじりそうになると鳴りだすアーロの自前の警報装置なのだ。車をバックして何かにぶつかりそうになると鳴って知らせるセンサーのようなものだった。必死に正しいことをしようとしているのに、センサーが甲高い音を鳴らし続けている。

ニーナがバッグを肩にかけた。アーロが買った服はショップの紙袋につめている。「行きましょうか?」

「もっと口紅を塗れ」彼は命じた。

ニーナがため息をつき、鏡に顔を寄せて深紅の口紅を塗り直す。アーロが廊下を確かめ、ふたりは部屋を出た。

アーロは彼女に歩調を合わせながら、考えをめぐらした。おばにもう一度会いに行って、今夜のうちに飛行機でポートランドへ戻り、ニーナの命を救うために協力する。おれが手を貸して、ブルーノが情報を取りまとめれば、彼女を助けることができるかもしれない。脳みそと銃がひとつ増えても損はないはずだ。ニーナの様子を観察することもできる。

トーニャは賛成するだろう。拍手さえ送るかもしれない。おれが女友達を守ることに。

そんなことを考えるな。やめやめ、そこまで。この任務を果たしたら、さっさと次に行くこと。

エレベーターで階下におり、ロビーを横切る。しくじりセンサーはより大きくけたたましく鳴り響いていた。睾丸《こうがん》がちくちくする。だが、何ひとつ不自然なことは見あたらなかった。自動ドアの外では、グレーのシボレー・タホの脇に長身でいかつい顎をした、白髪まじりの短髪の男が立っていた。男がふたりを見てうなずく。ブルーノが説明したとおりだったし、男自身が説明したとおりでもあった。すべてが完璧で、しかるべき状態だった。

一見したところでは。アーロは歩調をゆるめ、ニーナをそばに引き寄せた。

彼女が緊張を感じとり、不安げに見あげた。「アーロ？」小声できく。「あの人じゃないの？」

「そのようだ。しいっ」

「アーロ」ニーナがささやいた。「何かおかしいわ。あなたも感じる？」

「ああ」

自動ドアが開く。アーロは立ちどまった。

「デイビー・マクラウドに会ったのはいつだ？」アーロは問いかけた。

ワイルダーの顔は無表情だった。「九三年」彼が答えた。「イラクで」

正解だった。それでも、アーロはためらった。〝もしかして彼女を行かせたくないのか？〟

またあの声がした。

ふたりはドアから外に出た。その瞬間、別のSUVがワイルダーの車のすぐ後ろにとまった。アーロはさっとそちらを見た。車はグレーのフォード・エクスペディション。運転手は黒髪のボブの女性で、サングラスをかけている。

ニーナがおそるおそる自動ドアの外に出ると、その女性が車からおりた。妙にずんぐりとした体に、だぶだぶのブラウスを着ている。女性は後部座席のドアを引き開けてスーツケースをつかむと、それを引いてホテルの入口へ向かい、アーロの反対側を通りすぎた。

ニーナがはっと息をのんだ。自分の足もとに穴があくように、危険が迫っているのがわかった。「アーロ！　気をつけて！」

アーロは本能的に振り向き、後頭部めがけて振りおろされた警棒を腕でさえぎった。前腕に強烈な痛みが走る。

すぐに彼は反撃した。


ニーナはワイルダーの車に向かって全力で走った。ワイルダーが後部座席のドアを引き開けて手を差しのべたとき、別の体が突進してきた。首に傷跡のある、あの禿げ男だ。男がつかみかかり、肉付きのいい腕を首にまわしてくる。彼女は身をよじって、男の腕に噛みついた。男が叫ぶと同時にワイルダーがブーツで男を蹴りあげた。銃が宙を舞い、地面に落ちて音を立てる。

ワイルダーが男に襲いかかった。ふたりの大男がニーナのまわりで取っ組みあう。ワイルダーに気を取られて禿げ男の手がゆるむと、その隙にニーナは身を引きはがし、ワイルダーのシボレーに駆け戻った。ワイルダーが禿げ男の腕を後ろにねじりあげ、頭を車の窓に打ちつける。窓が割れ、円くあいた穴のまわりに血がついた。ニーナは首をのばしてアーロを捜した。彼は襲ってきた女を地面に放り投げ、車へ向かって走ってきていた。女が転がってから立ちあがる。かつらとサングラスがずれていた。あのブロンドの女医だ。だぶだぶのブラウスの下に、パッド入りのベストを着ていたのだ。彼がさっと銃を取りだした。

そのとき、あばた男がホテルから出てきた。「やあ、サーシャ」

アーロが一瞬、凍りついた。あばた男がさっと銃を取りだす。バン!

その瞬間、ワイルダーに突き飛ばされ、ニーナは息ができなくなった。覆いかぶさってきた彼の体に押しつぶされる。一発の弾丸がワイルダーの頭を貫通していた。こめかみと片目が吹き飛び、車にはワイルダーの脳みそが飛び散っている。残った片目がニーナをうつろに見つめていた。

アーロに抱えあげられて車に乗せられたことさえ、ニーナは感じていなかった。銃声はほとんど聞こえず、体に振動が響いただけだ。ドアが勢いよく閉じられ、エンジンがうなりをあげた。

ハンドルを握ったアーロがカーブを曲がり、ニーナは座席の背もたれにたたきつけられた。アーロがブレーキを踏むと、彼女は前に飛ばされ、滑って床に落ちた。

通りに出ると、車は轟音《ごうおん》をあげて疾走した。アーロは大きなショックを受けたために、いつもの防御壁を張りめぐらしていなかった。ニーナは彼がひどく恐れ、罪悪感にさいなまれているのを感じた。生々しい感情がむきだしになっている。〝ワイルダーが殺された……ニーナも殺されかけた……おれが役立たずだから。ディミトリ？　なぜあいつが？〟

ニーナはボールのように丸まり、自分の存在を消した。

18

マイルズは、ジョセフ・カークが所有するビクトリア朝様式の古い家に来ていた。芝生の外にジープ・ラングラーをとめる。午前七時からこの家に電話をかけ続けている。こんな早朝に失礼なのは確かだが、知ったことか。アーロの連れの女性の命がかかっているのだ。アーロには恋人が必要だ。彼がここまで親身になって首を突っこんでいるということは、相当ほれているに違いない。

マイルズは家をじっと見あげた。カークの写真はウェントワース大学のウェブサイトで確認してあった。うぬぼれの強そうな名誉教授だ。ハンサムな年配の男で、立派なひげを生やし、いやみっぽいポーズを決めている。親指と人差し指で顎を挟み、〝愚か者たちよ、わたしの英知の前で頭が高い〟と言わんばかりに。

いずれにしろマイルズは、アーロが〝わが家〟と呼ぶ森のなかの神殿から外へ出られる用事があってうれしかった。アーロの下で働くのは、彼のひどい態度に慣れてしまえばなんの問題もない。アーロは野心を持っていて、とてつもなく頭が切れる。賢い人と仕事をするのは楽しかった。

マクラウドの仲間とセスはマイルズに見捨てられて以来、今でもむきになって怒っていたが、マイルズはシンディ・リグズの半径三百キロ以内に入ることはできなかった。シンディは数カ月前にロックミュージシャンのコンサートツアーに同行して、そのロッカーの愛人になったあげく、聞くに堪《た》えないせりふを口にした。〝あたし、なんていうか、本当にごめんなさい、マイルズ！　あなたのことも大好きだけど、何もかもぶっとんでしまうほどアンガスを愛してしまったの〟

悪いのは自分だ。彼女にはぱっと見ではわからないよさがあると、あんなに長いあいだ信じようとしていたなんて。シンディは軽薄な女だった。腹を立てる価値もない。それでも腹が立った。ああ、まったく頭にくる。

こうして考えている時間さえもったいない。シンディの浮気が長続きするとは思えなかったが、戻ってくるのを待ってやり直したりするものか。次だ、次。あんな女は放っておけ。

それでマイルズはアーロの下で働くことになったのだが、言ってみればそれは、傷心の過去を忘れるためにフランスの外人部隊に入隊するのと大差なかった。金銭面に文句はなく、アーロは気前よく報酬をはずんでくれた。まるでマイルズにその使い道があるかのように。

オレゴン州サンディにあるアーロの隠れ家で暮らすことの難点は、両親の家のガレージで暮らしていた最悪のときと状況がかなり似ていることだった。負け犬《ルーザー》を表すLの字のタトゥーをでかでかと額に入れるようなものだ。話し相手は森の木々とリス。あとは自分だけだった。マイルズは外の世界に出る必要があった。アーロと一緒にあの隠れ家では巣穴のようなサイバー空間にこもりきりで、セックスを断ったロボットみたいな生活を送っている。マイルズがそこから這いでるのは眠るときだけで、それはたいてい昼間だった。あとは、アーロのジムでエクササイズをするとき、そして森のなかをぶっ倒れるまで全力疾走するときだけだ。

マクラウド流の冒険は終わった。自分はまた、目の下にくまをこしらえたコンピューターオタクに戻ったはずだった。地下の部屋で暗号を解読する生活に。そんなことをして大金を稼いだところで、使うあてもないくせに？

それなのになぜここにいるんだ？　銃まで持って。ほっといてくれ。

行中の車から銃撃されたというアーロの話を聞いて不安になり、去年の誕生日祝いにショーンがくれたグロックを持ってきたのだ。マクラウドの連中はマイルズを男らしくするために、手をつくして鍛えてくれた。おかげで銃はお手のものだったが、持っているだけですでに罪を犯している気がした。

玄関ポーチに歩み寄ると、そこは吹き寄せられた松葉で覆われていた。窓からなかをのぞいたところ、薄暗い玄関ホールが見えた。正面の窓のカーテンは引かれている。うなじがちくちくする理由は見つからなかった。家に人気はなく、カーテンが引かれていてもおかしくない。マイルズは家の脇から裏へと続く敷石に沿って進んだ。ああ、サンディへ帰って、コンピューターの巣穴にもぐりこみたい。自分の能力を最大限に生かせる場所が恋しくてたまらなかった。

角をまわりこんで裏のポーチを見あげる。

裏口のドアはガラスが一枚なくなっていた。誰かが押し入ったのだ。

ガラスの破片がポーチの床に散乱していた。穴から腕を入れてノブをまわす。マイルズは薄い革の手袋をはめていた。ケヴの一件で、警察のデータベースにＤＮＡと指紋が登録されてしまったからだ。マイルズはこの先二度と警察の厄介になるまいと、かたく心に誓っていた。

手袋をはめているだけで何かが間違っている気がしてしかたがなかった。ここにショーンかデイビーかアーロがいてくれたらと願った。自分が正しい決断をくだせるように。

大人になれ。いつまでも手を引いてもらうことはできないんだぞ。

マイルズは汚れた靴を脱ぐマッドルームをそっと抜けた。足をとめて聞き耳を立てる。ギシギシいう音、パンという音、そして風の吹く音が聞こえた。木が揺れている。彼はキッチンに足を踏み入れた。

めちゃくちゃだった。手つかずなのはテーブルだけだ。テーブルには、目玉焼きとトーストの耳が残った皿と、コーヒーが半分入ったカップがあった。カップに触れてみる。冷たい。シンクのそばにあるコーヒーメーカーでは、ポットに半分残ったコーヒーが湯気を立てていた。戸棚と引き出しはひとつ残らず開けられ、中身が床にぶちまけられている。冷蔵庫も同じだ。

マイルズは割れたガラス、ピクルス、薬味、割れた卵、チェリートマトのあいだを縫って進んだ。ダイニングルームは新聞と学術誌が床に散乱している。リビングルームも同様だ。ソファと肘掛け椅子が切られて、中身が引っ張りだされていた。絵は引きはがされ、本は棚から一掃されている。

一枚の写真に目がとまり、マイルズはかがんで拾いあげた。海岸で撮られた白黒写真で、ひとりの少女が黒髪を翻《ひるがえ》して、岸を洗う波を見おろす岩に座っている。大きく謎めいた瞳ははるか彼方《かなた》まで見通せそうに見えた。この少女は……。

写真を裏返すと、〝オレゴン州リンカーンシティ〟と十年前の日付が走り書きされていた。これがララに違いない。今は二十代になっているはずだ。ほっそりとした少女が冷たい海風に吹かれ、薄手のブラウスがふくらみ始めた胸にぴったり張りついている。もしも自分が父親だったら、愛娘《まなむすめ》の乳首がつんと立った写真をわざわざ壁に飾って、ばかな男たちの視線にさらすようなことはしないだろう。でも、この手の頭でっかちな研究者は、そんなことになるとは考えもしないのかもしれない。

マイルズはインターネットで調べて、ララが彫刻家であることを知っていた。たしかにこの夢見るような大きな目がそんな印象を抱かせる。

彼は少女の不思議な魅力を振り払い、その写真をジャケットに忍びこませたい衝動を抑えこんだ。そんなことをすれば窃盗だ。異常でストーカーじみているのは言うまでもない。マイルズは見つけたときにあった場所に写真を戻した。仕事中に理想の女の子について夢想するとは。〝警戒を怠れば命がない〟――体にしみついてしまっているらしいマクラウド家のモットーが頭に浮かんだ。

たたき壊されたコーヒーテーブルのほうへ向かいながら、彼はふと思った。女性を無意識にシンディと比べなかったのは、ララ・カークが初めてだ。それを奇跡的な出来事であるかのように思い、快挙だと喜ぶこと自体が、もちろんどうかしているのだが。

ララの写真はほかにもあった。一枚の写真は八歳くらいで、黒髪の女性の膝にのっている。女性は暗い顔で、物思いに沈んでいるように見えた。

マイルズは階段をのぼった。廊下を進むにつれて、物音が聞こえてきた。シャワーの音だ。バスルームのドアが開いている。廊下の壁は流れだした蒸気で湿っていた。

過去に見たありとあらゆるホラー映画が頭をよぎる。彼は覚悟を決めてなかをのぞいた。バスルームはからっぽだった。やれやれと思いながらシャワーをとめる。曇った鏡にしずくがしたたった。マイルズは自分を見て顔をしかめた。大きなわし鼻、引き結ばれた口、汗ばんだ額。ぼさぼさの髪が突っ立っている。シンディに裏切られたばかりのころ、キッチンばさみを使って自分で切ったのだ。薬棚が開けられ、そこから引っ張りだされたものがシンクを埋めていた。ひげそり用品、爪切り、デンタルフロス。

寝室も引っかきまわされていた。上掛けがはぎとられ、マットレスが切られている。スーツケースがあったが、中身が床に出されていた。ブリーフケースも荷物が出されている。カークはどこかへ行くつもりだったのに、スーツケースもブリーフケースも持っていかなかったらしい。

マイルズは床じゅうに散乱する紙類を丹念に調べていった。ひとつは航空券の確認書だった。今日の午前十一時五十五分発デンバー行きの便だ。彼は予約番号を記憶し、もとの場所へその紙を戻した。

二階はそれだけだった。マイルズはゆっくりと階下におりた。カークは朝起きて、コーヒーをいれ、朝食をつくった。二階へ行き、スーツケースを用意して、シャワーを浴びた……。

そして、何かひどく悪いことが起きた。マイルズはじりじりと、まだ調べていないひとつのドアに近づいていった。

なんてことだ。やめてくれ。地下はだめだ。ハッピーエンドだったためしがない。地下におりていくのは胸をゆさゆさ揺らすブロンドの女優で、叫びながら死ぬ運命だと相場が決まっている。彼はノブをまわし、鎖にぶらさがった電球のスイッチを入れた。地下は埃だらけでかびくさく、むきだしの木の階段をおりると、でこぼこで湿ったコンクリートの床にオイルのしみがついている。

階段を半分おりたところで、そのにおいがした。信じたくなかったが、鼻は嘘をつかない。心臓が喉もとにせりあがり、息がつまって苦しくなる。そのにおいは一段おりるごとに強くなっていった。前にもかいだことがある。便と尿のにおい、そして生肉のような鮮血のにおいだ。一台の金床が引っ張りだされていた。マイルズは心の準備をしようとしたが、まだ準備ができないうちにその光景が目に入ってきた。

カークは裸で支柱に背中をつけて座っていた。両腕は痛ましい角度で後ろに引っ張られ、支柱の裏でプラスチックの手錠をはめられている。どこもかしこも血だらけだった。カークは硬直し、目は何かをにらんでいる。手と足の指はなくなっていた。開いた口には何か赤い肉のようなものが突っこまれていて、股間は……ああ、まさかそんなことが。

マイルズの喉からうめき声がもれた。必死で吐き気をこらえる。教授は間違いなく死んでいるが、形だけでも脈を確かめなければならないと思った。同じ人間として、そのくらいはしないと。マイルズはカークにゆっくり近づいていった。今も血がにじみでていた。こんなことをしたやつらは、自分が到着する直前に出ていったに違いない。彼は片方の手袋をはずした。革手袋をはめていては脈を感じることはできないだろう。

カークの頸動脈《けいどうみゃく》に触れた。何も感じない。引き戻した指先は赤く染まっていた。

階段をのぼりながら、涙が頬を伝った。キッチンのシンクで、震える手から血液を洗い流す。それからふたたび手袋をはめ、911に電話した。「人が殺されています」警察の通信指令係に言う。その声は自分のものとは思えなかった。マイルズは住所を告げると、現場に残るよう女性が強くすすめるのもかまわず受話器を放りだして逃げた。

いいや、いやだ。マイルズはドアから出ると、わっと駆けだした。朝食を戻してしまう前に、その家からできるだけ遠くへ離れるために。

「あの……ミスター・アルバトフ、来客名簿にご署名をお願いできま――」

「うるさい」オレグはホスピスの廊下を進み続けながら、サーシャと女の映像が入ったUSBメモリを指でいじった。

エレベーターの羽目板に映った、あばたのある二重顎の顔をにらみつつ、二階へあがる。とても年老いて見えた。年を取ったと感じてもいた。映像のなかのサーシャを見たせいだ。あまりにも長い年月が失われた。大人になった息子を見るのは変な気分だった。まるで三十年前の自分を見るようだ。母親似のサーシャのほうが見てくれがいいことに疑問の余地はないが。アルバトフ家に特有の雄牛のようなずんぐりとした体格ではなく、母親譲りのすらりとした体つきをしている。最初の妻、オクサナはとても美しかった。彼女の写真を見ると、今でも喉がつまる。なかなかあることではない。今の妻であるリタは、オクサナの写真が絶対に目に触れないようにしていた。

だが、息子のグリーンの瞳と、いかめしい口もとは間違いなく父親譲りだ。サーシャは元気そうだった。太ってもいなければ、ディミトリのように、アルコールやドラッグの依存症患者特有の内出血やあばたもない。いとこ同士のふたりはあらゆる点で大きく異なっていた。子供のころには、よく双子と間違われたものだったのに。

サーシャは力強く、いらいらしているようだった。憤ってもいた。その点は気に入った。オレグは現状に満足しきっている者や軟弱な者を毛嫌いしていた。

サーシャの女は、最初にちらっと見たときには感心しなかった。内気で影が薄かったからだ。だがそのあと、女がホスピスに難なく侵入するのを見て感心した。完璧なタイミングだった。映像で何度確認しても、入るところはほとんど見えなかった。ただ灰色のものがすーっと移動し、ふっと消えただけだ。サーシャには印象的な美女を連れていてほしかった。印象の薄い透明人間などではなく。だがもしかしたら、この女にはほかにも取り柄があるのかもしれない。

オレグはトーニャの部屋のドアを押し開けた。トーニャは眠っているように見えたが、彼はごまかされなかった。ずるい性格は死ぬまで直らない。

オレグは意志の力を総動員して妹を威圧した。「目を開けろ、トーニャ。おまえと話したい」

トーニャは目をしばたたかせたが、挑戦的に天井をにらんでいる。オレグの意志にこれほどたてつくのは、サーシャとトーニャだけだった。ふたりともそのために罰を受けた。だが、オレグは反抗する者を黙って見ているわけにいかなかった。築きあげた地位と権力を守るためには、当時も今も勝手なまねを許すことはできない。自分の家族に非情になることがオレグにとっても、罰を受ける者と同じくらいつらいとしても。

サーシャは並みはずれて頭がよかったが、しつこく反抗しないほうが身のためだということがどうしても理解できないようだった。ただおとなしくしたがってさえいれば継承することになる強大な権力に関心を示したこともない。ことあるごとにオレグに歯向かった。オレグは息子を殺してやりたいほどの怒りに駆られながら、その一方で、そこまで不屈の精神を持つ息子を誇りにも思った。そのくらい強い精神力がなければ、自分がつくりあげた巨大で複雑な地下組織を牛耳ることはできないだろう。

息子にどう対処すべきか考えあぐね、答えが出ないうちにサーシャが逃げだして、オレグには答えを出す意味がなくなった。たったひとり残ったわが子が姿を消した。自分のことしか頭にないリタはその完璧な体を差しだしはしたが、子供を授かることはなかった。リタのほうは初めから子供を持つつもりはなかったのではないかとオレグは思っていた。妊娠で体形を崩すことも、自分以外の家族のために汗を流すことも、リタがしたがるわけがない。リタ・アルバトフであるだけで大仕事なのだから。

「わたしを見ろ、トーニャ」オレグは声に強い意志をこめた。

トーニャが頭を向ける。顔はやつれているが、黒い目はいつになく厳しく、憎悪に満ちていた。

「サーシャがおまえのところに来ただろう、トーニャ。映像を持っているんだ……あいつとあいつの女の。だから黙りこんであいつらを守ろうとしても、わたしを怒らせるだけだ」

トーニャは唇をなめた。「もうすぐ死ぬというときに、兄さんの脅しは通用しない。あの子たちはつかまらないわ、オレグ。一緒にいると、あのふたりは強いの」

「ふたりは恋人同士なのか？　夫婦か？　今どこにいる？　子供はいるのか？」

トーニャが死人のような笑みを浮かべる。「ふたりの子供に手を出さないで」彼女は言った。「見たの……夢に見たのよ」

オレグはいらだたしげに手で振り払うしぐさをした。「息子はどの名前を使ってる？」妹に問いただす。「あの女は何者だ？」

「彼女の名前は重要ではないわ。サーシャとつりあう強い女性よ。それが大事なこと」

「サーシャを傷つけたくはない」彼は言い放った。

トーニャが喉をぜいぜい鳴らし、唇を引き結んだ。「あら、そうなの？　ジュリーのことも傷つけるつもりはなかったわけ？」

オレグのなかに激しい怒りがわき起こった。「わたしがジュリーを傷つけたことは一度もない」きっぱりと言う。

「あなたはジュリーを守らなかった」トーニャが息苦しそうに言った。

「何から？」彼は問いつめた。「あの子自身からか？」

「ジュリーがなぜあんなに悲しかったのか、考えてみたことが一度でもあった？　あの子がなぜあんなに痩せていて、なぜ爪を嚙んだり、ナイフで腕を切りつけたりするのか？　あの子の目の光が消えたのに気づかなかったの？　そうよね、あの子が自分にしたがってさえいれば、あなたはよかったんだから。あなたがわたしたちに望んだのは服従だけだもの」

「黙れ」オレグは怒鳴った。「ここに来たのは小言を言われるためじゃない」

トーニャが辛辣に笑った。「それなら家にいたらよかったのに」

オレグはトーニャの上にかがみこみ、意志の力で彼女を痛めつけた。その責め苦に耐えるうちに、トーニャの笑みが消えていった。妹の鼻からひと筋の血が流れだすと、彼は椅子にもたれて待った。

トーニャは十分間、話すこともできなかった。ただひたすら肺に空気を送りこんでいた。何度も息をあえがせ、体を震わせている。痛々しいもんだ、こんな役立たずになって。生きながらえているだけで、これではもう生きているとは言えない。そのベッドにいるのが自分だったら、とうの昔に自ら頭に弾丸を撃ちこんでいただろう。そんなふうになる前に自分で手はずを整えるのだ。オレグ自身の体も、もう少しで威厳を保てなくなるほど弱っていた。あとひとつ犠牲を払い、あとひとつ問題を解決したら、死に神に会うために両腕を広げて駆けていくつもりだ。だがその前に、息子を取り戻したかった。それだけだ。

「おまえはサーシャの居所を知っている」オレグは言った。「ずっと知っていたんだ」

トーニャが首を振った。「あんな薬をいくつも体に入れられてからは、あまり見えなくなったわ。そうするよう命令したのはあなたでしょう、兄さん？」

「わたしの顔に唾を吐きかける代わりに手伝ってくれていたら」オレグの声は怒りに震えた。「わたしが頼んだとおりに、あいつを見つけるためにおまえの力を使ってくれていたら、わたしだっておまえを罰したりしなくてすんだのだ！　この強情っぱりめ！」

「どうしてあの子をそっとしておいてやらないの？」トーニャが首を振った。「兄さんとディミトリは、どっちもどっちよ。ふたりともサーシャに取りつかれてる。二十年以上たったのに」

オレグは眉をひそめた。「ディミトリはサーシャを見つけだすことなんか眼中にない。なんとかいう新しい薬を追いかけまわしてるだけだ。その薬で死ねばいい。役立たずの愚か者だから」

トーニャが首を振った。「ディミトリはふたりを追いかけているわ。ふたりが何か、ディミトリが命よりもほしいものを持っているから。そのことを夢に見たの。ディミトリはそのためならふたりを殺すでしょうね」

妹の予言には、その目に輝きが宿るときには特に、耳を傾けなければならない。トーニャは医者たちが見つけるよりずっと前に、オクサナの乳癌を夢に見ていた。「何を見た？」オレグは尋ねた。

「ディミトリがサーシャの夢に忍びこむところを見たわ」トーニャがかすれた声で答える。妹の陰気な声がオレグの気にさわった。「わたしの前で予言者ぶるのはやめろ。わけのわからないたとえ話の意味をくみとってる時間はないんだ」

「ゆうべ、ディミトリはサーシャの夢に忍びこんだの」トーニャが言い張った。「それに、ディミトリはサーシャを必ずまた襲う。サーシャはわたしの宝物よ。わたしが兄さんに宝物を差しだすと思うの？　これまで罰するだけで、何もしてくれなかった人に？」

オレグは咳きこんだ。「あいつを傷つけたくはない」

「ならディミトリをとめて」トーニャが言った。「兄さんにできるのはそれだけよ」

オレグは昨夜ディミトリから取りあげた携帯電話を出した。それを妹に見える位置に持ちあげる。「ディミトリはこの電話の持ち主を追っている。ニーナ・クリスティという女だ。その名前を聞いたことは？　夢のなかにその女が現れたことは？」

トーニャは首を振った。「そんな名前は知らないわ」

「この電話には、わけのわからない会話が山のように入ってる。説明してもらえたらと思ってね」彼は言った。「一部はウクライナ語だ、よりにもよって。だが今から聞かせる音声は、わたしが思うに、そのニーナ・クリスティ本人だ」ボタンをタップし、音声ファイルをスピーカーフォンで再生する。

〝ヘルガね。ああ、なんてこと。ヘルガなのね？〟女性の声は低く、ショックに震えている。〝な……なぜこんなことを？　な……何を注射したの？〟

トーニャがはっと目を見開く。オレグは音声をとめた。「これは誰だ？　この注射について何か知っているのか？　誰が、いつしたことだ？」

彼女が首を振る。

オレグは歯噛みした。「言うんだ。今すぐに」

「言わなければどうするの？　言わなければわたしを殺す？　そうしてよ、兄さん。わたしを閉じこめておくのはもう充分でしょう」

「こうしてほしいのか？」オレグが片手をあげたところには、モルヒネの点滴を調節するつまみがあった。ほんの少しまわして量を増やせば、トーニャは数時間後に死ぬだろう。

彼女がオレグの手をじっと見て、顔をゆがめた。「大事な人をあなたに売るもんですか。たとえモルヒネで殺されたって」必死に口を動かして、驚くべき力で唾を吐きかけた。

真っ白なシャツの袖口についた唾をふきとると、オレグはつまみに手をのばしてまわした。だがそれは、点滴の量を増やすためではなかった。その逆だ。点滴がゆっくりになり、間隔があき、やがてとまる。それからトーニャの頭の脇に置かれたナースコールのボタンをつかみ、コードを点滴スタンドに引っかけた。これなら立ちあがらなければ届かないし、トーニャはもう立つことができない。腫瘍が脊柱に転移し、骨がぼろぼろになっているのだ。それどころか、叫ぶ力すらない。しわがれ声を出すのがやっとだ。

トーニャの目が恐怖でいっぱいになった。「どのみちわたしは死ぬわ」

「そのとおり」オレグはにっこりほほえんだ。「だが、穏やかな死は望めない。死が穏やかであるべきだなんて、誰が決めた？　穏やかに生きることさえできないのに」

「くたばれ、オレグ」トーニャが小声で言った。

オレグはかがみこみ、妹の目をじっとのぞきこんだ。「あの女をどうして知っている？」意志の力で答えを強要する。今度はトーニャが折れた。

「来たからよ。彼女はここに来たの……サーシャと」息も絶え絶えに言う。

オレグは予期しなかった展開に衝撃を受けた。「これがサーシャの女だって？　これがあの女？」電話を振る。「ディミトリは彼女を追っているのか？」

「彼女とサーシャ……両方よ」トーニャの頰を涙が伝った。「彼らふたりを」

いきなりドアが開き、フェイ・シーブリングがせわしなく入ってきた。明るい笑みを顔に張りつけ、奨学金委員会からの電話についてぺらぺらと話し始める。トーニャはなんとかフェイ・シーブリングの注意を引こうとジャケットを引っ張ったり、たどたどしい英語で助けを乞うたりしたが、フェイはトーニャを完全に無視してオレグだけに意識を集中させていた。

オレグは片手をあげてフェイを制した。体をかがめ、トーニャのべたついた額にキスをする。「さようなら、妹よ」そっとささやくと、フェイの腕をつかんでドアへと導いた。「悪いが、失礼しなければならない」オレグは言った。「見送ってもらえるかな?」

そして、トーニャの息苦しそうなむせび泣きをさえぎるようにドアを閉ざした。

オレグはフェイを伴って廊下を進みながら、彼女がまくしたてるつまらない話に耳を傾けるふりをした。彼はふと思った。このまま何も言わずにここを出ていったら、トーニャは死ぬかもしれない。モルヒネなしで妹はどのくらいもつのだろうか?

それにしても、これほど単純なことがなぜわからないのか理解に苦しむ。反抗しなければ、痛みもなく罰もない。しかも、望むものがなんでも手に入る。少なくとも金や脅しで買えるものならなんでも。

とても単純で、とても公平ではないか。愚かな妹にそのことが理解できなかったとしても、それはわたしのせいではない。トーニャが自分の利益を守れなくても自業自得だ。

オレグはしゃべり続けるフェイを置き去りにし、トーニャのことはいっさい何も言わずに歩み去った。

19

ひどく心配なことが山ほどあるうえに、ラッドは部下の尻ぬぐいまでしなければならなかった。ふたりの逃亡者を唯一たどることができたはずのロイは頭をぶちのめされて数時間も使いものにならなくなり、そのあいだに逃亡者たちは探知範囲から数百キロも彼方へ去ってしまっていた。アナベルは警察が現れる前に、ロイを車に積んで逃げるのがやっとだった。血みどろの死体に、半狂乱の目撃者。まったく、なんという修羅場だ。

物事を昔ながらのやり方に戻そう。ありのままの自前の能力を使うのだ。部下たちとは違って、ラッドは幸い、そのやり方を覚えていた。車から、黄色いテープが張りめぐらされたニーナ・クリスティの家を見あげる。ひとりの警官が見張りに立ち、退屈そうにしていた。たばこの箱を出し、振って一本出そうとするが、箱はからっぽだった。警官はうんざりした顔で玄関ポーチに箱を投げ捨てた。

ラッドは自分と警官とのあいだの距離を推しはかった。探知範囲ぎりぎりだが、できないことはない。薬の効果がピークに達する直前まで試すのを待つ。こういうことは慎重にタイミングをはからなければならない。

ラッドはより強くより遠くへと触手をのばした。彼は初歩的なテレパスにすぎない。ピーク時に相手が強い思いを抱いていたり、感情的になっていたり、相手が置かれている状況がよくわかっていたりすると、たまたま少し見えるか、考えを読むことができる程度だ。だが、この警官はそんなラッドにとっても簡単だった。単純で予測がつく。警官は暑くて退屈していた。もっとましな職務からはずされ、こんな仕事を割りあてられて、怒っている。妻とのけんかが長引いていらだってもいた。警官の思考が頭のなかに流れこんでくる。不明瞭で雑音が多いが、なんとか聞きとれた。

〝……くそ暑い……冷えたビールが飲みてえな……たばこもほしい……また抱かせてもらえるまで今回は何日おあずけをくらうんだ？　セックスフレンドでも見つけるか……そうすればあの生意気なあばずれに折れることの大切さを教えてやれる……〟

ラッドは男の頭のなかに圧力をかけた。ロイを罰したときより強く。

警官が体をふたつに折り、頭を抱えた。思考プロセスが崩壊してショック状態に陥っているのだ。〝いてっ〟警官がベルトにつけた無線機を探る。ラッドは警官が無線で何か言う前に、さらに力を強めた。持てる力をすべて解き放つのは、実に気分がよかった。窮屈な飛行機の座席に何時間も座ったあと、全身をのばしたときのように。

ラッドは車から出た。物事を前に進めるときだ。無線機が落ちて階段を転がり落ちる。警官が膝をつき、倒れた。頭が何かにぶつかり、こつんと鈍い音がした。

ラッドは門を押し開け、無線機を歩道から見えないところへ蹴った。慣れた様子で警官に目を走らせる。頭を打った衝撃と、その前に与えたショックで、しばらく静かにしているはずだ。ラッドは警官の脚を押して膝のところで曲げ、ポーチと隣接する低い壁の後ろに押しこんで通行人の目に触れないようにしてから、黄色いテープの下をくぐった。科学捜査班が作業を終えるまで待ったので、家には今誰もいないことがわかっていたが、その状態がどのくらい続くかはわからない。手早く終えなくては。

なかはめちゃくちゃだった。ロイとディミトリがpsi-max48を探しまわって荒らしたあとで、科学捜査班が徹底的に調べたのだ。ラッドはここでpsi-max48が見つかるなどと考えていたわけではなかった。あの薬はニーナ・クリスティとその護衛が持っている。それでもラッドはくまなく歩きまわり、よく見て、ニーナのことを考えた。人は自宅にいるとき、警戒を解くものだ。すると弱点があらわになる。ラッドには弱みをかぎつける力があった。psi-maxを発見する前も、人の弱みにつけこむのはかなりうまかった。

ラッドは二階から始めた。だが、主寝室を含む数部屋はからっぽだった。妙だ。バスルームはシャワー室の割れたガラスで埋めつくされている。まったく、能なしめ。ものを壊す以外に取り柄がないのか？　薬棚の中身がシンクにばらまかれていた。フェイスクリーム、ボディローション、鎮痛解熱剤、アスピリン、抗生物質の軟膏《なんこう》、歯磨き粉。化粧品はなく、避妊用ピルも避妊具もない。抗鬱剤、抗不安薬、鎮静剤といった薬もなかった。

とはいえ、ニーナ・クリスティのような職業の女性は、多大なストレスを何かで解消する傾向がある。他人の問題を解決しようとするおせっかいな連中は決まってそうなのだ。

彼女の寝室を見渡して、ラッドはその確信を深めた。その小さな部屋は家の裏手にあり、路地に面していた。アンティークのベッドに、白い無地のシーツ、地味なキルト、かたくて薄いマットレス。これではまるで修道女の部屋だ。そして、あのクローゼット。ニーナは奥の壁が二重になったクローゼットに隠れていた、とロイは言った。ラッドはだぶだぶのさえない服をまたいでクローゼットに近づいた。まったく、見事な仕掛けだ。背面のパネルにはいくつも銃弾が撃ちこまれ、穴があいていた。偶然できた隠れ場所ではなく、入念に計画されてつくられたものだ。この仕掛けには金もかかっている。

服はすべて印象に残らない中間色ばかりだった。グレー、ベージュ、グレージュを基調に、たまにネイビーやオリーブ色、チャコールグレーがまざる程度だ。真っ黒も真っ白もない。それすらめだちすぎるということなのだろう。

ガラスの破片と薔薇のポプリを押しのけると、七〇年代ごろに撮られたと思われる、ほほえみを浮かべるきれいな女性の写真があった。おそらくニーナの母親だろう。宝石箱は見あたらない。若いのに宝石がいっさいないとは、どこまで禁欲的なんだ。足もとで音がしたので目をやると、写真立てを踏んでいた。それを拾いあげる。写真にはふたりの若い女性が写っていた。人目を引く赤みがかったブロンドの女性が小柄な女性の肩に腕をまわしている。小柄な女性は黒っぽい巻き毛を後ろで引っつめている。色気のかけらもないめがねをかけ、くすんだブラウンのボタンダウンシャツを着ていた。

その地味なほうが、間違いなくニーナ・クリスティだ。宝石も化粧品も避妊薬もないということは、恋人もいないということだろう。あるのは、なかに隠れられるつくりつけのクローゼット。なるほど。大きな弱点をかぎあててしまったようだ。

ラッドはもう片方の女性に目をとめた。女性の寝室のドレッサーの上に、しかもいとしい母親の隣という特等席に写真が飾られている友人もまた、弱点に違いない。愛は最高の弱点だ。なんといってもヘルガに効果があったくらいだから。

だが、のんびりしてはいられない。ラッドは写真立てを置き、家の残りをざっと見てまわった。探るべきものは多くなかった。ニーナは絵もほとんど飾らず、シンプルで実用的な家具を置いていた。ダイニングルームの飾り戸棚は開けられて、なかにあった磁器の食器が粉々に割れている。テーブルの脇にかけられた鏡も打ち砕かれ、放射状に亀裂が走っていた。

彼は最後にキッチンに入った。冷蔵庫に近づき、ドアにマグネットでとめられているものをじっくり見る。

ここにも、赤みがかったブロンドの女性がほほえむ写真があった。こちらでは長身で黒っぽい髪をした男性に肩を抱かれている。ふたりはそれぞれ幼児を膝にのせていた。

一枚のカードがマグネットでとめられていた。紙に野草の押し花がたくさんちりばめられている。近づいて見てみると、花は黄色い山百合《やまゆり》のようだった。カードにはこう印刷されていた。

リリー・イブリン・パーとブルーノ・ラニエリの結婚式に
心をこめてご招待します。
挙式はポートランド薔薇園にて、
九月八日午後二時より。
続いて、披露宴を〈ブラクストン・イン〉にて開きます。
出欠のお返事をお願いいたします。

そのとき、ラッドの携帯電話がポケットのなかで震えた。画面を見るとアナベルからだった。

「なんだ?」冷たい声で言う。アナベルには嫌気が差していた。割りあてた仕事をことごとく失敗している。

「ディミトリから報告があったわ」アナベルが言った。「ジョセフ・カークについて。ポートランドの。ディミトリの仲間が今朝カークを訪問し、尋問したそうよ」

「それで?」

「カークは何も知らなかった。ヘルガは火事で死んだと思いこんでいたようよ。手がかりもないわ。ディミトリの手下はかなり徹底的に尋問したようだけど」

「カークの心を読んでこい」ラッドはきびきびした口調で言った。「すぐにポートランドへ行く手はずを整えろ。迅速に動く必要がある——」

「カークは死んだわ」アナベルが割って入った。

ラッドの爪がてのひらにくいこんだ。「カークがなんだって?」

「その、殺すつもりはなかったようだけど」彼女が説明した。「手と足の指を切断したら、ショックで心臓がとまってしまったとかで」

「これで何もわからなくなった」ラッドはにこりともせずに言った。

「ボス、カークがどんなふうだったか覚えてるでしょう?」アナベルがなだめる。「彼は本当に知らなかったのだと思うわ。カークは肝がすわった男ではなかった。知っていたらしゃべっていたはずよ。指を切断されると脅されたときに」

「これで確かなことは何もわからなくなった」ラッドは冷たく繰り返すと、電話を切り、招待状に視線を戻した。カードには手書きの言葉が添えられていた。

花嫁《メイド》・オブ・主介添人《オナー》をよろしくね。もう決まったことだから断ってもだめ。お姫様みたいなドレスを無理に着せたりしないって約束するから。結婚式に来てもらうのは今回が最初で最後になる予定だし。こっちに来るとき連絡してね。あなたのメイクはわたしがやってあげる。元気でね。

リリー

リリーだから百合《リリー》をあしらったカードにしたのか。心憎い気づかいだ。ラッドはその女性らしい細やかな心配りに感心した。

招待状を取ると、ポケットに押しこむ。それから家を出て、張りめぐらされた黄色いテープをしゃがんでくぐった。玄関ポーチに寝そべっている男をちらりと見る。

ラッドはふたたび触手をのばしたが、触れられるものはあまりなかった。男はほとんど何も考えておらず、意識が急速に薄れていっていた。ごく細い糸につかまって意識を保っているだけだ。ラッドは息を吸いこんで集中し……押した。

つかまっていた糸が蜘蛛の糸のようにぷつんと切れ、男はこの世から遠ざかっていった。

ラッドはゆっくり歩いて車に戻った。気分がよくなっていた。

そのバスはひどくのろのろと走っていた。アクセルを踏みこみたくてしかたがなかったが、アーロは時速八十キロでのんびり進むバスの後方の座席に座っている。手もとにあるのは四五口径の銃、今も身につけているマイクロ・グロック、それとナイフ類だけだ。残りの武器とノートパソコンはあの騒動でホテルに置き去りにしてきてしまった。ああ、あれが全部あれば。彼はひどく後悔していた。

だが、もし自分がハンドルを握っていたら、スピード違反をせずにいるのは不可能だっただろう。そして、今いちばん避けたいのは警察にとめられることだった。ブルックリンでのごたごたを警察がどう解釈したかにもよるが、そんなことは知りようもない。この時点で自分はすでに指名手配されているかもしれないのだ。

そう考えると笑えてきた。今までさんざん苦労して、めだたないよう身を隠してきたのに、こんなに大勢から派手に追われる立場になるとは。自分の家族に加えてニーナにつきまとうサイコな殺し屋たち、さらに警察の指名手配か。最高だ。そんなに大勢が手をのばしてきたって、おれの首はひとつしかないのに。

それにしても、ディミトリはいったいどうしてこの騒ぎにまぎれこんだんだ？　あいつとはずっと音信不通だったが、ちっとも会いたくはなかった。もう少しであいつを撃つところだった。だが、やつと目が合い……一瞬躊躇したせいで、ワイルダーが殺されてしまった。

ワイルダーが死んだのはおれのせいだ。

「それ、やめてくれる？」ニーナが隣の席で言った。

アーロは彼女をにらんだ。「やめるって何を？」

「そうやって自分を鞭打つのを。ワイルダーを殺したのはあなたじゃない。だから責任を背負いこまないで。そんなふうに考えるのは、あなたのとても悪い癖よ」

「おれの頭から出ていけ、ニーナ」彼は警告した。

ニーナが無邪気な目で見あげてくる。「あなたの頭のなかをこそこそかぎまわっていたわけじゃないわ」アーロに言う。「わたしはヘルガに言われたことをもう一度よく考えてみようとしていたの。なのにあなたが悲劇のヒーローみたいに自分を責めてるから、集中できなかったのよ」

「悲劇のヒーロー？　おい、おれが頭のなかで考えていることを非難するつもりなら――」

「そんなことするわけないでしょう。うぬぼれもいい加減にして。わたしにも考えなければならないことがあるし、罪の意識だって感じている。ワイルダーはわたしを助けるために命を落としたんだから。でもね、すぐそばにいる人が自分を責めてばかりいるとたまらないのよ。気が散るし、うるさいんだもの。わたしたちは、もう充分つらい目にあってる。そのうえ自分で自分を苦しめることはないわ」

「ルールをつくろう」アーロは険しい顔で言った。「おれが思ったことについて小言を言うな。実際に口にしたことに小言を言われるだけで充分だ」

「ルールはつくらないわ。わたしはできるだけ努力してるから、あなたも我慢して」

ニーナは度のきつい黒縁めがねをかけていた。あの襲撃のあいだも肩にかけたバッグを放さなかったのだ。いつものめがねがふんわりした髪のおかげで違って見える。ごつくて野暮ったい印象だったのが、おしゃれでセクシーにさえ見えた。口紅はとっくの昔にふきとられていたが、色がしみついた唇は今もピンクだし、ラメのスプレーのおかげで肌がきらきらしている。アーロは彼女を膝にのせ、体をまさぐりたくてたまらなかった。

そして、こんな状況でそんなことを考える自分が最低に思えた。

ニーナが無表情でこちらを見つめている。おれの頭のなかのいやらしい想像が手に取るように見えるのだろう。まったく、なんて厄介なんだ、このテレパシーってやつは。いつもと勝手が違いすぎる。

「ずいぶん落ち着いているんだな」アーロは不満そうに言った。

ニーナの唇がひくつく。「悪いことみたいに言うのね」

「うらやましいだけだ」彼は言った。思考を読める女性に嘘をついてもしかたがない。「おれはぜんぜん落ち着かないから」

「そのようね。でもこの落ち着きがどこまで本物かわからないわ。たぶんショック状態なのよ。こっぴどくたたきのめされて、きちんと反応できないだけ」

「前は読めなかったのに、どうして今はおれの心が読めるんだ？」

「あなたが心の扉を開いたから」ニーナがこともなげに言った。

「おれが何をしたって？」そんなことをした覚えはなかった。いまだかつて一度も。

「本当よ。昨日のあなたは、どこからも侵入できない銀行の金庫室みたいだった。それが今日は扉が開いてるの」

「おれとしては、そんなことをした自覚はないけどな」

ニーナが肩をすくめた。「もしかして、わたしを信用してくれるようになったのかも」

アーロは彼女が言った言葉をヒントにちょっとした実験を試みた。金庫室の扉を思い描き、ガチャンと大きな音を響かせて閉める。

ニーナが顔をしかめた。「痛っ。ずいぶんじゃない、アーロ!」

「きみを試してみたんだ。新しい能力の感覚をつかんだみたいだな?」

「他人の思考を読んでしまわないように防御する方法もわかったのよ」彼女が言った。「わたしの気配を消すトリックと似ているんだけど、それとは逆に、鏡の表面を外側に向けて光を反射させるイメージを描くの」

アーロは首を振った。「きみのトリックは、今のおれには応用できそうにない」

「じゃあ、伝授するのはやめにするわ」

ほっとしたことに、そのとき携帯電話が鳴った。マイルズだ。アーロは電話に出た。「よう」

「今どこだ?」マイルズがきいた。

外をのぞいて高速の標識を探す。「クーパーズ・ランディングの手前」

「よし。そのバスで終点のラニス湖まで行くんだ。そこに着いたら、タクシーが待ってる。運転手が湖畔のキャビンに連れていく。レークサイドロード八十五番地だ。町からは約五キロ。湖のほとりだ」

「誰かいるのか?」

「いや、誰もいない。キャビンの鍵は材木の山のそばにあるコンクリートブロックのなかにある」

「家主がふいに来たりしないのか?」

「父の友人夫妻のキャビンなんだ」マイルズが言った。「ふたりとも引退して、二年ほど平和部隊のボランティア活動に出かけてる。中米のどこかで孤児にワクチンを接種してるのさ。だから彼らにばれることはないし、もしばれてもぼくが責任を取る」

「わかった。で、その人は武器を持ってるか?狩猟用のライフルか何か」

「欲張るなよ。定年退職した数学教師だぞ。園芸好きの。奥さんはクロスステッチ刺繍《ししゅう》が趣味で、ふたりでクエーカー教徒の集会に出かけるような人たちだ」

「わかったよ」アーロは不満げに言った。

「でも安全だ」マイルズが続けた。「幹線道路から一キロ半ほど入ったところだし」

「音声ファイルの内容については何かわかったか?」

「まだ何も。〈ウィクリフ図書館〉について調べてみたけど、何も出てこなかった。カークなら力になってくれると期待していたが、それはあきらめるしかない。カークは荷づくりしたスーツケースとデンバー行きのチケットを持っていた。ぼくにわかるのはそれだけだ」

「わかった。ありがとよ」

電話を切ったあと、頭を忙しくしておくために、アーロはヘルガのひとり語りをもう一度聞くことにした。思考を自由に羽ばたかせると、ニーナの頭にまっすぐ駆けこんでしまうからだ。だが、ノイズを除いた音声ファイルから新たに聞きとれたのは、ヘルガが〝墓《グレーヴズ》〟のあとに〝パーティー〟と言っていることだけだった。墓のパーティー？

まったく、楽しそうだ。〈ウィクリフ図書館〉のほうは期待が持てそうだったが、アーロも携帯電話で調べてみたものの何もわからずにいた。

六回通して聞いたあと、アーロはニーナのほうを向いた。「きみのアパートメントでやつらが話してたあの〝サイマックス〟だ。あれはp・s・i《サイ》とつづる〝サイ〟に違いない。psi・max、つまり超能《サイ》力を最大《マックス》にするものじゃないか」

ニーナがさっと眉根を寄せた。「なるほど」そして続ける。「〝墓〟というのが何かもわかるといいんだけど」

「そこは英語で言ってる」アーロは指摘した。「その単語だけは。何かが墓に隠されてるのかな？ノイズを除いたファイルでは、〝墓のパーティー〟と言ってるように聞こえるんだ。ますますわけがわからない。墓に何かが埋められてるとか？」

ニーナが身を震わせた。「そんなのいやだわ」

「ブルーノはあるものを見つけるために、墓を掘り返さなければならなかったんだ」アーロは言った。

ニーナが疑わしそうな顔をした。「嘘でしょう。朽ちかけた死体も掘りだしたってこと？」

「朽ちかけた死体はたしか三体あったはず」

「いい、ヘルガは三年間とらわれていたって言ったわ。そして、この薬を調合したのは最近のこと。つまり、墓に放置されているわけがないのよ」

ふたりは黙り、その後はお互いの考えごとの邪魔をしないよう気をつけて過ごした。

ラニス湖に着いてバスからおりると、タクシーの運転手が近づいてきた。「アーロとニーナですか？」運転手が尋ねた。

「そうだ」アーロは答えた。

運転手はすでに料金を受けとり、住所と道順の説明も受けていた。アーロはほっとした。後部座席に座る以外には何もする必要がなかった。疲れきって口をぽかんと開けたまま、片腕をしっかりニーナの体にまわす。

レークサイドロードは狭く曲がりくねっていた。運転手が速度を落とし、草木の生い茂る私道に入っていく。ふたりは湖畔のキャビンの前で車をおりた。湖は木々に囲まれ、黄昏《たそがれ》どきの薄明かりを受けてきらめいている。タクシーはでこぼこの私道を揺れながら遠ざかっていった。アーロはコンクリートブロックのなかにあるという鍵を探した。ブロックはいくつかあり、そのすべてに蜘蛛が住み着いている。ようやく見つけたときには、ニーナがいなくなっていた。彼は悪態をつきながら周囲を見まわした。心臓が喉もとまでせりあがってくる。そしてようやく、浮き桟橋に続く歩道に彼女の姿を見つけた。

ニーナはアーロに背中を向けて湖を見ていた。「ここも安全じゃないわ」

彼女のヒップに見とれながら、アーロはそのことについてじっくり考えた。「どうだろうな。やつらがどうやっておれたちを見つけたのかわからないから、また見つけないという保証はない」

「どうやったのかはわかってるわ」ニーナが振り向いて彼を見る。その声はほとんど聞きとれないほど小さかった。「彼らもあの薬を使っているのよ。わたしと同じ薬を」

「でもヘルガはやつらに与えなかったと言ってた。やつらはヘルガにそれを注射したんだ。効果を試すためだろう、おそらく」

「同じ調合ではないかもしれない」彼女が言った。「でもヘルガは彼らのために三年間も薬をつくってた。彼らはみんな増強されてるわ……なんらかの形で」

自分の無力さを痛感するたび、アーロはなぜか猛烈に腹が立った。「だから？」怒鳴るように言う。「ふたりはつかまるまで逃げました。それで、死ぬまで戦いました。おしまいか」

「何を使って戦う気？　持っている武器はすべて使わないと」

「おれをばかにしているのか、ニーナ？　おれがのんきにごろごろしてたとでも言いたいのか？　できる限り先を見越して行動するようにしてきたんだ！」

「違うの。わたしが言いたいのは……」ニーナの声がしだいに小さくなった。続きを口にするのを恐れてでもいるように。

「なんだ？」アーロは問いただした。「はっきり言えよ！」

「おばさまが言ってたでしょう。あなたにも特別な力があるって」彼女が言った。「そして、あなたはそれを檻のなかにしまいこんでいるって」

「それがどうした？　たしかにおばはそんなことを言ってた。そういうおかしなことを言うから、人生のほとんどを精神科の病院で薬漬けにされて過ごすはめになったんだ」

ニーナは両腕で自分の体を抱き、ガラスのような湖を見つめた。「この特別な力を持つ人がどんなふうにして精神科の病院行きになるのか、わたしにはわかるわ。それにおばさまは自分があなたについて何を言っているのかはっきりわかっていたのだとも思う」

「おれはおとぎ話は信じない」アーロは歯を噛みしめて言った。

彼女がくるりと振り向いた。「今起きていることがおとぎ話だって言うの？」

「違うね、教訓のつまったありがたい話だよ！　なかへ入れ。あそこがむずむずする」

そのキャビンは埃っぽく、かびくさかった。リビングルームとキッチンがつながっていて、寝室とバスルームは離れたところにあった。家具はシーツで覆われている。大きなはめ殺しの窓は暗い色のカーテンで覆われ、その外は湖を見渡す広いデッキになっていた。

ニーナが照明をつけると、アーロは文字どおり心臓が飛びでるほど驚いた。「消せ！ クリスマスツリーみたいにめだつじゃないか！」

彼女は照明のスイッチを切り、キャビンのなかは暗い薄闇に包まれた。「何か食べるものを探そうと思ったの。暗いなかで料理するのは難しいわ」

アーロは胃が痙攣するのを感じた。冷凍庫を開ける。ごそごそとかきまわすと、ヘルシー志向の冷凍食品が出てきた。五箱取りだし、電子レンジに入れてあたためる。「できた」彼は言った。「ほら、料理したぞ」

「まあ」ニーナがつぶやいた。「自信にあふれて、腕が確かで、センスがよくて。すてきね、アーロ。料理ができる男の人ってセクシーよ」

アーロの体はたちまち反応した。「だろ？ ほれ直しただろう？」彼がきいた。「おれの本当の実力を見てもらいたい」

ニーナはしばらく黙っていた。「見せてもらったほうがいいのかしら？」

もちろんだ。見て損はない。後悔はさせない。「昨日きみも言ってたよな？ 今を楽しもうって？」

「あれは昨日のことなの？ もう何年も昔のことみたい」彼女が言った。「つまりあなたも、今日を楽しみたいってこと、アーロ？」

アーロは彼女に一歩近づいた。「ああ。きみのすべてがほしい」

あっけに取られたあと、ニーナが笑いだした。

「なんだよ?」彼はきいた。「何がそんなにおかしいんだ?」

「何も」彼女が答えた。「性の対象として扱われることに慣れていないだけ」

「慣れるんだ」

ふたりは見つめあった。アーロは自分がこの張りつめた沈黙を楽しんでいることに気づいた。ふたりのあいだを飛びかうエネルギーは、ぴんと張られたワイヤのようだ。彼の体はニーナを求めてうなりをあげていた。

アーロはゆっくりと息を吐きだし、体から緊張を解き放った。そして金庫室の扉を思い描き、そっと開けた。熱と光が窮屈で狭苦しい場所にどっと流れこんでくる。突然、胸が熱くなった。まるで胸からかまどの火が噴きだすかのようで、痛いくらいだった。

ニーナがびくっとして一歩後ろにさがった。「なんてこと、アーロ」そっとつぶやく。

「きみが望んでいたのはこれだろう」彼は言った。「服を脱げ、ニーナ」

「命令しないで。男女同権論者なら激怒してるところよ」彼女が不満げに言った。

「へえ。これからそいつらをもっと徹底的に怒らせてやる」

ニーナは光を放ち、アーロを照らした。暗闇を照らす松明《たいまつ》のように。目には見えなくても、彼はそれを肌で感じた。

彼女が唇をなめた。「仮面を取ったら、女性に優しい紳士になると思ってたのに」

「まさか。はっきりしてくれ、ニーナ。おれに抱かれる気があるのかないのか?」

ニーナのほほえみに彼の股間が張りつめた。「その気になりかけてきたところよ」彼女が言う。

「さっさとなってくれ」アーロはすすめた。

20

マイルズはリリーの病室の窓から、気難しい表情で外を眺めていた。ふたりをキャビンに送ったのは果たして正しいことだったのだろうか？　おいおい、こんなに間違いまくった状況で正しいことをしてなんになる？　思わず笑い声をあげそうになった。

手に持った携帯電話をちらっと見おろす。手のことを考えたのは間違いだった。指を無残に切断されたカークの手足が思い浮かび、胃がぎゅっと縮こまる。シンディがロックミュージシャンに抱かれるイメージを頭から追いだしてくれる、何か強烈な経験をしたいと思っていた。だが今となっては、シンディとロックミュージシャンが体を重ねる姿が心あたたまる光景に思えてしかたなかった。

リリーがそばにやってきて、一緒に窓から外を眺めた。「気の毒だったわね。今朝、あんなものを目にすることになってしまって」

「ぼくは大丈夫。それより、立ったりしちゃいけないんじゃ？」

「そのとおり」ブルーノがドアのところで言った。「ベッドに戻れ、リリー」ほんの数歩でそばに来ると、彼女を腕に抱きあげる。

リリーが夫をたたいた。「やめて！　こんなにおなかが大きいのよ！　あなたのほうがけがをするわ！」

「ふたりくらいまとめて面倒を見られるさ」ブルーノが彼女をベッドに運んでいく。「立ちあがったのは、おれに抱きあげられると胸がときめくからだろう」

「寝てばかりでうんざりなの」リリーが不平を言った。

ブルーノが身をかがめて彼女に口づける。キスはあまりにも情熱的だったので、マイルズは口をゆがめて目をそらした。このところ、いちゃつくカップルを見ると気にさわるのだ。

長々と続いたキスをようやく終えると、リリーが不安げに尋ねた。「あそこにいればふたりは安全だと思う？」

マイルズは肩をすくめた。「そうとは限らないな」

ブルーノが険しい表情でにらみつけてくる。

大胆にもマイルズはにらみ返した。「ぼくにどうしてほしいんだ？　嘘をつけって言うのか？」

「そうだ」ブルーノがけんか腰に言う。「おまえ、どうかしてるんじゃないか？　妊娠中の女性をなんで怒らせるんだ？」

リリーが彼の肩を軽くたたいた。「嘘をつかれるほうが、よっぽど頭にくるわ」

マイルズは首を振った。「何か大事なことを見落としている気がするんだ」

「それは実際に見落としているからだ」ブルーノが言った。「今朝の一件では、おまえに気の毒なことをした。だがな、気分が悪いのはおまえだけじゃない。それを忘れるな」

くそったれ。マイルズは部屋を出た。ブルーノに呼びとめられたが、振り向きもせずに大股で進んでいく。あまりにも不愉快で、愛想よくふるまうことなどできなかった。

マイルズは外のトラックへ向かった。大学の事務室にまだ誰か話を聞くべき人が残っているかもしれない。じっとしていられなかった。体を動かしていなければ、カークの遺体が頭に浮かび、どうかなってしまいそうだ。

携帯電話で道順を確認する。ウェントワースへ戻るのだ。今朝と同じ道だが、もうあのときと同じ自分ではない。浮気していた元恋人のことで頭がいっぱいの若造ではない。今の自分は手足の指をすべて失った大学教授の姿が脳裏に焼きついてしまった男、そして、重要な仕事をうまくやり遂げることだけを考えている男だ。

マイルズは理学部の建物の外に車をとめたものの、おりるのをためらっていた。自分の魅力を最大限に生かすよう、ショーン・マクラウドからさんざん言われたことを思い出す。

〝おまえは見てくれがいいんだから、それを利用しないと！　上腕だけでもたいしたもんだ！　背筋をのばして、髪を後ろに撫でつけろ。おまえは百九十五センチの長身で筋骨隆々なんだぞ！　胸を張れ！　せっかくきれいな歯並びをしているんだから、それも利用しろ！〟

〝この鼻も？〟並みはずれて大きな鼻をさわりながら、皮肉をこめて言ったものだった。〝その鼻に感謝するんだな。まんなかにその鼻があるからおさまりがいいんだ。そうでなければ、よくあるただのハンサムな顔だ〟

最後の部分は納得がいかなかったが、まあそれはどうでもいい。マイルズはジャケットを脱いで、ジムでのトレーニングの成果を披露することにした。鏡であらためて顔を見る。青白く、何かに取りつかれたような顔だった。見てくれがいいとはとても言えない。まったく、なんでこんなことをしてるんだ？　今の状況で外見がそれほど重要なわけがないだろう？

理学部の事務室はショックと悲しみに包まれていた。人々は数人ずつ分かれて身を寄せあい、不安そうに小声で話している。なかには泣いている人もいた。

いかつい体つきをした白髪の年配女性が近づいてきた。「何かご用ですか？」

マイルズは女性にきれいな歯を見せた。だが、女性は険しい表情を崩さない。

「ええ。わたしはマイルズ・ダヴェンポートといいます」マイルズは名乗った。「ジョセフ・カーク教授のアシスタントの方にお話をうかがえないかと思いまして」

「わたしたち全員がカーク教授をお手伝いしていました」女性は言った。「わたしがお聞きします」

なるほど、いいだろう。マイルズは気を取り直し、名刺を取りだした。「私立探偵事務所の者です。カーク教授のご家族の依頼で調査を――」

「マスコミの方？」女性が問いただした。

マイルズは目をしばたたいた。「えーと……いいえ、今申しあげたとおり、私立――」

「警察の方はすでに来ましたよ」

「わたしは警察と協力して事件を調査しています」マイルズは言った。それは本当のことではないが、いずれ本当になるはずだ。できるだけ早く、実際に警察に協力するつもりだった。

「教授のご家族が――」

「カーク教授にはご家族はいません」女性が勝ち誇ったように言う。「奥様は何年も前に亡くなりましたし、お嬢さんは数カ月前から行方不明です」

「そのことも調査ずみです。わたしはララのいとこから依頼されました」これはちょっとばかりしゃべりすぎた。「カーク教授の身に起きたことがお嬢さんの失踪とかかわりがあるかどうかを解明しようとしているんです。教授が今日、デンバーへ行く予定だったことは知っています。なんのためかご存じですか？」

女性が胸の上で腕を組み、顎を突きだしてマイルズをじっと見る。彼も女性を見返した。白い歯とたくましい上腕を見せびらかしても、この女性には効果がなさそうだった。彼はまじめで誠実で、どこか近づきがたい男性的な魅力をかもしだす作戦に変更した。

女性はマイルズをじろじろと見てからうなずいた。「では、こちらへ」

彼をしたがえて、女性はパーティションで仕切られた机のあいだをのしのしと歩いていく。進むにつれて好奇の視線を浴びたが、マイルズは彼女から目を離さなかった。

女性はマイルズを教授のオフィスに案内した。「あなたに話すべきではないかもしれないけれど、教授はララが姿を消したあと、心配のあまり体調を崩していたんです。だから、誰かが彼女を見つけようとしてくれていることを神に感謝しなくては。教授があんなことになり、ララを捜すよう警察に働きかける人もいなくなってしまったんですから。あなたは彼女を捜し続けてくださいます？」

マイルズは口を開き、ララ・カークの存在と失踪のことを知ったのはつい昨日のことなので、まだ何もしていないことを説明しようとした。だが女性の心配そうな赤い目に見つめられ、思いとどまる。

「はい」彼は答えた。「もちろん」

女性は満足したようだった。「よかった。すでに警察には全部話したんですけど、どのくらいちゃんと聞いてもらえたかわからなくて」

「ララに会ったことはありますか？」マイルズは尋ねた。

「春までは教授がここに連れてきていました。とてもきれいな子で、才能も豊か。教授が彼女の彫刻の図版を見せてくれたことがあったんです。芸術には詳しくないけれど、そんなわたしでも彼女には特別な才能があるってわかりました。ジョセフの自慢の娘だったんです。

あの子が姿を消してしまったときには……」女性の口が震えだした。

マイルズが気を使って顔をそむけると、教授の机の上にあるララの写真に目がとまった。ララは水着姿で、木の桟橋に体を引きあげようとしている。ほっそりとしながらも丸みのある体に、水滴がきらめいていた。無邪気ではつらつとして、はっとするほどきれいでセクシーだ。

「あれがララですか？」彼は指差してきいた。

「二年前、タホ湖へ旅行に行ったときの写真です」女性はそう言って、ポケットからしわくちゃのティッシュペーパーを取りだした。

「ふたりは仲がよかった？」

「ええ、もちろん。教授はララを溺愛していました。彼女が失踪して以来、別人のようになってしまって。今学期はずっと、ぼんやりしていました。そんなとき、あの手紙を受けとったんです」女性の声の調子が変わり、視線を左右にさまよわせた。マイルズに秘密を打ち明けようとするかのように。

彼はかがんで身を寄せた。「手紙？」

女性がうなずく。「わたしが開封したんです。わたしの仕事ではないんですけど、教授宛の郵便物を仕分けしていたから。本来なら教授ご本人が管理することになっているんですが、いろいろと大変そうでしたので、わたしが代わりにダイレクトメールを捨てて、必要なものだけをお渡しするようにしていたんです。お気の毒な状況だったから。わかるでしょう？」

「ええ、わかります」マイルズは言った。「それで？　手紙というのは？」

「ある日届いて、わたしが開封しました。差出人は書かれていなかった。なかには一枚紙が入っていて、まんなかに太字で、しかも全部大文字で書いてあったんです。〝ララがどうなったか知りたければ、〈グリーヴズ・インスティテュート〉の資金集めパーティーへ行け〟と」

マイルズは当惑した。「それだけですか？」

「それだけです。警察に届けるよう、わたしは教授を説得しました。だって、指紋がついているかもしれないでしょう？　でも、教授はわたしに口止めした。ララが生きていた場合、警察に通報したら殺されるかもしれないと言って」女性が震える口もとに手をあてた。「だからわたしは何も言わなかったんです。それなのに教授が死んでしまって。もしわたしが誰かに言っていたら……」女性が泣き崩れた。肩を落とし、体を震わせている。

ああ、なんてことだ。女性の丸い肩、首筋の白髪、震える猫背を見ながら、マイルズは怒りがこみあげてきた。心優しい年配の女性にこんなにつらい思いをさせるとは。教授を拷問して殺したのはあのくそ野郎たちなのに、彼女は自分のせいだと思いこんでいる。

「教授が殺されたのはあなたのせいじゃありません」彼はきっぱりと言った。「ろくでもないやつらのせいだ。あなたは彼を助けようとしただけなんです」そう言うと手を差しのべ、女性を引き寄せてぎゅっと抱きしめた。

だが、マイルズはすぐにあとずさった。見ず知らずの他人にこんな大胆なことをした自分に戸惑っていた。

幸い、女性が気分を害した様子はなかった。マイルズを見てまばたきし、赤い目を潤ませて、ティッシュペーパーで顔を押さえる。「まあ……」彼女がもごもごと言った。「そんなふうに言ってくれてありがとうございます。うれしいわ。本当かどうかは別として」

「本当です」彼は言い張った。「自分を責めてはいけません。悪いのはあなたじゃない」

女性がはなをかんだ。「そうかもしれませんね。その手紙は警察が持っています。それと、〈グリーヴズ財団〉からの招待状はずっと前に処分してしまったから、わたし――」

「招待状が来たんですか？」

「ええ、その資金集めパーティーを主催する財団から。数週間前に教授のもとに届きました。そのとき、行くつもりがあるかどうか尋ねたけれど、教授はほとんどわたしの言葉が耳に入らないみたいだったから、処分してしまったんです。でも、そのパーティーについてはインターネットに掲載されてますよ」

「そのパーティーはいつあるんですか？」マイルズはきいた。

女性が唇をすぼめ、眉をひそめた。「明日……土曜の夜です。手紙を受けとったあと、教授からデンバー行きのチケットを取るよう頼まれました」

マイルズは彼女の手を握った。「どうもありがとうございました」

女性は手を引っこめた。「もしかしてこのパーティーに足を踏み入れようと思ってらっしゃるのなら、考え直したほうがいいかと」

「そうですか？　どうして？　何か特別なパーティーなんですか？」

「会費がひとり一万五千ドルかかるんです」

マイルズは苦々しげに息を吸いこんだ。女性がむっつりとうなずく。

「実は、わたしも行こうかと考えました」彼女が言った。「でも、行って何をすればいいかわからなくて。一万五千ドルという大金をはたいても、パーティーでぱさついたチキンの胸肉を食べさせられるだけだという気がしてやめたんです。でも、頭が切れて機転のきく若い男性なら、何かいい考えを思いつくかもしれないわね？」

マイルズはふたたびうなずいた。そのとおり。思いつくかもしれないし、思いつかないかもしれない。神のみぞ知るだ。

女性が咳払いをした。「さて、それでは」きびきびと言う。「さっそく取りかかってください。かわいそうなララのためにできるだけのことをしてあげて」

ドアに向かったマイルズを、女性がふたたび呼びとめた。

「ミスター・ダヴェンポート？」

「マイルズと呼んでください」彼は言った。

「では、マイルズ。どんな結果になったか、わたしに知らせていただけるかしら？」

女性は目と鼻を赤くし、心配そうに顔を曇らせている。それを見てマイルズの心は痛んだ。

「ええ、お知らせします」


こんな気分でアーロをひたと見つめるのは、強い向かい風を受けて立っているようなものだった。まっすぐ自分に向けられる生々しいまでの欲望を受けとめるために、ニーナは自分を奮いたたせ、気持ちをしっかり持たなくてはならなかった。

ノーと言うことはできなかったから、言いたくもなかった。アーロはまたわたしを燃えあがらせたがっている。最高だわ。かかってきなさい。わたしもあなたを燃えあがらせてあげるから。一緒に燃えつきるのよ。

ニーナは薄いブラウスを脱ぎ、タンクトップをはぎとった。ブラジャーのホックをはずして、衣類を椅子の上に置く。キャビンのなかは涼しかったが、体は火がついているように熱かった。腰をくねらせてジーンズとショーツを脱ぐ。

アーロがゆっくりと近づいてきた。ジーンズの後ろから銃を引き抜いて、そばにあったテーブルの上に置く。彼はそこから動こうとも、触れようともしなかった。だが、ニーナは愛撫されるのを感じた。

「後ろを向いて」アーロが言った。

ニーナはそのとおりにした。身をかがめた彼の熱い唇がウエストにあてられ、思わずきゃっと声をもらす。

体がしびれるような感覚に、彼女はあえいだ。光が、熱が、背骨を駆けあがり、脚を伝い落ちる。胸の頂がかたくなり、腿を思わずぎゅっと閉じた。アーロは尾骨の上あたりに口づけていた。大きな片手で腿の内側を撫であげ、しっとりとやわらかいところを探りあてて愛撫する。

ニーナはいつまでもこのままでいたかったが、アーロが秘所をもてあそび始めると、何かが一気に砕けて押し寄せるような快感に襲われた。

そのとき、背後でベルトのバックルがはずされる音がし、ニーナははっとわれに返った。思わず振り向いたが、彼につかまれて戻される。アーロは背後に立ち、ニーナを前かがみにさせてソファの背もたれにつかまらせ、脚を大きく広げさせた。

「避妊具がない」彼が言った。「全部ホテルに置いてきてしまった。だから、なかでは出さないようにする」

「そう……いいわ」ニーナは小声で言った。許可を求められたわけではなかったようだ。アーロはすでに彼女に高まりを押しあてている。「あなたは服を脱がないの？」

「ああ。何があってもいいように備えておきたいし、武装しておきたい。どんなときも」

「でも……でも……」ニーナは裸の自分の体を見おろし、笑いをこらえた。「そんなの不公平よ！」

「たしかにな」アーロは同意すると、彼女に抗議するいとまも与えず一気に貫いた。

ニーナは叫び声をあげた。アーロの熱いエネルギーの波が、轟音をとどろかせて彼女の全身を打ち砕く。

彼はニーナをソファに押しつけて奥深くまで貫いた。前に手をまわして二本の指で秘所をまさぐりながら、自分の体重で彼女を押さえつける。ニーナはまったく身動きが取れず、すすり泣くしかできないまま、アーロの動きに身を任せた。

ニーナが絶頂に達しそうになるたびにアーロは動きをとめ、じっと抱きしめて興奮が静まるのを待つ。それからまたいきなり激しく突き、まだその先があろうとは知らなかった高みへと彼女を駆りたてた。

そしてとうとう、ふたりは一緒に、時を超えたどこか別の場所へと突き抜けた。ひとつに結ばれたまま。

次に気がついたとき、ニーナは熱いほどのぬくもりに包まれていた。守るように覆いかぶさるアーロの下で、彼女は自分が何かを持ち帰ってきたことに気づいた。彼の心のなかへ旅をして、お土産をもらったような感覚だった。

その残像は、アーロが体を離した拍子にはっきりと頭に浮かんだ。ひと目見たら忘れられなくなるような少女の姿だ。どこかの暗い石ころだらけの地面に横たわっている。美しい黒髪をした少女が、大きく見開かれた黒くうつろな目に静かな非難をたたえていた。

ニーナは体を起こした。アーロの熱いしずくが背中に、そしてヒップに垂れるのを感じながら。「ジュリーって誰？」彼女は尋ねた。

21

アーロは飛びのいた。「いったいどこからその名前が出てきた？」

きつい声にニーナがあとずさり、ソファの背もたれにぶつかった。「えーと……わからない。ただ……見えたのよ……」

「何が？　何が見えたっていうんだ？」彼は思わず怒鳴りつけた。ニーナが身をこわばらせ、両腕をさっとあげて顔を守ろうとする。

アーロの顔が赤くなった。恥ずかしさと怒りがこみあげる。「きみをたたいたりしない。だからびくびくしないでくれ」

「わかってるわ。ただの条件反射よ。体に刻みこまれてるの」

その言葉に彼はますます怒りを募らせた。「スタンにされたことは気の毒に思うが、おれに罪の意識をなすりつけないでくれ。そんなことをされる筋合いはない」

ニーナの目が薄明かりのなかでさえ燃えたって見えた。「なすりつける？　わたしがわざと身をこわばらせたと思ってるの？　あなたの同情を引くために？　思いあがるのもいい加減にして！　あなたにどうにかしてほしいなんて思ってないわ！」

「おれがしたわけじゃないことで、おれを責めるな！」アーロは怒鳴った。

「責められたくないなら、ひとりよがりなふるまいをやめたら！」彼女が言い返す。

「おれの心にせっかくのせた重石《おもし》を引っくり返されたくないんだ！　重石がのせてあるのは、そこに掘り起こされたくない記憶があるからだ！　おれの心のなかにたまった捨てられないごみを、どうしてそっとしておいてくれないんだ！　これがそんなに無理なお願いか？」

ニーナは服をつかんで拾いあげた。「だったらわたしを抱いたりしないで、アーロ。わたしがわざわざ掘り起こしたわけじゃないわ。あなたが心のなかにわたしを招き入れて、わたしに見せてくれたのよ。それがいやならわたしから離れて。こんなことしてって頼んだ覚えはないわ。そういうわけだから、ちょっと失礼するわね。シャワーを浴びないと」

彼女は背筋をのばしてバスルームへ入っていった。

アーロはぐったりしてテーブルにもたれかかると、自分が話せる数カ国語で、下品で卑猥な言葉を片っ端から言ってみた。それでも気分はいっこうに晴れなかった。電子レンジがピーピー鳴って神経を逆撫でする。たぶん、しばらく前から鳴っていたのだろう。ニーナのなかに入ると、ほかに何も存在しなくなる。

電子レンジのドアを力任せに開閉して音をとめ、キッチンの椅子を部屋の向こうへ蹴飛ばした。椅子が暖炉にあたってばらばらに壊れる。すぐに後悔した。マイルズからキャビンを散らかさないようにしてほしいと言われていたのにこのざまだ。癇癪を起こして椅子を壊すとは。

だが、自分を抑えられなかった。動くことも、呼吸することも、きちんと考えることもできそうにない。ニーナと仲直りするまでは。

寝室にバスルームへ通じるドアがあった。アーロはそこで立ちどまり、服を脱いでホルスターとピストル用のハーネスをはずし、銃と一緒にベッドに置いた。そして、生まれたままの姿でバスルームに入っていく。

アーロはついに銃を置いた。これが、愚かなことをした償いだった。ばかなことを言って悪かったと謝るためには、こうする以外になかった。

ニーナがさかんに抗議したが、彼はかまわず一緒にシャワーに入った。次々と浴びせられる辛辣な言葉も気にとめなかった。自業自得なのだから、反論したってしかたがない。たしかにおれは最低の男だ。その事実は今さらどうすることもできない。

アーロは彼女の髪を洗い、眉からしたたった水滴がダイヤモンドのように濡れたまつげに絡みつくさまをじっと見つめた。ボディシャンプーで全身をくまなく洗ってから、シャワーで洗い流す。一緒にシャワーを浴びるのは思いのほか楽しかった。これまでの一夜限りのセックスでは、抱きあったあと一緒にシャワーを浴びることなどなかったので、彼にとってはうれしい発見だった。秘所から泡を洗い流すには、指先で隅々まで触れ、撫でまわす必要があったとは。ああ、このまま奥まで差し入れて、熱く脈打つなかで締めつけられたい。

アーロはひざまずき、彼女の腹部に鼻を押しつけた。流れる水を舌でなめながら、さっきまで泡まみれだった茂みに向かっていく。そして迷わず顔をうずめると、甘い香りにほっとした。ああ、なんてことだ。まったく、どうしてこんなにおいしいんだ。

茂みに顔をうずめ、絶え間なく流れる水を顔に受けていると、息苦しさを覚えた。彼は息を荒らげ、喉がつまったように鼻を鳴らしながらも、そのとろりとした甘い液をむさぼり飲んだ。

どのくらいの時間そうしていたのか、アーロは見当もつかなかった。舌でニーナを悦ばせるうちに、彼のほうも恍惚として、はるか彼方のふたりきりの場所に来ていた。彼女は懇願し、すすり泣いている。アーロはニーナのヒップをつかんで支えると、舌をいっそう奥まで突き入れて、甘くかぐわしいエネルギーのほとばしりを顔で受けた。からからの喉を潤すようにごくごく飲む。

彼はよろめきながら立ちあがり、顔を洗い流した。ニーナの腿のあいだで、いきりたったものが期待に満ちて揺れている。あの甘い液にまみれて、あのきつく締まった秘所を突いて貫き、この世の天国への道を切り開きたいと主張している。いや、だめだ。落ち着け。さっきソファでいかせたばかりなので、ニーナはきっとひりひりしているだろう。優しくしたとは言えないのだから。

ニーナが濡れた髪を顔から払い、手をおずおずと下にのばした。両手でアーロの分身に触れ、問いかけるような顔を向ける。彼は思わず吹きだしそうになった。おれが拒否するとでも思っているのだろうか？　それだけは一生ない。

アーロは自分の分身もひりついていることに気づいた。だが、火山の噴火が控えていると思えば、少しひりひりするくらいなんだ？　このくらいなんともない。今ここでいけなかったら、そのほうがよほどこたえる。

ニーナが石鹸《せっけん》に手をのばした。「これを使ったほうが――」

「いらない」アーロは石鹸を戻し、シャワーをとめた。静寂が訪れる。蒸気がたちこめ、視界がかすんで、しっとりと湿った空気が静けさを包みこんだ。しずくが垂れる音がうつろに響く。

「いらない？」ニーナが目をしばたたかせて水滴をぬぐった。

アーロは彼女の脚のあいだに片手をそっと差しこみ、舌でいざなったとろりとした甘い液をすくいあげると、それをたっぷりと自分自身にこすりつけた。「女神のクリームだ。石鹸よりずっといい。シャワーをとめたのは、これが流れ落ちてはもったいないからさ」

ニーナが自分でも秘所に触れ、両手を湿らせているのを見ているだけで、アーロはどうかなってしまいそうだった。準備を終えた彼女が、ほっそりとした両手で高まりを包みこむ。その手を、彼は両手で包んだ。ニーナが高まりを握り、撫でまわす。ときおり手を休めては、秘所で両手を湿らせた。

ああ、なんてことだ……ああ……。アーロは叫び声をあげた。熱い液体がどっとほとばしり、彼女の手に、胸に、おなかにかかる。彼は濡れたタイルにもたれて、自分が解き放ったものがニーナの白い肌に跳ねかかるのをじっと見ていた。

衝動に任せて、アーロは彼女にそれを塗りつけた。胸のふくらみに、張りつめてつんと立った頂に。心臓の真上に、おなかに、そして鎖骨のくぼみに。

ニーナは黙ったまま彼にもたれて震えていた。顔を赤くほてらせ、唇をかすかに開いている。彼女の息づかいが荒くなり、心臓が早鐘を打ち始めた。ニーナが彼の手をつかんで唇に持っていく。そして指を口に含んだ。その瞬間、アーロの体は燃えあがった。

彼女を抱きしめ、激しく唇を奪う。

長い口づけのあと、ニーナがやっとの思いで体を離した。「アーロ、これ以上はもう――」

「しいっ」アーロは彼女をさえぎった。「何も言わないでくれ。まだだめだ」指を一本、ニーナの唇に押しあてる。今は何を言われても、きちんと対処できそうになかった。

彼はニーナをきつく抱きしめた。ふたりの体がぴったりと重なる。

彼女が震えだしたので、アーロは熱い湯を出し、ふたりの体をシャワーで洗い流した。ふたりはニーナが見つけてきたかびくさいタオルで体をふき、さっきまで着ていた服をふたたび身につけた。彼は、予備の銃とノートパソコン、ほかにもいろいろな道具がつまったダッフルバッグがここにあったらと思った。服もだ。アーロが着たものには、汗とワイルダーの血がしみついていた。ニーナの服も同じようなものだったが、彼女は文句も言わずに黙ってそれを身につけ、櫛を手にしてベッドに座り、髪をとかし始めた。彼はニーナの背後に座り、体のすぐ横に銃を置いて櫛を取ろうとした。

だが、ニーナは櫛を放さなかった。「自分でできるわ」

「いいから貸してくれ」彼の声は震えていた。「お願いだ。きみの髪をとかしていると気持ちが落ち着くんだ」

ニーナは黙ってアーロを見ていたが、やがて彼に櫛を渡した。

アーロに必要なのは、まさにこれだった。単純作業に没頭すると、ストレスがやわらいだ。ニーナのような巻き毛ではなかったものの、ジュリーの黒髪もくせ毛でもつれやすく、すぐにぼさぼさになった。はさみを持ったリタに追いまわされ、切ると脅されているところに何度とめに入ったことか。それでアーロは、妹の髪を見られる状態に保つことを自分の仕事にした。おかげで髪を切るのがうまくなったし、髪をとくのも好きになった。これは、自分と妹のちょっとした秘密だった。

ニーナの髪をきれいにとかし終えるころ、アーロはようやくその話ができる状態になっていた。彼女の髪はほとんど乾いていた。

「ジュリーは妹だ」彼は言った。「三歳年下の。十三歳のとき、彼女は自殺した。ある夏の夜、家族で父のビーチハウスにいたときに海に入り、二度と戻らなかったんだ」

ニーナは静かに聞いていた。「そのときの気持ち、わかるわ」

アーロはそうとは思えず、うなるように言った。「わかるもんか」

「わかるわ」彼女の声は穏やかだった。「わたしの場合は母だったけれど」

ニーナがベッドで体をひねってアーロに目を向けたが、彼は見られたくなかった。喉が痛んだ。こんな話はしたくなかったし、彼女の母親の話も聞きたくなかった。だが、この話題を切りだしたのは自分だ。こうなった以上逃げ道はなかった。

「それで？」アーロは声を荒らげずにはいられなかった。「自殺の方法は？　一酸化炭素中毒？　アルコールやヘロインの過剰摂取？　剃刀《かみそり》で手首を切った？　それともオーブンに入ったとか？」

「睡眠薬を飲んだの。母が鬱状態にあったのはわたしも知っていたわ。母はあの男を捨てられない自分を憎んでいた。あの男のわたしへの仕打ちをとめられない弱さもね。わたしも母がもっと強かったらよかったのにと思う。でも、自分を変えることは難しいわ」

「それが現実だ」そう言うと、アーロの口に苦みが広がった。

「今でも母を救うことができていたらよかったのにと思う」ニーナが続けた。「何年も罪悪感にさいなまれたものよ。そのことばかり夢に見て、そのことばかり考えた。でも結局、自分を救えるのは自分だけなのよ。自分以外の人ができることには限りがあるわ。自分でなんとかしなければならないのよ」

アーロの頭に、発見されたときのジュリーの顔が浮かんだ。グレーの唇、大きく見開かれた目。長い髪には海藻が絡みついていた。

「おれはきみを救いたい」その言葉は、無意識のうちに口から飛びだしていた。

ニーナが甘く謎めいたほほえみを向ける。「わかってるわ」優しく言う。「幸運を祈ってる」

アーロは何か皮肉なことを言ってニーナを突き放し、安全な距離を保ちたかった。だが、いつもの皮肉はどこを探しても出てこなかった。

「わたしもあなたを助けたい」ニーナが言った。「わたしの巻き添えになったりしなければ、あなたに助けは必要なかったでしょうけど」

「いや、必要だ」彼は思わず言った。「きみの助けが必要だ」

ニーナが目を丸くした。輝くような優しいほほえみを浮かべながら、手をのばしてアーロの頰を撫でる。「約束して。そう言った自分に頭にきて、無作法なふるまいをしたりしないって。いい？」

ニーナは軽口をたたいて彼の気分を軽くしようとしたが、無駄な努力に終わった。「できるかどうかわからない」アーロは荒々しい声で言った。「きみを救うことのほうだけど」

ニーナが指先で彼の顎をなぞった。「できないかもね。でも、これだけは確かよ。仮にできなくても、それはあなたの努力が足りなかったからじゃない。そのことであなたは責められたりしないわ」

「努力するだけじゃ充分じゃない」アーロは顔をこすり、声の震えを抑えようと唾をのんだ。「今、おれにはプランもなければ、装備もない。今回は手も足も出ないんだ。次に何をすべきかもわからない。わけがわからないまま進んでいるから、そのせいで……ああ……どうかなってしまいそうだ」

ニーナは両腕を彼のウエストにまわした。アーロにいきなりきつく抱きしめられて、小さく声をもらす。「わけがわからないまま進むなら、ほかの誰よりあなたと一緒がいいわ」なだめるように言った。

「そうなのか？」

「そうよ。だって、ものすごい特典があるもの。セックスだけでも――」

「笑わせないでくれ」アーロは警告した。「素直に笑える状況じゃないんだから」

「わかったわ」ニーナが小声で言った。「これからどうするか一緒に考えましょう、アーロ。あまり先を見ないで、ひとつずつすべきことをこなしていくの。最初にすることを思いついたわ」

「というと？」彼はきいた。「何をするんだ？」

「食べるの。あなたが料理してくれたでしょう。わたしをくどく前に、忘れたの？」

それはとてつもなくいい考えに思われた。外はすっかり暗くなっていたので、ニーナがキッチンの引き出しをごそごそ探して、かろうじて電池の残っている懐中電灯を見つけだした。ふたりは今にも消えそうな明かりのそばで食事をした。彼女が缶入りの怪しげなトロピカルフルーツのジュースを見つけ、アーロが万能ナイフで蓋をこじ開ける。冷凍食品は電子レンジのなかで冷たくなっていたにもかかわらず、ひどくおなかがすいていたふたりはわざわざあたため直したりはせず、容器の蓋をはがしてすぐに食べ始めた。ニーナは照り焼きチキンとコルドンブルー風カツレツを選んだ。アーロはラザニア、ターキーとマッシュポテト、牛肉と野菜の中華風炒《いた》めをかきこむ。そしてふたりとも、怪しげなパパイヤのジュースをがぶ飲みした。

食事がすむと、アーロは眠れなくてもベッドで横になるようニーナを説得した。彼自身は横になってもしかたがなかった。少しじっとしていると体がびくっと痙攣し、何かに取りつかれたように動きださずにいられないからだ。それに、ニーナ・クリスティとひとつのベッドに入ったら、どういうことになるかは予測がついた。

アーロは何時間も部屋のなかを行きつ戻りつしては、しきりに窓の外をのぞいた。月が湖を明るく照らしている。風がまったくなく、湖面はまるで鏡のようだった。

彼はニーナの様子をのぞきに行った。やはり彼女は眠りに落ちていた。家主のクローゼットからチェックのネルシャツを拝借したのだが、ニーナには大きすぎて腿のなかほどまで長さがあった。ぐっすり眠る彼女の体のまわりに毛布をたくしこむ。ニーナの華奢《きやしや》な体が分厚い毛布にくるまれているのを見たら、なぜか胸が締めつけられた。

彼らを感じたのはその瞬間だった。睾丸がちくちくし、うなじの毛が逆立つ。アーロは最初、自分が疑心暗鬼になっているだけだと思った。超常現象、ストレス、ふた晩の睡眠不足といったことが的確な判断と知覚を狂わせているのだと。やつらがこの場所を突きとめられるわけがない。

それでもアーロは表の通りが見える窓のそばに立ち、銃を手に待った。五分。十分。二十分。

そのとき、ヘッドライトが木々のあいだで揺らめくのが見えた。曲がりくねった道をゆっくり近づき、私道が始まるあたりでとまる。ライトが消えた。それが答えだった。ああ、なんてこった。

アーロはすぐに冷静さを取り戻し、客観的に分析した。キャビンに車を乗りつけるなら、追っ手は月明かりを頼りに私道を進んでくるだろう。だがおそらく徒歩で近づいてくるはずだ。ニーナを連れて走って逃げるのは無理だ。外は真っ暗だし、木々が生い茂り、羊歯《しだ》がはびこっていて、石につまずきかねない。しかも背後には険しい岩だらけの崖がそびえている。

彼は安息の地で罠にかかった気分だった。

「あの人たちが来るのね？」

アーロはさっと振り向いた。ニーナが戸口に立っていた。その声は不気味なほど落ち着いている。

「やつらを感じたのか?」アーロは尋ねた。

「あの人たちを感じたのか、あなたを感じたのかわからないけど、とにかくエネルギーを感じたわ」

「外へ出ろ」彼は命じた。「今すぐ裏に出て森に隠れろ。ここから離れるんだ。できるだけ遠くへ。それで、あの気配を消すトリックを使え」

「いやよ」ニーナは言った。「あなたを置いてはいけない」

その揺るぎない口調に、アーロは彼女を翻意させることはできないと悟った。「でも、ニーナ、時間がないんだ――」

「無駄よ。あなたと一緒でなければ一歩も動かない」ニーナが言った。「だから、あの人たちが来たら一緒に立ち向かう」そして一緒に死ぬの……そういうことになった場合には。その考えがニーナの頭に浮かぶと同時に、アーロにも聞こえた。だがすぐに分厚い防御壁がぬっと現れ、彼女の心を覆い隠した。

彼は背中からマイクロ・グロックを取りだした。「これを持って」ニーナに言う。「六発入ってる。言ったよな。ねらって、撃つ。簡単だ」

ニーナが受けとった銃をじっと見おろす。「わたしたち、つまり……どうするの?」

「決まってる」アーロは言った。「やつらを殺すんだ」

リリーはブルーノの髪をかきあげた。「家に帰ったほうがいいわ」優しく促す。「あなたは疲れてる。それに、レナとトニオが眠い目をこすってあなたの帰りを待ってるわ」

「だよな」ブルーノが彼女の肩に頭をもたせかけた。「きみがいなくて寂しがってるよ。おれも寂しい。きみがいないと、ちっともおもしろくないんだ」

「わたしも寂しいわ」リリーはこたえた。「でも、それもうじき終わる。さあ、行って。あの子たちのところへ」

ブルーノが彼女の肩の上で首を振った。「こんなときに、きみをひとり残して帰れるもんか」抑えた声で言う。「そんなことはできない」

「あなたはできるだけのことをしてくれているわ」リリーはなだめた。「一緒にいて、アーロほど安全な人はほかにいない。それに、ニーナは彼のことを、なんていうか……気に入ってるみたいだし」

ブルーノが頭をもたげた。「そうなのか？　それってつまり、あいつを好きだってことなのか？」

「ええ、そういうことよ」彼女は答えた。「女は自分を守ってくれた人を好きになるものよ。それに、女はハンサムな人が好き。アーロはものすごくハンサムだわ。しかめっ面をしていないときには」

「そんなときがあるのか?」ブルーノが冷ややかにきいた。「あるとは思えないがな」

リリーは彼にもたれて、アフターシェーブローションの香りを胸いっぱいに吸いこんだ。「それよりマイルズのことが心配だわ」彼女は言った。「すごく痩せちゃって。アーロの隠れ家に逃げこんでからしばらく会ってなかったでしょう。十五キロ近く痩せたんじゃないかしら。そのうえ、あんな現場を目撃してしまって……」身震いする。「かわいそうに」

「そのことは考えるな」ブルーノが命じた。「おなかの子にさわるだろう」

リリーは鼻を鳴らした。「あなたは考えずにいられるの? そんなの無理よ」

「考えないようにするんだ。できるだけ」

「わかったわ。やってみる。それより、マイルズは手柄を立てて埋めあわせようとしてる気がするの」

「埋めあわせるには、なかなかいい方法だ」ブルーノが指摘した。

ブルーノは立ち去ろうとせず、リリーもせかしはしなかった。ふたりはぴったりと寄り添った。ブルーノが彼女のおなかに手をまわし、赤ん坊の胎動を確かめる。

そのとき、ブルーノの体に緊張が走った。リリーが顔を向けると、彼は壁際にある花束をにらんで顔をしかめていた。

「いったい誰が赤い薔薇を送ってよこしたんだ?」彼がきいた。

リリーは驚いて花を見た。十数本の赤い薔薇にかすみ草が添えられている。花束にはオレンジ色のオニユリも入っていて、変わった趣味だとは思ったが、てっきり……。

「あなたじゃなかったってこと？」彼女はきいた。

ブルーノが口を引き結んだ。「おれじゃない」きっぱり言いきる。「送ろうと思ったが、花屋に行く時間がなかったんだ。いつ届いた？」

「今日の午前中よ」リリーは答えた。「気づいたらここにあったわ」

ブルーノが彼女から体を離してベッドをおり、かがみこんでその花束を調べた。「カードはない」すりガラスでできた重い花瓶から花束を引きあげると、水がしたたった。なかに手を入れる。片側に粘着テープがついた、円盤状のプラスチックが出てきた。

リリーははっと息をのんで口を開こうとしたが、彼が身振りでそれを制した。彼女は片手を口にあてた。ブルーノがそれを花瓶のなかに落とし、部屋の外に持っていく。

戻ってきたとき、彼は青ざめていた。「マイルズがアーロにキャビンへの道順を説明したとき、あの花束はここにあったか？」

リリーは必死に思い出そうとした。「ええ、あったわ」ゆっくりと言う。「あの花に気づいたのは診察してもらったあとだった。マイルズが来る直前よ。〝まあ、なんて優しいの。ブルーノがわたしにお花を置いていってくれたのね〟と思ったのを覚えているわ。それからマイルズがわたしたちに、カークに何があったかを話し始めて、花のことはすっかり忘れてしまったのよ」

ブルーノが携帯電話を出してかけた。待った。そして待った。

顔に手をあてる。「ああ、まったく」

22

アーロは寝室のドアのすぐ内側にしゃがみ、ニーナはマイクロ・グロックをしっかり握ってバスルームのなかにしゃがんだ。外に出ては危険だと、彼は判断した。それに、キャビンのなかなら最低でも身を隠す場所がある。アーロの目は暗闇に慣れていた。よけいなことは考えないよう集中する。目標はできるだけ多く、できるだけ速く倒すこと。彼は暗視ゴーグルがあったらと思った。だが、ないものはない。文句を言うな。

「金庫室を閉めて」ニーナが隠れているところからささやき声がした。

「しいっ」アーロは、金庫室の扉がバタンと閉まるところを思い描いた。しかし、そのイメージが定着する前に、何かが心につかみかかってきた。その手は心をわしづかみにし、握り、探り、押しつぶす。目に涙がにじんで頭がずきずきと痛み、アーロはあえいだ。いったいなんなんだ？

「アーロ？ アーロ、大丈夫？」ニーナがさっきより大きな声でささやく。

アーロは返事ができなかった。動けなかった。恐怖と怒りだけが高まっていく。心のなかで力を振りしぼり、その強烈な圧力と耳のなかのうなり声を押し戻した。かろうじて息がつけるようになったが、動くことも話すこともできなかった。外の砂利を踏む足音がする。やつらは音を立てまいとさえしていなかった。

ならず者たちが列をなして家に入ってきた。ひとり、ふたり、三人……四人。男が三人続き、最後尾に女がひとりいる。全員が緊張のかけらも見せずに歩きまわっていた。連中が近づくほど、心をつかまれる感覚は強くなった。アーロの肋骨が肺を締めつける。内臓はごみ圧縮機にかけられたみたいに圧迫されていた。痛みがさらに強くなる。

ひとつの人影が、はめ殺しの窓から差しこむ月明かりのなかに足を踏み入れた。顔には笑みが浮かんでいる。男はマジシャンが呪文をかけるときのように片手をあげた。するとアーロの意志に反して、ドアの陰で銃を握っていた片手が持ちあがり、戸口に突きだされて、男から丸見えになった。さらに体が前によろめいて、アーロは力なく床を這った。手はしびれていた。神経が麻痺して、力が入らない。感覚を失った指から銃が滑り落ちる。

「椅子に座らせろ」男が言った。ふたりの男が命令にしたがって、アーロの脇の下に手を入れてキッチンへ引きずっていく。

バン。バン。命令をくだした男が叫んでよろめき、自分の腕を押さえた。ニーナ。アーロを締めつけていた力が突然ゆるんだ。彼はようやく頭を振り向けることができた。ニーナが戸口から身をのりだし、マイクロ・グロックでねらいをつけている。

そのとき、彼女が悲鳴をあげて背中をのけぞらせた。銃が指のあいだからこぼれ落ちる。男が撃たれた腕を押さえながら、ニーナに歩み寄った。彼女が身をよじり息をあえがせるのをじっと見おろしている。どうやら、男が技を仕掛けられるのは一度にひとりだけらしい。

男たちが照明をつけた。まぶしさに目がくらんだアーロは、華奢な椅子にしばりつけられた。両手は座面に、両足首は椅子の脚に手錠で固定される。足首につけていた拳銃は奪われ、ポケットに入れていたナイフも取りあげられた。アーロは必死に首をのばしてニーナの姿を捜し、耳を澄ませて心の声を聞きとろうとした。ニーナ。

徐々に目が慣れると、アーロの視界にボスの男が入ってきた。男がニーナの脇の下に両手を入れ、体にぴったりフィットした黒い服を着たセクシーなブロンド女が足を持って、運んでいるのだ。ふたりはニーナを椅子に放り投げてしばりつけた。ボスの男が上腕の袖にしみだした血を見て顔をしかめ、おそるおそるつつく。ニーナがろくでなしの腕を撃ったのだ。初めて銃を使ったにしては上出来だ。心臓を打ち抜けなかったのは残念だったが。手錠をはめ終えると、ブロンド女がニーナの顔を手の甲で殴った。

「あの人を撃ったお礼よ」女が言った。

ニーナが頭をあげた。顔が赤く腫れあがっている。ブロンド女がしかめっ面をすると、さほどセクシーには見えなくなった。

頭に包帯を巻いているのは、ニューヨークで襲いかかってきた禿げ男だ。ディミトリもいる。いとこは憎しみのこもった視線をアーロにぴたりと据え、舌なめずりをしていた。

それからあの、もうひとりの男。超能力でアーロに襲いかかった男だ。彼は長身で、四十代後半だった。ブラウンの髪を地味なスタイルにカットし、質のよさそうなカジュアルなスポーツウエアを着ている。そして、百貨店〈シアーズ〉の下着広告モデルのような、さわやかでいやみのないハンサムな顔をしていた。この男の笑みは普通すぎて恐ろしかった。歯並びのいい真っ白な歯、口もとのしわ、目もとの笑いじわ、片頬だけのえくぼまである。その普通の笑顔が今、アーロに向けられていた。椅子に座らされて手錠をかけられ、大切な女性が顔を殴られるところを見ているしかできない男に。

アーロは男から視線を引きはがした。〝ミスター・普通〟と対峙する準備はまだできていなかった。一味のなかでは、この男が群を抜いて厄介だった。ほかの三人をひとまとめにしてもぜんぜん足りないくらいだ。

そこでまず、いとこに話しかけた。「よう、ディミトリ」

「サーシャ」ディミトリが言った。「久しぶりだな。二十年ぶりか？」

「もっとだろ」アーロは答えた。「こんなに遠くまでよく来たな？　自然は好きじゃないと思ってたよ。おまえの靴に毒蜘蛛を入れてやったこと、覚えているか？　ベッドに蛇を入れてやったことも？　ああいうのが大嫌いな弱虫にこんなところで会えるなんて驚きだ」

ディミトリが唇をゆがめた。「ああ、覚えてるよ。自然は好きじゃない。おそらくおまえのおかげでな。それでも出かけてくるほど、憎しみってのは強いんだ」

〝ミスター・普通〟が拍手した。「いとこの再会シーンか。感動的だったよ。だがもういい、ディミトリ。おまえが家族の思い出を回想する場面は、わたしの筋書きには入っていない」

アーロは男の顔を見あげた。「誰だ、このばか野郎は？」

そのとたん、猛烈な痛みに襲われた。口が痛み、耳のなかに轟音がとどろき、肺をこすられる音が響いて、見おろしてくる男の声がほとんど聞こえない。アーロは精神力を振りしぼった――なんとか気を失わずにいられる程度まで、男がかけてくる圧力を押し戻した。

「わたしに話しかけるときには、もう少し礼儀をわきまえたほうがいい」ミスター・普通が言った。「それにしても、これほどの抵抗はめずらしい。きみは増強されているに違いない。そうなのだろう？　カシャノフがきみの力も増強したのか？」

「いったい……なんの……まねだ？」アーロは息も絶え絶えに言った。

「ほらな。この圧力で攻撃すると、ほとんどの人間は話すことができないのに」男が考えをめぐらせる。「例外はロイだけだ。こいつは相当、訓練を積んだに違いない」

「それでいったい、これはなんなんだ？」アーロは言い放った。

ミスター・普通の目が陽気にきらめく。「わたしの並みはずれた強制の能力をきみに体験してもらっているところだ、ミスター・アルバトフ。これがわたしのもっとも得意な分野でね。非常に使い勝手がいい。わたしの性格にも合っている」

強制？「何を強制する気だ？」アーロは咳きこんだ。

「今は何も」男が言った。「今のところ、集中していないからな。ただきみを漠然と攻撃しているだけだ。だがいったん集中したら、疑うことを知らない無垢な心に、わたしが望むままの決断を強制することができる。ほら、きみが手を戸口に突きだして銃を落とそうと決めたときみたいに」舌をちっと鳴らす。「ずいぶんまずい決断だったが、きみのせいではない」身づくろいをする。「だからそのことであまり自分を責めないように」

アーロは男の強制を振りほどこうとした。男のほうは涼しい顔でそこに立っている。落着き払って何もしていないような顔をして、どこにも力が入っていないようなのに、ハリケーンの暴風並みに激しい力を加えてきている。

そのとき、夕食の残りの脇に置き忘れたアーロの携帯電話が鳴りだした。

ミスター・普通が携帯電話を拾いあげた。「ブルーノからだ」アーロに告げる。「きみの友人……きみの死刑執行令状にサインしてくれた人物だよ。リリーと彼が、今夜のきみの行き先を教えてくれた。それとマイルズ、といったかな。あの連中はしゃべりだしたらとまらない」頭を振る。「ここを突きとめるのは拍子抜けするくらい簡単だったよ」

アーロは必死で情報の断片をつなぎあわせた。「あんたが……ラッドか？」

男がうれしそうな顔をした。「わたしを知っているのかね？　そう、わたしの名前はラッド。それを教えたのはヘルガだろうね。しようがないばあさんだ、まったく」

「あんたが殺したんだな」

「いや、カシャノフが自分でやったことだ」ラッドが近づくと、アーロの心に立てられた爪の力が強まった。ラッドはかがみこみ、汗が吹きでるアーロの顔に顔を寄せた。「自業自得だ。わたしをだまそうなどとするから。カシャノフは自分で仕掛けた罠にはまった。それだけだ。まったく、腹黒いばあさんだよ」

不気味な黒い波がわき起こり、アーロをのみこもうとしていた。彼は必死に波にのまれまいとした。この状態でニーナを助けられるはずがなかったが、それでも、彼女をひとり残して意識を失うわけにはいかない。

まずい。暗くなってきた。どんどん沈んでいく。遠くへ流される……ずっと遠くへ、暗闇のなかへ……。

「あの、ボス?」その声ははるか彼方から聞こえてきた。誰の声かはわからない。

「邪魔するな!」

「この男の心を吹っ飛ばしてしまう前に読ませてください。お願いします!」

圧力が消えた。しだいに視界が晴れていき、アーロは頭を振って、肺いっぱいに空気を吸いこんだ。「あんたは何者だ?」がらがら声で叫ぶ。

ラッドがくっくっと笑った。「実に興味深い質問だ」楽しそうに言う。「それに、わたしの大好きな質問でもある。きみがききたいのは、わたしがかつて何者だったか、ということかね？　それとも、絶えず進化し続けているわたしが今この瞬間に何者か、ということを知りたいのか？　あるいは、わたしがこれから何者になろうとしているかをきいているのか？」

アーロは咳をした。「ひとり芝居なら、どこかよそでやってくれ」

痛みが全身を襲った。アーロは痙攣し、体じゅうがこわばった。椅子が揺れる。

「わたしに敬意を払え」ラッドが警告した。「常に深い敬意を払うのだ」

「その人を痛めつけないで」ニーナが懇願した。「お願いよ。その人はまったく――」

「黙れ、あばずれ！」ラッドが唾を飛ばしながら、くるりと彼女のほうを振り返った。「まだ誰もおまえに話せとは言っていない！　おまえのことはこのあとだ！」

男が頭のなかで殴りつけると、ニーナが悲鳴をあげて身をすくめた。

アーロは拘束を解こうともがいた。「やめろ！　頼む、彼女を傷つけないでくれ！」

「傷つけてほしくないのかね？」ラッドがアーロに向き直り、唇をなめた。「じゃあ、いい子にするか？」

アーロは怒りをぐっとこらえ、かすれた声で答えた。「ああ」

「そうしたほうがいい」ラッドが満足したように言う。「さっきの話の続きだが、質問はわたしが何者だったか、だな？　じゃあ、教えてやろう。ヘルガ・カシャノフに出会ったとき、わたしが何をしていたか」そして、目を輝かせてアーロの返事を待った。

最高じゃないか。自分に恋してしまったいかれた男のご機嫌を取るなんて。こいつの気分をよくすることくらい、おれにも言える。「ぜひ」アーロは苦々しくうなった。

「ヘルガに生命保険を売っていたのさ！」ラッドはそう言うと、アーロの驚きの声を待った。だがなんの反応もなかったので、くっくっと笑って間を持たせる。「まったく、人生とは皮肉なものだ。ああもちろん、その保険金なら娘がすでに受けとったよ。三年前、ヘルガの死亡を偽装したときに」

アーロは困惑を隠せなかった。「生命保険？」

「そう。十一年か十二年前のことだ」ラッドが懐かしげに言う。「わたしは当時、トリシティズに戻っていたのだが、カシャノフがわたしと会う予約を入れてきた。自分に何かあった場合に、娘の教育資金を保険金でまかなえるようにしたいからと言って。ララは当時、十四歳だった――」

「ララはどこ？」ニーナが割って入った。「ララに何をしたの？」

ラッドが彼女にうんざりしたような視線を向ける。ニーナは鞭で打たれたように椅子のなかで身をこわばらせ、悲鳴をあげた。

「静かにしていろ」ラッドが厳しい口調で言う。「おまえに話しているのではないのだ。とにかく、わたしはカシャノフに、かなり高額ながらとてもよい保険を売った。そして翌日、彼女はまたわたしに会いに来たんだ」彼の目が夢見るように宙をさまよう。「カシャノフは、わたしには人を説得する才能があると言った。そうした生まれながらの才能を高める可能性を探る組織にかかわっている、とも。そして、わたしにも参加するよう誘ってきたのだ。わたしの並みはずれた才能は保険を売るだけではもったいないから、と言って。カシャノフは正しかった。わたしはあの日、生まれ変わったのだ」

「カシャノフがあんたにこの薬を与えたのか？」アーロは尋ねた。「このpsi‐maxとかいうやつを？」

「すぐに手にできたわけではない」ラッドが説明した。「カシャノフが調合法を編みだすのに数年かかった。わたしはそのあいだずっとそばにいたんだ。アナベルが七年前に加わり、ロイもそのすぐあとに入った。カシャノフは一生懸命やっていたが、自分が誰のために薬をつくっているのか、そこのところはまったくわかっていなかった」くっくっと笑う。「わたしは誰にも計画を打ち明けなかった。だから最終的にはすんなりとその事業をのっとり、わたし自身で経営することができたのさ」

「それであんたの〝説得する才能〟が〝強制する力〟になったのか？　この薬で？」

「まあ、そういうことだ」ラッドが答えた。「この薬を摂取すると、人によってそれぞれ違った能力が開花する。たとえばアナベルは侵入テレパシーの達人だ。きみの記憶のなかに侵入して、こちらが必要とする情報を白状させることができるんだ。こっちのロイは、わたしの忠実な猟犬だ。調子がよければ三キロ以上先から、きみの心の周波数を追いかけることができる。わたしの部下としては、どちらもとても便利な能力だ」

「なるほど」アーロは言った。「それで、あんたは今何をしてるんだ?」

「そうだな」ラッドが考えをめぐらせた。「強制する力というのは、実に多くのことに応用できる。たとえばビジネスだ。おかげでわたしはかなりの金を儲けることができた。だが、それにはもう飽きてしまった。金儲けは退屈で、あくびがとまらない」

ラッドはそこで言葉を切り、目を輝かせてアーロの反応を待った。

アーロは歯を嚙みしめ、期待されているとおりに尋ねた。「それで? あんたは次に何をしたんだ?」

「それは実にいろいろある。そのひとつに、きみたちふたりがかかわってきたんだ」ラッドが答えた。「カシャノフに裏切られる前、わたしたちは新たな時代の幕開けを迎えようとしていた。カシャノフが開発した新しい調合で、われわれのpsi‐maxへの依存は永遠に終わるはずだったのだ。だが、あの女がわたしを裏切った。そしてその償いを、きみたちふたりがしようとしている」にっこりとほほえむ。「少なくともわたしは、きみたちが償えることを願っている。それがきみたちの身のためだ」

「あんたは何者になるつもりだ?」アーロは質問を変えた。

「政治家に転身しようとしていたんだよ」ラッドが説明した。「より広いフィールドが、より大きなキャンバスが必要なんだ。わたしの能力、わたしの才能に見合うような。だが、そのためにはあの新しい調合が必要だ。増強された状態を永遠に保つために。新しい薬があれば能力が落ちる心配はないから、薬を服用し続ける必要はなくなり、副作用に悩まされることもない」ニーナを見る。「カシャノフはA剤のひとつをきみに注射した、そうだろう？そして、きみはA剤をもうひとつ持っている。これで合っているかね？」

ニーナは答えるのをためらい、アーロを盗み見た。アナベルがニーナの腕を引き、また彼女を殴りつける。その音に、まるで自分が殴られたかのように彼は息をのみ、身をすくめた。

「そうだ。彼女は持っている」アーロは言った。「一回分」

ラッドがニーナに歩み寄った。顎をつかんで上に向け、彼女が悲鳴をあげるまできつく握る。「で、調子はどうだね？」

ニーナが咳きこんだ。「最高とは言えないわね」

今度はラッドが平手打ちをし、彼女の頭が後ろに傾いた。「生意気な態度をとるな」

アーロはあわてて言った。「こいつらに話せ、ニーナ。今ここで」

ニーナが顔をあげる。まばたきを繰り返しながらも、表情は落ち着いていた。「昨日はひどい幻覚を見たわ。それと、たぶんテレパシーだと思うけれど、自分ではコントロールできない波のようなものも感じた。だけど今日はあんまり感じないわ。人の思考を聞くことはできるけれど、それを自分の意志で遮断できる。B剤を手に入れるのに、わたしに残された時間は三日、長くて四日だとヘルガに言われたわ」

「もし手に入らなかったら？」アナベルがきいた。

ニーナはアナベルを見あげて、少しのあいだ黙ってから答えた。「わたしは死ぬわ」

沈黙が流れる。四人の襲撃者たちが目配せを交わした。

「さて、ここで本題に入ろう。きみたちふたりから聞かせてもらいたいのは、そのB剤のありかだ」ラッドがそう言って腕を組んだ。ふたたび沈黙が流れる。

アーロは胃が沈むような感覚に襲われた。「どこにあるか、おれたちにもわからない」

ラッドが目で合図をし、ロイがアーロの顎をしたたかに殴る。その一撃でアーロの頭はがくんと後ろに傾き、唇が切れた。

アーロは唇の血をなめた。「本当だ」きっぱりと言う。

「嘘だろう?」ラッドが息を荒らげた。「本当かどうか確かめろ、アナベル!」

今度はアナベルがアーロに近づいた。彼女が触手を心に突っこんでくると、アーロは顔をしかめた。ラッドに心を殴打されたときと同じくらい痛いが、アナベルのやり方はもっと執拗だった。アーロは抵抗し、金庫室の扉に鍵をかけた。かつてオレグに対してしたように。

アナベルが激しくたたいても、扉は閉まったままだ。

「ブロックしてるわ」アナベルが鋭い声で言った。「このろくでなしが、わたしを遮断するなんて!」

彼女は顔を紅潮させ、目をぎらつかせている。

「絶対に通り抜けてみせるわ」アナベルは遠慮がちにラッドをちらっと見た。「さぞかしおもしろいはずよ。この女の前でやるのは」

ラッドがうなった。「今は気が進まない」アナベルに言う。「もっと衛生的なやり方がある。体液を伴わないやり方が」ニーナを指す。「もう一度殴れ」

不満そうに口をとがらせながらも、アナベルがニーナに向き直り、腕を引いて——。

「やめろ！」アーロは叫んだ。「やめてくれ。おれが、その……防御壁をさげるから」アーロは自分の意志でさげられるかどうかわからないまま、思わずそう口走っていた。こうなったら、なんとかしてさげるしかない。

ディミトリが含み笑いをもらした。アナベルが握った拳をおろし、アーロの顔を両手で挟みこむ。ブロンドの髪が揺れて、彼の首をくすぐった。すごく美人でいいにおいもするが、醜くゆがんだ性根が目の奥に渦巻いている。アーロはたじろぎ、体をこわばらせた。

「さあ、扉を開いてごらん。いい子だから」アナベルが甘い声で言う。

アーロは一瞬、できそうにないと思った。金庫室の扉を必死に思い描く。具体的にイメージするものがあって助かった。ニーナのおかげだ。これだけじゃない、ほかにも数えきれないほどいろんなものをニーナからもらった。アーロはその考えを頭から振り払った。この女に心を犯されているときに、ニーナをいとしく思ってはだめだ。

それでも、ニーナが手を差しのべてくれているのが感じられた。優しく触れて、支えてくれている。暗闇のなかでアーロはその手にしがみつき、あの金庫室の扉を思い描いた。イメージがくっきりと鮮明な形を取る。彼はそれを押し開けた。ゆっくりと、内側から。扉がきしむ。細い隙間ができて、それが広がり……。

アナベルが待ちきれない様子で乱暴になかに入りこんできた。アーロは手脚を痙攣させ、吐き気やパニックと闘った。むきだしの自分のなかを、アナベルが探しまわり、かき分けていく。彼の心臓が激しく打ち始めた。

「やっとつかまえたわ！」アナベルの声は興奮に震えていた。「さあ、質問して！　早く！　いつまでつかんでいられるかわからないわ。急いで！」

ラッドが咳払いをした。「きみはヘルガ・カシャノフにpsi-maxで増強されたのか？」厳しく詰問する。

アーロは叫んだ。アナベルが心を切り開き、つつき、つねっている。彼は口をきくことさえできなかったが、幸い、アナベルが代わりに答えてくれた。「昨日まで、彼はpsi-maxのこともカシャノフのこともいっさい聞いたことがなかった。ポートランドの友人にニーナ・クリスティを助けてやってほしいと頼まれただけよ」

「そうか。で、新しい調合にはどんな効果がある？」

アナベルがさらに心のなかを探る。アーロは泣き叫ばないよう必死にこらえた。まるで体を引きちぎられているようだ。

「たいして知らないわ」アナベルががっかりした口調で言う。「カシャノフから聞いたことだけ……カシャノフがまくしたてる音声ファイルのなかにあったことだけよ。そのなかでカシャノフは、新しい処方はどんなききめが現れるかは予測がつかないと言っていた。それも、時間内に……三日から長くて四日以内にB剤を手に入れられた場合に限ると。カシャノフは五日目に死んだわ。実際、わたしが集中治療室で見たときには汚物同然だった。まるで内側からとけているみたいに」

「最後の質問だ。これが終わればお払い箱だ」ラッドが怒りに声を震わせた。今度は、質問を通して自分の〝強制する力〟を炸裂《さくれつ》させ、ハンマーでねらい打つように、アーロの頭にたたきこんだ。「B剤はどこにある?」

ふたり同時に侵入されると、激痛が走った。轟音と目もくらむほどの光にさらされ、痛みで意識が遠のいていく。叫び声をあげるものの、自分の声は聞こえなかった。身をよじり、足をばたつかせる。

バシッ。

全身を横から殴打された。次の瞬間、アーロは息も絶え絶えになって床にのびていた。

「わからない」アナベルが不機嫌な声で言った。「手がかりもないわ。カシャノフが何を言ったにせよ、それでは充分ではなかったようよ。こいつの頭から引きだせたのは、図書館がどうしたとか、墓がどうしたとか。あとはウィクリフ、骸骨、墓、パーティー。そんな断片だけ。意味がわからない。使いものにならないわ。本人もB剤を見つけられるとは思っていない。それは確かよ。そして、女が死ぬのを恐れている。死ぬほど怖がってるわ」

「なんて優しいんだ。女の行く末を案じるなんて」ラッドがつぶやいた。「感動したよ」

「本当に。かわいそうだから、ひと思いに片づけてもいいかも」アナベルが言った。「楽にしてやるのよ」アーロの腿をねらって強烈な蹴りを放つ。「その女に心からほれてるようだわ。何かというと、盛りのついた猫みたいにやりまくってる。確実にもうすぐ死ぬっていうときに。まるで悲恋の『ラ・ボエーム』か何かみたいに」

「こいつのセックスライフに興味はない」ラッドがぴしゃりと言った。「集中しろ」

「ウィクリフ？」ロイの声だった。アーロはそちらを見ることすらできなかった。「ウィクリフだって？　あの意地悪じいさんは何年も前に死んでる。墓というのはそのことかもしれない。それか、カシャノフは意識が朦朧《もうろう》としていたか」

「黙れ、ロイ」ラッドが言った。「おまえの意見はきいてない」

アーロは床に置き去りにされた。喉に流れこんできた鼻血にむせながら、ニーナに顔を向ける。

「アナベルをブロックしたら、男に罰を与えることにする」ラッドがニーナに言った。「わかったか？」

「ええ」彼女の声は驚くほど穏やかだった。「わかったわ」

ニーナはアーロのように叫びもしなければ、息をつまらせもしなかった。彼らに心を侵され、殴打されながらも、ただ体を硬直させて、けなげに耐えていた。まったく、見あげた根性だ。

アーロにはニーナの全身が見えなかった。どれだけ体を揺らしてもがき、首をのばしても。アーロにできることは、華奢なサンダルのなかでニーナの足が引きつり、爪先が丸められるのをじっと見ていることだけだった。ニーナに手を差しのべようとしても、やり方がわからなかった。あの魔法は自分には使えないらしい。ニーナが自分にしてくれたように、手助けすることができなかった。図体《ずうたい》がでかいだけで、なんの役にも立たない。自分で自分を殴りたかった。

〝彼らを憎むの。自分じゃなくて。ばかね〟そうしかる声がアーロの心でこだましたとき、ニーナは彼らに頭のなかを探られ、必死で息をあえがせて体をひくつかせていた。

アーロは意識と無意識の狭間《はざま》をさまよっていた。ようやく意識を取り戻したとき、ロイとディミトリに抱えあげられているのに気づいた。アーロはいとこの満足げな顔をにらみつけた。そして、血のまじった唾を吐きかけた。

ディミトリが赤い唾をぬぐう。「こんなことしなければよかったと後悔するはめになるぜ。おれとロイが順番におまえのセックスフレンドの相手をするところを見ながらな」彼が言った。「まわり道をしたかいが少しはあったよ。やるのはいつだって大歓迎だが、おまえの女とやれるとはな。ああ、これで、いくらか報われる。それに、やりながらおまえの心を読むことでもきるしな」

「心を読む、だって?」アーロはうんざりした顔でいとこをにらんだ。「おまえがか?」

「ああ、そうさ」ディミトリの笑みが広がった。「おれもテレパスなんだ。結局、血は争えないってことだな? おれもこの隠れた能力を、どこだか知らないがトーニャと同じところから受け継いだのかもしれない。楽しいよ、人の心を読むのは……ほらな、こうして」

ディミトリがアーロの頭を探った。アナベルほど奥まで激しく探るわけではなかったが、もぞもぞと動くものが入ってくれば、アーロはそれなりの痛みを感じた。ディミトリがアーロの心をまさぐり、調べ……そして笑った。

「聖人ぶったいやなやつだぜ。昔からちっとも変わらない」ディミトリが言った。「人を傷つけたと思っちゃ落ちこみ、苦しんでばかり。くそったれの根性なしだ。彼女のためならおれはなんでもする、ときたか? 心配無用だ、アーロ。おまえがあの女にできることくらい、おれならもっとうまくやれる。今夜たっぷり見せてやるよ、ボスがいなくなってから。何度でもあの女とやってみせてやる」

「あのいかれたラッドがおまえのボスなのか?」アーロはきいた。「オレグのほうがまだましだろうに。まったく、おまえはいつまでたってもボスにはなれないんだな? まあ、そう落ちこむな。人を率いるように生まれつく者と、人にしたがうように生まれつく者がいるからな」

ドスッ。

ディミトリの拳が肋骨にくいこみ、アーロは息をのんだ。

ディミトリが拳をさすり、椅子をまわす。

「やめろ」ラッドが命じた。「そいつを殴ってもいいとは言ってない」

「尋問が終わったら、おれの好きにしていいと言ったじゃないか」ディミトリが言った。

「まだ終わっていない」ラッドがぴしゃりとしかりつけた。「最後のA剤はどこだ、アナベル？」

「女のバッグのなかに入っていたわ」アナベルが近づきながら、注射器を包む梱包材《こんぽうざい》をほどいた。

アーロはニーナを見た。顔色は真っ青だが、不気味なほど落ち着き払っている。鼻と唇から血をしたたらせていても、ニーナは美しかった。

アナベルが注射器を持ちあげた。「どうする？」

ラッドがアーロを指した。「そいつに注射しろ」

「でも……でも、この一回分しかないのよ！」アナベルが抗議する。

「取っておいてもしかたがない」ラッドが言った。「夢物語は終わりだ。カシャノフは死んだ。B剤がなければ、その注射器の中身はただのききめの遅い毒薬だ。このふたりがB剤のありかを知らないなら、誰にも見つけられないということだ」

「だめ！」ニーナが突然落ち着きを失って叫んだ。「やめて、お願い。それをその人に注射したってなんにもならないわ！　そんなことをする必要は――」

「きみの意見など求めてない！　やれ、アナベル」

アナベルは泣きだしそうに見えた。「でもこれしかないのに――」

「今後も手に入ることはない！」ラッドが叫んだ。「受け入れろ！　これまで使ってきたpsi‐maxを複製できる科学者を見つける。それでよしとするんだ。貴重な時間をつまらない宝探しに費やしてしまった。カシャノフにまんまと一杯くわされた。われわれも巻き返し、あのばあさんは死んだ。痛み分けで試合終了だ」

アナベルが振り向き、ふたりを見やった。「このふたりはどうするの？」

「カーストウへ連れていけ」ラッドが言った。「地下二階に一緒に閉じこめておくんだ。ビデオ監視装置をつけていけよ。崩壊していく姿を見物して、あとで楽しめるからな。自分たちが命拾いした幸運を嚙みしめながら」

「でも、その男にpsi‐maxが入ることになる」ロイが言った。「もし超能力の徴候が現れたら？」

「危険な力だったら、殺せばいい。だが、脳には損傷を与えるな。徹底的に解剖したいから。ふたりともだ」

アナベルがアーロの袖をまくりあげる。彼はプラスチックの手錠から逃れようともがいたが、彼女は容赦なく針を刺した。

ニーナが叫び声をあげる。

だが、血圧が急降下したアーロはその声を聞くことができなかった。自分の心臓がものすごい速さで打つ音だけが響く。下へ、下へと落ちていき、やがて何も見えなくなった。

23

ニーナは恐怖と闘った。気を失っちゃだめ。アーロをひたと見つめ、死なないでと念じる。彼が息をしている気配はなく、心を探っても反応が感じられなかった。気を失っちゃだめよ。今、意識があるのはわたしだけ。すべてがわたしにかかっているのだ。アーロと自分を救うために、逃げる方法を考えなさい。意表をつく作戦を。

ほら、意識を集中させて。ニーナは彼らの会話に耳を澄ませた。

「……ふたりをカーストウの施設に連れていく？」アナベルの声がした。

ラッドが渋い表情になる。「それはディミトリとロイにやらせる。きみはわたしと一緒に来い」

アナベルは納得がいかない様子だ。「でも、ロイは――」

「ディミトリがいる。きみがいなくても、ふたりでなんとかするだろう。早く新しいおもちゃで遊びたいのはわかるが、きみにはわたしに同行してもらわねばならん。〈グリーヴズ・インスティテュート〉の資金集めパーティーがあるだろう？」

「資金集めパーティー？　このまぬけたちにすべてを任せて、獲物をあずけると？　わたしの役割はパーティーのエスコート？　冗談よね？」

「どうするか決めるのはわたしだ。きみではない。いいか、グリーヴズに贈り物を届けねばならんのだ！　運がよければ、獲物はあと数日生きのびる。きみはそのあいだに楽しめばよかろう。ニューヨーク発のフライトを押さえてあるが、このまま車で向かったほうが早い。だが、ほかに模型を運ぶ者が必要だな。ロイにはこいつらのお守りがあるし」ラッドがアーロの髪をわしづかみにする。「ロイ、ついてこい。模型をそっちからわたしの車に移せ。ついでにこの男も運びだして、トランクに閉じこめろ。それを見届けてからでないと、わたしはグリーヴズへ出発しない」

ロイがアーロに手錠をはめた。ぐったりとしたアーロの体を、うなり声をあげながら必死で支える。そして肩に担ぎあげ、よろめき悪態をつきながら部屋を出ていった。

ラッドが鋭いまなざしでディミトリを見据えて言った。「ロイは数分で戻る。そのあと女のほうも運びだす。いいか、待っているあいだに女に手を出すなよ」

「ああ、でも……」ディミトリが何か言いたげに眉をつりあげてみせる。「使いものにならなくなる前に、楽しんだほうがいいんじゃ」

ラッドはディミトリの返事が気に入らず、鼻にしわを寄せた。「いいか、もう一度言うぞ。この女には、手を出すな。投与した薬のききめをカーストウで観察したい。わかったな？」

「ああ、わかった」ディミトリが返事をした。

ラッドが出ていった。アナベルが釘を刺すようにディミトリをにらみつけ、ラッドのあとに続いて出ていく。

恐怖が一気にこみあげてきて、ニーナは喉が締めつけられた。でも、ラッドの言葉がどこか引っかかる。〈グリーヴズ・インスティテュート〉。グリーヴズ……グリーヴズ？

だがディミトリにぐいっと髪をつかまれ、その言葉は意識から消えた。いやらしい目でのぞきこまれ、顔に生あたたかくてくさい息がかかる。ニーナは吐き気をこらえた。

心を落ち着けて、何も考えないの。できるだけ心を読まれないでいるほうが、不意を突きやすい。

「サーシャがここにいたら、もっとおもしろかったのにな」ディミトリがにやつきながら言う。「でも、命令だから我慢するか。ボスはおまえにおめかしさせたいらしいぜ。今は胸がはだけているけどな。いい眺めだ」

片方の胸をねじりあげられ、あえぎ声がもれる。心の防御壁をめぐらせて……。

その瞬間、ディミトリに殴りつけられた。「防御壁をおろせ。そうしないと鼻をへし折るぞ」

ニーナは目をしばたたいた。続けざまに顔を殴られ、涙がこみあげてくる。防御壁をおろすなんて、とてもできる状況ではない。でも、アナベルに心を読まれたときはできた。アー口を守るために。だから、やってやれないことはないだろう。じっとするのよ。月明かりを浴びた湖面みたいに。何も考えないの。心を開いて、頭をからっぽにして……。

ニーナの心に隙間ができたことを感知し、ディミトリがすぐさま入りこんできた。彼が何をたくらんでいるのか読みとり、頭のなかに封じこめた。そうすれば、反応せずにすむからだ。

頭をからっぽにして、じっとして。静かな湖面。月明かり。

「あなたが考えていることを実行するには、手錠をはずしてもらわなきゃだめね」彼女は話しかけた。

「黙ってろ。だまされてたまるか」

「だましてなんかいないわ」ニーナはディミトリにほほえみかけた。揺らがない心。澄んだ水。月明かりを浴びた湖面。「あなたをだますのは無理よ。試す気にもならないわ。わたしだってばかじゃないもの。でも、わたしはあなたと同じテレパスだから」上目づかいで彼を見あげる。「楽しいことができるんじゃないかしら……ふたりで協力すれば?」

ディミトリが目を細めた。「楽しいことって、どんなことだ?」ゆっくりとききかえす。

「あなたとわたしで」ニーナはできるだけ恥じらいを見せながら答えた。「心を開きあうの。つながるのよ。あなた、セックスしながら精神的につながったことはある?」顎でドアのほうを指し示す。「サーシャはできないの。わたしの心を読めないし、わたしに心を読ませないから。でもあなたとなら、完全につながることができるかもしれないわ。かなりそそられると思わない？」

裸でディミトリを誘惑する自分をイメージする。ぞっとして体に震えが走ったが、それが欲望の震えに見えるよう祈った。

ディミトリが血走った目でなめるようにニーナを見つめる。「いけない娘だ」

彼女は肩をすくめようとしたが、そのとたん、燃えるような痛みが走った。「寝返るべきタイミングを心得ているのよ。わたしが好きなのは勝者。サーシャは負けたわ。心を決めるときが来たということね」彼のズボンのふくらみに視線を注ぎ、鮮明に思い描く。自分がひざまずき、両手と口でこの男に奉仕している姿を。「ねえ、はずして」ニーナはせがんだ。「わたしに抵抗できると思う？　あなたはわたしの倍くらい大きいし、完全に武装している。おまけにテレパシーまであるのよ。強い男は……ああ、たまらないわ」唇をなめてみせる。「わたしが求める男そのものよ」

ディミトリがナイフを取りだし、刃を彼女の顔に押しつける。「わかってるな」そう声をかけ、椅子の後ろにまわりこんだ。

ニーナはうめき声をあげないよう、唇を嚙みしめた。きつくはめられたプラスチックの手錠にナイフが押しつけられ、切り落とされる。両腕が解放された瞬間、泣き叫びそうになるのをぐっとこらえた。麻痺した冷たい両手に血がめぐり、ずきずきうずき始める。手首にすっと走る生々しい傷から、血がにじみでていた。

「さっさとしろ」ディミトリが命令する。

ニーナは無理やり笑み浮かべて立ちあがった。あとずさりながらフランネルのシャツの袖を引っ張り、腕から抜いて床に落とす。

ディミトリがけげんな表情になった。「どこへ行く?」

ニーナは背中をそらしながら答えた。「ソファに決まってるじゃないの」本心を隠して偽りの感情を投影するのは、綱渡りのように危うい。**心を落ち着けて。静かな湖面。**ディミトリが近づいてくると、くさい息が鼻をついた。ニーナは顔に笑みを張りつけたまま、彼に従順に奉仕する自分のイメージを次々に投影し続けた。ディミトリが目の前まで迫り、荒々しい手つきで胸をまさぐる。

「さあ、頼むぜ」そう言って手早くベルトをゆるめた。

ニーナは笑みをこわばらせ、彼の肩に視線を落とした。じりじりとあとずさりながら、金切り声で叫ぶ。「噓。動かないで」声を震わせる。「蜘蛛が……やだ、毒蜘蛛よ!」

「なんだって?」ディミトリが首をひねった。

ニーナは彼の頭にイメージを突きつけた。黒い毒蜘蛛の丸い胴体に、黒光りする腹。何匹もの蜘蛛がディミトリの肩や髪を這いずりまわり、脚で頰や首を撫でていく……。

彼が悲鳴をあげ、想像上の蜘蛛を振り落とそうとする。ニーナはその隙に、ソファのそばのテーブルにある、旧式の重い固定電話機に飛びついた。それをつかみとり、力いっぱい振りまわす。

ガッ。電話機がディミトリの頭に命中した。彼が叫び声をあげながらくるりと一回転する。そして血を流しつつ、拳を振りまわした。そのパンチがニーナのこめかみをかすめ、手から電話機本体が滑り落ちる。だが、受話器はまだ手のなかに残っていたので、それでディミトリの後頭部をたたき、彼をソファまで追いやった。ディミトリの上にのしかかり、首に電話のコードを巻きつけ、ぎりぎりと絞めあげる。首に巻きついたコードを引っ張ると、ディミトリの体が引きずられ、両足がバタバタと激しく動いた。ディミトリがバランスを崩し、ニーナの体の上に倒れこんでくる。

どこかで頭を打ったが、ニーナは意識を失うまいと必死だった。口から悲鳴がもれているが、何を叫んでいるのか自分でもわからない。猥褻《わいせつ》な言葉なのか、それとものの しる言葉なのか。ディミトリもスタンと同類だ。恋人や妻、子供、自分より弱い人間を殴り、レイプし、命を奪おうとする、獣のような男たちと。そんな怪物にとどめを刺すのよ。徹底的にたたきのめし、二度と立ちあがれなくするために。この瞬間、ニーナの視界に映っているのは、電話のコードだけだった。そのコードでディミトリの首を絞めあげる。彼は大柄で強靭な男だ。持てる力をすべてぶつけなくては。両手がディミトリの血で汚れる。ニーナは絶叫しながら、電話のコードで絞め続けた。彼が指でコードを引っかくようにしてもがく。

ディミトリの抵抗もしだいに弱まってきた。やがて彼の体がぴくぴくっと痙攣し、崩れ落ちた。全身から力が抜けていく。

意識を失ったディミトリに覆いかぶさられたまま、ニーナはあはあと激しく息をした。とても現実だとは信じられず、体が凍りついたように動かない。これは何かのトリックかもしれない。本当に起こったことだとは信じられなかった。

早く起きあがりなさい。じきにロイがここへ戻ってくる。ニーナはディミトリの下から這いでた。彼の首に巻きついた電話のコードが血まみれになっている。死んだのかしら？　わからない。だが、確かめるなんて耐えられなかった。彼女はすばやくディミトリのそばを離れた。アーロを助けに行かなくては。テーブルに目をやると、空き缶の隣に、アーロがベルトにつけていた万能ナイフが転がっていた。ナイフはダクトテープを切り落とすときに使えそうだ。ナイフを取るついでに、同じくテーブルにあったアーロの携帯電話も拾いあげた。ほかにも、彼のナイフや銃が残されていないか見まわしたが、ロイに持ち去られてしまったらしい。マイクロ・グロックもここにはなかった。

ロイは今にもここに戻ってくるかもしれない。だが、病院では気配を消すトリックを使って、あの男から逃げることができた。ニーナは意識を集中させて念じた。**ここには誰もいない。**ここには誰もいない。恐怖のあまり膝に力が入らなくても、念じることはできる。たっぷり訓練を積んできたのだ。

ニーナはとっさに木の茂みへ逃げこんだ。その拍子に枝がぴしっと鳴った。さらに、けつまずいたせいで小枝が鋭い音を立てて折れる。アーロが監禁されている車は、道路のそばにとめられているはずだ。私道か、それとも大通りのほうだろうか？　私道を離れたら、暗闇で迷うかもしれない。月が沈みかけているので、朝日がのぼるまでは、ほかに光はない。かといって、このまま路上にいたら、間違いなくロイと鉢合わせしてしまうだろう。

ここには誰もいない、そよ風が吹き、岩と木があるだけ。

木。道路から少しそれた木陰に、身をひそめることにしよう。

ここには誰もいない、誰も気にかけていない。暗闇があるだけ。

だいぶ離れたところから、ロイが近づいてくる音が聞こえてきた。ニーナは木陰のさらに奥へ逃げこんだ。木苺《きいちご》やブラックベリーがむきだしの上腕を引っかき、かすり傷ができる。だが、ほとんど何も感じなかった。

小さく身を縮めて念じる。灰色の岩、静かな湖面、カサカサ鳴る木の葉。そんなイメージで心を満たした。

ロイが砂利を踏みながら歩く、重い足音が聞こえてきた。それが大きくなるにつれて、ニーナは自分をどんどん小さくしていった。ナノ粒子ほどに。

ロイが彼女から十メートルほどのところを通りすぎ、そのまま歩き続けていく。

わたしは誰？　何をしようとしていたの？　感覚が麻痺して、しばらく頭のなかが真っ白だった。気づくとニーナは、全速力で走りだしていた。疾走しながら、叫びだしそうになるのをこらえ、さらに防御壁をめぐらせたままにしておくのは至難の業だった。岩につまずき、膝と両手をすりむく。呼吸が荒くなった。あそこには誰もいない、あそこには誰もいない。

とまりきれずに、停車しているバンにぶつかりそうになった。ドアを思いきり引っ張ってみたが、鍵がかかっている。トランクも同じだ。だいぶたってからようやく、役に立ちそうな岩の破片を見つけた。それをバンの窓に投げつけると、ガシャンと大きな音がした。爽快な気分だが、それに浸ってはいけない。感じることは危険だ。敵にくらいつくえさを与えてしまう。

冷静に。冷静に。氷の塊。灰色の岩。小さな石。ほかには何もない。

暗い車内に入り、手探りでトランクを開けるレバーをようやく見つけた。それを押して、トランクを開ける。

アーロはダクトテープでしばられていた。身じろぎひとつせず、かろうじて命を保っている状態だ。本当にまだ息があるの？　ニーナはダクトテープをナイフで切り離した。「目を覚まして、お願い、アーロ」そうささやきながらすすり泣く。この大きな体をひとりで運びだすことはできない。膝、手首、頭、足首、上腕――彼の全身がダクトテープでぐるぐる巻きにされていた。鋭いナイフを持つ手が震える。暗闇で手もとが狂ったら、間違えて静脈を切り開き、命を奪いかねない。

そのとき、アーロがかすかに動いた。安堵《あんど》の涙がニーナの顔を流れ落ちる。

「ん……ああ……ニーナ？　うっ、頭が……」

「起きて」彼女は鋭い声で言った。「頭が痛いのはわかってる。でも、あなたが起きてくれなきゃ、ふたりとも殺されるわ！　さあ、早く。起きあがって」

アーロを抱え起こそうとするが、横に転がすことさえ満足にできない。ニーナは片脚を引っ張り、上半身を浮かせて、なんとか外に引きおろした。体がトランクから転がりでると、アーロは地面に落ちないよう車体をつかんだ。

「さあ」彼女は小声で促した。「立って！　逃げないとまずいわ！　自分の足で立つの！」

アーロがよろめき、しがみついてくる。ニーナは暗い木立のなかに彼を引っ張りこんだ。アーロは自力で立つこともおぼつかない状態だ。

「声を立てないで」彼女は厳しい口調でささやいた。「心のなかでも、外でも。ロイがそばをうろついているわ。わたしがやってみる。準備はいい、アーロ？」

彼が何かにつまずいて膝をつき、痛みにうめいている。「やるって、何を？」

「あなたの心にイメージを投影してみるわ」ニーナはささやいた。「気配を消すトリックの。わたしのやり方を感じることができれば、あなたも同じトリックを使えるかもしれない。試してみる価値はあるわ。金庫の扉を開いて、アーロ。お願いよ」

「優しく頼む。頭が割れない程度に」アーロが訴える。

ニーナは木立のもっと奥に彼を引きずっていった。「努力するわ」

痛みとめまいが絶え間なく続く、地獄のような夜だった。月明かりでさえ、まぶしく感じられる。アーロにできるのは、ニーナの〝気配を消すトリック〟とやらに意識を集中させることだけだったが、それさえも、目をぎゅっと閉じていることができればという条件つきだった。これはかなりの苦行だ。いつも活発に動きまわっているので、じっとしているのは苦手だった。自分を無理やり抑えこんでいるような気分になってくる。

アーロは険しい表情で、トリックを使い続けた。目と脳の役割を果たしているのはニーナだ。殺人者どもを出し抜き、たったひとりで誰の手も借りず、自分を救いだしてくれたのも。どうやってそんなことができたのだろう？　だが、考えるのはあとでいい。今は立っているだけでせいいっぱいだ。ニーナにすがり、彼女の指示にしたがっている状態なのだから。

ようやく月が沈み、ニーナがトリックをやめた。ふたりは農場の離れの脇で寄り添って丸くなっていた。夜が白々と明け始め、少しずつ視界が開けてきた。遠くのほうに、高速道路のジャンクションが見える。その手前には、農地を切り開いて建てられたばかりのショッピングモールがあった。

ニーナが彼の頭にこびりついたダクトテープを指先ではがそうとしている。額に押しあてられたやわらかい唇が痛みをやわらげてくれた。「金庫の扉を開いて。あの男がいる。捜しているわ。存在を感じるの」

ニーナが別の波動を投げかけてきた。そこには誰もいない。そこには誰もいない。あるのは空気だけ。アーロはありがたくそれを受けとめ、彼女とともにグレーの靄のなかに身をひそめた。そのとたん、彼は安らぎを感じた。その甘美な感覚に抗うには、あまりに疲れすぎていた。

朝日が空を染めている。空気は朝靄に湿り、ひんやりしていた。しばらくすると、頭の痛みがやわらいできた。ときおり、鈍いうずきとともに激痛が走るが、このほうがまだ対処しやすい。

とはいえ、ふたりでいつまでもここにしゃがみこんでいるわけにはいかない。アーロはニーナに話しかけようとしたが、咳をしてからでないと、腫れあがった喉から声をしぼりだすことができなかった。「電話をなくしたんだ」

「大丈夫よ。わたしが見つけたから」ニーナが奇跡的にまだ手もとにあるバッグを探り、彼の携帯電話だけでなくナイフも取りだした。「これもね。取り返したいんじゃないかと思って」

アーロはその両方を受けとり、唖然として見つめた。「見つけたって？」

「あとで説明するわ」彼女が優しく答える。「今は逃げるのが先よ」

彼はうなずいたが、そのとたん激しい痛みが走り、頭を動かしたことを後悔した。「どこへ？」かすれた声できき返す。

絡まった彼の髪を、ニーナが目もとからそっとかきあげる。「そのことなんだけど。あなたがロイに運びだされたあと、ラッドが話しているのが聞こえたの。〈グリーヴズ・インスティテュート〉の資金集めパーティーに行かなきゃならないって」

その言葉には重要な何かが含まれていたが、アーロはぴんとこなかった。

「グリーヴズ」彼女が繰り返す。「ヘルガが言っていたのはこれじゃないかしら？　墓《グレーヴズ》じゃなくて。どう思う？」

アーロの体を冷たい震えが走った。「〈グリーヴズ・インスティテュート〉？　ヘルガはグリーヴズのパーティー、と言ったのか。グリーヴズとは何者だ？　パーティーが開かれる場所は？　ラッドは言ってなかったか？」

ニーナが首を横に振った。「わたしが知っているのは、ラッドとアナベルが今、車でパーティー会場へ向かっているということだけ。パーティーは今夜よ。場所を突きとめましょう。すぐブルーノに電話して」

「いや、待て」彼は反論した。「移動用の車を見つけるほうが先だ。歩いていたら、やつらにつかまる。タクシーもだめだ」

ふたりで農場の離れに忍びこむと、ちょうどいいピックアップトラックが納屋の脇にとまっているのが見つかった。錆びついた八四年型フォードＦ１５０。完璧だ。わずかながらガソリンが残っているのもありがたい。

運転席側のフロントガラスが割れ、ビニールテープで補強されている。ドアはすぐ開き、ニーナが乗りこんだ。アーロがダッシュボードの下をのぞきこみ、絡まったワイヤを解きほぐす。ベルトナイフについている小型照明でワイヤを照らし、埃を振り払って、燃料ポンプとライトにつなげることができた。あとはスターターワイヤをつなげばいい。

薄暗いなかでしばらくワイヤと格闘を続け、ようやく咳きこむような音を立ててエンジンがかかった。アーロは心から安堵し、思わず泣きそうになった。ヘッドライトをつけずに車を走らせ、住民がぐっすり眠っていることを祈りながら、母屋の前を通りすぎた。

「気配を消すトリックを使っていて。逃げおおせたと思うのはまだ早いわ」

だが、大通りに出るピックアップトラックをとめようとする者はいなかった。ガソリンは充分ではないが、この量が残っていただけでもかなり幸運だ。

ニーナがアーロに携帯電話を手渡す。呼び出し音が一回鳴ったところでブルーノが応答した。

「誰だ？」

「アーロだ」

「ああ、無事だったか」心からほっとした声が返ってくる。「あいつらがリリーの病室を盗聴していたことは知っているな？」

「てっきり……もうだめかと思ったぞ。よく逃げられたな。無事だ。ニーナは?」

「ああ。ゆうべはたいした騒ぎだった」

「ニーナは?」

「無事だ。けがはしているが、ともかく無事だ」

ブルーノが大きく息をついた。「よく逃げられたな。てっきり……もうだめかと思ったぞ。

ふたりを見殺しにしたんじゃないかと」

「なんとか助かった」アーロは答えた。

「なんとか?」

「つかまって体をダクトテープでぐるぐる巻きにされ、車のトランクに投げこまれたんだ。

だが、ニーナが助けてくれた」

「ニーナが……どうやって?」

「さあな。おれにわかるのは、ニーナが正義の剣を振りかざす、戦いの女神だということだ
けだ。彼女を怒らせないほうがいいぞ。どんな目にあわされても、おれは保証しない」

ニーナがたまらず身をのりだした。「無駄話はそれくらいにして。あの男がまだ、わたし
たちを捜しているのよ」

「わかってるさ」ブルーノがあわてて答える。「今、どこにいる?」

アーロは一瞬、間を置いた。「もう盗聴されてないだろうな?」

「駐車場のどまんなかまで移動してきたから大丈夫だ」

「よし。おれとニーナは国道二十九号線にいる。高速道路の南側入口、ラニス湖方面だ。盗んだ車で移動しているから、早く乗り捨てないとまずい」

「待て。タブレット端末があるから、グーグルマップで確認する。で、これからどうするつもりだ？」

「財布をなくしたんで、身分を証明するものがないんだ。ニーナがワイルダーの用意した身分証と、彼の車の後部座席にあった現金を持ってるが、ふたりとも運転許可証がないから、レンタカーは使えないだろう。バスで移動するのがいちばん現実的だが、クーパーズ・ランディングスやラニス湖からは乗車できない。連中に見張られているだろうから、もっと遠くの停留所から乗らないとだめだ」

「わかった。適当に選ぶぞ。グレンヴィルへ行け。そこから南西方向に約一・五キロ。人口千五百人の町だ」

アーロはニーナを見た。血がこびりついた髪に、あざのできた顔。肩には切り傷がある。ジーンズは泥と血にまみれ、爪先にも血がこびりついていた。ぼろぼろのタンクトップの下で胸が揺れ、その先端がかたくなっている。「ショッピングモールはないか？〈ターゲット〉とか、ディスカウントショップでもいい」

「買い物で気分転換したいのか？」ブルーノがからかうように言う。

「ふたりとも泥と血だらけなんだよ」アーロが率直に告げる。

「ああ。そうか。わかった。グレンヴィルにショッピングモールがあるな。最初の出口だ。こっちから位置情報を送る。飛行機の予約も入れておく。行き先はどうする？　最寄りの大都市までバスで行くか？　それとも、ここまで戻ってくるか？」

アーロは考えた。「マイルズもそこにいるか？　彼にいくつかデータを調べてもらってから、答えたほうがよさそうだ」

「いや、あいにくここにはいない。空港に向かう準備をしているところだ。デンバーへ行くために」

「デンバー？　なぜだ？」

「さあな。何かひらめいたんだろう。カークのオフィスでアシスタントと話して、少し前に謎の手紙が教授に届いたと聞いたらしい。失踪した娘の情報を知りたければ資金集めパーティーに出席しろ、と書いてあったそうだ。だが、教授は惨殺されて行けなくなり、マイルズが代わりに探ると言いだしたんだ。深入りするなとは誰も言えなかったよ。この件に口出しすると、とたんに機嫌が悪くなる」

アーロのうなじがちくりとうずいた。「資金集めパーティー？　なんの資金だ？」

「たしか、〈グリーヴズ・インスティテュート〉とか言っていたな」

「グリーヴズ」アーロはささやき声で繰り返した。心臓がどくんと打つ。「まさか」

「フライトに間に合えば、ソルトレイクシティで深夜までに合流できるが」ブルーノが提案する。

「いや」アーロは拒んだ。「デンバー行きのチケットをふたり分、手配してくれ」

「デンバー?」ブルーノが黙りこむ。「なぜだ?」

アーロはにんまりと笑みを浮かべた。うれしすぎて、歌いだしたい気分だ。この地球上に、行くべき場所が見つかった。

「あるパーティーに出席しなきゃならないんだよ」

24

湖畔の道を走っていると、壊れた窓から、朝靄に湿った夜明けの空気が吹きつけてきた。ガラスの破片が座席に落ち、尻の下でざらつく。ロイは癇癪を起こした。

このところ、ラッドには落胆させられっぱなしだ。負担のかかる役割を自分にだけ押しつけて、アナベルには軽い仕事ばかりさせる。おまけに、アナベルはしくじっても評価がさがることはないのだ。あのセクシーなあばずれ美人は、ラッドの求めに応じて体を差しだすことができるからだ。自分もあの女と同じくらい貴重な能力を持っているのに、ふさわしい扱いをされているとは思えない。自分には欲望をかきたてる胸のふくらみも、ゆるい下半身の穴もなく、切り札として利用できないからだ。

仕事という点では、ディミトリは役立たずと言うほかない。あのまぬけを仲間に引き入れるとは、ラッドはどうかしている。

ロイはディミトリを放置した。血だまりのなかで首に電話のコードを巻きつけ、膝までパンツが脱げた状態で。ディミトリを打ちのめしたのはニーナ・クリスティ。まったく、タフな女だ。それに、いい胸をしている。カーストウへ向かう前に、あの体を堪能できると期待していたのだが。災難続きの日々ではめったにありつけない褒美だと。とはいえ、休んでいる暇などない。これっぽっちも。

乱暴な運転で私道へ突っこみ、轍《わだち》と穴にはまって車体が揺れた。ひどいでこぼこ道のせいで、顎と歯ががたがた鳴る。あのふたりの行方はつかめていなかった。ふたりは逃走の痕跡を残しているものの、居場所を突きとめられるほど長くとどまらないのだ。姿を見せたかと思うと消え、たくみに移動を繰り返している。ロイを愚弄し、嘲っていた。

道路のはずれにある森を捜索しようとしたが、はっきりした手がかりがないままさまようのは無駄だとすぐにわかった。次に、ふたりが行けそうな範囲を車で捜した。だが、歩いて逃げていることを想定していたので、逃走手段を確保されていたら、もう打つ手がない。

ロイは割れた窓から湖を見やった。状況は最悪だ。自殺に見せかけてラッドに消されるかもしれない。〝ショックだ、そこまで落ちこんでいたとは少しも気づかなかった〟などと言われるのだろう。早くも、顎の下に銃弾を撃ちこまれる衝撃が感じられる。

いっそこのまま湖畔を走り続け、メキシコにでも逃げようか？　でも、そうすると、psi-maxからも遠ざかってしまう。メキシコはだめだと、自分のすべてが拒絶していた。psi-maxがないと、自分は存在しないも同然だ。それなら銃弾をくらったほうがましというものだ。

ロイは車から飛びだし、荒っぽい足取りでキャビンに入った。ディミトリを助けるか、それともこの場で蹴り殺すか。どうするかまだ決めていないが、蹴飛ばして鬱憤を晴らしたい気持ちに傾きつつある。

ところが、ロイがなかに足を踏み入れると、ディミトリは床から消えていた。部屋には誰もいない。テーブルと椅子が引っくり返り、血まみれの電話機と絡まったコードが落ちていた。リノリウムの床に、血の跡がぽつぽつついている。

水の流れる音がバスルームから聞こえてきた。「ディミトリ！　さっさと出てこい！」

水音がとまり、バスルームから、タオルで額をふきながらディミトリが出てきた。冷淡なまなざしでこちらを見ている。

「このばか野郎！」ロイは怒鳴りつけた。「なぜ女を逃がした？　しくじりやがって！　おれたちはおしまいだ！　二度と自分の足で立ちあがれなくなるぞ！」

「あの女は別の力も持っていたぜ」ディミトリの声がかすれているのは、首を絞められたせいだろう。喉に血の跡が残っている。「イメージの投影。テレパシーと同じメカニズムだが、受けるんじゃなく自分から発信できる。おれの不意を突いて、イメージを次々とぶつけてきやがった。まったく卑劣な女だ」

「カシャノフと同じじか」記憶がよみがえり、ロイは身震いした。「つまり、あの女にイリュージョンで攻撃されたんだな？　どんなイリュージョンだった？」

「あんたには関係ない」

ディミトリの冷めた目つきに、ロイの心に不安がもたげた。いつもなら、こいつを思うままにしたがわせることができるのだが。psi-maxを持っているのも、ルールを決めるのも自分なのだから。こんな不安を感じるのは初めてだ。ディミトリの様子がいつもと違った。目がこんなふうにぎらついているのも見たことがない。それに、このそっけない態度。psi-maxはいつも、必要に応じて小出しにしている。その効果は一時間ほど前にピークに達し、今は下降中のはずなのに。

「いいか、気合を入れろ」ロイは命令した。「おまえのへまの後始末をしなきゃならない。さもないとおれたちは殺される。わかってるな?」

「さあ、どうかな」ディミトリが答えた。

ロイはまじまじとディミトリを見つめた。「おまえの意見を言えと誰が頼んだ? おれたちがラッドにどんな目にあわされるか、わかっているのか? 自分で舌を噛み切らされるか、強力な化学薬品をボトルごと飲まされるか、自分で睾丸を切り開かされるかだぞ! しかもあいつは、嬉々《きき》として命令するんだ」

「車のキーはどこだ、ロイ?」

「おまえに渡すわけないだろう。場所を知ってどうする」

ロイは叫びだした。突然、頭に侵入され、痛みが走ったのだ。

「ああ。あんたのポケットか」ディミトリが静かに言う。「思ったとおりだ」

「おれの頭から出ていけ！　じゃなきゃ、どうなるかわかってるだろうな！　ああ、おれのポケットだよ。ここにある」ロイはキーを振りかざしてみせた。「こいつもあるがな」もう片方の手で、ベレッタをかまえる。「これ以上おかしなまねはするなよ、このまぬけが」

「そう言えば、あんたはカシャノフが残した音声ファイルを聞いてないよな？」

「ああ、聞いてない。おまえのせいでな。だが、聞く必要はないだろう。アナベルが隅々まで読みとり、あの連中が知っていることをすべて把握したんだから。わざわざ時間を無駄にする理由があるか？」

「カシャノフは〝グレーヴズのパーティー〟と言っていたが、おれはその言葉を理解していなかった。サーシャとあの売女と同じで、墓《グレーヴズ》だと思いこんでいたんだ。アナベルも墓だとか骸骨だとか言っていたし。だが、あれは墓じゃない。グリーヴズのことだ。〈グリーヴズ・インスティテュート〉の資金集めパーティー。アナベルとラッドは今、その会場へ向かっているはずだ」

「あのふたりの行き先がおれたちにどんな関係があるっていうんだ？」ロイは怒鳴りつけた。「おれたちにはもう、どうだっていいだろう！　A剤が手もとになけりゃ、B剤はなんの役にも立たない！　しっかりしろ、ディミトリ！」

「やつらが行方を追ってる」ディミトリが指摘する。「サーシャとあの売女が、B剤に執着してるんだよ」

「あいつらは何も知らないんだ！」ロイは叫んだ。

「ああ、そうだよな。情報を入手する手段がなかったんだから。おれも知らなかったよ、ラッドが〈グリーヴズ・インスティテュート〉のパーティーの話をするまでは。だが、あいつらもあの音声ファイルを聞いていたし、ニーナ・クリスティは、グリーヴズのパーティーに来いとラッドがアナベルに命令するところも聞いていた。あの女はばかじゃない。おれでさえ、情報をつなぎあわせてぴんときたくらいだから、あいつも気づくはずだ。サーシャとあの売女は、〈グリーヴズ・インスティテュート〉のパーティー会場に現れる。そこでやつらをとっつかまえてやる。そこで、ふたつ目の質問だ」

「質問ごっこをしてる時間はない！　行くぞ！」

「おれの質問に答えてからだ」ディミトリの口調は相変わらず静かで不気味だ。「クラブであんたが初めてpsi-maxをくれたときのことだが。覚えてるか？」

「あたりまえだろう。それがどうしたんだ？」そう答えた瞬間、ロイは驚き、悲鳴をあげた。また頭のなかに侵入されたが、今回は強烈だった。まるで羽目板をはぎとられ、チェーンソーで壁を切り開かれているかのようだ。刃を入れられ、切断され、引き裂かれていく。

「なぜおれにくれた？」ディミトリが優しく問いかけた。

ロイが答える必要はなかった。その質問自体が情報を浮かびあがらせたからだ。まるで、ディミトリが検索エンジンにキーワードを入力したかのように。ロイの思考、記憶、恐れを、ディミトリがくまなく探しまわる。無秩序に広がる蜘蛛の巣のようにすべてがつながり、それぞれの記憶が、さらに奥深くに埋もれた記憶をほどいていく。ロイの生涯が映像のように早送りされる。まさか、ディミトリがこれほど強力なテレパスだったとは。アナベルの能力など比べものにならない。

ディミトリが声をあげて笑いだした。「おれを殺すつもりだったのか」おもしろい発見をしたような言い方だ。「だが、おれは死ななかった。そして、あんたをビビらせた。愉快だな。おれはビビらせるのが好きなんだ。これから、もっとビビらせてやるよ。でも、今日のところはこのへんでやめておこうか。キーをよこしな、ロイ」

このくそ野郎が。ロイがそう言いかけたとき、手首に巻きついたコブラが視界に入った。悲鳴をあげ、振り落とそうとする。キーがカシャンと、銃がどさっと床に落ちる音が聞こえた。

コブラが親指の付け根に牙を突きたてる。ロイは甲高い声で叫び、痛みにもだえた。トリックだ。これはただのイリュージョンだ！

頭ではわかっていた。事実として理解している。だがそれでも、心臓が激しく打っていた。コブラが威嚇するような声をもらし、大きく開いた口から乳白色の毒をしたたらせている。

また牙を突きたてられた。ロイの悲鳴はさらに大きくなった。

「あの女からトリックを教わったんだよ。たいした迫力だろう?」ディミトリの声が、耳をふさぐほど大きな鼓動の彼方から聞こえてくる。「教えてくれるな、ロイ。〈グリーヴズ・インスティテュート〉のパーティー会場がどこなのか」

ただのトリックだ、幻覚にすぎねえ! ロイはコブラから目をそらそうとした。焼けつき、そして凍りつくような親指の激痛から気をそらそうとした。

それはいきなりやんだ。ディミトリが車のキーと銃を手に取る。

「コロラドのスプルース・リッジか。感謝するぜ、ロイ。その蛇はな、あんたが子供のころに怖がってたクローゼットに隠れているモンスターとは違う。退治したいなら、自分の切り札を出さなきゃならない。昨日の朝のカシャノフみたいにな。ところで、何かにおわないか、ロイ?」

ロイはそのにおいをかぎとった。そして……コブラの存在は彼方に消えた。

あのにおいだ。おれが嫌いなにおい。吐き気を感じ、頭が痛み、傷がうずきだす。自分がちっぽけでごみ以下の存在に思えてくる。

「やめてくれ」ロイは甲高い声をあげながら、あとずさりした。灯油があちこちにまかれ、煙があがる。不安がこみあげた。

ディミトリがほほえんだ。だがそれはもはや、ディミトリではなかった。ロイの兄のボビーだった。悪魔のようにほほえむ顔に、歯列矯正器がきらりと光る。その顔には十三歳らしくそばかすが浮かび、にきびができていた。ボビーはブルーの目を喜びにきらめかせながら、マッチ棒を手に近づいてきた。

ロイはボビーから目を離さず、やめてと訴え、意味のない言葉をわめき散らした。〝めそめそ泣いてばかりで頭の悪い、役立たずのチビ〟まだ六歳のロイはボビーにいつもそう言われていた。生きている価値などないし、おまえが死んでも誰も気にかけない、と。薄暗いガレージでマッチがシュッとすられ、影に包まれたボビーの顔をグロテスクに浮かびあがらせる。ロイは隅に追いやられ、芝刈り機と卓球台に挟まれてうずくまっていた。

ボビーが近づいてきた。ちらつく炎が迫ってくる。炎がロイの腕を包み、またたく間に広がっていく。そして渦を巻きながら服をのみこみ、皮膚に達した。

ロイは飛びあがってボビーの脇をすり抜け、ガレージの扉に向かって走りだした。だが、扉を出たところにあったのは、彼が育った郊外の家の芝生とプールではなく、暗闇とカサカサ鳴る木々、月明かりに照らされた湖だった。

水だ。ああ、助かった。

やけどで火ぶくれしたロイは、湖に向かって走った。炎に顎を焼かれ、耐えがたいほどの苦しみに襲われる。栈橋が揺れ、足の下でごぼごぼ音を立てていた。そして、炎で輝く湖面。ロイは絶叫した。全身を炎と灯油の異臭に包まれ、油っぽい煙に巻かれている。

空中でジャンプし、両脚をばたつかせる。湖に飛びこみ、深くもぐりこむ。水面まで浮上し、空気を求めてあえいだが、またしても炎に肺を焦がされた。

口を開けたとき、桟橋にボビーの姿が見えた。ロイの車のキーとベレッタを手に、声をあげて笑っている。湖面をなめる炎に、そしてロイの体から発火している炎に顔を照らされながら。

湖に飛びこんでも炎は消えなかった。ロイは絶叫し、いつまでも焼かれ続けた。


「痛っ！」髪にこびりついたダクトテープをニーナがしつこくはがそうとすると、アーロがびくっと飛びのいた。

ニーナは周囲に視線を走らせた。乗っているバスの前の席に座っているブルーの髪の女性が、とがめるような目でにらんでいる。「しいっ」アーロに向かってささやく。「子供じゃないんだから。大きな声で騒がないの」

それでもニーナが髪に手をのばすと、彼はまたすっと後ろに逃げた。

「アーロ」彼女が諭すような口調で言う。「現実的に考えて。そんなねばねばしたものを髪にくっつけていたら、外へ出られないでしょう。車のトランクに監禁されていたと宣伝して歩くようなものじゃないの。ほら！　人目を引くのはよくないわ！」

「そんなに強く引っ張ったら髪が全部抜ける！　もっと優しくしてくれ！」

「それじゃあ、切るわ。ナイフを貸して」ニーナは往生際の悪いアーロにいらだっている。

「本当に臆病ね。わたしの髪はためらうことなく切り落としたくせに」

「それとこれとは別だ」アーロはぶつぶつ言いながらナイフを取りだし、しぶしぶ彼女に渡した。「きみのときは、はさみを使ったぞ」

「わかってるわよ。でも、はさみがあったって、プロの美容師並みの腕は期待できないわよ」ニーナはできるだけ慎重に彼の髪に刃を入れたが、ダクトテープの粘りは想像以上にしつこかった。後頭部の広い範囲にこびりついてしまっている。上品にやっている場合ではない。根元からザックリ切ってしまわないと。

ようやく切り終わると、アーロは髪の束とダクトテープの残骸をじっと見つめ、ギザギザに刈りこまれた後頭部におそるおそる手を触れた。

「ああ、なんてこった」彼がうめく。「かなりひどいんだろう?」

ニーナの口もとがひくついている。「手直しが必要なことは確かね。でも、ポジティブにとらえましょう。車のトランクから出られたのはいいことでしょう?」

「ああ。そのことだが、おれのいとこに手を出されなかったか?」

ふたりの視線が合った。「レイプはされてないわ」

彼女はアーロが慎重に、少しずつ心に近づきながら、真実を探ろうとしているのを感じた。

「どうやった?」彼がそっと尋ねる。「いったい、どうやってあの状況を切り抜けたんだい?」

ニーナは心の防御壁をさげて、アーロが真実に触れられるようにした。「あなたが教えてくれたことを利用したの」

「おれが教えたこと?」彼が戸惑ったように言う。

「蜘蛛よ。ディミトリは蜘蛛が嫌いだと言っていたでしょう。だから、毒蜘蛛が肩の上を這いまわっているイメージを投影してやったの。彼が怯えてパニックになっている隙に、電話機で殴りつけ、コードで首を絞めたわ。気を失うまでね。そして部屋から逃げ、木陰に隠れてロイをやりすごしたの。あなたを外に運び終えて、また戻ってきたから。たいしたことはしていないわ。ただのトリックよ」

アーロの目が光った。「とんでもないトリックだ」

「とんでもないのは、あなたのいとこのほうだわ」ニーナは鋭く切り返した。「一族がみんなあんな感じだとしたら、あなたが姿を消したくなるのも当然ね」

「ああ。そういう意味でアルバトフ一族は特殊なんだ。だが、ディミトリは、おれにとって悩みの種というわけじゃなかった。今夜までは。嫉妬《しっと》深くて卑劣で、ちょっと困ったやつだというくらいで」

「悩みの種はお父さまね?」

アーロが目を細めてニーナを見る。「またおれの心を読んだのか?」

「違うわ。おばさまが病室で言っていたことを思い出しただけ。お父さまが……問題だという口ぶりだったから」

彼が笑おうとして、声を喉につまらせた。「きみは言葉の裏を読みとる天才だな。まったく、まいったよ。昨日の夜、ラッドに尻を蹴飛ばされてる最中に、あの感覚がよみがえったんだ。昔父にやられたときの感覚が」

ニーナは啞然とした。「お父さまがpsi‐maxを使っていたと思っているの？」

アーロが首を横に振った。「まさか。父は薬を使うような男じゃない。たしかに、ドラッグの製造や取り引きにかかわったらひと財産築くだろうが、そういったものを使う人間をさげすんでいる。トーニャが生まれつきテレパシーがあるのと同じで、オレグは生まれつき人を操作する力を持っているのさ」

ニーナは彼の思いを知り、厳粛な気持ちになった。「そうだったのね。だとしたら、あなたの防御壁があれほど強力なわけも納得できるわ」

「ああ。おれも今、自分で話していて気づいたよ」

「それはそうと」彼女は慎重に尋ねた。「何か奇妙な感覚はない？　psi‐maxを注射されてから」

その質問に、アーロがはっとした表情になった。「psi‐maxを打たれたことをすっかり忘れていた。あまりにも多くのことが起こりすぎて、考えている暇もなかったな。質問の答えはノーだ。おそらく、ないと思う」

「おかしな現象は起きてない？」

彼がにんまりと笑った。「まだないな。ゾンビには襲われていないよ。きみの心をなんとか読めるが、それもきみが望んでいるときだけだ。たぶん、きみが投影してくれたものをキャッチしているだけだと思う」

ニーナはアーロの姿に目を走らせた。彼はバスのいちばん後ろの座席にすらりとした体をのばして寝そべり、長い脚を通路に投げだしている。ふたりはジーンズとシンプルなコットンニットのシャツを買ったが、〈ターゲット〉の化粧室でこすり洗いをしただけでは、昨夜の冒険の痕跡を消すことはできなかった。アーロの顔にはあざが、口もとにはダクトテープを貼られた跡が残っている。手首にはブレスレットのようにかさぶたができ、髪は言うまでもなく手直しが必要な状態だ。

一方、ニーナは目のまわりに黒いあざができ、唇が腫れあがっていた。両頰のあざ、両肩の切り傷、そして腕のかさぶた。そのほかにも、打撲やすり傷があちこちに残り、ぼさぼさの髪はこびりついた血でかたまっている。ふたりともひどいありさまだった。〈ターゲット〉では店員に救急車を呼ばれそうになったほどだ。

一見、傷だらけで疲労困憊《こんぱい》しているようだが、これほどリラックスしているアーロを見るのは初めてだった。笑みを浮かべ、まるでビーチで寝転ぶように手脚をのばしている。疲れすぎて緊張の糸が切れたのかもしれない。

自分もそうだったらいいのに、とニーナは思った。ヘルガにpsi‐maxを注射されてから、三日目の朝を迎えた。人生を今、終わりにするのはいやだ。アーロがこんなふうにほほえみ、胸がときめき心が躍るような気分にしてくれているときに。生きていたいとこれほど強く望んだことはかつてなかった。

いやなことを考えていたら、みぞおちがずしりと重くなり……気づくと、目の前にアーロの顔があった。笑みが消え、恐怖にこわばった顔が。彼の声が遠くから聞こえる。〝ニーナ？　どうした？　気分が悪いのか？〟

しばらく待つと話せるようになったが、起きあがってきちんとした姿勢を取ることはまだできなかった。「吐き気がするの」ニーナはささやいた。「ごめんなさい」

「運転手にどこかでとまってもらえるよう頼んでくるよ」アーロが彼女を座席に起きあがらせる。「すぐ戻る。じっとしているんだ」

具合が悪くて、動くどころではないのに。〝わかったわ。大丈夫〟と答えようとしたが、エネルギーが足りず、言葉が口から出てこなかった。

25

「すぐにはとまれないよ」太った白髪の運転手が不愉快そうに言った。「予定より遅れているんだ。休憩時間に軽食でも取らせておけばよかったのに」

「軽食じゃなくて、きちんとした食事でないとだめなんだ」アーロは辛抱強く交渉した。

「そうか。けどな、こっちは乗客三十人を目的地に連れていかなきゃならん。客はあんたたちだけじゃないんだ。心臓発作でも起こさない限り、無理だね。夕食時に三十分、モーモントで停車する」

「モーモントまでどれくらいだ?」

「百七十キロ」運転手の声は冷淡だった。

なんてこった。このスピードだと二時間はかかる。アーロは座席のあいだから身をのりだした格好で考えた。運転手を殴り倒すわけにはいかない。さあ、どうする?

さっきニーナと交わした会話がふと頭をよぎり、ある考えがひらめいた。オレグならどうするだろう? もちろん、父がこういう状況に遭遇することはありえない。常人の理解を超える大富豪なのだから。だが、もしオレグだったら……。

「席に戻りな」運転手がきっぱりと言った。「いつまでも粘って困らせないでくれ。バスは予定どおり、決められた場所でとまる」

アーロは足早に席へ戻りながら、昨夜ラッドに打ちすえられたときのことを思い返した。父との軋轢《あつれき》を、あのときどうやって思い出したのか。

そのうちにアーロのなかで何かがねじれ、うずき始めた。強力でせわしない何かが外に出て動きまわりたがっている。

アーロは恐れを感じつつ息をつき、衝動にしたがった。そっと……優しく。運転手は大型バスに大勢の乗客をのせ、混雑した高速道路を時速九十キロで運転している。アーロが運転手の心に触れようとすると、ニーナのときとは違う感触があった。とげとげしく雑音だらけで、エネルギーの流れにむらがあり、ときどき暴発する。はっきりした思考が読みとれることもあるが、そのほとんどは漠然とした怒りにすぎなかった。〝まったく……あの犯罪者みたいなやつめ……自分と、どうしようもないガールフレンドのことしか考えていやがらない……〟

そのどうしようもないガールフレンドは、自分よりはるかに大きな殺人鬼と格闘して逃げのび、車のトランクに閉じこめられていたおれを救いだしてくれた。しかも、ほとんど裸同然のセクシーな服装のまま……。アーロは運転手に意識を戻した。彼は腹が減っている。用怒りを感じるのかもしれない。トイレが近い体質かも。軽食をとりたいかもしれない。どうやら怒りを感じると食べたくなるようだ。そして彼はいつも怒りを感じている。

アーロは運転手の心に接触し、食欲と排泄欲を刺激した。尿が大きな音を立て、長々と便器に放出される。ああ、ほっとした。それから、オニオンスライスたっぷりの熱々のベーコンチーズバーガー、胸焼け……。

アーロはさらに接触を続けた。

バスがブーンとうなりをあげた。田園風景がまたたく間に通りすぎていく。ニーナはまだ気を失ったままだ。変化は、アーロの頭痛が戻ってきたことだけ。痛みは昨夜よりはましになっているが。彼は座席に戻ることにした。増強されたおれの超能力とやらは、しょせんこの程度か。ずいぶん大きな失敗の山を築いてしまった。おまけに頭痛が再発するとは……。

雑音が車内に響く。「あと十五分でコールドウェルに到着です」運転手がアナウンスする。「ドライブインで三十分、休憩します」

アーロは急いでニーナのところへ戻った。だが、真っ青な顔で座席にぐったり倒れている彼女を見て、運転手の心を操るのに成功した高揚感は消え去った。

いったいなんなんだ、あの薬は？　アーロは腹の底からこみあげる恐怖を押しのけた。エネルギーはすべて、〈グリーヴズ・コンベンションセンター〉へたどりつくことに注ぎこまなければならない。着いたら徹底的に探しまわって、なんとしてもB剤を見つけだしてやる。

何か方法を考えなければ。彼はこの恐怖に耐えることも、それを消すこともできなかった。アーロに抱えられて駐車場から付属のレストランへ向かっている最中に、ニーナが意識を取り戻した。彼女が自分で歩くと言うのを、アーロは笑ってやりすごした。薄汚れたボックス席に腰をおろし、砂糖をたっぷり入れたコーヒーを飲むと、ようやく世界の一部に色彩が戻ってきた。それでも、ランチにありつくにはほど遠い状況だった。髪をポニーテールに結い、足首をぱんぱんに腫らした過重労働のウエイトレスが、ふたりを無視して通りすぎてしまい、いっこうに注文を取りに来る気配がないのだ。五分が過ぎた。運転手はハンバーガーとポテトに食らいついている。

この無愛想な女の心を操作するか。せわしなく通りすぎるウエイトレスの心にアーロが接触すると、奇妙なゆがみがどっと流れこんできた。痛む足、極度の疲労。その下で渦巻く金と子供に対する気がかりや不安。今にも引きこまれてしまいそうだ。テリが出勤してこないせいで、このウエイトレスは時間どおりに子供を迎えに行けない。彼女は疲労だけでなく、憤りとストレスで鬱屈している。

次にウエイトレスが通りかかったときに、アーロは声をかけた。「すみませんが、もうすぐバスが出発する時間なんです。注文を取って、急いで料理を持ってきてもらえませんか？」

その瞬間、彼はウエイトレスの頭のなかに滑りこんだ。

ウエイトレスが振り返り、余裕ができたら注文を取りに行くと答えようとしたとき……無表情になった。まるでその瞬間に、思考回路が失われたかのように。「はい。ご注文は？」

ふたりは料理を注文した。ウエイトレスが足早に調理場へ向かい、急ぎのオーダーだと告げる。効果てきめん。あまりにも簡単にいきすぎて怖いくらいだ。恐ろしい敵が大勢待ちかまえている状況でなかったら、本当に怖いと感じていただろう。だが今のアーロにとって、これは怖いというレベルに達してさえいなかった。

アーロの注文したハンバーガーと、ニーナの注文したグリルチーズサンドとトマトスープが、記録的なスピードで運ばれてきた。食べたおかげか、彼女の目のくまが薄くなったような気がする。唇の腫れもほぼ引いていた。

ニーナが三角形のチーズサンドをひと切れ食べ終えて、指をなめた。「今夜のパーティーに着ていくドレスはどうすればいいかしらね？」

アーロは身がまえた。「きみもパーティーに出席する気か？　おれはマイルズと行く。あいつがタキシードを持ってくるから、きみはホテルでおとなしくしているんだ。心に防御壁を張りめぐらせて、銃を抱えながら。きみをまた、あのいかれたテレパスに近づかせるつもりはない。わかっただろう、ラッドの異常さが。一緒にいたブロンド女も同類だ。命を奪うことをものともしない連中だぞ！」

「大々的に開かれる上流階級の資金集めパーティーで、ラッドが襲ってくると思う？　氷の彫刻が飾られた会場で、テレパス同士が対決するの？　プールに自ら飛びこんで溺死するよう、操られるとか？　パーティーの余興にしては悪趣味すぎるわ。参加費が一万五千ドルもするんだから、ショーはもっと豪華じゃなきゃだめよ」

「ラッドは必要とあらば、いくらでも狡猾《こうかつ》になれる男だ。昨夜おれたちを痛めつけたのは、おもしろ半分だったんだぞ。やつにかかわるのは命取りだ」

「わたしがそれを理解していないと思う？」ニーナが穏やかに言い、アーロの手に触れた。「わたしは今、命を失いかけているのよ」

彼はいきなりぎゅっとつねられたように、手を反射的に引っこめた。「そんなことを言うな！」

「死が近づいているの」ニーナが静かに言った。「今日で三日目。パーティーに出席すべきなのは、わたしだわ。わたしには、あなたとマイルズにはないテレパシーがある。この力が身を助ける可能性のあるただひとつの場所が、〈グリーヴズ・インスティテュート〉のパーティーなのよ。B剤の手がかりをつかめる希望があるのは、このパーティーだけ。わたしがもう手遅れだったとしても、せめてあなただけでも救えるかもしれないわ」

それでもアーロは首を横に振った。たしかにニーナの言うとおりだが、そんなことはどうでもいい。あのサディストと同じ屋根の下に彼女を連れていくわけにはいかないのだ。自分では守りきれない。それを昨夜、見事に証明してしまった。もう一度あんな場面を切り抜けるなど不可能だ。

かすかに光り、痛みにうずいている、広く美しいニーナの心に、アーロは触れようとした。彼女の思考回路を探り、揺るぎない意志と闘う決意を感知する。どこかに弱さがないか探したが、見つけるのは難しかった。あったのは恐れだけ。そこに触れるのはいやだった。彼女はただでさえ問題を抱えているのだ。だがほかに入りこめそうな場所がないので、彼はそこに触れた。

ニーナがこめかみに手をあてる。そしていらだった様子で、手をアーロに向かって振った。

「やめてもらえない？」きつい口調で言う。

「やめるって、何を？」彼は気づかないふりを装った。

「あなたが今、心を使ってしていること」ニーナがサンドイッチをひと口かじり、眉根を寄せる。「むずむずするの」

アーロは彼女の心から離れ、触れるのをやめた。気分が重く沈む。ニーナにはきかないと、あらかじめわかっていたのかもしれない。これできくとしたら、あまりに簡単すぎる。そんなものはこれまでひとつもなかった。

ニーナが彼のポテトフライをつまみ、少しずつかじった。「で、最初の質問だけど。パーティーのことよ。ドレスと靴、それから化粧道具がいるわ。あと、下着も。バスから出られないとなると、どこで買えばいいのかしら？」

「マイルズが持ってくるよ」アーロはしぶしぶ認めた。

ニーナの目が大きく見開かれた。「なんですって？　でも……どうして――」

「リリーがマイルズに持っていかせたんだ。きみが結婚式で着るドレスなんかを」アーロは打ち明けた。「きみのために全部リリーが用意していたんだ。きみのことだから、結婚式でもドレスを着ようとしないんじゃないかと心配していたそうだ。まったく、驚いたよ」

ニーナがナプキンで口もとを軽くぬぐった。「たしかにびっくりだわ」

「ドレスは赤だ」アーロは伝えた。「マイルズがちらっとのぞいたらしい」

ニーナはたじろいだ。「いやだ。赤なんて着られないわ。信号みたいになっちゃう！」

「なら、ホテルに残ればいい」彼はくいさがった。

「蒸し返すのはやめて」彼女がぴしゃりと言い返す。

アーロはポテトフライにケチャップをつけ、なんとか口を閉ざした。

「ホテルで待っていれば、Ｂ剤が手に入るとでもいうの？」ニーナがいらだちを隠さずに言う。「あの連中が打ったｐｓｉ‐ｍａｘが……あなたにはなんの影響もないといいけど」

「ああ、そのことか」アーロは答えた。指についた脂をふき、先を続ける。「おそらく、なんらかの効果はあるようだ」

「そうなの？」ニーナが視線をあげ、張りつめた表情になる。「どんな効果があるか教えて！」

何も言わなければよかったとアーロは後悔した。なぜだか、ニーナに自分の新しい能力のことを伝えたくてたまらない。これを打ち明けたら、彼女を怯えさせるか不快にさせるかするかもしれないというのに。「ああ。ラッドと似たような能力さ。オレグにも同じような力がある」

ニーナの眉が両方、ぴくりと動いた。「人の心を操る能力が生まれたの？　本当に？　なぜそう思ったわけ？」

おれたちがバスをおりたのも、昼食にありつけたのも、おれが心を操ったからだ。「さあ、なんでだろうな」彼は言葉を濁した。「なんとなくそう感じただけだよ」

「そう感じた」ニーナが繰り返しながら、怖い目でにらみつけてくる。だが、アーロはそれ以上、説明しなかった。「なるほど、つじつまは合ってるわ」たっぷり数分たってから彼女が言った。「たしかに妥当だわ。能力はそれにふさわしい人間だけに与えられる。自然ってよくできているのね」

「どういう意味だ？」彼は今ひとつのみこめなかった。

「能力を授かるのは、それを正しく使うことのできる良識ある人間だけということよ」

アーロは咳きこみ、コーヒーを吹きだした。「きみはそう思っているのか？」

「ええ、そうよ！　能力が簡単に悪用されてしまったら、どうなると思う？　その人の判断しだいで、ささいなことにも乱用されてしまうわ。便利だからという理由だけで！　このパワーは間違いなく信頼してゆだねられる人だけに与えられるのよ！」

確信に満ちたニーナの目の輝きに、彼はみぞおちがずっしりと重くなるのを感じた。「おれは信頼できると思っているのかい？」

「ええ、そうよ」ニーナの声が大きく響き、近くの客たちがこちらを振り返る。「わたしはあなたという人を知っているわ。あなたの心を読めるもの。あなたが超能力を使うのは、自分を危険から守るときや、恐ろしい出来事が起きたときだけだわ」

打ち明けてしまいたい衝動にとらわれている理由を、アーロは理解できなかった。だが、結局、テーブルに身をのりだして言ってしまった。「あのウエイトレスに注文を取らせるのに、その力を使ったんだ」

ニーナがあんぐりと口を開けた。彼女のショックが警報ベルのように心に伝わってくる。続いて、金庫の扉が乱暴にノックされた。ここを開けて、今の発言が真実だと示すよう命じられる。

アーロはそれにしたがった。子羊のように従順に。

ニーナが息をのんだ。「アーロ」厳しい声でささやく。「それはいやしむべき行為よ！」

「ああ」彼はしおらしく認めた。「とんでもなく不埒な行為だ」

「二度とそんなことはしないで！」彼女が非難する。「誰に対しても！　いいわね？」

「ただの実験だったんだよ」アーロは弁解した。「自分の力が本物なのかどうか確かめ――」

「実験だった、ですって！　それじゃあラッドと同じだわ！」

「ああ、そのとおりだ。二度としない。自分を危険から守るときや、恐ろしい出来事が起きたとき以外は」

「わたしの言葉をまねしないで！」ニーナがとがめる。「ウエイトレスに償うべきよ！　彼女を操ったんだから！」

アーロは目を細めた。「償う？　どうやって償うんだ？」

「せめて謝らなきゃだめ！　でも、今はそれどころじゃなさそうね。チップをたっぷり置いていくことで妥協してあげる。たくさん置いていくのよ！　いいわね！」

彼は肩をすくめた。「財布がない」ニーナに思い出させる。「金を持っているのはきみだけだ」

ニーナがバッグに手を突っこみ、ワイルダーの車に置いてあった、現金入りの封筒を引っ張りだした。あれこれ買ったので残額はだいぶ減っている。彼女は百ドル札を二枚取りだし、テーブルにたたきつけた。「あとでちゃんと返してね、アーロ。全額残らず」

「ニーナ、勘定は九ドル七十九セントだぞ。これではチップが百九十ドル二十一セントになる計算だ」

「ご指摘ありがとう！」ニーナがふたたびバッグに手を突っこみ、さらに十ドルをテーブルにたたきつける。「二百ドル出したっていいくらいよ。いくらあったって足りないわ。子供には靴が必要だもの」

ふたりは見つめあった。ニーナの目はぎらつき、頬はピンク色に染まっている。彼女を完全に怒らせてしまった。頭に血がのぼっているのが傍目《はため》にもわかる。

バスの運転手がコーヒーを飲み干し、立ちあがった。「出発五分前。バスにご乗車願います！」店じゅうにとどろく声で呼びかけ、ドスドスと足音を響かせながら、トイレへ向かっていく。

「今度やったら四百ドルよ」ニーナが戒める。「その次は八百ドル。倍に増やしていくわ。あとは自分で計算して。とにかく二度とやらないで！　わかった？」

「ああ」アーロはぼそりと答えた。「さあ、バスに戻ろう」

ニーナのあとについて、レストランの外に出る。彼女は怒りのせいで歩くスピードが速くなっていた。バスの運転手にしたことを今白状するのはやめたほうがよさそうだ。良心がうずいて四百ドル払ってしまったら、手持ちの金が底をついてしまう。彼女に心をのぞかれている最中に気づかれなくてよかった。

ニーナは相変わらず怒りを発散させながら歩き続けている。バスのステップをあがるときに、尻の動きからも怒りが伝わってきた。

彼女はいちばん後ろの席にどさりと腰をおろし、窓の外に目をやった。胸もとに黒い大きなバッグを防御壁のように抱えている。そうすることでアーロを締めだしているのだ。

彼は隣に座った。「ニーナ」

声をかけたが、反応がない。アーロはいらだちを覚えた。感情に振りまわされていたずらに時間を浪費する余裕など、今の自分たちにはない。おれは素直に打ち明け、謝り、高い罰金も支払った。これ以上、どうしろというんだ？

「こっちを向いてくれ、ニーナ」彼は呼びかけた。「おれを見るんだ」

それでも反応がない。アーロはニーナの体をすくいあげ、膝にのせた。両腕で抱えこみ、抵抗できないようにする。

そして、激しい怒りに燃えてぎらつくニーナの目を、真正面から見据えた。

「怒りたければ怒ればいい」彼は優しく言った。「でも、おれをはねつけるのはやめてほしい。普通のカップルなら痴話げんかもいいだろう。だが、おれたちにそんな贅沢は許されないんだ」

生々しい感情がニーナの目をよぎる。彼女が泣きだすのではないかと、アーロは一瞬、身がまえた。しかし、ニーナは冷静さを取り戻し、拳で目をぬぐった。「わたしに使ったの？」

彼女が問いただす。「わたしのことも操作して、何かさせようとした？」

ごまかすつもりはない。沈黙がその答えだった。

ニーナの目にかすかな怯えが走った。「使ったのね？　わたしに何をさせたのよ！」

「何も」アーロは口ごもった。バスが車体を揺らしながら動きだす。

「何もって何よ！　ちゃんと説明して！」

乗客たちがこちらを見ていることにアーロは気づいた。「今夜、きみをパーティーに行かせないように仕向けようとした。だが、きみにはきかなかった。安心していい」

ニーナがにらみつける。「やってみせて」

アーロは目を閉じ、金庫の扉を開けた。少なくとも苦痛は感じなかった。アナベルやディミトリが侵入してきたときとは違う。ニーナに心をさわられる感覚は、蝶の羽でくすぐられているかのようだった。おかげで下腹部が張りつめる。ニーナがそれを察知し、突然、引きさがった。

「気持ちよかった」アーロは言った。「もう一度頼む」

ニーナが彼の言葉を一蹴する。「あなたの感覚を刺激しようと思ったわけじゃないわ」

「おれの言ったことが嘘じゃないとわかっただろう？　おれにはきみを操ることはできない。やってみたが、だめだった。これで納得できただろう？　まだ怒ってるのか？」

「ええ」彼女が答えた。「怒っているわよ。わたしを操ろうとしたことに。最低な人ね」

アーロは天をあおいだ。「きみへの借金は四百ドルか？」

「四百ドルどころじゃないわよ！」

彼はぴんと姿勢を正した。「わかった。払うよ」あわてて答える。「ずっとそばにいてくれ、ニーナ。払い続けるから。永遠に」

そのとき、ニーナがアーロの心を探り始めた。

アーロは心を開いた。ニーナを迎え入れ、慈しみ、愛撫するのは心地よかった。自分の望み、長いあいだ求めてきたもの、恐れているものを彼女に探らせる。ニーナに自分を知ってもらうことは気分がよかった。

「誤解しないでほしいんだ。おれは信頼できる男なんかじゃない。おれはマフィアに育てられたんだぞ。盗みでも殺しでも、必要ならなんでもしろと教えられた。それに、気を失ったきみに食事をとらせるために、ウエイトレスの心を操った。同じことが起きたらまたそうして、喜んで四百ドル払うつもりだ。八百ドルでも、千六百ドルでも。金に困ってるわけじゃない。金額はおれにとって問題じゃないんだ。わかってもらえるかい？」

「ええ……でも――」

「でも、はない」すべてさらけだして、はっきりさせなければ。「おれの心に触れたことで、おれがどういう人間かわかっただろう？」

「わかったわ。でも、わたしが言いたかったのは――」

「おれが無礼で短気で疑い深い、性欲にまみれたがさつな男だとわかっただろう？　モラルのかけらもない人間だと？」

「ええ……そうね。でも、わたしが気づいたのはそれだけじゃ――」

「おれは間違いを犯してばかりいる」アーロはさらにしゃべり続けた。「一時間おきにきみを怒らせる。いや、それ以上かもしれない。でも、きみを愛してる」

言ってしまった。

彼は自分でも愕然としながら、驚きに見開かれたニーナの目をのぞきこんだ。「きみを愛してる」もう一度、さらに大きな声で告げる。その言葉を口にすると心が満たされた。「きみを愛してる。おれはきみがほしい」

ニーナの目から涙がこぼれ落ち、頬を伝う。

「アーロ……」

張りつめた沈黙が流れた。

「で？」アーロは歯の隙間から声をしぼりだした。

「こんなのずるいわ」

「おれがずるい男だということも、ぜひ知っておいてもらいたい。きみにトリックを仕掛けたりきみを操ったりできるなら、おれは間違いなくそうするだろう。おれの悪魔の手できみをからめとる。本当だ」

その言葉に、ニーナが吹きだした。「わたしは悪魔の手にからめとられちゃったの？」

アーロは彼女を抱く腕にぐっと力をこめた。「ああ、そうだとも。きみはもう、どこへも行かない。おれなしでは」

彼は待った。だが、また沈黙が流れただけだった。

「で？　きみはどう思う？」

ニーナが唇を噛みしめ、額を彼の胸にあずけた。「なんて言っていいのか――」

「なら、おれが教えてやろう」

「少し黙っていてもらえる？」彼女がしかりつける。「言葉にするのが難しいのよ」

「わかった」アーロはうなった。「おとなしく聞くよ」

「たぶん……わたしは楽しんでいるわ。このすべてを。けんかしたり、言いあったり、しかりつけたり、愛していると言わせたりすることを。なんだか、楽しい物語の世界にいるみたいなの。あなたと結ばれるストーリーの」

　その言葉がアーロの心に深く、冷たく突き刺さった。「これは楽しい物語なんかじゃない」

「アーロ、もう三日目よ」ニーナが言い返す。「目をそむけないで。わたしと一緒に現実に向きあってちょうだい。わたしをひとりにしないで」

「もちろんだ」彼は答えた。「おれは絶対にきみをひとりで立ち向かわせたりしない。それに、きみはひとりじゃない。おれはきみをひとりにはしない。絶対に、何があろうとも」

〝最悪の事態になっても、おれは最後まできみと一緒にいる。きみの手をつかんだまま放さない。喜んできみのあとをぴったりついてまわる。そして、最後まであきらめずにふたりで戦い抜く〟アーロが口に出せなかった思いも、ニーナは読みとった。

　彼女がアーロの頬に手を押しあてる。その感触は蝶の羽のようにふわりとしていた。まるでニーナが心に触れてくるときのように。

「わかったわ」彼女が答えた。

「ふたりで切り抜けよう。力を合わせて」アーロはかすれた声で言った。「それがおれの望みだ。これまでそう思ったことはなかったけれど、今はそうしたいと心から思っている」声がうわずる。彼はニーナの首筋に顔をうずめた。「何年も、何十年も、きみと一緒にいたい。ともに年齢を重ねて、よぼよぼで、しわしわになるまで」

「わかったわ」彼女がふたたびささやいた。

「何がわかったんだい？　きみの気持ちを教えてくれ。おれと過ごす人生を想像できるかい？　永遠に離れずにいることを」

ニーナがアーロの首にしがみついた。

「ええ、想像できるわ」そっと返事をする。「一緒に年を重ねましょう。よぼよぼで、しわしわになるまで。心からそうしたいわ」

心のなかで喜びがはじける。「本当に？」アーロはおそるおそる確認した。

ニーナが彼の唇、頬、そして鼻に口づける。そのとたん、アーロは肌が熱くなり、星のまたたきのような戦慄が体を走るのを感じた。

「本当よ」ニーナが背中をそらし、長いまつげに縁取られた目で見つめてくる。「でも、またわたしを操ろうとしたら、肺を引き裂いてやるから」

「絶対そんなことはしない」アーロはあわてて断言し、もう一度彼女を抱きしめた。息もつけないほどきつく、服を着ているのがもどかしいくらいに。次から次へとあふれてくるニーナの涙を、彼は唇でぬぐいとった。「泣かないでくれ」

「ごめんなさい」彼女が声をつまらせた。「あなたまでヘルガの薬を打たれてしまって。あなたが傷つけられることは、なんとしても避けたかったのに。本当にごめんなさい」

「おれは少しも気にしていない」アーロは言い放った。「むしろ、ありがたいくらいさ」

ニーナが彼を見つめ、戸惑ったようにまばたきする。「ありがたい？」

「今のおれは傷ついていない」アーロはきっぱりと言った。「むしろきみと出会う前のほうが、傷ついていた。おれはきみと出会うまで、ずっと傷を負っていた。ひどく怯え、もっといいことがないかと貪欲に求め続けていたんだ。でも、きみのおかげでそんなことはなくなった。今きみと一緒にいるこの瞬間が、これまで生きてきたなかでいちばん幸せだ」

涙で濡れたニーナの顔に、笑みが浮かんだ。「ああ、アーロ。うれしいわ」

その言葉がアーロは引っかかった。本心からの言葉を、その場限りの甘いささやきと受けとられたのかもしれない。「きみを喜ばせようとして言ったわけじゃない」と言い張る。「純然たる事実なんだ。きみが壁に立ち向かうなら、おれもそうする。一緒にぶつかっていこう」

ニーナが目もとをぬぐい、はなをすすった。アーロがシャツの裾を差しだすと、彼女が声をあげて笑った。

「わたしも同じよ」ニーナも認めた。「これまでで今がいちばん幸せ。死ぬことも、あの怪物たちも怖くないわ」

ふたりはぎゅっと抱きあった。

二十分ほどたったころ、ニーナがふいに顔をあげた。「デンバーまでどのくらい？」

アーロは携帯電話に目をやった。「三時間だ。スプルース・リッジに車が迎えに来るよう、マイルズが手配してくれている。そこからさらに一時間ほどかかる」

「もう一度、お互いのことについて話しあう？」

「いや。思う存分キスをして過ごすべきだ」

ニーナは笑いをこらえようと唇を嚙みしめたが、だめだった。笑みの浮かんだ唇を、アーロはふさいだ。

「それと、ひとつリクエストがあるんだ。キスの最中にも、おれの心のなかに入り、触れてほしいんだ。きっとすごく興奮するはずだ」

ニーナがまわりの乗客たちにすばやく目を走らせた。「昼間から満員のバスのなかで、情熱的なラブシーンを見せつけるわけにいかないわ、アーロ」厳しく諭す。

「心のなかなら、誰にも見られず、思う存分愛を交わすことができるんじゃないか？」

「わかったわ。もうどうなったってかまわない」

ニーナが寄り添ってきた。金庫の扉ががたがた開き、彼女の心も開く。ニーナがこんなふうに信頼して心を開いているときなら、彼女を操ることができるかもしれない。アーロはふとそう思った。

だが、その思いを抑えつけた。これほどの幸せをすぐさま台無しにしてたまるものか。なんといっても、ニーナはおれに約束を守ってほしいと、正義のヒーローでいてほしいと、心から願っている。だからそうなれるよう努力するつもりだ。彼女のためなら、なんだってやる。ニーナを救えるなら、どんなことでも。

バスはうなりをあげながら走り続け、これからぶちあたる壁に向かってふたりを引きずっていく。だが、アーロはそのことを頭から締めだした。あるいは、ニーナにも考えさせなかったと言うべきか。ふたりは心地よい魔法の泡のなかをふわふわと漂った。ふたりきりのこの時間は、誰にも邪魔させない。

アーロはただ黙ってニーナに寄り添った。

26

普段なら部下に任せる仕事を自らの手でやるのは、なかなか刺激的だ。オレグはそう実感していた。〈オレゴン健康科学大学病院〉の産婦人科待合室をくまなく見まわし、体がこたえているとつくづく感じる。自分のように病に冒された人間が、急遽《きゅうきょ》ポートランドまで飛行機で駆けつけるのは容易ではない。だが、自分ひとりでやり遂げねばならないことがあるのだ。

この件は急を要すると、直感が告げていた。刻々と時が刻まれる時計を見たわけではないし、その針の音を聞いたわけでもない。確たる証拠はないものの、オレグは直感にしたがった。そのおかげで、自分はマフィアのボスになり、富豪にのぼりつめ、今日まで生きながらえてきたのだ。オレグは癌に冒されて手術を受け、肝硬変まで患った肝臓のあたりを押さえながら、向かいの女性が手にしている〈スターバックス〉のカップをちらりと見やった。飲みたくて心がうずく。ブラックの濃いホットコーヒー。まさに自分の好みだ。だが、コーヒーは医者にとめられていた。

廊下からターゲットが現れたのを、オレグの視界がとらえた。やつらを見失うことは、まずありえない。長身でえくぼのある黒髪の青年と、その腕に抱えられ、はしゃぎ声をあげる巻き毛の少年。いかつい体をショッキングピンクの服に包んだ、二重顎の老女。その老女に引きずられるようにして歩いている少女。少女は巻き毛の少年をそのまま女の子にしたような外見だ。老女がイタリア語のような言葉で青年に熱弁を振るっている。

青年が天をあおいだ。「よく考えてくれよ、おばさん。煮魚も焼きりんごも好きじゃないのに、なんでわざわざ持ってくるのさ。彼女が食べたがってるのは、カフェテリアのバジルペースト・チキンサンドとフルーツサラダだよ。妊婦は自分が食べたいものを食べればいいんだよ。わかったかい《カピーシエ》？　だめじゃないか、自分の意見ばかり押しつけたら！」

「あたしは赤ちゃんのことを心配してるんだよ」老女は気分を害したようだ。「なのに誰も味方してくれないんだね。チキンとバジルペーストだって？　まったく！」

「チキンとバジルペーストだって栄養になるよ、おばさん」

老女は手にしていた重そうなビニール袋を持ちあげ、オレグの隣にあるごみ箱に投げ捨てた。その瞬間、彼と目が合った。「勝手にすればいいのよ《ブォ・ファーレ・ケ・カッツォ・ヴォーレ》」彼女がけんか腰で話しかけてきた。「あたしはもう知らないわ《メ・ネ・フレーゴ・ウン・カッツォ・ディ・ニエンテ》」

オレグは、頭のなかにかすかに残っているイタリア語を懸命にかき集めようとした。「最近の若者ときたら《ジョバンニ・ディ・オッジ》」同情するように返事をする。「さっぱり理解できませんね《ノン・カピスコーノ・ニエンテ》」

老女は同意するようなまなざしを向けると、角を曲がった少女のあとを追いかけ、自分も角を曲がって消えていった。「レーナ！」甲高い声で呼びながら歩いていく。「戻ってきなさい《トールナ・クア》！レーナ！」

一方、青年も、駆けまわる少年を追いかけていた。笑い声と怒鳴り声が遠ざかっていく。

オレグは立ちあがり、雑誌をふたつ折りにして、彼らが来た方向へぶらぶらと歩きだした。ラニエリ一家ほど、気をまぎらわせるのにいいものはない。騒々しくて、話が大仰で、活気にあふれている。彼は病室番号にさっと目を走らせた。リリー・パーの病室、彼女の詳しい健康状態、おなかにいる赤ん坊の健康状態は把握している。この病院のデータベースに保存されている情報も、そのほかのさまざまなデータベース内の情報も、すべて知っていた。どうやら波乱に満ちた人生を歩んできたようだ。リリー・パーに会うのが待ちきれない。

ドアノブをまわし、なかに入る。

リリー・パーは横向きになって寝転んでいた。大きなおなかを片手で抱え、もう片方の手で携帯電話に文字を打ちこんでいる。目をあげてオレグをちらっと見ると、肘をついてすばやく身を起こした。かなりの美人だ。妊娠八カ月で、ぶかぶかのナイトガウンを着ていても。彼女が赤みがかったブロンドの髪を目もとからかきあげ、声をかけてきた。

「あの」警戒するようなまなざしを向ける。「どちらさま？」

オレグはほほえんだ。「友人だ」優しい声で答える。

「誰の友人？」

「きみの友人でありたいと願っている。すべてが問題なく片づけば、の話だが。ボタンに触れるな、ミズ・パー」

ナースコールのボタンを探していたリリーの手が凍りつく。目が大きく見開かれ、何かしゃべろうとするかのように喉が動いた。だが、オレグに締めつけられて身動きできない。

「その電話をこっちによこしてもらおうか、ミズ・パー」

リリーは抵抗したが、超能力に抗うことはできなかった。すぐにてのひらが開かれ、恐怖と緊張で震えだす。息もとぎれがちになってきた。心拍数が通常の三倍ほどにあがっているのだろう。額に汗がにじんでいる。恐怖を抱いているのだ。

妊娠中のすてきな女性を脅かすのは心苦しかった。女性は慈しみ、甘やかし、ベッドをともにする存在だ。特に、リリー・パーのような美しい女性は。だが、こうするよりほかに手段はない。

オレグは携帯電話をリリーの手から引ったくり、メールの送信トレイを呼びだして、送信されたばかりのメールの内容を確認した。

マイルズ、スプルース・リッジでドラッグストア二軒に寄ってちょうだい。買うものは電気バリカン、剃刀、ひげそり、ニーナ用の黒いヘアピン、それからパーティーでつける宝石とラインストーン。あとは化粧品ね。リスト2を店員に見せて。口紅はルシア・マガレリのロングラスティング・グロウ、3245番、オータム・ワイン。ファンデーションもルシア・マガレリのアイボリー・アラバスター色、あとは149番の……。

化粧品の買い物リストは長々と続いていた。アイライナー、ファンデーション四色、コンシーラー三種、アイブロウ、ハイライト、保湿クリーム、目もと用クリーム。ほかにも、名前を聞いたことのない品々があげられている。

「〝マイルズ、スプルース・リッジという町で、アーロとニーナに合流して〟……リリー、これはどこにある町だ？　リリーと呼んでかまわないね？　きみについての分厚い資料を読ませてもらったので、知りあいのような気がするんだ。これまで波乱の人生を歩んできたようだね。恋人のことも、昨年起きた、とてもありえないような出来事も、なんともショッキングだ。よくぞ生きのびた。じきに結婚するそうだが、幸せを祈っているよ」オレグは言った。「すまない、脱線してしまった。それで、スプルース・リッジはどこにあるんだ？」

リリーが小さく首を振る。それが彼女の返事だった。オレグはほほえみながら、さらにリリーを締めつけた。

彼女の喉から苦しげな弱々しい声がもれ、目から涙が流れる。

オレグが大きなおなかに手をのせると、ぴくりと動いた。それしか体を動かすことができないのだ。

「スプルース・リッジがどこにあるのか、教えてもらおう」彼は言った。「おなかの坊やを守りたいだろう」

恐怖のあまり、リリーの目がさらに大きく見開かれる。

オレグは舌打ちした。「おや、言わないほうがよかったかね？　超音波検査の結果を見たんだ。性別は生まれるまで知りたくなかったかな？　ああ、なんてこった。せっかくの楽しみをふいにしてしまうとは」愉快そうに笑いながら、はっと息をのんでみせる。「今、わたしの手を蹴ったぞ！　おなかのなかにいるうちから母親を守ろうとしているのか。勇敢で立派な坊やだ」

リリーが声を出そうと必死にもがく。そのかいがあり、心に加えられたオレグの圧力を押し戻し、声をしぼりだすことができた。「手を……どけて」とぎれとぎれに言う。「赤ちゃんに……さわら……ないで」

「坊やに危害を与えるつもりはない」オレグは〝スプルース・リッジ〟と携帯電話に打ちこみ、検索をかけた。「カリフォルニアにも、ネバダにも、ワイオミングにも、モンタナにも、コロラドにもあるようだな。このうちのどこのことか教えてくれ。こんなに広い範囲を老いぼれが探しまわるのはきつい」

彼女がふたたび首を横に振った。

「残念ながら、きみにわたしを拒絶する選択肢はない」

リリーのやわらかそうな唇がすぼめられる。家族がバジルペースト・チキンサンドを買って戻ってくるまで、オレグを押しとどめておけるか考えているのだろう。その可能性を考慮し、もっと迅速にことを運ばなくては。彼はコートから、ホスピスで撮られた写真を出した。一枚にはサーシャが、もう一枚にはサーシャのガールフレンドが写っている。

リリーは感情を隠す能力がなく、そのための訓練も受けていない。二枚の写真を認めると、目に見えて強い反応を示した。

「このふたりを知っているな？」オレグは彼女の腹部を撫でまわした。

リリーの体が凍りつく。

「きみが息子を思う気持ちはわかる」彼は語りかけた。「これは……」サーシャの写真をかざす。「わたしの息子なんだ」

リリーが写真を、次いでオレグの顔を凝視した。目、口、顎、耳、髪の生え際と、ひとつずつ確かめていく。若くハンサムなサーシャと、病に冒された男。ふたりの類似点を探すためには、科学捜査班が加齢による顔の変化を予測する画像処理をしなくてはならないかもしれない。でも、似たところがあるのは間違いない。

オレグは携帯電話のショートメールをチェックした。「アーロ」小さな声でつぶやく。「これは最初の妻の、曾祖父《そうそふ》の兄の名前だ。ミンスク出身だった。サーシャはこの名前を姓に使っているのか？」

抵抗するほど圧力がかかり、自分の体ばかりかおなかの子も傷つける恐れがある。まったく、愚かな女だ。どうするのが得策なのか、わかっていない。オレグはショートメールのチェックを続けた。

「ああ、これか」小さくつぶやく。「送信者デイビー・マクラウド、二時間前。〝ジョーン到着。デンバー八時十分レンタカー至急手配、〈グリーヴズ・コンベンションセンター〉の航空写真を添付。図面を手配中〟これはこれは！　スプルース・リッジと〈グリーヴズ・コンベンションセンター〉を同時に検索したら、どうなるだろうね？」

リリー・パーはなすすべがなかった。激しい怒りの涙が頰を流れ落ちる。

めあての情報はすぐ見つかった。〈グリーヴズ・インスティテュート〉の資金集めパーティーはコロラド州スプルース・リッジで開かれるのだ。彼は地図に視線を移した。

「コロラド」リリーを見つめながら言うと、まつげがぴくりと震えた。オレグの心に歓喜の波が押し寄せた。二十一年間、このときを待っていたのだ。「スプルース・リッジにマイルズ、アーロ、ニーナ、ショーンが向かっているというわけか？　きらきらしたイヤリングで金持ち連中をたぶらかすのか？　化粧品に、バリカンの手配？　パーティーに向けて身支度させるためなのか？」

リリーが空気を求めてあえいだ。オレグはふたたび彼女の腹部に手をのせた。「わたしの息子が使っている名前を教えてくれなかったな、リリー」優しい声で語りかける。「息子に会わせてくれ。そうすれば、きみも息子に会わせてやろう」

リリーの目が燃えたった。これ以上追いこむ必要はないが、この果敢な抵抗はサーシャを彷彿《ほうふつ》させる。オレグはリリーを立たせて腕をつかみ、締めつけた。さらに強く……。

リリーの体が震えだした。血のまじった液体が脚を伝い、どっと流れ落ちて、オレグの靴のまわりに水たまりができる。

彼は狼狽し、思わずあとずさった。なんということだ。破水か。ひょっとしたら早産になるかもしれない。愚かな女だ。譲歩すべきときをわかっていない。判断ミスは取り返しのつかない結果につながるというのに。

リリーが床に崩れ落ち、横向きに倒れた。意識を失っている。これはまずい。めったにあることではないが、この光景を目にした瞬間、オレグは負けを認めた。リリーの携帯電話からSIMカードを取りだし、本体の指紋をふきとってからベッドに放りだすと、病室を出た。ドアを細く開けたままにして。

足を引きずりながら廊下を進みつつ、考えをめぐらせる。リリーに対しては、トーニャほど憤りを抱いていない。それにリリーを、そして彼女の幼い息子をこの世界から排除したくはなかった。

オレグは心配そうな表情を浮かべてナースステーションに近づいた。「ああ、看護師さん」花柄の手術着姿の看護師に声をかける。「端から二番目の病室にいる女性の様子がおかしい。ドアの隙間からちらっと見えたんだが、どうも気を失っているようで」

「まあ、ありがとうございます！　すぐ確認します！」

オレグは感謝の笑みで応じると、リリーのことを頭から追いだした。足早にエレベーターへ向かう。頭のなかはすでに計画でいっぱいになっていた。タキシードを手配し、〈グリーヴズ・インスティテュート〉への寄付金を送付する。そしてスプルース・リッジ近辺までプライベート・ジェットを飛ばすのだ。

サディアス・グリーヴズが上半身をのりだし、ラッドが運んできた〈グリーヴズ・インスティテュート〉の建物模型の試作品をのぞきこんだ。ラッドはその様子を見守りながら、不安のあまり唾をのみこまないよう自分を抑えた。面積三・六平方メートル、高さ九十センチの模型が、膝の高さの大きな展示テーブルに置かれた光景には、われながら感嘆させられた。模型は細部まで精密に再現されていた。それだけのコストがかかっているのだ。

グリーヴズがミニチュアの樅《もみ》の木を指でつまんだ。樅の木立はライブラリー・ヒルまで続いている。彼が樅の木をのぞきこみ、黒々した太い眉をつりあげる。グリーヴズは五十代前半だが、もっと若々しく見えた。長身で体格がよく、身なりもきちんと整えられている。体はよく鍛えあげられ、オリーブ色の肌に、雪のように白い髪をしていた。

そんな彼に、アナベルが目を潤ませて見とれていた。純朴なメイドのように頬を染めている。あの頭のなかでどんなことを想像しているのか、考えるだけでラッドはぞっとした。彼女には指示されない限り口を閉じているよう言っておいた。今のところそれにしたがっているが、アナベルは何をするかわからない。

グリーヴズが拡大鏡でミニチュアの樅の木をのぞきこんでから、もとの場所に戻した。

「すばらしい。驚くほど精密だな、ハロルド。大広間のシャンデリアの下に飾ることにしよう。今夜、スピーチするわたしを引きたててくれるはずだ」

「ええ。わたしもこの精密さには感動しました」ラッドは答えた。「設計者は精密な模型を専門にしています。ファクスで送られてきた平面図が、このようにリアリティをもって立体化される有効な手段として……あの……ミスター・グリーヴズ？　建物は糊付《のりづ》けされていまして、取りはずせません」

「え？　そうなのか？」グリーヴズが接着剤を無理やりはがして、とりわけ完璧に再現された教会のミニチュア模型を取りあげる。簡素なコロニアル様式の白い建物で、鋭くのびた尖《せん》塔《とう》も完璧に表現されていた。

「はい。あとで糊付けしてもとに戻しませんと」ラッドはひやりとしながら言った。「模型は非常に繊細ですので……その……できましたら……」

ラッドの声はしだいに小さくなっていった。グリーヴズが教会のミニチュアを拳のなかで握りつぶしたのだ。建物がばらばらに砕け、カラフルな破片と化す。鐘楼がぼきっと折れ、カーペットに落ちた。

グリーヴズが尖塔をぐしゃっと踏みつぶす。

「たしかにずいぶんと繊細だな、ハロルド。おまえの言うとおり」

ラッドの目がカーペットに散らばった破片に釘づけになる。「あの……模型に不満がおありでしたら、持って帰りますが」

「いや、違うんだ、ハロルド！　この模型はおおいに気に入った！」グリーヴズが請けあう。「教会がなくても充分すばらしい。今夜のパーティー会場を飾る目玉として申し分ない。実にいいアイディアだ。ただひとつ、はっきりさせておきたかっただけなんだ。大規模な企業は重要な部門がひとつくらいなくなっても機能するということを。教会が欠けても、この模型は充分に美しい。このままパーティー会場に飾るぞ。だが、配慮しなければならないのは寄付者か……誰だ、教会の建設費用を寄付したのは？」

「ミルトン・スウェインです」ラッドはぎこちなく答えた。

「ああ、そうだったな。ミルトンとその妻のドロシーだけは教会がないことに気づくだろう。ハロルド、おまえが適当な言い訳を考えてくれ。プランに誤りがあった、設計者のミス、あとまわしになっている……なんでもいいから、うまく取りつくろえ」

「承知しました」ラッドは押し殺した声で答えた。

「頼んだぞ。わたしはこの模型を今すぐ大広間へ運ぶ。だがその前に、もう一度説明してもらおうか。まだよくのみこめていないんだ。psi‐max48を投与後のクリスティとアルバトフの反応を、わたしがこの目で観察したがることは想定していなかったのか？　わたしが関心を持たないと決めつけていたのか？」

「あの……もちろんそのことは考慮していましたが、行きづまりまして」ラッドは冷や汗をかいた。「新しい製法については、あきらめることにしました。B剤が失われ、そのありかを知る者が死に、A剤は無用になりました。部下たちを事態の収束にあたらせましたが、時間と労力を無駄にしただけでした。あのふたりは徹底的に精査しました。すぐに脳動脈瘤《のうどうみやくりゆう》が起きなかったとは、驚異的です。カシャノフの計算では、女のほうはあと数時間しかもちません。男にも投与してやるのが当然の報いでしょう。それでわたしが……」

「カシャノフの製法をあきらめたわけか。あの女の生涯最高の業績を。残っていた最後のA剤をアルバトフに投与したのはなぜだ？　当然の報いを受けさせるためか？　自尊心を傷つけられた遺恨か？　傷ついたおまえのプライドを慰めるため？　いずれにせよ、子供じみた衝動だな。子供じみた衝動は危険だ」

　静かな口調がラッドの股間を縮みあがらせた。「申し訳ありませ――」

「カーストウと言っていたな？　おまえの部下たちがふたりを連れていった場所は？」

「はい。ですが、ロイにここへ連れてこさせますので、もしお望みでしたら――」

「ああ、ぜひとも、あのふたりに会いたい」皮肉たっぷりの声音でグリーヴズが応じる。

ラッドは携帯電話を取りだし、ロイの番号を呼びだした。頼むから出てくれと心のなかで祈ったが、案の定、これまで六回かけたときと同じで、留守番電話のメッセージが流れた。

「電波が届かないようです」できるだけ平静を装って告げる。「じきにつながると思いますが。アナベル、ディミトリにもう一度かけてみろ」

アナベルが携帯電話を取りだし、ディミトリにかける。「同じです」そう言ってかぶりを振った。

グリーヴズはこのとき初めてアナベルに気づいたらしい。「かけ続けろ」

「承知しました」ラッドが請けあう。「かけ続けます」

グリーヴズの視線がすぐさまアナベルに戻る。「こいつは誰だ?」

ラッドは振り返った。思ったとおりアナベルは、グリーヴズから個人的に声をかけられて、興奮に目を輝かせている。この裏切り者のあばずれが。グリーヴズの尻をむきだしにして引っぱたく姿を思い浮かべながら欲情しているのだ。

「やめろ、アナベル」ラッドは小声で促した。「わたしの命令が聞こえないのか」

「ほう」グリーヴズがアナベルの顎を軽く持ちあげ、輝く笑顔をしげしげと見つめる。「見てみろ。psi‐maxで増強された美と性的魅力を。すばらしい才能の持ち主だ。きみはたしかテレパスだと言っていたな」

「はい」アナベルがはにかんだ。「わたしのテレパシーは強力です。特別に与えられた力ですわ」

グリーヴズが笑った。「それはすばらしい。どんな環境でも発揮できるのか？」

「はい」彼女がささやく。「いちばんすばやく簡単に発揮できるのは……あの……誰かに対して心から興奮を感じているときですが」まつげをはためかせながら答えた。

グリーヴズがラッドに目をやった。「彼女はほかに何ができる？」

アナベルがてらてら光る唇をひとなめした。「あなたのためでしたら、どのようなことでも」息をはずませて返事をする。「お望みでしたら、今すぐここで」

グリーヴズの黒く太い眉が片方つりあがった。いつのまにかアナベルが彼に近づき、大胆に手をのばしていた。指先でズボンの前のふくらみをなぞる。

「よくわかった」グリーヴズが冷たく言った。「では、それを見せてもらおう」

ラッドは心のなかでうめいた。節度を知らない売女め。このわたしはセックスの後始末をする使用人か？　レモンの香りがする蒸しタオルを掲げて待機していろと？　わたしが能力を増強してやった部下が、性的な奉仕を終えるのを待っていろというのか？　研究と訓練のため数百万ドルを投資してやったのは、このわたしだぞ。アナベルの性欲がピンチで役立つことは確かだが、今はそういう局面ではないはずだ。まったく、この女の淫乱ぶりには、ほとほとうんざりさせられる。

アナベルが膝を床についた。グリーヴズのズボンを脱がせて高まりを取りだし、早くも下品な音を立てて味わっている。

グリーヴズが顔をあげ、ラッドと目を合わせた。「あっちを向いていろ、ハロルド」厳しい口調で命じる。「見物人がいるのは好かん」

少なくとも眺めていなくてすんだわけだ。だが高まりを吸いこむ音が聞こえてくるし、アナベルの喉からもれるうめき声に、引っぱたいてやりたい衝動をかきたてられる。ラッドは、グリーヴズが早く達してくれるよう願った。

そのとき、グリーヴズが鋭く息を吸う音が聞こえた。続いて、アナベルの金切り声がする。ラッドはとっさに振り返った。

見ると、アナベルの体が飛んでいた。そのまま壁に打ちつけられ、両脚が床上から一メートルほどの高さで浮いている。彼女は恐怖のあまり目をかっと見開き、喉をかきむしっていた。グリーヴズに超能力で操られているのだ。

アナベルの顔が紫色になっていく。

「わたしを探ろうとしやがったな、このあばずれが」グリーヴズが言った。「おまえがそう仕向けたのか、ハロルド？」

「いいえ！」ラッドは恐怖に駆られた。「めっそうもない！ おそらくアナベルは間違えてやってしまっただけでしょう。興奮するとどうも彼女は……あ……あ……」

ラッドの指がひとりでに動き、自分の喉を絞め始めた。グリーヴズは自分の能力を同時に二カ所に向けて使うことができるのだ。

ラッドはしゃべることはおろか、息をすることもできなかった。喉が燃えるように熱く、内側から破裂しそうだ。目が飛びだしそうになり、視界が暗くなってきた。そのとき突然、締めつけがゆるんだ。ラッドは膝からどさっと崩れ落ち、ごほごほと咳きこんだ。

「カーペットの上に吐くなよ、ハロルド」グリーヴズが声をかける。

ラッドはなんとか嘔吐《おうと》せずにすんだ。ショックがおさまると、頭をあげた。アナベルが床に横たわり、めそめそ泣いている。

「立て」グリーヴズが命じた。「わたしのプロジェクトにおける自分の立ち位置を、おまえはわきまえていると思っていたぞ、ハロルド。おまえは、最高の地位までのぼりつめようと野心を抱いているのだろう？　なのに、このざまとは。わたしは落胆している」

「ですがそれは……これはただの――」

「話していいとは言っていない」グリーヴズが告げる。ラッドの指がふたたび、ひとりでに喉を絞め始めた。「わたしは憤っている。カシャノフを失ったことはとてつもない損失だ。世間の評判の悪化、たび重なる失態。アルバトフとクリスティの扱いにかかわるおまえの判断ミス。おおいに落胆させられた。いったい、いつになったらあの役立たずのまぬけと連絡がつくのか知りたいものだな。あれはなんという名前だったか？」

「ロイ・レスターです」ラッドは苦しげに咳きこみながら答えた。

「ああ。ロイ・レスターか。そいつには食事や睡眠、トイレ休憩など取らせず、運転だけをさせろ。カシャノフが遺した最高傑作を使えば可能だろう。たとえ未完成品であっても。ふたりをここへ送り届けさせたら、ロイは消せ。やつはこのプロジェクトの一員にふさわしい知性を備えていない」

「すでに手配済みです」ラッドは強い口調でこたえた。「どうか信じてください」

「それは難しいな、ハロルド」グリーヴズが応じる。「おまえを信頼するのは非常に難しい。その原因はおまえの行いにある」

ラッドはアナベルを見やった。壁にぶつかったせいで、重いけがを負ったのだろうか？そうでないといいのだが。欠点もあるが、彼女はかなり使える人材だ。「申し訳ありません」ラッドは声をしぼりだすようにして言った。

「まったくだ」グリーヴズがアナベルのほうへ歩いていき、爪先で軽く蹴った。

「目に触れない場所に移動させます」ラッドは言った。「アナベル、立て」

「この女はわたしがしつける」グリーヴズが言った。「おまえは廊下に出ていろ。さっきも言ったが、見物人がいるのは好かん」

部屋から出ていけと命じられ、ラッドは狼狽した。「あの……アナベルは必要な人材です。

パーティーに連れていきませんと」

　ぐったりしたアナベルの体が立ちあがり、宙に浮き、ふたたび喉を絞めだした。飛びだした目が無言で助けを求めている。ラッドなら助けられるというように。とはいえ、これは彼女が自分でまいた種だ。グリーヴズに超能力を使おうとするなんて、どうかしている。

「目につく痕跡は残さないようにするから心配するな」グリーヴズが言った。「さあ、部屋を出て、廊下で待っていろ。長くはかからない。だが、ひとつだけはっきり言っておくぞ、ハロルド。誰であろうと、このわたしに超能力を使おうとするなど、決して許されない行為だ。この女でも、おまえであっても」

「はい、承知いたしました。わたしは決してそのようなことはしません」ラッドはまくしたてた。突然、手がひとりでに動き始め、胸倉をつかみ、体を扉に向かって押しやりだした。転ばないように、急いで足を運ばなければならなかった。彼は廊下に押しだされ、鼻先でドアがぴしゃりと閉まった。

　まもなく悲鳴が聞こえ始めた。ラッドは気をもみながら待った。グリーヴズの部下たちが代わる代わる様子を見に来たが、金切り声を耳にすると、来た道を戻っていった。

　悲鳴は依然として続いている。この調子だと、アナベルは声帯の再生手術を受けなければならないだろう。いろいろ考えていると、ドアがバタンと開いた。続いて、アナベルの体が見えない手によって放りだされる。裸の体が、廊下に敷かれたカーペットの上にどさりと落ちる。その顔は濡れ、鼻から鼻水が垂れ、口からはすすり泣きがもれている。目のまわりにはマスカラがにじんでいた。

グリーヴズがズボンのボタンをとめ、ベルトを締めながら戸口にふらりと現れた。ドアに寄りかかり、小刻みに震えているアナベルを見おろす。「どうだ？」楽しげに言う。「跡はひとつもつけていないだろ」

部屋のなかから彼女の衣服と靴がふわふわと宙を浮きながら廊下に出てきた。床に転がっているアナベルの体の上でぴたりと静止し、ばさっと落ちる。その瞬間、アナベルはびくっと身をこわばらせ、さらに激しくむせび泣いた。

「体を洗え」グリーヴズが命じる。「廊下のカーペットを体液で汚されたくない」

ラッドはアナベルの腕をつかんだが、まるで屍《しかばね》を引きあげようとしているようだった。彼女の尻を蹴りあげる。おまえは死にたいのか？　心で念じてアナベルを動かそうとしたが、岩山にテレパシーをぶつけているような感触が返ってきた。ずっしりと重い胴体を足のほうに折り曲げ、全身を丸めているような格好にする。そして服と靴を拾い集め、アナベルの胸もとに押しこむと、体ごと引きずりだした。裸のままだが、下着やらスカートやらシルクブラウスやらを着せても無意味だ。このまま車まで引きずっていき、なかで着せればいい。

アナベルは意識が朦朧としたまま口をぽかんと開け、グリーヴズを見返していた。グリーヴズは戸口でほほえんでいる。そしておどけながら別れの挨拶をするように、手をひらひら振った。彼女が甲高い悲鳴をあげ、胸もとに押しこまれている靴が片方こぼれ落ちた。

床に落ちた靴がふわりと浮き、アナベルと彼女を引きずるラッドのあとをついてくる。ラッドはそれをつかんで言った。「どうも」

「また夜に会おう。出迎えがあるから、早めに来いよ。彼女を快復させてくれ。ベストな状態で会いたい。わたしのためにうまく立ちまわってもらわないとな。超能力を駆使して」

ラッドはアナベルを見た。マスカラがにじんだ顔に、鼻水の垂れた鼻、焦点の定まらないうつろな目。グリーヴズはアナベルを使ってラッドを罰したのだ。ラッドが無駄骨を折って新薬を失敗に終わらせたことに対して、罰を与えたのだ。「アナベルは大丈夫です」ラッドは答えた。

彼女なら本当に大丈夫だろう。どれほどの困難にあおうとも。

27

マイルズの手配したスプルース・リッジのホテルに着くと、ニーナの陶酔感は薄れた。それが恋しくて彼女の心はうずいた。ふたりをとめられるものはないと思わせてくれたあの感覚が。

今はなんだか、足止めをされているような気分だった。前にも後ろにも進めず、そわそわして落ち着かないのだ。ラッドが怖かった。自分を守るためにアーロが傷つくと思うと怖かった。病院のベッドで感じた恐怖が、点滅するライトや機械音がよみがえってくる。ドラッグに脳を破壊されていく感覚が。アーロもまた同じ運命に直面することはわかっている。違うのは、彼がひとりで立ち向かわなければならないことだ。

デンバーからスプルース・リッジまで移動するあいだずっと、ふたりは手をつなぎ、ロッキー山脈のふもとからのぼっていく道を眺めていた。防御壁はいつでもあげられるよう備えてある。アーロは険しい表情をしているが、防御壁の向こうで心が活発に活動しているのが感じられた。何か重大な決断をくだそうとしているかのように。ニーナがパーティーに出席することについて、これ以上アーロが何かを言うことは禁じられている。そのことで言い争うのはもう、うんざりだった。

ふたりはマイルズが予約した部屋にチェックインした。ニーナの荷物はバッグだけ、アーロの荷物は携帯電話とナイフだけだ。装備はなく、武器もほとんどない。あるのは自分たちの身ひとつだけ。ラッドと手下たちに立ち向かう不安を抱えている自分たちだけだ。

ようやくふたりきりになると、彼らは見つめあった。まわりの空気が一気に熱を帯びたが……。

「シャワーを浴びなくちゃ」ニーナは言った。「まだ髪に血がこびりついているから」

「急いでくれ」アーロが頼んだ。「じきにマイルズが来る」

〝今はおれたちふたりのための時間かもしれない。大急ぎですませてくれ〟

ニーナは熱いシャワーの下に立ち、この三日間に張りつめていた緊張感を、泥や汚れ、痛みを洗い落とそうとした。コンディショナーを髪にすりつけ、洗い流し、指でとかす。そして、しずくをしたたらせる自分の姿を鏡で見つめた。

顔は青白くて痩せ細り、体じゅうにすり傷がある。スタンに負わされた古傷もあった。だが、当時とは目つきが違う。今は打ちひしがれた目をしていない。闘志がみなぎり、次の戦いに臨む覚悟ができている――まるで獰猛な女戦士のように。この外見がニーナは気に入った。アーロも気に入ってくれている。アーロはわたしを愛してくれているのだ。ああ、なんてこと。

髪を乾かし、体にタオルを巻きつけて、バスルームから出た。アーロがさっきと同じようにベッドに座っていた。シャツと靴は脱いでいる。ニーナは彼の前に立ち、両手を肩にかけた。あちこちに残る傷跡と紫に変色した大小のあざに――この三日間の勲章に、唇をつけていく。アーロはわたしのヒーローだ。ニーナは彼を愛撫した。投与されたpsi‐maxが癒し力を与えてくれていたらよかったのにと思いながら。その力が得られるなら、災難に巻きこまれる価値もあるのに。

体に巻きつけたタオルがアーロの手ではずされた。彼女はひるまなかった。ニーナのむきだしの姿に彼が満足しているのが伝わってくる。

アーロが彼女の顔を見あげた。その目は情熱的で、挑むようにぎらついている。

「おれと結婚してくれ」命令するような口調で彼が告げた。

ニーナは不意を突かれた。「あ……ええ、そうね。でも……もう婚約したわよね？　バスのなかであぁ言われたから、てっきり――」

「いや、そうじゃない。おれが言っているのは婚約じゃない。結婚だ。今すぐ結婚しよう。誓いの言葉やら何やら、ひととおりのことをすべてするんだ」

彼女は言葉を失った。

アーロがいぶかしげな表情になる。「どうした？　何かまずかったか？」

「ううん……ただ驚いただけ。プロポーズされたのは初めてだから。でも、男の人は普通、婚約しようと決めるのだって時間をかけるじゃない。結婚なんて、もっとそうだわ」

「結婚するのが怖いのか？」

「あなたは怖くないの？」

アーロはうなずいた。「怖くない。きみとなら」

「わたしは怖いわ、アーロ。あなたを失うことが。ラッドに立ち向かうことが。死ぬことが。あなたが与えてくれる幸せを感じることが」そこで言葉を切る。「すべて現実じゃないみたいで怖いの。なんだか夢みたいで」

彼がニーナの腕に指を滑らせる。「これが夢なら、きみの心臓はこんなにどきどきしていないよ。それに、おれは理想の男なんかじゃない。きみも知っているだろう、おれという男を」

「ええ」彼女の魂は喜びで震えた。「ええ、よくわかってるわ」

「おれはじたばたあがくが、一度決心したことは撤回しない」アーロが続ける。「おれの伴侶になってほしい」

ニーナの笑い声が涙とまじりあう。「知りあってまだ三日なのに」

「普通の三日間じゃない」アーロが指摘する。「一日が一年以上に相当する濃密さだ」

彼女は口を手でぎゅっと押さえ、叫び声がもれないようにした。「本気なの？　ただでさえ対処しなければいけない問題が山積みなのに、またひとつ増やすわけ?」

「ああ」彼が答えた。「命の危険を伴うパーティーに連れていくなら、妻として連れていく。そうでなければ、行かせない」

「まあ。それが条件なの? あなたと結婚するか、パーティーに行くのをあきらめるか選べと?」

アーロが腕を組む。「そうだ」

ニーナは唇を軽く嚙んだ。「わたしをとめられると思っているの?」

「その話はよそう」彼が言った。「とにかく、おれと結婚してくれ。そのほうが早い」

アーロの強烈な魅力とカリスマ性に引きこまれないよう自分を奮いたたせながら、彼女はふと思った。「ひょっとして、超能力でわたしを操っているの、アーロ?」

「いいや」彼が否定する。「防御壁はおろしてある。なんなら、おれの心をのぞいてみてもいい。これは特殊な力を使わない、ごく一般的な強要と巧妙な誘導だ」

それを聞いたニーナは、ふたたび大きな声で笑いだした。「ひどいわ。それじゃあ、抵抗できないじゃない」

アーロが勝ち誇った顔をする。「じゃあ、抵抗しないんだな? 答えはイエス?」

「ええ。イエスよ。あなたのプロポーズを受けるわ」

彼がニーナを抱き寄せた。鼻を胸のふくらみにすりつけながら、目を輝かせて見あげている。「本当か」情熱的な声でささやく。「信じられない」

彼女は唇をなめた。「で？」先を促す。「次はどうするの？」

「誓いの言葉だ」アーロが答えた。「さあ、こっちへ来て」

ニーナは胸のあいだにある彼の頭を見おろした。「もうあなたの目の前にいるけど？」

「そういう意味じゃない」アーロはそう言うと、ニーナの腰をつかみ、彼女を膝にのせた。顔を向かいあわせ、脚を大きく広げる。

「神聖な誓いの言葉を交わすのにふさわしい格好じゃないわね」彼を抱きしめながらニーナは言った。

「でもおれは、こんなふうにきみを愛したいんだ」アーロが手を彼女の脚のあいだに滑りこませ、秘所をそっと指先でなぞった。「脚を開いて」そっとささやく。「ああ、濡れていてやわらかい。おれを信じてくれ」

「ええ、信じてるわ。でも……ああっ」彼の指が滑りこんできた瞬間、ニーナは声をつまらせた。「やめて。こんなの卑怯《ひきょう》よ」

「こうされるのがいやなのかい？」アーロが指を二本差し入れ、彼女を押し広げる。

「大切な場所をもてあそばれているうちは、誓いの言葉は交わさないわよ。だって不公平だもの」

「なら、おれのものを握ればいい」彼が促す。「それで対等だ」

「だめよ、絶対に。それはあと」ニーナはアーロの両手をつかみ、自分の腰にきっちりのせた。「お行儀よくして」そう言って、彼をぎゅっと抱きしめる。「で？　誓いの言葉は？」

「誓いの言葉はきみから始めてくれ」

「わたしから？」彼女はあきれたように言った。「誓いの言葉を交わすと言いだしたのはあなたじゃないの！」

「ああ。だが、きみは女性だ。結婚式のやり方をおれよりも心得てる。おれは結婚式に出席しても、誓いの言葉のあいだはこっそりたばこを吸いに行ってるからな」

ニーナは天をあおいだ。「まったく、どうしようもない言い訳ね！」

アーロが頼むよという目で見ている。

彼女はわざとらしく咳払いをした。「わかったわよ。気のきいた言葉を思いつくような状態じゃないから、覚えている内容をざっと言ってみるわ。笑ったり批判したりはなしよ、どんな言葉が飛びだしても。いいわね」

「誓うよ」彼がおごそかに答える。

ニーナは大きく一回深呼吸をすると、記憶を掘り起こし始めた。「じゃあ、いくわよ。あー……アレックス・アーロ、あなたはニーナ・クリスティを妻にしようとしています。いいときも悪いときも、健やかなるときも病めるときも、富めるときも貧しいときも、変わることなく愛しあい、慰め助けあうことを誓いますか？」

アーロが満面の笑みで答えた。「当然だ」彼女を自分のほうへ引き寄せ、強く抱きしめながら、情熱的なキスをする。

ニーナはすぐに彼を押し戻した。「だめよ！」きつくしかりつける。「やるなら正しくやって！　キスは誓いの言葉が終わってからよ！」

「わかった、わかった。ちょっとやる気を示しただけだよ」

「それよりもまじめにやって！　厳粛な儀式なんだから！」

「厳粛に受けとめてるさ。心から」

「次はあなたの番よ」彼女がてきぱきと先に進める。

「おれが何をするんだ？」

ニーナはため息をついた。「熱弁を振るうのよ」そう言ってアーロを促す。「永遠の誓いをするのはわたしだけ？　そんなの不公平もはなはだしいわ」

彼が目を曇らせる。「わかったよ。ニーナ……ミドルネームはなんだったか？　ラヴィニア？　ルシンダ？　それともローレッタだったかな？」

「ルイーザよ」彼女は辛抱強く答えた。

「ニーナ・ルイーザ・クリスティ、あなたはアレックス・アーロを夫にしようとしています。以下、省略」

少し間を置いてから、ニーナは厳しい口調で言った。「それはだめ。省略された誓いをわたしに受け入れろと言うの？　ちゃんと言って。全部よ」

アーロが勘弁してくれというように声をもらす。「わかったよ。健やかなるときも病めるときも、富めるときも貧しいときも、変わることなく愛しあい、敬いあうことを誓いますか？」

「〝敬いあい〟じゃなくて〝慰め助けあい〟よ。まあ、敬いあうのも悪くないけど。それと、〝いいときも悪いときも〟が抜けてたわ」

「まったく、間違えてばかりだな。で、次はなんだ、ニーナ・ルイーザ・クリスティ？　おれを夫とすることを誓うのか？　それとも、まだ時間を浪費するのか？」

ニーナは笑いをこらえられなかった。「ええ、あなたを夫とすると誓うわ。これであなたはわたしのものよ、アレックス・アーロ。あなたのお尻もね」

アーロが歯を見せて笑う。「そんな誓いの言葉を結婚式で聞いたことはないが」

「わたしなりにアレンジしたの。さあ、これで……夫と妻になれたんじゃないかしら」彼の頬を撫でる。「もうあなたはわたしの夫よ」

「きみはおれの妻だ」アーロの声が震えている。「まったく、なんてこった。こんなに興奮させられるとは」

「それはうれしいわね」

ふたりは見つめあった。

「ここで花嫁にキスね」ニーナは彼を促した。

「キスだけじゃ終わらせない」アーロは彼女を抱き寄せ激しくキスすると、膝からおろして、ベッドに移した。続いて、ズボンのベルトをはずしながら言う。「きみが普通の結婚式もあげたいと思うなら、それもやろう。友達を招待して、白いドレスを着て、シャンパンでもシュリンプカクテルでも、なんでもきみの好きなようにやってくれてかまわない。だが、おれにとっての結婚式はこれでもうすんだ」

「ええ」ニーナは喉を震わせて言った。

アーロがジーンズを蹴りながら脱ぐと、かたく張りつめたものが飛びだしてきた。「きみのなかでいきたい」

「いいわ」彼女は答えた。「わたしもそうしてほしい」

「じきにマイルズが来る。あわただしく結婚生活のスタートを切るのは不本意だが、せめて集中してやろう」

「あなたの資質と能力はもう把握済みよ」ニーナは答えた。「集中力については問題なさそうね」

「へえ？」アーロの顔に笑みが浮かぶ。「なら、驚かせるとしようか」

そう言うと膝を折り、彼女の両脚を開いた。

秘所を舌でそっと撫であげられると、ニーナは彼の頭をつかみ、息をのんだ。「急ぐって言ったじゃない！」

「ああ」指で彼女を押し開きながら、アーロが答える。「たしかに急いでやることもできる。だが、きみを気持ちよくさせないといけない。だから、充分に濡れるまではだめだ」

「もう濡れてるわ！」ニーナは抗議した。「誓いの言葉で興奮したの！」

「もっと濡れてほしい」アーロがそう言って、秘所に口をつけた。

ニーナは身を震わせながら、彼の髪をわしづかみにした。自分がアーロと結婚したなんて信じられなかった。出会いから結婚まで、すべてがあっという間の出来事だった。それまでの人生が吹き飛び、まったく別の人生が誕生した。

かつてとは真逆の人生が。以前の自分はいつも不安を抱えたさえない女だったが、今は裸で欲望に身をゆだねている。頰を紅潮させ、すすり泣きをもらしながら、両脚で夫の頭を抱えている。アーロに大事な場所を吸われ、翻弄され、爆発寸前まで駆りたてられている。甘い悦びに全身を貫かれ、すすり泣きがとまらない。

「さあ」彼が上半身を起こし、顔をぬぐった。「準備が整ったな。少し後ろにさがって」

ニーナはぎこちなく身を引いた。もっと深くアーロを求める声が唇からもれる。高まりがさらに奥深くまで差し入れられると、歓喜の叫びがあがった。心臓が早鐘を打つなか、愛のリズムを刻んでいく。ふたりは互いを限界まで追いたて、ともに飛びおりた。

すべてが終わると、アーロが腰を引き、横向きに倒れこんだ。ニーナはようやくまともに呼吸ができるようになったが、彼の体の重みが消えたことが寂しかった。

手で胸のふくらみをなぞられ、その先端がかたくなる。アーロは美しかった。グリーンの目には炎がくすぶり、顎にはひげがうっすらとのびている。「あなたは本当に美しいわ」ニーナは感嘆して言った。

アーロがけだるそうにほほえむ。「それはこっちのせりふだ」

「盗ませてもらったの」彼女はきっぱりと言った。「わたしのものよ」

「ふたりで共有しよう」彼が提案する。「おれたちは夫婦になったんだ。すべてを分けあうべきだろう？　それが結婚をうまくいかせる秘訣《ひけつ》じゃないか？」

ニーナは目を見開き、驚いたような表情で彼を見つめた。

アーロのまなざしが鋭くなる。「結婚を後悔しているのか？」

「違うの。ただ、信じるのが難しいのよ。とても現実とは思えなくて」

「これはまぎれもない現実だ。安心していい。おれはきみとの結婚を絶対に解消しない。後戻りできるなんて思うなよ」

彼の情熱に驚嘆しながらニーナは答えた。「まさか！　そんなこと思ってないわ」

「ならいい。そんなことは不可能だからな」アーロはそう言って、体を起こした。「さあ、うつ伏せになって」彼女の体を転がし、ヒップを突きださせる。

ニーナは体をひねり、彼を見返した。「ちょっと、何をするつもり？」

「おれの妻をめでるのさ。脚を開かせて、すばらしいヒップを慈しむ。そして、両脚のあいだも」アーロが彼女の腿に口づけた。「さっき、おれの尻は自分のものだと言ったよな」彼女のヒップをつかみ、その後ろにまわりこむ。

「ええ」ニーナがささやいた。「言ったわ」

「それなら、きみのヒップはおれがもらう。これで公平だろう?」高まりの先端を秘所に押しあて、そのなかにするりと入りこむ。

甘美で完璧な腰の動きに、ニーナはうめき声をあげた。まるで体のなかにそっとキスされているかのようだ。

「たしか、時間があまりなかったはずよね。なのにこれはどういうこと、アーロ?」

「結婚の誓いの締めくくりだ」アーロの脈動が伝わり、彼女は思わず身を震わせた。「おれは自分の分身をきみに熱くしてもらうのが、たまらなく好きなんだ」彼がヒップをつかみ、力強くひと突きする。

「でも、もう結婚の誓いは終わったはずでしょう?」

「あれは始まりにすぎない。おれは誓いがすんだと思えるまで、根気強く続けるつもりだよ。五十年……いや、それ以上かかろうとも。果たして、いつまでかかるだろうな?」

ニーナが声をあげて笑うと、アーロがうなった。「おれを入れたまま、きみが笑うと、たまらなく気持ちいい」そう言うと、ふたたび激しく突き始める。だがふいに動きをとめて、彼女をぎゅっと抱きしめた。「痛くないか？」

ニーナは彼に心を探られているのを感じた。心からアーロを信頼し、自分のすべてを開く。

「あなたのしたいようにして。そうしてほしいの」

ふたりがはっきりと言葉にできた会話はそれが最後だった。それからしばらくのあいだは、ただのあえぎ声と、体がぶつかりあう音、ベッドが揺れてきしむ音だけしか聞こえなかった。アーロの怒りと恐れ、欲望と切望がニーナのそれとまじりあう。やがてふたりは官能の渦に巻きこまれた。

アーロは果てたあと、彼女の髪に長いこと顔をうずめていた。ようやく彼が寝返りを打つと、ニーナが尋ねた。

「結婚の誓いは終わった？」

「まだもう少しかかるな」しばらくたってからアーロが答えた。「でも、シャワーをすませてしまおう。タオル姿のきみをマイルズに見せたくない」

「あら。ずいぶんと所有欲が強いのね」

彼が鋭い目で見返してくる。「やっと気づいたのか？」

アーロがバスルームから出たとき、電話が鳴った。彼は腰にタオルを巻いた格好で電話に出た。「ああ、わかった。あがってきてくれ」

28

客室のドアが開いたらどんな光景が目に飛びこんでくるのか。マイルズは自分が何を期待していたのかわからないが、今見ている光景でなかったのは確かだった。

ニーナ・クリスティはとても小柄な女性だった。美しい曲線を描く体に、ぼさぼさの黒い髪。大きな目に、長いまつげ。かわいらしい笑顔に、痛々しい傷跡。逃亡中だというのに、どういうわけか輝いて見える。

しかもアーロときたら……。マイルズはそこにいる男がアーロだとはっきりわからなかった。外で見かけても通りすぎていただろう。アーロが変わったのは、傷跡やおかしな髪形のせいではない。その表情のせいだ。以前は凍りついていたように見えた顔が、やわらかくほぐれている。まるでこれから楽しいことを始めようとしているかのようだ。マイルズはアーロの笑顔を一度も見たことがなかった。アーロはつくり笑いを浮かべることがあっても、目は決して笑っていなかった。だが今は、ニーナを紹介しながら満面の笑みを浮かべている。

「ニーナ、紹介しよう。おれの仲間のマイルズ・ダヴェンポートだ」アーロが言った。「マイルズ、おれの妻のニーナだ」

マイルズは啞然とした。「なんだって？」

「妻だよ」アーロが繰り返す。「おれの家族。財産を共有し、ともに生活する相手のことさ」

ニーナにちらりと目をやる。「姓はまだ決めていないけどな」

「その話はあとにしましょう」彼女が言った。「実は、あなたの本当の姓を知らないのよね」

「まだ知りあって三日だろう？」マイルズは声を張りあげた。

アーロが肩をすくめる。「だから？」

「わたしも最初にそう言ったんだけど」ニーナが応じた。「でも、アーロにね……説得されちゃったの」

彼女の頰が薔薇色に染まっていた。高揚感が顔じゅうにみなぎっている。カップルの心が通じあった瞬間、ビームのように発射されるあの独特の熱を、マイルズはもろにくらわされた。仕事の話に戻そう。戯れはふたりだけのときにやってくれ。

「で、いつ、そういう関係になったんだ？」

「約三十分前だ」アーロがぶっきらぼうに答える。

マイルズはニーナからアーロに視線を移した。「話がよくわからないんだが、これはジョークかい？」

「ジョークだと思うだろう？」アーロが返事をした。

「アーロが言ってるのは、わたしたちがもう誓いを交わしたってこと」ニーナが補足する。

マイルズは眉をひそめた。「婚約したのか？」

「いいや」アーロが淡々と答える。「結婚した。おれたちは夫婦になったんだ。まだ管轄の役所には届け出てないし、書類もそろっていないが、そんなことはどうでもいい。おれはこれまで何をするにしろ、役所の許可など受けずにやってきたからな。許可を求めれば、却下される。だから求めない」

マイルズはうめき声をもらした。「だけど、彼女には許可を求めただろう？」顎でニーナを指し示す。

「ああ……まあな」アーロが認めた。

「なるほど」マイルズの声には苦々しい響きがあった。「彼女が受け入れてくれたならよかった。おめでとう。結婚生活がうまくいくよう祈ってるよ。お幸せに」

「すまない」アーロがつぶやく。「おまえの傷口に塩をすりこむつもりはなかった」

「気にしなくていいさ」マイルズは弱々しく応じた。

重苦しい沈黙が流れる。ニーナが声をあげた。「いったいどうしたの？」

「マイルズは女にひどい目にあわされたんだ」アーロが説明する。

マイルズは彼女を見ながら言った。「妻がロックミュージシャンと駆け落ちしてね」

ニーナがひるんだ。「まあ。ひどい」

「大丈夫さ」マイルズは返事をした。「きみたちのおかげで大忙しだから、落ちこんでる暇がない。さて、どこから始めようか」荷物をのせたカートを引き寄せ、ハンガー付きの衣装バッグを取りだすと、ベッドに放り投げる。「それがタキシードだ。あとはきみのドレスと靴、リリーとローザおばさんに持っていけと言われたもの。こっちは〈ウォルグリーン・ファーマシー〉で買ってきた」袋をニーナに投げる。「バリカン、ひげそり、化粧品、ヘアピン。ラインストーンの派手なアクセサリー。それと、きみの銃」スーツケースをおろし、カートを廊下に出すと、部屋のドアが自然に閉まるのに任せた。「そろそろパーティーの準備をしないとまずいだろう?」

ニーナとアーロが意味ありげに視線を交わす。「出かける前に、あなたに話しておかなきゃいけないことがあるの」彼女が告げた。

その用心深い口調に、マイルズは引っかかった。「なんだい?」

「わたしが薬を打たれた経緯は知っているわよね?」ニーナが話し始めた。

「もちろん」マイルズは答えた。「B剤が必要なんだろう?」

「ええ、そう」彼女が続ける。「その薬の影響については説明していないわよね」

マイルズは息を吐きだした。「小出しにしないでもらえるとありがたいな。いらいらする」

ニーナがうなずく。「わかったわ。あの薬の影響で、テレパシーを使えるようになったの」

マイルズは言葉を失った。「えーと……その件は、まだ誰にも話してないんだよな。なぜだい？」

「今のあなたみたいな顔をされることに耐えられないと思ったからよ」彼女が静かに答えた。

「巨大な蠅《はえ》にでも変身した気分にさせられるから」

マイルズは弁解するように両手を振った。「いや、違うんだ。男がどれだけばかで、野暮で、いやらしくて、くだらないことばかり心のなかで考えているか——」

「それは知ってるわ」ニーナがきっぱりと言う。「それはわかってる。気にしてないわ。誰だって心のなかはくだらないことだらけだから。わたしだってそうだもの。そんなことでわたしは人を判断したりしないわ」

「おまえのことはどうでもいい」アーロが割って入った。「ごみだらけのおまえの頭のなかを心配している時間はない」

「おい、ちょっとは気を使ってくれよ」マイルズはニーナのほうを向いた。彼女は少なくとも、きちんと接してくれる。「で、そのテレパシーってどんな能力なんだい？」

「言葉で説明するのは難しいわね。実際に試してみましょう。何かを具体的に、頭のなかで考えてみて。視覚的なイメージを描くの。ひとつのイメージだけを思い浮かべて、強い感情をこめてもらえると読みやすいわ」

そこでマイルズはしくじった。感情をこめて心のなかで思い描けるイメージはふたつしかない。ジョセフ・カークのばらばら死体を拒絶したら、もうひとつのイメージがびっくり箱のように飛びだしてきた。気の毒なことに、何も疑わずマイルズの心に触れたニーナは、その呪わしいイメージをもろに突きつけられてしまった。鮮明なセックスシーンに、マイルズの苦痛までもが上乗せされたイメージを。嫉妬や怒り、心の傷まで。自分の存在は無意味だ、すべてがばかばかしいという負の感情まで。

ニーナがびくっと身を引いた。攻撃を受けたかのようにはっと息をのむ。「痛っ」思わず口から声がもれた。

「ニーナに何を見せた?」アーロが激しい口調でくってかかった。

「すまない」マイルズは謝った。「見せるつもりはなかった。ジョセフ・カークのイメージをあわてて取り除こうとしたら、ほかのイメージが飛びだしてきてしまったんだよ」

「なんだ?」アーロがうなるように問いつめる。「ほかのイメージって?」

「シンディとあの男だよ」マイルズはばつが悪そうに白状した。「すまなかった」

「マイルズ、そんな場面をニーナに見せる必要があったのか?」アーロがしかりとばす。

「わたしなら平気よ」ニーナが穏やかに言った。「あまりにも強烈だっただけ。あなたの感情がね。受けとめる心の準備ができていなかったの」

「ぼくが悪かったよ」マイルズはみじめな気分でふたたび謝った。

「わたしのほうこそごめんなさい」ニーナがささやく。「今回のことすべて。本当に悪いと思っているわ」

アーロはふたりのあいだをうろうろと行ったり来たりしていた。「マイルズ、ともかくこの件をさっさと受け入れろ。今すぐに」

マイルズはうなずいた。「ああ。奇妙なことは得意分野だよ。なんてったって、マクラウド兄弟と一緒にいるんだから、奇妙な出来事に対処するトレーニングはばっちり積んでいる。問題ない」

「よかった」ニーナが言った。「昨日わたしたちを襲った連中が、アーロにも同じ薬を打ったのよ」

マイルズはアーロのほうを見た。「きみもテレパシーを使えるようになったなんて言わないでくれよ。気味が悪い」

アーロが裏切られたという顔をした。「奇妙な出来事は得意分野だと言ったじゃないか！」

「ここまで奇妙なことは対象に入ってない」マイルズは答えた。「限度ってものがある」

「おれにテレパシーはない」アーロがうなるように言った。「だから安心しろ。おれの場合は別の力が生じた」

「なんだって？」マイルズは顔を引きつらせた。「どんな力だ？　じらさないで早く教えてくれ！」

「人の心を操る能力よ」ニーナが答える。「その力を使えば、人の気持ちを変えることができるの」

マイルズはぽかんと口を開けていたが、しばらくすると声をあげて笑いだした。

「何がそんなにおかしい?」アーロが問いつめる。

マイルズは苦しそうに息をしながら、かぶりを振った。「人を操る? きみが? よしてくれよ。笑いすぎて死んじまう」そう言うと、ニーナを見た。「そういうことだったのか。結婚してくれるようニーナを操ったんだな」

「黙れ、マイルズ」アーロがたしなめる。

「できるものならそうしたいさ」マイルズは目からこぼれた涙をぬぐった。「人の気持ちを操れるのなら、試してみなよ。さあ。ぼくは怖くないから」

「あおるのはよせ」嚙みつくようにアーロが言い返す。

「もうやめて!」ニーナがしかりつけた。「こんなことをしてる時間はないわ!」

マイルズは気持ちを静めた。「そうだったね。人の心を操る力に、テレパシー。心を読む女ニーナ、鉄腕男アーロに、コンピュータオタクのマイルズ。これからこの三人組で襲撃するというわけか」

「だが、おれたちがこれから遭遇する連中も手強いぞ」アーロが言う。「おまえの脳みそをとかして耳から垂れ流すことができる。体に指一本触れずにな」

マイルズは真顔になった。「それはまずいな」

「そうね」ニーナが同意する。「あの連中をブロックする方法を覚えないといけないわ。わたしたちは支度をするから、あなたはそのあいだに、自分なりの防御壁のイメージを思い浮かべておいて。わたしはグレーの靄を使っているわ。アーロは銀行の金庫室。あなたも自分にききそうだと思うものを考えてみて。今からでは遅いでしょうけれど、防御手段が何もないよりましかもしれないわ」

「わかった」マイルズは俄然《がぜん》、興味がわいてきた。

さあ、どんな手段を使おうか。マイルズは考え始めた。アーロがバスルームに消え、バリカンの音が聞こえてくる。ニーナはリリーの用意した服と下着をベッドに並べていた。気になるが、じろじろ見つめるわけにはいかない。薄い生地の黒いビスチェに、ガーター。どれもなかなかセクシーだ。

赤いドレスはストラップレスで、きらきらしている。スカート部分はふわりとしたフレアで、花びらのように幾重にも重なりあい、つり鐘のように丸くふくらんでいた。

ニーナがそのドレスを掲げて、戸惑っている。「いったいどうしたら、体からずり落ちないようにしておけるのかしらね、こんな布切れを？」

「シンディも似たようなドレスを持ってたけど」マイルズは助け船を出した。「体にぴったりへばりついて落ちなかったよ。じゃなかったら大変だ」それを聞いたニーナが眉をつりあげる。彼は赤面した。「本当さ。それにシンディには、布を押しあげておけるほど大きな胸はなかったよ」しまった。ますます墓穴を掘ってしまったの。きみみたいに豊かな胸はしてなかったよ」しまった。ますます墓穴を掘ってしまった。なんてこった。

「いつまでおれの妻の体に見とれているつもりだ？」

アーロの声に振り返ったマイルズとニーナは、思わず息をのんだ。

髪がばっさりそり落とされ、ミリタリースタイルに変身している。マイルズはアーロにやわらかいところなどみじんもないと思っていたが、それでもあの長い髪で印象をやわらげていたことに気づいた。髪をそり落としたアーロの姿は、幾多の死線をくぐり抜けてきた荒くれ者にしか見えない。高い頬骨に、三日月刀のようにとがった鼻。そしてあの目。タキシードを着たら少しはましになるだろうか？　今の風貌では、入口のセキュリティチェックで足止めをくらうのは間違いない。

「まあ、アーロ」ニーナがささやいた。

「なんだ？」アーロが身がまえる。「こうするしかないだろう？　後頭部がネズミにかじられたような惨状だったんだから！　そんなにひどいか？　髪をそり落としている男は、ほかにも大勢いるじゃないか！」

「ええ、たしかにそうね。だけど、あなたみたいな感じの人はいないから」ニーナが戸惑ったように言う。「わたしたち、人目につきにくい格好でパーティーに潜入するんだと思っていたけど。その髪形は……とても印象に残りやすいわ」

アーロが彼女のドレスに目をやる。「そのビスチェで胸をあげて赤いドレスを着ているのだって、めだつぞ。さよならのキスをするのさえ、とんでもない」

「わたしの胸のせいでやつらに見つかって、全員殺されかねないってこと?」

「もっと崇高な理由で死ねるとは思えないね」アーロが芝居がかった口調で言い返す。

ニーナは彼の感傷につきあって、言いあうつもりはないらしい。「どうして無難な黒にしてくれなかったのよ?」彼女が嘆くように言った。

「今さらほかのものを用意する時間はない」アーロがきっぱりと言った。「すでに遅れてるくらいだ。ドレスを着てくれ」目を細めてマイルズをにらみつける。「バスルームでな」

アーロは感情を抑える強い男だったはずだ。真実の愛に出合うまでは。マイルズは心のなかでつぶやいた。

マイルズとアーロはタキシードに着替えてホルスターを装着し、できるだけ多くの武器を身につけた。アーロはマイルズが運んできたSIGザウアーと予備のルガー製六連発銃が気に入ったらしい。ボウタイを結んだアーロは少し洗練されて見えたが、軍服のほうがしっくりきそうだ。あざや傷跡はどうにもならなかった。

そのとき、バスルームの扉が開いた。室内がしんと静まり返る。

ニーナは驚嘆するほど美しかった。化粧であざが消え、青ざめた顔には傷ひとつない。けぶるような瞳に、苺のような唇。またためがねをかけているが、不思議と美しさを損なっていなかった。むしろ引きたてている。エスプレッソに入れるレモンの皮や、スシにつけるわさびのように。髪は女らしく高い位置でアップに結い、リリーが用意したボディ用のグリッターで肩と腕の傷跡が消されている。ペンダントと耳もとで揺れるイヤリングは、マイルズがドラッグストアで買ったものだが、まるでカルティエのように見える。そして胸はドレスの生地を体にフィットさせる役割を見事に果たしていた。

マイルズはよだれを垂らしそうな顔で見とれていた。アーロに気づかれる前に視線をそらしたが、その必要はなかった。アーロは花嫁にすっかり心を奪われ、それどころではなかったからだ。「これから出かけて、ロビーでおあずけをくらわなきゃならないのか？」悲痛なうめきをもらす。

「時間がないわ」ニーナがアーロとマイルズを見てうなずいた。「ふたりともすてきよ。あとはアーロに細かい仕上げを施せばいいわね」たくさんのボトルと化粧用スポンジを持って、アーロに近づく。「顔を貸して」

アーロが怯えたように尻ごみした。「おれに？　おいおい、よしてくれよ！」

「いい子にして。母から、あざを化粧で隠す方法を教えてもらったの。さあ、座って。動いちゃだめ。タキシードを汚したら大変だから」

アーロは腰をおろした。ぶつぶつ文句を言ってはいるが、おとなしく顔にファンデーションを塗ってもらっている。ニーナのテクニックに、マイルズは感心した。あざが消え、それが少しも不自然に見えない。

「これで人の目にとまるおそれはなくなったな。ニーナとディープキスでもしない限り」マイルズはアーロに声をかけた。「いい具合に仕上がってる」

アーロは鏡でしきりに自分の姿を確認している。不機嫌だった表情もだいぶ穏やかになっていた。

ニーナがマイルズに向き直った。「で、マイルズ？　防御壁を築く方法は見つかった？」

「暗号化とパスワードで保護されたコンピュータのイメージを使おうと思う」マイルズは即答した。

彼女がまばたきをする。「もしかしてパスワードがいるの？　わたしがあなたに接触するときに？」

マイルズはそわそわと落ち着きなく答えた。「そんなことができるのかい？」

「さあ、どうかしら。やってみないとわからないわ」

マイルズは肩をすくめた。「パスワードは大文字のＬＡＲＡ、ハッシュタグ、アスタリスク、エクスクラメーションマーク、カリフォルニアに住んでるバーバラ大おばさんの郵便番号、ハッシュタグ、大文字のＫＩＲＫ、クエスチョンマーク二個だ」

「冗談よね」ニーナがぎょっとする。

アーロが笑い声をもらす。「オタクの逆襲だな」

「連中はぼくの脳みそをとかして耳から垂れ流すことができると言ったのはきみだろう！」

マイルズは抗議した。「どんなパスワードにしろって言うんだ？　うちの犬の名前か？」

ニーナがため息をついた。「せめて紙に書いてもらえない？」

「パスワードを書きだすなんて愚の骨頂だ」マイルズは拒否した。

「思い出せないほど複雑なパスワードを設定したせいで、泣き叫びながら死ぬほうがもっと愚かだ」アーロが命令口調で言った。

マイルズは備えつけのペンをつかんだ。メモ用紙にパスワードを書き、破りとってニーナに渡す。彼女がそれを確かめ、胸もとにたくしこんだ。

濃密な静けさが部屋に広がった。

「あ……え……」マイルズははっとした。いつのまにかニーナに心を読まれていたのだ。彼女の胸の谷間に引きつけられていたせいで、侵入されたことに気づかなかった。ああ、まったく。

「黙れ、マイルズ」アーロがぴしゃりと言った。

「もう出かけないか？」マイルズは沈痛な面持ちで言った。「またきみを怒らせちまう前にさ？」

三人はあわただしくホテルの部屋を出た。

車でスプルース・リッジに入るころには、ディミトリは上機嫌になっていた。心のなかで新しいおもちゃを使って遊ぶのは、これまで経験したどんなことより楽しかった。新しいトリックの使い道は無限とも言えるほどたくさんある。〈アウトバック・ステーキハウス〉では、後ろの席にいたブロンド女で遊んでみた。シーザーサラダに黒光りする大きなゴキブリを一匹、仕込んでやったのだ。レタスとクルトンのあいだをさっと動くゴキブリを見た女は、悲鳴をあげて店を飛びだしていった。ディミトリは笑いがとまらなかった。高慢なブス女が。

人形みたいなレジ係の娘をからかったのもおもしろかった。あの娘は今夜、レジの金を数えるときにマネージャーからこってりしぼられるだろう。ディミトリが四十ドルの勘定を一ドル札で支払ったのだから。一ドル札が百ドル札に見えるトリックを仕掛けて、おつりをたっぷり受けとったのだ。これで生活費をぐんと抑えることができるな。金に困っているわけじゃないが。それでも、まだまだやってやる。

だが、いちばん傑作だったのは、あの長距離トラックの運転手だ。高速道路の出口でおれに中指を立てやがった、二重顎のくそ野郎。あいつのトラックを三十分近く尾行してチャンスを待ち、国道五十五号線を走っている最中に追い越し車線をふさいでやった。後続の車列が長い渋滞を起こし、どの運転手もいらだっているところで、アクセルを踏みこんだ。そしてあいつのトラックに横づけし、中指を立てて、心の深くにイメージを押しこんでやったのだ……。

……四歳のブロンドの少女が裸足のままパジャマ姿で、トラックの前方十メートルにたたずんでいる。腕にテディベアのぬいぐるみを抱えて。

クラクションがけたたましく鳴り響くなか、ディミトリはなめらかに前方へ走りでた。バックミラーに映るトラックが車線からはずれ、スピンしながら横転する様子を横目で見ながら。本当にダイナミックな光景だった。横転したトラックを何台もの車が飛び越え、宙に浮いては、前、横、後ろから路上に落下していく。そのうちに煙が立ちのぼった。

ディミトリは頭を振った。事故に巻きこまれちまって気の毒に。だが、おれに中指を立てたやつを許すわけにはいかない。人はもっと丁重に接するべきだ。少なくとも、おれに対しては。手始めはサーシャとあの売女だ。あいつらには特別な計画を用意してある。ラッドとアナベルにも。傲慢で疑うことを知らない連中は、じきに膝を折り、おれのあれをしゃぶることになるとは、みじんも思っていないだろう。

そんな空想をしているうちに、高揚感がふつふつとわきあがってきた。まるで、シャンパンを飲んだときのように。だが、知覚は研ぎ澄まされている。ディミトリはGPSにしたがって高速道路でスプルース・リッジを走り続けたが、案内はほとんど必要なかった。〈グリーヴズ・コンベンションセンター〉専用の出口が見えてきた。高級車がずらりと並んでいる。

ディミトリは路肩によけて、駐車場のある正面入口の混雑を避けた。そのまま走り続け、予備の駐車場を見つける。そして運転席からおり、歩いて建物の裏手にまわった。

厨房《ちゅうぼう》の入口は、スタッフや警備員など大勢が出入りしていた。ディミトリは物陰に隠れて様子をうかがい、トラックから荷物をおろしている男たちの、白い制服を観察した。それを自分の衣服に重ねあわせ、白い制服を着た自分のイメージを送り続けながら建物に入る。イメージを投影し続けるのは難しく骨が折れるが、長くやる必要はなかった。ディミトリは警備員の脇をすり抜けた。

人込みのなかをさまよい、罠を仕掛けられそうな標的を探しまわる。数百人規模のパーティーだから、似たようなやつがたくさん雇われているだろう。互いの顔を知らない連中も多いはずだ。十分もしないうちに、よさそうな標的が見つかった。その男の心に手をかけ、表面に見え隠れしているものを探る。

それはディミトリと背格好の似た男だった。だいぶ若いが、髪の色と長さは同じだ。名前はレオ。二十四歳の同性愛者で、そのことを誰にも打ち明けていない。そして、大型犬が怖い。ディミトリはこのふたつの事実をキャッチした。レオは仕事をしながら、今心を奪われている隣人のことをずっと考えている。その男はジャーマン・シェパードを飼っているので、近づくことができないのだ。犬にビビっているかわいそうな青年。これは使える。

ディミトリは尾行を始めた。レオがシャンパングラスをのせたカートのそばで、手早く仕事をこなす。ディミトリは使われていない会議室の手前まで来たレオに声をかけた。「レオ！」

振り返ったレオが、戸惑った表情を浮かべた。「え？　なんです？」

「ちょっとこっちへ来い」ディミトリは命令した。

レオが困惑顔で罠にかかった。「急いでるんです。グラスを持っていかないと、マイクにまた怒られる――」

「マイクのことは忘れろ。こっちのほうが重要だ。これを見るんだ」ディミトリはドアを乱暴に開け、なかへ入るよう身振りで示した。

レオは人柄も愛想もよく、純真だ。だからディミトリにしたがい、会議室に入った。どうしていいかわからず、不安なそうに室内を見まわす。「いったいなんです？」

ディミトリはドアを閉めながら心のなかにイメージをふたつ用意し、そのひとつを投げた。低くうなる獰猛な犬が口を大きく開き、歯を根元までむきだしているイメージだ。

レオはあわてて周囲に目を泳がせ、パニックに陥った。「なんだ？　ここはどこだ？」

「あの犬はおまえが連れこんだのか、レオ？」ディミトリは指差しながら怒鳴った。

「違う！」レオが叫んだ。「違う、ぼくじゃない……」巨大な犬が具現化し、レオに跳びかかる。大きく開いた口からよだれを垂らし、目が悪魔のように赤々と燃えていた。レオは悲鳴をあげ、開いているドアに突進し……。

頭をぶつけた。実際には開いていないドアに。レオは開いているドアのイメージに向かって、猛スピードで頭から突っこんだのだ。床にどさっと倒れ、痛ましいうめき声をもらす。

ドアには、大きな血しぶきが飛んでいた。

ディミトリは膝をついた。レオはしばらく意識を失っているだろう。長いあいだ誰にも発見されなければ、永遠に目覚めないかもしれない。息を吹き返したとしても、何が起きたのか覚えていない可能性が高い。頭を強打したので、脳に損傷が残り、出血や腫れを起こしているかもしれないからだ。

ディミトリは自己満足に浸った。おれはけんかが強いし、銃の達人で、ナイフさばきもうまい。状況が許せば素手でもいける。だが、この新しいトリックを使うと、もっとうまくスムーズにことが運ぶ。実際、この男とおれとを結びつけるやつがどこにいるだろう?

ディミトリはあらかじめ見つけておいたゴム手袋をはめ、レオの白いジャケットのボタンをはずしにかかった。残された最大の課題は、レオのケータリングスタッフの制服を血で汚さず脱がせることだ。

あとの仕事はたやすくこなせるだろう。

29

このなかの誰が、脳みそをとかし耳から垂れ流させる力の持ち主なんだろう。マイルズは入口に密集している、宝石で着飾った大勢の人々を不安げに眺めていた。セキュリティチェックの厳重さは別に驚くことではない。チケット一枚が一万五千ドルもするパーティーでは、闖入者《ちんにゅうしゃ》が騒ぎを起こすことなど許されないのだ。まったく、値段を考えると今でも心が痛む。

ニーナ、アーロ、マイルズの三人は、建物のすべての入口を探ってから、しかたなく正面入口に戻ってきた。厨房を含めて、どの入口にも必ず警備員がいたのだ。それなら、真正面から突入するしかない。ありふれた光景のなかに身をひそめて。

好ましいやり方ではないが、ほかに選択肢はなかった。

防犯カメラがあらゆる方向から三人に向けられている。ニーナとアーロは口をとがらせて、キスをするような表情をしてみせた。マイルズは暗号化によって保護されたコンピュータをイメージして、冷や汗をかかないよう自分をコントロールした。アーロはドラッグストアでマイルズが選んだめがねをかけ、厳しさをやわらげてオタクっぽい雰囲気を出している。それでも、まともな人間なら誰ひとりとして、彼をオタクだとは思わないだろう。あまりにも隙がなさすぎるからだ。

「腹が立つな。人を操る力を生かす方法に気づいたのが、チケット代を払ったあとだったとは」アーロが小声でこぼした。「招待客リストを持ってるやつに一撃をくらわせてやれたのに。三人分、合計で四万五千ドルの節約だ」

「そんなことをしてはだめよ」ニーナが小声でささやき返す。「その力を使っていいのは、人だとか、木にのぼった子猫を助けるときだけ。お金や時間を節約するとか、労力を省くために使うのはだめ。そんなことをしたら、あの連中と同じじゃないの！」

「頑固だな。車一台分の金額だぞ！」

「へえ。それがあなたの考え方？」

言い返そうとしていたアーロの表情が、急に険しくなった。「マイルズ」そう声をかける。

「十時の方向、人造滝の前。全身ゴールドずくめの女と話している男がいるのがわかるか？偽の日焼けに、つりあがった眉」

「脳みそをとかすやつがいたのか？」

「ああ」アーロが答えた。「グレーのドレスを着たセクシーな美女はテレパスだ。しかも、たちが悪い。苦痛を与えることに喜びを感じるタイプだ。あのふたりの脇をすり抜けないと、メインホールを通過できないぞ」

「つまり？」マイルズは応じた。「何が言いたいんだ？」

「おまえがあの男とブロンド女の注意をそらしている隙に、おれとニーナは脇をすり抜けて会場に入る」

「おいおい、よしてくれよ。裏口をねらって、あのでかい警備員六人を殴り倒せばすむじゃないか」

「六人は多すぎる」アーロが反論する。「四人までなら、なんとかできるかもしれない。だが六人いたら、全員倒す前に誰かに通報される。そうなったらおしまいだ」

「本気で言ってるのか？」マイルズはつぶやいた。「ぼくの初任務が脳みそをとかす男にこびへつらうことだなんて。しかも、警護についているのが心を読む妖精ときてる」

「おれならやれるけどな。おまえのためなら」アーロが言う。

「恩着せがましく言うな」マイルズははねつけた。「好きで愚痴や泣き言やあてこすりを言ってるんだから、ほっといてくれよ。こうやって心の準備をしているんだ」

「なら、好きなだけそうしていろ。心の準備をしながら」

「わかった。地獄で会おう。ハン・ソロがそんなせりふを言っていたよ」マイルズは分別が働く前に動き始めた。入場許可を待つ列に並ぶ高齢者夫婦の前に体を押しこむ。夫婦は明らかに、待たされることに慣れていない。

マイルズはふたりの会話を聞いていないふりをした。礼儀のなっていない近ごろの若者についての辛辣な意見をまくしたてたあとは、〝自分が若いころは〟のオンパレードだ。もし自分勝手にふるまっていいなら、こんなところから出ていっているだろう。そもそも、自分はいったい何をめざしているんだ？　自分は肝のすわった正義感の強い男だと世間に示すために、いつももがいている。いったい誰に証明しようとしているのだろう？　自分？　マクラウド兄弟？　もしかして、ぼくの人生をめちゃくちゃにしてくれたあの女？　そうではないと願いたい。彼女はぼくの高潔な気持ちをむげにしたのだから。ロックミュージシャンに奉仕するのに忙しすぎて、それに気づかなかったのだ。

ララ・カークのイメージが心に浮かび、流れるようになびく黒髪とかたくなった胸の先端がちらついたところで、招待客リストを持った男が振り返った。「お名前をうかがってよろしいですか？」

「マイルズ・ダヴェンポート」そう答え、頭のなかにあるすべての名前やイメージを消す。ぼくは空のプラスチックケース。キーボード。ダイアログボックスと、嘲るように点滅するカーソルしか表示されていない真っ黒なモニター画面だ。**できるものならぼくの心に入りこんでみろ、この怪物め。やってみやがれ。**

警備員は表情を変えず、マイルズの脳みそをとかそうともしなかった。リストにマイルズの名前を見つけると電子ペンでチェックマークをつけ、礼儀正しくほほえんで、先へ進むよう手ぶりで示した。

出迎えの列の前は大勢の招待客でごった返していた。マイルズは時間をかけて、ラッドのいるほうへ進んでいった。昨晩のうちに、事業履歴や知事選の選挙運動、ブログといった、ラッド絡みの資料に目を通しておいてよかった。

ブロンド女をちらりと一瞥すると、まるで馬に蹴られたような衝撃に襲われた。言葉を失ったまま、しばしその姿に見とれる。グレーにも黒にも見えるタフタ生地に、玉虫色の輝きがふんだんにちりばめられたドレス。豊かな胸が堂々と突きでている。金色の髪をアップに結い、ビーズ飾りのついたかんざしのような鋭い棒でとめていた。

近づくほどに、彼女の美しさに対する恐怖が深まっていった。ソフトフォーカスがかかったようなきらめきに、混乱と動揺を誘われる。名前を知りたい気にさえなってきた。マイルズはそうした感情をすべて振り払って、意識を集中させた。見た目は輝く妖精のプリンセスでも、実体は人の心を侵す社会病質人格者《ソシオパス》だ。悪い犬は鎖でつないで、吠《ほ》え声が聞こえない場所に遠ざけておけ。

人込みにもまれ、マイルズは後戻りできない場所まで押しだされてしまった。ラッドが目の前にいる。さあ、あとはどうにでもなれだ。

マイルズはさっと手を差しだした。「ミスター・ラッド、お目にかかれて光栄です」勢いよくまくしたてる。「〈サイオン〉社のCEO時代から、あなたのことを崇拝しています！

経済学の授業であなたの会社について研究しました。あなたはぼくにとってヒーローです！ブログを毎週読んでいますが、あなたの言うとおりにしたら、儲けることができましたよ！〈シルバン・インダストリーズ〉社が危ないと警告されていましたよね？　おかげで損をせずにすんだんです！　本当にすごい、お見事です。その金で学費をまかなえました。あなたのおかげで！」

ラッドはマイルズの手を握り続けている。マイルズが放そうとしないからだ。「それはどうも」ラッドがこたえた。「わたしの古くさい投資ブログを六年前から読んでいるにしては、若い方のようだが」

「実際より若く見えるんです」マイルズはにやっと笑い、体の位置を少しずつ動かした。そのせいで、周囲に押し寄せる人たちが体の向きを変えざるを得なくなり、正面入口から顔をそらし、斜めを向いて立つ格好になる。

「それはうれしいな」ラッドが返事をした。マイルズの肩の向こうに視線を移し、次の人物に挨拶をしようとする。

するとマイルズはふたたびラッドの手をつかみ、自分のほうを向かせた。アーロたちの姿がちらっとでも見えたらまずい。「実は、職務経歴書をあなたの選挙運動の担当者に送らせていただきました。それにぜひ直接目を通していただきたいんです。選挙運動に携わった経験はありませんが、学位論文のテーマは新興国の経済モデルでした。ぼくの経済に対する展望はあなたと完全に合致しています。あなたがめざす政治に必要なのは、ぼくの――」

「いやあ、これは本当に光栄だ、ミスター……」ラッドがにっこり笑う。

「ダヴェンポートです」マイルズは言った。「マイルズと呼んでください」

ラッドが対応に困っていることを察し、あのブロンド女が近づいてくる。

「きみの申し出は非常に光栄だが、今ここで採用面接をするわけにはいかないな」ラッドが予防線を張った。

「もちろんですとも。そんな無茶は言いません！」マイルズの視界の隅を、目の覚めるような赤いきらめきがさっとよぎった。だが、ラッドはそれに反応を示さない。「あなたを強く支持していることを知っていただければ、それで充分ですから。われわれが必要としている指導者は、金の動きを理解し、アドバイザーたちに流されない人物です！　あなたにお目にかかりたくて、ぼくは今日ここへ来ました。あなたのために、〈グリーヴズ財団〉に一万五千ドル寄付させていただいたんです。あなたのブログを通じて学んでいなかったら、今でも家電屋で働いていたでしょう。お礼を言わせてください。本当に感謝しています」マイルズはもう一度ラッドの手を振った。「心から」

「こちらこそ」ラッドが笑みを向けてきた瞬間、マイルズはそれを感じた。不安と息苦しさ、目玉が飛びだしそうになるほど強烈な圧力を。早く逃げださなくてはという焦燥感に駆られる。

数秒の辛抱だ。アーロとニーナが十メートル離れるまで。

苦痛がさらに強まり、吐き気をもよおすほどの恐怖に襲われる。だが、不安と恐怖なら、ずっと感じていた。ブロンド女が現れ、ロックミュージシャンと駆け落ちしたシンディの存在が頭から消えた瞬間まで。不安や恐怖は自分にとってありふれたものだ。毎朝、コーンフレークと一緒にのみくだしている。マイルズはラッドから意識をそらさず、粘り続けた。

「いつかお話しする機会を設けていただけませんか？」ラッドにへつらう。「ぼくにとって大変勉強になるはずです。あなたにも絶対、後悔はさせませんから」

「アナベル」ラッドが声をかける。「ちょっと来てくれ」

ああ、相手にする必要がないと切り捨てられてしまった。ブロンド美女がすっと寄ってきて、マイルズに目をとめる。そのとたん、体から汗が吹きでてきた。まるで彼女に汗腺を直接握られているみたいだ。

「こちらはミスター・マイルズ・ダヴェンポート」ラッドがブロンド女に紹介する。「マイルズ、彼女はわたしのアシスタントのアナベル・マーシャルだ。アナベル、彼は熱意と情熱にあふれる若者で、わたしの業績を賞賛してくれている。彼には……何やら特別な才能がありそうだ。連絡先など重要な情報を聞き、ファイルに記録しておいてくれ」そう指示し、マイルズに視線を移す。「スタッフを雇うときは、細心の注意を払って調査させてもらっているんだ。アナベルの直感に、わたしは絶対の信頼を寄せている。彼女になんでも話してくれ。

わたしが相手だと思って」

「はい、わかりました。ありがとうございます」礼を言うと、マイルズはブロンド女に連れだされた。

行き先を知っているのは神のみだった。


「アーロ！　気にしすぎよ！　握手しただけじゃないの！」テーブルのあいだをアーロに引っ張られながら、ニーナが非難した。

「あの男の目つきに気づかなかったのか？」

「ああ、あれね」ニーナが辛辣な口調で応じる。「体にフィットしたセクシーなドレスのせいだと思ったけど。そうでしょう？」

「ものには限度があるぞ、ニーナ。限度ってものが」

「その限度を少し超えないと、あいつの心を読めなかったの！　相手はサディアス・グリーヴズよ！　このパーティーの主催者の！〈グリーヴズ・インスティテュート〉に、〈グリーヴズ・コンベンションセンター〉。ヘルガの口から出てきた唯一の名前よ！　この場所で心を読むべき人物がいるとしたら、彼を置いてほかにいないわ！　なのに、彼からわたしを無理やり引きはがして！　失礼すぎるじゃない！」

「あいつは下心の塊だ」アーロはぼそりと言った。

「なぜそんなことを言うの？　わたしのドレス姿がお気に召していたから？」

アーロは口もとを引きしめた。「あいつはうさんくさい。何か隠している」

ニーナが鼻で笑った。「そうね！　わたしたちの命にかかわる重要事項だわ！」

彼女が正しいことはアーロも理解していた。うまい言い訳がなかなか思い浮かばない。

「ラッドが来る前にずらからないとまずかっただろ」ぶつぶつ言い、ニーナを装飾の施された柱が並んだところまで引っ張っていく。そして、静かで人目につきにくそうな柱の後ろに身をかがめた。

ニーナが振り返り、不安そうに様子をうかがう。「マイルズはどこ？」

「アナベルに連れていかれた」

「なんですって？」彼女が息をのみ、首をのばした。「どこに？　確かなの？　現場を見たの？」

「あいつは百九十八センチだ。いやでも目につく」アーロは答えた。「ラッドをうまく操ってくれたよ。ラッドは対応に疲れて、あいつをアナベルに押しつけた」

「ラッドはマイルズを操ろうとしたけど、きかなかったのかもしれないわ」ニーナが心配そうに言う。「アナベルは手荒よ。防御壁がきかないかもしれない」

アーロは肩をすくめた。「どうだろうな」

「少しは心配したらどう？　マイルズはいい人よ。すごく勇気があるわ。あのいかれた女に生きたまま食べられたら、どうするのよ！」

「最悪なのは、アナベルにマイルズの防御壁を破られることだ」アーロは答えた。「そうなるかもしれないし、ならないかもしれない。そうなったら、マイルズが対処するさ。あいつはタフだし、武器も持っている。アナベルのことだ。マイルズともファックするんじゃないか」

ニーナがびくっと体をこわばらせる。「やめて！　そんな下品な言葉を使うのは！」

「マイルズは生きのびるさ」アーロは言った。「ダークサイドに堕《お》ちた悪い女から骨にキスされるより恐ろしい運命もある。マイルズはあの女に溺れることで、浮気女のことを忘れられるかもしれない」

「彼にはもっとすてきな女性がお似合いよ」ニーナがきつく言い返す。

「それはそうさ。だが、それであいつが殺されることはないよ、ニーナ」

「わかったわ。もうこの話はやめましょう。わたしを困らせるあなたはセクシーすぎるから」

アーロは吐息をもらした。「ああ。よしてくれ――」

「あなたがマイルズの立場だったら、どう思う？　アナベルに暗い部屋に連れていかれたら？　彼女とセックスするのは目的を果たすためだと正当化できる？　わたしが傷つかないと思う？　ダークサイドに堕ちた悪い女から骨にキスされるだけだと割りきって、平然としていられると思う?」

アーロは感情を抑え、低い声で返事をした。「それを今、話すのはよそう」

「ホテルであげた結婚式で、細かいところまで約束するのを忘れたわ! もっと具体的に決めればよかった。わたしとあなたは、大筋で合意できていないのかもしれないわね」

「理不尽なことを言わないでくれ。この件とおれたちの結婚は関係ないだろう」

「わたしがマイルズの立場だったらどう?」ニーナの怒りはおさまらない。「ラッドの注意を引きつける役割をするのがわたしだったら? アナベルが男だったら? そいつにわたしが連れだされたとしたら? どこに連れていかれるかわからないまま! あなたはそんなにのんきにしていられる?」

「いや」アーロはうなるように答えた。「そんなわけがないだろう」

ニーナはさらにまくしたてた。「たいしたことないわよね。ダークサイドに堕ちた悪い男の手にわたしがかかったって。最悪の場合でも、犯されるだけですむものね? 心を読まれても大丈夫よね? そんなやわな女じゃないから!」

「もうよせ、ニーナ」

彼女が息を吸いこんだ瞬間、アーロはその唇をふさいだ。最初の二秒は口を封じるためだったが、ニーナとのキスはいつも欲望をかきたてる。口封じなど、すぐにどうでもよくなった。

腕のなかのニーナはとてもやわらかく、壊れてしまいそうだった。感情が高ぶっているせいで震えている。アーロは彼女を守れない無力感にとらわれた。敵はあらゆる場所にいる。ニーナの体のなか。ふたりの周辺。そして、ふたりが吸っている空気にもとけこんでいるのだ。

彼は黙ってニーナを抱きしめた。そのとき、ふと気づいた。彼女も同じように感じていることに。長い波紋を広げるさざ波のように身を震わせて、緊張から解放されていることに。アーロは目をあげ、顔についた口紅をぬぐった。ニーナの目が涙で光っている。「けんかはよそう。今夜は」

彼女が唇を震わせた。「ええ。ただ……こらえていたものが爆発してしまったの」

「おれも悪かった」

ニーナが目もとを軽くこすった。「マイルズは優しくて勇敢で頭のいい人よ。愛を受けるに値するわ。アナベルは情報を引きだすために、マイルズを傷つけるに決まっている。彼はもう充分苦しんでいるのに」

「ああ……そうだな」アーロは相槌《あいづち》を打った。さっぱり理解できなかったが、それはどうでもいい。男はその気になれば、いくらでも演技できる。だが、ニーナが今それを知る必要はない。いや、ずっと知らなくていい。

「それに、アナベルは美人だからいいじゃないか、なんて思わないで。あれは本物の美じゃない。トリックででっちあげられた実体のない美よ。実体がないだけならまだしも、害をもたらすわ。わかってくれた?」

「ああ」アーロは即答した。「もちろんだとも」

ニーナがビーズ飾りのついた赤い小さなハンドバッグに手を入れ、ティッシュペーパーを探す。「おぞましいことを聞かせてあげましょうか?」

絶対にいやだ。だが、それは今、もっとも言ってはいけない答えだ。アーロは自分を奮いたたせた。「ああ」

「スタンはハンサムだったの。女性たちがみんな夢中になるくらい」

アーロは彼女の手からハンドバッグを取り、ティッシュペーパーを見つけた。「そうか」

それしか言いようがない。

ニーナがはなをかむ。「だけどスタンがわたしの体をもてあそぶようになってからは、彼はちっともハンサムには見えなくなった。わたしが十二歳のときだったわ」

アーロはふたたび彼女を抱き寄せた。「かわいそうに」そっと慰める。「あいつがまだ生きていればよかった。そうしたらおれの手で殺してやれたのに」

ニーナが彼の胸のなかで、うなずいた。

「だが、マイルズはきみとは違う」アーロは言った。「あいつは子供じゃないし、無力でもない。でかくて強くて武装しているし……」

「でも男だわ」苦々しくニーナが結論づける。「わかってる。マイルズは男だから、わたしの場合とは違うと。だけどなぜかわからないけど、このことでわたしは昔の傷を思い出してしまったの。いやな気分だし、怒りを感じるわ」

「あまり怒らないでくれ」アーロはなすすべがなかった。

「怒ってなんかないわ」彼女がつぶやく。「矛先はあなたじゃないし」

「とにかく今マイルズを捜しに行くことはできない」アーロは先を続けた。「おれたちは今すべきことをしよう。最善をつくし、マイルズも最善をつくしていると信じるんだ」

ニーナがはなをすすりながら、こくりとうなずく。

「愛してるよ」彼は言った。「結婚の誓いを追加する。ニーナ・ルイーザ・クリスティ、おれ以外の男とは二度とセックスしないと誓ってくれるかい？　相手が悪の帝王であっても」

その言葉に、ニーナが涙顔で笑った。もう一度、ティッシュペーパーではなをかんでから、返事をする。「誓うわ」ささやき声で答える。「あなたも誓ってくれる？」

「永遠に」アーロは熱い口調で答えた。「誓うよ。おれにはきみしかいない」

ふたりは何も言わずに抱きあい、体を寄せあった。やがて、生き残りを懸けた最後の行動に出るときが迫っていた。一味のトップに君臨する人物に探りを入れるのだ。

「いい、忘れないで。存在感を消すトリックを使うのよ。わたしがやってみせたように」

ニーナが言った。「あなたはとても大きいから、わたしと同じようにはいかないかもしれないけど。それと、タキシード姿のあなたはたまらなくセクシーよ。それが役に立つかもしれないわ」

「きみもだ」アーロは返事をした。「さあ、行こう」

30

「あの、どこに行くんですか?」マイルズは尋ねた。

奇妙な空虚さをたたえたアナベルの目に、きらめくような笑みが浮かんだ。「人のいない静かな場所よ」

こつこつ響くハイヒールの音が催眠術のようだ。彼女の爪が腕にくいこんできた。筋肉の質でも調べているのだろうか? まったく、勘弁してくれ。

「筋肉を収縮させてみて」アナベルが命じた。

マイルズは言われたとおりにした。筋肉が反射的にぴくりと動き、上腕が盛りあがる。

「かなり鍛えているわね」

「ええ、まあ」完璧に整ったアナベルの横顔を不安な気持ちで見やる。防御壁を張れているのかどうか、さっぱりわからなかった。事前にサディストのサイコ人間を相手に試しておくべきだった。マイルズは集中力をとぎれさせないようにしていた。暗号化された構造の奥深くに隠れている思考と感情に意識を合わせる。自分は今、脳みそをとかされて死を迎える運命に向かっているのだろうか？　彼女に尋ねてみればいいかもしれない。〝失礼、お嬢さん。あなたはぼくの脳みそをとかす気ですか？〟と。だがこれではまるで、イギリスのコメディ映画のせりふだ。

アナベルがすっと頭を近づけてきた。かんざしのような髪飾りが肩に突き刺さりそうになる。「何に怯えているの？」甘えた声で尋ねる。

マイルズは神経質な笑い声がもれそうになるのをこらえた。「あ……あなたに」

「わたしに？」彼女が笑い声をあげる。「わたしは怖くないわよ」

「ええ、そうですね」マイルズは厳粛な表情で答えた。

ドアのところでアナベルが立ちどまり、異常なほど長いまつげの下から見あげてきた。

「あなたは勇気のある人ね、マイルズ。そうでしょう？」そう言って、彼をドアの向こうに押しこんだ。

そこはオフィスらしく、部屋のなかには、受付デスク、パーティションで仕切られたスペース、テーブル、そしてファイルキャビネットが見えた。

「電気をつけたほうがいいんじゃないかな？」マイルズは尋ねた。

アナベルの青白い肩がすっとあがった。「わたしたちはこれからお互いのことを知るんでしょう？　暗いほうが早くわかりあえることもあるわ。暗闇は物事を浮き彫りにさせるから」

「だが、隠すこともできる」彼は言い添えた。

アナベルがマイルズを部屋の奥へと引っ張っていく。「あなたは何も隠せないわよ、マイルズ」机の前まで来ると、足をとめ、上に置いてあるものを払い落とした。どさっと音を立てて床に落ちていき、何かがガシャンと壊れる。マグカップが転がり、書類の山が床を滑って散らばっていった。「さあ、ここへ」アナベルはそう言って彼を引き寄せた。

「こんなのおかしいよ」マイルズは不安を隠せなかった。ふいに股間をぎゅっとつかまれ、悲鳴をもらす。「うっ。何をするんだ?」

「たしかに変よね」アナベルが彼の股間を撫でながら言う。「それがわたしの人生なのよ、マイルズ。でも、変なことって楽しくもあるの。あら、本当だったのね。鼻が大きい人はあそこも大きいっていうのは」

「さあ……どうかな」マイルズはあえぎ声をもらした。「統計分析はしたことがないんだ」睾丸をつかまれ、声が喉につまる。

「統計分析」アナベルが繰り返す。「経済学オタクが使う言葉? そういう人とはしたことがないの。したいと思ったこともなかった。今まではね」

そのとき突然、アナベルが圧力をかけてくるのを感じた。頭に激痛が走り、マイルズは大声で悲鳴をあげた。まるで蛇に絞殺されているかのようだ。蛇が舌をちろちろ出しながら、牙を立てる場所を探し求めているような感覚に襲われた。

息ができなかった。体を動かすこともできない。動かそうとするとひどく痛む。できるのはイメージにしがみつくことだけ。ロックされたデータ。点滅するパスワード入力欄。データは安全だ。破裂しそうなのは頭だから。

ふいに圧力が弱まった。マイルズは空気を求めてあえいだ。

「このくそ男」アナベルが吐き捨てた。「さては、あなたも同類ね？」

「同類って？」

「とぼけるんじゃないわよ」マイルズは彼女に平手で打たれた。「わたしをブロックしたでしょ。あなたは驚いてないし、混乱もしてない。自覚したうえでブロックしてたわ」

しまった。完全に見破られた。しかも、これがだめだったときの代替案を用意していない。こうなったら、即興で対処するしかない。

「力を増強してるわね？」アナベルがわめいた。「これまでにわたしをブロックできたのは超能力者たちだけよ！　薬をどこに隠してるの？　あなたの力は何？」

マイルズは首を横に振った。「増強なんかしてない」

「嘘！」アナベルが甲高い叫び声をあげる。「誰に薬をもらったの？　そいつはどこから入手したの？　誰がつくってるの？　調合方法をどこで知ったの？」

「そんな人たちはいない」彼は答えた。「ぼくは薬を投与されていないし」

「なら……証明……なさいよ！」

締めあげられるような痛みが戻ってきた。さっきよりも激しい。マイルズは悲鳴をもらさないよう必死でこらえた。

「わたしをなかに入れなさい！　早く！」

絶対に入れるものか。マイルズは割れそうな頭を横に振った。「だめだ」

圧迫が消え、心から安堵する。

「わたしの秘密を教えてあげましょうか、マイルズ？」アナベルが言う。「楽しいことを」

マイルズは肩をすくめた。「どうでもいいよ」

「下着をつけてないの。下半身は。露出させるのが好きなのよ。すぐ触れられるから」

「ああ」間の抜けた声がもれる。まだ呼吸が乱れていた。

「見たい？」

アナベルが机の端に腰かけ、衣擦れの音を立てながらドレスをたくしあげる。彼女の言っていたことは本当だと、薄暗いなかでも見てとれた。脱毛処理もされている。彼女が熱くぎらついた野生動物のような目で見つめてきた。秘所に指を押しあて、自分でもてあそぶ。そのあいだも、マイルズから片時も視線をそらさなかった。湿った音が、しんと静まり返った暗がりのなかでやけに大きく聞こえる。

アナベルが濡れた指を掲げ、彼の頬をすっと撫でた。「わたしとやりたくないの？　みんなみたいに」

「みんながきみとしたがるのか、みんながきみとできるからするのか、どっちなんだ？」マイルズは尋ねた。

彼女の笑い声が苦々しく響く。「どんな違いがあるの？　もしかしてあなたはいい娘としかやらないのかしら？　そんなにおいがするのよね。薄汚れた悪い女とやったらどんな感じがするか、想像したことはない？　望むことはなんでもしてくれる女と」

アナベルがまた攻撃してきた。マイルズはまたしても蛇に絞めつけられるかのように感じた。ああ、まったく……。

彼は今のうちにと思って息を大きく吸いこんだが、その苦痛がやわらぐことはなかった。それどころか、ますますひどくなってくる。

歯をくいしばり、苦痛に耐える。驚きがない分、さっきよりはまだましだ。アナベルはセックスに誘いこみ、そこから襲いかかろうとしている。セックスに引きずりこまれたら、防御壁でブロックできる可能性はほとんどなくなるだろう。絶頂に達したら、可能性はゼロになるはずだ。今の自分は冷静さを完全に失っている。どうやっても落ち着きを取り戻すことができない。

「もちろん、きみとしたいさ」マイルズは答えた。

アナベルに手を取られ、秘所に押しつけられる。「じゃあ、やってよ」彼女がささやいた。

「さあ。その大きなお友達を取りだして、一緒に遊びましょう。わたし、もう我慢できないわ、マイルズ。今すぐして。しなかったら殺してやる」

アナベルはシルクのようになめらかだった。ひだは繊細で、きつく引きしまっている。まったく違っている、あの……。

「シンディ」アナベルが言った。「奥さんの名前？」

マイルズは驚きのあまり、叫び声をあげそうになった。もう一度防御壁をめぐらそうと、自分を奮いたたせる。「きみには関係ない」

手をぐいとつかまれ、アナベルのなかに引きこまれた。ふたたび蛇の舌で探られるのを感じる。

「シンディ」アナベルがからかいながら、指をなかに出し入れする。「シンディはしてくれないけど、あなたはしたいことがあるでしょう？　彼女はしゃぶってくれる？　アナルはどう？」

マイルズは全身の神経を総動員してイメージにしがみついた。「シンディは後ろからやるのが嫌いなんだ。動物みたいでいやだと言ってる」

「まあ、本当？　ちょうどいいわ。わたしは動物だから。人間はみんなそうよ。おかたいかわいそうなシンディはそれが気持ちいいことを知らないのね。だから夫がわたしのここをいじっているんだわ。妻のじゃなくて」

アナベルが後ろ向きになり、ドレスをさらにたくしあげる。そして机にしがみつき、背中をしならせた。こんなに完璧なヒップを見るのは初めてだ。雑誌のグラビア写真でさえも見たことがない。

「あなたはわたしを満足させられるくらい野性的なの、マイルズ？」彼女が甘くささやきかけてくる。

「満足させられるよう努力するよ」マイルズは答えて、アナベルに近づいた。丸くなめらかなヒップを撫でるために。彼女が体をくねらせながら、脚を大きく開く。

「激しく突いて、マイルズ」アナベルが命じる。「早く」

マイルズは靴下に仕込んでいたプラスチックの手錠をすばやく取りだした。彼女を後ろから押さえ、うつ伏せの姿勢で机に押しつける。そしてわめくアナベルの両手を背中にまわし、手錠をはめてきつくとめた。

彼女が金切り声をあげながら倒れこんだ。「いや！」大きな声でわめいている。「やめなさい。こういうやり方は好きじゃないの！　何やってるのよ、このばか！　本当にやめて！」

ものすごい力だ。マイルズは歯をくいしばって、心の防御壁にしがみついた。不快感のあまり自暴自棄になりながら、アナベルを床に押しつける。そして上から体重をかけ、足にも錠をはめて、手足を一緒に固定した。胸の奥から嫌悪感がこみあげてくる。こんなことはしたくないが、アナベルから力を奪わなければならない。自分たちの時間を稼ぐために。

アナベルがみだらな言葉をわめき散らしている。超能力を使った攻撃も仕掛けてきた。マイルズはふたたび蛇にきつく締めつけられるのを感じた。彼女の体を引きずり、離れたところにあるラジエーターにつなぐころには、蛇の圧力で目玉が飛びだしそうな感覚に襲われていた。アナベルはすすり泣きながら、支離滅裂なことをわめいている。後ろにまとめられていた髪がほどけ、鮮やかな扇のように床に広がっていた。

これほど不快でおぞましいことをしたのは生まれて初めてだ。脚が震えて思わずよろめく。マイルズはもう片方の靴下からナイフを取りだし、できるだけ彼女から離れた位置に膝をついた。そしてドレスの裾を切り、細長い布切れを二本つくる。

「何するのよ！」アナベルが吐きだすように言った。

マイルズは布切れを丸め、それをじっと見つめて彼女に視線を移してから、ようやく覚悟ができた。しかたない。尋ねたところで、もはや失うものはない。

「B剤はどこにある？」マイルズは尋ねた。

アナベルの空虚な表情に、マイルズの心は沈んだ。口をぽかんと開けてこちらを見つめている、その反応に。

「あのねえ！　それを知ってたら、今ここで心とお尻を豚野郎どもに捧げてるわけないでしょう？　この世界の女王に君臨してるわよ！　本当に、なんにもわかっちゃいないんだから！　ところであなたは何者なの？　アルバトフの仲間？　クリスティとかいう女の？」

ここであきらめよう。「ぼくのことはいい。ララ・カークはどこにいる？」

のよ?」

「ララ? なんであの娘のことをきくの? あの娘が関係ある? 誰が気にかけるっていう

「ぼくがだ」うっかりそうもらし、すぐに自分を呪った。よけいなことをしゃべったせいで、ララが殺されてしまうかもしれない。早いところアナベルの口を封じて、自分も黙ったほうがいい。ぼくは状況を悪化させている。

「すまない」マイルズは彼女の口に布切れをつめこもうとした。

アナベルがさっと顔をそむける。「言いふらしてやるんだから、あんたに手錠をはめられ、ぶたれてレイプされたって! この姿で発見されたら、みんな信じるでしょうね! あんたは刑務所にぶちこまれて朽ち果てちまえばいいんだわ!」

「それはどうかな」彼は応じた。

「あのかんざしが見える、マイルズ? 床に転がってる」

マイルズは視線をさまよわせ、かんざしに目をとめた。「それがどうかした?」

「拘束を解かれたらあなたを追っかけて、あれで刺してやるわ」

「それは楽しみだ」マイルズはさらに布切れをつめこんだ。だが、アナベルはまだ逃れようともがいている。

「わたしをとめることはできないわよ。なんでかわかる? あんたが腑抜《ふぬ》け野郎だからよ! においでわかるわ。健全な好青年ってやつ! あんたは玉なし男ね! 今ごろシンディは、膝をついて後ろからがんがん突かれてるわよ、本当に必要なものを与えてくれる男に！」

「ああ」マイルズは冷ややかに答えた。「そうかもしれない」

「男らしくわたしを殺すこともできないんでしょう？」

「違う。そうしないと決めているんだ。ちょっと黙ってくれ」

頬をつねってしゃべれなくさせ、布を口につめて、もう一枚の布できつくふさぐ。だが布の結び目を確認した瞬間、不安にとらわれた。セックス中にふざけて猿ぐつわをはめ、死んでしまった人がいるという恐ろしい話が脳裏をよぎったのだ。窒息は命の危険につながる。アナベルの手首の出血を見て、気分が悪くなった。けがを負わせるのは不本意だ。不意を突かれ、鋭いかんざしで襲われる危険があったとしても、彼女に危害は加えたくない。美女に鋭いかんざしで襲われるシーンか。ふむ。眠る前に思い浮かべるネタとして悪くない。失った愛のことをあれこれ思い悩まなくてすみそうだ。ぼくが玉なしかどうかという失礼な疑問についても考えないといけないし。まあともかく、アナベルは問題なく呼吸できているので、窒息する心配はなさそうだ。

これでアナベルは片づいた。よくも悪くも、これ以外にやりようがない。マイルズは彼女のそばから離れ、その目に浮かぶ、燃えるような憎悪を直視した。

ドアを閉め、しばらくのあいだ耳を澄ませる。もう一秒たりともここにいることに耐えられなかった。廊下を歩くことさえも。マイルズは走りだした。恐怖にとらわれ、心と体が激しく揺さぶられる。脚の震えがとまらず、転んで顔から床に突っこみそうになった。

マイルズは化粧室の様子を探り、そこに逃げこんだ。洗面台に十分ほどしがみつき、手と顔を繰り返し洗い流す。

アナベルの言うとおり、ぼくは玉なし男だ。しっかりしろ、このばか。今ここで崩れ落ちるわけにいかないんだよ。今ここでは。

顔をあげて、鏡に映った顔をのぞきこむ。何度も洗い続けたので、しずくがぼたぼたしたたり落ちていた。顔は死んだように青ざめ、目は恐怖にとらわれている。まるで遺体安置所で身の毛もよだつものを目撃したかのように。

たしかにそのとおりだった。

マイルズのなかで、自分を慰めようとする本能が働いた。たしかにぼくは、武器を持たない、泣き叫んでいる女性をしばり、猿ぐつわを噛ませた——心に侵入された反撃として。だが、レイプはしなかった。少なくとも、彼女を辱めるまねはしなかったじゃないか。

そう思いながらも、ようやく化粧室を出ることができたのは、さらに十回以上、顔を洗ってからだった。

〝……あの牝牛《めうし》みたいな女はボトックス注射のしすぎだな……整形女……〟

〝……やだ、あの男、あたしを見てるわ。なめるような目つきで……〟

スピーチが行われているなか、ニーナはパーティー会場を練り歩いていた。人のそばを通るたびに軽く心に触れていく。できるだけ軽くしているつもりだが、取り澄ました慈善家たちの心に踏みこみ、彼らの思考がどっと押し寄せてきたあとは、やはり頭がずきずきうずいた。もしかしたら、迫りくる死への不安で首の筋肉がこわばっているのかもしれない。会場にいる全員に触れたはずだが、まだ触れていない人物が間違いなく残っている。誰かが何かを知っているはずだ。絶対に。

〝……あのドレスを引きずりおろして、胸をむきだしにしてつかみたい。テーブルに押し倒し……〟

このみだらな思考は自分に向けられている。ニーナはちらりと後ろを見やり、ウィスキーをあおりながら彼女の胸に熱い視線を送っている男に気づいた。まったく、ほかに考えることはないのかしら？　昔のように、誰の目にもとまらない女でいるほうが楽だった。あのころが懐かしい。

大富豪の考えていることは、ニューヨークの地下鉄に乗っている人々とは違うものだとニーナは思っていた。ところが実際には、両者とも同じ強迫観念や絶望に取りつかれている。そしてセックスのことを四六時中考え、金の不安に襲われている。金額の桁数が違っても、不安を抱えているのは同じだ。配偶者の裏切りに思い悩み、自分の裏切りが配偶者にばれることを恐れている。失敗した結婚への怒り、わが子が薬物に手を染めるのではないかという心配、病気で治療を受けなければならないことに対する恐れを抱いている。うぬぼれ屋も、八方ふさがりの人も、感情の乏しい人も、ほとんどの人が恐れを抱いているのだ。

ニーナは迷宮をさまよっている気分に陥り、自分が今夜ここで何をすべきか忘れかけていた。そのとき、視界の隅に、男と握手しているサディアス・グリーヴズの姿が見えた。相手はグリーヴズのスピーチを絶賛し、彼がいかにすばらしいかまくしたてている。ニーナはほほえんでいるグリーヴズの顔を観察した。ヘルガは彼の名前を口にしたが、彼に助けを求めろとは言っていなかった。だが、今ここであの男に接近しない手はない。失うものなどないのだから。ニーナはふたたび、周囲の人々の心に触れ始めた。

〝……金を奪ったことがばれるまでどれくらいだろう？　それよりもたくさん用意しないと……仲間でいるうちに……刑務所送りになるわけには……〟

ニーナは禿げ頭の男にねらいを定めた。笑顔で、妊娠した妻のグラスに何かを注いでいる。彼女の心に触れてみよう。

〝……夫には言えないわ、おなかの子の父親が……ショックを受ける……〟

痛い。ニーナは夫妻のそばからすばやく離れた。スピーチが終わり、楽団の演奏が始まる。

ニーナはラッド、アナベル、ロイの姿を捜しながら、会場の隅に移動した。胸もとにたくしこんだメモを取りだし、マイルズのダイアログボックスを視覚化する。そしてパスワードを入力する場面をイメージした。

すると、心に描いたモニター画面が切り替わった。驚嘆しているニーナの心の目の前に、メッセージがすばやくスクロールされる。


演奏ステージ裏の柱、三本目。

急いで。

待ってる。


すごい。マイルズのシステムは機能している。ニーナは急いでアーロを捜した。彼の存在を感知したが、距離があるので心までは読めない。彼女はアーロの姿を視界にとらえ、マイルズが待つ柱の方向を顎で指し示すと、ダンスフロアを最短距離で突っ切った。

柱の後ろに滑りこんだところでアーロが追いつき、ニーナをぎゅっと抱きしめた。「成果はあったかい？」


ニーナは首を横に振った。マイルズが壁にもたれているが、見るからに疲れきった様子だ。

「大丈夫、マイルズ？」彼女はそっと声をかけた。「どこにいたの？」

「ラッドから隠れてた。ぼくはお尋ね者になったから」

「アナベルに防御壁を破られたのか？」アーロが尋ねる。

「ぼくがよからぬことをたくらんでいるのは、ばれた。ぼくのことを薬で増強した超能力者だと思ってるんだ」

ニーナはマイルズの顔と、恐怖にとらわれた目をじっと見つめた。「アナベルは今、どこにいるの?」

「上階のオフィスにいる。手錠をはめて、猿ぐつわを嚙ませておいた」マイルズが疲れたように答える。「めちゃくちゃ気分が悪いよ。アナベルはB剤のことは知らないみたいだ。ぼくはテレパスじゃないから、嘘をつかれた可能性もあるけどね。何も見つけられなくてすまない。ぼくは役立たずだ」

ニーナはマイルズの腕をそっと撫でた。「大丈夫よ」小さな声で励ます。アーロと見つめあい、自分を奮いたたせた。「わたしがグリーヴズを誘惑しに行くから」

「だめだ」案の定、アーロが反対した。

「あの男の心を読まないといけないのよ」

「さっき言ったはずだ」怒気のこもった低い声が返ってくる。「あいつはきみとやりたがっている」

会場には百五十人近くの人がいるのよ。ニーナはそう叫びたかったが、くだらない言いあいになるのを避けようと感情を抑えた。「いくらなんでもパーティー会場では手を出してこないでしょう。〈グリーヴズ・インスティテュート〉への寄付者が大勢集まっているところでは」そう言って、胸が大きく見えるようドレスを調節する。「言ったのはあなたよね。わたしの胸のせいで今日殺されるはめになりかねないと。この胸が勝利をおさめるかどうか、確かめてみましょうよ」

「追加の誓いはどうなるんだ?」

「グリーヴズとセックスするわけじゃないのよ!」ニーナは厳しく反論した。「それにね、命にかかわる秘めた目的のためにほかの男性に胸を見せびらかさないと誓った覚えはないわよ。少しは融通をきかせて!」

「どうやら誓いの言葉をもう少し具体的にする必要がありそうだな」アーロが険しい顔で言い返す。

「そうね。あなたが望むなら。でも、わたしがグリーヴズと話すのが先よ。さあ、行ってくるわ。男を誘惑するのは生まれて初めてだから、幸運を祈ってて」

「幸運?」激しい怒りでアーロの声は震えていた。「レイプされようとしているときに幸運もくそもあるか?」

「落ち着いて、アーロ」そう言ってなだめると、ニーナは反撃を受ける前に急いで会場に戻った。

グリーヴズがちょうど演台からおり、彼女から近いところへ歩いてきた。ニーナはアーロの怒りを感じた。背後から不穏な炎と無言の抗議の叫びが伝わってくる。だが、彼女はそれに屈することなく歩き続けた。これはふたりのためなのだから、アーロは受け入れなければならない。

頭をそらして背筋をのばし、できるだけ自分を大きく見せようとする。グレーの靄が外套《がいとう》のように体をふわりと包むところをイメージしながら。さっきまではラッドの注意を引いてはまずいと感じていたが、こそこそ動きまわっているだけでは運はつかめない。

グリーヴズがニーナに目をとめ、顔を輝かせながら近づいてきた。「おお、これは！ さっき受付でお目にかかったお嬢さんだ。ずっと捜していましたよ」彼が声をかける。「失礼ながら、お名前をうかがっていなかった」

「モロです」ニーナは答えた。「レスリー・モロ」

「ミズ・モロ」グリーヴズが彼女の手を取ってキスし、手の甲のかさぶたに気づいた。「おや、茨《いばら》の茂みでけんかでも？」

「登山が趣味なんです」彼女は答えた。「この週末に滑落してしまって。でも、変な落ち方をしなくて幸いでした。すり傷とあざですみましたから」

「冒険好きな方のようだ」

「ええ、必要に迫られれば」控えめに答える。

「必要に迫られることは誰にでもある」

ニーナは差しだされた腕を取った。まるで外側から力を加えられ、グリーヴズのほうに押しだされたかのように。

自分が望んでいる以上に近づいてしまったが、この状況で身を引くのは失礼にあたる。アーロが怒り狂っているかもしれないけれど、やめるわけにはいかなかった。

「すばらしいパーティーですね」彼女は言った。「あなたは強い野心がおありのようだわ」

「ええ、基金を三千八百万ドル集めることが最終的な目標です。この近辺のパーティーでお見かけしたことはありませんね、ミズ・モロ？　地元の方ですか？」

「いいえ。ニューヨークから来ました」ニーナはできるだけ本当のことを言おうと決めた。疲労がたまっているので、嘘をついたせいで足もとをすくわれる危険がある。

「そうですか。お仕事は何を？」

「資金集めです」これも本当だ。大学卒業後に、補助金関連の書類を扱っていた時期がある。しかも、得意な業務だった。

「本当に？　ぜひ職務経歴書を拝見したいな。資金集めには、優秀な人材が常に必要だ」

「女性と子供の緊急支援を専門としています。ドメスティック・バイオレンスの認知向上キャンペーンなどを」ニーナは説明した。「要するに、行き場を失った方々のために資金を集めているんです」

「〈グリーヴズ財団〉が扱う分野は多岐にわたっていますすよ、ミズ・モロ」

「すばらしいわ」彼女はささやいた。

「賞賛が目的ではありません。われわれは世界をよりよい場所にしたいんです。その活動のなかに、行き場を失った人々の支援も含まれているだけです」

「まあ、それじゃあ職務経歴書をお送りしようかしら」ニーナは小さな声で言った。

「楽しみにお待ちしていますよ」グリーヴズがふたたび彼女の手を取ってキスをする。

ニーナは彼の心に接触を試みた。細心の注意を払いながら。

だが、何もなかった。完全な無だ。グリーヴズの心に近づくことはできない。まるで周囲に目に見えない力がめぐらされているかのようだ。この男に触れることはできない。

グリーヴズがほほえみかけてくる。ニーナはぎこちなくほほえみ返した。つまりこの男は、隠さなければならない秘密を抱えている。そして、秘密を隠し続けるトリックもまた、秘密にしているというわけだ。

「ミスター・グリーヴズ、ひとつうかがってよろしいかしら?」思わず質問が口をついて出た。

「もちろんですとも。わたしのことはサッドと呼んでください。質問はなんでもどうぞ。レスリーとお呼びしてもいいでしょうか?」

「ええ、もちろん。光栄ですわ」ニーナは答えた。「実は、〈ウィクリフ図書館〉の噂話を小耳に挟みました。ミスター・ウィクリフはこの財団の高額寄付者のおひとりですね? その図書館はスプルース・リッジにあるのかしら? それとも、別の場所に?」

グリーヴズがのけぞりながら笑った。まるでニーナがウィットに富んだ発言をしたかのような反応だ。「よろしければ、〈ウィクリフ図書館〉にご案内しますよ」

ニーナの心臓が激しく打ち始めた。「ということは、この敷地内にあるのかしら？　コンベンションセンター内に？」

「厳密には、〈ウィクリフ図書館〉はまだ存在しません」グリーヴズは彼女を、パーティー会場の中央に鎮座する〈グリーヴズ・インスティテュート〉の模型のところへ連れていった。建物の細部まで精密に再現された完璧な模型だ。丘の中腹にさまざまな高さの建物を擁している様子が、ありのままに、そして精巧に形づくられている。泉まで再現されており、水が音を立てながら一定の速度で丘を流れ落ちていた。模型全体が天井のシャンデリアの照明を受け、細かい部分まで照らしだされている。

「さあ、想像してみてください」グリーヴズが言った。「美しい春の日に、山からさわやかな風が吹いている。慎重に見積もって……二〇一七年と仮定しよう。そのくらいの期間はかかるはずだ」模型の歩道を指差す。「あなたとわたしが〈ペイン・ウィットム・ビル〉の外を歩いている。ここは人文科学課程用の教室やセミナールームのある建物です。そして……この〈シェイ・カフェテリア〉で腹ごしらえをしましょう。各国の料理をとりそろえたフードコートです。アイスクリーム、カルツォーネ、シシカバブ、タイ風チキンの串焼き、クリームたっぷりのホットクレープ、エスプレッソ。腕を組んで食べ歩きしながら……ここをのぼっていく」自然公園にめぐらされた歩道を指でたどる。「植物学者と造園師が植えるので、春にはルピナス、ヤナギトウワタ、オダマキが咲くかもしれません。野生の植物は確実に咲くと言いきれないが、運がよければ……」ふたたびニーナの手を取り、すり傷だらけの指関節にキスをする。「野生の高山植物の宝庫になるかもしれない」

「幸運に恵まれたと想定しましょう」ニーナはささやいた。「それから？」

「急流にかかる橋を渡ります。これは驚くほど細かく再現されている。設計士が航空写真を見ながら手彫りしたんでしょう。春には小川に水があふれ、さらさらと美しい音色を立てて流れていく。それから〈マイネケ・ブラウン・サイエンス・ビル〉の周囲をぐるっと歩いて、丘のてっぺんにある〈バウアー天文台〉に到着。最先端の望遠鏡施設です」

「すばらしいのひと言だわ」感嘆するようにニーナは言った。

「ええ、すばらしい場所になるでしょう。将来的にはスタンフォード大学やマサチューセッツ工科大学と肩を並べ、芸術と人文科学分野ではひけを取らないレベルに達するはずです。そして物理、天文学、コンピューター科学、工学、生物工学分野では、最高峰の学術機関に成長する。雄々しくも新しい世界に向きあうために必要な学問ばかりです」

グリーヴズの言葉の選び方に、思わず震えが走った。「雄々しくも新しい世界？　あなたはこの財団でそれをめざしていらっしゃるんですか？」

「そんなおこがましいことはまだ言えない状態です」グリーヴズが謙遜して肩をすくめてみせる。「しかし、人類が存続するためには、進化に適合することが欠かせない。すべての人々がそれぞれ、もう少しずつがんばらないといけない。そう思いませんか？」

「はっきりとは答えられませんね。もう少し具体的な内容をうかがわないと」

グリーヴズが声をあげて笑った。まるでニーナが冗談を飛ばしたかのような反応だ。

「抽象的すぎましたね。では、散歩に戻りましょうか。この見晴らしのいい場所で休憩して、風景を眺めましょう。雲ひとつない空、目の前に広がる丘、遠くにそびえる壮大な山々。カーブを曲がったところにあるのが、〈ウィクリフ図書館〉です。室温が管理された蔵書保管庫に、グリーヴズ・コレクションが所蔵されています。稀覯本《きこうぼん》や手書きの原稿などが」

「まあ」図書館がまだ存在していないと知ったときはがっかりしたが、ふたたび鼓動が激しくなる。グリーヴズがふたつの丘のうち、低いほうに立っている建物を指差す。素材はおそらく、大理石を模したものだろう。

模型のなかにある高い建物には、注射器を収納できる高さがある。

「外側の素材は半透明の白い大理石です」グリーヴズが説明する。「見てください。半透明のゴムを使い、表面のつやをなくしています。建物自体が半透明なんです。夜になるとランプのように輝いて、昼間は太陽の光が通過する。常に光のあふれるビル。きれいでしょう？」

「ええ、息をのむほど」

ニーナは興奮で身を震わせた。この小さな模型は高いところに陳列されている。普通の人間なら到底、手の届かない高さだ。これを手に入れるためには、ほかの展示物を踏み荒らさなければならないだろう。だが、自分にはそうする資格が充分にある。

「本当にすばらしい模型だわ。どこで手配されたんですか？」彼女は尋ねた。

「元同僚からの贈り物ですよ。ハロルド・ラッドという、昔同じ企業で働いていた人物です。今は実業界から政界へ転身しましたがね。その決断がどう評価されているのかわからないが、わたしは彼の成功に太鼓判を押しています。彼はトップまでのぼりつめる男だ」

「いつ贈られたんです？」ニーナは質問を重ねた。

グリーヴズが愉快そうに笑った。「四時間前ですよ。今日の午後、ラッド本人が持ってきてくれました。パーティーに間に合うように展示するため、スタッフたちが大わらわでしたよ」

ヘルガなら、この模型に触れる機会があった可能性がある。模型がここに運ばれることをわかったうえで、なかにB剤を隠したかもしれない。ここに隠しておいて、あとで模型のなかを探す可能性が。「ずっとここに展示されるおつもりですか？　この場所に飾ってあるとすてきだわ」

「いや、ここには置いておけません。明日開かれる医学会でこの会場を使うので、こんな貴重品は放置できませんよ。製作に十五万ドル以上かかっているはずですからね。人間には盗むという習性があるため、高価な模型を放置したらパーツをばらされ持っていかれてしまう。

そうならないよう、模型はパーティーが終わったらすぐ解体して、わたしの自宅に移します。最終的には、〈ウィクリフ図書館〉の正面入口ホールに飾る予定です。ガラスの陳列ケースに入れてね。ライティングが完璧な場所で、日差しの角度は時間によって変わりますが、常に光があたります」

ニーナは声をもらした。

「すごいわ」

「ええ、本当に。まだコレクションを見ていなくても、そう思われるでしょう?」グリーヴズが続ける。「なんといっても、正面入口ホールに展示する本が『時禱書《じとうしょ》』ですから。一三四二年にフランス王ジャン一世のために書かれた豪華本で、王の黙示録コレクションが含まれている、実に豪華な一冊です。これと一緒に、わたしの中世のタペストリー・コレクションも展示します。並べて飾ったら、さぞや美しいでしょう」

ニーナはうっとりした表情を浮かべてみせた。「古い手書き原稿やタペストリーを見るのは大好きです。楽しみすぎて待ちきれないわ」

「そんなことをおっしゃっていただけるとは」グリーヴズが応じる。「待つ必要などありませんよ」

ニーナは彼を見ながら、まばたきをした。「え……」

「パーティーはもう切りあげて大丈夫でしょう。あなたをわたしの自宅へご案内しますよ。

グリーヴズ・コレクションのなかでも特に貴重な逸品をお見せするために。シェフに簡単な夕食を用意させます。展示用の温室で、星を眺めながら召しあがっていただけますよ」

「食事なら、さっきいただきましたわ。あなたはまだ食べられるんですか？」

「まさか、あの残飯を召しあがったんですか？」

ニーナは食事をしていなかった。あまりの緊張で食欲がわかなかったせいで、取るに足りない料理だと思ったからではない。「わたしの住む世界では、一万五千ドル払ったら、その食事をありがたがって食べます」彼女は冷ややかに言った。「認識の不一致ですね」

グリーヴズが楽しげに言った。「なるほど。あなたは興味深い世界に住んでいるようだ。だが、わたしは認識の不一致など気にしないし、今夜の食事が気に入ったわけではない。食事については明日、スタッフたちにこと細かな指導がいくでしょう。さて、わが家のシェフに電話しましょうか。鴨肉《かもにく》はお好きですか？」

「シェフに電話するには遅すぎやしません？」彼女は言葉を濁した。「もう真夜中を過ぎているわ」

「給料を払っているのはわたしです。うちのシェフは裸で逆さ吊《づ》りにされても、わたしのために食事を用意する義務がある。そんな格好で料理するのをすすめるわけではありませんがね。では、鴨肉でかまいませんね？　りんごとローストナッツと山羊のチーズのサラダはどうです？　軽くすませようと思っていますので。塩漬け肉とチーズ、あるいはブリーチーズとアーティーチョークのタルトは？　うちのシェフの腕前は一流です。黄金色のパイ生地は口のなかでとろけるおいしさだ。今すぐ電話しましょう」ニーナに問いかけるように眉をつりあげてみせる。「ほかのものが食べたいなら、リクエストしてください。特別リストの寄付者全員にお礼を言ってまわるのに、あと四十五分ほどかかりそうですから」

「特別リスト？　どんな人たちが入っているんです？」

「百万ドル以上の寄付者です」

ニーナは吐息をついてみせた。「それだけ寄付すれば、特別扱いも当然ですね。ところで、さっきはお気づきにならなかったようだけれど。今夜は夫を同伴していますので、あなたのご自宅でいろいろ見せていただくわけには……」

グリーヴズは一瞬、やる気をそがれたように視線を落とし、彼女の左手を取った。「同伴者の男性がいることには気づいていました。だが、この手に指輪はない。それに、何度もこへのキスを許してくれた」

「まぎらわしい態度をとっていたのなら謝ります」ニーナは言った。「指輪はしていないけど、結婚はしているんです」

「なに、謝ることはありません。それが人生です。まぎらわしく、混乱に満ちている。だが、わたしにとっては残酷なジョークだな。あなたとはとても重要な共通点があるから」

ニーナはそのとき突然、自分たちがどれだけ注目されているか気づいた。背が高く、ハンサムな億万長者であるグリーヴズはとても目を引く。自分はその男の腕にぶらさがり、シャンデリアの照明の下をゆっくり歩いているのだ。自ら死を望んでいるかのように。

「共通点？」彼女は無理やり声をしぼりだした。「いったい、どんな？」

「非常に個人的で」グリーヴズが答える。「とても特別なことです」

あなたは悪の塊じゃないの。わたしとの共通点なんてあるわけないわ。そう言い返したいのをニーナはぐっとこらえた。「もっと具体的に言ってほしいわ」

グリーヴズが彼女の鎖骨できらめくラインストーンのペンダントを指差した。「それを使って説明しましょうか。とてもきれいなペンダントだが、ドラッグストアで十六ドル程度のものでしょう。デパートで買えばもう少し高いかもしれない」

ニーナは眉をつりあげた。「何をおっしゃりたいのかしら？」

「ただ、順を追って説明しているだけです。今夜お見せしようと思っているわたしのコレクションにも首飾りがあるんです。あなたがしているものとは比べものにならない。ロンドンのオークションで手に入れた、クレイトン公爵夫人のコレクションです。フランス革命でギロチンにかけられたフランス人の曽々祖母の遺品で、フランスの裁判所にいた貴族の愛人からの贈り物だそうです。歴史の教訓ですよ。暴力はいたるところにひそんでいて、情熱にルールはないということを教えてくれている」

「ええ、本当に」ニーナはつぶやいた。「なんだか、わたしたちのことを言っているみたいだわ」

グリーヴズの目が一瞬、きらめいた。彼女の皮肉を理解したのだ。

「その首飾りは」彼が弁舌なめらかに話し続ける。「気品あふれるスクエアカットのルビーです。まわりにダイヤモンドと小粒の真珠がちりばめられ、シルバーグレーのティアドロップ型の真珠がぶらさがっている。あなたのそのドレスに、とてもよく似合いそうだ。真珠がぴったりですよ……ここには」

指で胸の谷間に触れられ、ニーナは反射的に飛びのいた。

「完璧だ。まばゆく輝く完璧な胸の上で、真珠もまた輝きを放つに違いない」

ニーナはグリーヴズに引き寄せられるのを感じた。まるで、巨大な磁石に吸い寄せられるように。彼のほうに傾こうとする体を、どうにか抑えつける。「あの」彼女は言った。「もしかしてわたしを宝石でつろうとしてらっしゃるのかしら？　わたしはそんな安っぽい女じゃないわ」

「それはわかっています。あなたがそんな女性でないことは目を見ればわかる。あなたは金では買えないと。レスリー、わたしは大富豪です。あの首飾りがいかに稀少で貴重かを自分以上に理解できる者はいないと思っている。だからこそ、あの値段のつけようがない宝石であなたを飾りたてたい衝動に苦しんでいるんだ」

お願い、やめて。これ以上わたしを引き寄せないで。「あなたの苦しみは理解できますわ」

「皮肉はよしてほしい」グリーヴズが訴える。「わたしはあなたを金で買おうとしているんじゃない。あなたにはわたしにしか理解できない点がひとつあると、言っているだけなんです」

戯言はもうたくさんよ。「そう。じゃあ、今夜はもうこのへんで――」

「下を見て、レスリー」グリーヴズが言った。「ペンダントを」

視線を落としたニーナは、はっと息をのんだ。ペンダントのラインストーンがひとりでに浮きあがり、宙に浮いている。

彼女は凍りつき、呼吸をすることもできなかった。グリーヴズと目が合う。「あなたのしわざね?」

「ああ、そうだ」彼がささやいた。「わたしのしわざだよ。ところで、レスリーというのは本名かな?」

「あ……あ……あなた……」ニーナは言葉をのみこんだ。偽名を使ったことがばれていたなんて。

「きみの超能力に気づいていたかって?」グリーヴズが声をあげて笑いだす。「ああ、気づいていたよ。だが、これほど繊細に、かすかに心を探られたのは初めてだ。ほとんど感じないレベルと言うべきか。心を探られているというより、口づけされている感覚に近いな。すてきでそそられるよ。心から賛辞を送らせてもらう」

「なぜほめるの？」彼女は単刀直入に言った。「あなたの心を読めなかったのに」

「わたしがきみに心を開かない限り、何度やっても結果は同じだ。誰に対して心を開くべきかは、理性的に判断している。適切な動機に基づいて」

「そう」ニーナは震える唇をなめた。心臓が早鐘を打っている。

「きみに心を探られた結果、わたしにはきみの力が必要だと判断した。いくらほしい？　値段を言ってくれ。要求に応じよう」

ニーナは頭のなかが混乱し、なんだか怖くなってきた。この状態をどう表現したらいいかわからない。テレパスはこうした交渉で有利に立てると思われるかもしれないが、それは違う。リスクの高い駆け引きであればあるほど、ニーナの自信は失われていく。「それなら……話しあいが必要だわ」

「今夜、わたしの家で話そう。料理は鴨肉とアーティーチョークのパイでいいかい？　来られるね？」

彼女は唾をのみこんだ。「え、ええ、うかがうわ。四十分後でいいかしら？」

グリーヴズがうなずいた。「正面玄関にシルバーのポルシェを待たせておこう」

宙に浮いていたペンダントがニーナの鎖骨に戻った。口づけのようにそっと。そしてグリーヴズが歩み去った。

31

「どこでグリーヴズと会うって？」アーロはニーナの腕をつかんだ。怒りが激しすぎて、彼女の言葉がほとんど耳に入ってこない。彼のはらわたは煮えくり返っていた。お高くとまったあのくそ野郎の億万長者がニーナの手をなめまわし、胸をまさぐったせいだ。

彼女はそっとアーロの頬を撫でていたが、その手つきがだんだん荒っぽくなっていく。自分に腹を立てているのだと察し、アーロは身がまえた。

「……本当に頑固なんだから！　ねえ、聞いてる、アーロ？　グリーヴズと会う約束をしたからといって、必ずしも寝ることになるとは限らないでしょう！　わたしは嘘をついたのよ！　そこをわかってる？　ねえ、ちゃんと聞いてるの？」

ニーナの言葉を頭のなかで処理する。嘘？　そうか。彼女は嘘をついたんだな。よかった。だが、それでも怒りはおさまらなかったし、死ぬほど怖かった。

「あいつは悪の帝王なんだぞ」アーロはなおも言い張った。「危険な男なんだ」

「ええ、そうよ。でも、あなたはグリーヴズのことばかり気にして、肝心なことを忘れてるわ！　ねえ、本当に聞いてるの？〈ウィクリフ図書館〉はここにあるの！」

彼はぽかんと口を開けた。「ここに？　この敷地内に図書館があるのか？」

「そうじゃないわ。パーティー会場にあるのよ！　あの模型を見たわよね？　あれが〈グリーヴズ・インスティテュート〉の模型なの。丘がふたつあったでしょう？　高いほうに立っているのが天文台で、低いほうに立っているのが〈ウィクリフ図書館〉なの！」激しい感情でニーナの顔が輝いている。「あの模型の贈り主は誰だと思う？　あててごらんなさい！」

「そんなことわかるわけないさ」マイルズが息をついた。

アーロはだしぬけに柱の陰から飛びだし、周囲に目を凝らした。鼓動が乱れてきた。この計画に失敗し、死を迎える覚悟はできている。だが、生きのびられる可能性が見えてきた今、希望の光がわきあがり怖くなってきたのだ。大きな希望とともに空高く舞いあがり、その希望がついえたら、ふたたび地に突き落とされる。そうなったら、自分はガラスのようにもろく崩れてしまうだろう。

模型は大きなシャンデリアに照らされていた。遠くからだとよく見えない。「誰もいなくなるまで待つのか？」

「模型はほかの場所に移すそうよ」ニーナが言った。「パーティーが終わったらすぐ、グリーヴズの部下たちが解体するらしいわ。彼の自宅に運びこむために」

アーロはこみあげる思いを理性で抑えようとした。しかし、今すぐ模型を奪いに行けという、体の底からわきあがる衝動を抑えつけることはできなかった。待つべき理由はたくさんある。パーティー会場にいる大勢の人々に目撃されてしまうだろうし、ラッドに見られる可能性もある。

だが、時間の猶予はない。さっさと模型を奪って、誰かに気づかれる前にB剤をニーナに打ったほうがいい。後始末は模型を奪ったあとですればいいのだ。ラッドたちは公衆の面前で騒ぎを起こすことを避けているかもしれない。それなら大勢の目撃者がいるほうが、かえって好都合だ。いくらラッドといえども、まさかパーティー会場でアーロたちの脳みそをとかすわけにいかないだろう。もし騒ぎになったら警察が介入して、自分たち三人は地元の刑務所に連れていかれるかもしれない。そうなれば、少なくとも命をねらわれる危険はなくなる。

アーロはニーナを振り返った。「きみにはもう、パーティーが終わるまで待つ時間はない」そう言いきった。「よけいなことは考えなくていい。今すぐ模型を奪いとろう。周囲にショックと恐怖を与えている隙に、すばやく強引にやればうまくいくはずだ」

彼女が不安そうな表情を浮かべた。「でも……パーティーが終わってからのほうが、人が少ないわ」

アーロはかぶりを振った。「ラッドはマイルズを拘束するまでおれたちを捜し続けるはずだ。アナベルが戻ってこないんだからな。アナベルが発見されたら、マイルズはもっと追いこまれる。おまけに、グリーヴズがきみのことをかぎまわろうとしてるんだぞ。パーティーが終わるまで待つ意味はない。大勢の人がダンスや酒を楽しんでいるなかで不意を突き、今すぐ模型を奪ったほうがいい」

「なら、警察を呼ぶだけでいいんじゃない？　事情を説明すれば？」ニーナが言った。「わたしたちにはその権利があるんだもの」

　アーロはやはり首を横に振った。「もう三日目だぞ。たとえ言い分を認めてもらえたとしても、注射器は証拠品として警察に押収されるだろう。役所は仕事が遅いから、いつ注射器を返してもらえるかわからない」

「また注意をそらす作戦でいこう」マイルズが口を挟んだ。「まんなかのテーブルでストリップでもするとか？」

「なかなかいいかもしれないな」アーロは考えこむように言った。「少なくとも、レディと同性愛者の男たちにとっては目の保養になる」

　マイルズが警戒するように言った。「冗談だよ」

「もっといいアイディアがあるぞ。乱闘だ。おれが嫉妬に狂った夫を演じる。おれに突き飛ばされたマイルズがバランスを崩し、倒れこんで模型を壊す。そして、おれから逃げようともがきながら手探りし、図書館のパーツをつかむんだ」

マイルズが顔をしかめた。「うまくいく可能性はある。でも、きみが暴れたら警備員につまみだされて、ラッドにつかまるだろう。どこかの部屋に閉じこめられて、耳から脳みそを垂らしながら泣き叫んで死ぬはめになるぞ」

アーロは肩をすくめた。「なら、おまえが暴れる役をやるか？　脳みそをとかされるのは自分のほうがいいっていうのか？」

マイルズの顔色は変わらない。「ラッドが追っているのは、ぼくじゃなくきみだ。少なくともアナベルが発見されるまでは、ぼくがラッドに追われることはないだろう。それに、きみのほうが逃げきれる可能性が高い。追っ手の心を操作して時間を稼ぎ、つかまるまでのあいだに、ニーナに注射を打ってやれる」

アーロはかぶりを振った。「おまえを犠牲にして、おれだけ逃げるわけにはいかない」

「ぼくなんかに殴り倒せるわけがないっていうのか？」マイルズがくってかかった。「ぼくにはきみを投げ飛ばせないと？」そう言って、拳をかまえてみせる。

「本当か、マイルズ？」アーロは優しく尋ねた。「本当に自信があるのか？」「自信はある」

「もうやめて」ニーナが割って入った。「くだらないことを言い争っている時間はないわ。それに、どうしてあなたたちふたりだけでやろうとするの？　その役はわたしがやったっていいじゃない？」

マイルズとアーロは何か言いたげに顔を見あわせた。

「そうだな」マイルズがさりげなさを装って言った。「なら、同性愛者のアーロがぼくを誘惑し、きみがアーロをたたきのめすという設定でいこうか。きみが裏切り者のアーロを引っぱたいて、模型に向かって投げ飛ばすんだ。いやあ、最高だよね、強い女って。ぜひとも見てみたい」

「いい加減にして、マイルズ」ニーナがぴしゃりと言った。

マイルズが腕組みをした。「ぼくがアーロを投げるべきだよ」アーロの目をまっすぐ見つめて言う。「きみのほうが、注射器を奪って逃げきれる可能性はかなり高い」

アーロは反論しかけたが、思い直してニーナを見つめた。マイルズの言うとおりだ。だが、それでも気にくわなかった。「おまえを危険にさらすことになる」

「これまでだってそうだっただろう？」

アーロは、マイルズに対して新たな尊敬の念がわきあがってくるのを感じた。「死にたい願望でもあるのか？」マイルズを見て言う。

「さあ、どうだろう」マイルズが答えた。「まあ、病院で頭を診てもらったほうがいいのは確かだね。この作戦を実行するなら、早いほうがいい。ぼくがその気になってるうちに」

アーロはニーナに視線を移した。「外で待っていてくれ」

彼女が目を見開いた。「パーティーの余興を見せてくれないの？　ひどいじゃない」

「ここは現実的に考えてくれ。いいか、パーティー会場からテラスに出ろ。テラスを左手に進み、突き当たりまで行け。外は崖と川だけだし、バルコニーとだいぶ離れているから、人はほとんどいないはずだ。そこで合流しよう」

「合流するのはアーロだけだろう」マイルズが言った。「ぼくはつかまって監禁される可能性が高い」

「グリーヴズによると、模型をつくるのにかかったお金は十五万ドル以上だそうよ」ニーナが言った。

マイルズがひるんだ。「本当かい？」

「おれが弁償するさ」アーロが言った。「生きのびられたら、の話だが」

「聞き捨てならない言葉だ」マイルズが嚙みついた。「そういうことはあまり考えるな」

「よし、始めるか」アーロが応じた。「おれがパンチを繰りだしたら、それを合図に投げ飛ばしてくれ」

「きみが先に行ってくれ」マイルズが言った。「ぼくはあとから追いかけるよ。きみは臆病者で、ビビって逃げまわっている。それをぼくが追いかけていることにしよう。このペニス野郎。嘘つきの裏切り者」そして目を熱くたぎらせ、アーロに向かって突進した。

「おっと！」アーロは思わず体をよけた。マイルズの迫力にたじろいだのだ。「落ち着けよ。これは演技だろ？」

「落ち着け、だと？」もはやマイルズの声とは思えない。「そんな悠長なことを言っていられるか、このくず野郎。おれの妻に手を出しやがって。早く動けよ、能なし。さっさとケツをあげろ！　ぐずぐずすんな！」

アーロは逃げだした。

ニーナはマイルズがアーロをパーティー会場へ追いたてるところを見守った。柱に挟まれた通路を猛スピードで駆けていくふたりを目で追い続ける。興奮したマイルズは恐ろしい。冗談と皮肉が好きなオタクの顔は表向きの仮面にすぎず、その下には激しさが隠れているのだ。マイルズは嫉妬に燃える夫を見事に演じている。本気で怯えてしまうくらいの迫力だ。

端にある出口までニーナは移動した。ここからテラスに出られるようになっている。爪先立ちで柱の隙間から周囲を見まわそうとした瞬間……。

汗ばんだ熱い手で口を覆われた。「よう、ニーナ」

恐怖が全身を駆け抜け、心をぐさりと深く刺された。完全に不意を突かれ、防御壁を破られてしまった。この男は思いのほか力強い。羽交い締めにされ、鼻と口をふさがれているうちに息苦しくなってきた。心のなかを乱暴に探られる。

「思ったとおりだ」男がささやいた。「B剤。サーシャが奪いに行った。崖のそばのテラスで合流？　情報提供に感謝するぜ」

ニーナは防御壁をもう一度張りめぐらせようとしたが、すでに侵入している男を追いやることはできなかった。男に心を探られているうちに、頭がずきずきしてきた。

男が笑い声をあげる。「〈ウィクリフ図書館〉の模型のなか？　お利口さんだな、それに気づくとは！」

彼女は男に体を引きずられていった。そばにいくつか人影があったが、傍目から見たら、寄り添ってキスをしながらおぼつかない足取りで歩いている恋人同士としか映らないだろう。男の力は恐ろしいほど強烈だ。押しつぶされて、息ができなくなりそうなほどに。ニーナはよろめき、気を失った。

アーロ、ああ、アーロ。アーロは命をかけた危険な作戦のため、目撃者が大勢いるところへ走り去っていった。そんなときに、助けに来てほしいと思うなんて。

この前は自力でディミトリから逃げることができた。でも今は、思考がまとまる前に耳を強く噛まれてしまった。血を吸いだされるほど強く。

その痛みに息をつまらせながら悲鳴をあげると、傷口をなめられた。ぬめりと湿った生あたたかい舌が肌を這いずりまわる。

「何も考えるな」ディミトリがささやいた。「興奮してきたぜ」

ニーナは大きな二重扉から乱暴にテラスへ突きだされた。小雨がぱらついていて、肌寒いほどだ。戸外を散歩していた人影がほとんどなくなっている。彼女は手すりに勢いよく押しつけられた。

「おまえはきれいだ」彼が言った。「誰も驚きやしないし、怪しみもしないぜ、おれがこんなことをしてもな」ドレスとビスチェをつかまれ、腰までずりおろされた。体が雨風に、そして彼のぎらついたいやらしい視線にさらされる。「ドレスもいかしてるぜ」

上半身を手すりに押しつけられ、むきだしの背中に木材のとげがくいこむ。そのときディミトリのぬめっとした生ぬるい舌が口に差し入れられ、ニーナは息を吸えなくなった。不快感がこみあげてくる。長いあいだもがき苦しみ、忘れ去ろうとしてきた記憶と感情が、秘密の場所から一気にわきあがってきた。自分はちっぽけで無力で、価値のない存在だと思えてくる。

そんな負の感情を、ディミトリがすべて感じとった。彼女のもっとも痛ましい記憶をわしづかみにし、声をあげて笑いだす。「スタン？　おいおい！　おまえは義理のパパといけない関係になっちまったのか？　よくあることだよな。それを知っても、おれの興奮は冷めないぜ。さわってみろよ。な？」股間のふくらみをニーナの腿に押しつける。「サーシャは知ってるのか、スタンのことを？　あいつはそれで興奮するのか？」

嫌悪感でニーナの意識が鋭く反応し、彼の心にきつい一撃をくらわせることができた。ディミトリは一瞬ひるんだものの、また襲いかかってきた。化け物じみた力で、ふたたび彼女の防御壁内へ侵入してくる。

「いいことを教えてやろう」彼が言った。「このトリックを教えてくれたのはあんただぜ、ニーナ。今日会ったやつ全員に試して、練習したんだ。だからあんたには特別なものを用意した。目を開けろよ。これを見な」

ニーナは目をぎゅっと閉じて頭を振った。ディミトリはイメージを投影するトリックを習得したのだ。見てはいけない。この男の心は、トリックを使ってわたしの見たいものなどつくりだすはずがない。

そのとき、おかしなことが起きた。リリーが手配してくれた靴とドレスが消えたのだ。裸足の足が、雨に濡れた木のテラスの床に触れている。脚もむきだしになっていた。いったいどうやったのだろう？　さっきまでドレスを着ていたのに、今は両腕が雨風にさらされ、肌寒さを感じている。いったい、何が起きているの？

ニーナはちらりと目を開けて様子をうかがった。十二歳のときに着ていた、ピンクのレースの縁取りのついた夏用パジャマが見えた。素足の爪にピンク色のマニキュアが塗られている。昔、母がよく塗ってくれたものだ。ピンクのパジャマが雨で体に張りついていた。まだ幼い、十二歳の体に。ふくらみ始めた胸が濡れた布越しに透けて見える。十二歳のニーナは小さな体を縮こまらせて怯えていた。いやだ。見たくない。

〝さあ〟その声は欲情でかすれている。〝目を開けて。パパのところへおいで〟

ニーナは目を開けた。自分をとめることができなかった。そこに立ち、自分を手すりに追いこんでいるのはディミトリではなかった。

スタンだ。

マイルズは大学時代、ガールフレンドが大勢いた。ガールフレンドというよりも、性別が女で、ありとあらゆる個人的な話を持ちかけてくる友人たちと言ったほうがいいかもしれない。そのなかに俳優をめざしている女性がいた。彼女はニューヨークの養成所で演技を学んだとき、実体験を生かすよう指導されたそうだ。感情をつくるのではなく、自分自身の感情にできるだけ近い、本物の感情を吐露するように、と。

それを聞いて、マイルズは心の底から衝撃を受けた。正常な人間が怒りやあきらめや痛みといった感情を自らすすんでさらけだし、それを本物らしく見せようとするなんて。しかもその目的は、芝居として大勢の人々に見せることだ。まったく理解不能だった。なぜ、わざわざそんなことをしなければならないのだろう?

その答えが今、はっきりわかった。マイルズはこの瞬間、シンディと浮気相手のロックミュージシャン、アンガスの記憶を引っ張りだして怒りを駆りたて、アーロを追いかけていた。アーロの前へ軽やかに踏みだし、じりじりと間合いを取り、テーブルにつまずいて椅子をなぎ倒す。マイルズの激しい怒りに、アーロは本当に驚き、警戒しているようだ。だが、マイルズの目の前にいるのはアーロではなく、シンディを寝取ったアンガス・マガウアンだった。鼻ピアスに、きざったらしい詩人みたいな黒のシルクシャツ。その襟もとからのぞいている胸毛。くたばっちまえ。アンガスも、アンガスのロックバンド〈レイブン・ラン〉のメンバーも。マイルズはアンガスに見たてたアーロの尻を蹴飛ばした。アーロの体が年配の未亡人たちの膝の上に吹っ飛び、金切り声や恐怖のあえぎ声があがる。マイルズは勢いあまってテーブルに激突したが、悲鳴もクリスタルが砕け散る音も無視した。

「充分楽しんだか？」声を荒らげる。「おれの家で、おれの妻と？」強烈なキックを繰りだすと、アーロがさっと飛びのき、ぎりぎりでかわされた。模型まであとわずかだ。ふたりで模型のまわりを取り囲む。マイルズはもう一度拳を振りあげた。アーロがパンチを阻止し、模型の上に倒れこむ。低いテーブルがその衝撃で揺れた。

「なあ、そう熱くなるなよ！」アーロが懇願する。「落ち着けって！　おれはやってな――」

「おれのベッドでやったのか？　おれが夜中の二時に電話して、妻が受話器越しにキスしてくれたときに、おまえはそこにいたんだな？　ベッドのなかに？　妻のなかに？　興奮したか？　おまえとファックしていながら嘘をつくおれの妻に？　きさまはくそ野郎だ！」

アーロが大きくパンチを繰りだし、合図を送ってきた。マイルズはそれを阻止し、アーロの体を受けとめてひねり、投げ飛ばした。その勢いで体が浮き、前につんのめる。投げ飛ばされたアーロが頭から模型に突っこんだ。

模型の土台が押しつぶされた。アーロが必死で這いずり、マイルズから逃れるためにテーブルへ戻ろうとする途中で、ミニチュアの建物がばらばらに砕ける。マイルズはめちゃくちゃに叫び、拳を振りまわしながら、アーロに飛びかかった。それを阻止しようと、アーロがマイルズをはたき落とし、膝から崩れ落ちる。よろめきながら模型の高い丘のあいだに倒れこみ、そこに大きな穴を開けた。腕をのばして必死に手探りし、図書館をもぎとる。同時に、もうひとつの丘からマイルズが天文台を引きはがすと、ドーム型の観測台がアーロの頭上に落ちてきた。

観測台が砕け散る。そのとき、マイルズは誰かに体をつかまれ、テーブルからはがされた。それでも手足をばたつかせながら叫び続ける。鼻血を垂らし、砕け散ったのがアンガスならよかったのにと思いながら。

周囲にいた人々がアーロを救出し、マイルズを引きはがす。アーロが体勢を立て直し、ぜいぜいと荒く息をしながら、顔の血をぬぐった。マイルズに目をやり、タキシードのジャケットを手で探りながら、あばらが折れていないか確認する。

正義感に駆られた男たちが群がってマイルズを押さえこみ、現場から引きずりだす。その途中でキックやパンチをくらったので、彼らはやむなくマイルズを床に押し倒した。

成功だ。アーロが合図を送ってきた。自分は使命を成し遂げたのだ。ところで、ぼくはなんでわめいているんだ？　男六人にのしかかられ、もぞもぞ動きながらすすり泣いているけど、鼻もふけやしない。ドレス姿の女性たちが怯えた表情で見おろしている。危険人物を見るような目で。

すぐに警備員がやってきた。マイルズは手錠をはめられ、物々しい雰囲気のなか、パーティー会場から引きずりだされた。通路を進み、保安室らしき部屋へ連れていかれる。大勢のいかつい男たちから警戒のまなざしを注がれた。

ドアがバンと大きな音を立てて開き、胃のあたりがぞくりとした。冷たくかたい鉛の塊が、腐った床からすとんと抜け落ちてきたかのように。

部屋に飛びこんできたのは、ハロルド・ラッドだった。「どこだ、模型を壊した大ばか者は……」

そこで言葉を切り、うつろな目でマイルズを見つめる。

「おまえか」悪意のこもった声でラッドが言った。

「ああ」マイルズは返事をし、息をのんだ。「ぼくだ」

アーロは残骸のなかから助けだされるに任せた。腕の下には、戦利品がしっかりたくしこまれている。彼は誰かが差しだしたナプキンを受けとり、鼻から流れている血をふきとった。本当に体が震えていた。いったい、どういうことなのだろう? これまでマイルズがエクササイズをしているところは見たことがあったし、一緒にスパーリングをしたことも数回ある。マイルズが力強く俊敏であることは間違いない。だが、いきなり怒り狂って暴れだすとは知らなかった。まさに迫真の演技だ。自分は今、マイルズの架空の妻を寝取った罪悪感に本当に苦しめられている。

アーロは足を引きずりながら、人々のあいだを歩きだした。模型の図書館が脇の下にくいこんでずきずきする。粘つくタールのなかを歩いているようにもどかしい。今すぐ走りだしたかった。全速力でニーナのところに駆けていきたい。

普通にふるまえ。人目を引かない存在でいろ。顎から血をしたたらせ、手際よくトリックを仕掛ける。ようやくテラスまでたどりついた。遠巻きに眺めていた人々が消えていき、突如、別の場所へ行きたい欲望に駆られた。

テラスには人影がなかった。雨が降り、冷たい風が吹いている。薄着のニーナは震えているはずだ。外でひとり待たせるとは配慮がなさすぎた。アーロは足を速め、角を曲がった。

そこではっとして、急に立ちどまった。

「よう、サーシャ」ディミトリが言った。


「大丈夫ですか？　そいつは間違いなく戦闘訓練を受けていますが」警備員が心配そうな表情で言った。「銃火器二個を携帯し、薬で能力を増強している可能性もあります。いったい何をたくらんでいたのか。ここはぜひ、わたしにお任せいただければと――」

「大丈夫だ」ラッドが警備員をさえぎった。「わたしで対処できる。手錠をはめてあるんだろう？」

「ですが、こいつは——」

「こいつとふたりきりになりたい」ラッドの声のとげとげしさに、マイルズのうなじの毛が逆立った。黒板を爪で引っかく音を聞いたときのように。

警備員がまばたきをし、引きさがった。「あ、はい。かしこまりました。もし何かありましたら、お呼びください」

「もちろんだとも」ラッドがかすかにほほえんだ。「ありがとう」

警備員はすばやく部屋を出ていった。ドアの閉まる音が弔いの鐘のように響く。マイルズは口のなかに血の味を感じ、なめとった。出血は当分とまらないだろう。

ラッドが近づいてきた。「アナベルはどこだ？」

「危害は加えていない」マイルズは答えた。

手の甲でぴしゃりと打たれる。「そんなことは尋ねていない」

「上階に置いてきた」

ラッドが戸口へ向かい、乱暴にドアを開けた。警備員に向かって、アナベルが見つかるまで上階を捜せと命令する。

「アナベルが見つかったら、彼女から話を聞くとしよう」ラッドが言った。「おそらくきみの尋問を喜んで手伝ってくれるだろうな」

マイルズは体をこわばらせた。どうやら予想していたよりもだいぶ早く、アナベルに鋭いかんざしで襲われることになりそうだ。

「アナベルとファックしたんだろ?」ラッドが言った。首を横に振ったマイルズを見て、天をあおぐ。「あの女がしないわけない。部下のことは把握しているんだ」

「ぼくのことは知らないだろう」マイルズは反論した。

「おまえだってそうだろう、この小生意気なガキが」ラッドが吐き捨てるように言った。「わたしの尋問が終わるころには、今よりもはるかに深く自分を理解できているはずだ。教えてくれ、マイルズ。なぜわたしを追ってきた? すべて吐け」

マイルズは暗号化とパスワードで保護されたコンピューターのイメージを頭に浮かべ、そこにしがみついた。ラッドに対する防御壁になるかどうかわからないが、それでもかまわなかった。自分にはこれしかないのだから、どうとでもなれという心境だ。

ラッドがかすかに首をかしげ、哲学的命題について思索しているようなしぐさを見せる。

マイルズは、漠然とした不安がドラムロールのようにじわじわこみあげてくるのを感じた。最初は雨音のようだったが、その音がしだいに大きくなり、圧迫感に変わってくる。

だが突然、音がとまった。マイルズは息を吸いこんだ。

「防御壁を使ったな」ラッドが言った。その声には、裏切られたという嘆きが入りまじっている。「この野郎、よくもだましやがって」

まさか、防御壁をめぐらせていてもこれだけつらいとは。壁で守られていなければ、どうなってしまうのか、想像するのも恐ろしい。

「どこで薬を手に入れた？」ラッドが尋ねた。

マイルズはふたたび首を横に振った。

平手打ちが飛んでくる。「誰から薬を受けとったんだ？」

「薬は使っていない」マイルズは答えた。「薬を使わなくてもブロックすることは可能なんだよ」

「誰に教えられた？」ラッドが怒鳴る。

「自分さ」マイルズは答えた。

「嘘をつけ！」不安がふたたびふくれあがる。両目の圧迫感が高まり、目玉が飛びだしそうな感覚に襲われた。

ラッドの声がすっと消え、とぎれがちになった。「……がわたしの懸念だ。薬のことをおまえに知られていること自体がまずい。薬を使わずにブロックできるのは、もっとまずいんだ。それを知られるわけにはいかない。世間に広まったら、わたしの優位が失われてしまう。わかるな？」

マイルズはこくりとうなずいた。何に同意しているのかわからないまま。

「防御壁をめぐらされると、おまえの心のなかに入って思考をコントロールすることができないんだ」ラッドが続ける。「だが、ひとつだけ方法がある」

マイルズははなをすすった。「どんな?」

「おまえを痛めつけるのさ」ラッドが答える。

マイルズは陰気な笑い声をあげた。「へえ? 今までだって痛めつけてたじゃないか?」

「あれはウォームアップだよ」ラッドが答える。

そのとたん、マイルズは悪意のこもった圧迫感が体じゅうの神経に加えられ、全身にたたきこまれるような衝撃を受けた。

意識が戻ったときには、口から何かがしたたり落ちていた。血だろうか? それとも、よだれなのか? 目の焦点が合わずよく見えないし、頭が痛くてたまらない。このまま死ぬのかもしれない。苦痛から解き放たれて、未知の場所へ漂っていくのだ。どこだっていい。この苦痛から逃れられるなら。

「防御壁のことは誰から教えられた? ほかに誰が知っている?」ラッドが声を荒らげている。

マイルズは頭を振った。全身の神経がふたたび大波のような圧迫感にのまれ、鋭い悲鳴をもらす。

死は友達だ。この異常な苦痛を消してくれるし、おまえと一緒にどこへでも行く。子羊のように従順に。

「……おまえが理解することが重要だ、マイルズ。おまえが協力することが。わたしをなかに入れろ。助けあえるだろう？　こんなふうにいがみあう必要はない。痛めつける必要も。さあ、気を楽にして。なかに入れてくれ……」

まるで催眠術のような言葉の波動が襲いかかってくる。このままラッドに屈してしまいそうだ。ラッドの言葉にしたがいたい。利口な犬が主人にしたがうように。こんな痛みはもう勘弁してほしい。あまりにも苦しすぎる。だが、マイルズは涙でにじむ目を開け、ラッドを見あげた。口をぱくぱく動かすが、言葉にならない。

息ができない。ラッドと目が合い、もうやめてくれと伝える。

ラッドが頭を振ると、ふたたび音が響き始めた。これまでよりも大きく。マイルズのすべてがばらばらに砕け始めた。骨が折れ、心臓が破れる。黒い波がどんどん高くなっていく。

ふいに、マイルズは甘い安堵感に包まれた。ついにすべてがはじけ、すべてが洗い流された。

32

アーロは状況を見てとった。ドレスを腰までおろされたニーナが、木の手すりに座っている。手すりが高いので、彼女の足は地面についていなかった。その隣で、くつろいだ様子のディミトリがニーナの胸の谷間にベレッタを突きつけている。

彼女と目が合ったが、アーロは視線をそらした。そらしたくなかったが、今は優しいメッセージを送っている場合ではない。冷徹になり、大局から判断しなくては。

「ディミトリ」アーロは声をかけた。「見つかってしまったな」

「いい眺めだろ、この姿?」ディミトリが銃身でニーナの胸を撫でた。「たまらないよな。ドレスをはだけておっぱいを丸出しにしている格好」

「何が望みだ、ディミトリ?」

ディミトリがふたたび彼女の胸を撫でる。「こいつにはちょっとばかり用がある。だが、おまえらの利用価値はもうそろそろなくなるな」

アーロはふたりに一歩、近づいた。ディミトリの銃口がニーナの胸骨にきつく押しあてられる。彼女がはっと息をのみ、その体が後ろに倒れた。

ディミトリがニーナの体を支える。「気をつけな。近づくなよ、アーロ。おまえのトリックはばれてるぜ。ラッドそっくりだよ。おまえのくそ親父にも。けど、おれには通用しない。おれはおまえより強いんだ」

「わかった」アーロは素直に応じた。

「おれにトリックを仕掛けてみろ。おれがほんの少しでも衝撃を感じたら、どうなるかわかるな？　心臓に直接ズドン、だ。この女の心臓に」

「ああ」アーロは返事をした。「わかった」

「じゃあ」ディミトリが期待するようなまなざしを向ける。「ブツを出しな」

「ブツ？」

「超能力者に向かってとぼけるな、サーシャ。恋人が崖っ淵に座らされてるんだぜ。B剤を出せと言ってるんだよ」

「なぜおまえがB剤のことを気にするんだ？」

「さあな。おまえが気にしてるからじゃないか。いいから出せよ」

ニーナが胸もとで腕を組もうとしたが、ディミトリに銃身ではたかれた。「背中を丸めるな。胸を張って……ああ、そうだ。背筋をのばせ。そう。そっちのほうがいい」

ディミトリが胸のふくらみをつかみ、もみしだき、指でつまむ。ニーナは目を閉じていた。

顔が死んだように青白くこわばっている。

挑発されているうちに、アーロの胸に激しい怒りがふつふつわきあがってきた。だがそれを抑えこみ、必死で冷静さを保とうとする。

「B剤を出せ、サーシャ」ディミトリが彼女の胸を銃で突く。

アーロは図書館の模型を懐から取りだした。はぎとられた模型の土台部分には、乾いた接着剤の塊が等間隔でぽつぽつ並んでいる。模型のなかには、細長い包みが入っていた。

彼はその包みを取りだし、梱包材をゆっくりとはがした。なかから出てきたのは、注射器三本だった。液体が充塡され、キャップがはめられている。三本まとめて輪ゴムでとめてあった。

とても小さく、ごくありふれた注射器。だがこれにふたりの命と未来がかかっているのだ。

ディミトリがニーナを乱暴に引き寄せ、手すりからおろした。彼女が膝から転げ落ちる。そのままディミトリにつかまれ、アーロの前に突きだされた。髪をつかまれ頭がのけぞった格好で、首に銃を突きつけられる。

ニーナの体がアーロのほうによろめいた。その視線はじっと彼に向けられたまま揺らがない。

「ニーナ、注射器を受けとれ」ディミトリが指示した。「顔が吹っ飛ぶところをこいつに見せたくないだろ。命まで吹っ飛んじまうぜ」

ニーナが腕をのばす。アーロは注射器を彼女の手に押しこんだ。

「輪ゴムをはずせ」ディミトリが命じた。

ニーナが指示にしたがう。

「それじゃあ、ゲームの開始だ。ニーナ、注射器を一本、手すりの向こうに投げろ」

「なんですって？」彼女の声がうわずる。

「聞こえただろう。投げろ。そうしないと撃つぞ」

それでもニーナはためらっていた。ディミトリがその肩に、力をこめて銃を振りおろす。

彼女がうめきながら前によろめき、アーロは恐怖にひるんだ。

「投げろ！」ディミトリが怒鳴った。「早くしろ！　このあばずれが！」

「投げてくれ、ニーナ。頼む」アーロは優しい声で言った。

ニーナが悲鳴をあげながら、注射器を一本投げだす。彼女の口から悲痛に満ちた金切り声がもれた。

三人は注射器の行方を見送った。それが弧を描き、暗闇に消えるまで。

「簡単だっただろ？　さあ、二本目だ。それも投げ捨てろ」

ニーナがディミトリを振り返り、首を横に振った。「いやよ」

「その答えはいただけないな」ディミトリがふたたび彼女を銃で打ちすえる。今度はあばら骨だ。ニーナは泣き叫んでいた。アーロは目をそむけたが、注意をそらすことはできなかった。**上にあがれ。もっと上に。**

「B剤を一緒に打つつもりか？　一本をサーシャに、もう一本を自分に！　なんともまあ、感動的じゃねえか。これを二本ともおまえにくれてやって、今までのことは水に流してやろうか、どうだ？」ディミトリの狂気じみた笑い声がはじける。「ああ、待て！　おまえ、おれの頭に蜘蛛をのっけたよな！　電話のコードで首を絞めてくれたよな！」シャツを引きおろし、喉に残ったかさぶたをふたりに見せる。「くそ女にくれてやるわけにはいかねえな！　残りの注射器も投げ捨てろ、三つ数えるあいだに。一、二――」

「いや！」ニーナが悲鳴をあげた。「いやよ。捨てない！　どうせふたりとも死ぬなら、銃弾に貫かれたほうがましよ。だから断るわ！」

ディミトリがわめいた。「決めるのはおまえじゃねえ。そいつをよこせ！」注射器を探して彼女の体じゅうをまさぐる。ニーナは悲鳴をあげながら身をよじった。注射器が一本吹っ飛び、木の床板の上で跳ねる。もう一本はディミトリに引ったくられ、手すりを越えて飛んでいった。ディミトリの勝ち誇った咆哮《ほうこう》とニーナの絶望の叫びがまじりあう。

その瞬間、生きのびる可能性が消えた。ニーナとアーロの命と未来が。

アーロはその失望を頭から締めだした。銃が上にあがる……それまで待て……ディミトリが向けている銃身が彼女の頭からそれるまで……あと少し……あと少し……今だ。

アーロは心のなかでディミトリに襲いかかった。

バン！

ディミトリの銃が突然、火を噴いた。ディミトリが叫びながら、すばやく身を翻す。いきなり自分の体をコントロールできなくなり、腕を上にのばしている。空に向けて発砲し、建物の脇にも銃弾が飛ぶ。銃弾が手すりをかすめて、えぐれた跡を残した。

バン、バン！

アーロは必死でディミトリをコントロールした。超能力を利用して他人を操ることにまだ慣れていない。気を抜くと相手に主導権を取られそうになる。アーロは自分の銃の引き金を引いた。

バン、バン！

銃弾の一発がディミトリの肩に、もう一発が腿に命中した。ディミトリが手すりに倒れこみ、傷口を手で押さえる。

ニーナは体を抱えこみ、床に縮こまっていた。あふれる涙で化粧が落ち、顔に黒い筋ができている。アーロは彼女にけががないことを確認すると、おぼつかないながらもディミトリの心をコントロールすることに意識を戻した。まるで身をくねらせる毒虫と格闘するような不快感を覚える。だが、さっきの銃弾でディミトリの集中力はそがれた。この男は今、自分の手中にある。

アーロはディミトリに近づき、しゃがみこんだ。いとこが足首のホルスターに隠し持っていた手錠を取りだす。そのあいだも片時もコントロールをゆるめず、ディミトリから目を離さなかった。

「銃を置いて、こっちによこせ」言葉のひとつひとつに、ありったけの力をこめて言う。

ディミトリは震えながらも体を動かし、銃に腕をのばして放り投げた。床を滑る銃が、アーロから数センチのところでとまった。

雨が降り注ぎ、ディミトリの指から流れる血とまじりあう。「おれを殺すのか、サーシャ？ 今のおまえは、あのくそ親父並みに他人の心を操作することができるからな。足を振りあげるだけで、なんだって踏みつぶせる。まったく、親父そっくりだよ。おまえはそれで満足なのか？」

「殺しはしない」アーロは答えた。「おまえがおとなしくしているなら」

ディミトリが声をあげて笑い、血をぺっと吐きだした。「おまえがおとなしくしているなら殺さない」嘲るようにアーロの言葉をまねる。「お互い、生まれてくる家を間違えたな。オレグの王子は王冠をほしいとさえ思っていなかった。おまえはいっさい興味を示さなかったよな、金にも、権力にも」

「ああ」アーロは認めた。「そんなものにはまったく興味がない」

「おれは興味がある」ディミトリが咳きこんだ。呼吸が速く浅くなる。「おれがオレグの息子になるべきだった。オレグが望むことなら、なんだってやったのに。だが、あいつはおまえにしか興味がなかった。見る目のない、かわいそうなオレグは」しゃべると痛みがひどくなるのは明らかだったが、ディミトリは言葉をとめられないようだ。「それでもおれは、おまえに復讐した。まぬけなおまえは、これっぽっちも気づかなかったけどな」

「復讐とはどういうことだ？」本当にまぬけなことに、アーロの口から無意識のうちに言葉がこぼれでていた。

「ジュリーだよ」ディミトリが勝ち誇ったように答えた。「おまえの妹はおれがいただいた。痩せっぽちの体が娘らしくなってすぐ、楽しませてもらったんだよ。じっくり味わわせてもらったぜ」

アーロはショックで言葉を失い、いとこを黙って見つめた。「嘘だ」

ディミトリは笑ったが、声は出なかった。痛みの涙が頬を伝い落ちている。「丸二年間もな！　おまえとオレグにばらされたら間違いなくぶっ殺されると思ってたが、ジュリーは黙ってた。あまりの出来事に、どうしていいかわからなかったんだろう。最初はロングアイランドのプールハウスだった。おまえがビーチに出かけ、プールサイドにひとりでいたジュリーが本を読んでたときだ。最高だったぜ。拍子抜けするくらい簡単だった。プールハウスに引っ張りこんで――」

ガッと音を立ててアーロのブーツの踵がディミトリの顎にあたり、骨を砕く。血がしたたり落ちても、ディミトリの笑いはとまらなかった。アーロはもう一度蹴ろうとしたが、そのとき、ニーナの鋭い声が飛んできた。

「気をつけて、アーロ！　油断しちゃだめ！」

〝そうよ、サーシャ。気をつけて〟やわらかな別の女性の声が——聞き覚えのある女性の声が後ろから聞こえた。アーロはすばやく振り返った。

ジュリーがテラスに立っていた。死人のように青白い顔に、発見されたときと同じ、ずぶ濡れのパジャマ姿。海に泳ぎに出たときに着ていたものだ。長い髪には海藻が絡んでいる。

ジュリーが悲しげに、かすかな笑みを向けてくる。〝そうよ、サーシャ〟彼女が話しかけてきた。〝ジュリーよ〟

あまりの驚きに一瞬、アーロはわれを忘れた。ディミトリにはその一瞬があれば充分だった。ディミトリが銃を拾って、かまえる。そのとたん、ニーナが悲鳴をあげた。危険を知らせる、死に物狂いの叫びだった。

バン！

ディミトリが発砲した。

アーロは以前にも撃たれたことがあったが、何度経験しても慣れることはない。いやな衝撃が走り、そのあとに熱を感じる。そして血圧がさがってきて、荒れ狂うような激痛に襲われるのだ。

テラスが揺れて目の前に迫り、体を強く打ちすえられる。床に崩れ落ち、これまでと違う角度で雨が降りかかってきた。ニーナの悲鳴が聞こえる。銃弾が顔から数センチのところをかすめ、弾の破片が飛んできた。アーロはすばやくそれを避け、足首のホルスターからルガーを抜きとった。

バン！

ディミトリの体がふたたびのけぞった。

ニーナが隣で膝をつき、早口で必死に話しかけている。だがアーロはこたえず、自分の後ろに引っ張り倒した。「伏せろ！」

「あなたは撃たれたのよ！　アーロ、せめてどこが――」

「いいから伏せてろ！」そう言うと、アーロもうつ伏せに転がった。床に血だまりができる。

アーロは這うようにして銃をかまえた。

ディミトリは動かなかった。力の抜けた手から数センチのところに銃が転がっている。

アーロは目をそらさず、待った。罠かもしれない。

「わたしが取りに行くわ！」ニーナが叫んだ。アーロがさがっていろと言う間もなく、ガゼルのように身を躍らせ、銃を拾いあげる。続いて、注射器を拾うために立ちどまり、銃をアーロの脇に置いた。

「注射器を拾ったら」アーロは声をしぼりだした。「自分に打て。早く。誰かに邪魔される前に。急ぐんだ！」

だが、ニーナはまばたきひとつしなかった。いつもと同じで頑固なのだ。

「注射器は一本しかないわ」

ニーナはスカートを破いて包帯をつくろうとしているが、ストレッチ素材で切るのに苦労していた。胸をはだけたままの上半身が雨できらめいている。息がとまるほどの美しさに、アーロは圧倒された。

「うっ」傷口に布を押しあてられ、彼はうめき声をもらした。「優しくしてくれ、ニーナ！」

「傷口をじかに圧迫して出血をとめているのよ」ニーナが声を震わせながら言った。「その方法しか知らないの。だからそうするしかないのよ」

「先に注射を打つんだ！　早く！　今すぐに！」

「でも、一本しかないわ」彼女がなおも言い張る。

アーロはニーナの腕をつかんだ。「そうだ、一本しかない。まったく、どこまで強情なんだ！　今日で三日目だぞ！　きみが死なずに助かるためには、残された時間はもうわずかしかない！　おれのほうは別の方法を見つける」

彼女が首を横に振った。「ほかの方法なんてないわ。あなたもよくわかっているでしょう、アーロ！　わたしの命を救うためにヒーローなんか演じないで！」

「ニーナ、頼む。注射を自分に打ってくれ」

ニーナは首を横に振った。「だめ。三日たってから死ぬまでのあいだに、少しくらい時間の余裕があるかもしれないわ。ヘルガがそうだったわよね。研究者たちに分析させて、複製すればいいいんじゃないかしら。そうじゃなければ、一回分の薬剤をきっかりふたつに分けて、ふたりに投与するとか。あとは——」

「注射を打て、ニーナ。今すぐに」

「いや！」ニーナが声を震わせた。「わたしに無理やり注射を打たせることはできないわよ。あなたはけがをしているんだから、今ここで言いあうのはやめましょう。助けを呼びに行ってくるから、自分で傷口を圧迫していて。できるだけきつく押さえるのよ。そのあいだに——」

「いったいどうなっているんだ？」そのとき、非難するような鋭い声が響いた。

ハロルド・ラッドが物陰から足早に現れ、ディミトリの銃を蹴りだした。銃が床を滑り、テラスから転げ落ちる。「この騒動の理由を説明してもらおうか」ラッドが怒りをむきだしにして言った。

ニーナは注射器をアーロの足もとに落とし、血まみれの布の上に両手をのせた。注射器をラッドに見られていないことを祈りながら。防御壁をめぐらせて警戒していると、ラッドが嫌悪感をあらわに、かぶりを振りながら近づいてきた。動かなくなったディミトリと、緊迫感に包まれてじっとしたまま、血まみれの床から見あげているアーロに向かって。アーロは身じろぎひとつしないが、実は一瞬で飛び起きて動きだせるよう身がまえているはずだ。ラッドはディミトリとアーロが負傷していることを見てとると、しかりつける相手がニーナしかいないと判断し、怒りの矛先を変えた。「なんたる惨状だ。ほかの招待客たちに見られたら、いったいどう思われるか。おまえはそれを理解しているのか？」

ニーナは耳を疑った。「えっ？　ほかの招待客たちにどう思われるかが、そんなに重要？」

「マイルズとかいう厄介者を送りこんだのは、どうせおまえたちだろう？　わたしの計画をぶち壊すために？　そうなんだろう？」

新たな恐怖がニーナを襲った。「マイルズに何をしたの？」

ラッドの唇の端が勝ち誇ったようにつりあがる。「あいつが苦しむことはもうない、とだけ言っておこう」

いや。嘘よ。絶対に信じない。ニーナの視線が、恐怖の色を浮かべたアーロの目とぶつかった。

「ほんの少しの分別と慎みのある行動。それをわたしは望んでいただけだったのに」ラッドが激しい怒りをあらわにする。「それがどうだ。おまえらに送りこまれたマイルズが会場で暴れ、わたしの模型を壊した。乱闘に巻きこまれた招待客たちから、訴訟を起こされる可能性だってあるぞ。おまけに、コンベンションセンターのテラスで銃撃まで！　おれはグリーヴズに殺される！　おまえたちが今年いちばんの注目行事にのこのこやってきたのは、有力者たちの面前で騒動を起こすためだったのか？　騒動の次は、流血事件か？　わたしはたぶん、この件で個人的に説明を求められるだろう！　見てみろ……自分たちの姿を！」三人を指差す。

ニーナは立ちあがって背筋をのばした。「何よ？　わたしたちの姿がなんだっていうの、ラッド？」

ラッドがむきだしになった彼女の上半身を身振りで示した。「出席者たちが今にもここへ出てくるかもしれない。そのドレスを上まで引っ張りあげることはできないのか？」

「わたしの胸が気になるっていうの？」

ラッドがふんと鼻を鳴らした。「卑猥さは不要だと言ってるんだ。ただでさえ血まみれの現場で、胸まで……。きみがいなくても充分ショッキングな状況に、乱痴気騒ぎまで加わるとは。まったく、もう言葉がない」

ニーナは肩をそびやかし、胸を張った。「あなたなんか、くたばればいいのよ」

そのときアーロが彼女の腕をつかみ、体ごと引き寄せて、注射針を腕に突き刺した。

ニーナはびくっと身を引き、叫び声をあげた。針を刺された腕がちくりと痛む。逃れようともがいて背中をそらしたが、渾身《こんしん》の力でアーロに引き寄せられた。注射器が空になると、彼が注射器を投げだし、床に倒れこんだ。その目には、勝利の色が浮かんでいる。「よし。やった」

ニーナはアーロをにらみつけた。完全に裏切られた思いだった。「ひどいじゃないの！」わめいて両手を振りあげたものの、彼に向かって振りおろすことはできなかった。アーロは銃で撃たれ、出血しているのだ。結局、濡れた床に振りおろして、そこを何度も殴りつけた。「なんてことをしたのよ、アーロ！」

「おれも愛してる」アーロがささやく。

暴れるニーナを押さえつけたせいで、出血がひどくなっていた。ニーナはとっさに、布を彼の傷口に押しつけた。

「今さらたいした違いはない」怒気のこもったラッドの声がした。「おまえの女はどのみち助からん。それを見届けさせてもらう。どうやら、カシャノフが残した最後のB剤をこいつに打って、無駄にしたようだな。その注射器の中身は、研究対象として垂涎《すいぜん》の的だというのに！　それをほしがる有力者たちがどれだけいると思う？　まったく、なんてことをしてくれたんだ！」

「それほど有力な人たちなら、わたしなんか一撃で倒せるわよ」ニーナはぴしゃりと言い返した。「アーロを医者に診せないと！」

ラッドが首を横に振った。「だめだ。おまえたちには振りまわされっぱなしだ。損失はここまでにとどめないと」そう言って、テラスを鋭い目で見まわす。「さて、無理心中はどうかな。三角関係の末の。胸丸出しの理由も説明がつく。きみは恋人のひとりと熱烈に愛しあっているところを、もうひとりの恋人に見つかった。振られたほうの男がきみを狂気に駆りたて、男ふたりが互いを撃ち殺した。まさにきみにふさわしいシナリオじゃないか?」

ニーナはアーロの傷口を布で押さえた。彼は意識を失ったようだ。「アーロは死なないわ」彼女は言った。何度も繰り返せば、現実になるというように。「アーロは死なない」

「救急車が到着するころには死んでいるさ」ラッドが笑みを浮かべる。「間違いない。さあ、立つんだ、ニーナ。歩け」

ニーナは心に不安がわきあがってくるのを感じた。キャビンのときと同じだが、今回のほうが激しい。ラッドが繰りだす途方もない力に、防御壁を何度も強打された。

ついに耐えられなくなり、頭が割れそうに痛くなった。彼女はラッドに腕をつかまれ、力ずくで手すりまで歩かされた。抵抗したものの、ラッドの繰りだす力が強まっただけだった。脳細胞のひとつひとつが今にも爆発しそうだ。まるで頭蓋骨のなかに巨大な蜂の巣箱が置かれているようだった。

突然力が消え、ニーナは手すりにもたれかかった。

「のぼれ」ラッドが命令する。

彼女は横木に足を引っかけ、両手で手すりをつかんだ。風にあおられ、膝でドレスがはためく。手すりの向こうの暗闇には、果てしない無の世界が広がっていた。風が吹き、うなりをあげている。

「そのままてっぺんまでのぼれ」ラッドが命じた。

「とまれ」別の声が後ろから聞こえてきた。

深く歯切れのいい声だが、誰の声かわからない。だがその瞬間、途方もない力と頭が割れそうな痛みが消えた。ニーナは何もない空間を見つめた。恐ろしくて動くことも、考えることすらできない。風が髪をあおり、雨が顔をたたきつける。ラッドから解放され、不安定になった体がぐらついた。そのとき、ラッドが息をのむ音がした。次の瞬間、彼が悲鳴をあげる。

ニーナが振り返ると、ラッドが自分で喉を絞めつけていた。目を見開き、パニックに陥っている。空気を求めてあえいでいるが、少しも吸いこめていないようだ。

「肺に空気を吸いこませないようにしているのさ」先ほどの声が言った。このざらついたしわがれ声は、前に聞いたことがある。風にあおられ、体がぐらつく。危ないと思った瞬間、膝がしっかり固定された。と同時に、脚の感覚がなくなった。

「気をつけなさい、お嬢さん。どれ、わたしが手を貸そう」

大きな手で体をつかまれた。ふらつく足を片方、下のほうにある横木にのせ、もう片方もそこにのせる。次の瞬間、ニーナはふたたび床の上に立ち、老人の姿を見つめていた。がっしりとした体をタキシードに包み、腰を曲げて杖をついている。目は落ちくぼみ、肌にはあばたが残っていた。だが、鋭い知性がグリーンの目に燃え……。

グリーンの目、そしてこの頬骨。そうだわ。見覚えがある。

「あなたがオレグね」ニーナは言った。

「きみはニーナだな？」老人が手を握ったまま、彼女を横たわるアーロのもとへ引っ張っていく。「わたしの息子の、勇敢で美しい花嫁だ」

ニーナはアーロの脇に膝をつき、ふたたび傷口にあてる布を手で探した。

ラッドがようやく、空気をいくらか吸えたらしい。「誰だ、きさまは？」

老人がすばやく頭を振り向けた。ラッドを冷たい視線で押さえつける。「おまえか」オレグが言った。「おまえのしわざだな」アーロを指差す。「わたしの息子に、息子の嫁に暴力を振るい、恐怖を与えたな？　息子を執拗に追いまわし、苦しめたな？　つまらん薬のために？　わたしの正体はじきわかる。それが冥土の土産になるだろう」

ラッドの顔つきが険しくなった。集中力を高めたのだ。

オレグが笑いだした。「おやまあ、これは。きさまは力を薬でどうこうできると思いこんでいる、薬物中毒のくず連中の一味だったか？　力は神からの授かりものだ。きさまはそれがどんなものかさえわかっていない」そう言ってニーナを振り返る。「これから野次馬どもを呼ぶ。だからきみはその……」

「野次馬？」

「ああ。ここで起きた出来事の目撃者がほしいからな。だからじきに、ここへ大勢が押し寄せてくる。その前にドレスを引っ張りあげておきたければ――」

「ドレスがなんだっていうのよ！」彼女は金切り声をあげた。「わたしがそんなことを気にしてると思ってるの？　アーロに今すぐ治療が必要だってときに！　野次馬を呼ぶなら、さっさとして！」

「おおせのままに」オレグが応じた。「きみが望むなら胸をさらすがいいさ、民衆を導く自由の女神のようにな。誰も文句は言うまい」

オレグが背筋をぴんとのばし、まっすぐに立った。まだ手すりに釘づけにされているラッドと見つめあう格好になる。

すぐにラッドが動きだした。初めはぎこちなかったが、しだいになめらかに。まるで本人の意思であるかのように手すりをのぼり始める。そのあいだに、走ってくる人々の声や足音が背後から聞こえてきた。

彼女は駆けつけた人々のほうを振り返った。「救急車を呼んで！」大きな声で叫ぶ。「撃たれた人がいるの！　外科のお医者さんがいないか探してください！　外科でなくてもいいわ！　急いで！　お願い！　早く！」

ラッドが手すりに手をかけ、そっと片足を、続いてもう片方の足をのせようとしていた。てっぺんまでのぼり、落ちないように体のバランスを取りながら、そこにしゃがみこむ。それから、手すりの外側を向いた。怒号と懇願の声が人々のあいだからあがる。

「飛びおりようとしているぞ！」

「いやだ！　大変！　だめよ、やめて！　お願い！」

「とめろ！　誰か引きずりおろせ！　早くしないと——」

「ラッド？　嘘だろ、ハロルド・ラッドじゃないか！　ハロルド、よせ！　飛びおりるな！」

だが、ラッドは飛びおりた。しゃがんだ姿勢から膝をのばし、両腕を広げて力強くジャンプする。絶望するような物悲しい声で絶叫しながら、空中を走ろうとするかのように両脚をばたつかせて。

次の瞬間、沈黙がおり、ラッドが地面に打ちつけられるおぞましい音を、その場にいた全員が聞いた。

あたりは騒然となった。大きな悲鳴や怒号があがる。オレグがニーナのドレスの裾を引っ張り、破りとって、それをアーロの傷口に押しあてた。そしてその上に彼女の手をのせてから、自分の手で包みこんだ。

「もっとドレスを切りましょうか？　あの男のために」ニーナは顎でディミトリを指し示した。

「いいや」オレグが答えた。

「いいんですか？　甥なのに？　彼はあなたのために働いていたんでしょう？」

「ああ。だが、このまま放置しておこう。それで生きのびたら、わたしがあとで対処する」

ニーナはアーロの冷たい手を握り、脈を探った。なかなか見つからなかったが、脈はあった。弱いけれど、たしかに感じられる。彼女はそれにひたすら耳を傾けた。

自分が泣いていることに気づいたが、かまわなかった。恥ずかしさなどみじんも感じない。胸がむきだしになっているのがどうでもいいのと同じで、今は何も気にならなかった。雨がさらに強く降り注ぐ。空が泣いているかのようだ。まるで、すべての存在がニーナとともに泣いているようだった。

やがて、どこからともなくニーナのもとに人々が集まってきた。彼らは自分たちがなすべきことをわかっていた。ニーナをそっとアーロから引きはがし、処置にあたり始めた。

誰かが肩にジャケットをかけてくれる。ニーナは床に座りこんで、アーロの救出を見守った。血のこびりついた彼の銃に目が釘づけになる。血まみれのぼろきれの下になかば隠れ、忘れられたまま放置されている銃に。周囲の声がようやく耳に入るようになってきた。最初に理解できた内容のせいでパニックに襲われる。それはオレグの声だった。アーロがストレッチャーにのせられているのだ。

「……ヘリでデンバーまで搬送してほしい。わたしのサーシャは地元の病院には入れさせない。最善の治療を受けさせる」

「しかし、四十分長くかかれば、大量に失血してしまいます」

「Oマイナスの血液二リットルをヘリに用意させた。ヘリはコンベンションセンター屋上の発着場に、十分以内に着陸する」オレグが毅然と言った。「お嬢さん、きみも一緒に来てくれ」

「だめ！」ニーナははじかれたように立ちあがった。「あなたには渡さない！」

オレグの眉がぴくりと動くさまは不気味なほどアーロそっくりで、彼女は不安をかきたてられた。

「いや、渡してもらう。わたしのサーシャは、犬や豚どもが働く標準以下の田舎の病院へはやらない」

「わたしのサーシャ、わたしのサーシャ！」ニーナは声を震わせた。「それぱっかり！　それがあなたの問題よ、オレグ！　昔からずっと！」

オレグが戸惑い、眉をつりあげる。「ほう？」

「あなたは彼を自分のものだと思っているでしょう！　所有物扱いしているでしょう！　彼はあなたのものじゃなく、彼自身のものよ！　だから彼は特別なのに、あなたはそれをわかっていない！　ただ彼を自分の一部にしようとしているのよ、昔からずっと！　もうやめて！　彼を解放してあげて！」

「落ち着きなさい、お嬢さん」オレグが言った。「きみは興奮している」

「アーロはあなたには渡さない！」ニーナはストレッチャーにすがりつこうとしたが、周囲の人々に制され、押し戻されてしまった。「彼は生まれてから今日までずっと、あなたから逃れようとしてきたのよ！　あなたのところに連れ戻させるわけにはいかないわ！」「きみに口出しはさせない」オレグがきっぱりと言った。「わたしは息子にとって最善のことをする」

ニーナはアーロの銃に向かって突進し、床に落ちている血まみれの布の下からつかみとった。それをすばやく振りあげて、オレグの胸に向ける。「だめよ！」彼女は周囲をにらみつけた。「あの人にアーロをコントロールさせないで！」そう呼びかける。「オレグはそういう人なの！　彼に決めさせちゃだめ！」

叫び声が響き渡ったが、オレグはひるまなかった。ニーナを長いこと、じっと見つめていた。

ニーナを操るのは、ラッドを操作するのとはまったくわけが違う。オレグはニーナの心から、穏やかでなめらかな毛布のようでありながら強い力を感じとった。前に踏みだし、血のこびりついた大きな両手でニーナの手を包み、銃をおろさせる。そして銃をそっと取りあげ、自分のポケットにしまった。「違うな、お嬢さん」優しく語りかける。「あの子はわたしのものだ。わたしが連れていく」

ニーナは絶望し、その場に立ちつくした。頭がくらくらし、視界がぼやけてくる。

「……告訴するつもりは毛頭ない」オレグの声が意識に戻ってきた。「気の毒な娘が錯乱しているのは、一目瞭然だろう。恐ろしいめにあった直後だ。見てみろ。かわいそうに」

わたしのことを好きなだけじろじろ見ればいい。人の目には、自分の見たいものが映るのだから。もう何もかもがどうだっていい。アーロが搬送され、そのあとをオレグが重い足取りでぴたりとついていくところを眺めているうちに、肩にかけられたジャケットが下に滑り落ちた。アーロの顔はぴくりとも動かず、雨のしずくに濡れている。

体の奥底からパニックがこみあげてきた。これはアーロの姿をこの目で見られる最後のチャンスだ。あとを追い、一緒にいさせてほしいと懇願したかったが、筋肉が動こうとしなかった。せめて最後に一緒に過ごせれば、ほろ苦い慰めくらいは感じられるのに。アーロはこのけがが原因で死んでしまうかもしれない。あるいは、薬のせいで死んでしまうかもしれない。いずれの場合も、自分が手を握ることはできない。

わたしは愛する人の死に際にすら立ち会えないのだ。

勢いよく顔をそむけ、雨と涙が入りまじるままに任せる。誰かが近づいてきて、雨のあたらない室内へ連れていかれるまで、ずっとそうしていた。それから、どこかもわからない場所に腰をおろした。どこだってかまわない。どうだっていい。

ふと、腕に刺すような痛みを感じた。ありがたいことに、それがすべてを消してくれた。

33

アーロは薄いカーテンから差しこむ日差しをじっと見つめた。しばらくして目の焦点が合ってくると、部屋のなかを見まわした。

普通の病院にしては快適で豪華すぎるが、一般家庭の家にしては殺伐としていて清潔すぎる。化粧室のドアの向こうに見える手すりと障害者用トイレから、医療施設であることがわかった。アーロは肘をついて起きあがろうとしたが、後ろに倒れてしまい、声にならない苦痛のあえぎをもらした。

ああ。くそっ。この感覚は薬の副作用か。

点滴の針が刺さっていた。雑然とした血生ぐさい記憶が心のなかでもつれている。絶望。失われた希望。B剤を発見したこと、そしてふたたび失ったこと。失うことは死を意味する。なのに、自分はまだ生きている。生きているよな？　アーロは体を見おろした。これだけ痛みがひどいのは、生きている証拠だ。こんなに強い痛みを感じるのは命あるものだけだ。

ニーナ。なぜここにニーナがいない？　想定される理由が、次々と思い浮かぶ。いやな理由ばかりが。

ふたたび起きあがろうとすると、耐えがたい激痛に襲われた。だが、ここでただぐったり横たわっているわけにはいかない。アーロは体に刺さった点滴針を抜き、液体がしたたる針を放りだした。裂けた腹の筋肉に負担をかけないよう、そっと体を動かす。包帯に血がにじむのを感じながら、ようやく立ちあがった。彼は病院のガウンを着ていた。背中で紐を結びあわせる、尻が丸見えになるあれだ。

一歩、踏みだしてみると、世界が三百六十度回転し、目の前が真っ暗になった。

床の上で意識が戻ったとき、眉根を寄せたしかめっ面が上からのぞいていた。見覚えのある顔だが、今また見られてうれしいとは思えなかった。やつれた顔に、怒りとげとげしさが浮かんでいる。どうやら下から見あげられることが不愉快らしい。いったい誰だっただろう？

ああ、なんてこった。リタ。おれと九歳しか年の離れていない義母だ。今では四十代後半になっているはずだが、年齢より老けて見える。昔はきれいだったのに、今は出っ張った頬骨に、しなびてたるんだ皮膚を無理やりのばして張りつけているように見える。

リタが憎しみのこもった目でこちらを見おろしていた。

「どうやら天国じゃないらしい」アーロは彼女に話しかけた。「あんたがいるんだからな。つまりここは、なんの変哲もない地上の世界ということか。それとも地獄なのか？」

リタの渋面にしわが寄ったが、ボトックス注射で麻痺した眉はぴくりとも動かない。「相変わらずいい男じゃない、あなた。オレグ！」リタが呼びかける。「あなたの息子の頭は大丈夫だったみたいよ。床に転がって、殺された山羊みたいに血を流してるわ。あなたがなんとかして。わたしは絶対無理だから」

アーロを床に残したまま、リタがそっと離れていく。オレグ？

杖の先端についている黒いゴムが、アーロの鼻先でとんと床をついた。その向こうに、光沢のある黒い靴が見えた。さらに、完璧にプレスされた袖口も。アーロは少しずつ視線をあげ、父の顔を見た。

ふたりは見つめあった。ともに動くことができないのは明らかだった。

ああ、まったく。銃やナイフを突きつけられようが、オレグから毒を盛られようが、おれは驚かない。おれが今驚いているのは、一流私立病院の最先端の医療設備がすごいせいだ。

オレグがベッド脇の椅子に腰かけ、杖に両手をのせた。男性看護師ふたりがやってきて、アーロを起こしてベッドに戻し、点滴針をふたたび刺す。

「おれに死んでほしいと思っていたんじゃなかったのか」ようやくアーロは口を開いた。

「そう思ったことは一度もない。おまえはわたしの息子だ。わたしの傍らで力を発揮し、後継者になると誓ってほしいと望んできた」

アーロは軽蔑のまなざしを向けないよう、なんとか自分を抑えこんだ。「ニーナはどこだ？」オレグに尋ねる。「無事なのか？」

「ニーナは大丈夫だ」オレグはその問いかけを一蹴した。「ニーナの話はしたくない」

あんたが何を話したがっているか、おれが気にかけているとでもいうのか？「ニーナはどうやってラッドから逃れた？　おれが助けたわけじゃないことはわかってる」

「わたしのおかげだよ」オレグが控えめに答えた。「ラッドはテラスの手すりから飛びおり、岩にたたきつけられた。壮大な妄想を見るよう仕掛けたのさ。自分が飛べると思いこませた」

「そうか」アーロはこたえた。しばらく黙りこんでから、こう言い添える。「感謝するよ。ニーナの命を救ってくれたことに」

「おまえの命もな」オレグが指摘した。

アーロはうなずいた。「ああ、おれの命を救ってくれたことにも感謝してる。当然だ」

「これが親子の会話なのか」オレグが悲しげに言った。「よそよそしすぎる」

「長い時間がたってる」アーロは指摘した。

「ああ」オレグが相槌を打つ。「わたしは二十一年と四カ月二十二日とおよそ八時間、おまえを待ち続けた」

「たしかに長かった。それで、ニーナはどこなんだ？」

オレグの顔にいらだちが浮かんだ。「まったく、あれほど頑固でしつこくて腹の立つ女は初めてだ」

「彼女のことがよくわかっているようだな。けど、それはおれの質問の答えじゃない」

「あの女はわたしにくってかかってばかりいる」オレグがまいったというように言った。

「電話やら、警察やら、弁護士やらを使って、おまえの容体を教えろとしつこく迫ってくる。おまえに会いたがっているんだ。だが、おまえをどこで保護しているか、あの女に教えてやる義務はない」

「保護？　おれは保護なんかされたくない」痛みをこらえて起きあがろうと、アーロはもがいた。「なぜニーナを来させない？」

オレグの表情が冷たくなった。「彼女はわたしに公然と歯向かった。公衆の面前で。わたしを銃で威嚇したんだぞ、サーシャ。わたしをしかりつけたんだ。あんな女をわたしの人生に迎え入れろと言うのか？」

「ああ、そうか。しかりつけられたか。まあ、慣れることだな」アーロは言った。「ニーナはおれと一緒にここにいるべきだ。おれの妻なんだから」

オレグの眉がぴくりと動く。「あの女も言っていた……わたしは彼の妻だと。だが、それを証明できる書類がなかった」

アーロはどさりと枕に倒れこんだ。起きあがろうとしたせいで、汗びっしょりになっている。「手続きならすぐにする」彼は返事をした。「とにかくニーナに会う必要があるんだ」

「なぜそう急ぐ?」オレグがきき返す。「あの女はひどく人を疲れさせる性格のようだが。体力を回復させるのが先だろう? 少し休んでから再会したらどうだ?」

「いいや」アーロは拒否した。「今すぐ会いたい」

オレグの目がうつろになった。「そういうことか」

「ああ、そうだ」アーロは答えた。「そういうことさ」

オレグの前では、率直にふるまうことは賢い行動とは言えない。オレグはなんでも自分の都合のいいようにねじ曲げてしまうからだ。だが、アーロにそうした悪知恵はない。今のように絶望しているときであっても、それは変わらなかった。「今日は何曜だ?」

「木曜だ」オレグが答えた。

アーロは日数を計算しようとした。日差しの色が夕方に近い時刻であることを告げている。

「木曜……グリーヴズのパーティーは土曜だった」何度も数え直してみるが、計算が合わない。

「そうだ。この五日間、おまえは意識を取り戻したり失ったりを繰り返していた」

なんだって? それならもう死んでいるか、死にかけているはずじゃないか。今日で六日目だ。気分が最悪なのは確かだが、死に向かいつつある感覚はない。今すぐニーナのもとへ戻りたい。とにかく動きたくてしかたなかった。

「ニーナは無事なんだな?」アーロはくいさがった。「健康状態に何も問題はないんだな?」

「元気すぎるくらいだぞ」オレグが答える。「昨日、今日と何も言ってこないけどな。飽きたのか、別のことでも始めたんだろう」

「おれが死んだと思ってるんだ」アーロは言った。「だからあきらめたのさ」

「どういうことだ?」

アーロはカシャノフのpsi-maxのA剤とB剤について手短に説明した。オレグは話を聞きながら、終始、考えこむような難しい顔をしていた。

「おまえにはそんな徴候はいっさいないぞ」オレグが言った。「人工的な薬物を投与されて変化した人間が発する振動も伝わってこない。ディミトリからは感じた。ラッドのくず野郎にもあった。だが、おまえにはない」

「ディミトリはどうした?」

「死んだよ」手で悪臭を振り払うようなしぐさをして、オレグが答えた。「神のご加護だ。初めは快復しているように見えたが、おとといから、おかしなうわごとをわめき始めた。話す内容がだんだん支離滅裂になり、手の施しようがなくなったんだ。誰もあいつと同じ部屋にいることすらできなくなった」

「なぜ?」

オレグが肩をすくめた。「妙なことが起きた。ディミトリは幻覚を見るようになった。幽霊やら蛇やらモンスターやらが見えるようになったんだ。そして昨日の早朝、脳出血で死んだ。みんなほっとしたものだ」

「ディミトリはあんたの後継者になりたがってたんだぞ」アーロは言った。

オレグの表情が厳しくなる。「あいつは資質が足りなかった」

「誰だってそうさ」アーロは応じた。

重い沈黙が流れる。

「おまえならなれた」ようやくオレグが口を開いた。「身の処し方さえ心得ていたら。ほんの少しの努力さえしていたら」

「おれには無理だった」アーロは応じた。「あんたの想像のなかのサーシャは身の処し方を心得ていて、あんたに従順で、喜んで命令にしたがうのかもしれない。だが、それはあんたの想像上のおれであって、本当のおれじゃない」痛む腹を押さえながら言う。「つまり、おれがおれでなくなれば、あんたにとって完璧な息子になるってことさ」

「おまえの仕事ぶりを見てきたが、才覚があるのは確かだ。実業家として、一年で五十万ドル以上の稼ぎは悪くない。繁盛しているといって差しつかえないだろう。一定の水準に達している」

アーロは身を引きしめた。この会話の先が見えてきた。

「わたしと組めば、あとふた桁増やせるぞ」オレグが穏やかな口調で言った。「少なくともな。それ以上に増やせる可能性も充分ある」

アーロはため息をついた。「おれにどうしろと?」

オレグが無表情で考えこんでいる。「息子よ」ようやく口を開いた。「それをわたしに尋ねるということは、おまえは無関心ということだろうな」

「ああ」アーロは返事をした。「そのとおり。まったく興味はない。今も昔も」

「息子よ」今度はウクライナ語で呼びかける。「過去を振り返るのはよそう。わたしの跡を継いでくれ」

アーロは慎重に言葉を選んだ。「いや、父さん」同じくウクライナ語でこたえる。「申し出はありがたいが、おれには無理だ。おれの運命は別にある」

ついにそれが始まった。父の顔を見た瞬間から、アーロは覚悟して待ちかまえていた。父の念力で少しずつ心を締めつけられていく、あの感覚がよみがえる。かつて息子を無理やり同意させたり、命令にしたがわせたりするために父がよく使っていた方法だ。

だが、アーロはこの数日間で変化し、能力も進化した。もう、子供のころのアーロとは違う。心のなかの金庫室の扉はかたく閉じたまま、中身は安全に守られている。逆上したり、怒りや、絶望を感じたりすることはない。

アーロは静謐《せいひつ》そのものだった。父から与えられる念力に動じることなく穏やかで、山のように微動だにしない。

アーロ自身の力が父の力に反撃できるレベルまであがったのだ。父子《おやこ》は力の強さが同じレベルであるだけでなく、鏡に映したようにそっくりでもあった。アームレスリングさながらに、心と心がぶつかりあう。窓の外で日差しの角度が変わり、粉塵《ふんじん》が舞うなか、ふたりは身じろぎひとつせず、完全な静けさに包まれて、それぞれの内なる世界に意識を集中させた。時間が過ぎていくなかで、アーロはふと気づいた。これほど親密なつながりを今まで父に感じたことはなかったと。

これは闘いだった。父と息子のもっとも親密で率直なつながりが闘いとは、皮肉で悲しいことだが、それが真実だった。

父と息子の闘いがようやくおさまりかけたとき、オレグは顔色が悪くなり、額には汗が浮かんでいた。アーロも疲労困憊し、頭がずきずきうずいている。

オレグがハンカチをポケットから取りだして額の汗をふいた。「自分に満足しているだろう」

「いいや」アーロは答えた。「疲れただけだ。妻に早く会いたい」

「またそれか」オレグが不愉快そうに笑みを浮かべる。「道からはずれた息子を正しい決断に導く方法はほかにもある。おまえは妻にとって最善のことを望んでいるんだろう？　妻と子供にとって？」

「子供はいない」アーロは答えた。

「いつかできる」オレグが言った。「トーニャが夢で見た」

「トーニャおばさんは、まだ……」その答えは父の目が告げていた。アーロは口をつぐんだ。

「おまえに会った翌日に死んだよ」オレグが言った。「話を変えるのか？　おまえの妻の安全と健康について話しあっているところだったが。それと、将来生まれる子供の」

アーロはオレグの目を見た。「今、殺したほうがいいんじゃないのか。このベッドで寝ているうちに。絶好のチャンスだ。反射神経が鈍ってるし、ガードも甘くなってる。とどめを刺せよ、そうしたいなら」

オレグの目が怒りに燃えている。「わたしはすべきことをする。いつもそうだ」

「孫の希望を奪う気か？　おれの妻に触れてみろ。ただじゃおかないぞ」アーロは静かに言った。「あんたの命の保証はしない」

「おお」オレグがうなった。「ようやく、一人前の口をきくようになったか」

「父親に認められて光栄だよ、ほんのわずかでも」

「疲れてきた」オレグがそう言いながら苦しげに立ちあがった。「おまえは相変わらず疲れるやつだな、サーシャ。いったい、何がほしいんだ？　わたしの金にも帝国にも、世界じゅうの王国にも興味がないのなら？」

「着替えと靴がほしい」アーロは答えた。「それと、車で妻のところへ送ってもらいたい。おれたちふたりと子供たちが平和に暮らせるよう、放っておいてもらいたい」

オレグが鼻で笑った。「たいした野望だ」

「父親譲りだよ」

「ああ、そのようだな」むっとした声が返ってくる。オレグが戸口で立ちどまり、振り返った。「条件がある。わたしが望むのは――」

「条件はなしだ」アーロはさえぎった。「あんたに貸しはない」

「口を慎め。五日前、おまえとあの女の命を救ったのはわたしだ。将来生まれる子供の命も。孫に会わせろ」

アーロはじっと考えてみたが、受け入れることはできなかった。たしかに、父が来なければ自分もニーナも生きていなかっただろう。だが、これまでの自分と父の長く奇妙な関係を考慮すると、貸しが多いのか、それとも借りのほうが多いのか、計算するのは難しかった。

「考えてみる」アーロは言葉を濁した。

「考える?」

「おれだけの子供じゃない。おれの妻は過保護だし、操ることも不可能だ。ふたりで考える。それ以上は約束できない」

オレグがいらだった声を出し、杖でドアをたたいた。ドアはすぐ開いた。部下のひとりが顔をのぞかせる。「ご用ですか?」

「息子がここを出ていく」オレグが不機嫌な声で言った。「純粋で高貴な心をけがしたくないから、父親の仕事は手伝えないらしい。こいつに着替えを持ってきてやれ。車も手配してくれ」

オレグは背筋をのばし、重い足取りで部屋を出ると、ドアを乱暴に閉めた。

すぐにオレグの部下のひとりが服を腕いっぱいに抱えて入ってきた。黒いスウェットシャツにジーンズ、スニーカー。靴下と下着はなかったが、細かいことはどうでもよかった。着替えるには工夫が必要だった。最初、ズボンをはこうとかがんだら、足首に激痛が走り、気を失ってしまったのだ。

そしてようやく、いい方法を見つけた。ズボンをベッドに広げてあおむけに寝そべり、蛇のように体をくねらせながら足を入れていく。はき終わったころには汗びっしょりになり、鼓動が乱れていた。ズボンがゆるい。体重が落ちたのは好都合だった。腹を締めつけられたら、銃弾の跡が圧迫されてしまう。

素足にスニーカーをはき、最後にぶかぶかのスウェットシャツを着た。これで準備完了。血がかなり包帯ににじみでているが、これは自分でなんとかするしかない。オレグにそむいたのだから、助けを求めるつもりはなかった。助けも安心も得られない状態には慣れているものの、今回はいつにも増してきつかった。腹に穴があき、そこから出血しているのだから。

アーロはドアを押した。外でオレグの部下が待っていた。アーロの姿を認めると廊下を歩き始め、顎でついてくるように指示する。

そのペースについていくのは大変だったが、アーロは必死で歩き続けた。壁で体を支え、銃弾痕から内臓がはみださないようにするかのごとく包帯を手で押さえる。足を引きずり、顔から汗をしたたらせて通りすぎるところを、医師や看護師たちが見ていた。心配そうなまなざしを向けているが、誰ひとり声をかけてこない。まともな医療従事者なら、このような状態の患者を退院させるわけがない。だが、オレグ・アルバトフに反対する者はいなかった。病院の外はあたたかく、湿っぽかった。ロータリーで車が待機している。オレグの部下が後部座席の扉を開けた。

新たな難問が突きつけられた。後部座席に乗りこむため、アーロは体を斜めにした。上半身を折り曲げてはいけないし、泣き声や情けない声をあげてもいけない。アーロが座席におさまると、オレグの部下が扉を閉めて運転席に座り、アーロの指示を待った。

「妻のところに連れていってくれ」アーロがそう伝えると、車が動きだした。

果たして、どのくらい時間がかかるのだろう？　意識を失ったり取り戻したりしているうちに、長い時間が過ぎていく。自分がどこから来たのか、どこに連れていかれるのか、さっぱりわからなくなっていた。痛みがだいぶひどくなり、意識が朦朧としてくる。道路標識にも高速道路の出口にも注意を向けることができず、街の景色も目に入ってこない。本当にニーナのところに向かっているのかどうか確かめる手がかりを、ひとつも得られなかった。ごみの埋めたて場に連れていかれて頭に銃弾をくらい、そのまま埋められる可能性だってありうる。

だが、確かなことがひとつあった。今は自分の身を守れる状態にないことだ。精神的エネルギーはすべて、オレグとの対決で使い果たした。処刑するよう運転手が命じられていたとしたら、自分は間違いなく死ぬだろう。それなら、気をもむ必要はない。横になってニーナのことを考えていたほうがくつろげる。

車が高速道路を出て、長い直線道路を走りだした。浜辺でしか見られない植物がまばらに生えている。車がスピードを落とし、やがてとまった。

アーロは窓の外を見た。グレーのビーチハウスが立っている。その背後に砂浜が広がり、片側には低湿地に生息する植物が揺れていた。アーロの後ろ、道路の向かいは、青々としたじゃがいも畑だ。木の歩道脇のゆがんだポールに、郵便箱がくくりつけられていた。その歩道はビーチハウスの正面玄関に続いている。

オレグの部下が後部座席の扉を開け、待機した。アーロは数分かけて、なんとか車をおりた。支えを求めて、郵便箱のポールに向かっていく。オレグの部下はアーロを見もせず車に戻り、走り去っていった。そのメッセージは明白だった。アーロはもう存在していないものとして扱う、という意思表示だ。

だが、実際にはアーロは生きている。アーロはビーチハウスを見つめた。思わず笑いだしたくなったが、笑うことを考えただけで腹がずきりと痛んだ。なんという皮肉だろう。神経質なアーロは、空港のセキュリティチェックを受けるたびに必ず、貴重品を抜きとられていないか確認してしまう癖がある。しかし、今ここに立っている自分には、武器も財布も現金も身分証明書も携帯電話もない。ここがどこなのか知る手がかりもないし、下着もつけていない。もしこのビーチハウスが無人だったら、誰かに助けを求めることは絶対に不可能だ。ここで空を見あげながら、死ぬことになるだろう。今できるのは、自分が倒れたときに受けとめてくれる友好的な人物が、このビーチハウスにいるよう祈ることだけだ。

アーロは郵便箱のポールから離れ、ビーチハウスに向かった。

34

エディ・パリッシュはビーチ沿いの窓の外に目をやった。遠くのうっすらとした人影は、ここからだとほとんど見えない。「あの娘は七時間もああしているわ」彼女は気をもみながら言った。「今日は何も食べていないし、昨日もそうよ。しっかり世話をしないと、わたしがリリーに殺されちゃう。様子を見に行ったほうが——」

「だめだ」ケヴ・マクラウドはエディをとめた。「放っておくんだ」妻のほっそりした背中をそっと撫でる。「ああやってのりこえようとしているんだ。生きるすべを探しているんだよ」

エディの表情が引きしまった。「彼女を彼に会わせることができたのに。最期の瞬間に彼女を立ち会わせることが、あいつにとってどれだけの手間だったというの？　ほんの少し思いやりがあればできたことよ」

ケヴはエディを抱き寄せた。「アルバトフは思いやりってもんを知らないのさ。アーロがいつもあんなに神経を張りつめて緊張している理由が、おれはずっとわからなかった」

ふたりはキッチンで抱きあった。ここはブルーノが不動産業者で見つけた別荘だ。エディとケヴは、アーロを失った苦しみと闘うニーナとともに過ごすことを自ら申し出た。リリーとブルーノは今、新生児の集中治療室に入り浸っている。小柄だが元気いっぱいの息子のマルコがしばらく保育器に入ることになったのだ。

ケヴがさっと顔をあげた。緊張と警戒で目が光っている。「聞こえたかい?」

エディは首を横に振った。

「ここにいろ」ケヴがジーンズの後ろポケットから銃を取りだした。

だが、エディは彼のあとをついていった。ドアが開いた瞬間、男がケヴの腕に倒れこんでくる。男の顔はほとんど見えなかった。

エディはあわてて手を貸し、ふたりで男を床に寝かせた。

アーロ……。嘘でしょう。彼はまるで別人のようだった。頰がこけ、顎はずいぶんとがっている。

アーロの指が血でべたついているのに気づき、エディは恐怖に駆られた。「アーロ? 撃たれたの? 血が出てるじゃない!」

「古傷だ」弱々しい声でアーロが答えた。「包帯からしみでているだけだ。気にするな」

エディは笑いだした。「気にするな、ですって? 何ばかなことを言ってるの?」

「ニーナ」しわがれ声でアーロが言った。「ニーナはどこだ?」

「ここにいる」ケヴが答えた。「ビーチに。連れてきてやろう」

アーロが首を横に振った。「おれから会いに行く」

「おまえは動くな！」ケヴが厳しく言い放った。「おまえが行かなきゃならないのは病院だろ！　動こうだなんて、考えてもだめだ！」

だが、アーロは起きあがろうともがいている。「おれから会いに行くと言ってるだろう。這ってでも行くぞ」

ケヴもよくこんな表情をする。だからエディは、今議論しても無駄だと思った。アーロの頭上でケヴと顔を見あわせる。理屈が通じない状態だから、あまり興奮させたくはなかった。これはアーロにとってとても重要なことらしいから、そうさせることにしよう。救急隊員にビーチから運びだしてもらえばいい。

ふたりはアーロを起きあがらせ、引きずるようにして外へ連れだした。デッキを抜け、砂浜に続く歩道を進む。そこまで来てようやく、アーロは立ちどまって休むことに同意した。顔が死んだように青白い。

「救急車を呼ぶ」ケヴが言い、家へ駆け戻っていった。

アーロが死に物狂いで目をさまよわせる。「ニーナ？」

エディの目が涙で曇った。ひげでざらつくアーロの頬をそっと撫でる。「ここに連れてくるから」そう声をかける。「動いちゃだめよ。いいわね。絶対によ」

エディは腕を振りまわしながら、遠くに見えるニーナの影に向かって走りだした。

ニーナは息をするのも苦しかった。吸いこんだ空気がナイフのように刺さり、胸をこすりながら吐きだされている。あの最後の対決で、肋骨が折れていたのだ。

彼女は波を見つめた。すでに日は落ちていた。うっすらとした銀色の月の下で、宵の星がまばゆい輝きを放っている。きれいだが、それを実感することができなかった。美しいものを愛する心は、がれきのなかに埋もれてしまった。砕けたれんがの山の下で胃がつぶれて、食べ物を受けつけなくなった。眠ることができず、しゃべることもほとんどできない。なのに、肺だけはなおも機能し続けている。

最初の数日間、息子に会わせるようオレグ・アルバトフに必死で働きかけ、ありとあらゆる手をつくしたが、すべてが無意味に終わった。驚くようなことではない。裏社会でひそかに権力を握っているあの男に逆らえる方法などないのだ。最初からわかっていたけれど、不可能に挑戦することがニーナにとって救いになった。じたばたと暴れ、わめき、声をあげ続けることをやめるのが怖かった。アーロが生きているあいだは、オレグに歯向かい続ける。それが自分と愛をつなぐ、最後に残された細い絆のように思えたのだ。

だが、psi-maxのA剤が打たれた日から、三日が過ぎてしまった。四日目と五日目も過ぎた。アーロが六日目まで生きのびられるはずはない。オレグに噛みつき続ける意味はなくなった。

せめて、何が起きたのか、アーロがいつ亡くなったのかをオレグが話してさえくれたら。せめて、オレグがわたしのところを訪ねてきてくれたら、アーロが埋葬されている場所を探りだせるかもしれない。彼に会いに行ける場所があれば、救いになるかも。

でも、そうはならないかもしれない。心にぽっかり穴があき、ニーナは崩れてしまいそうだった。エディとケヴは優しく気を使ってくれるけれど、誰が何を言っても無駄な状況だということを理解している。だからたいていのときは何も言わずにいてくれた。

ニーナはアーロのことをあきらめられなかった。それに、やらなければならない仕事はまだある。ララは今でもどこかにとらわれ、つらい日々を送っているのだ。ララを救出する方法を考えるなら、自分自身が聡明かつ勇敢でいなければだめだ。けれど、もうどちらも涸《か》れ果ててしまった。干からびた井戸のように。

そのとき、気配を感じて振り返った。髪が風に揺られるように、何かに引っ張られた気がしたのだ。

振り返ると、エディが両手を振りながら、重そうな足取りで砂浜を進んでくるのが見えた。何を言っているのか聞こえないが、その声は興奮に満ちている。ニーナは恐怖でみぞおちがぎゅっと引きしまるのを感じた。今このタイミングでいい知らせが入ることはありえない。

つまり……。

ニーナは全速力で走りだした。エディに向かって、乾いた砂の上を滑るように進んでいく。エディの顔は涙で濡れていた。ニーナはエディの両腕を握りしめた。「何があったの？彼が死んだの？」

エディがぐすんと鼻を鳴らしながら、首を横に振った。「そうじゃないの」声が震えている。「ああ、ニーナ。来て。早く」

エディに手をつかまれ、ニーナは猛スピードで走りだした。腕を引かれながら、建物とビーチを隔てる砂地を駆け抜ける。転んで膝と手をつき、悲鳴をあげた。

そのとき、アーロが手足を投げだして、砂地に倒れているのが見えた。すっかり痩せ細った顔が痛みで引きつっているが、目は喜びに輝いている。ニーナは手で口を覆った。平衡感覚を失ってふらつき、エディに体を支えられる。自分の目が信じられなかった。ｐｓｉ・ｍａｘを打たれてから、あれだけの出来事に遭遇してきたのだから、今ここに見えるアーロの姿が汚いトリックか残酷な冗談でつくりだされたイリュージョンにしか思えなくて当然だ。自分をふたたびたたきのめして、二度と立ちあがれなくするための陰謀だと思えても無理はない。

「ニーナ？」アーロがささやく。

脇腹を押さえる指に血がついている。ニーナは彼のそばに飛んでいき、膝をついた。「血が出ているじゃない？　何があったの？」

「あのとき銃弾を受けた痕だよ。血が出てきただけだ。たいしたことじゃない」

ニーナははなをすすった。「銃弾を受けてたいしたことじゃないなんて言うのはあなただけだわ、アーロ。それじゃあ、夢でも幻覚でもないのね。あなたほど腹の立つ人を、わたしが無意識のうちにイメージすることはありえないもの」

アーロがにやりと笑った。「ああ。そうだな」

「アーロはわたしたちにも見えてるわ」エディが断言する。「本物よ」

「薬の影響はどう?」ニーナは不安げに尋ねた。

「おれはA剤を投与されてなかった」アーロが答える。「あの注射はダミーだったんだ。ディミトリがキャビンですり替えたらしい。A剤を打ったのはあいつで、おれじゃなかった。おれたちと戦っているあいだに、寝室できみのバッグを見つけたに違いない。その隙に打ったんだろう」

「ああ……」ニーナはささやいた。「よかった」

「死んだのはディミトリだ。二日前、うわごとをわめきながら死んだそうだ。おれは死んでない」

「じゃあ……これからも死ぬ心配はないのね?」ニーナは尋ねた。まだ信じるのが怖かった。

アーロが口もとをゆがめて笑った。「けがで弱ってはいるが、死ぬことはない。きみはずっとおれと一緒だ。いつまでも、何が起ころうとも」

ニーナの顎が激しく震え、歯がカタカタ鳴っている。体がばらばらに壊れてしまいそうだった。

「ディミトリはB剤を探していた。だからスプルース・リッジまでおれたちを追ってきたんだ」アーロが説明する。

「じゃあ、なぜあなたは超能力が使えるようになったの？　薬のせいじゃないなら、なぜ？」

アーロの眉がぴくりと動いた。「きっと遺伝だろう。おばが言っていただろう。おれは特別な力を持っているが、檻のなかにしまいこんでいると。覚えているかい？　たぶん、あいつらにpsi-maxを打たれたと思いこみ、そのときに……」そこで肩をすくめた。「ついに、檻からその力を解放したんだろうな。薬を投与されたという思いこみが、力を解放する許可を自分に与えた。父親と同じことをしてもいい理由を」ケヴを見あげる。「マイルズはどうだ？」

「よくはない」ケヴが厳しい声で答えた。「何日も昏睡状態が続いたんだ。脳が損傷を受け、出血したのさ。最悪の事態も起こり得た。今はショーンがデンバーで付き添っている。今朝になって一時的に意識が戻り、少しだけ母親とショーンに話しかけたそうだ。ララ・カークのことを。今はそのことで頭がいっぱいらしい。その後の容体は安定しているそうだから、快復すると期待している」

「ラッドは？」

「血まみれでぐちゃぐちゃになったわ」いつも優しいエディの声がめずらしく険しくなる。「岩にたたきつけられたの。神に感謝しましょう」

ケヴがエディの肩に手をかけた。「おれたちは外に出て、救急車を待とう」妻に言う。「ふたりきりにしてやるんだ」

「ええ、そうね」エディが目もとをぬぐう。そして夫のあとをついてビーチハウスのほうへ戻っていった。

ニーナとアーロは気恥ずかしさを感じながら見つめあった。

「あなたを抱きしめたい」彼女はささやいた。「でも、傷つけてしまいそうだわ」

アーロが砂の上にそっと体を沈めた。「地面に寝転んで、傷がない側から抱きしめてくれれば大丈夫だ。救急車が来るまで抱いていてくれ。そのあとも」

ニーナは言われたとおりにした。その瞬間、痩せて骨ばった感触にショックを受けた。まるであたたかい針金と抱きあっているようだ。もともと贅肉はなかったけれど、これはひどい。抱きあっているうちに、声にならないすすり泣きがこみあげてきた。アーロの肩に顔をうずめ、涙が流れるに任せる。額にされたキスはぬくもりが感じられ、本物だった。

「救急隊員が来たら、妻だと伝えてね」彼女は震える声で言った。「あなたの口から聞きたいの」

「絶対そうするよ」

「死にそうだったわ。お父さまがあなたに会わせてくれなくて」

「すまない」アーロがキスで涙をふきとる。「真っ先に婚姻の手続きをしよう。こんなことが二度と起きないように」

「あなたとずっと一緒にいるわよ。病院に着いてからも、へばりつくから。絶対にあなたから離れないわ。あなたのお尻はわたしのものだと言ったの、覚えてる？」

アーロが満足げにため息をついた。「きみのものになるのはいい気分だ」三日月とその下で輝く星を見あげ、手を振った。「ああ、おばさん」

ニーナは肘をついてすばやく起きあがった。「あの星がおばさまかしら？」

「ああ」星を見あげたまま、アーロが返事をする。「ふたりで会いに行った翌日、おばさんに言われたんだ。星になると。空を見あげたら、声をかけてくれとね。覚えているかい？きみもそこにいたが」

「ええ、覚えているわ」喉に熱いものがこみあげてくる。

「おばは昔、おれとジュリーをオレグのところから勝手に連れだしたことがあったんだ。おれたちは冬の一カ月をジャージーショアで過ごした。おれが十三歳、ジュリーが十歳のときだ。生涯で最高の一カ月だったな」ニーナを見あげ、優しくほほえむ。「きみに会うまでは」

ニーナはうなずいた。喉が締めつけられて、声が出ない。

「雲のない夜は、一緒に星を見あげておばに挨拶しよう」アーロが言った。「星に願いをかけるよう、おれとジュリーはおばに言われたんだ。自由を願うように」

「自由？」

「ああ。一時期でもオレグ・アルバトフの一族として過ごすと、自由を夢見るようになる。だがあの冬以来、おれは自由になれば幸福をつかめると考えを改めたんだ」ゆっくりと先を続ける。「それ以来、自由は闘って手に入れるものだと思っていた。でも、おれをこれほど幸せにしてくれたのは自由じゃなかった」

アーロが星から視線を移し、ニーナをじっと見つめる。そのまなざしに、ニーナの鼓動は速くなった。

「それは愛だった」アーロが言った。「おれは今、愛を手に入れた」

ニーナは言葉が出ないほど幸福だった。「それじゃあ、今度は星に愛を願うの？」

アーロが首を横に振った。「いいや。何かを願う必要はなくなった。願いはかなったから。愛に出合い、愛を手に入れ、愛に溺れた。今も、溺れた状態にある。もう二度と後戻りするつもりはない」

「ずっと溺れたままでいましょう」ニーナは言った。「そのままずっと一緒に暮らすの」

「ああ」アーロが唇を重ね、ゆっくりとキスをした。「永遠に」

訳者あとがき

マクラウド兄弟シリーズもいよいよ第九弾となりました。最新作『その愛に守られたい』(原題“*One Wrong Move*”)をお届けいたします。

前作『朝まではこのままで』(原題“*Blood And Fire*”)のヒロイン、リリーの友人ニーナは、ソーシャルワーカーとして多忙な毎日を過ごしています。ところがある日、何者かに尾行され、腕に注射を打たれて意識を喪失。尾行者は顔見知りの人物でしたが、理由に心あたりはなく、犯人もまた意識を失って入院中で、事情を確かめることができません。一度は取りあげられたニーナの携帯電話にたまたま吹きこまれていたウクライナ語を頼りに真相を突きとめようとします。

一方、ヒーローは前作に登場したセキュリティ・コンサルタントのアレックス・アーロ。末期癌で余命わずかなおばに会うため、ニューヨークへとやってきます。彼はその変わった生い立ちのおかげでウクライナ語に堪能で、リリーの婚約者ブルーノ経由で、ニーナに協力してほしいと頼まれますが……。

本書でキーワードとなるウクライナといえば、ロシアとの抗争で注目を集めていますが、世界文化遺産を六件も有し、古い街並みや美しい自然が非常に魅力的な国です。十六世紀以来〝ヨーロッパの穀倉〟地帯としても知られ、産業の中心地帯として発展を遂げてきました。美人が多い国としても有名です。しかし、エネルギーの供給をほとんどロシアに依存していることから、他国の影響を受けやすく、マフィアがはびこる状況をつくりだしてしまっています。本書のヒーロー、アーロはそんなウクライナ・マフィアの家に生まれ、家族とは絶縁状態にありますが、そのせいでさまざまな葛藤を抱えています。心優しきニーナとの出会いをきっかけに、アーロがどう変わっていくかも見所のひとつと言えます。

作者のシャノン・マッケナ自身、運命の人と出会って人生が変わってしまったひとりかもしれません。コンサートのためにアメリカへ来ていたリュート奏者のイタリア人と出会い、言葉も通じないまま恋におち、翌年にはまったくあてのないまま仕事をやめてイタリアへと彼を追いかけていったのですから。その彼こそが現在の夫であり、シャノン・マッケナのインスピレーションの源とも言える存在なので、この出会いがあったからこそ、わたしたちはすばらしい作品の数々を読むことができるわけです。

次は記念すべきシリーズ十作目〝*Fatal Strike*〟となります。『その愛に守られたい』の黒幕から攻撃を受けたヒーローと、本作にも登場するある人物の娘であるヒロインが活躍しますので、そちらもぜひ楽しみにしてください。

ザ・ミステリ・コレクション

その愛《あい》に守《まも》られたい

著者　シャノン・マッケナ

訳者　幡《はた》　美紀子《みきこ》

発行所　株式会社 二見書房
東京都千代田区三崎町2-18-11
電話 03(3515)2311［営業］
03(3515)2313［編集］
振替 00170-4-2639

印刷　株式会社 堀内印刷所
製本　株式会社 関川製本所

ISBN978-4-576-16159-4
http://www.futami.co.jp/

そのドアの向こうで
シャノン・マッケナ
中西和美［訳］
〔マクラウド兄弟 シリーズ〕

亡き父のために十七年前の謎の真相究明を誓う女と、最愛の弟を殺されすべてを捨て去った男。復讐という名の赤い糸が結ぶ、激しくも狂おしい愛。衝撃の話題作！

影のなかの恋人
シャノン・マッケナ
中西和美［訳］
〔マクラウド兄弟 シリーズ〕

サディスティックな殺人者が演じる、狂った恋のキューピッド。愛する者を守るため、元FBI捜査官コナーは人生最大の危険な賭けに出る！ 官能ラブサスペンス！

運命に導かれて
シャノン・マッケナ
中西和美［訳］
〔マクラウド兄弟 シリーズ〕

殺人の濡れ衣をきせられ過去を捨てたマーゴットは、そんな彼女に惚れ、力になろうとする私立探偵のデイビーと激しい愛に溺れる。しかしそれをじっと見つめる狂気の眼が…

真夜中を過ぎても
シャノン・マッケナ
松井里弥［訳］
〔マクラウド兄弟 シリーズ〕

十五年ぶりに帰郷したリヴの書店が何者かに放火され、そのうえ車に時限爆弾が。執拗に命を狙う犯人の目的は？ 彼女を守るため、ショーンは謎の男との戦いを誓う…！

過ちの夜の果てに
シャノン・マッケナ
松井里弥［訳］
〔マクラウド兄弟 シリーズ〕

傷心のベッカが恋したのは孤独な元FBI捜査官ニック。狂おしいほど求めあうふたりに卑劣な罠が……この愛は本物か、偽物か——息をつく間もないラブ＆サスペンス

危険な涙がかわく朝
シャノン・マッケナ
松井里弥［訳］
〔マクラウド兄弟 シリーズ〕

あらゆる手段で闇の世界を生き抜いてきたタマラ。幼女を引き取ることになったのを機に生き方を変えた彼女の前に謎の男が現われる。追っ手だと悟るも互いに心奪われ…

このキスを忘れない
シャノン・マッケナ
幡 美紀子［訳］
〔マクラウド兄弟 シリーズ〕
エディは有名財団の令嬢ながら、特殊な能力のせいで家族にすら疎まれてきた。暗い過去の出来事で記憶をなくしたケヴと出会い…。大好評の官能サスペンス第7弾！

朝まではこのままで
シャノン・マッケナ
幡 美紀子［訳］
〔マクラウド兄弟 シリーズ〕
父の不審死の鍵を握るブルーノに近づいたリリー。情報を引き出すため、彼と熱い夜を過ごすが、翌朝何者かに襲われ…。愛と危険と官能の大人気サスペンス第8弾！

夜の扉を
シャノン・マッケナ
松井里弥［訳］
素性も知れない男に惹かれてしまった女と彼女をひと目見ただけで燃え上がった男。ふたりを冷酷な罠が待ち受ける――愛と欲望と危険とが熱い夜に溶けあう官能サスペンス

夜明けを待ちながら
シャノン・マッケナ
石原未奈子［訳］
叔父の謎の死の真相を探るため、十七年ぶりに帰郷したサイモン。初恋の相手エレンと再会を果たすが…。忌まわしい過去と現在が交錯するエロティック・ミステリ！

ひびわれた心を抱いて
シェリー・コレール
藤井喜美枝［訳］
女性TVリポーターを狙った連続殺人事件が発生。連邦捜査官ヘイデンは唯一の生存者ケイトに接触するが…？若き才能が贈る衝撃のデビュー作〈使徒〉シリーズ降臨！

秘められた恋をもう一度
シェリー・コレール
水川 玲［訳］
検事のグレイスは、生き埋めにされた女性からの電話を受ける。FBI捜査官の元夫とともに真相を探ることになるが…。好評〈使徒〉シリーズ第2弾！

恋の予感に身を焦がして
クリスティン・アシュリー
高里ひろ［訳］

グエンが出会った〝運命の男〟は謎に満ちていて…。読み出したら止まらないジェットコースターロマンス！ アメリカの超人気作家による〈ドリームマン〉シリーズ第1弾

この愛の炎は熱くて
ローラ・ケイ
米山裕子［訳］

ベッカは行方不明の弟の消息を知るニックを訪ねるが拒絶される。実はベッカの父はかつてニックを裏切った男だった。〈ハード・インク・シリーズ〉開幕！

愛の弾丸にうちぬかれて
リナ・ディアス
白木るい［訳］

禁断の恋におちた殺し屋とその美しき標的の運命は⁉ ダフネ・デュ・モーリア賞サスペンス部門受賞作家が贈るスリリング＆セクシーなノンストップ・サスペンス！

愛の炎が消せなくて
カレン・ローズ
辻早苗［訳］

かつて劇的な一夜を共にし、ある事件で再会した刑事オリヴィアと消防士デイヴィッド。運命に導かれた二人が挑む放火殺人事件の真相は？ RITA賞受賞作、待望の邦訳‼

この夏を忘れない
ジュード・デヴロー
阿尾正子［訳］

高級リゾートの邸宅で一年を過ごすことになったアリックス。憧れの有名建築家ジャレッドが同居人になると知るが、彼の態度はつれない。実は彼には秘密があり…

誘惑は夜明けまで
ジュード・デヴロー
阿尾正子［訳］

小国の皇太子グレイドンはいとこの結婚式で出会ったトビーに惹かれるが、自分の身分を明かせず…。『この夏を忘れない』につづく〈ナンタケットの花嫁〉第2弾！

この恋が運命なら
ジェイン・アン・クレンツ
寺尾まち子［訳］

大好きだったおばが亡くなり、家を遺されたルーシーは少女時代の夏を過ごした町を十三年ぶりに訪れ、初恋の人メイソンと再会する。だが、それは、ある事件の始まりで…

眠れない夜の秘密
ジェイン・アン・クレンツ
喜須海理子［訳］

グレースは上司が殺害されているのを発見し、失職したうえとある殺人事件にかかわってしまった過去の悪夢にうなされ始める。その後身の周りで不思議なことが起こりはじめ…

夜の記憶は密やかに
ジェイン・アン・クレンツ
安藤由紀子［訳］

二つの死が、十八年前の出来事を蘇らせる。そこに隠された秘密とは何だったのか？　ふたりを殺したのは誰なのか？　解明に突き進む男と女を待っていたのは——

略奪
キャサリン・コールター＆J・T・エリソン
水川玲［訳］

元スパイのロンドン警視庁警部とFBIの女性捜査官。謎の殺人事件と〝呪われた宝石〟がふたりの運命を結びつけて——夫婦捜査官S&Sも活躍する新シリーズ第一弾！

激情
キャサリン・コールター＆J・T・エリソン
水川玲［訳］

平凡な古書店店主が殺害され、彼がある秘密結社のメンバーだと発覚する。その陰にうごめく世にも恐ろしい企みに英国貴族の捜査官が挑む新FBIシリーズ第二弾！

迷走
キャサリン・コールター＆J・T・エリソン
水川玲［訳］

テロ組織による爆破事件が起こり、大統領も命を狙われる。人を殺さないのがモットーの組織に何が？英国貴族のFBI捜査官が伝説の暗殺者に挑む！シリーズ第三弾

眠れずにいる夜は
リサ・マリー・ライス
林啓恵［訳］
〔デンジャラス・シリーズ〕

パリ留学の夢を諦めて故郷で図書館司書をつとめるチャリティに、ふたりの男―ロシアの小説家と図書館で出会った謎の男―が危険すぎる秘密を抱え近づいてきた…

悲しみの夜が明けて
リサ・マリー・ライス
林啓恵［訳］
〔デンジャラス・シリーズ〕

闇の商人ドレイクを怖れさせるものは何もなかった。美貌の画家グレイスに出会うまでは。一枚の絵が二人の運命を一変させた！想いがほとばしるラブ&サスペンス

あの丘の向こうに
スーザン・エリザベス・フィリップス
宮崎槇［訳］

気ままな旅を楽しむメグが一文無しでたどりついたテキサスの田舎町。そこでは親友が〝ミスター・パーフェクト〟と結婚式を挙げようとしていたが、なぜか彼女は失踪して…!?

逃避の旅の果てに
スーザン・エリザベス・フィリップス
宮崎槇［訳］

理想的な結婚から逃げ出した前合衆国大統領の娘ルーシーは怪しげな男に助けられ旅に出る。だが彼は両親に雇われたボディガードだった！二人は反発しながらも愛し合うようになるが…

その腕のなかで永遠に
スーザン・エリザベス・フィリップス
宮崎槇［訳］

アニーは亡き母の遺産整理のため海辺の町を訪れ、初恋の相手と再会する。十代の頃に愛し合っていたが、二人の間には恐ろしい思い出が…。大人気作家の傑作超大作！

危険な愛の訪れ
ローラ・グリフィン
務台夏子［訳］

元恋人殺害の嫌疑をかけられたコートニーは、刑事ウィルと犯人を探すことに。惹かれあうふたりだったが、黒幕の魔の手が忍び寄り…。２０１０年度ＲＩＴＡ賞受賞作